KB236424

# 아라비안 나이트

*The Book of the Thousand Nights and a Night*

6

리처드 F · 버턴(Richard Francis Burton)

김병철(金秉喆、중앙대학교 명예교수 · 영문학) 옮김

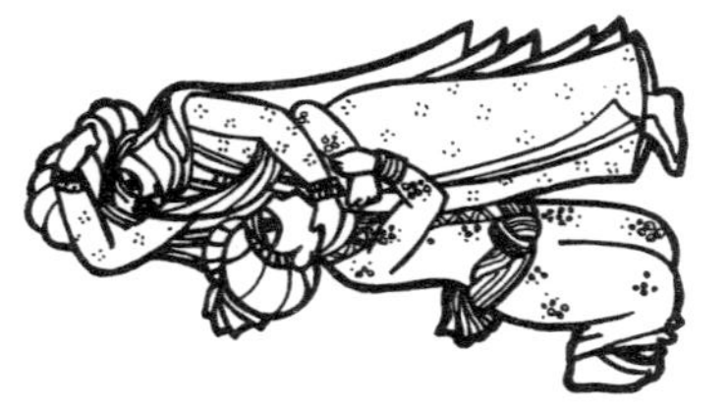

범우사

이 책의 영역자 리처드 프랜시스 버턴에 관하여 다소 알 필요가 있다. 우리 나라에서는 오로지 《아라비안 나이트》의 영역자(英譯者)라고 알려져 있지만, 구미(歐美)에서는 여러 면에 걸친 공적에 의하여 유명하다는 사실을 알아야 한다. 아프리카의 탐험도 그가 최초이며, 그때의 기록인 《동아프리카에 있어서의 최초의 발자취》도 이 방면의 최초이며, 이미 고전적인 명저라는 정평이 있다. 이슬람교에 관해서는 유럽인의 이슬람교도로서가 아니라, 동양인의 이슬람교도로서 비로소 메카 순례를 완성했다는 점에서도 버턴이 유일한 사람이었다. 그에게는 중동 및 아프리카에 관한 저서가 70종에 이르고, 자유롭게 구사할 수 있었던 언어는 35개국어에 이르러, 언어의 천재라 해도 과언이 아니다.

다음으로 《아라비안 나이트》가 어느 시대에 완성되었는가 하는 문제를 알 필요가 있다. 여러 이설(異說)이 있기는 하나 대체로 연대는 10세기에서 16세기라고 보고 있는 것이 정설이다.

그리고 또 알아야 할 것은 이슬람교사상에 대한 칭송이다. 인류의 기원이 거기서 왔고, 양대 종교, 즉 이슬람교와 기독교와의 싸움에서도 결국에 가서는 이슬람교의 승리로 끝난다. 이것은 이 작품의 크나큰 주제 의식이라는 것을 알아야 한다. 이와 병행하여 또하나의 주제 의식은 권선징악(勸善懲惡) 사상이다.

  끝으로 특히 독자가 알아두어야 할 점은 이 책의 외설(猥褻) 문제이다. 간단히 말해서 단순하고, 소박하고, 어린애들 같은 유치한 외설로서 이미 아다시피 외설의 자연적인 상태를 솔직하게 묘사하는 표현법을 쓰고 있다. 그것은 마치 짐승들이 백주에 공공연하게 행하는 성행위가 조금도 수치가 아니라 자연스러운 생명력의 표출인 것과 마찬가지로 《아라비안 나이트》가 제작되었을 당시의 아라비아인들의 성관(性觀)은 짐승들의 세계에서 볼 수 있었던 그러한 것이었다. 야화에 점잖은 신사나 귀부인이 얼굴을 붉힐 정도로 적나라한 성적 표현이나 지칭(指稱)이 숨김없이 나오는 것은 바로 이러한 아라비아인의 성격 때문이지, 결코 그들은 그것을 외설이라고는 조금도 생각하지 않았으며 조금도 숨길 것이 없는 자연상태였다. 현대소설에서 작가들은 대개가 성행위는 베일로 덮어두는 것이 보통이지만, 야화는 규방(閨房)에까지 독자들을 이끌고 들어가 화려한 문장으로 성행위 그 자체를 적나라하게 파헤친다.

  그러므로 《아라비안 나이트》를 재미있게 읽은 독자라면 야화의 소박한 외설은 호색이라기보다 유희(遊戱)에 가깝다는 버턴의 설명에 찬동할 것이다. 때로 불쾌감을 느끼는 수가 있다하더라도 그 불순한 정서의 시사(示唆)며 암시를 비난할 수는 없다. 말투는 천하거나 기품이 없지만 정신이 천하지 않다는 것만은 인정할 것이다. 외설은 있지만 남을 타락시키는 요소는 없다.

  끝으로 이 작품에서 묘사되어 있는 이슬람교군과 기독교군과의 치열한 전투에서는 《일리아드》와 《오딧세이》의 영향을 짙게 받고 있음을 간과해서는 안된다.

옮긴이

# 아라비안 나이트 6

*The Book of the Thousand Nights and a Night*

□ 주요 등장인물


샤리야르왕  '천일야화'를 듣는 사람. 아내인 왕비의 불륜을 목격
   하고는, 여성에 대한 혐오감 때문에 밤마다 한 처녀와 동침한
   뒤, 그 다음 날 아침이면 처녀를 처형한다.
샤 자만왕  샤리야르왕의 동생. 아내와 형수의 불륜을 알고 괴로
   워한다.
샤라자드  '천일야화'를 이야기하는 사람. 대신의 큰 딸로 샤리야
   르 왕의 신부가 되어 밤마다 이어지는 이야기를 왕에게 들려준
   다.
두냐자드  샤라자드의 여동생으로 왕과 함께 이야기를 듣는다.
신드바드  가난한 짐꾼 신드바드는 같은 이름의 선원 신드바드를
   만나 그의 신세이야기를 듣게 된다. 선원 신드바드는 일곱 번의
   항해를 하면서 수많은 모험을 하게 되며 드디어는 부자가 되어
   고국에 돌아온 이야기를 들려준다.
신디바드  아들이 없던 중국의 제왕이 늙으막에 아들을 보아 그
   아들을 어진 임금으로 만들기 위한 교육으로 신디바드가 재미있
   고 교훈적인 이야기를 들려줌으로서 윤리, 도덕 교육을 시키는
   것이 된다.
쥬다르  상인 오마르의 막내 아들로써 태어나 부모의 귀여움을
   독차지하게 되자, 두 형들이 질투를 하여 고난과 역경에 처하게
   되나, 지혜롭게 모든 일을 대처하여 가업을 일으킨다.

## 얀샤 이야기

실은 말입니다, 형씨. 내 부친은 테그무스라는 왕으로서, 카브르의 나라를 다스리면서 샤란족의 호전적인 추장들을 1만 명이나 그 휘하에 거느리고 있었습니다. 게다가 추장들은 각기 100개나 되는 도시와 100개나 되는 성채를 거느리고 있었습니다. 또 부친은 일곱 명의 제후를 산하에 거느리고 있었고, 동서로 뻗은 광대한 영토로부터는 공물이 계속 들어왔습니다. 부친은 공명정대하게 정사를 돌보았기 때문에 전능하신 알라께서는 이 모든 것을 주셨고, 그 결과 이렇게 강대한 나라를 건설할 수가 있었던 것입니다. 그러나 (진정으로 바라는 바이었지만) 불행하게도 자기가 죽은 후 왕위를 이어줄 후사가 없었습니다. 그래서 어느 날 부왕은 법률학자와 점성가, 수학자, 달력편찬자 등을 초청하여 "내 운수도를 그려서 알라께서 후사를 주실는지 점쳐보라."고 말했습니다.

그들은 황송하게 여기고는 책을 놓고서 왕의 사운성과 그 시좌를 점친 다음 "저, 임금님, 언젠가는 후사를 보시게 됩니다. 그러나 호라산 왕의 공주를 왕비로 모셔야 합니다." 하고 대답했습니다. 이 말을 듣고 테그무스 왕은 매우 기뻐하며 점성가와 마술사들에게 무수히 많은 보물을 준 다음 물러가게 했습니다.

부왕의 재상은 그 이름이 아인 자르라고 하는 유명한 전사이며, 싸움터에 나가면 용맹무쌍한 용사였습니다. 그래서 왕은 재상을 불러 점성가들의 예언을 들려준 다음 이렇게 말했습니다. "여봐라, 대신. 이제부터 그대는 여장을 갖추고서 호라산으로 가서 호라산 왕 바르완의 공주를 왕비로 모셔오라." 왕명을 받은 대신은 곧 여행 준비를 갖추고서 용장과 신하들을 이끌고 교외에 야영했습니다. 한편 테그무스 왕은 호라산 왕에게 보내는 선물로 비단 1만 5

천 고리와 금은, 보석, 진주, 홍옥 그 밖의 보옥까지 준비하였고, 또 신부의 혼수에 필요한 것은 무엇이든 다 듬뿍 준비했습니다. 그리고 이것을 낙타와 암탕나귀에 싣고 다음과 같이 쓴 편지를 한 통 덧붙여서 아인 자르에게 주었습니다.

『하늘의 축복을 기원하면서 테그무스 왕이 바르완 왕에게 한 마디 말씀드리는 바입니다. 실은 일찍이 점성가, 현인 및 수학자들에게 의논한 바, 그들이 말하기를 귀하의 공주를 왕비로 맞아들이면 자식을 얻을 수 있다는 것입니다. 그래서 소생은 신부의 혼수를 여러 가지 덧붙여서 대신 아인 자르를 귀하에게 파견하여 그를 소생 대신으로 하여 소생의 이름으로 혼인계약을 맺도록 했습니다. 귀하의 호의를 얻어 즉각 대리인의 요청을 들어주시기를 빌어마지 않겠습니다. 이것은 소생 자신의 요청이며, 대리인에게 대한 귀하의 친절도 모두가 곧 소생에게 대한 것이라고 생각하겠습니다.

그러하오니, 바르완 왕이시여, 이 일에 관해서는 소생의 기대에 어긋나지 않도록 거듭 마음을 써주시기를 간청하는 바입니다. 다 알다시피 소생은 알라의 뜻에 의하여 카브르 왕국을 차지하게 되었으며, 그밖에 샤란족도 지배하여 두 강대한 국토를 수중에 넣고 있습니다. 만일 귀하의 공주와 혼인을 맺으면 귀하와 소생은 한몸이 되어 왕권을 휘두르게 될 터이며, 또 소생은 귀하께서 만족하시도록 해마다 얼마든지 보물을 보내드릴 작정이옵니다. 우선 상기한 대로 부탁하는 바이옵니다.』

그러고 나서 테그무스 왕은 자기 도장이 새겨진 반지로 편지를 봉한 다음 이것을 대신에게 내주었습니다. 대신은 많은 부하를 이끌고 여행을 계속하여 이윽고 호라산의 수도에 접근했습니다. 바르완 왕은 일행이 다가온다는 소식을 듣자, 원로급 태수로 하여금 마중나가게 했으며, 마실 것과 먹을 것 외에 말의 사료나 여러 가지 필요한 물건들을 가지고 가게 했습니다. 태수 일행은 잡역을 포함한 여러 수행원을 거느리고 나가 대신을 맞았습니다. 교외에서 말을 내리고서 쌍방은 서로 인사를 나누고는 그 자리에서 마시고 먹으면서 열흘간 머물렀습니다. 그러고 나서 또다시 말을 타고 도성 안으로 들어가 바르완 왕의 환영을 받았습니다.

왕은 테그무스 왕의 대신을 맞이하여 말에서 내리자, 대신을 꽉 껴안고서 자기 성채로 안내했습니다. 그래서 아인 자르는 여러 가지 선물을 꺼내서 테그무스 왕의 편지와 함께 이것을 바르완 왕의 어전에 바쳤습니다. 왕은 편지를 읽고 그 뜻을 깨닫자, 자못 기뻐하며 대신을 환대하고 "기뻐하시라, 소원은 이루어졌소이다. 비록 테그무스 왕께서 내 목숨을 원하신다 하더라도 기꺼이 바쳤을 것이오." 하고 말했습니다. 그러고 나서 공주와 왕비와 친척들에게로 가서 카브르 왕의 용건을 들려준 다음 모두의 의견을 묻자, 모두들 "전하께서 좋으시다면 반대는 없습니다." 하고 대답했습니다.

—샤라자드는 날이 훤히 밝아오는 것을 깨닫자, 여기서 허락된 이야기를 그쳤다.


● 500일째 밤

샤라자드는 말을 이었다. 오, 인자하신 임금님, 바르완 왕이 공주와 왕비와 친척들에게 의논하자 그들은 대답하였습니다. "전하께서 좋으시다면 반대는 없습니다." 그래서 왕은 그 길로 아인 자르 대신에게로 되돌아가서 모두가 대신의 희망을 이의없이 승인했다는 것을 알렸습니다. 대신은 두 달 동안 체류한 다음 "그럼 받으러 온 것을 주십시오. 고국으로 돌아가야겠습니다." 하고 말했습니다. 왕은 "좋소." 하고 대답하고는 결혼에 필요한 여러 가지를 갖추었습니다. 준비가 끝나자 왕은 대신들을 위시하여 태수, 중신, 승려들을 소집하여 모두가 지켜보는 앞에서 공주와 테그무스 왕의 대리인인 아인 자르 대신 사이에 결혼계약을 맺었습니다. 또 바르완 왕은 화려하게 시내를 장식하고, 거리에는 양탄자를 깔라고 명령했습니다. 그 다음 공주의 여행준비를 갖추고는 붓과 입으로는 이루 다 할 수 없을 만큼의 온갖 선물이며 진품이며 귀금속 등을 공주에게 주었습니다. 이윽고 아인 자르는 공주와 함께 고국을 향하여 길을 떠났습니다.

대신이 가까이 왔다는 소문이 왕의 귀에 들어가자, 왕은 곧 화촉의 축전을 밝히고, 도성을 장식하라는 명령을 내렸습니다. 결혼식이 끝나자, 왕은 공주에게로 가서 첫날밤의 행사를 끝마쳤습니다.

이윽고 왕의 후계자를 잉태한 왕비는 달이 차서 보름달 같은 옥동자를 낳았습니다. 테그무스 왕은 왕비가 옥동자를 낳았다는 것을 알자, 대단히 기뻐하며 현자와 점성가와 수학자 등을 불러놓고 말했습니다. "왕자의 운수도를 그려 운수와 시좌를 점쳐 앞으로 어떤 운명을 겪게 될 것인지 가르쳐주기 바란다." 그래서 그들은 계산을 하여 운수가 길조라는 것을 알았습니다. 그러나 또 동시에 왕자는 열다섯 살에 위험과 재난에 부딪치며, 그것만 넘기면 행운을 맞이하게 되어 부왕보다도 훨씬 위대하고 세력이 막강한 왕자가 되리라는 것도 알았습니다. 왕은 이 예언에 매우 흡족하여 왕자에게 얀샤라는 이름을 붙였습니다.

그러고 나서 유모와 보모에게 맡겨 건강하게 길러, 왕자가 다섯 살 되는 봄을 맞이하여 부왕은 복음서 읽는 법을 가르치고, 무예를 골고루 익히게 했으므로 일곱 살도 채 되기 전에 그는 사냥에 나가 짐승을 쫓는 기술을 배웠고, 무기에 있어서는 이를 따를 사람이 없을 만큼 용감한 용사가 되었습니다. 그 용맹무쌍한 무용담을 들을 때마다 부왕의 기쁨은 한층 더 컸던 것입니다.

때마침 어느 날 테그무스 왕과 왕자는 군사를 이끌고 황야로 사냥을 나갔습니다. 사흘째 되는 날 한낮이 지나서 왕자는 털빛이 다른 영양을 한 마리 쫓았는데, 영양은 자꾸만 도망을 쳤으므로 발이 빠른 준마를 탄 얀샤는 백인 노예병 일곱 명을 거느리고 그 뒤를 부리나케 쫓았습니다. 영양은 자꾸만 도망을 쳐서 끝내 해변까지 나왔습니다. 일행은 이때다 싶어 짐승을 덮쳤지만 영양은 추격자들의 손을 벗어나 풍덩 물 속으로 몸을 던졌습니다.

—샤라자드는 날이 훤히 밝아오는 것을 깨닫자, 여기서 허락된 이야기를 그쳤다.

### ● 501일째 밤

샤라자드는 말을 이었다. 오, 인자하신 임금님, 얀샤와 백인 노예병들이 영양을 덮쳤지만 영양은 추격자들의 손을 벗어나 풍덩 물 속으로 몸을 던졌습니다. 그리고는 기슭 가까이에 매어둔 어선으로 헤엄쳐서 그 안으로 뛰어오른 것입니다. 왕자와 백인 노예병은 얼른 말에서 내려 배에 올라타서 영양을 생포해 가지고는 둑으로 되돌아가려고 생각했습니다.

그러나 그때 문득 왕자는 먼 바다 저쪽으로 커다란 섬 하나를 발견하고 백인 노예병들에게 말했습니다. "저 섬에 가 보고 싶군." 그러자 그들은 "그럼 가 보시죠." 하고 대답하고 배를 저어 섬에 도착해서는 상륙하여 여기저기를 신이 나서 배회하며 즐겼습니다. 그러고 나서 다시 배를 타고 영양을 데리고 귀로에 올랐습니다만 어느덧 해가 저물어 사방이 캄캄해져 그들은 해상에서 뱃길을 잃고 말았습니다. 설상가상으로 강풍이 불어닥쳐 작은 배를 큰 바다 한가운데로 밀어 보냈으므로, 아침이 되어 눈을 뜨고 보니 일행은 완전히 방향도 모르게 된 채 물결을 따라 표류하고 있었던 것입니다.

이야기는 바뀌어, 한편 테그무스 왕은 왕자가 행방불명이 되자, 군사들에게 명령하여 몇 조로 나누어서 왕자를 찾게 했습니다. 모두들 사방으로 흩어져 뿔뿔이 헤어졌는데, 한 무리의 병사가 해변으로 오자, 말의 망을 보게끔 남겨놓은 백인 노예병 하나를 발견했습니다. 그래서 왕자와 나머지 여섯 명의 병사에 관하여 물었더니 노예병은 자초지종을 모두 이야기했습니다. 모두는 우선 이 노예병을 데리고 왕에게 가서 자기들이 들은 바를 낱낱이 보고했습니다. 왕은 그 보고에 접하자 눈물을 흘리며 괴로워하여 머리에 쓴 왕관도 던져버리고는 어찌할 바를 몰라 노심한 나머지 자기 손을 막 깨물었습니다.

그러고 나서 곧 일어나 몇 통의 편지를 작성하여 이것을 해상의 모든 섬으로 보냈습니다. 게다가 또 100척 남짓한 배를 모아 배마다 병졸을 태워 왕자의 행방을 찾아 떠나보내고, 자신은 장병을 이끌고 수도로 돌아와 번민의 나날을 보냈습니다.

한편 얀샤의 어머니는 어떻게 되었는가 하면, 왕자의 행방불명 소식을 전해 듣자 자기 얼굴을 손바닥으로 때리며 벌써 아들은 죽어서 돌아오지 않는 것으로 단념하고는 장례식까지 올렸습니다.

이야기가 바뀌어, 얀샤 일행은 풍파에 시달려 끝없이 표류를 계속했습니다. 한편 수색대는 열흘 동안이나 여기저기로 수색을 계속했습니다만 끝내 소식이 묘연했으므로 되돌아가 국왕에게 그 내용을 전했습니다.

왕자 일행은 이럭저럭하는 동안에 굉장한 질풍에 밀려 어느 섬에 가 닿았습니다. 그들은 섬에 올라가 이리저리 다니다가 섬 한가운데에 샘이 솟아오르고 있고, 그 곁에는 한 사나이가 앉아 있는 것을 보게 되었습니다. 그래서 가까이 가서 그 사나이에게 인사하자, 상대방도 마치 조그만 새의 휘파람소리 같은 목소리로 답례했습니다. 얀샤는 이 사나이의 말투를 이상하게 생각하면서 걸음을 멈췄습니다. 그 사나이는 사방을 두리번거리고 있었습니다만, 이윽고 갑자기 몸이 둘로 갈라졌다 싶더니 한 쪽씩 좌우로 헤어져 모습을 감추고 말았습니다. 그러자 산에서 우르르 달려내려온 것은 이상한 사나이들로 도무지 셀 수 없을 만큼 많은 수였습니다. 그들은 샘가로 모여들자 곧 둘로 갈라져 얀샤와 백인 노예병들에게로 달려들어 잡아먹으려고 했습니다. 일행은 그 기세에 질겁을 하여 해변가까지 후퇴했습니다. 그러나 식인귀들은 뒤를 쫓아와 그 중 셋을 잡아먹고, 나머지 세 노예와 얀샤만이 구사일생으로 겨우 배에 당도하게 되었습니다.

일행은 배를 바다에 띄워 또다시 해상으로 나오자, 정처없이 며칠 밤을 바다 위에서 보냈습니다. 그리고는 생포했던 그 영양을 죽여 고기로 겨우 연명하고 있던 중 바람이 부는대로 표류하여 세 번째 섬에 당도했습니다. 이 섬에는 나무들이 우거져 있고, 물도 풍부하여 꽃들이 만발하고, 과일나무에는 여러 가지의 과일이 주렁주렁 달려 있고, 나무 그늘에는 시내도 졸졸 흐르고 있었습니다. 한마디로 말해서 낙원 그대로였습니다. 왕자는 이 섬이 아주 마음에 들어 수행자들에게 말했습니다. "누가 섬에 올라가 조사해보고 오너라." 그러자 노예 하나가 "제가 가서 조사해보고 오겠습니다." 하고 말했는데 왕자는 "안돼, 그건 안돼. 내가 배에 남아 있을테니 모두 육지에 올라가 조사해보아라." 하며 그들을 육지로 상륙시켰습니다.

—샤라자드는 날이 훤히 밝아오는 것을 깨닫자, 여기서 허락된 이야기를 그쳤다.

● 502일째 밤

샤라자드는 말을 이었다. 오, 인자하신 임금님, 왕자의 명령에 의하여 육지에 오른 일행은 섬의 구석구석까지 조사하며 돌아다녔지만 사람의 그림자 하나 눈에 띄지 않았습니다. 이윽고 섬의 중앙을 향하여 걸어가고 있자니까 흰 대리석 성벽을 둘러싼 성이 있고, 그 안에는 비할 데 없이 맑은 수정궁전이 있었습니다. 궁전 한 가운데에는 정원이 만들어져 있고, 한 번도 본 적이 없는 과일들이 여러 가지 달려 있고 향기로운 꽃들이 만발하게 피어 향기를 풍기고, 나무들은 푸르게 우거지고, 새들이 그 가지에 앉아 지저귀고 있었습니다.

또, 정원 한복판에 아주 큰 연못이 하나 있고, 그 옆에 한층 더 높은 단이 달린 지붕도 벽도 없는 커다란 건물이 있었습니다. 그리고 단 위에는 온갖 보옥, 특히 홍옥을 박은 순금 옥좌를 둘러싸고 무수히 많은 걸상이 놓여 있었습니다. 일행은 성과 정원의 아름다운 경치를 바라보면서 그 정원으로 들어가 사방을 구석구석까지 조사해보았으나 역시 사람이라곤 그림자도 눈에 띄지 않았습니다. 그래서 성 안을 둘러본 다음 왕자에게로 돌아와 본대로 모두 보고했습니다.

이 말을 들은 왕자는 "그렇다면 나도 꼭 그 경치를 보고 울적함을 풀어야겠다." 하고 외치고서 일동의 뒤를 따라 궁전으로 가자, 아름다운 광경에 끌려 자기도 모르게 궁전 안으로 들어섰습니다. 일행은 정원 구석구석까지 거닐면서 과일을 따 먹기도 하고, 한가롭게 걷기도 하였는데, 그러던 중 날이 저물었으므로 예의 그 단상으로 올라가 왕자는 한가운데의 옥좌에, 다른 세 노예는 좌우 걸상에 앉았습니다. 왕자가 왕좌에 앉아, 부왕의 옥좌가 있는 도성과 고국과 친구와 친척들로부터 멀리 떨어져 타향을 방랑하는 자기 신세를 회상하며 모든 것을 다 잃은 것을 슬퍼하니 부하들도 왕자를 둘러싸고 눈물에 젖었습니다. 이렇듯 모두가 탄식에 젖어 있는데, 난데없이 귀청을 찢을 듯한 함성이 바다 쪽에서 들려왔습니다. 그쪽을 바라보니 마치 메뚜기 떼와도 같은 무수히 많은 원숭이의 대군이 아니겠습니까.

성도 이 섬도 원숭이의 것이었는데 원숭이들은 이국인의 배가 바닷가에 닻을 내리고 있는 것을 보자 구멍을 뚫어 바다 속에 가라앉혔습니다. 그러고 나서 부랴부랴 궁전으로 돌아와보니 뜻밖에도 옥좌에 있는 얀샤와 그 부하들이 눈에 띄었던 것입니다.

여기까지 이야기한 구렁이 여왕은 또다시 이야기를 중단하고는 말했습니다. "저, 하시브, 이것은 모두 무덤 사이에 앉아 있던 젊은이가 브르키야에게 한 이야기랍니다." 그러자 하지브가 "그러고 나서 도대체 얀샤는 원숭이들을 어떻게 했습니까?" 하고 물었으므로 구렁이 여왕은 다시 이야기를 계속했습니다.

—얀샤 왕자도 부하들도 원숭이들의 출현에 깜짝 놀랐는데 원숭이들의 한 무리가 왕자가 앉아 있는 옥좌 옆으로 다가와서는, 대지에 무릎을 꿇고 잠시 동안 두 손을 가슴에다 얹고 공손히 서 있었습니다. 이어 다른 한 떼가 잡아서 껍질을 벗긴 영양을 성 안으로 운반해 가져왔습니다. 그리고 먹을 수 있도록 그 고기 조각을 구워 금은 접시에 담아가지고 식탁에 내놓고서 얀샤 일행에게 먹으라고 손짓했습니다. 왕자와 부하들은 자리에서 내려와 원숭이들과 함께 식사를 했습니다. 배불리 먹고 나자 원숭이는 과일을 늘어놓았으므로 모두 이것을 들고 최고 지상하신 알라를 칭송했습니다.

이윽고 얀샤가 손짓으로 너희들은 누구며, 이 궁전은 누구의 것이냐고 묻자, 원숭이들도 손짓으로 대답했습니다. "실은 옛날에 이 섬은 다윗의 아들 솔로몬 왕(두 분에게 평안 있으시라!)의 것이었습니다. 왕은 매년 한 번씩 영기를 기르기 위하여 여기 오시는 것이 관례였습니다."

—샤라자드는 날이 훤히 밝아오는 것을 깨닫자, 여기서 허락된 이야기를 그쳤다.


● 503일째 밤

샤라자드는 말을 이었다. 오, 인자하신 임금님, 얀샤가 손짓으로 이 궁전은 누구의 것이냐고 원숭이들에게 묻자, 원숭이도 손짓으로 대답했습니다. "옛날 이 궁전은 다윗의 아들 솔로몬 왕(두 분에게 평안 있으시라!)의 것이었습니다. 왕은 매년 한 번씩 영기를 기르기 위하여 여기 오셨다가 또 어디론지 떠나버리는 것이 관례였습니다." 원숭이들은 말을 이었습니다. "오, 임금님, 당신께선 저희들의 국왕이 되셨고, 저희들은 신하가 된 것입니다. 자, 마음껏 잡수십시오. 무엇이든 명령만 하시면 저희들은 그대로 순종하겠습니다." 그들은 각기 얀샤 앞에 무릎을 꿇고 절을 한 다음 물러갔습니다.

그날 밤 왕자는 왕좌에서, 부하들은 그 주위의 걸상 위에 누워 잤습니다. 이튿날 아침 날이 밝자 대신이나 수령으로 짐작되는 네 마리의 원숭이가 얀샤 앞에 알현하고, 뒤를 따른 부하 원숭이들은 계급 순서에 따라 왕 주위를 둘러싼 채 궁전 가득 모였습니다. 그러자 예의 그 대신들은 왕 앞으로 다가와서 원숭이 부하들에게 올바른 재판을 하시고, 그들을 공명정대하게 다스려주십사 하고 손짓 발짓으로 간청했습니다. 그것이 끝나자 원숭이들은 서로 환성을 올리며 물러가고, 그 뒤로는 몇 마리의 원숭이만이 남아서 새로운 왕에게 봉사한 것입니다. 그리고 얼마 안 되어, 한 떼의 원숭이들이 머리 주위에 무거운 쇠사슬을 두른 말을 닮은 큰 개를 몇 마리 데리고 나타나, 얀샤와 그 부하들에게 이것을 타고 따라오라고 손짓을 했습니다. 그래서 일동은 터무니없이 큰 개의 몸집에 놀라면서 이것을 타고, 개를 탄 네 마리의 대신과 메뚜기 떼와 비슷한 원숭이 떼에 이끌려 해변으로 나왔습니다.

얀샤는 자기가 타고 온 배를 찾았지만 구멍이 뚫려 침몰된 것을 알게 되자, 대신들을 돌아다보며 어떻게 된 것이냐고 물었습니다. 그러자 그들은 대답했습니다. "실은 말입니다. 임금님, 당신께서 이 섬으로 오신 날 저희들은 당신께서 국왕이 되실 것을 벌써 알았습니다. 그래서 저희들이 없는 동안에 여기서 배를 타고 도망을 치면 큰일이라고 생각했던 것입니다. 그래서 바다 속으로 침몰시키고 만 것입니다."

얀샤는 이 말을 듣자, 부하 백인 노예들에게 이렇게 말했습니다. "이렇게 된 이상 이젠 원숭이들로부터 도망칠 수는 없겠다. 전능하신 신의 법도를 꾹 참고 따를밖에 딴 도리가 없겠군." 그러고 나서 일동은 섬 저쪽 오지를 향하여 계속 전진한 끝에 어느 개울 둑에 당도했습니다. 둑에는 높다란 산이 솟아 있고 많은 식인귀가 모여 있는 것이 얀샤의 눈에 띄었습니다. 얀샤가 원숭이들을 돌아

다보면서 "저 식인귀는 무엇이냐?" 하고 묻자 원숭이들은 대답했습니다. "실은, 임금님, 저 식인귀들은 저희들의 숙적으로서, 저놈들과 일전을 하기 위하여 여기까지 온 것입니다." 얀샤는 적인 식인귀들이 말을 타고 있고, 몸집이 뛰어나게 크고, 생김새가 괴기망측한 것을 보고서 간이 서늘해졌습니다. 그도 그럴 것이 그 중에는 황소만한, 또는 낙타만한 머리를 한 놈도 있었으니 말입니다. 식인귀들은 원숭이들을 보자 곧 시냇가로 쇄도하여 커다란 돌을 던지기 시작하여, 양군 사이에는 처절한 격전이 전개되었습니다. 이윽고 얀사는 식인귀의 군세가 우세한 것을 깨닫자, 부하 노예병에게 명령했습니다. "활을 쏘아 적의 공격을 막아라." 세 노예병은 한 놈도 남겨두지 않겠다는 기세로 많은 식인귀를 사살했기 때문에 적은 허둥지둥 발길을 돌려 도망치려고 했습니다. 그러나 원숭이군은 얀샤의 용감한 활약상을 보자, 왕을 진두에 세우고서 개울을 건너 적을 추격하여 수많은 식인귀를 쓰러뜨렸습니다. 이럭저럭 하는 동안에 적은 마침내 그 높은 산으로 돌아가 모습을 감추어버렸습니다.

한편 이 산을 이리저리 돌아다니고 있는 동안 얀샤는 설화석고로 된 서판을 발견했는데, 거기에는 이런 내용이 적혀 있었습니다. 『오, 그대, 이 나라에 발을 들여놓은 자여, 동서로 뻗어 있는 산길이 아니고는 원숭이들로부터 도망칠 방도가 없음을 알지어다. 동쪽 산길을 따르면 식인귀, 야수, 악령, 마신 따위들이 출몰하는 나라를 지나 석 달의 여행 끝에 대지를 둘러싸고 있는 해양에 도달하리라. 그러나 서쪽 길을 택하면 넉 달의 여행 끝에 개미의 골짜기에 당도하리라. 그 산길을 열흘 동안 걸어가면……』

—샤라자드는 날이 훤히 밝아오는 것을 깨닫자, 여기서 허락된 이야기를 그쳤다.

• 504일째 밤

샤라자드는 말을 이었다. 오, 인자하신 임금님, 얀샤는 서판에 적혀 있는 이와 같은 글을 읽었습니다만 다시 그 끝에는 이렇게 적혀 있었습니다. 『이어 그대는 현기증이 날 만큼 흐름이 빠른 큰 강에 도달하리라. 그리고 그 강은 토요일마다 물이 마르고, 대안에는 모하메드의 신앙을 거부하는 유태인들이 살고 있는 도시 하나가 있다. 주민 중에 이슬람교도라고는 한 사람도 없을 뿐더러 또 이 나라에는 이 도시 이외에는 도시가 없다. 그렇기 때문에 그대는 원숭이의 왕자로서 그들을 다스리라. 왜냐하면 그대가 체류하고 있는 한 원숭이족은 식인귀와의 싸움에서 승리를 하기 때문이다. 더구나 이 서판에 글을 쓴 자는 다윗의 아들 솔로몬 왕(두 분에게 평안 있으라!)이라는 것을 알지어다.』 얀샤는 이 글을 읽고 눈물에 젖어 부하들에게도 읽어주었습니다. 그리고는 또다시 개의 등에 올라 승리를 기뻐하는 원숭이 병사들에 둘러싸여 성으로 돌아왔습니다.

얀샤는 이곳에서 일 년 반이나 원숭이들을 통치하면서 머물러 있었습니다. 그러던 어느 날 원숭이군에게 개를 타고 사냥을 나가는 자기를 따르라고 명령하고는 일행은 숲과 황야를 헤치고 오지 깊숙이 전진해 갔습니다. 그러는 동안에 '개미의 골짜기'에 접근했지만 얀샤는 예의 그 설화석고의 서판에 적힌 글을 읽어 그전부터 그것을 알고 있었던 것입니다. 그래서 일행은 개의 등에서 내려 열흘 동안 먹고 마시면서 머물러 있었습니다만, 어느 날 밤 얀샤는 몰래 부하 노예들을 불러서 말했습니다.

"이 개미의 골짜기를 지나 유태인 부락으로 도망을 칠까 한다. 아마 알라의 뜻으로 원숭이들의 손에서 빠져날 수 있을 것이다. 그럼 이제부터 신의 길을 더듬어 가기로 하자." 세 명의 부하들도 "알았습니다." 하고 대답했으므로 얀샤는 날이 밝기를 기다렸다가 갑옷을 입고 장검과 단검 따위의 무기를 허리에 차고, 부하들도 똑같은 차림으로 야영지를 빠져나와 날이 밝을 때까지 서쪽으로 서쪽으로 전진했습니다.

원숭이들이 눈을 뜨고 보니, 얀샤와 부하들의 모습이 보이지 않으므로 네 사람이 도망을 쳤다는 것을 알았습니다. 그래서 그들은 개를 타고 추격하여, 일대는 동쪽 산길을, 다른 일대는 개미의 골짜기로 나가는 길을 따라 전진했습니다만 얼마 안되어 골짜기로 들어서려는 도망자들을 발견했으므로 부리나케 그 뒤를 쫓았습니다. 얀샤 일행은 원숭이들의 모습을 보자, 개미의 골짜기로 도망쳐 들어갔습니다. 그러나 원숭이들도 곧 따라가서 일행의 운명이 바람 앞의 등불처럼 되었을 때 이건 또 무슨 조화입니까? 개만한 크기의 큰 개미 떼들이 땅속에서 우글우글 나타나 원숭이군에게 달려들었던 것입니다. 양쪽이 많은 피해를 입었습니다만 전세는 개미 쪽이 유리하게 전개되었습니다. 개미 한 마리가 원숭이 한 마리에게 도전하여 두 쪽으로 찢어놓으면 원숭이 쪽에서는 열 마리가 달려들어 겨우 개미 한 마리를 두 쪽으로 쪼개는 상태였습니다. 격전은 저녁 때까지 계속되어 마침내 개미군이 승리를 거둔 것입니다. 한편 얀샤와 부하들은 골짜기의 개울을 따라서 자꾸만 도망을 쳤습니다.

　—샤라자드는 날이 훤히 밝아오는 것을 깨닫자, 여기서 허락된 이야기를 그쳤다.

　●505일째 밤

샤라자드는 말을 이었다. 오, 인자하신 임금님, 한편 얀샤와 부하들은 골짜기의 개울을 따라 밤을 새우며 도망을 쳤습니다. 그러나 날이 밝자 원숭이군은 또다시 일행에게 공격을 가해왔으므로 왕자는 그것을 보자 부하들에게 명령했습니다. "칼로 베어라." 그래서 세 노예병이 칼집에서 칼을 뽑아 종횡무진으로 무찌르고 있으려니까, 거기 코끼리 같은 이빨을 가진 원숭이 한 마리가 달려들어 노예병 하나를 쓰러뜨리고는 두 조각으로 찢어놓고 말았습니다. 이에 사기가 충천된 원숭이군 아까보다도 맹렬하게 얀샤에게 공격

을 가해왔으므로 왕자는 부하들과 함께 골짜기의 낮은 곳으로 몸
을 피했습니다. 보니 눈앞에는 큰 강이 가로놓여 있고, 그 기슭에
는 수많은 개미의 대군이 대치하고 있었습니다. 개미들은 얀샤의
모습을 보자 와 하고 달려들어 일행을 포위하고 말았습니다. 노예
하나가 칼을 뽑아들고 개미들을 두 조각으로 잘라 죽이자 전군이
그 노예에게로 달려들어 물어 죽였습니다, 진퇴양난이 된 그 순간
갑자기 산을 달려 내려온 것은 원숭이의 군대였는데 이것 또한 다
수를 믿고 얀샤에게로 달려들었습니다. 그러나 얀샤는 허둥지둥
입고 있던 옷을 벗어버리고는 살아 남은 노예와 함께 풍덩 강 속
으로 뛰어들어 강 한가운데로 헤엄쳐 나갔습니다.

　이윽고 맞은편 기슭에 나무 한 그루를 찾아내어 그 쪽으로 헤엄
쳐 갔습니다. 그러고는 나뭇가지에 매달려 몸을 끌어당겨 둑으로
뛰어올랐습니다. 그러나 살아 남은 최후의 노예는 급류에 휩쓸려
바위 모퉁이에 부딪쳐 산산조각이 나고 말았습니다.

　얀샤는 얼른 옷의 물을 짜고서 양지에 펴 말렸습니다. 그 동안
에도 원숭이와 개미 사이의 싸움은 치열하게 벌어지고 있었는데,
마침내 원숭이들은 추격을 그만두고 자기들의 고국으로 철수했습
니다. 강가에 혼자 남은 얀샤는 그저 눈물에 젖어 슬퍼할 뿐이었
으나, 어두워지자 동굴로 몸을 피해 공포와 부하를 잃은 쓸쓸함으
로 하룻밤을 뜬눈으로 새웠습니다. 이튿날 아침 겨우 잠에서 깨어
나자, 얀샤는 또다시 여로에 올라 풀을 먹으면서 몇날 몇밤 동안
여행을 계속한 끝에 마침내 불처럼 타고 있는 산에 당도했습니다.
그후 다시 안식일마다 물이 마른다는 강으로 나왔습니다. 그런데
이 강은 아주 큰 강이었으며, 맞은편 기슭에는 큰 도시가 있었는
데, 이것은 서판에 적혀 있던 유태인의 수도였습니다. 얀샤는 그곳
에서 멈추어 다음 안식일까지 기다렸다가 강물이 마르자, 맞은편
기슭으로 건너, 유태인의 수도로 들어갔습니다.

　그러나 시내에는 사람이라고는 그림자 하나도 보이지 않았습니
다. 그래서 사방으로 돌아다니다가 어느 집 문앞에 이르자, 문을

열고 집 안으로 들어갔습니다. 그러나 그 집의 사람들은 말이라곤 한 마디도 하지 않고 그저 잠자코 있을 뿐입니다. "나는 외국인인데 배가 고파 죽겠습니다." 하고 얀샤가 말하자, 그들은 그저 "마음대로 먹고 마시고 하시오. 그러나 입을 열면 안됩니다." 라고 하는 듯이 몸짓으로 신호했습니다. 얀샤는 먹고 마시고 한 다음 그 날 밤은 쉬었습니다만 아침이 되자, 이 집 주인이 인사를 하고 환영의 말을 한 다음 "당신은 어디서 오셨죠? 그리고 어디로 가시는 길입니까?" 하고 물었습니다. 이 말에 얀샤는 몹시 눈물에 젖어 자초지종과 부친이 카브르의 왕이라는 것까지 이야기했습니다.

이 말을 듣고 유태인은 의아하다는 표정을 지으며 말했습니다. "그런 도시의 이름은 처음 듣는데, 그러나 대상의 상인으로부터 그 쪽에 알 야만이라는 나라가 있다는 얘기는 들었소." 그래서 얀샤가 "그 나라는 여기서 얼마나 떨어져 있습니까?" 하고 묻자 유태인은 대답했습니다. "대상 상인의 이야기에 의하면 그 나라에서 여기까지 2년 하고 석 달이 걸린다고 합니다." "그럼, 대상은 언제 옵니까?" "내년에는 올텐데요."

　—샤라자드는 날이 훤히 밝아오는 것을 깨닫자, 여기서 허락된 이야기를 그쳤다.


● 506일째 밤

샤라자드는 말을 이었다. 오, 인자하신 임금님, 얀샤가 대상이 오는 시기를 묻자 유태인은 "내년에는 올텐데요." 하고 대답했습니다. 이 말을 들은 왕자는 눈물을 하염없이 흘리며 자기 자신과 백인 노예의 신세를 생각하니 슬프기 짝이 없었고 또 부모 곁을 떠나 타향을 방랑하는 쓸쓸함과 여행중에 겪었던 불행한 일들을 한탄했습니다. 그러자 유태인은 말했습니다. "젊은 분, 눈물을 거두시오. 대상이 올 때까지 우리와 같이 삽시다. 대상을 따라 고향에 가도록 주선해드릴 테니까."

그래서 얀샤는 꼬박 두 달 동안 유태인의 집에 신세를 지며, 매일 거리에 나가 돌아다니며 쓸쓸한 마음을 달랬습니다. 그러던 어느 날 언제나처럼 거리를 거닐고 있노라니까 어떤 사나이 하나가 큰 목소리로 "자, 자, 누구 없으시오? 오늘 하루 아침부터 밤까지 일하여 금화 1000닢과 세상에서도 보기 드문 미인을 손 안에 넣고 싶은 사람은?" 하고 외치고 있는 소리가 귀에 들렸습니다. 그러나 누구 하나 대답하는 사람이 없었으므로 얀샤는 마음속으로 혼자 생각했습니다. "일이 위험하고 어렵지 않다면 설마 저 사나이가 고작 반나절 일에 1000디나르와 미녀를 줄 리가 없지 않은가."

얀샤는 그 사나이에게 말을 건넸습니다. "내가 그 일을 해보겠소." 그러자 그 사나이는 하늘 높이 솟아 있는 어느 저택으로 얀샤를 안내했습니다. 두 사람이 안으로 들어가보니 유태인 상인 하나가 흑단 의자에 앉아 있었습니다. 그 사람은 공손히 상인 앞에 서서 "상인님, 저는 이 석 달 동안 매일 사람을 찾아 돌아다녔지만 이 젊은이 외엔 아무도 응해주는 사람이 없었습니다." 하고 말했습니다.

이 말을 들은 유태인은 반색을 하며 얀샤를 맞이하여 호화로운 거실로 안내하고 식사 준비를 명령했습니다. 하인들이 다리가 휠 정도로 진수성찬을 차려놓자 상인과 얀샤는 함께 먹고서 손을 씻었습니다. 이어 술이 나오자, 두 사람은 또 이것을 마셨습니다. 그것이 끝나자 유태인은 1000디나르가 든 지갑과 함께 세상에서도 보기 드문 미인을 하나 데리고 왔습니다. "자, 색시와 수고값을 드리리다." 얀샤가 지갑을 받고 색시를 옆에 앉히자 상인은 다시 말을 이었습니다. "그럼, 내일 일에 착수하도록 부탁하겠소." 이 한마디를 남기고 상인이 방을 나가니 얀샤는 그날 밤 처녀와 단꿈을 맺었습니다.

날이 밝기가 무섭게 상인은 노예에게 얀샤가 목욕을 끝내는 대로 값비싼 비단옷을 입히도록 분부했습니다. 그들이 주인이 시키는 대로 해가지고 얀샤를 저택으로 데리고 오자, 상인은 거문고와 비파와 술 등을 가져오라고 하여 두 사람은 잔을 기울이기도 하고, 비파를 타기도 하면서 흥겹게 놀았습니다. 이윽고 밤이 깊어지자 유태인은 다시 자기의 저택으로 돌아가고 얀샤는 날이 밝을 때까지 노예 처녀를 품고 잤습니다.

이튿날 아침 얀샤가 목욕탕에 갔다 돌아오자, 상인이 와서 말했습니다. "이제부터 어디 나를 위하여 일 좀 해주겠소?" 얀샤가 "알았습니다." 하고 말하자 상인은 노예에게 명령하여 암탕나귀를 두 필 끌고 오라고 해서는 한 필에는 얀샤를 태우고 또 한 필에는 자기가 탔습니다. 그리고는 시내를 벗어나 자꾸만 앞으로 전진하여 한낮쯤 되어서는 꼭대기도 분간할 수 없는 높은 산에 당도했습니다. 여기까지 오자 상인은 당나귀에서 내려 얀샤에게도 내리라고 말했습니다. 얀샤가 하라는 대로 하자, 상인은 단도와 끈을 주며 "이 당나귀를 죽여주시오." 하고 말했습니다. 그래서 얀샤는 소매와 옷자락을 걷어붙이고 당나귀에게 다가가 다리를 끈으로 묶어 땅 위에 쓰러뜨린 후 칼로 목을 찔렀습니다. 그러고는 껍질을 벗기고 머리와 다리를 잘라버리자, 당나귀는 이제 한 덩어리의 고기에 지나지 않게 되어버렸습니다. 그러자 유태인이 말하기를 "당나귀의 배를 갈라 그 안으로 들어가시오. 내가 밖에서 꿰매줄 테니까 잠시 동안 가만히 있다가 뱃속에서 본 것을 무엇이든 가르쳐주시오." 그래서 얀샤는 당나귀 배를 가르고 안으로 기어 들어가자, 상인은 이것을 꿰매고는 멀리 물러갔습니다.

―샤라자드는 날이 훤히 밝아오는 것을 깨닫자, 여기서 허락된 이야기를 그쳤다.


● 507일째 밤

샤라자드는 말을 이었다. 오, 인자하신 임금님, 상인은 얀샤를 당나귀 뱃속에 넣고 꿰맨 다음 멀리 몸을 피해 산기슭에 숨었습니다. 잠시 후 한 마리의 커다란 새가 당나귀의 시체 위로 날아 내려와 느닷없이 그것을 채어가지고 산꼭대기로 날아 올라갔습니다. 그리고 먹이를 땅바닥에 내려놓고 당장이라도 먹어치울 기세였습니다. 얀샤는 그 기색을 깨닫자 당나귀 배를 찢고 튀어나왔습니다. 큰 새는 그 모습에 깜짝 놀라 날아가버렸습니다. 얀샤는 우뚝 서서 사방을 둘러보았지만 눈에 들어오는 것이라곤 햇볕에 바짝 말라 미이라가 되어버린 인간의 시체뿐이었으므로 "영광되고 위대한 신 알라 외에 주권 없고, 권력 없도다!" 하고 외쳤습니다. 그러고는 험한 절벽 사이로 아래를 내려다보며 유태인의 모습을 찾으니, 그도 얀샤를 찾으면서 산기슭에 서 있는 것이 보였습니다. 유태인은 얀샤를 발견하자마자 큰 소리로 외쳤습니다. "거기 뒹굴고 있는 돌을 내던지시오. 당신이 내려올 수 있는 길을 가르쳐 줄 테니."

그래서 얀샤는 200개 정도의 돌멩이를 던져 주었는데, 그것은 모두가 홍옥과 감람석과 그 밖의 보석이었습니다. 다 던지고 나서 얀샤는 유태인에게 외쳤습니다. "아래로 내려가는 길을 가르쳐 주시오. 그렇게 하면 더 많은 돌을 던져주리다." 그러나 유태인은 돌을 주어모아 가지고 당나귀 등에 싣고는 얀샤를 산꼭대기에 그대로 둔 채 아무 대답도 없이 그냥 떠나버렸습니다. 왕자는 속임수에 넘어갔다는 것을 깨닫자, 눈물에 젖어 하늘의 구원을 청했습니다.

이런 모양으로 사흘이 지났습니다. 왕자는 일어나 산의 잡초를 씹고 굶주림을 면하면서 두 달 동안 험한 산악 지대를 헤치며 걸었습니다. 이렇게 하여 겨우 산기슭에 다다르자 저 멀리에 과일 나무가 많이 자라 있고, 새들이 유일신이자 승리의 신인 알라를 칭송하며 사이좋게 지저귀고 있는 골짜기가 눈에 띄었습니다. 이 광경을 목격하게 된 얀샤는 뛰어오를 듯이 기뻐하며 걸음을 재촉하여 순식간에 바위에 둘러싸인 두메에 당도했습니다. 두메를 거쳐 전에 산꼭대기에서 내려다보았던 골짜기의 개울로 나오자, 얀샤는 좌우에 전개되는 경치를 바라보면서 다시 그것을 따라 전진해 갔습니다. 이윽고 하늘을 찌를 듯이 치솟은 큰 성이 나타났습니다. 성문으로 다가서자, 인품이 좋아 보이는 노인 하나가 손에 홍옥수를 박은 지팡이를 쥐고 서 있었으므로 얀샤는 옆으로 다가가 인사를 했습니다. 노인도 이마에 손을 대고 인사하여 답례하고 맞아주며 "자, 앉으시오." 하고 말했습니다. 그래서 얀샤가 성문 옆에 앉자 노인은 다시 말을 이었습니다. "아직껏 한 번도 아담의 아들이 온 적이 없었던 이 나라에 어찌하여 오셨소? 그리고 이제 어디로 가시려는 거요?"

얀샤는 그 말을 듣자, 이제까지 겪었던 가지가지의 고생이 머리에 떠올라 울음이 복받치고 말문이 막혀서 제대로 말을 할 수도 없었습니다. 그러자 노인은 "여보, 젊은이 울지 마시오. 젊은이 모습을 보고 있으려니 이 늙은이의 가슴마저 아파지는구려." 하고 말하며 일어나서는 얼마간의 먹을 것을 앞에다 내놓으며 "자, 드시오." 하고 말했습니다. 얀샤는 이것을 집어들고 전능하신 알라를 칭송했습니다. 다 먹고 나자 노인은 "여보 젊은이, 어디 그대의 신세 이야기와 여러 가지 모험담을 들려주지 않겠소?" 하고 말했으므로 얀샤는 자초지종을 자세히 이야기했습니다.

이것을 들은 노인은 몹시 놀랐습니다. 이윽고 왕자가 "괜찮으시다면 이 골짜기의 왕자가 누구신지 가르쳐주실 수 없으시겠습니까? 그리고 이 성은 도대체 누구의 것인가요?" 하고 묻자 노인은 대답했습니다. "실은 말이오. 이 골짜기도, 안에 있는 것도, 이 성도, 모두가 다 다윗의 아들 솔로몬의 것이오(두 분에게 평안 있으시기를!). 나는 샤이후 나스르라고 하며 조류를 관장하는 왕자요. 왜냐하면 솔로몬 왕이 이 성을 나에게 맡기시고……."


—샤라자드는 날이 훤히 밝아오는 것을 깨닫자, 여기서 허락된 이야기를 그쳤다.

● **508일째 밤**

샤라자드는 말을 이었다. 오, 인자하신 임금님. 나스르 노인은 말을 이었습니다. "들어보시오, 솔로몬 왕은 이 성을 나에게 맡기시고 새의 말을 나에게 가르쳐주신 후 온 세계의 조류를 다스리는 왕자로 만드신 거란 말이오. 그래서 해마다 한 번씩 크고 작은 모든 새들이 여기 모여든다오. 그리고 내 검열이 끝나야만 새들은 다시 날아가게 되어 있다오. 내가 여기에 살고 있는 것도 그 때문이지요." 얀샤는 이야기를 모두 듣고 나서 하염없이 눈물을 흘리면서 노인에게 말했습니다. "할아버지, 도대체 저는 어떻게 하면 고향으로 돌아갈 수 있을까요?" 그러자 노인은 대답했습니다. "여보, 젊은이. 그대는 가프 산 근처에 있기 때문에 새들이 올 때까지 여기에서 나갈 수는 없소. 새들이 오면 그 중 어느 새에게 그대를 맡겨드리리다. 그렇게 하면 고국으로 데려다줄 테니까 말이오. 그 동안은 나와 같이 살면서 시내를 구경하며 마음의 시름을 푸시오."

그래서 얀샤는 나스르 노인에게 신세를 지게 되었습니다. 골짜기로 산책을 나가기도 하고, 과일을 먹기도 하고, 노인과 함께 놀기도 하면서 즐거운 나날을 보내고 있었는데, 그러던 중 예년처럼 새들이 왕자에게로 모여드는 날이 왔습니다. 그래서 노인은 얀샤에게 말했습니다. "여보, 얀샤, 성의 열쇠를 가지고 가서 어느 방이나 문을 열고 들어가 방구경이나 하면서 심심풀이나 하오. 그런데 말이오. 미리 일러두지만 이러이러한 방만은 열어서는 안돼오. 만일 내 말을 어기고 안에 들어가는 날엔 그대는 다시는 행운을 맞을 수 없을 거요." 노인은 몇 번이고 다짐을 주며 주의를 되풀이했습니다. 그러고 나서 새들을 맞이하러 나가자 새들은 종류에 따라 노인 앞으로 나와 그 손에 입을 맞췄습니다.

이야기가 바뀌어 얀샤는 나스르 노인이 새들을 만나는 동안 성안을 이리저리 돌아다니면서 여러 문을 열고 실내를 구경한 것입니다. 이럭저럭하는 동안에 나스르 노인으로부터 문을 열고 들어가서는 안된다는 방 앞에 이르렀습니다. 얀샤는 문을 짐짓 바라보다가 수수하고도 고상한 꾸밈새에 그만 탄복하고 말았습니다. 그 방의 문에는 황금 자물쇠가 채워져 있었으니 말입니다. 그래서 왕자는 자기도 모르게 혼잣말을 중얼거렸습니다. '이 방은 다른 방보다 훨씬 훌륭할 것이 틀림없어. 나스르 노인은 열어선 안된다고 말했지만 안에 들어가보고 싶구나! 무슨 일이 있어도 안으로 들어가 방안의 모양을 보지 않고선 견딜 수 없겠는데. 글쎄, 정해진 것이라면 인간은 어떠한 일이 있더라도 반드시 성취해야만 할 테니까.'

그래서 얀샤는 한손을 뻗쳐 문의 자물쇠를 벗기고 안으로 들어갔습니다. 들어가보니 눈앞에 커다란 수반이 놓여 있고, 한쪽 옆에는 자킨스로 만든 격자창이 달린 금은과 수정으로 만들어진 조그마한 막사가 서 있었습니다. 마루는 녹옥석, 홍보옥, 취록옥과 그 밖의 보석을 모자이크풍으로 깔아놓은 호화로운 것이었습니다. 막사 한가운데는 찰찰 물이 넘치는 황금 수반에 분수가 설치되어 있고, 그 주위에는 조각 솜씨를 다하여 금은으로 만든 새와 짐승의 상이 있는데, 각기 그 입에서는 물을 내뿜고 있었습니다. 산들바람이 불면 조상의 귀로 들어가 각기 색다른 음색으로 마치 진짜 새소리로 지저귀고 있었습니다. 또 샘물 근처에는 단이 달린 큰 방이 있었는데, 단상에는 진주와 보옥을 박은 홍옥수의 옥좌가 놓여 있었습니다. 그리고 그 위쪽에는 폭이 50척이나 되는 초록색 비단 천막이 둘러져 있고, 그것에는 도장이 찍힌 반지에 어울리는 보옥을 수놓고 귀금속으로 테두리마저 붙어 있었습니다. 그 막사 안에는 또 솔로몬 왕(유혼이시여 명복을 비나이다!)의 양탄자가 들어있는 조그만 방도 있었습니다. 또 막사 주위에는 과수가 울창하게 우거져 있고, 개울이 졸졸 흐르고 있는 넓다란 화원이 전개되고, 한편 옥좌 주위에는 장미, 질리꽃, 에그란틴 등의 온갖 향기로운 화초를 심은 꽃밭이 꾸며져 있고, 나무들은 같은 가지에 생것과 마른 것의 두 가지 열매가 열리고, 나뭇가지는 바람의 구애에 응하여 한들거리고 있었습니다.

이러한 경치가 모두 그 한 방에 있고 보니, 얀샤는 정말 놀라서 어찌 할 바를 몰랐습니다. 왕궁과 정원을 거닐면서 진기한 경치를 바라보며 울적함을 풀고 있던 중 문득 수반에 시선이 옮아간 순간 그 바닥에 깔려 있는 자갈이 모두 보옥과 귀금속이라는 것을 알았습니다. 그 밖에도 방안에는 무수히 많은 희한한 것들이 있었습니다.

—샤라자드는 날이 훤히 밝아오는 것을 깨닫자, 여기서 허락된 이야기를 그쳤다.

● 509일째 밤

샤라자드는 말을 이었다. 오, 인자하신 임금님. 얀샤는 그 방에서 여러 가지 이상하고도 희한한 것들을 구경한 후 막사에 돌아와 옥좌에 오르자, 둘러친 천막 아래에서 어느새 잠이 들고 말았습니다. 얼마간 잠을 자고 눈을 뜨자, 이번에는 밖으로 나와 입구에 놓인 걸상에 앉았습니다. 아름다운 광경에 그저 넋을 잃고 앉아 있으려니까, 하늘에서 갑자기 날아내려온 것은 세 마리의 새로, 몸은 독수리만큼이나 크고 모습은 비둘기와도 같았습니다. 그 새들은 수반가에 내려앉아 잠시 거기서 장난을 치고 있더니, 이윽고 깃털을 벗어버리자, 순간 세상에 유례가 없을 만큼 달과도 같이 아름다운 세 명의 미녀로 변했습니다. 세 처녀는 사이좋게 수반 속으로 뛰어들어 헤엄쳐 돌아다니면서 즐거워했습니다. 얀샤는 그저 멍하니 처녀들의 아름다운 용모와 그 고운 자태에 넋을 잃고 있었습니다. 잠시 후 그들은 물에서 나와 정원 안을 이리저리 거닐고 있었습니다. 얀샤는 처녀들이 물에서 나온 모습을 보고서 미칠 것만 같았습니다. 그래서 자리에서 일어나 그 뒤를 쫓아가 인사했습니다. 처녀들이 답례하자, 얀샤는 말을 건넸습니다. "여보시오, 뛰어나게 아름다운 공주님들, 당신들은 누구이며, 어디서 오셨습니까?” 그러자 가장 나이 어린 처녀가 대답했습니다. “우리들은 전능하신 알라의 유명계에서 왔습니다. 여기에서 유쾌하게 놀려고요.” 얀샤는 처녀들의 미모에 눈이 휘둥그레져서 가장 나이 어린 처녀에게 말했습니다. “제발 나를 불쌍히 여기시어 온정을 베풀어주십시오. 내 신세와 이제까지의 불행한 과거지사를 측은하게 생각해주십시오.” 그러자 그 처녀는 “그런 이야기는 그만 두세요. 어서 돌아가주세요.” 하고 대답했으므로 얀샤는 하염없이 눈물을 흘리며 깊은 한숨을 내쉬고는 이런 시구를 읊었습니다.

초록색 옷으로 몸을 싼
처녀는 정원의 꽃이로다.
드러난 가슴과 목덜미에
흐트러진 머리칼 늘어뜨리고.
“그대 이름은 무엇이오?” 하고 내가 물으면
처녀 대답하여 말하기를
“나는 사나이의 영혼을 사랑의 불꽃으로 태우는 자로다.”
애절한 마음속의 괴로움을
처녀에게 호소하여 탄식하면,
“그대의 슬픔은 헛되이
바위 위에 뿌려지리.”
내가 다시 처녀에게 말하기를
“진정 그대의 마음
바위와 같다 할지라도
신은 콸콸 솟게 하셨도다
바위에서 맑은 샘물을.”

처녀들은 이 노래를 듣자, 웃음을 터뜨리고, 노래를 부르기도 하며 흥겨워했습니다. 얀샤가 과일을 가지고 오자, 그녀들은 먹기도 하고 마시기도 하며 그날 밤은 얀샤와 함께 쉬었습니다만, 아침이 되자 날개옷을 걸치고는 다시 비둘기와 같은 모습으로 날아가버렸습니다. 그러나 얀샤는 모두가 날아가버리는 뒷모습을 보자, 자기 자신도 날아가버리는 것만 같은 착각이 들어, 큰 소리로 부르짖고는 그대로 실신하여 쓰러져 하루종일 정신을 차리지 못했습니다.

이야기가 바뀌어, 나스르 노인은 새들의 회의에서 돌아오자, 새에게 부탁하여, 젊은이를 고향으로 보내주려고 곧 얀샤를 찾았습니다. 그러나 어디에도 눈에 띄지 않았으므로 금단의 방에 들어간 것이 틀림없다고 생각했습니다. 노인은 그보다 먼저 새들에게 "내 집에 젊은이가 하나 있다. 아직 어린 사람인데 운명의 장난으로 먼 나라에서 여기까지 떠내려왔다. 그래서 너희들이 그 젊은이를 고향으로 데려다주었으면 한다." 하고 말하자, 새들은 "알았습니다." 하고 대답했습니다. 그러자 노인은 얀샤의 행방을 찾아서 마침내 그 금단의 방에까지 오게 된 것입니다. 문이 열려 있는 것을 보고 안으로 들어서자, 왕자는 기절하여 나무 밑에 쓰러져 있었습니다. 노인이 얼른 향수를 얼굴에다 뿌려주었습니다.

—샤라자드는 날이 훤히 밝아오는 것을 깨닫자, 여기서 허락된 이야기를 그쳤다.

● 510일째 밤

샤라자드는 말을 이었다. 오, 인자하신 임금님. 나스르 노인은 얀샤가 나무 밑에 기절하여 쓰러져 있는 것을 보자, 어떤 향수를 가져다가 얼굴에 뿌렸습니다. 그러자 젊은이는 소생하여 여기저기를 두리번거리다가 옆에 노인 외에는 아무도 없는 것을 보고서 깊은 한숨을 내쉬고는 이런 시구를 읊었습니다.

행복이 많은 밤에 그 처녀
보름달처럼 빛났도다.

모습은 하늘거리는 버들가지
눈의 마력은 애타게
세상 사람들을 호리네.
그 입가는 빛나는
장미와 루비를 연상시키고,
머리칼은 칠흑색으로 늘어져
엉덩이를 검게 물들였네.
사랑하는 사람, 명심하라
저 굽이치는 머리칼의 검은 마음을!
그렇다, 허리는 부드러워도
마음만은
철석보다도 더 굳도다.
활등 같은 눈썹은 시선의 화살을
비처럼 퍼부어 멀리 있을지라도
과녁을 어김없이 명중시키네.
아, 진정 아름다운 처녀여!
낙원의 새를 능가하니
이 세상에 태어난 자
어찌 저 처녀와 겨룰 수 있으랴.

나스르 노인은 이 노래를 듣자 말했습니다. "여보, 젊은이, 문을
열고 이 방으로 들어오면 안된다고 내 얼마나 타일렀던가? 그렇지
만 이젠 할 수 없네. 안에서 본 것, 일어난 것, 모두 다 이야기해
보게." 그래서 얀샤가 자기와 세 처녀 사이에서 일어난 사건을 모
조리 이야기하자, 잠자코 듣고 있던 노인은 말했습니다. "실은 그
세 명의 처녀는 마신의 딸들로, 해마다 하루만 이곳으로 와서 쾌
활하게 놀다가 그날 안으로 자기 나라로 돌아간다우." "자기 나라
란 어디입니까?" 얀샤가 묻자, 노인은 "나는 전혀 모르오." 하고
말하고서 곧 덧붙였습니다. "하지만 힘을 내시오. 그런 애인은 버

리고 나를 따라오시오. 새들에게 부탁하여 고향으로 보내 드릴 테
니까."

 얀샤는 이 말을 듣자, 아 하고 비명을 지르며 정신을 잃고 그
자리에 쓰러지고 말았습니다. 그러나 얼마 후 제정신으로 돌아오
자 "할아버지, 나는 고향에 돌아가고 싶지 않습니다. 그저 이젠 그
처녀들을 만나보고 싶은 생각뿐입니다. 이보세요, 할아버지, 나는
비록 할아버지보다 먼저 죽는 한이 있더라도 다시는 집안식구 이
야기는 절대로 하지 않겠습니다." 그리고는 눈물을 흘리며 외쳤습
니다. "비록 일 년에 한 번만이라도 좋으니 사랑하는 여자의 얼굴
을 보면 그것으로 족합니다!" 그리고 깊은 한숨을 내쉬고는 이런
시구를 읊었습니다.


　　바라건대 환상이여
　　한밤중에 벗을 구할지어다
　　나의 그리는 마음 영원히
　　멸망하지 않도록 기도할지어다!
　　그대를 사모하여 내 가슴
　　불꽃처럼 타지 않는다면
　　내 뺨은 눈물로 젖지 않으리
　　내 눈은 흐리지 않으리.
　　주야를 가리지 않고 내 가슴에
　　불행을 참으라고 명령하건만
　　아, 못잊을 사랑의 뜨거운 불은
　　이 몸을 태우고야 말리.


 그리고 나서 젊은이는 나스르 노인의 발밑에 털썩 엎드려, 두
발에 입을 맞추고는 몹시 흐느껴 울며 외쳤습니다.
 "나를 불쌍히 여겨주십시오. 그렇게 하면 알라께서도 당신에게
자비를 베풀어주실 것입니다. 내 고통을 덜어주신다면 알라께서도

당신을 구해주실 것입니다!” 그러자 노인이 대답하여 말하기를 “알라께 맹세코, 그 처녀들에 관해선 아무것도 모르고, 그녀들의 고국이 어디인지도 모르오. 하지만 만일 그대가 정말 그 처녀들 중의 하나를 사모하고 있다면 내년 이맘때까지 여기 계시오. 꼭 또다시 나타날 테니까. 처녀들이 올 날이 다가오면 정원의 나무 그늘에 숨어 계시오. 그리고 그녀들이 땅에 내려 앉아, 날개옷을 벗고 연못에 뛰어들어, 날개옷이 손에 닿지 않을만큼 멀리 헤엄쳐 돌아다니고 있는 동안에 그대가 반한 처녀의 옷을 감추란 말이오. 그녀들은 그대의 모습을 보면 둑으로 올라올 것이오. 그리고 그대 에게 옷을 뺏긴 처녀는 살이라도 깎아줄 듯이 공손히 이렇게 말할 것이오. ‘여보세요, 서방님. 제발 날개옷을 돌려주세요. 그것으로 이 알몸을 감추지 않으면 안되니까요.’ 그러나 그대가 그녀의 애원 을 받아들여 옷을 돌려주는 날엔 소원을 이룰 수 없을 거요. 아니, 그렇기는 고사하고 처녀는 날개옷을 입고 자기 친구들에게로 도망 쳐, 다시는 그 처녀를 만나지 못하게 될 것이오. 그러니 그대는 일 단 날개옷을 손 안에 넣거든 내가 새의 회의에서 돌아올 때까지 겨드랑 밑에 꼭 끼고서 놓지를 마오. 내가 그대와 처녀 사이를 원 만히 주선하여 고향으로 보내줄 테니. 그 처녀와 함께 말이오. 내 가 할 수 있는 일이란 그게 고작이오.”

　—샤라자드는 날이 훤히 밝아오는 것을 깨닫자, 여기서 허락된 이야기를 그쳤다.


　●511일째 밤
　샤라자드는 말을 이었다. 오, 인자하신 임금님. 나스르 노인은 얀 샤에게 말했습니다. “그대가 반한 처녀의 날개옷을 꼭 껴안고서 내가 새 회의에서 돌아올 때까지 그녀에게 돌려줘선 안되오. 내가 할 수 있는 일이라곤 그것이 고작이오.”
　얀샤는 이 말을 듣자 안심하고는 새들이 다시 오기를 고대하면서 흐르는 나날을 손꼽아 세며 다시 또 일 년 동안 나스르 노인네 집에 머물렀습니다. 그리고 드디어 그날이 오자, 노인은 얀샤에게 말했습니다. "나는 이제부터 새들을 만나러 갈 테니 처녀들의 날개옷에 관해서는 전에 이야기해둔 대로 하시오." "알았습니다." 하고 얀샤가 대답하자 노인은 떠났고, 왕자도 정원으로 나가서 사람 눈에 띄지 않도록 나무 그늘에 몸을 감췄습니다. 이렇게 하여 하루, 이틀, 사흘 동안을 학수고대하고 있었지만 처녀들은 좀처럼 나타나지 않았습니다. 얀샤는 자못 슬퍼져서 애절한 생각에 울기도 하고, 한숨을 쉬고도 했지만 끝내는 눈물도 말라버려 정신을 잃고 말았습니다. 이윽고 제정신이 들자, 수반을 바라보기도 하고, 푸른 하늘을 우러러 보기도 하고, 또는 대지의 표면과 넓다란 들판을 내려다보기도 하면서 점점 늘어만 가는 애달픈 마음에 가슴을 태웠습니다.

그렇게 지내고 있는데 어느 날 갑자기 독수리만큼이나 큰 세 마리의 비둘기가 하늘에 나타나 정원 위까지 날아오더니 연못가에 내려 앉았습니다. 여기저기를 두리번거리고 나서 사람도 마신도 없는 것을 확인하자, 세 비둘기는 날개옷을 벗고 세 처녀로 변하여 연못에 뛰어들어 즐겁게 웃으면서 헤엄쳐 돌아다녔습니다. 실 하나 걸치지 않은 처녀들의 알몸은 보는 이의 마음을 흔들고도 남음이 있는 아름다움이었습니다. 제일 손위 처녀가 "이봐, 누가 집 안에 숨어서 우리들을 엿보고 있는 것은 아닌지 몰라." 하고 말하자 가운데 처녀가 대답했습니다. "솔로몬 왕의 치세 이래 인간도 마신도 이 집에 들어온 자는 없거든." 또 제일 손아래 처녀도 웃으면서 한몫 끼여들었습니다. "알라께 맹세코, 만일 누가 숨어 있다고 하면 그 사람은 나를 노리고 있을 거야."

세 처녀는 웃음을 끊일 줄 몰랐는데, 얀샤는 심한 춘정에 가슴을 두근거리면서 모두에게 들키지 않으려고 가만히 나무 그늘에 숨어 있었습니다. 이윽고 그녀들은 둑에 날개옷을 벗어놓은 채 연못 한가운데로 헤엄쳐 나갔습니다. 그 모양을 본 얀샤는 우뚝 일어서 번개처럼 재빨리 연못가로 달려가서 꿈에도 잊어버리지 않은 태양의 처녀라고 하는 가장 나이 어린 처녀의 날개옷을 움켜쥐었습니다. 그때 처녀들은 뒤돌아보다가 젊은이의 모습을 확인하자 깜짝 놀라 부끄러운 나머지 몸을 물속에 감췄습니다. 이윽고 그들은 기슭으로 헤엄쳐 와서 젊은이의 동정을 살폈습니다. 그러고는 보름달처럼 잘생긴 얼굴로 이렇게 물었습니다. "당신은 도대체 누구세요? 어째서 여기 오셨어요? 그리고 왜 샴사의 날개옷을 뺏으셨어요?" "내 곁으로 오세요. 내 신세 이야기를 들려드릴 테니." 얀샤의 대답에 샴사는 말했습니다. "도대체 어떻게 하시겠다는 거예요? 언니들의 옷을 뺏지 않고 어찌하여 내 옷을 뺏은 거죠?" 얀샤는 대답했습니다. "오, 내 눈동자의 빛이여, 연못에서 올라오세요. 그러면 내 신세 이야기를 들려주고, 왜 당신을 택했는지를 가르쳐 드리겠습니다." "여보세요, 나리, 나의 눈을 서늘하게 해주시는 분이시여, 내 열매시여, 옷을 돌려주세요. 옷을 입고 이 살을 가려야겠어요. 그러고 나서 당신 곁으로 가겠어요." 처녀는 그렇게 대답했지만 얀샤는 듣지 않았습니다. "오, 아름다운 공주님 중의 공주님이시여, 어찌하여 당신에게 이 날개옷을 주어, 이룰 수 없는 사랑으로 내 신세를 망치게 할 수 있겠소. 새의 임금이신 나스르 노인이 돌아오실 때까지 절대로 이 옷은 줄 수 없습니다."

그러자 상대방 처녀는 말했습니다. "만일 내 날개옷을 돌려주지 않으신다면 잠시만 저리 비켜주세요. 언니들이 둑에 올라 옷을 입으면 뭐 몸에 걸칠 것을 빌릴 테니까요." "좋소." 얀샤는 그렇게 대답하고서 그들 곁을 떠나 집안으로 들어갔습니다. 그러자 세 처녀들은 연못에서 나왔습니다. 그리고 언니들은 각기 날개옷을 입은 후 샴사에게는 그것만으로는 날을 수 없을 정도의 것을 나누어 주었습니다. 샴사는 곧 이것을 입고서 물속에서 나와, 솟아오르는 보름달이나, 어린 싹을 먹고 있는 영양과도 같은 모습으로 섰습니다. 그러고 나서 얀샤가 아까부터 옥좌에 앉아 있는 막사 안으로 들어가 상대방에게 인사하고는 그 곁에 앉았습니다. "여보세요, 아름다운 도련님, 당신은 당신 자신에게도, 나에게도 못할 짓을 하셨어요. 그렇지만 어떠한 사정인지 알고 싶으니까 신세 이야기를 들려주세요.”

이 말에 얀샤는 흐르는 눈물에 소매를 짤 정도로 울었습니다. 처녀는 사랑 때문에 미칠 것만 같이 되어버린 상대방의 모습을 보고는 일어나서 그 손을 잡고 자기 곁에 끌어당겨, 자기 날개옷 소매로 닦아주었습니다. “여보세요, 아름다운 서방님, 울지 마시고 신세 이야기를 들려주세요.” 그래서 얀샤는 자기가 겪은 모든 사건을, 그때까지 보아온 모든 것을 낱낱이 이야기했습니다.

─샤라자드는 날이 훤히 밝아오는 것을 깨닫자, 여기서 허락된 이야기를 그쳤다.

● 512일째 밤

샤라자드는 말을 이었다. 오, 인자하신 임금님, 처녀 샴사가 얀샤에게 “신세 이야기를 해주세요.” 하고 말했으므로 젊은이는 자기가 겪은 모든 사건을 낱낱이 털어놓았습니다. 처녀는 귀를 기울여 듣고 있었는데, 이윽고 한숨을 내쉬며 말하기를 “여보세요, 서방님, 그렇게까지 나를 위해주신다면 그 날개옷을 돌려주세요. 언니들과 함께 일단 고국으로 날아가서 집안 식구들에게 당신이 나를 얼마나 사랑하고 있는가를 들려드린 후 다시 이리 돌아와 당신을 고국으로 모시고 갈 테니까요.”

얀샤는 그 말을 듣자 눈물에 젖으면서 대답했습니다. “알라의 눈앞에서 매정하게도 내가 죽는 모습을 보셔야겠습니까?” “어머나, 당신, 어째서 그런 이치에 맞지 않는 말씀을 하세요.” 처녀의 대답에 젊은이는 대답했습니다. “만일 당신의 그 날개옷을 돌려준다면 당신은 대번에 날아가버릴 게 아니겠어요, 그러면 나는 당장에 죽고 맙니다.” 이 말은 들은 샴사도 언니들도 웃었습니다. 샴사는 이윽고 “걱정마시고 힘을 내세요. 나는 꼭 당신하고 결혼할 테니까요." 하고 말하면서 젊은이 쪽으로 몸을 숙이고서 상대방을 껴안고서 뺨과 이마에 입을 맞추었습니다. 두 사람은 잠시 서로 꼭 껴안고 있었는데 이윽고 서로 떨어져 옥좌 위에 앉았습니다. 그러자 제일 손위 언니가 뜰로 나가 과일을 따고, 꽃을 꺾어가지고 왔으므로 일동은 먹고, 마시고, 흥겹게 웃어대면서 즐겼습니다.

그런데 얀샤 역시 이루 비할 데 없을 만큼 잘생긴 균형이 잡힌 미남이었으므로 샴사는 이렇게 말했습니다. "그리운 분, 나도 당신이 그리워서 죽겠어요. 어떤 일이 있어도 당신 곁을 떠나지 않겠어요!" 이 말을 들은 젊은이는 안심이 되어 기쁜 나머지 이를 드러내놓고 생긋 웃었습니다. 이렇듯 잠시 즐겁게 행복에 빠져 시간이 가는 줄 모르고 있었는데, 그때 갑자기 새의 회의를 끝마친 나스르 노인이 들어왔습니다.

일동은 일어나 인사를 한 다음 노인의 손에 입을 맞췄습니다. 노인도 일동을 기꺼이 맞으며 자리에 앉으라고 말했습니다. 그래서 다들 다시 먼저 자리에 앉자, 노인은 샴사에게 말했습니다. "이 젊은이는 정말로 당신을 사모하고 있소. 제발 친절하게 대해 주시오. 이분은 세상의 위인, 왕자의 혈통을 이어받고 있으며, 부친은 카브르의 국왕이며, 그 위세는 광대한 판도에 널리 퍼져 있소." "네, 알았습니다." 처녀는 이렇게 대답하고서 노인의 손에 입을 맞추고는 공손히 그 앞에 섰습니다. "만일 그 말에 거짓이 없다면 생명의 굴레로 맺어져 있는 한 이 분을 배반하지 않겠다고 신명에 맹세하시오." 하는 노인의 말에 처녀는 절대로 얀샤를 배반하지 않을 것, 기필코 결혼하고 말겠다는 것 등을 굳게 맹세한 다음 이렇게 덧붙였습니다. "저, 나스르 할아버지, 저는 죽어도 이분을 버리진 않겠어요." 노인은 처녀의 맹세를 믿고서 얀샤에게 말했습니다. "이렇게 결론을 내려주신 알라에게 깊이 감사드립시다!" 왕자는 일이 뜻대로 된 것을 몹시 기뻐하며 그 후 석 달 동안 샴사와 함께 나스르 노인네 집에서 연회를 열고 즐기면서 즐겁게 지냈습니다.

―샤라자드는 날이 훤히 밝아오는 것을 깨닫자, 여기서 허락된 이야기를 그쳤다.


● 513일째 밤

샤라자드는 말을 이었다. 오, 인자하신 임금님, 얀샤와 샴사는 함께 나스르 노인네 집에서 석 달 동안 연회를 열고 즐기면서 즐겁게 지냈습니다. 석 달이 지난 후 처녀는 얀샤에게 "함께 당신 고향에 가고 싶어요. 고향에서 부부가 되어 즐겁게 지내요." 하고 말했으므로 젊은이는 "그럽시다." 하고 대답하고서 나스르 노인과 의논하자 노인도 "그럼 고향으로 가시오, 저 처녀는 그대에게 맡기겠소." 하고 말했습니다. 그러자 샴사가 "저, 할아버지, 내 날개옷을 돌려주라고 말씀해주세요." 하고 부탁했으므로 노인은 얀샤에게 날개옷을 돌려주라고 일렀습니다. 젊은이가 얼른 집 안으로 들어가 이것을 가지고 나오자 처녀는 입고 나서 말했습니다. "그럼, 내 등에 업혀 눈을 꼭 감고 귀를 막고 계세요. 빙빙 도는 천체의 요동소리가 들리지 않도록 말이에요. 게다가 떨어지면 큰일이니까 이 날개옷을 꼭 붙잡고 놓치면 안됩니다."

얀샤가 하라는 대로 하자, 샴사는 날개를 펼치고 날아오르려고 했습니다. 그때, 나스르 노인은 "잠깐 기다려, 길을 잃지 않도록 카브르국을 그대들에게 설명해줄 터이니." 하고 말했으므로 샴사는 날개를 쉬었습니다. 노인은 길을 가르쳐주고, 작별을 고한 다음 왕자를 잘 부탁한다고 말했습니다. 샴사는 언니들에게도 작별인사를 고하고는 고국으로 돌아가거든 모든 자초지종을 잘 이야기해 달라는 말을 남기고서 곧장 하늘 높이 날아올라, 한 줄기의 바람처럼, 아니면 번득이는 번개처럼 날아가버렸습니다. 언니들도 또한 하늘로 날아올라 고국으로 돌아와 집안식구들에게 동생의 안부를 전했습니다.

샴사는(얀샤를 등에 업은 채) 아침부터 하오의 기도시각까지 쉬지 않고 날아가다가 저 멀리 수목이 우거지고 냇물이 흐르고 있는 계곡을 발견하였습니다. 그래서 얀샤에게 "저 골짜기에 내리려고 해요. 초목이 있는 데서 푹 쉬며, 하룻밤을 잡시다." 하고 말하자 왕자는 "당신 좋도록 하오!" 하고 대답했습니다. 그래서 처녀가 하늘에서 골짜기로 내리자, 얀샤도 등에서 내려 처녀의 이마에 입을 맞춘 다음, 잠시 함께 개울가에 앉아 있었습니다. 그러고 나서 그들은 골짜기를 이리저리 돌아다니며 바람을 쐬고, 과일을 따먹고는 날이 저물자, 나무그늘에 드러누워 아침까지 잤습니다.

날이 밝자, 처녀는 얼른 일어나서 얀샤를 다시 등에 업고 또다시 하늘을 날기 시작했습니다. 그러자 한낮에 나스르 노인에게서 들은 건물이 눈아래 저만치 갑자기 나타나, 벌써 카브르의 도성도 가까워졌다는 것을 알았습니다. 그래서 샴사는 푸른 하늘에서 넓다란 꽃들이 만발하게 피어 있는 들에 내렸는데, 거기에는 영양이 거닐고, 샘이 솟고, 개울이 졸졸 흐르고, 익은 과일이 나무에 달려 있었습니다. 얀샤가 등에서 내려 처녀의 이마에 입을 맞추자 처녀는 물었습니다. "나의 그리운 분, 눈을 서늘하게 하시는 분, 어제부터 며칠 분의 길을 날아왔는지 당신은 아세요?" "나는 모르겠는데." 얀샤가 대답하자 처녀는 말했습니다. "석달 길을 날아온 거예요" "무사했던 것을 알라에게 감사합니다!" 그러고 나서 두 사람은 나란히 앉아서 먹기도 하고 마시기도 하며, 흥겹게 시간을 보냈습니다.

이렇게 흥겹게 시간을 보내고 있는데 뜻밖에도 전에 왕자를 섬기고 있던 부왕의 백인 노예병 두 명이 그들에게로 다가왔습니다. 그중 하나는 왕자가 어선을 탔을 때 말을 지키느라고 남아 있던 사나이였습니다. 두 병사는 얀샤의 모습을 보자, 곧 알아보고는 인사를 하며 "상관없으시다면 이 길로 임금님께 달려가서 왕자님께서 무사히 돌아오셨다는 반가운 소식을 전할까 생각합니다." 하고 말하므로 왕자는 대답했습니다. "그럼 부왕에게로 가서 내 이야기를 한 다음 천막을 가지고 오너라. 여기서 7일간 머물면서 휴식을

취할 테니까. 그러는 동안에 부왕께선 우리들을 맞이하기 위하여
시종들을 준비하실 테니까, 위풍당당하게 입성할 수 있을 게 아니
냐?"

　—샤라자드는 날이 훤히 밝아오는 것을 깨닫자, 여기서 허락된
이야기를 그쳤다.


●514일째 밤
　샤라자드는 말을 이었다. 오, 인자하신 임금님, 얀샤는 두 백인
노예병에게 말했습니다. "그럼 부왕에게로 가서 내 이야기를 한
다음 천막을 가지고 오너라. 여기서 7일간 머물면서 휴식을 취할
테니까. 그러는 동안에 부왕께선 우리들을 맞이하기 위하여 시종
들을 준비하실 테니까, 위풍당당하게 입성할 수 있을 게 아니냐."
그래서 두 백인 노예병은 테그무스 왕에게로 달려가서 "오 현세의
임금님, 반가운 소식이 있습니다." 하고 보고했습니다. "그게 무슨
소리냐? 반가운 소식이라니? 내 아들 얀샤라도 돌아왔다는 거냐?"
왕의 물음에 두 사람은 대답했습니다. "그렇습니다. 아드님 얀샤
왕자님께서 타향에서 돌아오시어 지금 키라미 들에 계십니다." 왕
은 이 말을 듣고서 뛰어오르듯 기뻐하고는, 기뻐한 나머지 실신하
고 말았습니다.
　이윽고 제정신으로 돌아온 왕은 대신에게 두 백인 노예병들에게
각기 호화로운 어의와 금일봉을 하사하라고 명령했습니다. 대신은
"알았습니다." 하고 대답하고는 곧 명령대로 이행하고는 "너희들
의 말의 진위는 묻지 않겠다. 어쨌든 반가운 소식을 가지고 왔으
니 이것을 받도록 하라." 하고 말했습니다. 그러자 두 사람은 이구
동성으로 대답했습니다. "아닙니다. 우리들은 거짓말은 하지 않습
니다. 이제 방금 얀샤 왕자님과 함께 앉아서 인사를 하고, 손에 입
을 맞추기까지 했는데요. 왕자님께선 천막을 하나 가지고 오라고
하셨는데, 그것은 대신, 태수, 중신들께서 영접하러 가시기까지 7일

동안 야영을 하고 싶다고 생각하셨기 때문입니다." 테그무스 왕이 "아들은 어떻게 하고 있더냐?" 하고 묻자 그들은 "마치 천국에서 데리고 오신 것 같은 미인을 한 분 동반하고 계십니다." 하고 대답했습니다.

이 말을 들은 테그무스 왕은 기뻐하여 북을 치고 나팔을 불라고 명령했으며 또 얀샤의 어머니를 비롯하여 태수, 대신, 심지어는 영내의 제후의 부인들에게도 이 반가운 소식을 전하기 위하여 사자를 파견했습니다. 또 조리꾼들은 온 시내를 뛰어 돌아다니면서 백성들에게 얀샤 왕자의 귀국을 알렸던 것입니다. 이윽고 만반의 준비를 갖춰가지고 기마와 도보의 시종을 거느리고 키라미 들로 향했습니다. 얀샤는 처녀 옆에서 쉬고 있었는데, 갑자기 병사들의 모습을 발견하고 우뚝 서서 그들을 맞으러 나갔습니다. 일행은 그것이 왕자임을 알게 되자, 말에서 내려 인사를 하고 그 손에 입을 맞췄습니다. 그것이 끝나자 얀샤는 한 줄로 늘어선 신하들을 앞세우고 부왕께 문안드렸습니다. 부왕은 왕자를 보자, 말에서 뛰어내려 힘껏 아들을 부둥켜안고서 기쁨의 눈물을 흘렸습니다. 그러고 나서 일동은 다시 말에 올라 좌우에 시중드는 신하를 거느리고 강기슭까지 전진했습니다. 여기서 전군의 장병은 말에서 내려 은은하게 울려퍼지는 나팔소리와 피리소리, 또 북과 징소리에 맞춰 천막과 기치를 에워쌌습니다.

그 밖에 테그무스 왕은 천막을 치라고 명령하여, 샴사 공주를 위하여 특별히 빨간 비단 막사를 하나 세웠으므로, 공주는 초라한 날개옷을 벗고 깨끗한 옷으로 갈아입고는 막사로 들어와 앉았습니다. 정장을 하고 아름다운 모습으로 앉아 있는데, 왕과 왕자가 함께 들어왔습니다. 샴사 공주는 테그무스 왕을 보고 일어나 그 앞에 엎드렸습니다.

왕은 오른쪽에 얀샤를, 왼쪽에 샴사를 앉힌 다음 왕 자신도 자리에 앉자 공주에게는 환영의 말을 하고, 왕자에게는 "오랫동안 타향에 있으면서 얼마나 고생을 했는지 말해보라." 하고 말했습니다. 그래서 왕자가 그 동안의 자초지종을 이야기하자 왕은 몹시 놀라며 공주를 돌아다보고 "신의 뜻으로 그대는 내 아들과 연을 맺은 셈이다. 알라를 칭송할지어다! 진실로 이는 신의 굉장한 은혜로다!"하고 말했습니다.

　—샤라자드는 날이 훤히 밝아오는 것을 깨닫자, 여기서 허락된 이야기를 그쳤다.

● 515일째 밤

샤라자드는 말을 이었다. 오, 인자하신 임금님. 테그무스 왕은 샴사 공주를 돌아다보며 말했습니다. "신의 뜻으로 그대는 내 아들과 연을 맺은 셈이다. 알라를 칭송할지어다! 진실로 이는 신의 굉장한 은혜로다! 그런데 바라는 것이라도 있다면 아무 사양 말고 말해보라. 그대를 위하여 들어줄 터이니." 그러자 샴사 공주가 대답했습니다. "그럼, 소원을 말씀드리겠는데, 화원 한가운데에 궁전을 세워서, 궁전 밑으로 개울이 흐르도록 해주십시오." "그렇게 해주마." 하고 왕은 대답했습니다. 그때 갑자기 대신과 태수와 귀족과 도성의 명사 등의 부인들을 거느리고 얀샤의 모친이 다가왔습니다. 왕자는 그 모습을 보자, 자리에서 일어나 천막 밖으로 나가 맞이했습니다. 두 모자는 오랫동안 서로 껴안고 있었는데, 왕비는 그 동안 기쁜 나머지 두 눈에서 눈물을 흘리며 이런 노래를 읊었습니다.

> 기쁨을 다하여 반가운 나머지
> 이 몸 참다 못해 눈물지었네
> 마음 즐겁고 기뻐서
> 눈물은 폭포처럼 넘쳐 흐르네.
> 오, 내 눈동자여, 눈물이야말로
> 그대의 천성이어라, 시름 있어도

두려움 있어도 울고, 기뻐도
눈물 흘리며 흐느껴 우노라.


두 모자는 서로 긴 이별 때문에 괴로웠던 마음의 아픔을 하소연했습니다. 이윽고 테그무스 왕이 자기 막사로 돌아가자, 얀샤는 모친을 자기 천막으로 안내하여 지나간 이야기들로 꽃을 피웠습니다. 거기 샴사 공주의 시녀가 와서 "공주님께서 지금 인사드리러 이리 오고 계십니다." 하고 전했습니다. 왕비는 이 말을 듣자, 지리에서 일어나 샴사를 맞이하기 위해 밖으로 나가, 인사가 끝나자 자기 옆에 앉혔습니다. 얼마 후 왕비는 고관대작의 부인들이며, 신분이 높은 귀부인들을 거느리고 샴사와 함께 공주의 천막으로 돌아와 자리에 앉았습니다. 한편 테그무스 왕은 왕자의 귀국을 매우 기뻐하여 장병들과 신하들에게 많은 하사품을 내리고, 열흘 동안이나 계속 연회를 베풀어 환락의 나날을 보냈습니다. 열흘이 지나 왕의 명령으로 그곳을 철수하여 수도로 돌아가게 되었습니다. 왕은 좌우로 대신과 시종을 위시하여 전군의 장병을 이끌고 말에 오르자, 도중에 쉴 사이도 없이 전진을 계속하여 아름답게 장식한 도성으로 들어갔습니다. 그것도 그럴 것이, 시민들은 그보다 먼저 집마다 값비싼 비단과 보석으로 장식하고, 또 국왕 일행이 돌아오는 길에는 호화로운 비단을 깔아놓았기 때문입니다.

희소식을 알리는 북소리는 울려퍼지고, 영내의 고관들은 기쁨을 축복하기 위하여 호화로운 선물을 가지고 왔으며, 이 행렬을 바라보는 사람들은 눈이 휘둥그레 놀라는 모습이었습니다. 게다가 거지중이나 탁발승도 잔치에 참석하여, 열흘 동안에 걸쳐 성대한 향연이 계속되었으므로 그것을 바라본 샴사 공주의 기쁨도 이만저만이 아니었습니다. 이어 테그무스 왕은 건축사, 목수, 공예가들을 불러들여 화원 한가운데에 궁전을 지으라고 명령했습니다. 그들은 왕명대로 곧 공사에 착수했습니다. 얀샤는 부왕이 궁전 건축의 명령을 내렸다는 말을 듣자, 장인들을 시켜 커다란 백대리석을 가져오라고 한 다음 이것을 궤짝처럼 파내라고 명령했습니다. 그리고 돌상자가 완성되자 샴사 공주가 그것을 입고 왕자와 함께 하늘을 날아온 그 날개옷을 상자 속에 넣게 한 다음, 납을 녹여서 뚜껑을 봉한 다음 이 돌상자를 토대 밑에 묻고, 그 위에 궁전의 기둥이 되는 홍예문을 세우라고 명령했습니다.

그들은 명령대로 실행했습니다. 이윽고 궁전이 준공되어 마지막 장식물을 붙이니, 화원 한가운데에 굉장한 궁전이 높이 솟고, 주위의 벽 밑으로는 졸졸 개울물이 흘러 풍취를 더했습니다. 이어 호화찬란한 왕자의 결혼식이 거행되고, 사람들은 긴 행렬을 지어 신부를 신궁으로 안내한 다음 물러갔습니다. 그런데 샴사 공주가 신궁으로 들어선 그 순간 날개옷 냄새가 물씬 공주의 코를 스쳤습니다.

—샤라자드는 날이 훤히 밝아오는 것을 깨닫자, 여기서 허락된 이야기를 그쳤다.

● 516일째 밤

샤라자드는 말을 이었다. 오, 인자하신 임금님, 샴사 공주가 신궁으로 들어선 순간 하늘을 나는 날개옷의 냄새가 물씬 공주의 코를 스쳤으므로 그 소재를 곧 알게 되어, 어떻게 해서든지 이것을 손 안에 넣어야겠다고 결심했습니다. 그래서 공주는 한밤중이 되기를 기다려 남편이 깊은 잠에 빠진 틈을 타서 자리에서 일어나 곧장 홍예문 밑의 대리석 상자가 묻혀 있는 곳으로 가서 땅을 파헤쳤습니다. 이윽고 그것을 파내자, 납으로 봉한 것을 뜯어 날개옷을 꺼내 그것을 입었습니다. 그리고 나서 하늘 높이 날아올라 궁전의 첨탑에 내려앉아 궁 안의 사람들에게 큰 소리로 외쳤습니다. "작별인사를 하고 싶으니 제발 얀샤를 데려다주세요."

사람들이 급보를 알리자 얀샤는 밖으로 뛰쳐나왔는데, 날개옷을 입고 궁전의 지붕 꼭대기에 있는 공주의 모습을 보자, "왜 그런 짓을 하는 거요?” 하고 외쳤습니다. 그러자 공주는 대답했습니다. “오, 그리운 분, 내 눈동자를 서늘하게 해주시는 분, 내 마음의 열매시여, 알라께 맹세코, 저는 당신을 아주 사랑하고 있어요. 또 당신을 고국으로 모시고 가서, 양친께 대면시켜 드린 것도 저로선 여간 기쁘지 않아요. 그래서 이번엔 제가 사랑하고 있는 만큼 당신도 이런 저를 사랑하고 계시다면 ‘보석의 성’ 타크니까지 찾아와 주세요.” 이 말을 남기고 샴사는 자기 친구들을 찾아서 날아가버렸기 때문에 얀샤는 실망한 나머지 숨이 넘어갈 지경이 되어 실신하고 말았습니다.

이 소식이 테그무스 왕의 귀에 들어가자, 왕은 당장 말을 몰아 아들의 궁전으로 왔습니다. 와서 보니 과연 왕자는 의식을 잃고 땅 위에 쓰러져 있는 것이 아니겠습니까. 이 모양을 본 왕은 자기 아들이 사랑하는 공주를 잃고 기절한 것을 알고 눈물을 흘리며, 아들의 얼굴에 장미수를 뿌렸습니다. 왕자는 정신을 차리고 부왕이 머리맡에 앉아 있는 것을 보자 아내를 잃은 것을 생각해내고서 비탄의 눈물에 젖었습니다. 왕이 자세한 것을 묻자 왕자는 “실은 아버님, 샴사 공주는 마신의 딸로, 여차여차한 일들이 있었습니다.” 하고 고백했습니다(즉, 지금까지의 모든 경위를 털어놓은 것입니다). 그러자 왕은 말했습니다 “얘야 아들아, 그리 걱정할 건 없다. 나라 안의 상인과 여행자를 긁어모아 그 성에 관하여 물어볼 테니까. 성의 소재를 알기만 하면 찾아가서 그쪽 양친에게 샴사 공주를 달라고 하여라. 전능하신 알라의 뜻으로 꼭 공주는 너의 곁으로 돌아오게 되어 백년가약을 맺게 될 터이니 두고 보아라.”

그러고 나서 왕은 아들의 궁전을 떠나자 그 즉시로 네 명의 대신을 불러 도성 내의 상인과 선원을 모두 소집하여 ‘보석의 성’ 타크니에 관하여 물어보라고 명령한 다음 다시 덧붙였습니다. “아무나 상관 없다. 그 소재를 알고 있어 안내할 수 있는 자가 있다면 금화 5만 닢을 주리라.” 그래서 대신들은 곧 어전을 물러나와, 왕의 명령을 실행에 옮겼습니다. 그런데 상인도 여행자도 ‘보석

의 성' 타크니에 관해선 아무것도 아는 바가 없었습니다. 대신들은 돌아와서 왕에게 그 뜻을 전했습니다.

그러자 왕은 세상의 왕자가 아니고선 구할 수 없는 아름다운 노예 계집, 시녀, 가희, 악인 등을 모아 그들을 얀샤에게로 보냈습니다. 어쩌면 이 미녀들을 보고서 샴사 공주를 사모하여 마지않는 왕자의 연정이 가라앉지 않을까 해서였습니다. 그리고 또 부왕은 여러 나라와 섬에 급사를 파견하고, 밀정을 보내 '보석의 성' 타크니의 소재를 탐색케 했습니다. 그들은 두 달 동안이나 조사하며 돌아다녔지만 누구 하나 단서를 잡지 못했습니다. 그래서 그들은 돌아와서 왕에게 그 결과를 보고하자, 왕은 하염없이 눈물을 흘리며 비탄에 젖었습니다. 왕자의 방으로 가 보니, 얀샤는 시녀와 가희, 악사들에게 둘러싸여 앉아 있기는 하지만, 누구 하나 샴사 공주를 대신하여 그 마음을 위로해줄 수는 없었습니다. 테그무스 왕은 말했습니다. "얘야, 아들아, 섭섭하게도 '보석의 성' 타크니를 아는 사람은 하나도 찾아낼 수가 없구나. 그러나 그 여자보다 더 고상한 여자를 데려다주마." 얀샤는 이 말을 듣자, 눈에 가득 눈물을 싣고 이런 시구를 읊었습니다.


참는 마음은 저버렸지만
정만은 사라지지 않으니
오호라, 이 몸은 그리움에
타버릴 지경, 애닯고나.
샴사 공주와 어느 날에
만나게 될 운명인가?
보아라, 나의 뼈 모조리
연정 때문에 썩어버리나니.


그런데, 일찍이 테그무스 왕과 카핏드라고 부르는 인도의 대왕과는 불구대천의 원수로서, 테그무스 왕은 무수히 많은 병사와 용사를 거느리고, 그 휘하에는 1000명의 용장이 각기 1000개의 부족을 지배하고 있어, 각 부족 가운데서 4000명의 기사를 모을 수 있을 정도로 위세가 당당했습니다. 한편 카핏드 왕은 각기 1000에 이르는 요새로 둘러싼 1000개의 도시를 다스리고, 4명의 대신 외에 태수와 제후가 지방의 통치를 맡고 있었습니다. 정말로 그 권세는 대단하여, 날아가는 새도 떨어뜨릴 만큼 세력이 당당한 대왕으로서, 산하의 병력은 대지를 덮고도 남을 만한 것이었습니다.

그런데 테그무스 왕은 한때 이 대왕에게 도전하여, 그 영토를 침범하여 병사를 살육하고는 보물을 빼앗은 적이 있었습니다. 그러나 테그무스 왕이 아들에 대한 사랑에 빠져서 국사를 등한히 했고 아들을 걱정한 나머지 병력도 줄어, 나라의 힘도 쇠퇴하고 있다는 소문이 카핏드 왕의 귀에 들어갔습니다. 그래서 왕은 대신과 태수들을 불러 말했습니다. "그대들도 다 알고 있을 터이지만 한때 테그무스 왕은 내 영토를 침범하여, 재산을 약탈하고, 내 부왕과 형제를 죽였다. 그대들 역시 빠짐없이 그놈 때문에 피해를 입었으며, 토지를 짓밟히고 보물을 약탈당하고 처자를 빼앗기고 친척이 피살된 것이다. 그런데 오늘 뜻하지 않게 들은 바로는 그 놈이 아들 얀샤에 대한 사랑에 빠져서 나라의 병력도 줄고, 세력도 쇠퇴해 있다는 것이다. 이제야말로 그놈에게 피의 복수를 하기에 절호의 기회가 온 것이다. 그러니 어서 진군 준비를 갖추어 무장을 하라. 어떠한 일이 있을지라도 신속하게 일을 처리하여, 단번에 그놈에게 쳐들어가 아들 할 것 없이 한꺼번에 죽이고, 영토를 빼앗고 말리라."


——샤라자드는 날이 훤히 밝아오는 것을 깨닫자, 여기서 허락된 이야기를 그쳤다.


● 517일째 밤
샤라자드는 말을 이었다. 오, 인자하신 임금님, 카핏드는 부하 장병에게 말을 몰아 테그무스 왕의 영토로 진격하라고 명령하고는 "진군의 준비를 갖추어, 무장하라. 어떤 일이 있을지라도 신속히 일을 처리하여, 그놈에게 단번에 쳐들어가 아들 할 것 없이 한꺼번에 죽이고, 영토를 빼앗고야 말리라." 하고 말했습니다. 일동은 이구동성으로 "알았습니다." 하고 대답하고는 당장 출동준비와 병력의 소집에 착수했습니다. 이렇듯 석 달 동안 준비하여, 만반의 준비가 갖추어지자 전고를 울리고, 나팔을 불어대고, 가지가지의 군기를 휘날렸습니다.

그러고 나서 카핏드 왕을 선두로 출발을 개시하자 전군은 쉬지 않고 진군을 계속하여 마침내 테그무스 왕의 영토인 카브르국의 국경에 도착했습니다. 그리고 국토를 짓밟아 마구 인민을 괴롭혀, 늙은이는 죽이고 젊은이는 포로로 했습니다. 이 소식이 테그무스 왕의 귀에 들어가자 왕은 불처럼 화를 내며 고관대작을 모아놓고 의논했습니다. "실은 말이다, 카핏드가 우리 영토로 침공하여 결전을 치르려는 배짱이다. 그리하여 전능하신 알라 이외엔 아무도 그 수를 모를 대군을 이끌고 침공한 것이다. 그대들은 어떻게 했으면 좋겠다고 생각하는가?" 그러자 모두들 일제히 이구동성으로 대답했습니다. "오, 현세의 임금님, 적을 요격하여 우리 국토에서 격퇴함이 지당하다고 생각합니다."

그래서 테그무스 왕은 전투 준비를 명령하여 사슬갑옷에서부터 가슴갑옷, 투구, 창검 따위에 이르기까지 병사를 죽이고 용사의 목숨을 빼앗을 온갖 무기를 끌어내어 병사들에게 나눠주었습니다. 병사도 용장도 속속 모여들고, 군기는 펄럭이고, 북소리는 울려퍼지고, 나팔과 피리와 징소리가 용감하게 울려퍼졌습니다. 이렇듯 테그무스 왕은 전군을 이끌고 진두에 서서, 인도의 군세를 무찌르고자 출동한 것입니다.

왕은 적진으로 접근하자 진군 중지를 명령하여, 카브르 국경 가까운 골짜기에 야영하여, 우선 사신을 카핏드 왕에게로 보내어 다음과 같은 말을 전했습니다. 『귀하의 행동은 짐승과 같은 행동이며, 만일 귀하가 진정으로 왕후의 피를 이어받은 군주라면, 이러한 짓을 감히 행하여 내 국토를 침범하고, 백성을 살육하고, 재산을 약탈하고, 부정을 일삼는 이 같은 짓은 하지 않을 것이다. 이것이 모두 천인이 다같이 공노할 폭군의 행동임을 귀하는 모르는가? 본인이 미리 귀하가 우리 영토를 침입할 것을 알고 있었다면 귀하의 침입에 앞서 요격하여 벌써 진군을 저지하고 있었을 것이다. 그러나 비록 이렇게 되어버린 오늘이라도 만일 퇴각하여 나쁜 짓을 그만두면 좋고, 그렇지 않으면 깨끗하게 싸움터에서 나를 맞아 무술을 겨루기로 하자.』마지막으로 왕은 이 편지를 봉하자, 부하 하나에게 맡겼고, 또 사자와 함께 첩자를 보내 적정을 살피게 했습니다.

사자는 편지를 들고 즉시 출발했습니다. 적진 가까이까지 가자, 파란 비단의 깃발을 휘날리며 비단과 공단으로 만든 천막이 무수히 늘어서 있는 것이 눈에 띄었지만, 그중에서도 일단의 위병들이 주위를 둘러싸고 있는 빨간 공단의 대막사가 한층 더 두드러지게 눈에 띄었습니다. 사자는 이 천막을 향해 전진하였습니다. 카핏드 왕의 막사에는, 대왕이 대신, 태수, 중신 등에게 둘러싸여 보석을 박은 의자에 앉아 있었습니다. 그래서 사자가 편지를 꺼내자, 일단의 호위병들이 다가와 그 편지를 받아들고, 이것을 왕에게 바쳤습니다. 카핏드 왕은 편지를 읽고 나서, 다음과 같은 내용의 답신을 보냈습니다.

『본인은 테그무스 왕에게 고하노라. 우리 군대는 귀하에게 숙원을 풀고, 치욕을 씻어, 그 영토를 짓밟고, 장막을 둘로 찢어 늙은이를 죽이고 젊은이를 포로로 할 생각이다. 그러니 내일 대평원에서 맞서 아군의 솜씨를 보여 일전을 하리라.』왕이 편지를 봉하여 사자에게 넘겨주자, 사자는 곧 되돌아와서 그것을 테그무스 왕에게 바쳤습니다.

—샤라자드는 날이 훤히 밝아오는 것을 깨닫자, 여기서 허락된

이야기를 그쳤다.


●518일째 밤

샤라자드는 말을 이었다. 오, 인자하신 임금님, 사자는 카핏드 왕의 답신을 받아가지고 얼른 되돌아와 테그무스 왕 앞에 엎드려 이것을 바쳤습니다. 그러고 나서 사자는 본 대로 보고하여 "오, 현세의 임금님, 적군의 전사·기사·보병의 수는 헤아릴 수 없을 만큼 많았습니다." 하고 말했습니다.

테그무스 왕은 답신을 읽고서 그 뜻을 알자, 열화처럼 화를 내며, 대신 아인 자르에게 한밤중의 공격하기 쉬운 시각을 택하여 기병 1000기를 이끌고 카핏드의 진지를 습격하여 닥치는 대로 죽여버리라고 명령했습니다. 대신은 "알았습니다." 하고 대답한 다음 즉시 명령을 받들기 위하여 출동했습니다.

그런데 카핏드 왕에게는 가트라환이라는 이름의 대신이 있었는데, 왕은 이 대신에게 명령하여 기병 5000기를 이끌고 마찬가지로 테그무스 왕의 군대에 밤에 기습을 감행하라고 명령했습니다. 그래서 가트라환은 명령을 받들어 한밤중에 군대를 전진시켰습니다. 이렇듯 쌍방의 양군은 도중에서 서로 충돌하여 대신 가트라환은 적의 대신 아인 자르에게 달려들게 된 것입니다. 쌍방은 요란한 환성을 지르며 날이 밝을 때까지 격전을 계속했는데, 결국 인도군은 패배하여 자기 진지까지 후퇴하고 말았습니다.

카핏드 왕은 이 모습을 보고 열화처럼 화를 내며, 패주해 돌아온 장병을 질타했습니다. "쾌씸한 놈들이로다! 대장을 잃다니 그게 무슨 꼴이냐?" 그러자 그들은 대답했습니다. "오, 현세의 임금님, 가트라환은 테그무스 왕을 기습하려고 병력을 전진시켰는데, 그 도중 밤도 깊은 야밤에 뜻밖에도 병마를 이끈 아인 자르 대신과 딱 마주치게 된 것입니다. 적군을 만난 것은 자란 계곡의 경사면이며, 문득 깨달았을 때는 벌써 때는 늦어 아군은 적군의 한가운데에 포위되어 꼼짝도 못할 지경에 빠지고 말았습니다. 우리들은 야밤에서 새벽에 이르기까지 격전을 거듭하여 쌍방이 많은 사상자를 내었습니다. 때마침 적의 대신과 군세가 와 하고 함성을 지르며 코끼리 얼굴을 때리기 시작하자 코끼리들은 그 심한 매질에 깜짝 놀라 꼬리를 쳐들고는 기병들을 짓밟고 도망치기 시작한 것입니다. 모래 먼지가 자욱이 떠올라 적의 얼굴도 보이지 않을 정도로, 또 피가 비처럼 흘러내려, 만일 우리들이 도망치지 않았다면 아군은 병사 하나 남지 않고 전멸했을 것입니다." 카핏드 왕은 이 말을 듣고 자기도 모르게 외쳤습니다. "너희들에게는 태양의 축복이 없도록 빌겠다! 제발 이들에게 노여움을 보여주소서!"

한편 대신 아인 자르는 테그무스 왕에게로 돌아와서 사태의 진전을 전했습니다. 왕은 무사히 귀환한 것을 기뻐하고 승리를 축복하여 북을 치고 나팔을 불라고 명령했습니다. 이윽고 장병을 점호하여 병력수를 조사해보니 그 누구도 당해낼 자 없는 용사가 이 일전에서 200명이나 죽었음을 알았습니다.

카핏드 왕은 이어 병력을 중원으로 진격시켜, 각기 1만 기병으로 구성된 진열을 15대로 정비하여, 그 지휘를 용맹한 300명의 무장에게 맡겼습니다. 모두가 다 용맹무쌍한 용사들 가운데서 뽑은 용사들로서 그들은 곧 코끼리 등에 올라탔습니다. 왕이 군기를 휘날리고 나팔과 북을 울리니 이들 용사들은 용약 출진했습니다.

이야기가 바뀌어, 테그무스 왕도 자기 쪽 군사들의 전열을 정비한 것인데 각기 1만 기로 구성된 병력이 10편대로 편성되고, 왕의 좌우에서 말을 모는 호걸만 해도 100명의 수에 이르렀습니다. 이윽고 쌍방의 그 이름도 드높은 용사들이 중원으로 나가, 손에 창칼을 들고 전력을 다하여 싸웠습니다. 넓은 대지도 빽빽히 들어선 병사들의 수로 좁을 지경이었습니다. 또 울려퍼지는 북과 징소리, 피리와 목관악기와 나팔, 지축을 흔드는 말발굽 소리와 사람들의 함성 등 귀청을 찢는 듯한 치열한 싸움이었습니다. 흙먼지는 뭉게뭉게 머리를 덮고, 새벽부터 해질 무렵까지 일진일퇴의 격전이 반복되었으나 이윽고 해가 지자, 양군은 좌우로 갈라져 각기 자기 진지로 돌아갔습니다.

—샤라자드는 날이 훤히 밝아오는 것을 깨닫자, 여기서 허락된 이야기를 그쳤다.

### ●519일째 밤

샤라자드는 말을 이었다. 오, 인자하신 임금님, 쌍방의 군사들은 각기 자기 진지로 돌아갔습니다. 카핏드 왕은 장병의 점호를 행한 결과, 5000명의 병력을 잃었음을 알게 되자 몹시 분노를 나타냈습니다. 한편 테그무스 왕도 부하 장병들을 모아놓고 점호해본 결과 용사 중에서도 용사인 3000명의 기사가 전사했음을 알게 되어 몹시 분개했습니다.

그 이튿날 카핏드 왕은 또다시 싸움터로 병사들을 내몰아 어제와 마찬가지로 힘을 과시하였고, 장병들도 이번에야말로 승리를 거둬야겠다는 각오로 전력을 다하여 싸웠습니다. 카핏드 왕이 부하들에게 "누가 싸움터 한가운데로 나가서 선수를 칠 용사는 없는가?" 하고 말하자, 갑자기 전열 속에서 뛰쳐나온 것은 발카이크라는 용사로서, 왕의 앞으로 나와 코끼리에서 내려 대지에 엎드려 적군에게 일 대 일의 싸움을 허락해주십사고 청했습니다. 이윽고 그 용사는 코끼리를 타고 싸움터로 나아자 큰 소리로 외쳤습니다. "일 대 일로 싸움할 상대는 누구냐? 무예를 다투고, 기사의 본분을 발휘할 자는 누구냐?"

테그무스 왕은 이 말을 듣자, 부하 장병들에게 "누가 저 검사와 일 대 일의 싸움을 할 자는 없는가?" 하고 물었습니다. 그러자 전열 속에서 월등히 몸집이 큰 말을 탄 기사 하나가 나타나 왕의 앞으로 말을 몰고 나와 땅 위에 무릎을 꿇고는 발카이크의 상대가 될 테니 허락해주십사고 간청했습니다. 이윽고 기사는 다시 말에 올라 적수를 향하여 말을 몰았습니다. 그러자 발카이크는 첫마디에 "그대는 누구인가? 이름은 뭐라고 하는가? 감히 혼자 나에게

도전하여 창피를 당하려는 건가?" "나는 캄힐의 아들 가잔파르라는 자다." 하고 카브르의 용사가 대답하자, 상대방은 다시 말했습니다. "그대의 이름은 고국에서도 들은 바 있다. 그럼 용사들 앞에서 당당하게 승패를 가려보자."

이 말을 듣고 가잔파르가 넓적다리 밑에서 철퇴를 꺼내자, 발카이크도 보검을 한손에 들고 서로 막고 치고 했습니다. 그러던 중 발카이크는 가잔파르의 머리 위로 힘껏 칼을 내리쳤지만, 투구를 치고 칼이 튀는 바람에 가벼운 상처 하나 낼 수가 없었습니다. 그러자 이번에는 가잔파르가 기회를 보아 발카이크의 머리 위로 맹렬한 철퇴의 일격을 가했으므로 상대방은 코끼리 등에 부딪혀 당장 그 자리에서 절명하고 말았습니다. 이 광경을 본 순간 다른 상대가 뛰어나와 가잔파르에게 "내 형제를 죽이다니 네놈은 누구냐?" 하고 호통을 쳤습니다. 그리고는 무서운 기세로 투창을 던지자 창은 빗나가지 않고 정통으로 가잔파르의 넓적다리를 뚫고, 사슬갑옷을 지나 살에까지 파고들었습니다. 그러나 가잔파르는 깊은 상처를 입었음에도 불구하고 칼을 들고 발카이크의 형제에게로 달려들어 한 칼에 내리치니 상대방은 선혈에 젖어 그 자리에 쓰러지고 말았습니다. 그 사이에 카브르의 도전자 가잔파르는 말을 몰아 테그무스 왕 곁으로 돌아갔습니다.

카핏드 왕은 부하인 용장이 쓰러진 것을 보자, 전군의 장병들에게 명령했습니다. "여봐라, 용사들아, 싸움터로 나가서 전력을 다하여 싸워라!" 테그무스 왕도 가만히 있을 리가 없었습니다. 그도 카핏드 왕 못지않게 부하들을 격려하여 이렇듯 쌍방 사이에선 불꽃튀는 치열한 전투가 벌어지게 된 것입니다. 군마는 울부짖고 병사들은 아우성을 치고, 칼은 획 하고 칼집에서 뽑혀지는가 하면, 북이 울리고 나팔소리는 우렁차게 울려퍼졌습니다. 기마병의 칼싸움이 벌어지고 이름을 떨친 쟁쟁한 용사들이 전진하면 겁쟁이는 창끝을 무서워하며 꽁무니를 빼는 상태였습니다. 귓전을 울리는 것이라곤 함성과 격렬하게 맞부딪치는 무기 소리뿐이었습니다. 쌍방의 군사들은 쓰러지고 또 쓰러져 난투는 언제 끝날지 몰랐으며, 창공에 뜬 태양이 서산으로 기울자, 쌍방의 왕은 자기 병사들을 이끌고 각자의 진영으로 철수했습니다.

테그무스 왕은 군사의 수를 조사해보았더니, 전사자가 5000명에 이르고, 네 개의 군기가 갈가리 찢겨진 것을 보고 열화처럼 화를 냈습니다. 또 카핏드 왕도 마찬가지로 병사의 수를 조사해본 결과 용사 중의 용사를 600명이나 잃은 외에, 아홉 개의 군기를 빼앗긴 것을 알았습니다. 그래서 양군은 사흘 동안 전투를 중지하고 휴식을 취했습니다. 사흘이 지나자, 카핏드 왕은 한 통의 서신을 작성하여 사자에게 맡겨 파쿤 알 카르브(본인은 모친 쪽의 친척이라고 말하고 있었습니다만)라고 하는 왕에게 보냈습니다. 그러자 이 친척되는 왕은 즉시 군대를 이끌고 인도 왕을 지원하러 달려왔습니다.

—샤라자드는 날이 훤히 밝아오는 것을 깨닫자, 여기서 허락된 이야기를 그쳤다.

• 520일째 밤

샤라자드는 말을 이었다. 오, 인자하신 임금님, 파쿤 왕은 즉시 군대를 이끌고 인도 왕을 지원하러 달려왔습니다. 때마침 테그무스 왕은 동산에 앉아 쉬고 있는데, 부하 한 사람이 달려와서 "저 멀리 흙먼지가 온통 하늘을 덮고 있습니다." 하고 보고했습니다. 그래서 왕은 신하들에게 나가서 상황을 탐지해보고 오라고 명령했습니다. 일동은 "알았습니다." 하고 외치고는 밖으로 나갔다가 얼마 후에 돌아와 왕에게 아뢰었습니다. "오, 임금님, 우리들이 흙먼지가 자욱한 곳으로 접근해보았더니, 바람에 흩어진 먼지 사이로 일곱 개의 군기가 보이고, 그 하나하나의 군기 밑에 3000의 병마가 카핏드 왕의 진지를 향하여 진군하고 있었습니다"

이윽고 파쿤 왕은 군대가 인도 왕의 병력과 합류하자, 인사를 하고는 물었습니다. "안녕하십니까? 이 싸움은 도대체 어떻게 된 셈입니까?" 카핏드 왕이 "귀왕은 모르십니까? 테그무스 왕은 나의 원수이며 부왕과 형제를 죽인 장본인입니다. 그 때문에 나는 그놈과 싸움을 하여 숙원을 풀려고 생각하고 쳐들어온 것입니다." 하고 대답하자 파쿤 왕은 말했습니다. "귀하에게 태양의 축복이 있기를!" 인도 왕은 파쿤 알 카르브 왕을 자기 진지에 안내하고, 무사한 도착을 무척 기뻐했습니다.

쌍방의 두 왕의 상태는 이러했습니다만, 이야기가 바뀌어 왕자인 얀샤는 두 달 동안 자기 궁전에만 있으면서, 부왕도 만나지 않을 뿐더러, 시녀 하나도 자기 곁에 오지 못하게 했던 것입니다. 그러는 동안 마음이 초조하고 불안해져 시종 하나에게 물었습니다. "부왕께서는 내 방에 얼씬도 안하시는데 어찌 된 셈이냐?" 시종이 임금님은 카핏드 왕과 싸우러 출진하셨습니다, 하고 말하자 얀샤는 "그럼, 나도 부왕 계시는 데로 가겠으니 말을 내놓아라." 하고 명령했습니다. "알았습니다." 이렇게 말하고서 시종이 당장 말을 끌고 오자 왕자는 속으로 생각했습니다. "나는 이 일, 즉 내 사랑에 관한 것 외엔 아무 관심도 없어. 이대로 그 유태인 마을로 가는 것이 좋을지 몰라. 거기 가면 아마 알라의 자비로, 나를 루비 줍는 일에 고용해준 예의 그 상인을 또다시 만나게 되어 다시 한 번 그전처럼 그렇게 해줄지도 몰라. 어디서 행운이 날아들지 누가 알게 뭐야."

그래서 얀샤는 1000마리의 말을 끌고 여행길에 나선 것인데, 사람들은 "마침내 얀샤 왕자님도 싸움터의 부왕에게로 가서, 도와드릴 생각으로 떠나시는군." 하고 이구동성으로 이야기했습니다. 그들은 자꾸만 길을 재촉하며, 날이 저물자, 광막한 들판에서 걸음을 멈추고 하룻밤을 지새기로 했습니다. 얀샤는 부하들이 모두 잠이 든 것을 확인하자, 몰래 일어나 허리띠를 졸라매고 바그다드를 향하여 말을 달렸습니다. 왜냐하면 그전에 유태인들로부터 2년에 한 번씩 바그다드에서 유태인의 도시로 대상이 떠난다는 말을 들었기 때문에 다음번 대상에 참가하여 여행을 같이 하려는 각오였기 때문이었습니다. 부하들은 왕자와 그 말이 없어진 것을 깨닫자, 사방으로 찾아 돌아다녔습니다. 그러나 묘연하게 행방을 알 수 없었으므로 테그무스 왕에게로 달려가서 왕자의 실종을 알렸습니다. 이 말을 들은 왕은 아주 노하여 머리에 쓰고 있던 왕관을 벗어 아무렇게나 내동댕이 쳤습니다. 그리고 이제라도 당장 입에서 불꽃이 튀어나올 기세로 "알라 외에 주권 없고 권력 없도다! 적을 눈앞에 두고 나는 아들마저 잃었구나!" 하고 외치자 대신과 부하들은 "오, 현세의 임금님, 제발 참으소서. 참으시면 행운이 차례차례로 찾아올 것입니다." 하고 말했습니다.

한편 얀샤는 애인과 헤어지고, 부친의 그리운 정은 더해갈 뿐인지라, 비탄과 괴로움에 가슴은 찢어지고 눈은 눈물에 젖어 낮에도 밤에도 제대로 잠을 이룰 수 없을 지경이었습니다. 그러나 부왕은 아군이 입은 손해를 알게 되자, 이 이상 더 싸울 생각도 없어져 카핏드 왕에게 등을 돌리고는 도망쳤습니다. 그리고 자기 도성으로 퇴각하여 성문을 닫고, 성벽을 엄중히 경비했습니다. 그래서 카핏드 왕은 도망치는 적을 추격하여 도성 정면에다 진을 치고 8일 낮과 밤을 싸움을 걸었으나, 그후 다시 그전 진영으로 후퇴하여 부상자들의 치료에 착수했습니다. 마을 사람들은 그 동안에 요새를 구축하고, 돌화살과 그 밖의 무기를 성벽에 설치하여 만반의 방어태세를 갖추었습니다. 쌍방의 왕은 그런 모양으로 7년이라는 오랜 세월을 서로 대치하고 싸웠습니다.

—샤라자드는 날이 훤히 밝아오는 것을 깨닫자, 여기서 허락된 이야기를 그쳤다.

● 521일째 밤

샤라자드는 말을 이었다. 오, 인자하신 임금님, 테그무스와 카핏드 두 왕은 이와 같이 7년이라는 오랜 세월 싸움을 계속했으며,

이야기는 바뀌어, 얀샤는 어떻게 되었는가 하면 말을 몰고 사막과 들을 건너 도시에 도착할 때마다 '보석의 성' 타크니에 관하여 그 소재를 물었습니다. 그러나 누구 하나 그런 성을 알고 있는 사람은 없고 모두가 "우리들은 그런 곳을 들어본 적도 없고, 이름도 모릅니다."라고 대답할 따름이었습니다. 그러던 중 마침내 어느 상인에게 '유태인의 도시'에 관하여 물어보니 그 도시는 동양의 제일 끝에 있다는 것을 가르쳐주었습니다. 그 밖에 그 상인은 이렇게 덧붙였습니다. "어느 대상이 이달 중 인도의 미즈라칸이라는 도시로 떠납니다. 당신도 동행하면 대상은 호라산으로 갔다가, 거기서 다시 시마운과 후와라즈무의 두 도시로 가게 될 것입니다. 이 후와라즈무로부터 '유태인의 도시'까지는 일 년과 석 달이 걸립니다."

그래서 얀샤는 대상의 출발을 기다렸다가 이에 참가하여 여행을 거듭한 끝에 미즈라칸의 마을에 도착했습니다. 거기서부터 얀샤는 그저 혼자 '보석의 성' 타크니의 소재를 찾아 다시 여행길에 나서 도중에 수많은 고생을 겪고 배고픔과 갈증에 시달리며 시마운이라는 마을에 당도했습니다. 여기서 '유태인의 도시'로 가는 길을 물어 그 길을 알았습니다. 그래서 다시 몇 날 몇 밤 여행을 계속하여 그 옛날 원숭이 군대 눈을 교묘하게 속여 도망쳤던 곳에 이르렀고 그곳에서 다시 유태인의 도시가 건너편에 있는 강가에까지 왔습니다. 얀샤는 강가에 앉아 안식일이 돌아와 전능하신 알라의 뜻으로 강물이 마르기를 기다렸다가 간신히 맞은편 기슭으로 건넌 다음 도성으로 들어가 전에 투숙했던 집을 찾았습니다. 그 유태인과 가족들은 얀샤가 다시 찾아온 것을 기뻐하여 먹을 것과 마실 것을 내놓으며 물었습니다. "지금까지 어디 가 계셨소?" "전능하신 알라의 왕국에." 얀샤는 그렇게 대답하고 그날 밤은 그집에서 머물고, 다음날엔 밖으로 나가 거리를 돌아다녔습니다. 그러고 있는데 "여러분, 겨우 반나절 일을 하고 금화 1000닢과 아름다운 노예 계집을 얻고 싶은 사람은 없습니까?" 하고 큰 소리로 외치며 걸어다니고 있는 조리꾼의 목소리가 귀에 들려왔습니다.

그래서 얀샤는 그에게 다가가 "내가 그 일을 하겠소." 하고 말을 건넸습니다. 조리꾼은 "그렇다면 따라오시오." 하고 말하고는 얀샤가 그전에 간 적이 있던 유태인의 상인집으로 안내했습니다. "이 젊은이가 당신 일을 도와드릴 것입니다." 얀샤인 줄은 전혀 모르고 있는 상인은 크게 환영하며 다른 곳으로 데리고 가서 맛있는 음식과 마실 것을 내놓았습니다. 얀샤가 다 먹고 마시고 나자, 이번엔 돈도 내놓고 약속한 대로 아름다운 노예 처녀도 데리고 왔습니다. 얀샤가 이 여자와 하룻밤 동침하고는 날이 밝자 곧 전날 밤 묵었던 유태인의 주인에게로 가서 돈과 여자를 맡겨버렸습니다.

그러고 나서 상인에게로 되돌아와 상인과 함께 말을 몰고 하늘 높이 솟은 높은 산기슭으로 떠났습니다. 기슭까지 오자 상인은 끈과 단도를 꺼내 "그 암말을 땅에다 쓰러뜨리시오." 하고 말했으므로 얀샤는 말을 쓰러뜨려 발을 끈으로 묶고, 이것을 죽여 머리와 다리를 잘라버리고는 유태인이 시키는 대로 그 배를 갈랐습니다. 그것이 끝나자 유태인은 또 "그 뱃속에 들어가시오. 내가 밖에서 꿰맬 테니까. 그리고 그 안에서 본 것을 모두 다 나에게 가르쳐주는 거요. 당신에게 준 돈은 이 때문이오." 그래서 얀샤가 암말의 뱃속으로 들어가자 상인은 밖에서 이것을 꿰맨 다음 자기는 멀리 물러서서 몸을 감췄습니다.

이윽고 잠시 후에 커다란 새가 공중에서 날아 내려와 느닷없이 시체를 움켜쥐고서 하늘 높이 날아 올라갔습니다. 그러고는 산 꼭대기에 내려 앉아 먹이를 먹으려고 했는데 그것을 알고 얀샤는 단도를 꺼내 배를 가르고 밖으로 튀어나왔습니다. 새는 이 모양을 보고 놀라 날아가버렸으므로 얀샤는 아래가 내려다보이는 데까지 가서 아래쪽을 보니, 그 상인은 마치 작은 새처럼 산 기슭에 서 있는 것이 눈에 띄었습니다. 그래서 얀샤는 큰 소리로 외쳤습니다. "어이, 상인님 이제부터 어떻게 할까요?" 유태인이 "그 근처에 뭥

굴고 있는 돌을 굴려 떨어뜨리시오. 산을 내려오는 길을 가르쳐드릴 테니.” 하고 말하자 얀샤는 대답했습니다. “네놈은 5년 전에 나를 이러저러한 일로 골탕먹인 놈이다. 나는 네놈 때문에 배고픔과 갈증에 시달려 무척 고생을 했다. 너는 또다시 날 여기 올려다놓고 죽일 셈이로구나. 이놈, 내가 뭐 하나 던져줄 줄 아느냐!”

그렇게 말하고서 얀샤는 상인에게 등을 돌리고 새의 임금 나스르 노인이 살고 있는 나라를 향하여 길을 떠났습니다.


—샤라자드는 날이 훤히 밝아오는 것을 깨닫자, 여기서 허락된 이야기를 그쳤다.


• 522일째 밤

샤라자드는 말을 이었다. 오, 인자하신 임금님, 얀샤는 새의 임금 나스르 노인이 살고 있는 나라를 향하여 길을 떠났습니다. 눈에는 눈물을 가득 담고, 무거운 마음으로 배가 고프면 땅의 초목을 먹고, 목이 마르면 개울의 물을 마시면서 몇 날 몇 밤 여행길을 재촉하던 중 마침내 솔로몬 왕의 성이 시야에 들어왔습니다. 그리고 나스르 노인이 문간에 앉아 있는 모습이 눈에 띄었으므로 젊은이는 급히 다가가서 그 두 손에 입을 맞췄습니다. 노인은 인사를 하고 맞으며 “눈을 서늘하게 해주고 마음도 들뜨게 해주는 샴사 공주와 함께 고향으로 보내주었는데, 다시 이곳으로 돌아오다니 도대체 어떻게 된 셈이요?” 하고 물었습니다.

얀샤는 울면서, 자초지종과 공주가 도망친 경위를 자세히 이야기한 다음 “만일 저를 사랑해주시고 계시다면 ‘보물의 성’ 타크니까지 데려다주십시오.” 하고 애원했습니다. 이 말을 들은 노인은 의아해 하는 표정으로 말했습니다. “글쎄, 나는 전연 그런 곳은 모르오. 솔로몬 왕의 영험에 맹세코 아직 그런 이름을 들은 적은 없소!” “그럼, 저는 어떻게 하면 좋겠습니까? 사랑이 그리워서 죽을 것만 같군요.” 하고 얀샤가 말하자 나스르 노인은 대답했습니다.

"꾹 참고 계시오. 새들이 오면 '보석의 성' 타크니에 관하여 물어 보리다. 어쩌면 한 마리쯤은 알고 있는 새가 있을지도 모르오." 얀 샤는 이젠 됐구나 하고 안심하고 궁전 안으로 들어가 지난날 세 처녀를 본 호수로 통하는 방으로 곧장 발길을 돌렸습니다.

그후 잠시 얀샤는 나스르 노인네 집에서 신세를 지고 있었는데, 어느날 함께 앉아 있으려니까 노인이 말했습니다. "여보시오, 젊은 이, 기뻐하시오. 새들이 날아올 시기도 얼마 남지 않았소" 얀샤는 이 소식을 듣고 기뻐했습니다. 2,3일이 지나자 새의 모습이 보이기 시작했으므로 나스르 노인은 말했습니다. "여보, 젊은이, 이런 여러 가지 명칭을 잘 기억해두었다가 말이오. 나와 함께 새들을 만나기 로 합시다." 머지않아 새들이 날아오자 나스르 노인은 한 마리 한 마리에게 인사하며 '보석의 성' 타크니에 관하여 물어보았습니다. 그러나 모두 이구동성으로 "그런 곳은 들은 적이 없는데요." 하고 대답했습니다. 이 말을 들은 얀샤는 슬픈 나머지 정신을 잃고 기 절하고 말았습니다.

그러자 나스르 노인은 한 마리의 큰 새를 불러 "이 젊은이를 카 브르의 나라로 데리고 가라." 하고 명령하고는 그 나라로 가는 길 을 가르쳐주었습니다. 그러고 나서 얀샤를 새 등에 태우고 "부디 조심하시오. 몸을 기울이지 말고 똑바로 앉아 계시오. 그렇게 안하 면 날아가는 동안에 몸뚱이가 가루가 되고 마오. 그러고는 바람을 받지 않도록 귀는 꼭 막고 계시오. 빙빙 도는 천체와 철석철석 울 리는 파도 소리로 귀가 멀면 안되니까."

얀샤는 노인의 분부대로 하려고 결심했습니다. 그 새는 하늘로 날아 오르자 얀샤를 태우고 하루 온종일 날아가다가 이윽고 샤 바 드리라는 짐승의 왕에게 내려놓고 "모처럼 나스르 노인이 길을 가 르쳐주었지만 길을 잃고 말았군요." 하고 말했습니다. 그리고 다시 한 번 젊은이를 등에 싣고 날아가려고 했으나 얀샤는 이것을 거절 했습니다. "나를 여기에 남겨놓고 너만 가거라. 나는 여기서 죽거 나 '보석의 성'을 찾아내거나 둘 중 하나다. 고국으로는 돌아가지 않아." 그래서 새는 얀샤를 짐승의 왕 샤 바드리에게 남겨놓고 날아가버렸습니다.

짐승의 왕은 그래서 얀샤에게 물었습니다. "여보, 당신은 누구시오? 저 큰 새와 함께 어디서 온 것이오?" 얀샤가 자초지종을 들려주자, 샤 바드리는 깜짝 놀라며 말했습니다. "솔로몬 왕의 위세에 맹세코, 나는 그런 성에 관해선 들은 적도 없소. 하지만 내 부하 중에서 그것을 알고 있는 자가 있다면 상을 듬뿍 준 다음 거기까지 안내하라고 하겠소." 이 말을 들은 얀샤는 하염없이 눈물을 흘렸지만 이윽고 눈물을 거두고는 샤 바드리의 집에 묵었습니다. 그러고 나서 얼마 후 짐승의 왕이 말하기를 "이 서판을 들고 잘 본 다음 거기 적혀 있는 문구를 기억해두시오. 짐승이 오거든 '보석의 성'에 관하여 물어볼 테니까."

—샤라자드는 날이 훤히 밝아오는 것을 깨닫자, 여기서 허락된 이야기를 그쳤다.

● 523일째 밤

샤라자드는 말을 이었다. 오, 인자하신 임금님, 짐승의 왕은 얀샤에게 "그 서판에 적혀 있는 문구를 잘 외어두시오. 짐승이 오거든 그 성에 관하여 물어볼 테니까." 하고 말했습니다. 얀샤는 왕의 분부대로 했습니다. 이윽고 얼마 후 계속 짐승들이 몰려와 샤 바드리에게 인사했습니다. 그러나 왕이 '보석의 성' 타크니에 관하여 물었지만 모두가 한사코 "그런 성은 도무지 모르겠는데요. 귀에 들어본 적도 없습니다." 하고 대답할 뿐이었습니다. 이 말을 들은 얀샤는 나스르 노인의 성에서 자기를 날라다준 큰 새와 함께 날아갔다면 좋았을걸 하고 눈물을 글썽거리면서 후회했습니다.

그래도 샤 바드리가 말하기를 "여보, 탄식할 건 없어. 나에겐 형님이 한 분 있소. 시마후라는 왕인데 옛날에는 솔로몬 왕을 배신했기 때문에 갇힌 몸이 된 적도 있지만, 마신족 사이에서는 이 형이나 나스르 노인 이상으로 나이를 먹은 사람은 아무도 없소. 아마도 이 형이라면 성의 사정을 알고 있을지도 모르오. 어쨌든 이 지방 일대의 마신을 지배하고 있으니까 말이오." 그렇게 말하면서 왕은 얀샤를 한 마리의 짐승 등에 태우더니 형에게 보내는 의뢰장 한 통을 주었습니다.

짐승은 왕자를 태우고 곧 출발하여 며칠씩 여행을 계속한 다음 마침내 시마후 왕의 집에 당도했습니다. 짐승은 왕의 모습을 알아보자, 멀리 떨어진 곳에 멈추었으므로 얀샤는 그 등에서 내려 왕의 앞으로 걸어갔습니다. 그러고는 왕의 두 손에 입을 맞춘 다음 아우왕의 편지를 내놓았습니다. 왕은 이것을 훑어보고 나서 그 취지를 이해하자, 왕자를 공손히 맞아 "알라께 맹세코 나는 아직 낳아서 지금까지 그런 성을 본 일도 없을 뿐더러 들은 적도 없소이다!" 하고 말하고 나서 다시 덧붙였습니다(얀샤가 갑자기 울음을 터뜨렸기 때문에). "그렇지만 당신 신세 이야기를 들려 줄 수 없겠소? 도대체 당신은 누구이며, 어디서 와서, 어디로 갈 작정인지."

그래서 얀샤가 처음부터 끝까지 신세 이야기를 들려주자, 시마후는 깜짝 놀라며 말했습니다. "글쎄, 여보시오. 솔로몬 왕조차도 그런 성을 본 적도 들은 적도 없을 거요. 그런데, 여보시오. 나는 산속에 칩거하는 어느 수도사 하나를 알고 있는데, 이 사람은 굉장한 노인이어서 새도 짐승도 마귀도 이 노인의 말이라면 고분고분 듣는다오. 왜 그런가 하면 마귀의 왕들에게 늘 주문을 외우고 있기 때문에 마침내 그 주문과 마력의 힘으로 자연히 굴복시키고 말았기 때문이오. 그리고 이제는 새도 짐승도 그의 부하가 되어 있소.

나 자신도 그 옛날 솔로몬 왕을 배반했기 때문에 왕은 나를 징계하기 위하여 저 수도사를 부른 적이 있었소. 간략한 지혜와 저 주와 요술로 나를 굴복시킬 수 있는 사람은 그 사람뿐이니까 말이오. 나는 그놈 때문에 갇힌 신세가 되었고, 그후 그놈에겐 꼼짝달싹도 못하게 되었지만 말이오. 그 수도사는 온 세상 구석구석까지를 다 돌아다녀 온갖 도로와 땅과 성과 도시를 잘 알고 있소. 그 사람이 모르는 곳이 하나라도 있으리라고는 생각되지 않지. 그래서 말이오, 나는 무슨 일이 있어도 꼭 당신을 그 사람에게 보내야만 하겠소. 만에 하나라도 '보석의 성'으로 가는 길을 가르쳐줄지도 모른단 말이오. 그 사람이 그것을 못한다면 다른 사람에게는 더더구나 기대할 수도 없는 일이오. 새도 짐승도 산들조차도 모두가 다 그 사람에게 복종하고 교묘한 요술을 무서워하고는 기꺼이 섬기고 있으니 말이오. 게다가 법력을 가지고 세 개로 꺾어지는 지팡이를 만들고 있는데, 이것을 땅속에다 박고 주문을 외우면 최초의 지팡이에서는 피가 떨어지는 살, 두번째 지팡이에서는 단 젖, 세번째 지팡이에서는 밀과 보리가 튀어나오는 거야. 그러나 수도사는 지팡이를 빼가지고 '금강석 암자'라는 자기 집으로 물러서는 거야. 게다가 또 이 요술쟁이 수도사는 아주 기발한 발명가여서 온갖 불가사의한 재주를 부릴 수 있단 말이오. 음모와 계략을 자유자재로 꾸며내는 교지에 능한 수도사로서, 온갖 요마의 술법을 터득한 세상에서도 보기드문 대사기꾼이란 말이오. 그 자 이름은 야그무스라고 하는데, 이제부터 그대를 네 날개를 가진 큰 새에 태워서 그 사람에게 보내야겠소."

　—샤라자드는 날이 훤히 밝아오는 것을 깨닫자, 여기서 허락된 이야기를 그쳤다.


　● 524일째 밤

　샤라자드는 말을 이었다. 오, 인자하신 임금님, 시마후 왕은 안샤에게 말했습니다. "그럼 이제부터 네 날개를 가진 큰 새에 태워서 그대를 야그무스 수도사에게로 보내야겠소. 날개의 하나하나의 길이는 30척이요. 다리는 마치 코끼리 다리 같다오. 그러나 일 년에 겨우 두 번밖에 날지 못하는 거야." 그런데 시마후 왕은 팀슐이라는 신하를 가지고 있었는데, 이 사나이는 매일같이 이라크에서 바크트리아 낙타를 두 마리씩 가져다가는 이것을 죽여가지고 큰 새에게 먹이곤 했습니다. 그래서 시마후 왕은 이 새에 얀샤를 태워가지고 야그무스 수도자의 암자로 데리고 가라고 명령했습니다.

큰 새는 하늘 높이 떠오르자, 며칠씩 계속 날아 마침내 '성채의 산'과 '금강석의 암자'로 갔습니다. 얀샤는 새의 등에서 내려 암자 가까이 가보니, 야그무스 수도사는 때마침 기도를 올리고 있는 중이었습니다. 그래서 예배소 안으로 들어가 마루에 엎드린 다음 공손히 수도사 앞에 섰습니다. 야그무스 수도사는 얀샤의 모습을 보자 "잘 오셨소. 고향을 떠나 정처없이 떠돌아다닌 젊은이여! 그럼 여기 오게 된 이유를 들어볼까?"

그래서 얀샤는 눈물을 흘리면서 자기 몸에 닥친 사건의 자초지종을 이야기한 다음 '보석의 성'을 찾고 있는 중이라는 것도 털어놓았습니다. 은자는 젊은이의 신세 이야기를 듣고서 몹시 놀라며 말하기를 "알라께 맹세코 나는 지금 이 나이가 될 때까지 그런 성 이야기를 들은 적이 없을 뿐더러, 그런 성을 보았다는 사람을 만난 적도 없소. 나는 알라의 사도 노아(편안히 잠드소서!)의 시대에 태어나 그후 계속 새와 짐승과 마신들을 다스려왔지만 말이오. 다윗의 아들 솔로몬조차도 아마 잘 모를거요. 하지만 기다리시오. 새와 짐승과 마신의 대장들이 나에게 문안드리러 오면 물어볼 테니까 혹시 누군가가 그 소식을 전해줄 사람이 있을지도 모를 거요. 그렇게 되면 전능하신 알라의 뜻으로 모든 일이 다 간단히 처리가 될 거란 말이오."

그래서 얀샤는 수도사의 집에 있게 되었는데, 집회날이 되자 새와 짐승과 마신들이 하나도 빠짐없이 모여들어 충성을 맹세했습니다. 그래서 야그무스와 얀샤는 '보석의 성' 타크니에 관하여 물어보았으나 일동은 모두 "그런 곳은 본 일도 들은 일도 없습니다." 하고 대답했습니다. 이 말을 들은 얀샤는 하염없이 눈물을 흘리고 슬퍼하며 최고지상의 신 앞에 엎드렸습니다. 그런데 이렇게 슬퍼하고 있는데, 갑자기 높은 하늘로부터 굉장히 몸집이 큰, 날개 색도 새까만 새 한 마리가 뒤늦게 날아내려와 은자의 손에 입을 맞췄습니다. 야그무스가 '보석의 성' 타크니에 관하여 묻자 그 새는 대답했습니다.

"법사님, 저도 형제들도 아직 어렸을 때 카프 산의 뒤에 있는 대사막의 한가운데에 있는 수정언덕에 살고 있었습니다. 부모님은 아침마다 카프 산에 가서는 저녁 때가 되면 먹을 것을 가지고 돌아왔습니다. 어느 날 양친은 아침 일찍 떠난 채 7일 동안이나 돌아오지 않았으므로 우리들은 배가 고파 죽을 뻔했습니다. 그러나 8일 만에 둘 다 울면서 돌아왔기 때문에 왜 돌아오지 않았느냐고 물었더니 부모는 "마신 하나가 갑자기 우리들에게로 달려들어 붙잡아가지고 '보석의 성' 타크니로 데리고 갔단다. 그리고 샤란 왕 앞으로 끌고 간 것인데, 왕은 이제라도 당장 우리들을 죽일 판이었어. 그러나 남겨놓고 온 새끼들 이야기를 했더니 목숨을 살려주고 놓아주었단다."라고 하는 이야기였습니다. 그러니까 양친이 아직 살아 계신다면 그 성에 관하여 무슨 단서가 될 만한 것을 가르쳐줄 것입니다."

얀샤는 이 말을 듣고 몹시 눈물에 젖으면서 은자에게 말했습니다. "제발 이 새에게 부탁하여 카프 산 뒤 수정 언덕에 살고 있는 어미새에게 나를 좀 데려다주라고 말씀해주십시오." 그러자 은자는 말했습니다. "여봐라, 새야. 이 젊은이 이야기대로 해주도록 하라." "분부하신 대로 복종하겠습니다." 새는 그렇게 대답하고 나서 얀샤를 등에다 태우고 며칠 동안 쉬지 않고 계속 날아 수정 언덕에 이르러 거기에 내렸습니다. 잠시 쉰 다음 다시 얀샤를 등에 태우고 날아오르자, 꼬박 이틀 동안 날아서 마침내 어미새의 둥지가 있는 곳에 도착했습니다.

　　─샤라자드는 날이 훤히 밝아오는 것을 깨닫자, 여기서 허락된 이야기를 그쳤다.

● 525일째 밤

샤라자드는 말을 이었다 오, 인자하신 임금님, 그 새는 얀샤를 등에 태오고 이틀 동안 꼬박 날은 후에 마침내 어미새의 둥지가 있는 곳에 도착하자 얀샤를 등에서 내려놓고 말했습니다. "얀샤님, 여기가 우리들의 둥지가 있는 곳입니다." 젊은이는 하염없이 울며 "좀더 멀리 네 어미들이 먹이를 찾으러 떠난 곳까지 데려다줄 수 없겠느냐." 하고 말하자 새는 고개를 끄덕이고, 다시 젊은이를 등에 태우고 7일 낮과 밤을 계속 날았습니다. 그러고는 카르무스라는 하늘 높은 언덕의 꼭대기에 내려놓고 "이 언덕 저쪽에 있는 나라에 관해서 아무것도 모릅니다." 하는 말을 남기고 그냥 날아가 버렸습니다. 얀샤는 언덕 꼭대기에 앉자 자기도 모르는 사이에 잠이 들었습니다. 눈을 뜨자 저 멀리서 번개처럼 번쩍이는 것이 있어, 하늘 가득 그 섬광이 퍼져 있었습니다. 그 섬광이 자기가 그토록 찾고 있는 성에서 새어나오는 것이라고는 꿈에도 모르고 얀샤는 도대체 그게 무엇일까 하고 의아하게 생각했습니다.

그래서 산에서 내려와 섬광이 빛나는 방향으로 걸어간 것인데, 실은 그 빛이야말로 '보석의 성' 타크니가 내뿜고 있는 빛이었습니다. 큰 새의 등에서 내린 카르무스라는 언덕에서 그곳까지 걷는데 두 달이나 걸렸습니다. 성의 초석은 진분홍색 홍옥으로 되어 있고, 그 건물은 누런 황금으로 만들어져 있었습니다. 게다가 또 진기한 금속으로 만들어진 조그마한 탑이 1000개나 되고, 이 탑마다 '암흑의 바다'에서 가지고 온 보석과 광물이 박혀 있었습니다. 그 때문에 '보석의 성' 타크니라는 이름이 붙은 것입니다. 그것은 넓고도 웅장한 성곽으로 성의 주인은 샤란 왕이라고 하여 샴사 공주와 그 자매의 부친이었습니다.

얀샤는 이러했습니다만, 이야기는 바뀌어, 샴사 공주는 얀샤에게서 도망쳐 돌아오자, 곧장 '보석의 성'으로 돌아와, 부모에게 왕자와 자기 사이에서 일어났던 일의 자초지종을 즉 왕자가 세계를 떠돌아다니며 갖가지의 이상한 일들을 목격했다는 것, 진정으로 자기를 사랑하고 자기도 또한 왕자를 진정으로 사랑하고 있다는 것 등을 털어놓았던 것입니다. 그러자 양친은 말했습니다. "너는 알라의 뜻에 맞는 일을 하지 않았던 모양이구나." 그리고 샤란 왕은 마신족의 위병이나 관리들에게 이 이야기를 전하고 누구든 좋으니까 인간을 만나거든 자기에게 데리고 오라고 명령했습니다. 왜냐하면 샴사 공주는 처음부터 양친에게 "얀샤는 진정으로 나를 사랑하고 있기 때문에 필경 뒤따라올 거예요. 그리고 나는 그분 부친의 궁전 지붕에서 날아올 때 '나를 사랑하고 계시다면 보석의 성 타크니까지 찾아오세요!' 하고 큰 소리로 말해두고 왔으니까요." 하고 말했기 때문입니다.

한편 얀샤는 그 섬광을 보자, 그 정체를 알고 싶은 마음에 그쪽으로 곧장 나아갔습니다. 정말 우연하게도 마침 그날 샴사 공주는 카프무스 산 쪽으로 마신 하나를 심부름을 보냈던 것입니다. 그래서 마신은 도중에서 인간을 만나자 부랴부랴 그 곁으로 다가가 인사했습니다. 얀샤는 상대방의 생김새에 깜짝 놀랐지만 답례하자 상대방은 "당신 이름이 뭐요?" 하고 물었습니다. "나는 얀샤라는 자인데, 샴사 공주라는 마녀신을 미칠 만큼 사모하고 있는 자입니다. 그 여자의 아름다운 용모에 완전히 반했어요. 그러나 이렇게 사랑하고 있는데도 그 여자는 새로 지어준 궁전에서 도망쳐버렸기 때문에 이제 이렇게 행방을 찾아온 것입니다." 얀샤는 이렇게 대답하고 몹시 흐느껴 울었습니다.

마신은 젊은이를 짐짓 지켜보고 있었는데, 슬픈 신세 이야기를 듣고 가슴이 터질듯이 불쌍히 여겨 "울음을 거두시오. 꼭 당신의 소원은 성취되고 말 것이오. 실은 말이오. 공주도 당신을 진정으로 사모하고 있어 양친에게 그 이야기를 털어놓았소. 저 성에 있는 자들은 그 이야기를 듣고 있어 당신에게 잘해 줄 거요. 그러니까 힘을 내서 눈물 같은 것은 보이지도 마시오." 하고 말하고는 얀샤를 어깨에 지고 '보석의 성' 타크니로 데리고 갔습니다. 그러자 조

리꾼은 이 길보를 알리기 위하여 성으로 달려가자, 샴사도 양친도
이 소식을 듣자 뛰어오를듯이 기뻐했습니다. 샤란 왕은 호위병도
마신도 마귀도 모두 다 왕자를 공손히 맞이하라고 명령하고 자기
는 곧장 말을 몰고 나갔습니다.

  —샤라자드는 날이 훤히 밝아오는 것을 깨닫자, 여기서 허락된
이야기를 그쳤다.


  ● 526일째 밤

  샤라자드는 말을 이었다. 오, 인자하신 임금님, 샤란 왕은 호위병
도 마신도 마귀도 모두 다 왕자를 맞이하러 나가라고 명령했습니
다. 왕은 얀샤를 보자, 말에서 내려 왕자를 껴안았으며, 얀샤는 그
손에 입을 맞췄습니다. 이윽고 샤란 왕은 금실로 단을 장식하고,
보석을 박은 가지각색의 비단옷을 왕자에게 입힌 다음, 머리에는
인간의 세계에서는 볼 수 없는 왕관을 쓰게 했습니다. 그리고 마
신왕의 군마 중에서 가장 훌륭한 암말을 골라 태운 다음 자신도
말에 올라 앉아 좌우에 많은 신하를 거느리고 위풍당당하게 얀샤
를 성으로 데리고 왔습니다.

  얀샤는 홍옥과 그 밖의 보석으로 성벽을 두르고, 수정과 벽옥과
취록옥을 길에 깔아놓은 성곽의 장관에 놀라, 지난 과거에 자신이
겪었던 슬펐던 신세를 생각하며 울기 시작했습니다. 그러나 왕과
샴사 공주의 모친인 왕비는 젊은이의 눈물을 닦아주며 “자, 이젠
울지 말고 힘을 내세요. 마침내 당신 소원이 이루어졌어요.” 하고
말했습니다. 그러고 나서 샤란 왕의 성안 마당으로 안내하자 많은
시녀와 시동, 게다가 마신의 흑인 노예 따위가 얀샤를 맞이하여
명예로운 자리에 앉히고는 그 옆에 기립했습니다.

  한편 얀샤는 그곳의 화려한 장식, 귀금속과 보석으로 만든 주위
의 벽 따위를 보고 그저 황홀할 뿐이었습니다. 그러고 나서 얼마
쯤 후에 샤란 왕은 알현실로 들어가 옥좌에 앉아 노예 계집과 시

동에게 명령하여 왕자를 데리고 오게 하자, 손수 일어나서 왕자를 맞이하여 옆의 옥좌 위에 앉혔습니다. 이윽고 식사 준비를 명령하여 두 사람은 먹고 마시고 한 다음 손을 씻었는데, 샤사 공주의 어머니인 왕비가 들어와 얀샤에게 인사하고는 이렇게 말하며 환영했습니다. "죽도록 고생한 끝에 겨우 소원이 성취됐군요. 오랫동안 잠도 못잤겠는데, 이제 푹 쉴 수도 있게 되었군요. 당신이 무사했던 것을 알라께 감사드립시다!" 왕비는 이렇게 말하고 일단 물러섰다가 곧 샤사 공주를 데리고 돌아왔습니다.

공주는 얀샤에게 인사하고 그 손에 입맞춘 다음, 얀샤와 양친 앞에서 어찌할 바를 몰라 부끄러워하면서 얼굴을 푹 숙였습니다. 그러고 있는 동안 온 궁전에서 자매들이 하나도 빠짐없이 모여들어 똑같이 얀샤에게 초면의 인사를 했습니다. 이윽고 왕비가 말하기를 "잘 오셨어요. 딸애 샤사는 정말 못할 짓을 했지만 제발 우리들을 생각해서 그애 죄를 용서해주세요." 그러자 얀샤는 이 말을 듣자 더욱 목소리를 높여 외치고는 기절하고 말았습니다. 왕은 그 모양에 놀라 사향과 영묘향을 섞은 장미수를 얼굴에 뿌렸습니다. 그러자 얀샤는 제정신으로 돌아와 샤사 공주를 짐짓 응시하면서 말했습니다. "내 소원을 이뤄주시고 마음의 불꽃을 지워주신 알라를 칭송하리라!" 공주는 그것에 대답하여 "신께서 불꽃으로부터 당신을 지켜주시기를! 그러면 얀샤님, 헤어진 후 어떻게 해서 우리들이 다시 만나게 됐으며, 어떻게 하여 여기까지 오시게 되었는지 그걸 이야기해주실 수 없으실까요. 마신족들조차도 '보석의 성' 타크니에 관해선 거의가 다 모르고 있으니까요. 게다가 우리들은 어떠한 왕에게도 예속되어 있지 않고, 아무도 여기로 통하는 길을 알고 있지는 않으니까요."

그래서 얀샤는 지금까지 자기가 겪은 모험담과 고생에서부터 시작하여 카핏드 왕과 싸우고 있는 부왕은 그대로 남겨놓고 온 경위를 낱낱이 이야기한 후에 마지막으로 이렇게 말하고 이야기를 끝냈습니다. "이것은 모두 다 당신을 사랑하기 때문입니다. 샤사 공주!” 그러자 왕비는 “공주는 당신 시녀가 됐으니까 당신의 소원도 마침내 성취된 셈이에요. 이 딸을 당신에게 드리겠어요.” 하고 말했으므로 얀샤는 아주 기뻐했습니다. 왕비는 다시 덧붙여 “전능하신 알라의 뜻이라면 내달 성대한 혼례식을 올려서 화촉을 밝혀 축하합시다. 그리고 백년해로를 맺은 다음 지금 우리들의 경비를 담당하고 있는 마신들 1000명을 시켜서 둘을 당신의 고국으로 보내 드리도록 하겠어요. 이 군인들은 가장 약한 자라도 당신이 카핏드 왕과 그 부하를 죽이라고 명령만 내리면 필경 순식간에 최후의 하나까지 죽이고 말 거예요. 게다가 또 괜찮다면 매년 일단의 군대를 보내드리겠는데, 어느 병사나 모두 적의 군사를 전멸시킬 만한 힘이 있어요.”

—샤라자드는 날이 훤히 밝아오는 것을 깨닫자, 여기서 허락된 이야기를 그쳤다.

● 527일째 밤

샤라자드는 말을 이었다. 오, 인자하신 임금님, 샴사 공주의 어머니는 마지막으로 말했습니다. “만일 괜찮다면 일단의 병사를 보내 드리겠어요. 어느 병사도 최후의 하나까지 적을 쳐부실 만한 힘이 있어요.” 이윽고 샤란 왕은 옥좌에 앉자, 중신들을 불러놓고 혼례식 준비를 갖추고 7일 낮과 밤 동안 도성을 장식하라고 명령했습니다. “알았습니다.” 일동은 그렇게 대답하고 두 달 동안 열심히 준비를 갖추어 준비가 끝나자, 왕자와 공주의 혼례식을 올리고는 아직껏 보지 못한 성대한 축연을 베풀었습니다. 그러고 나서 얀샤는 신부와 백년해로를 맺어 2년 동안 세상의 온갖 위안과 일락을 다하며 사이좋게 지냈습니다. 2년이 지난 후 얀샤가 아내에게 “당신의 부친은 우리들이 나의 고국으로 가도 좋다고 약속하셨소. 1년을 고국에서 보낸 다음 그 이듬해는 다시 여기서 살라는 분부였소.”라고 말하자 아내는 “알았어요.” 하고 대답하고는 밤이 되자 부왕에게로 가서 남편이 한 말을 전했습니다. 그러자 왕은 “좋다. 그러나 출발준비도 있고 하니 월초까지 참아라.” 하고 대답했으므로 아내는 돌아와서 그 뜻을 남편에게 전하고 약속날까지 기다렸습니다.

출발할 날이 되자 왕의 지시에 따라 마귀들은 진주와 보석을 박은 황금으로 만든 큰 가마를 꺼냈는데, 이것은 찬란하기 비할 데 없는 장식이 되어 있고, 보석을 박은 초록색 비단 두정이 달려 있어 그 사치의 극을 다한 구조에는 보는 사람의 눈이 휘둥그레질 뿐이었습니다. 왕은 마귀 중에서 세 명의 가마꾼을 골라내어 윗사람이 시키는 대로 어디까지 가마를 메고 가도록 명령했습니다. 또 딸에게는 300명의 아름다운 시녀를 따르게 하고, 얀샤에게는 마신의 아들인 백인 노예를 같은 수만큼 주었습니다. 샴사 공주는 어머니와 자매를 위시하여 친척 일동에게 다시 한번 이별을 고하고 떠났으며, 부왕도 일행을 전송하고자 성 밖으로 나왔습니다. 4명의 가마꾼은 가마의 네 모퉁이를 집어들고 어깨에다 메고서 마치 하늘로 나는 새처럼 가볍게 대지와 하늘 사이를 날았습니다.

한낮이 되자 왕은 가마를 내려놓으라고 명령했으므로 일동은 지상으로 내렸습니다. 그리고 세 사람은 서로 이별을 애석하게 여긴 다음 샤란 왕은 샴사를 왕자에게 맡기고 다시 두 사람을 잘 돌봐 주라고 마귀들에게 신신당부를 하고 ‘보석의 성’으로 돌아갔습니다. 왕자와 공주가 다시 가마에 타자, 마귀들은 이것을 메고 꼬박 열흘 동안 계속 날았습니다. 일행은 하루에 30개월분의 여정을 날아, 마침내 테그무스 왕의 수도가 보이는 곳까지 왔습니다. 그런데 마귀의 하나는 그전부터 카브르 나라를 알고 있었으므로 도성이 눈에 들어오자 사람들이 많은 도심에 가마를 내려놓으라고 동료들에게 말했습니다.

—샤라자드는 날이 훤히 밝아오는 것을 깨닫자, 여기서 허락된 이야기를 그쳤다.

● 528일째 밤

샤라자드는 말을 이었다. 오, 인자하신 임금님, 마귀 일행은 테그무스 왕의 수도에 가마를 내려놓았습니다. 그런데 그 무렵 왕은 이미 패전하여 도성으로 피신하여 카핏드 왕의 엄중한 포위를 당하여 참담한 곤경에 빠져 있었습니다. 왕은 인도 왕과 화해하여 자신의 생명을 구하려고 했으나 적은 도무지 받아들이려고 하지 않았습니다. 그래서 이젠 살아날 길이 없다고 체념한 왕은 스스로 목을 매달아 자살하여 이 난국을 구제하려고 각오했습니다. 그래서 왕은 대신과 태수들에게 이별을 고하고 후궁의 처첩들에게도 최후의 이별을 고하기 위하여 궁전으로 들어갔습니다. 나라 안이 온통 슬픈 울음소리와 통곡과 비탄의 절규로 가득 찼습니다.

이런 판국에 갑자기 마귀 일행이 성곽 안의 궁전 위로 가마와 함께 내려왔습니다. 얀샤가 알현실 한가운데에 가마를 내려놓으라고 명령하자, 일동은 그대로 했으므로 얀샤는 시녀와 백인 노예병과 함께 지상에 내렸습니다. 도성 사람들은 모두 처참한 처지에 빠져 있었으므로 얀샤는 공주에게 말했습니다. "여보, 나의 사랑하는 애인이여, 눈을 서늘하게 하는 애인이여, 저것 좀 보오. 내 부친이 얼마나 고통을 당하고 계시는지를!" 이 말을 들은 공주는 수위병 마귀들에게 포위중인 적군에게 공격을 가하여 모두 죽이라고 명령하고, "마지막 하나까지 다 죽여버리라." 하고 지시했습니다. 그리고 또 그중 뛰어나게 힘도 세고 용기도 있는 카라탓슈라는 마귀에게 카핏드 왕을 결박하여 끌고 오라고 명령했습니다.

그래서 마귀들은 우선 가마를 내려놓고 하늘을 가리고는 한밤중이 되기를 기다렸다가 적의 진영에 공격을 가했습니다. 아군 한 사람으로 적을 10명, 혹은 적어도 8명을 상대할 만한 힘이 있었습니다. 이쪽 마귀군이 철퇴를 들고 적군에게 덤벼들면 적군의 일단은 마력을 지닌 코끼리를 타고 하늘 높이 떠올랐다가 쏜살같이 내려와 적을 채가지고 공중에서 갈가리 찢어죽이는 상태였습니다.

한편 카라탓슈는 곧장 카핏드 왕의 사령부를 향해 돌진했습니다만 왕은 마침 침상에 누워 자고 있었습니다. 그래서 공포에 부들부들 떨며 울고불고 하는 왕을 옆에다 껴안고 그대로 곧장 얀샤에게로 돌아왔습니다. 그러나 얀샤는 마귀에게 카핏드 왕을 결박하여 가마에 태워, 적진지 하늘 높이 매달아 자기 부하들이 피살되는 광경을 실컷 보여주라고 명령했습니다. 마귀들은 왕자의 명령대로 하여 카핏드 왕을 공중에 매달아놓고 돌아왔으나, 공포에 기절하고 있던 왕은 공중에 매어달린 채 제정신으로 돌아와 슬픈 나머지 자기 얼굴을 때렸습니다.

한편 테그무스 왕은 자기 아들을 보자, 기쁜 나머지 숨조차 막힐 지경이 되어 한 번 소리를 빽 지르고는 그만 실신하고 말았습니다. 일동이 얼굴에 장미수를 뿌려주자, 이내 곧 제정신으로 돌아온 왕이 왕자를 꽉 껴안고는 하염없이 눈물을 흘렸습니다. 그도 그럴 것이 마귀들이 카핏드 왕의 군대를 상대로 하여 싸우고 있다는 것을 꿈에도 몰랐으니 말입니다. 그래서 샴사 공주는 왕에게 절을 하고, 그 손에 입을 맞추고는 "아버님, 저와 함께 궁전 지붕으로 올라가셔서 제 아버님의 마신군의 창칼에 적군이 우수수 쓰러지는 광경을 보시지 않겠습니까?" 하고 말했습니다.

테그무스 왕은 권하는 대로 지붕에 올라가 며느리와 나란히 앉아 마신들이 포위군을 마구 무찌르며 적진을 쑥밭으로 만들어놓는 광경을 목격했습니다. 마귀 하나가 철퇴를 휘둘러 코끼리와 함께 기수를 내려치자 둘은 한꺼번에 그 자리에 쓰러지고 말았습니다. 또 다른 하나가 도망치는 적병의 정면을 가로막고 호통을 치니 적은 그 자리에서 쓰러져 죽고 말았습니다. 이밖에 또 다른 마귀가 많은 기사를 말과 함께 움켜쥐고 하늘 높이 떠올라 힘껏 땅 위에 내동댕이를 치자 사람과 말은 가루가 되고 말았습니다. 그것은 얀샤에게도 부왕과 샴사 공주에게도 속이 후련해지는 기분좋은 광경이었습니다.

—샤라자드는 날이 훤히 밝아오는 것을 깨닫자, 여기서 허락된 이야기를 그쳤다.

● 529일째 밤

샤라자드는 말을 이었다. 오, 인자하신 임금님, 테그무스 왕과 왕자 내외는 지붕 위로 올라가 마신의 수위들이 포위군을 상대로 하여 싸우고 있는 광경을 기분좋게 구경하고 있었습니다. 한편 카핏드 왕도(여전히 공중에 매달린 채) 부하 병사들이 죽어가는 것을 눈앞에서 보고 몹시 울며 자기 얼굴을 때렸습니다. 적군의 살육은 꼬박 이틀 동안 쉴 새 없이 계속되어 마침내 최후의 한 명에 이르기까지 이르렀습니다. 그러자 얀샤는 심와르라는 이름을 가진 마귀에게 명령하여 카핏드 왕의 손발에 족쇄를 채워 '검은 성채'라는 탑 안에 가두라고 명령했습니다. 이 명령이 실행되자 테그무스 왕은 북을 치며, 사자를 얀샤의 어머니에게 보내 아들이 무사히 돌아왔다는 반가운 소식을 전했습니다. 이 소식을 들은 어머니는 너무도 기뻐서 말을 몰고 달려와 아들을 보자 두 팔로 껴안고는 기쁜 나머지 기절하고 말았습니다. 일동이 그 얼굴에 장미수를 뿌리자, 얼마 후 의식을 회복한 왕비는 다시 왕자를 가슴에 껴안고 기쁨의 눈물을 흘렸습니다. 샴사 공주도 왕비의 도착 소식을 듣고 달려와 인사를 나누고 서로 잠시 부둥켜 안았다가 떨어져 자리를 잡고 앉아 서로 담화의 꽃을 피웠습니다.

이어 테그무스 왕은 도성의 성문을 모두 열고는 국토의 구석구석까지 전령을 보내 무사히 국난을 면하게 됐다는 길보를 널리 세상에 전파했습니다. 이 소식을 듣고 왕후도 태수도 중신도 모두 달려와 테그무스 왕에게 엎드려 승리의 기쁨을 말하고, 왕자의 무사한 귀국을 축하했습니다. 그들은 호화로운 선물을 산처럼 국왕에게 바쳤습니다. 얼마 동안은 이렇게 알현과 진상의식이 계속되었습니다만 그후 왕은 샴사 공주을 위하여 두번째로 전보다도 성대한 결혼식을 올린 다음, 도성을 장식하고 호화로운 연회를 열라고 명령했습니다. 그리고 마지막으로 베일을 거두고서 비할 데 없이 호화로운 복장을 갖춘 신부를 얀샤 앞에서 선보였습니다. 신랑은 신부방으로 들어가자, 아름다운 노예 처녀를 100명 보내 신부 시중을 들게 했습니다.

며칠이 지난 후 왕녀는 테그무스 왕에게 가서 카핏드 왕의 목숨을 빌었습니다. "그 사나이를 고국으로 보내주십시오. 이제부터 앞으로 그 사람이 또다시 아버님께 위해를 가하려고 한다면 저는 마신 하나를 시켜 납치해오라고 하여 당장 이 자리에 서게 하겠습니다." 테그무스 왕은 "알았다." 하고 대답하고 심와르에게 명령하여 죄수를 끌어내게 했습니다. 카핏드 왕은 손발이 결박된 채 끌려나와 왕 앞에 엎드렸습니다. 그래서 왕은 포로의 결박을 풀어주라고 명령한 다음 절름발이 말에 태우고 말했습니다. "실은 내 며느리가 그대를 살려준 것이다. 이제 고국으로 돌아가라. 그러나 만일 또다시 그전처럼 흉계를 꾸미는 날엔 공주는 마신을 시켜 그대를 체포하여 이리로 끌고 오게 할 테다." 이렇듯 카핏드 왕은 초라하기 짝이 없는 신세가 되어 고국으로 돌아갔습니다.

—샤라자드는 날이 훤히 밝아오는 것을 깨닫자, 여기서 허락된 이야기를 그쳤다.


● 530일째 밤

샤라자드는 말을 이었다. 오, 인자하신 임금님, 카핏드 왕이 초라하기 짝이 없는 신세가 되어 고국으로 떠나자, 얀샤와 그 젊은 아내는 이 세상의 기쁨과 행복을 다하여 즐거운 나날을 보냈습니다. 무덤 사이에 앉은 젊은이가 길게 이와 같은 이야기를 하고 나서 마지막으로 "그런데 말입니다. 브르키야님, 내가 바로 그러한 기구한 운명을 겪어온 얀샤입니다." 하고 말했습니다.

그러자 모하메드(알라의 충복과 가호 있으시기를!)를 사모하며 온 세계를 편력한 브르키야는 얀샤에게 물었습니다. "여보시오, 형씨 이 두 무덤에는 도대체 어떠한 곡절이 있습니까? 왜 그 사이에 앉아서 울고 계시는 것입니까?" "실은 말입니다. 브르키야님, 우리들은 일 년은 고향에서, 다음 해는 '보석의 성' 타크니에서 지내며 이 세상의 위안과 기쁨을 다 맛보며 살아왔습니다. '보석의 성'으로 갈 때에는 꼭 마귀들이 짊어진 가마를 타고 천지 사이를 날아갔습니다." 얀샤가 그렇게 대답하자 브르키야는 다시 물었습니다.

"여보시오, 얀샤님, 도대체 그 성에서 당신 나라까지는 얼마나 됩니까?" 그러자 상대방이 대답하여 말하기를 "우리들은 매일 30개월에 해당하는 여정을 날아 도합 열흘이 걸렸습니다. 그런 생활로 오랫동안 살아왔는데, 어느 해인가 언제나처럼 '보석의 성'으로 가던 중 이 섬에 내렸습니다. 그리고 가마에서 내려 이 근처에서 쉬었습니다. 강둑에 앉아서 먹고 마시고 한 다음 샴사 공주는 목욕이 하고 싶어서 옷을 벗어놓고 물속으로 뛰어들어 갔습니다. 시녀들도 옷을 벗고 물속으로 들어가 잠시 동안 이리저리 헤엄쳐 돌아다녔습니다. 한편 나는 물속에서 헤엄을 치면서 장난을 치고 있는 그들 곁을 떠나 강둑을 산책했습니다. 그러자 놀랍게도 깊은 바다의 괴물인 커다란 상어가 다른 처녀들은 그냥 두고 공교롭게도 아내의 발을 물고 늘어진 것입니다. 아내는 악 하고 외마디 비명을 지르고 단번에 절명하였고, 다른 처녀들은 상어의 입을 피해 겨우 구사일생으로 천막에 기어 올랐습니다.

잠시 후 일동은 그 강으로 돌아와 아내의 시체를 끌어내어 가마가 있는 곳까지 운반했습니다. 나는 아내의 시체를 보자 기절하여 쓰러지고 말았습니다. 그러나 그들이 내 얼굴에 장미수를 뿌려주었으므로 제정신이 든 나는 시체에 매달려 눈물에 젖었습니다. 그리고 나는 마신의 위병을 양친과 가족들에게 보내 아내에게 일어난 뜻밖의 재난을 알렸습니다. 그러자 모두는 부랴부랴 현장으로 달려와 아내의 시체를 깨끗이 씻은 다음 수의를 입혔습니다. 그리고는 강가에 묻고 명복을 빌었던 것입니다. 모두들 나를 자기들과 함께 고국으로 데리고 가려고 한 것인데, 나는 샤란 왕에게 말했습니다. '제발 부탁이오니 아내 무덤 옆에 또 하나의 무덤을 파주세요. 제가 죽거든 그 무덤에 묻어주십시오.' 그래서 왕은 마귀 하나에게 명령하여 내 희망대로 무덤을 파게 하여 그것이 끝나자 언제까지나 아내의 죽음을 슬퍼 마지않는 나를 남겨놓고 떠났습니다. 이것이 나의 신세 이야기이며, 두 무덤 사이에서 살고 있는 이유입니다." 그리고 얀샤는 이런 시구를 읊었습니다.

그리운 임이여, 그대 없으면
내 집도 내 집이 아니며
가까운 사람도 가깝지 않도다.
아, 그 옛날 진심으로
사랑하던 벗도 벗이 아니고,
눈부신 빛도
그 광채를 잃었노라.

그러나 브르키야는 얀샤의 이야기를 모두 듣고 나자 몹시 놀랐습니다.

—샤라자드는 날이 훤히 밝아오는 것을 깨닫자, 여기서 허락된 이야기를 그쳤다.

●531일째 밤

샤라자드는 말을 이었다. 오, 인자하신 임금님, 브르키야는 얀샤의 이야기를 듣고 나자 크게 놀라 외쳤습니다. "아니, 정말이지, 온 세계를 돌아다녔지만 당신의 모험담을 듣고 보니 지금까지 들어온 이야기는 모두 다 잊어버린 것만 같군요!" 브르키야는 잠시 입을 다물었다가 다시 입을 열었습니다. "제발 부탁이오니 위험하지 않은 길을 가르쳐주실 수 없을까요?" 그래서 얀샤가 가까운 길을 가르쳐주었더니 브르키야는 작별을 하고는 떠나버렸습니다.

이렇듯 구렁이의 여왕이 하시브 카림 알 딘에게 이야기를 들려주었더니 젊은이는 "그런데 당신은 도대체 어떻게 그런 걸 알고 계십니까?" 하고 물었습니다. 여왕이 대답하여 말하기를 "여보세요, 하시브님. 실은 지금으로부터 25년 전에 부하 중에서 가장 큰 뱀을 이집트에 파견하여 브르키야에게 보내는 인사 편지를 맡겼던 적이 있었습니다. 사자인 구렁이는 빈트 슘후라는 나라에 자기 딸이 하나 있기 때문에 기꺼이 떠났습니다. 구렁이는 이윽고 브르키야를 찾아내어 내 편지를 주었습니다.

그러자 브르키야는 이것을 읽고 사자인 구렁이에게 '너는 구렁이 여왕한테서 왔구나. 나도 실은 볼일이 있어서 찾아뵙고 싶었던 참이었다.' 하고 말했습니다. '잘 알았습니다.' 사자는 그렇게 대답하고 젊은이를 데리고 우선 자기 딸한테로 가서 딸에게 작별을 고하고 나서 젊은이에게 '눈을 감고 계십쇼.' 하고 말했습니다. 브르키야가 눈을 감았다가 다시 뜨고 보니, 이게 어찌된 일입니까, 그 사람은 어느 사이에 내가 지금 앉아 있는 산꼭대기에 와 있는 것이 아니겠어요. 안내계가 젊은이를 한 마리의 큰 구렁이에게 안내하자 젊은이는 인사했습니다. 그러자 그 큰 구렁이는 '브르키야에게 편지를 전했는가?' 하고 물었으므로 안내계는 '전했습니다. 본인은 나와 함께 이곳으로 와서 지금 여기 서 계십니다.' 하고 대답했습니다. 잠시 후에 브르키야가 구렁이 여왕인 나에 관하여 물었으므로 그 큰 구렁이는 대답했습니다. '여왕님은 겨울에는 언제나처럼 부하 병사를 이끌고 카프 산으로 가십니다. 그러나 이 여름에는 다시 이쪽으로 돌아오십니다. 여왕님은 거기 가실 때에 그동안 대리로 나를 임명해놓고 가시곤 합니다. 만일 무슨 볼일이 계시다면 내가 처리해드리겠습니다.' 브르키야가 '풀을 갖다주십시오. 그 풀을 짜서 즙을 내어 마시면 병에도 안걸리고 머리가 희어지지도 않으며, 또 죽지도 않는다니까요.' 하고 대답하자 구렁이는 말했습니다. '아니, 그것은 안됩니다. 우선 당신이 구렁이 여왕과 헤어져

야판과 함께 솔로몬 왕의 무덤을 찾아나선 후 얼마나 고생했는지 그걸 가르쳐주시지 않는다면.' 그래서 브르키야는 얀샤의 신세 이야기에서부터 자기의 여행담과 모험담을 말하고 나서 마지막을 이렇게 맺었습니다. '제발 부탁이오니, 제 고국으로 돌려보내주시오.' 그러자 큰 뱀은 '솔로몬 왕의 위덕에 맹세코 당신이 말씀하신 풀이 어디 있는지 나도 통 모릅니다.' 하고 말하고 나서 브르키야를 데리고 온 큰 뱀에게 이집트로 다시 데리고 가라고 명령했습니다. 그래서 사자는 그 지시에 따라 브르키야에게 '눈을 감으시오!' 하고 말했습니다. 브르키야가 눈을 감았다가 다시 뜨자 어느 사이엔가 무캇담 산꼭대기에 와 있었습니다."

"내가 카프 산에서 돌아오자."(하고 여왕은 덧붙였습니다.) "내 대리인 부하는 브르키야가 찾아와서 나에게 안부를 잘 전해달라고 말했다는 것을 보고하고, 또 브르키야의 신세 이야기와 얀샤를 만난 경위 등을 되풀이해 들려주었습니다. 그런 까닭으로 하시브님, 나는 브르키야의 모험담과 얀샤의 신세 이야기를 알게 되었습니다." 이 말을 들은 하시브는 말했습니다. "여왕님, 브르키야가 이집트에 돌아간 후의 이야기를 들려주십시오." 그러자 여왕은 대답했습니다.

"브르키야는 얀샤와 헤어지자 몇날 몇밤 여행을 계속하여 마침내 큰 바다로 나왔습니다. 그곳에서 마법의 풀로 즙을 내어 발에 바르고 바다 위를 걸어 길을 재촉하여 마치 천국의 낙원처럼 나무도 샘물도 과일도 많은 섬에 도착했습니다. 육지로 올라 걸어다니고 있자니 배의 돛만큼이나 큰 잎을 가진 큰 나무가 눈에 띄었습니다. 그 나무 옆으로 가까이 가보니 나무 그늘에는 온갖 맛있는 음식을 차려놓은 식탁이 펼쳐 있고, 한 그루의 나뭇가지에는 큰 새 한 마리가 앉아 있었습니다. 그 몸은 진주와 검푸른 취록옥으로 되어 있고, 발은 은으로, 주둥이는 진홍빛 홍옥수, 깃털은 귀금속으로 되어 있었습니다. 그리고 열심히 최고지상하신 알라를 칭송하고, 모하메드(축복과 안녕 있으시기를!)를 찬양하여 지저귀고 있었습니다.

　—샤라자드는 날이 훤히 밝아오는 것을 깨닫자, 여기서 허락된 이야기를 그쳤다.


### ● 532일째 밤

　샤라자드는 말을 이었다. 오, 인자하신 임금님, 브르키야는 육지로 올라 섬을 여기저기 걸어다니고 있자니 수많은 이상한 것들이 눈에 띄었습니다. 그 중에서 이상한 것은 한 마리의 새였는데, 몸은 진주와 검푸른 취록옥으로 되어 있고, 발은 은으로, 주둥이는 진홍빛 홍옥수, 깃털은 귀금속으로 되어 있었습니다. 그리고 열심히 최고지상하신 알라를 칭송하고, 모하메드(축복과 안녕 있으시기를!)를 찬양하여 지저귀고 있었습니다. 그 모양을 보고 브르키야가 "도대체 너는 누구냐?" 하고 묻자 새는 대답했습니다. "나는 낙원의 새며, 전능하신 알라께서 아담을 쫓아버리셨을 때 그 뒤를 좇아왔습니다. 그리고 알라께서는 아담을 쫓아내면서, 벗은 몸을 가리는데 쓰라고 낙원의 나뭇잎 넉장을 함께 던지셨습니다. 잠시 후에 나뭇잎이 땅 위에 떨어졌는데, 한 잎은 벌레에게 먹혀 비단이 되고, 또 한 잎은 영양에게 먹혀 사향이 되었습니다. 세 번째 잎은 꿀벌이 먹어 꿀이 되었고, 네 번째 잎은 인도국에 떨어져서 온갖 종류의 향료가 된 것입니다. 나로 말할 것 같으면 알라께서 이 섬에 가서 살라고 지정해주실 때까지 대지의 표면을 방랑하다가 겨우 여기에 영주하게 되었습니다. 매주 금요일에는 아침부터 밤까지 성인과 성도 중의 고승이 이곳에 참배하러 모여들어서, 전능하신 알라께서 차려놓으신 이 식탁에서 식사하십니다. 식사가 끝나면 식탁은 천상으로 가져가게 되므로 버리거나 썩어버리는 일은 절대로 없습니다."

　그래서 브르키야는 배불리 식사를 하고 위대하신 창조주를 칭송했습니다. 그러자 이때 뜻밖에도 알 히즈르(편안히 잠드소서!)가 나타났습니다. 그 모습을 본 브르키야는 일어나 인사하고 그곳을 떠나려고 했습니다. 그러자 그 새가 말을 걸었습니다. "브르키야님, 알 히즈르님 앞에 앉아주세요." 그래서 브르키야가 앉자 알 히즈르가 말했습니다. "잠깐 묻겠는데 당신은 누구시오? 신세 이야기를 들려주시오." 이 말에 브르키야는 처음부터 끝까지 가지가지의 모험담을 낱낱이 이야기한 다음 "여보세요, 장로님, 여기서부터 카이로까지 얼마나 됩니까?" 하고 물었습니다. "95년이 걸리는 여정이오." 예언자의 대답에 브르키야는 울음을 터뜨리고 말았습니다. 그리고 알 히즈르의 발밑에 몸을 던지고 그 발에 입을 맞추면서 "제발 부탁이오니 타향에 있는 이 몸을 구해주옵소서. 알라의 보답도 있을 것입니다. 저는 죽은 거나 마찬가지로 앞으로 어떻게 해야 좋을지 모르겠습니다." 그러자 알 히즈르는 대답했습니다.

"전능하신 알라께 기도를 올려, 죽기 전에 다시 한 번 내 손으로 그대를 카이로에 데리고 가도 좋은지 어떤지 물어보시오." 브르키야는 눈물을 흘리면서 알라 앞에 무릎을 꿇었습니다. 알라께서는 그 기원을 받아들여 영감에 의하여 알 히즈르에게 브르키야를 고향으로 데려다주라고 명령했습니다. 그래서 예언자는 입을 열었습니다. "얼굴을 드시오. 알라께서는 그대의 소원을 받아들여 그대 희망대로 해주라고 명령하셨소. 자, 두 손으로 나를 꽉 잡고 눈을 감으시오." 브르키야가 하라는 대로 하자 알 히즈르는 단지 한 걸음 앞으로 걸어나간 다음 "눈을 뜨시오!" 하고 말했습니다. 브르키야가 눈을 뜨자 어느 사이에 카이로의 자기 궁전 문앞에 와 있는 것이 아니겠습니까! 뒤돌아서 작별인사를 하려고 하니 알 히즈르의 모습은 어디서도 눈에 띄지 않았습니다.

　―샤라자드는 날이 훤히 밝아오는 것을 깨닫자, 여기서 허락된 이야기를 그쳤다.

● 533일째 밤

샤라자드는 말을 이었다. 오, 인자하신 임금님, 브르키야는 궁전 문앞에 서서 작별인사를 고하려고 뒤돌아보았으나 알 히즈르의 모습은 그림자도 보이지 않았으므로 궁전 안으로 들어갔습니다. 어머니는 브르키야의 모습을 보기가 무섭게 아 하고 외마디를 지르고는 기쁜 나머지 실신하여 쓰러지고 말았습니다. 얼굴에 물을 뿌려서 겨우 제정신으로 돌아온 모친은 자기 아들을 꽉 껴안고서 하염없이 울었으며 브르키야도 울고불고 했습니다. 이윽고 친구들과 친척들도 한 사람 빠짐없이 찾아와 브르키야의 무사한 귀국을 축하했습니다. 이 반가운 소식은 국내에 널리 퍼져 각처에서 선물을 부쳐오고, 더욱이 백성들은 북을 치고, 피리를 불어대며 서로 기뻐했습니다.

그러고 나서 브르키야는 갖가지의 모험담을 털어놓은 다음, 어떻게 알 히즈르가 궁전 입구에 자기를 내려놓았는가를 이야기하자, 일동을 감개무량하여 눈물도 말라버릴 만큼 울었습니다.

하시브는 여왕의 이야기를 듣고 감개무량하여 하염없이 눈물을 흘렸습니다. 그러고는 다시 한 번 자기를 고향으로 보내달라고 애원했습니다. 그러나 여왕은 말했습니다. "그렇지만, 하시브님, 고국으로 돌아가면 아까 한 약속 같은 것은 까맣게 잊어버리고는 맹세를 어기고 곧 목욕탕에 들어갈 테죠." 그래서 하시브는 다시 엄숙하게 맹세를 하고는 살아있는 한, 다시는 목욕탕에 들어가지 않겠다고 맹세했습니다. 이 말을 듣고 여왕은 큰 뱀 하나를 불러 젊은이를 대지의 표면에까지 데려다주라고 명령했습니다. 그래서 큰 뱀은 하시브를 등에 싣고 이리저리 끌고 다니다가 끝내는 인기척이 없는 도랑 둑으로 데리고 가서 그곳에 내려놓고 가버렸습니다.

그래서 하시브는 도성까지 걸어가 황혼 무렵에 겨우 자기 집에 당도하여 문을 두들겼습니다. 모친은 문을 열고 아들의 모습을 보자 큰 소리로 외치면서 자기 몸을 아들에게 내던지고는 기쁜 나머지 울었습니다. 하시브의 아내는 시어머니의 우는 소리를 듣고 밖으로 나왔습니다. 그러자 남편의 얼굴이 눈에 띄었으므로 인사를 하고 두 손에 입을 맞추고서 세 사람은 서로 손을 맞잡고 더할 수 없는 기쁨에 젖었습니다. 그리고 일동은 안으로 들어가 마음을 놓고 지나간 이야기들을 했습니다. 이윽고 하시브는 어머니에게 자기를 굴 속에 내버린 채 가버린 그 나무꾼들은 어떻게 되었느냐고 물었습니다. 그러자 모친은 "그 사람들은 말이다. 골짜기에서 네가 늑대에게 물려 죽었다고 했단다. 게다가 그 사람들은 상인이 되어 집도 사고 가게까지 차리고 있단다. 여간 잘들 살고 있지 않아. 하지만 매일 거르지 않고 먹을 것과 마실 것을 갖다주었단다. 계속 오늘날까지 ―."

하시브는 "그러면 내일 그 사람들한테 가서 이렇게 말해주세요. '우리 아들 하시브 카림 알 딘이 여행에서 돌아왔습니다. 수고스럽지만 만나러 와주십시오.' 라고요." 그래서 날이 밝자 어머니는 나무꾼들의 집으로 가서 아들이 부탁한 말을 전했는데, 그들은 그 말을 듣더니 안색이 변하면서 "알았습니다." 하고 말했습니다. 그리고 각기 금실로 수놓은 비단옷을 어머니에게 주고 "이것을 아드님에게 드리고 내일 찾아뵙겠노라고 말씀해주십시오." 하고 덧붙였습니다. 어머니는 고개를 끄덕이고 아들에게로 돌아와 나무꾼들의 선물을 내놓으며 그들이 한 말을 전했습니다.

한편 나무꾼들은 많은 상인들을 불러놓고 하시브와의 일을 전부 털어놓고 어떻게 하면 좋겠느냐고 의논했습니다. 상인들은 "각기 자기의 돈과 백인 노예를 절반씩 나눠주지 않으면 아니되겠소." 하고 말했으므로 나무꾼들은 이 말에 동의했습니다. 그 이튿날 그들은 각기 자기 재산의 절반을 가지고 하시브를 찾아와 인사를 하고 그 손에 입을 맞추었습니다. 그리고는 가지고 온 것을 내놓으며 "이것은 당신에게 보내는 하늘의 선물입니다. 우리들은 또 무엇이든 당신께서 하시는 말씀에 복종하겠습니다." 하고 말했습니다.

하시브는 일동이 화해의 증거로 바친 선물을 받고서 말했습니다. "과거는 과거, 그 일은 알라의 뜻으로 정해진 것으로 인간의 잔꾀로는 운명을 어떻게 할 수 없는 일이오." 그러자 일동은 "자, 이제부터 거리로 나가서 바람이나 쐰 다음 목욕이라도 하지 않겠습니까?" 하고 권했지만 하시브는 "아니오, 그건 안됩니다. 내가 살아 있는 동안 두 번 다시는 목욕탕에는 들어가지 않겠다고 맹세를 했으니까요." 하고 대답했습니다. "그렇다면 부디 저희들 집까지만이라도 와주십시오. 대접을 해드리고 싶으니까요." 하시브는 그들의 권유에 응하여 나무꾼들의 집으로 갔습니다. 그들은 각기 하루 낮 하루 밤씩 하시브를 대접했는데 모두가 일곱 사람이었으니 꼬박 7일 동안 향연이 계속되었던 셈입니다.

그런데 하시브가 부자가 되어 집과 가게를 사자, 도성 내의 상인들이 빈번히 찾아왔습니다. 하시브는 자기가 겪었던 사건들을 낱낱이 털어놓았습니다. 이리하여 하시브는 상인들 사이에서 두목으로 추앙을 받게 되었으며, 이렇게 계속 살아간 것인데, 우연히 어느 날 거리를 걸어다니고 있던 중 어느 목욕탕 앞을 지나게 되었습니다. 주인은 하시브가 잘 아는 사람으로 때마침 밖에 나와 있었으므로 하시브를 보게 되자 인사를 하고 두 팔로 껴안고는 "시중을 들어드릴 테니 목욕이나 하시고 가시지요." 하고 말했습니다. 하시브는 두 번 다시는 목욕탕에 가지 않기로 굳은 맹세를 했다고 말하고 거절했습니다만 주인은 계속 권했습니다. "만일 하고 가시지 않는다면 제 세 아내하고 세 번 이혼하겠습니다!" 주인의 간곡한 권유에 하시브는 어찌할 바를 몰라 대답했습니다. "여보시오 주인, 당신은 내 집을 부수고 아이들을 고아로 만들어 나의 목에 죄악의 무거운 짐을 지게 할 작정이시오?" 그래도 주인은 하시브의 발 밑에 몸을 던지고 발에 입을 맞추면서 "제 행복은 당신께서 목욕탕에 들어가시느냐 여하에 달려 있습니다. 그 죄라는 것은 제 목에 지겠어요!" 하고 대답했습니다.

그때 목욕탕의 하인들이 모두 하시브에게 달려들어 억지로 안으로 끌고 들어가 옷까지 벗겼습니다. 그러나 하시브가 벽을 등지고 앉아 머리에 물을 끼얹기 시작했을 때에 많은 사람들이 몰려와서 하시브에게 말을 건넸습니다. "자 어서 서시오. 함께 임금님에게로 가는 거요. 그대는 임금님에게 은혜를 입고 있으니까." 하고 말했습니다. 그러고 나서 일행은 동료 중 한 사람을 대신에게 보내어 이 뜻을 전하자, 대신은 곧 말을 몰고 60명의 백인 노예를 거느리고 목욕탕으로 왔습니다. 대신은 말에서 내려 하시브에게로 다가와 "모시러 왔습니다!" 하고 말하며 인사를 하고 주인에게는 100디나르의 돈을 주었습니다. 그리고 끌고 온 말에 하시브를 태우고 부하들과 함께 왕궁으로 돌아갔습니다.

왕궁에 도착하자, 대신은 부하들에게 명령하여 하시브를 도와 내리게 한 다음 푹 쉬게 하고 나서 맛있는 음식을 내놓았습니다. 둘이서 먹고 마시고 한 후 손을 씻은 다음 대신은 한 벌에 5000디나르나 하는 예복을 두 벌 내놓고 그것을 하시브에게 입혔습니다. 그리고 "실은 그대를 불러온 것은 알라의 인자하신 뜻에 의한 것이다. 왜냐하면 임금님은 이제 문둥병에 걸려 언제 돌아가실지 모르는 중태이신데, 책에서 보니 그대의 손으로 고칠 수 있다고 되어 있단 말이야." 하고 나서 많은 중신들을 거느리고 어리둥절 영문을 모르는 하시브를 앞세우고 왕궁의 일곱 문을 지나 왕의 거실로 들어갔습니다.

그런데 이 왕의 이름은 카라즈단이라고 하며, 페르시아와 일곱 나라를 통치하고, 그 산하에는 순금의자에 앉은 100명의 왕후와 10만에 이르는 웅장을 거느리고, 그 웅장 밑에는 각각 100명의 대장과, 칼과 도끼로 무장한 같은 수의 두령이 있었습니다. 그들이 안으로 들어가자, 국왕은 얼굴을 흰 천으로 싸고 침대에 누워 고통스러운 나머지 신음소리를 내고 있었습니다. 하시브는 그러한 모양을 보자, 공포에 질려 머리가 띵해져 왕 앞에 무릎을 꿇고 축복을 빌었습니다. 그러자 이름을 샤무르라고 부르는 재상이 일어나 하시브를 맞아, 왕의 오른쪽에 있는 높은 의자에 앉혔습니다.

─샤라자드는 날이 훤히 밝아오는 것을 깨닫자, 여기서 허락된 이야기를 그쳤다.

### ● 534일째 밤

샤라자드는 말을 이었다. 오, 인자하신 임금님, 대신인 샤무르는 일어나 하시브를 맞아, 왕의 오른쪽에 있는 높은 의자에 앉혔습니다. 그리고 식사 준비를 명령하자, 상이 몇 개씩 나와, 일동은 마시고 먹고 한 다음 손을 씻었습니다. 식사가 끝나자 샤무르는 자리에서 일어나(다른 사람들도 하시브를 존경하는 뜻에서 자리에서 일어났습니다만) 하시브에게로 가까이 와서 "우리들은 모두 당신의 종이며, 비록 왕국의 절반을 요구하신다 하더라도 임금님의 병만 고쳐주신다면 드리겠습니다." 하고 말하면서 하시브의 손을 잡고 옥좌로 끌고 갔습니다. 하시브가 얼굴을 가린 것을 벗기고 보니, 병은 위중하여 벌써 임종이 다가왔다는 것을 보여주고 있었습니다. 사람들이 아직 왕의 완쾌를 바라고 있는 것이 오히려 이상하게 생각될 정도였습니다.

그러나 대신은 하시브의 손에 입을 맞추고 아까 말한 것을 다시 되풀이하고 나서 마지막으로 "우리들이 그대에게 바라는 바는 다만 임금님의 병을 고쳐주시는 것뿐입니다." 하고 말했습니다. 그래서 하시브가 대신에게 "하기야 나는 알라의 예언자 다니엘님의 자손이지만 예언자의 의술에 관해서는 무엇 하나 아는 바가 없습니다. 왜 그런가 하면 나는 30일 동안 의학교에 다녔지만, 의술에 관해선 조금도 배운 바가 없기 때문입니다. 모처럼 얼마간이라도 의료에 대한 지식이 있어서 임금님의 병환을 고쳐드릴 수만 있다면 좋겠습니다만." 이 말을 듣고 재상은 말했습니다. "천만의 말씀, 이제 변명할 것은 없습니다. 비록 동서 각국의 명의를 모아보았자 그대 외엔 임금님의 병환을 고칠 사람은 없습니다." "임금님의 용태도 요법도 통 모르는 내가 무슨 수로 고칠 수 있겠습니까?" 하시브가 대답하자 대신은 말했습니다. "임금님의 완쾌 여하는 그대의 손에 달려 있습니다." "병환의 요법을 알고만 있다면 고쳐도 보겠습니다만." 그러자 대신은 다시 "그대는 요법을 잘 알고 계실 터입니다. 이 병환을 고칠 수 있는 것은 구렁이의 여왕인데, 그대는 여왕과 같이 있었으며 여왕이 살고 있는 집도 잘 알고 있을 게 아닙니까?"

하시브는 그 말을 듣고 모두 다 자기가 목욕탕에 들어갔기 때문에 일어난 일이라는 것을 깨닫고 후회해보아야 소용없는 일이라고는 알면서도 뼈저리게 후회했습니다. 그래도 시치미를 떼고 "구렁이 여왕이란 도대체 뭡니까? 나는 그런 것은 전연 모르며 아직껏 그런 이름은 들어본 적도 없습니다." 하고 말하자 대신은 대꾸했습니다. "모두 다 알고 있는 걸 가지고 왜 그러십니까? 숨길 것 없어요. 그대가 여왕을 알고 있으며, 2년 동안 함께 살고 있었다는 증거가 있습니다." "천만에요, 나는 이날 이때까지 그런 여자를 만난 적도 없거니와 이야기를 들은 적도 없습니다." 이 대답에 대신은 한 권의 책을 펴 들고 이것저것 뒤져보다가 이윽고 얼굴을 들고 읽어 나갔습니다. "구렁이 여왕은 한 사나이를 만나, 그를 자기 곁에 2년간 머물게 했으며, 그후 그는 여왕의 곁을 떠나 대지의 표면에 나타나리로다. 이 사나이가 한 번 목욕탕에 들어가면 그 복부는 흑색으로 변하리라."

그러고 나서 "그대의 배를 다시 한 번 잘 보시오." 하고 말하는지라 하시브가 자기 배를 잘 들여다보니 아니 이게 어찌된 일입니까. 새까맣게 변해 있는 것이 아니겠습니까! 그래도 하시브는 계속 완강히 거절했습니다. "내 배는 어머니 뱃속에서 나올 때부터 까맣습니다." 그러자 대신도 지지 않습니다. "나는 목욕탕이라는 목욕탕의 입구에 세 사람씩 백인 노예를 배치해놓고 목욕탕에 들어가는 자들을 잘 감시하여 배가 검은 자가 있거든 곧 보고하라고 일러두었던 것입니다. 그러한 까닭으로 그대가 목욕탕에 들어오는 것을 보고, 그대의 배가 검은 것을 보자, 나에게 보고해온 것입니다. 우리들은 그런 사람을 찾기란 이젠 틀렸다 하여 체념하고 있던 차였습니다. 우리들이 바라는 바는 다만 그대가 어디서 왔는지 그 장소를 가르쳐 주면 되고, 그러면 그대를 보내드리겠습니다. 우리들에게는 구렁이 여왕을 끌고 올 부하가 있으니까 말입니다.”

이윽고 다른 대신들로부터 태수와 중신에 이르기까지 자신의 경박한 행동을 진정으로 후회하고 있는 하시브의 주위에 모여들었습니다. 그들은 집요하게 여왕이 있는 곳을 가르쳐달라고 졸라댔지만 본인은 “나는 그런 것을 본 적도 없을 뿐더러 들은 적도 없습니다.” 하고 완강히 고집을 부렸습니다.

그러자 대신은 교수형리를 불러서 하시브를 완전 나체로 만들어 때리라고 명령했습니다. 형리들이 그렇게 하자, 하시브는 고통스러운 나머지 이젠 이것이 마지막인가 하고 단념했습니다. 대신은 “그대가 구렁이 여왕의 집을 알고 있다는 증거가 있다. 그런데 왜 그렇게 완강히 거절하는 거지? 어디서 왔는지를 자백하고 어서 이곳을 물러나는 것이 상책이다. 우리들에게는 여왕을 끌고 올 자들이 대기하고 있으며, 그대에겐 아무 피해도 끼치진 않겠다.” 하고 말하고 하시브를 껴안아 일으켜 보석으로 수놓은 비단 어의를 하사했습니다. 그리고 말로 정중히 구슬렸기 때문에 마침내 하시브도 꺾이고는 “그렇다면, 그 장소를 가르쳐드리죠.” 하고 말했습니다.

이 말을 들은 재상은 아주 기뻐하며 하시브를 선두로 해서 많은 부하를 이끌고 말을 타고 떠났습니다. 말을 계속 몰아, 일행은 드디어 그 옛날 하시브가 꿀이 가득 들은 통을 발견한 동굴이 있는 산에 도착했습니다. 여기서 일행은 말에서 내려 한숨을 쉬며 울고 있는 하시브의 뒤를 따라 안으로 들어서자, 하시브는 자기가 도망쳐나간 우물을 가리켰습니다. 그러자 재상은 그 옆에 걸터앉아 불접시 위에 향료를 뿌리고는 여러 가지 주문을 외우기 시작했습니다. 그도 그럴 것이 이 사람은 아주 능숙한 마법사에다 음양사이며, 강신술에 능했기 때문입니다. 세 가지 주문을 되풀이하며, 그 사이사이에 새로운 향을 불 위에다 뿌리고는 재상은 큰 소리로 외쳤습니다. "여기 있는 구렁이의 여왕이여, 나오라!" 그러자, 이상도 해라, 우물의 수면이 갑자기 쑥 내려가더니 한쪽의 큰 문이 열리며, 번개 같은 소리가 우르릉 하고 들려왔습니다. 그 요란한 소리에 깜짝 놀라 부하들은 우물이 꺼진 것이 아닌가 하고 모두 기절하여 땅에 쓰러지고 말았습니다. 아니, 그뿐 아니라, 그 중에는 무서운 나머지 까무러친 자조차 있었습니다.

얼마 후에 우물 안에서 나타난 것은 코끼리만큼이나 큰 한 마리의 구렁이였으며, 그 눈과 입에서는 새빨간 불을 토하고, 등에는 진주와 보석을 박은 큰 황금 접시가 얹혀 있었습니다. 큰 접시 안에는 또 한 마리의 구렁이가 앉아 있었는데, 그 몸에서 호화찬란한 빛을 발산하고 있었으므로 주위 일대가 환히 빛났습니다. 여왕의 생김새는 아름다운데다 젊고, 말투도 매우 유창했습니다. 잠시 사방을 두리번거리고 있던 여왕은 마침내 하시브가 눈에 띄자 말을 건넸습니다. "당신이 나에게 한 약속, 나에게 한 맹세는 어떻게 된 거죠? 두 번 다시는 목욕탕에 들어가지 않겠다고 약속했으면서 ─. 알라께서는 내 목숨을 당신에게 맡기신 것입니다. 내가 죽음을 당하고 카라즈단 왕의 문둥병이 낫는 것도 알라의 뜻이에요." 그렇게 말하면서 하염없이 울었기 때문에 하시브도 눈물에 젖은 상대방의 모습을 보고 따라 울었습니다.

그 괘씸한 재상은 한손을 쭉 뻗어 여왕을 잡으려고 했습니다. 그러나 여왕은 "저주받을 놈아! 손을 대지 마. 그렇지 않으면 네 놈에게 불길을 내뿜어 시꺼먼 잿덩이로 만들어버릴 테다." 하고 외친 다음 다시 하시브에게 큰 소리로 말했습니다. "내 옆으로 가까이 와서 당신 손으로 나를 붙잡은 다음 옆에 있는 접시 안에 넣어 머리에 이세요. 나는 시초가 없는 영원으로부터 당신 손에 잡혀 죽게 되어 있었던 것이예요. 이렇게 된 지금 그걸 모면한다는 것은 당신으로서도 어쩔 수 없는 일이에요." 그래서 하시브가 여왕을 붙잡아서 접시에 넣어 이것을 머리에 이자, 우물은 원형대로 되돌아갔습니다.

그래서 일행을 도성으로 되돌아가게 되었고, 하시브도 접시를 머리에 이고 귀로에 올랐습니다. 도중 여왕은 몰래 하시브에게 말하기를 "하시브님, 내 충고를 잘 들으세요. 당신은 맹세를 깨뜨리고 자기 맹세에도 배반하여 좋지 못한 짓을 하셨지만 그것은 영원한 옛날부터 정해 내려온 일이에요." "네." 하고 하시브가 머리를 끄덕이자 여왕은 다시 말을 이었습니다.

"즉 이래요. 대신의 집에 당도하면 저분은 당신에게 내 목을 치고 몸을 세 토막을 내라고 명령할 것입니다. 그러면 당신은 거절하고 '나는 죽일 줄 모릅니다.' 하고 말하세요. 그리하여 그 사람 자신의 손으로 죽이게 하여, 사악한 뜻을 이루게 하세요. 그 사람이 나의 목을 치고 몸을 세 토막으로 냈을 때 사자 하나가 나타나 임금님이 부르신다고 할 것입니다. 그러면 그 사람은 임금님에게 돌아가기 전에 내 살을 놋쇠 큰 가마에 넣어 아궁이 위에 올려놓고 당신에게 이렇게 말할 것입니다. '가마솥 아래의 불이 꺼지지 않도록 조심하고 거품이 일거든 그것을 떠내어 병 속에다 넣고 식히시오. 그리고 다 식기를 기다려 그것을 마시시오. 그렇게 하면 그대의 몸은 질병에도 안 걸리고 고통도 느끼지 않게 될 것이오. 두 번째 거품이 일거든 다시 한 번 그것을 떠내어 내가 임금님에게 돌아올 때까지 병에다 넣어 두시오. 나는 허리가 아프니까 그것을 마셔야만 하오.' 이렇게 말하고 대신은 당신에게 병을 주고 임금님에게 떠납니다. 떠나버리면 불을 붙여 최초의 거품이 이는 것을 기다렸다가 이것을 병에 담으세요. 그 병을 당신 옆에 두세요. 잘 조심하여 마시거나 해서는 안됩니다. 그렇지 않으면 재난을 초래하게 되니까요. 두 번째 거품이 일거든 또 그것을 떠서 또 하나의 병에다 담아, 식거든 곧 마시세요. 대신이 와서 두 번째 병을 내놓으라고 하면 최초의 병을 내주세요. 그러고는 어떻게 되는지 그후의 형편을 잘 살피세요."

—샤라자드는 날이 훤히 밝아오는 것을 깨닫자, 여기서 허락된 이야기를 그쳤다.

● 535일째 밤

샤라자드는 말을 이었다. 오, 인자하신 임금님, 구렁이의 여왕은 하시브에게 최초의 거품을 마시지 말고 두 번째 것을 소중히 하라고 이른 다음, 다시 이렇게 덧붙였습니다. "대신이 임금님에게서 돌아와서 두 번째 병을 달라거든 최초의 병을 내주고는 그 다음이 어떻게 되는지 잘 조심해 보세요. 당신은 두 번째 병에 담은 것을 마시세요. 그렇게 하면 당신의 마음은 지혜의 보금자리가 될 것입니다. 그 일이 끝나면 고기를 건져내어 놋쇠 쟁반에 담아 왕에게로 가지고 가서 먹이세요. 임금님이 그것을 먹어 배에 내려갔을 때쯤 되었을 때 얼굴을 수건으로 가리고 그 옆에 한낮이 될 때까지 계세요. 그때쯤 되면 뱃속의 고기도 소화가 됐을 것입니다. 그러면 이번에는 포도주를 좀 먹이세요. 이윽고 전능하신 알라의 정하신 바에 의하여 문둥병도 낫게 되어 그전의 건강한 몸으로 되돌아갈 것입니다. 당신은 이제 내가 한 말을 잘 듣고 부디 잊지 않도록 하세요."

일행이 길을 재촉하여 재상의 저택에 도착하자, 재상은 하시브에게 "같이 따라 들어오시오!" 하고 말했습니다. 하시브는 안으로 들어갔으며, 부하들은 해산하여 각기 자기 갈 대로 돌아갔습니다. 이윽고 하시브가 접시를 내려놓자 샤무르 재상은 구렁이 여왕을 죽이라고 명령했습니다. 그러나 하시브는 "나는 죽일 줄 모르고, 또 세상에 나온 이래 무엇 하나 죽인 적도 없습니다. 만일 여왕의 목을 자르고 싶다면 당신 자신이 하십시오." 하고 말하자, 재상은 여왕을 접시에서 끌어내어 죽여버렸습니다. 이 광경을 보고 하시브는 몹시 눈물을 흘리며 통곡했으나 재상은 비웃으며 말했습니다. "마음이 약한 놈이로군. 벌레 하나 죽였다고 해서 왜 우는거야?" 그리고 재상은 구렁이를 세 동강으로 내 큰 놋쇠 가마에 넣어 불을 지피고는 그 앞에 앉아 고기가 익기를 기다렸습니다.

그렇게 하고 있는데 갑자기 임금님한테서 노예 하나가 와서 "이제 곧 오시라는 분부이십니다." 하고 말했습니다. 재상은 "알았다." 하고 하시브에게 병을 두 개 주면서 아까 여왕이 말한 것처럼 최초의 거품은 마시고, 두 번째 거품은 자기가 돌아올 때까지 두라고 명령했습니다. 재상은 몇 번씩 똑같은 지시를 되풀이하고 나서 떠났습니다.

그래서 하시브는 가마 밑의 불이 꺼지지 않도록 하여 최초의 거품이 일자 이것을 떠서 병 하나에 넣어 옆에다 놓았습니다. 그러고는 두 번째 거품이 일 때까지 장작을 지펴, 거품을 떠서 다른 병에다 넣어 자기 몫으로 두었습니다. 고기가 다 익자, 하시브는 가마를 불에 내려놓고 재상이 돌아오기를 기다렸습니다. 재상은 돌아오기가 무섭게 "어떻게 했는가?" 하고 묻길래 하시브는 "분부하신 대로 해놓았습니다." 하고 대답했습니다. "최초의 병은 어떻게 했는가?" 하고 물으니 하시브는 "이제 방금 마신 참이었습니다." 하고 대답했습니다. 또 재상이 "그대 몸에 조금도 이상이 없는가?" 하고 묻자 하시브는 대답했습니다. "웬걸요, 머리서부터 발끝까지 마치 불구덩 속에 들어간 것만 같은데요." 마음이 삐뚤어진 재상은 사실을 감춰두고 무어라고 대답도 하지 않고 그저 이렇게 말했습니다. "두 번째 병을 이리 주시오. 내가 마실 테니. 아마 요통이 완전히 나을지도 모르니까." 하시브가 최초의 병을 내주자, 재상은 두 번째 거품이 들어 있는 줄로만 알고 이것을 마셨습니다. 그러나 채 다 마시기도 전에 병은 그 손에서 미끄러져 떨어지고, 몸은 자꾸만 부어올라 꽝 하고 쓰러져 그만 숨을 거두고 말았습니다. 이렇듯 '형제를 빠뜨리기 위하여 구멍을 파는 자는 자기가 먼저 그 속에 빠진다.' 는 격언을 그대로 실천한 셈입니다.

하시브는 이 광경을 보고 깜짝 놀라 두 번째 병을 열기가 무서워졌습니다. 그러나 구렁이 여왕이 한 말을 생각하고 그 무슨 해로운 것이 들어 있다면, 재상이 설마 두 번째 거품을 자기가 마시려고 두라고는 하지 않았을 것만 같아 "이렇게 된 이상 알라를 믿을 수밖에 없다."하고 말하고는 병 안에 든 것을 마셔버렸습니다. 그런데 마시자 마자 최고지상하신 신의 뜻으로 하시브의 마음에는 지혜의 샘이 용솟음치고, 온갖 지식의 샘이 열려 자신을 잊어버릴 만큼의 기쁨이 복받쳤습니다.

이윽고 하시브는 가마 속에서 구렁이의 고기를 건져 큰 놋쇠 접시에 담아가지고 재상 관저를 나왔습니다. 왕궁으로 가는 도중 눈을 들자, 일곱 천국도, 그 안에 있는 온갖 물건도, 거기서부터 앞으로는 갈 수 없다는 대추나무까지도 눈에 보이고, 또 천체가 움직이고 있는 모양도 똑똑히 보였습니다. 그 밖에 알라께서는 유성의 배열과 유성과 항성의 운행하는 모습까지 똑똑히 보여주었습니다. 그리고 하시브는 육지와 바다의 윤곽을 본 덕분에 기하학, 점성술, 천문학, 수학 그 밖에 이것과 관계된 모든 학문에 통달하게 되고, 일식과 천식의 인과관계마저 깨달았습니다. 다음에는 대지에 주목하여 땅속과 지상에 있는 온갖 광물과 식물을 바라보고, 그 성질에서 효용까지 터득했으므로 대번에 의학, 화학, 기술, 연금술 따위도 알게 되었습니다.

하시브는 고기를 가지고 궁전으로 가자, 카라즈단 왕의 방으로 들어가 그 앞에 엎드려 "재상 샤무르님보다도 우리 임금님의 성수 무강하시기를 기원하옵니다!"하고 말했습니다. 왕은 재상이 세상을 떠났다는 말에 매우 화가 나서 눈물을 흘리며 울었습니다. 태수와 중신, 나아가서는 신하들마저도 재상의 서거를 애도하여 슬퍼했습니다. 이윽고 왕은 물었습니다. "재상은 방금 이제까지 여기서 사후하고 있었고, 별로 이상도 없었다. 요리가 되어 있으면 구렁이의 여왕의 고기를 가지고 곧 대령하겠노라고 하고 방금 나갔었다. 그런데 갑자기 세상을 떠났다니 이제 어떻게 된 셈이냐? 그 무슨 뜻밖의 재난이라도 일어났단 말이더냐?" 그래서 하시브는 대신이 병에 담은 거품을 마시자, 대번에 몸이 부어오르며 기절하여 죽고 말았다는 이야기를 있는 그대로 설명했습니다. 왕은 몹시 그 죽음을 슬퍼하며 하시브에게 말했습니다. "샤무르가 없어졌으니 나는 도대체 어떻게 하면 좋지?" 하시브가 "오, 현세의 임금님, 슬퍼하지 마십시오. 제가 3일 이내에 임금님의 병을 흔적도 없이 깨끗이 고쳐드리겠습니다." 하고 대답하자, 이 말을 들은 왕은 겨우 안심하며 말했습니다. "비록 몇 해가 걸린다 하더라도 이 병을 고쳐만 다오."

그래서 하시브는 큰 접시를 왕의 앞에 놓고, 구렁이 여왕의 고기를 한 점 먹였습니다. 그러고 나서 얼굴에 수건을 덮고 그대로 쉬라고 말하고는 자기는 그 옆에 앉았습니다. 왕은 낮부터 저녁때까지 계속 잤습니다만 그 동안 뱃속의 고기도 소화가 되어 이윽고 눈을 떴습니다. 하시브는 포도주를 조금 마시게 한 다음 다시 자라고 권했습니다. 왕은 그대로 곤히 아침까지 계속 잤습니다. 날이 밝자 하시브는 또다시 고기를 한 점 먹이고 똑같은 요법을 썼습니다. 이런 식으로 사흘 동안 치료를 계속하여 왕이 고기를 모두 먹어치우자, 피부는 굳게 오므라들어 껍질이 벗겨지고, 머리에서 발꿈치까지 떨어질 만큼 땀을 흘렸습니다. 이 때문에 왕의 병은 완쾌되고, 그 지독한 문둥병이 흔적도 없이 사라져버린 것입니다. 하시브도 이것을 보자 "이번엔 목욕을 하셔야 합니다." 하고 말하고 왕을 목욕탕으로 데리고 가서 몸의 때를 씻어주었습니다. 목욕을 끝마친 왕은 마치 은지팡이를 연상시키는 그전의 건강한 모습으로 되돌아왔습니다. 아니, 병에 걸리기 이전보다도 더 건강한 모습으로 되돌아온 것입니다.

그래서 왕은 더할 나위 없이 호화로운 옷을 입고 옥좌에 앉아, 하시브를 옆에 사후케 했습니다. 그러고 나서 식탁을 차리라고 명령하고는 두 사람이 사이좋게 식사를 한 다음 손을 씻었습니다. 그것이 끝나자 이번엔 술상을 차려오라고 하여 마실 만큼 마셨습니다. 이 소식을 알게 된 영내의 대신을 위시하여 태수와 고관대작, 심지어는 유지까지도 속속 왕에게로 몰려와 완쾌된 기쁨을 축하했습니다. 또 백성들은 북을 치며, 경사의 표시로 도성을 아름답게 장식하였습니다. 이윽고 왕은 모여든 사람들에게 말했습니다. "대신, 태수, 중신들이여, 이 사람은 하시브 카림 알 딘이라고 하며, 내 병을 고쳐준 은인이다. 알았느냐, 모두들, 나는 샤무르 재상 대신으로 이 사람을 오늘부터 재상으로 임명한다."

　—샤라자드는 날이 훤히 밝아오는 것을 깨닫자, 여기서 허락된 이야기를 그쳤다.


● 536일째 밤

샤라자드는 말을 이었다. 오, 인자하신 임금님, 카라즈단 왕은 대신과 고관들에게 말했습니다. "나의 병을 고쳐준 사람은 다른 사람 아닌 여기 있는 하시브 카림 알 딘이다. 그러기 때문에 재상 샤무르 대신으로 이 사람을 오늘부터 재상으로 임명한다. 이 사람을 사랑하는 자는 나를 사랑하고, 이 사람을 공경하는 자는 나를 공경하고, 이 사람에게 복종하는 자는 나에게 복종하는 자다." "알았습니다." 일동은 그렇게 대답하고 일어나, 하시브 옆으로 모여들어 손에 입을 맞추기도 하고 인사말을 하기도 하며 재상에 임명된 것을 축하했습니다. 이어 왕은 호화로운 비단옷을 하시브에게 하사했는데, 이것은 진주와 보석을 박은 진품으로, 적어도 금화 500닢의 가치가 있었습니다.

그 밖에 남자 백인 노예 300명, 달처럼 잘생긴 시녀를 300명, 아비시니아의 노예 처녀를 마찬가지로 300명, 또 보물을 실은 당나귀 500마리, 양, 소, 물소, 황소, 그 밖에 가축 등 이루 셀 수 없을 만큼 하사했습니다. 그리고 대신을 위시하여 태수, 중신, 명사, 백인 노예, 하급 신하들에게도 선물을 가지고 오라고 명령했습니다. 이윽고 하시브는 대신과 중신, 그리고 전군의 장병들을 이끌고 말을 몰아, 왕이 특별히 하사한 저택으로 가서 의자에 앉았습니다. 대신과 태수는 하시브 곁으로 다가와 손에 입을 맞추고는 서로 말을 낮추어 앞으로 잘 모시겠노라고 하고, 영달을 기뻐하며 축복했습니다. 어머니도 친척들도 이렇게 된 것을 알고는 퍽 기뻐했으며, 그 행운을 축하했고, 그 옛날의 친구들이었던 나무꾼들도 와서 축하의 말을 했습니다. 이어 하시브는 다시 말을 몰아 죽은 샤무스의 저택으로 가서 집 안의 물건들을 모두 몰수하여 자기 저택으로 옮긴 것입니다.

이렇듯 아는 것이라곤 아무것도 없는 무식한 하시브가 전능하신 알라의 뜻에 의하여 온갖 학문에 통달되고, 모든 종류의 지식을 터득하여, 그 명성은 전국 방방곡곡에까지 전파되고, 의학은 물론이고 기하학, 점성학, 연금술, 기술(奇術), 경전해석, 강신술, 그 밖의 학예 전반에 걸쳐 조예가 깊은 대학자로서 추앙을 받게 되었습니다.

어느 날, 하시브는 어머니에게 말했습니다. "제 아버님 다니엘은 아주 총명한 어른으로, 학문에 뛰어난 분이셨죠. 여러 가지 책을 저술하여 남기셨을 터인데 어떤 것이 있는지 가르쳐주세요!" 어머니는 커다란 상자을 가지고 와서 도서류가 분실되었을 때 간신히 건져낸 다섯 권의 두루마리를 아들에게 주면서 "이 다섯 권뿐이다. 네 아버님이 남기신 것은—." 하고 말했습니다. 그래서 하시브는 이것을 읽고 또 어머니에게 물었다. "어머님, 이 두루마리는 책의 일부인데 다른 것은 어디에 있습니까?" 그러나 어머니는 대답했습니다. "아버님은 말이다. 당신의 책을 모두 가지고 항해하셨단다. 그리고 배가 난파되었을 때 책이라곤 전부 없어지고 남은 것이라곤 이 다섯 권의 두루마리뿐이었다. 아버님은 다행히도 전능하신 알라의 뜻으로 무사히 집에 돌아오셨지만 내가 홀몸이 아닌 것을 보시자 이렇게 말씀하셨단다. '아마 당신은 사내애를 낳을 것이오. 이 두루마리를 잘 간직해두었다가 아들이 성인이 되어 아버지의 유품을 찾거든 이것을 주며, 이 종이를 유산으로 남기셨다고 말하오'라고 하셨다. 자, 이것이 바로 그것이다!"

그리고 당대에 비할 자가 없는 대학자라고 일컬어져온 하시브는 환락을 멸하고, 교우를 끊는 자가 찾아올 때까지 이 현세의 안락과 위안을 다 즐기며 살았습니다. 그러나, 임금님, 다음의 이야기는 브르키야와 얀샤의 이야기보다도 훨씬 더 재미있습니다.

# 선원 신드바드와 짐꾼 신드바드


충성된 자의 임금님 하룬 알 라시드 교주의 시대 일인데, 바그다드에 짐꾼 신드바드라고 하여, 남의 짐을 머리에 이고 날라다주고는 그 품삯으로 겨우 입에 풀칠을 하는 사나이가 있었습니다. 마침 어느 몹시 무더운 날, 무거운 짐을 나르고 있었는데 덥기도 하고 무겁기도 하여 완전히 지치고 말아 온몸이 흠뻑 땀에 젖었습니다. 그러던 중 어느 상인의 집 문앞을 지나가려니까, 땅은 깨끗이 쓸어져 있고, 물도 뿌려져 있어 서늘하고, 바람도 솔솔 불고 있어 상쾌하기 짝이 없었습니다. 문 옆에 커다란 걸상이 놓여 있는 것이 눈에 띄었으므로 짐꾼은 그 위에 짐을 내려놓고 한숨 쉬면서 상쾌한 공기를 들이마셨습니다.

　—샤라자드는 날이 훤히 밝아오는 것을 깨닫자, 여기서 허락된 이야기를 그쳤다.

● 537일째 밤

샤라자드는 말을 이었다. 오, 인자하신 임금님, 짐꾼이 걸상에 짐을 내려놓고 한숨 쉬면서 상쾌한 공기를 들이마시고 있자니까, 안마당 나무 문쪽으로부터 기분 좋은 산들바람이 부는데 그 바람을 타고 드높은 향기가 풍겨 왔습니다. 그리고 걸상 한구석에 앉은 짐꾼의 귀에 갑자기 비파와 그 밖의 현악기로 절묘한 가락과 노래를 부르기도 하고, 입속으로 읊기도 하는 자못 즐거운 노래소리가 안마당 쪽에서 들려왔습니다. 그 노랫소리에 섞여 산비둘기, 앵무새, 티티새, 꾀꼬리, 흰 비둘기, 도요새 등 새들이 갖가지 목소리로 전능하신 알라를 칭송하며 지저귀고 있었습니다. 이것을 들은 짐꾼은 혼자 수상하게 생각함과 동시에 마음도 흥겹게 들뜨기 시작했습니다.

그래서 짐꾼 신드바드가 문간으로 다가가 안을 들여다보았더니, 거기에는 넓다란 꽃밭이 있고, 시동과 흑인 노예와 하인과 시종 등, 왕후의 저택이 아니고서는 볼 수 없는 남녀들이 늘어서 있었습니다. 그리고 온갖 산해진미의 맛있는 음식과 훌륭한 술의 향기가 물씬 코를 찔렀습니다. 신드바드는 자기도 모르게 문득 하늘을 우러러보며 탄식했습니다.

"오, 주여, 원하는 대로 제한없이, 아낌없이 사람들에게 물건을 주시는 조물주여! 오, 나의 성스러운 신이시여, 나의 온갖 죄를 용서해주십시오. 모든 죄를 회개하여 주의 구원을 비나이다! 오, 주여, 결코 당신의 법도와 지배를 배반치 않을 것이며, 당신이 하시는 일을 의심하지도 않겠습니다. 정말로 당신은 만물을 통치하시는 전능하신 신이옵기에 당신의 온전한 모습을 칭송하나이다. 사람을 가난하게 만들고, 부자로 만드시는 것은 오직 당신의 뜻이로다! 또 뜻대로 사람의 지위를 올리기도 하고, 떨어뜨리기도 하십니다. 당신 이외에 신은 안계십니다! 당신의 주권은 얼마나 크고, 그 지배는 얼마나 길고, 그 다스림은 얼마나 훌륭하십니까! 정말로 당신께서는 하인 중에서도 마음에 맞으시는 자에게만 은총을 베풀어주십니다. 그렇기 때문에 이 집의 주인은 인간 세상의 기쁨을 다하며 날을 보내고, 온갖 상쾌한 향기를 맡고, 맛있는 음식을 먹고, 기막힌 술을 마시면서 나날을 즐기고 있습니다. 진정으로 당신께서는 원하는 것을, 미리 정하신 것을, 인간들에게 주시기 때문에 어떤 사람은 지쳐 있어도 다른 사람은 편히 쉬고, 또 어떤 사람은 운명을 잘 타고나서 부귀를 누리며 살고 있고, 또 어떤 사람은 마치 나와 마찬가지로 죽는 날까지 고생만 하다 죽는 것입니다.” 그리고는 이런 시구를 읊기 시작했습니다.

영원히 참는 것은 나의 고생
뜬 세상의 쾌락 맛보면서
차디찬 그늘에서 쉬는 날은
과연 이 세상에서 그 며칠이나 되는가?
아침마다 나는 그저
괴로움과 시름으로 눈을 뜨고
내 운명 기구하여
짊어진 무거운 짐에 신음할 뿐.
그래도 세상에는 복을 타고나
불행을 모르는 사람도 많아
운명의 신은 나처럼
무거운 짐을 지게 하지는 않느니.
환희와 위안을 다하면서
즐거운 나날을 보내며
먹고 마시면서 영화로운
고귀한 동족과 사귀며 사네.
아, 이 세상에 태어난 자는 모두
원인을 따지고 보면 정액의
자못 조그만 한 방울.
근본도 원인도 같은 것.
그러나 그와 나의 거리는
초와 귀한 술의 향기만큼
큼을 어찌하리!
그러하오니 전능하신 신이시여
감히 그대를 저주하지 않으리라.
그대의 법도는 올바르고
그대의 정의는 잘못이 없으니.

짐꾼 신드바드는 노래를 끝마치자, 짐을 머리에 이고서 걷기 시작했습니다. 때마침 얼굴이 잘생기고, 모양도 좋은 옷차림이 화려한 귀여운 시동이 하나 문에서 나와 신드바드의 손을 잡으며 "들어오셔서 주인을 만나보세요. 아저씨에게 볼일이 있으시다니까." 하고 말했습니다. 짐꾼은 굳이 사양했지만 시동은 도무지 말을 듣지 않습니다. 그래서 짐꾼은 응접실 문지기에게 짐을 맡기고 시동 뒤를 따라 집 안으로 들어가보니 그곳은 정말로 훌륭한 저택이었으며, 눈이 부실 정도로 휘황찬란하고, 구석구석까지 위용에 넘쳐 있었습니다.

이윽고 넓은 거실로 안내되니 그곳에는 지체도 높은 고관대작들이 식탁을 둘러싸고 앉아 있었으며, 식탁 위에는 가지가지의 진수성찬과 생과일과 건과, 과자, 특히 고급 포도로 만든 포도주 따위 외에도 온갖 종류의 꽃들과 향기로운 풀이 놓여져 있었습니다. 게다가 또 가무현악의 악기도 골고루 비치되어 있고, 잘생긴 노예 처녀들이 악기들을 타며 노래를 부르고 있었습니다. 자리에 앉은 사람들은 모두 신분의 상하에 따라 앉아 있었고, 가장 높은 상좌에는 턱수염도 하얗게 된 거룩하리만큼 품위 있어 보이는 노인 하나가 앉아 있었습니다. 늠름한 자세였고, 생김새는 품위 있고 복스러워 보였으며, 보기에도 중후한 위엄 있는 풍채였습니다. 짐꾼 신드바드는 이 모습을 보고 기가 꺾여 마음속으로 혼자 중얼거렸습니다. "이건 필경 천국이거나, 아니면 왕후의 궁전임에 틀림없어!" 그래서 짐꾼은 모두의 축복을 빌며 공손히 인사를 하고는 마루에 꿇어 앉아 이마를 땅에다 대고 머리를 숙인 채 앉아 있었습니다.

　—샤라자드는 날이 훤히 밝아오는 것을 깨닫자, 여기서 허락된 이야기를 그쳤다.

● 538일째 밤

샤라자드는 말을 이었다. 오, 인자하신 임금님, 짐꾼 신드바드는 마루에 꿇어 앉아 이마를 땅에다 대고 머리를 숙인 채 앉아 있었습니다. 이 집 주인은 가까이 오라고 말하고 옆에 앉히자 간곡하게 환대의 말을 건넸습니다. 그러고는 가지각색의 맛있는 음식물을 앞에다 놓았기 때문에 짐꾼은 우선 '비스밀라'를 외우고 나서 당장 그것을 배불리 먹었습니다. 식사가 끝나자 "우리들의 신세가 어떻든 알라를 칭송합시다." 하고 외친 다음 손을 깨끗이 씻고 나서 그곳에 앉은 사람들에게 "잘 먹었습니다." 하고 치사했습니다.

이윽고 주인이 말했습니다. "잘 오셨소. 그런데 그대 이름은 무엇이며, 생업은 무엇이오?" 짐꾼은 "오, 나리, 제 이름은 짐꾼 신드바드라고 하며, 남의 물건을 머리에 이어다 주고서 운임을 받아 그걸로 살아가는 자이옵니다." 하고 대답하자, 주인은 웃으며 말했습니다. "실은 말이오, 짐꾼 양반, 당신 이름과 내 이름이 똑같구려. 나는 선원 신드바드라고 하니까요. 그런데, 짐꾼 양반, 아까 문간에서 당신이 읊은 그 노래의 문구를 다시 한 번 들려줄 수 없겠소?" 짐꾼은 얼굴을 붉히며 말했습니다. "천만의 말씀! 너그럽게 용서해주십시오. 하는 일 없이 빈둥거리다 보면 세상 고생이니 고통이니 가난한 사람이기에 자기도 모르는 사이에 버릇없는 행동을 서슴지 않게 되고, 상스러운 짓을 배우게 되는 법입니다." "부끄러워 할 건 없어요. 당신은 내 의형제가 된 것이오. 다시 한 번 불러 보시오. 문앞에서 당신이 노래부르는 소리를 아주 재미있게 들었으니까." 그래서 짐꾼이 아까 부른 노래를 다시 한 번 읊자, 주인은 크게 기뻐하며 이렇게 말했습니다.

"여보시오, 짐꾼 양반, 나에게도 정말로 이상한 신세 이야기가 있소. 이렇게 영화를 다 누리고, 이런 저택의 주인이 되기까지 내가 어떤 고생을 하고, 어떤 일을 해왔는지 그 이야기를 좀 해드리리다. 이러한 호화로운 신세가 된 것은 죽을 고생을 다 겪고, 위험한 고비를 넘긴 결과지요. 정말 옛날엔 죽을 고생을 했고, 괴로움을 겪은 것도 한두 번이 아니었소! 나는 일곱 번 항해를 했는데, 그때마다 간담을 서늘하게 하는 이상야릇한 기담이 얽혀 있는데, 그것이 모두 운명 탓이었나오. 그도 그럴 것이 운명이 정해진 것이고 보면 마음대로 하지도 못하는 것이니 어떻게 할 도리가 없었지요. 그럼 그 얘길 할 테니 다들 잘 들어보시오." (하고 주인은 이야기를 계속했습니다.)

## 선원 신드바드의 최초의 항해 이야기

내 아버지는 상인이었고, 고향에선 어엿한 명사였습니다. 큰 부자였지만, 내가 아직 어렸을 때 돌아가셨는데 금은과 땅과 집과 막대한 재산을 남겨놓았습니다. 내가 나이를 먹자, 이 모든 재산에 손을 대어 미식을 즐기고, 폭음을 하고, 호화로운 옷을 입고, 사치를 다하여 같은 또래의 젊은이와 교유하면서 세월 가는 줄을 몰랐습니다. 이러한 안락의 세월이 영원히 계속될 것으로만 생각하고서 인간 세상의 성쇠 따위는 안중에도 없었습니다. 오랜 세월을 그런 식으로 생활해온 결과 끝내는 자신의 경박한 행동을 깨닫고 철이 들었을 때에는 이미 때는 늦어서 재산은 다 날아갔고, 가운은 기울고, 가지고 있던 것은 모두 남의 손에 넘어가고 말았습니다. 악몽에서 깨어난 나는 어떻게 해야 좋을지 몰라 허둥댈 뿐이었습니다. 그때 뜻밖에도 다윗의 아들 우리 주 솔로몬(편안히 눈을 감으시라!)께서 하신 말씀이 문득 머리에 떠올랐습니다. 이것은 그전에 아버지한테서 들은 이야기입니다. "세 가지 것이 다른 세 가지 것보다 나으리라. 즉 죽은 날은 낳는 날보다 좋고, 살아 있는 개는 죽은 사자보다는 낫고, 무덤은 가난보다는 나으니라." 그래서 나는 남은 재산을 긁어모으고 내 옷까지 포함해서 3000디

르함에 팔아버렸습니다. 그 돈으로 시인의 이런 노래를 생각하면
서 타향으로 방랑의 길을 떠나리라 결심한 것입니다.

> 고생을 해야 성공한다.
> 명성을 떨치려는 사람들은
> 밤에도 자선 아니된다.
> 진주를 바라거든 깊은 바다의
> 밑바닥까지 깊이 뒤져야 한다.
> 열심히 해야만
> 행복도 보물도 손에 들어온다.
> 고생하지 않고서 명성을
> 바라는 사람은 헛되이
> 되지도 않을 것을 추구하여
> 목숨만 감소시킬 뿐이다.

그래서 나는 힘을 내어 항해에 필요한 물건과 상품 등 모든 것
을 사들였습니다. 그러고는 한시라도 빨리 바다에 나가고 싶어 견
딜 수 없었으므로 우선 일단의 상인들과 함께 바소라행 배에 몸을
실었던 것입니다. 바소라에서 배를 바꿔 타고서, 여러 날을 항해를
계속하여, 섬에서 섬으로, 둑에서 둑으로, 배의 기착지에서는 매매
와 교역을 하면서 앞으로 앞으로 항해를 계속했습니다. 그러던 중
마침내 천국의 화원이 아닌가 싶은 섬에 도착했습니다. 여기서 선
장은 닻을 내리고 배를 해안에 댄 다음 상륙용 널판지를 내려놓았
습니다. 배에 탄 사람이 모두 육지에 올라, 아궁이를 만든다 불을
피운다 야단법석이었습니다. 요리를 만드는 사람이 있는가 하면,
세탁을 하는 사람도 있고, 그런가 하면 바람을 쐬러 섬 안을 걸어
다니는 사람도 있었습니다. 선원들은 먹고 마시고 하며 서로 시시
덕거리며 놀았습니다.
　나는 산책자들 사이에 끼여 섬 안을 거닐고 있었는데, 갑자기

뱃전에 서 있던 선장이 고래고래 소리를 지르는 것이 아니겠습니까. "어이, 손님들, 어서 빨리 배로 돌아오시오. 우선 살고 봐야 합니다, 물건 따위는 버리고 어서 돌아오시오. 아무쪼록 알라의 가호 있으시기를! 지금 당신들이 올라가 있는 그 섬은 실은 진짜 섬이 아니라, 바다 한복판에 가만히 떠 있는 큰 물고기입니다. 그 등에 옛날부터 모래가 쌓여 거기 나무가 자라 마치 진짜 섬처럼 된 거란 말이요. 그런데 당신들이 그 위에서 불을 질렀기 때문에 물고기는 뜨거워서 움직였단 말이요. 이제라도 당신들을 실은 채 바다 밑에 가라앉을지도 모릅니다. 그러니까 짐 같은 것은 버리고 어서 나오시오!"

　　—샤라자드는 날이 훤히 밝아오는 것을 깨닫자, 여기서 허락된 이야기를 그쳤다.

　　● 539일째 밤

　　샤라자드는 말을 이었다. 오, 인자하신 임금님, 선장이 승객들을 향하여 "짐!" 하고 외치자, 그 소리를 들은 사람들은 모두 도구니 짐이니, 빤 옷이니 빨지 않은 옷이니, 화덕이니, 놋쇠 요리용 냄비들을 모두 버리고 허둥지둥 구사일생으로 배로 돌아왔습니다. 그러나 그중에는 배에 돌아오지 못한 사람도 있었습니다(나도 그 중 하나였습니다). 왜냐하면 갑자기 섬이 움직이기 시작했는가 싶더니, 위에 타고 있던 사람들도 함께 바닥조차 없는 해저로 가라앉고, 남은 것이라곤 굽이치는 큰 파도가 포효하고 있을 뿐이었습니다. 나도 다른 사람들과 함께 일단 바다 속 깊이 아래로 아래로 가라앉았습니다만, 이윽고 전능하신 알라의 뜻으로 익사는 모면했습니다. 다행히도 선원들이 목욕통으로 쓰고 있던 커다란 나무통을 알라께서 주신 것입니다. 고맙다 싶어 나는 그 통에 매달려 말에 올라타듯 이것에 올라탔습니다. 그리고 파도에 좌우로 흔들리면서도 노 대신으로 두 발로 물을 저었습니다.

한편 선장은 돛을 올리자, 물에 빠져 죽게 된 사람이나, 이미 빠져 죽은 사람은 아랑곳도 하지 않고서 배에 돌아온 사람들만을 싣고서 그냥 떠나고 말았습니다. 나는 돛이 보이지 않을 때까지 짐짓 배를 지켜보고 있었지만, 도무지 살아날 가망이 없겠다고 체념했습니다. 이러한 운명에 빠져 파도 사이를 떠내려가고 있는데, 어느덧 해는 저물어 밤새도록 바람과 파도에 시달렸던 것입니다. 그 이튿날도 표류를 계속했습니다만 그러던 중 마침내 통은 나를 태운 채 어느 오뚝한 섬의 한 모퉁이에 당도했습니다. 해변가에는 나무들이 우거져 있고, 해면으로 가지가 늘어져 있었습니다. 그래서 나는 가지 하나를 붙잡고 늘어져 간신히 육지로 기어올랐습니다. 그러나 둑에 오르고 보니 다리는 쥐가 올랐고, 발다닥에는 물고기에게 물린 자국이 잔뜩 남아 있었습니다. 고통과 피로한 나머지 그때까지는 전혀 모르고 있었던 것입니다. 나는 죽을 것만 같이 의식을 잃고 땅바닥에 쓰러진 채 내 신세의 비참한 모습을 한탄하고 있다가 어느 새 정신이 멍해져 그만 인사불성에 빠지고 말았습니다.

이튿날 아침 해가 떠올라 그 온도로 겨우 제정신이 들기는 했지만 발이 몹시 부어올라서 앉은뱅이처럼 엉덩이로 끌고 다니고, 무릎으로 기어 돌아다니는 것이 고작이었습니다. 이 섬에는 야생과일도 많을 뿐 아니라 약수터도 많았습니다. 나는 과일을 먹고 기운을 회복했습니다. 이렇듯 며칠을 보내고 있던 중 점점 평상시대로의 건강상태로 돌아가 전보다는 편히 걸어다니게 되었습니다. 그래서 이것저것 생각 끝에 섬을 둘러보리라 결심하고 전능하신 알라께서 만드신 만물을 바라보며 기분전환을 하리라고 생각했습니다. 나는 나무 그늘에서 쉬고 있을 때 그 가지를 꺾어 몸을 의지할 수 있는 지팡이를 하나 만들었습니다.

어느 날 해변가를 걷고 있노라니까, 저 멀리 무엇인가 이상한 것이 하나 눈에 띄었습니다. 짐승이나 바다의 괴물이 아닌가 싶었는데, 가까이 가면서 잘 살펴보니 그것은 둑에 매어져 있는 한 마리의 훌륭한 암말이었습니다. 이윽고 나는 곧 그 옆에까지 갔습니다. 그런데 암말은 나를 보고 무서워하며 큰 소리로 울어댔으므로, 이쪽도 무서워 몸을 부들부들 떨며 발길을 돌려 도망칠까 했습니다. 그러자 그 순간 땅 속에서 웬 사나이 하나가 불쑥 나타나 "넌 누구냐? 어디서 왔느냐? 뭣 하러 여길 왔느냐?" 하고 외치면서 뒤를 쫓아왔습니다. "여보시오, 나리." 하고 나는 대답했습니다. "사실을 말씀드리면 나는 떠돌이로 이국인입니다. 배로 항해중, 도중에서 버림을 당해 다른 사람들과 함께 바다에 빠져 죽을 뻔했습니다. 하지만 알라의 은총으로 다행히도 나무통을 하나 주셔서, 나는 그것을 타고 표류하던 중 이 섬에 도착한 것입니다."

그 사나이는 이 말을 듣고 내 손을 잡으며 말했습니다. "나를 따라오시오." 그리고 나를 응접실처럼 넓은 지하실로 안내했습니다. 그는 나를 상좌에 앉히고 먹을 것을 내놓았습니다. 나는 한참 배가 고프던 참이었으므로 배불리 먹었습니다. 그는 나를 완전히 안심시킨 후에 신상에 관한 것을 여러 가지로 물었으므로 나도 자초지종을 모두 이야기했습니다. 그가 내 모험담을 듣고 깜짝 놀라기에 나는 이렇게 말했습니다. "부디 제 무례를 용서해주십시오. 저는 있는 그대로 지금까지의 신세 이야기를 모두 털어놓은 것입니다. 그럼 이번엔 어디 당신의 이야기를 들어봅시다. 당신은 도대체 어떠한 분이며, 왜 이런 지하실에 살고 계시며, 어찌하여 바닷가에 저 암말을 매어두고 계십니까?"

"실은 무엇을 감추겠소. 나는 미르쟌 왕의 부하 마부로서, 이 섬 이곳저곳에 주재하고 있는 몇 사람 중의 하나요. 미르쟌 왕의 말은 모두 우리들이 맡아보고 있소. 그런데 매달 초승달이 떠오를 무렵이 되면 우리들은 아직 한 번도, 종마와 짝지어본 일이 없는 뛰어나게 좋은 암말을 이리로 데리고 와서 해변가에 매어놓고, 우리들은 누구 눈에도 띄지 않도록 이 지하에 몸을 감추는 거요. 그러면 바다의 종마들이 암말의 냄새를 맡고서 바다 속에서 나타나 사람의 흔적이 없는 것을 알고 마음껏 재미를 본단 말이오. 재미를 본 다음 암말을 끌고 가려고 하지만 다리를 밧줄로 붙잡아 매어놓았기 때문에 그렇게는 되지 않지. 그래서 종마들은 울부짖고, 머리를 쳐들고 차기도 하며 야단을 치지만 그 소리를 듣고서 우리들은 종마가 암말 등에서 내려왔다는 것을 알 수 있단 말이오. 이때를 놓칠세라 우리들은 우우 몰려가서 큰 소리로 외친단 말이오. 그러면 놈들은 깜짝 놀라서 허둥지둥 바다 속으로 도망을 치거든. 이렇듯 암말은 해마의 씨를 잉태하여 천만금짜리 암수의 새끼말을 낳는 것인데, 그러한 새끼말은 온 세계를 뒤져도 찾을 수 없을 거요. 자, 이제 거의 바다의 종마가 나온 때가 되었소. 일이 끝나면, 인샬라! 당신을 미르쟌 왕에게로 안내해드리리다.”

　　—샤라자드는 날이 훤히 밝아오는 것을 깨닫자, 여기서 허락된 이야기를 그쳤다.

　●540일째 밤
　샤라자드는 말을 이었다. 오, 인자하신 임금님, 마부는 선원인 신드바드에게 말했습니다. “나는 당신을 미르쟌 왕에게로 데리고 가서 우리나라를 보여드리리다. 그러나 만일 당신이 우연히 나를 만나지 못했더라면 지금쯤은 저승으로 가서 아무도 당신 소식을 아는 사람은 없었을 것이오. 하지만 어쨌든 나는 어떻게 해서든지 당신의 목숨을 살려서 고국으로 보내드리리다.”
　나는 마부에게 신의 축복을 빌고, 인정 많은 마음씨를 뜨겁게 치하했습니다. 그러고 나서 세상 이야기에 꽃을 피우고 있는데, 갑자기 종마가 바다 속에서 모습을 나타내, 한 번 크게 울고 나서는 암말에게로 뛰어올라 일을 치뤘습니다. 교미를 끝내자 암말 등에서 내려 암말을 데리고 가려고 했으나, 다리를 밧줄로 매어놓았기 때문에 데리고 갈 수가 없습니다. 그래서 종마는 발길질을 하기도 하고 울부짖기도 하며 대난동을 부립니다. 마부는 별안간 칼과 방패를 들고 지하실에서 뛰어나와 둥근 방패를 칼로 두들겨대며 동

료들을 불렀습니다. 그러자 동료 마부들도 함성을 지르며 창을 꼬
나들고 달려드는 바람에 기고만장한 종마도 혼비백산하여 물소처
럼 바다 속으로 뛰어들어 파도 밑으로 모습을 감추고 말았습니다.
  이 소동이 끝난 후 잠시 앉아서 쉬고 있자니까, 다른 마부들이
각기 한 마리씩 암말을 끌고 왔습니다. 그리고 내가 자기들의 동
료인 마부와 함께 앉아 있는 것을 보자, 이것 저것 내 신상에 관
하여 묻길래 나는 다시 한 번 신세 이야기를 들려주었습니다. 그
러자 그들은 내 옆으로 가까이 모여들어 식탁을 펴놓고 자기들도
먹고 날더러도 먹으라고 권했습니다. 그래서 나도 동무를 해주었
는데, 식사가 끝나자 그들은 말에 올라타고, 나에게 암말에 타라고
하여 함께 출발했습니다.
  한참 동안 전진하여 미르쟌 왕의 수도에 도착하자, 그들은 왕
앞에 사후하여 나에 관한 이야기를 아뢰었습니다. 국왕은 당장 나
를 만나겠다고 했기 때문에 그들은 나를 왕 앞으로 데리고 가 서
로 인사를 나누었습니다. 왕은 다정한 환영의 말을 했고, 나의 장
수를 기원해준 다음, 신세 이야기를 해보라고 했습니다. 그래서 자
세히 내 신상에 일어났던 사건들을 이야기했더니 왕은 몹시 의아
해하며 "정말 그대는 기구하게도 목숨을 건져냈구나! 그대의 천명
이 길지 않았더라면 어찌 그런 궁지에서 피할 수 있었겠나. 탈없
이 목숨을 간직한 것을 알라게 감사하도록 하라!" 하고 말했습니
다. 그러고 나서 왕은 기분이 매우 좋은듯 이것저것 나에게 따뜻
한 말을 걸어주며 정성껏 환대해주었습니다. 게다가 나를 항구의
감독 대리에 임명하여, 항구에 드나드는 모든 선박을 감시하라고
말했습니다.
  나는 왕명을 받들어 정성껏 왕을 보필했기 때문에 왕의 총애가
이만저만이 아니었으며, 값비싼 호화로운 어의의 하사를 받았습니
다. 사실 나는 왕의 신임을 몹시 받고 있어, 간청을 올릴 때에는
내가 왕과 백성들 사이에 서서 중재의 역할을 다했습니다. 오랫동
안 나는 이런 식으로 살아왔지만, 거리를 지나 항구로 나갈 때마

다 늘 상인과 여행자와 선원들에게 바그다드의 소식을 묻곤 했습니다. 잘하면 고국으로 돌아갈 기회를 알 수 있을지도 모르겠다고 생각했기 때문인데, 유감스럽게도 그 도시를 알고 있다는 사람도, 그 도시를 찾아가본 적이 있다는 사람도 만나질 못했습니다. 나는 그 사실을 알자 서운하기 짝이 없었습니다. 그도 그럴 것이 타향의 하늘 밑에서 사노라니 고향 생각이 간절해서 견딜 수가 없었기 때문입니다. 잠시 동안은 맥이 풀려서 어찌할 길이 없었습니다만 어느 날 미르쟌 왕께 문안을 드리러 갔을 때 일단의 인도인들이 어전에 사후하고 있었습니다. 서로 인사를 나누자 그들은 나를 정중하게 맞으며, 고국이 어디냐고 물었습니다.

　—샤라자드는 날이 훤히 밝아오는 것을 깨닫자, 여기서 허락된 이야기를 그쳤다.


　• 541일째 밤
　샤라자드는 말을 이었다. 오, 인자하신 임금님, 선원 신드바드는 이야기를 계속했던 것입니다.
　—그들이 나의 고국을 묻길래 나도 그들의 고국을 물었더니 그들은 인도 사람으로 여러 계급 출신이라고 말했습니다. 어떤 사람은 샤키리야라고 불리우는 가장 높은 계급의 고귀한 사람으로서 누구에게도 압제를 가하거나 폭력을 쓰지 않는다고 하며, 또 다른 사람은 브라만이라고 하는데, 술을 끊고는 있지만 재미있게 이 세상을 보내며, 낙타와 우마를 가지고 있다는 이야기였습니다. 그뿐 아니라 인도의 백성은 72계급으로 나뉘어져 있다는 것이어서, 나는 이 말을 듣고 매우 놀랐던 것입니다.
　미르쟌 왕의 영내에서 내가 본 것 중에는 카시르라는 섬이 있었는데 여기서는 밤새도록 둥둥하고 울리는 크고 작은 북소리가 들렸습니다. 그러면서도 이웃 도민과 나그네들의 이야기에 의하면 거기서 살고 있는 주민들은 근면하고, 분별력이 있는 사람들이라는 것이었습니다. 또 이 근해에서 나는 길이 200척이나 되는 물고기도 보았는데, 어부들은 몹시 겁을 내고는 나뭇조각을 딱딱 두들겨 그 물고기를 쫓아버렸습니다. 나는 또 머리가 올빼미처럼 생긴 물고기도 본 적이 있었습니다. 그 밖에 이것 저것 여러 가지 이상한 것도 많이 보았는데, 여기서 그것을 전부 이야기하면 여러분도 싫증을 느끼실 것입니다.

이렇듯 나는 섬들의 탐방에 골몰하고 있었는데, 어느 날 평소의 습관대로 지팡이를 들고 항구에 서 있으려니까 뜻밖에 많은 상인을 태운 커다란 배가 한 척 항구를 향하여 전진해오는 것이 아니겠습니까. 수도 아래쪽에 있는, 배들이 닻을 내리는 조그만 내항까지 오자, 선장은 돛을 내리고 둑에 배를 맨 다음 상륙용 널빤지를 걸쳐놓았습니다. 선원들은 곧 짐을 내려, 육지에 올렸습니다. 나는 그 옆에 장승처럼 우뚝 서서 그 하나하나의 물건 이름을 기록하고 있었습니다. 그런데 짐을 육지에 올리는 데 너무도 시간이 오래 걸렸으므로 나는 선장에게 물었습니다. "배에는 아직 뭔가 남아 있습니까?" 그러자 선장은 대답했습니다. "나리, 선상에는 아직 여러 가지 상품 고리가 있는데 그 주인이 항해중 어느 섬에서 익사를 당했습니다. 그래서 그 사람의 물건은 우리들이 맡고 있는 셈인데, 우리들은 그것을 팔아서 그 값을 일일이 기록해놓을 작정입니다. 언젠가 '평화의 집'인 바그다드의 본인의 친척에게 전해주려고 생각하고 있습니다."

"그 상인의 이름은 뭐라고 합니까?" "선원 신드바드라고 합니다." 이 대답을 듣고 나는 찬찬히 상대방을 지켜보았는데, 그제야 겨우 예의 그 선장임을 알고 나도 모르게 큰 소리로 외쳤습니다. "오, 선장, 다른 상인들과 함께 항해에 나온 선원 신드바드는 바로 나요. 그 물고기가 움직이기 시작하여 당신이 그것을 가르쳐주었을 때 무사히 살아난 자도 있었지만, 바다 속에 가라앉은 자도 있었소. 나도 그 중 하나였지요. 그런데 전능하신 알라의 뜻으로 선원들이 목욕용으로 쓰는 큰 통을 하나 주셨단 말이오. 그 다음 파도에 시달리고, 바람에 밀려 이 섬에 도착하게 되었는데, 여기서 뜻하지 않은 신명의 가호로 미르쟌 왕의 마부를 만나 그 임금님에게로 오게 된 것이오. 임금님께서는 내 신세 이야기를 들으시자, 더할 나위 없는 후대를 베푸시고, 게다가 항구의 감독관에까지 임명해주셨습니다. 그래서 나는 열심히 일한 덕택으로 영달하여 이제는 신임이 이만저만이 아닙니다. 그러한 까닭으로 이 고리는 내 것입니다. 신께서 내려주신 것이니까요."

──샤라자드는 날이 훤히 밝아오는 것을 깨닫자, 여기서 허락된 이야기를 그쳤다.

● 542일째 밤

샤라자드는 말을 이었다. 오, 인자하신 임금님, 선원 신드바드가 선장에게 "그 고리는 내 것이오. 알라께서 내려주신 것이니까." 하고 말하자 선장은 외쳤습니다. "영광되고 위대하신 신 알라 외에 주권 없고 권력 없도다! 정말 요새 사람들에겐 양심도 없거니와 신을 섬기는 마음도 없다니까요!" "선장, 그 말은 무슨 뜻입니까? 내 신세 이야기를 들려주었는데도 그런 말을 하다니요." 그러자 선장은 대답했습니다. "당신께선 물에 빠져 죽은 사람의 물건이 나에게 있다는 말을 듣고서 부당하게도 그것을 횡령할 생각으로 계시군요. 그러나 그것은 법도에 어긋나므로 용서할 수 없습니다. 왜냐하면 그 사람은 다른 많은 승객들과 함께 우리들의 눈앞에서 익사를 당했으니까요. 게다가 살아난 사람이라곤 아무도 없었구요. 당신은 어째서 그 물건의 주인이라고 그러시는 것입니까?"

"선장," 하고 나는 말했습니다. "내 이야기를 잘 듣고, 내 말을 충분히 음미해보시오. 그러면 거짓말인지 정말인지 수긍이 갈 것이오. 거짓말은 위선자의 증거가 되니까요." 그러고 나서 나는 선장과 함께 바드다드를 떠나 하마터면 물에 빠져 죽을 뻔한 예의 그 물고기의 섬에 도착하기까지의 가지가지의 사건을 낱낱이 들려주었습니다. 그리고 두 사람 사이에 일어난 가지가지의 사건마저 회상시켜주었더니 그때서야 선장도, 상인들도 내 이야기에 거짓이 없다는 것, 내가 그 본인임에 틀림없다는 것을 인정하고는 내가 무사한 것을 축하해주었습니다. "설마 당신이 익사를 모면했으리라고는 생각도 못했습니다! 주님의 뜻으로 새로운 생명을 받으신 셈이군요." 그들은 내 고리를 돌려주었습니다. 보니 내 이름도 그대로 딱 적혀 있고, 무엇 하나 잃은 것이 없었습니다. 그래서 나는 고리를 풀어서, 그 중에서도 가장 값비싼 것을 골라 미르쟌 왕에게 선물로 바치기로 하고, 선원들로 하여금 궁전으로 운반케 했습니다. 나는 왕을 뵈옵고, 그 앞에 선물을 놓고서 자초지종을, 특히나 배와 나의 짐에 관한 자세한 이야기를 아뢰었습니다. 그러자 왕은 깜짝 놀라고는 내 이야기에 거짓이 없다는 것을 깨달았습니다.

그후 왕의 총애는 점점 더해갔으며, 더할 나위 없는 영예를 베풀어주셨고, 답례로서 훌륭한 선물을 하사해주시기도 했습니다. 나는 그러는 가운데 고리와 그 밖의 물건을 팔아서 막대한 이익을 올렸으며, 이번엔 그 돈으로 섬의 도성에서 생산되는 여러 가지 진품을 사 모았습니다. 상인들이 고향을 향하여 떠나려고 할 그 무렵 나는 내가 사 모은 물건을 전부 배에 싣고 왕에게 문안드렸습니다. 그리고는 이제까지 은총과 후의를 베풀어주신 데 대하여 깊이 감사한 다음 고국과 친구들이 있는 곳으로 보내주십사 하고 간곡히 탄원했습니다. 왕은 나에게 작별인사를 한 다음 그 지방에서 나는 선물을 많이 하사했습니다. 그래서 나는 작별을 고하고서 배에 몸을 실었습니다.

우리 일행은 전능하신 알라의 뜻으로 매일같이 순조로운 항해를 계속했습니다. 운명의 혜택도 받고, 운도 좋아 마침내 아무런 탈없이 바소라의 도성으로 돌아와 무사히 상륙했습니다. 그리고 잠시 그곳에 체류했다가 진기한 물건을 산처럼 싣고서 '평화의 집' 바그다드를 향하여 길을 떠났습니다. 도성에 도착하자, 나는 곧장 나의 고향으로 돌아가 나의 집으로 들어섰습니다. 그러자 지인이니 친척이니 모두 나에게 인사하러 찾아왔습니다.

그러고 나서 나는 내시와 처첩, 노비와 흑인 노예들을 사서 대가족을 거느리게 되었습니다. 집을 사고 땅과 정원을 구하고 있던 중 나의 재산은 점점 늘어나 그전보다도 몇 배 큰 부자가 되었던 것입니다. 그리하여 그 옛날, 타향을 떠돌며 갖은 고생을 다 겪었던 쓰라린 생각은 까맣게 잊고 그전보다 한층 더 친밀하게 옛 친구들과의 교유를 시작했습니다. 이 세상에서 가장 맛좋은 음식을 먹고, 삼천세계에 다시는 없을 진기한 술을 마시며 온갖 방탕한 생활에 젖었습니다. 이렇게 물 쓰듯 돈을 써도 내 재산은 끄떡도 하지 않았습니다.

자, 이게 나의 최초의 항해 이야기였지만 내일은 인샬라! 일곱 항해 중 두 번째 항해에 관하여 이야기하도록 하겠습니다.

(이야기의 화자는 다시 이야기를 계속했습니다.) 그러고 나서 선원 신드바드는 짐꾼 신드바드와 같이 저녁식사를 들며 "오늘은 당신이 벗하여 주어 즐거웠소." 하고 말하고는 그에게 금화 100닢을 주라고 명령했습니다. 짐꾼은 축의금을 받고 고맙다는 말을 하고서 지금껏 들은 이야기를 곰곰이 되새기며 세상에는 이상한 일도 있으려면 있을 수도 있는 일이라고 고개를 끄덕이며 그곳을 떠났습니다.

짐꾼은 그날 밤 자기 집에서 지내우고, 날이 밝아오자마자 선원 신드바드네 집으로 갔습니다. 선원은 또다시 공손히 짐꾼을 맞아들여 자기 옆에 앉혔습니다. 사람들이 다 모이자, 주인인 신드바드는 손님들 앞에 먹을 것과 마실 것을 차려놓았습니다. 일동이 실컷 먹고 마시고 하며 한참 흥을 돋구고 있음을 보고, 주인은 또다시 전날에 이어 이런 이야기를 하기 시작했습니다.

## 선원 신드바드의 두 번째 항해 이야기

들어보시오, 형제들, 나는 어제도 이야기한 것처럼 이 세상의 위안과 즐거움을 다하여 더할 나위 없는 방탕한 생활을 하고 있었습니다.

—샤라자드는 날이 훤히 밝아오는 것을 깨닫자, 여기서 허락된 이야기를 그쳤다.

● 543일째 밤

샤라자드는 말을 이었다. 오, 인자하신 임금님, 선원 신드바드는 손님들이 모두 모여들자 이렇게 이야기했습니다.

—나는 더할 나위 없이 방탕한 생활을 즐기고 있던 중, 어느 날 문득 온 세계 안을 걸어다니며 도시와 섬들을 구경해보고 싶다는 생각이 들었습니다. 이국 사람들과 교역하여 돈을 벌고 싶었던 것입니다. 이렇게 결심한 나는 곧장 막대한 현금으로 상품과 여행 도구를 사들여 이것으로 짐짝을 만들었습니다. 그러고 나서 해변으로 나가보니 어느 새 배가 아름다운 돛을 달고 선원과 승객을 싣고서 이제라도 당장 출범할 태세를 갖추고 있었습니다. 그래서 나는 상인 동료들과 함께 배에 올라 짐을 다 배에 실었습니다. 배는 그날 중에 닻을 올리고 출범했습니다.

항해는 매우 순조롭게 진행되어 이곳 저곳에 기항하면서, 섬에서 섬으로 전진을 계속했습니다. 닻을 내릴 때마다 상인과 귀인과 고객들이 우우 몰려와 서로 흥정을 한다, 거래를 한다 하며 분주했습니다. 이럭저럭하던 중 마침내 어느 섬에 당도했습니다. 깨끗한 푸른 섬으로 나무들은 울창하게 우거져 있고, 누렇게 익은 과일이 나뭇가지에 주렁주렁 달려 있었습니다. 화초도 또한 향기롭고, 새들은 절묘한 가락으로 지저귀고, 시냇물은 아름답게 가라앉아 반짝반짝 빛나고 있었습니다. 그런데 사람이라곤 그림자 하나 보이지 않았습니다. 연기 한 점 오르지 않았던 것입니다.

선장은 배를 이 섬에 대었으므로 상인도 선원도 육지에 올라, 그 근처를 서성거리면서 그늘에 들어가 더위를 식히기도 하고, 영광스러운 유일신을 칭송하여 마지않는 새들의 지저귀는 노랫소리를 듣기도 하고, 만능하신 알라의 오묘한 조화에 놀라 혀를 차기도 했습니다. 나도 다른 사람들과 함께 육지에 올랐습니다. 그리고 나무 그늘에 앉아 콸콸 솟아나오는 맑은 샘가에서 가지고 온 도시락을 꺼내 전능하신 알라께서 주신 그 음식을 먹었습니다. 서풍은 솔솔 불어 상쾌하게 뺨을 간지르고, 초화의 향그러운 향기는 그윽하게 사방에 퍼져 있는지라, 이윽고 나는 가물가물 졸음이 와서 그 자리에 누운 채 깊은 잠에 빠지고 말았습니다.

잠이 깨고 보니 나는 혼자 남게 되었고, 배는 나를 남겨둔 채 이미 예전에 출범하고 없었습니다. 상인들도 선원들도 누구 하나 나를 생각해준 사람이라곤 없었습니다. 나는 섬 안을 이리저리 살피며 돌아다녔지만 사람은커녕 마신의 그림자조차 눈에 띄지 않았습니다. 이렇게 되고 보니 나는 견딜 수 없을 만큼 불안해져서 분한 마음과 걱정과 고민 때문에 쓸개주머니가 이제라도 당장 터질 것만 같았습니다. 그도 그럴 수밖에 없는 것이 세간도구도, 먹을 것도, 마실 것도 아무것도 없었고, 홀로 남겨져 몸은 지칠대로 지치고, 마음은 비탄에 젖어 있었기 때문입니다.

나는 이젠 꼭 죽었구나 싶어 체념하고는 "이번만큼은 별 수 없이 꼭 죽었구나. 처음엔 그래도 사람을 만나 무인도에서 사람이 살고 있는 곳으로 옮겨졌지만 이번만큼은 조금도 희망이 없구나." 하고 중얼거렸습니다. 그러고 나서 마구 통곡을 하기도 하고, 화가 나서 펄펄 뛰기도 하며 고향 집에서 한가하게 살며 맛있는 음식을 마음대로 먹고, 맛있는 술을 마음대로 마시고, 좋은 옷을 마음대로 입고, 무엇 하나 부족함없이 지낼 수 있는 것을 자진해서 그것들을 마다하고 고통스럽고 힘든 항해를 자청해서 나온 나 자신의 경솔을 탓할 뿐이었습니다. 이렇게 바그다드를 떠난 것을 후회했습니다만, 최초의 항해에서 수많은 고생과 위난을 맛보았던지라 후회해 본댔자 별 수 없는 것이 아니냐는 자포자기에 가까운 오기가 생겼습니다. 그래서 나는 저도 모르게 외쳤습니다. "진정 우리들은 알라의 것이므로 알라에게로 돌아가려고 할지니라!"

사실 나는 마귀에게 홀린 미친 사람처럼 불안감에 마음이 떨려 한 곳에 가만히 있을 수가 없었기 때문에 일어서서 섬 안을 이리저리 돌아다녔습니다. 높은 나무에 기어올라 사방을 둘러보기도 했지만, 눈에 보이는 것이라곤 그저 하늘과 바다, 나무와 새들, 게다가 섬과 흰 모래의 해변뿐이었습니다. 그런데 잠시 지켜보고 있노라니까 저 멀리 섬 한구석에 뭔지 모를 커다란 하얀 것이 눈에 띄었습니다. 나는 곧 나무에서 내려서 이제 눈에 띈 것을 목표로 하여 그쪽으로 걸어갔습니다. 그랬더니 아니 이건 어찌 된 셈입니까, 그것은 하늘 높이 솟아오른 눈이 부실 정도의 흰 둥근 사원이었습니다. 주위를 한 바퀴 뼹 돌아봐도 입구가 전연 눈에 띄지 않았습니다. 게다가 표면은 지독히 미끄럽고 반들반들했으므로 기어오를 힘도 없을 뿐더러 그런 재주도 없었습니다. 그래서 나는 내가 서 있는 지점에다 표를 해놓고서 사원 주위를 한 바퀴 돌아 주위를 재어보았더니 꼬박 50보나 되었습니다.

나는 거기 서서 어떻게 하면 안으로 들어갈 수 있을까를 곰곰이 궁리해보았습니다. 때마침 날이 저물기 시작할 때라 태양은 수평선 가까이로 떨어져 있었습니다만, 갑자기 태양이 그 모습을 감추고서 사방은 삽시에 침침하게 어두워졌습니다. 이상하다 싶어 얼굴을 쳐들고서 물끄러미 하늘을 지켜보며 구름이 해를 가린 것이라 여겼는데 잠시 후에 보니, 구름이라고 생각한 것은 한 마리의 커다란 새였습니다. 몸집도 컸지만 날개도 엄청나게 커서 그것이 하늘을 펄럭거리면서 태양을 가리는 바람에 빛이 차단되었던 것입

니다. 이 광경을 보고서 나는 크게 놀라 불현듯 어떤 이야기가 하
나 머리에 떠올랐습니다.

—샤라자드는 날이 훤히 밝아오는 것을 깨닫자, 여기서 허락된
이야기를 그쳤다.

● 544일째 밤

샤라자드는 말을 이었다. 오, 인자하신 임금님, 선원 신드바드의
이야기는 다음과 같이 계속되었습니다.

—나는 크게 놀라 불현듯 어떤 이야기가 하나 머리에 떠올랐습
니다. 그것은 그전에 순례자와 여행자한테서 들은 것인데, 어떤 섬
에는 '루프'라고 부르는 큰 새가 살고 있는데, 새끼에게 그 먹이로
코끼리를 준다는 이야기였습니다. 그러자 내 눈에 띈 둥근 지붕의
사원이라고 하는 것이 실은 루프의 알이라는 것을 알게 되었습니
다. 이리 보고 저리 보면서 전능하신 신의 희한한 조화에 저윽이
감탄하고 있자니까 루프는 그 둥근 지붕 위에 내려앉더니 날개를
펴고 알을 품는 것이었습니다. 그리고는 두 다리를 땅 위로 쭉 뻗
고서 그 자세로 잠이 들고 말았습니다. 주무시지 않는 신에게 영
광 있으라! 이 모양을 보고서 나는 벌떡 일어서 머리에 쓴 두건을
풀어 이것을 비비 꼬아서 밧줄을 만들었습니다. 그리고 내 배에
이것을 둘둘 감고는 큰 새의 다리에 가슴을 꽉 묶었습니다. "어쩌
면 이 새가 도시도 있고, 사람도 살고 있는 나라로 날라다줄지도
모른다. 이런 무인도에 있기보다는 그 쪽이 훨씬 나을 거다." 나는
그렇게 중얼거리고서 그날 밤은 한잠도 자지 않고서 뜬눈으로 밤
을 새웠습니다. 갑자기 이 새가 날아가버리면 큰일이라고 생각했
기 때문입니다.

날이 훤히 밝아 아침이 되자, 루프는 알 옆을 떠나 날개를 펴고,
한 번 크게 울더니 나를 다리에 매단 채 하늘로 날아 올라갔습니
다. 자꾸만 하늘 높이 날아가는 것이었으므로 끝내는 천계의 끝에

다다르는 것이 아닌가 싶었습니다. 그러나 이윽고 조금씩 지상으로 내리기 시작하더니 오뚝한 언덕 꼭대기에 내려앉았습니다. 나는 굳은 대지에 발이 닿은 순간 서둘러 밧줄을 풀려고 했습니다. 루프는 별로 내 쪽을 바라보지도 않았으며 내가 매달려 있는 것조차도 모르는 것만 같았습니다만 나는 무서워서 부들부들 몸을 떨고 있었습니다. 그래서 두건을 루프의 다리에서 풀어내자, 나는 다리야 날 살려라 하고 쏜살같이 도망쳤습니다.

잠시 후 되돌아보았더니, 루프는 그 커다란 발톱에다 무엇을 움켜쥐고서 하늘 높이 사라져버렸습니다. 잘 보니 그것은 터무니없이 큰 구렁이였습니다. 나는 넋을 잃고 이 광경을 지켜보고 있었는데, 이윽고 앞으로 나아가던 중, 폭이 넓고 바닥을 모를 만큼 깊은 골짜기가 내려다보이는 산꼭대기로 나왔습니다. 주위에는 하늘 높이 솟은 큰 산이 둘러싸여 있었는데, 너무도 높은 산이어서 산꼭대기가 전부 보이지도 않을 뿐더러, 거기 오를 수도 없었습니다. 나는 이 모양을 보고서 자초한 나의 경거망동이 꽤나 한심스러워 "아, 섬에 있는 편이 나았는데! 이러한 황량한 산보다도 훨씬 좋았지! 그곳에는 그래도 과일이나 마실 물 정도는 있었는데. 여기에는 나무도 과일도 개울도 없어. 그러나 영광되고 위대한 신 알라 위에 주권 없고 권력 없도다! 갈수록 태산이로구나. 그때마다 위험만 더해가는구나." 하고 한탄했습니다.

그러나 나는 낙심하지 않고 용기를 내어 골짜기를 따라 걸어가던 중 흙덩어리가 전부 금강석이라는 것을 알았습니다. 즉, 온갖 광석, 보석, 자석, 마노 등을 깨뜨릴 수 있는 돌이었습니다. 왜냐하면 금강석은 치밀하고도 강한 돌로서 쇠망치로 때려도 끄떡도 하지 않으며, 연석의 힘을 빌지 않고서는 도저히 자르거나 깨뜨리거나 할 수 없는 돌이기 때문입니다. 그런데 또 이 골짜기에는 코끼리라도 한입에 삼켜버릴 만한, 종려나무만큼이나 큰 구렁이며 독사가 우글거리고 있었습니다. 그 구렁이들은 낮에는 숨어 있다가 밤이 되면 나타나곤 했는데, 낮에는 루프나 독수리의 습격을 받고서 갈가리 찢겨질 걱정이 있기 때문이었습니다.

나는 내 경거망동을 후회하고는 말했습니다. “정말 나는 너무 조급히 굴다가 내 목숨을 줄이는 결과를 자초하고 말았구나!” 터벅터벅 걸어다니고 있던 중 해가 저물고 말았습니다. 나는 구렁이가 무서워서 어디 하룻밤을 지샐 곳은 없을까 하고 여기저기 찾아 헤맸습니다. 몸의 안전이 걱정되어 먹을 것이나 마실 것 따위는 생각해볼 겨를도 없었습니다. 이윽고 바로 옆에 좁은 입구가 있는 동굴 하나가 눈에 띄었습니다. 그래서 안으로 들어가 입구 한 옆에 커다란 돌이 하나 있는 것을 보고 이거 잘됐구나 싶어 이것을 굴려 입구를 막아버렸습니다. “오늘밤은 여기서 편히 쉴 수 있겠군. 날이 밝으면 곧 일어나서 어떠한 운명이 기다리고 있는지 조사해보자.”

이윽고 동굴 안을 살펴보니, 한 구석에 한 마리의 구렁이가 알을 품느라 몸을 사리고 있는 것이 아니겠어요. 그 순간 내 몸은 부들부들 떨려 머리칼이 곤두섰습니다. 그러나 나는 하늘을 우러러보며 무엇이건 다 천운에 맡기고서 밤새도록 꼼짝도 않고 밤을 지새웠습니다. 날이 밝자 얼른 나는 동굴을 빠져나와 수면부족과 공포와 공복 등으로 머리가 흔들려 마치 주정뱅이처럼 비틀거리면서 걸었습니다. 이러한 비참한 꼴로 골짜기를 따라 걸어가고 있던 중 갑자기 한 마리의 짐승의 시체가 내 눈앞에 떨어졌습니다. 그러나 주위에는 사람의 그림자 하나 눈에 띄지 않습니다. 나는 매우 수상하게 생각하며, 문득 그전에 상인과 순례자와 여행자들에게서 들은 이야기가 생각났습니다.

그 이야기라는 것은 금강석이 있는 산에는 위험하고도 무서운 일이 많아서 아무도 무사히 그 산을 빠져나갈 수는 없다, 그러나 금강석을 사고 파는 상인은 어떤 종류의 책략을 써서 이것을 얻는다. 즉, 양 한 마리를 죽여서 그 껍질을 벗겨 살을 조그맣게 썰어서 산 꼭대기에서 골짜기 바닥으로 던진다. 그러면 살은 신선하고 피가 붙어 있어 끈적끈적하기 때문에 금강석이 이것에 붙는다. 한

낮 무렵까지 그대로 내버려두면 독수리나 매가 달려들어 발톱으로 움켜쥐고서 산꼭대기로 날아간다. 거기 상인들이 나타나 고함을 질러 새들을 쫓아버린 다음 살에 붙은 금강석을 떼어가지고 고기는 새와 짐승에게 남겨놓은 채 사라진다. 이렇게 하지 않고서는 도저히 금강석을 손 안에 넣을 수 없다는 이야기였습니다.

—샤라자드는 날이 훤히 밝아오는 것을 깨닫자, 여기서 허락된 이야기를 그쳤다.


●545일째 밤

샤라자드는 말을 이었다. 오, 인자하신 임금님, 선원 신드바드는 금강석의 산에서 만난 갖가지의 사건을 이야기하고, 상인들은 지금 이야기한 방법을 쓰지 않고서는 금강석을 얻을 수가 없다고 말했습니다.

짐승의 시체가 내 앞에 떨어졌으므로(하고 신드바드는 이야기를 계속했습니다) 예의 상인이 한 그 이야기를 회상하고서 고기가 떨어진 옆으로 다가가서 호주머니며, 어깨띠며, 두건이며, 옷의 주름이며 할것없이 닥치는 대로 넣을 수 있는 곳에는 어디나 골라낸 금강석을 넣었습니다. 이렇게 하고 있는데 또다시 다른 커다란 고기덩이가 하나 내 앞으로 떨어졌습니다. 그래서 나는 두건을 펴놓고 그 위에 벌렁 드러누운 다음 가슴 위에다 그 고기덩이를 올려놓고, 두툼한 고기덩이 밑에 내 몸을 완전히 감춰버렸습니다. 내가 고기덩이를 꽉 움켜잡는 순간 독수리 한 마리가 쏜살같이 고기덩이를 향하여 날아 내려와 날카로운 발톱으로 그것을 덥썩 움켜 가지고 하늘 높이 날아 올라갔습니다. 나는 죽어라고 이것에 매달려 있었는데, 독수리는 자꾸만 날아 마침내 어느 산 꼭대기에 내려앉았습니다. 그리고 고기덩이를 내려놓고서 이것을 찢어 발기려고 했습니다.

그러나 그 순간 뒷쪽에서 와 하는 시끄러운 함성과 나무를 두들기는 소리가 일어났으므로 독수리는 깜짝 놀라 날아가 버렸습니다. 그래서 나는 고기덩이에서 기어나와, 옷이 피투성이가 된 채 그 옆에 일어섰습니다. 거기 환성을 지르며 독수리를 쫓아버린 상인이 나타났습니다만 내 모습을 보자 제대로 말도 못할 정도로 깜짝 놀라 무서워서 부들부들 떨고 있었습니다. 이윽고 그 상인은 고기덩이 옆으로 가서 이것을 뒤집어 놓고 이리저리 살펴보았지만 정작 금강석이라고는 하나도 붙어 있지 않았으므로 비명을 질렀습니다. "아이구 헛수고였구나! 알라 외에 주권 없고, 권력 없도다! 우리들은 돌에 맞은 악마를 피해 알라의 곁에서 가호를 비는 자이니라!"

그리고는 몹시 슬퍼하며 자기 손을 마구 때렸습니다. "아, 이게 무슨 꼴이람! 도대체 어쩌다가 이런 꼴이 되었담?" 그래서 나는 이렇게 말해주었습니다. "걱정마시오. 나도 인간입니다. 게다가 선량한 인간이며 상인입니다. 나에게는 희한한 신세 이야기와 보통이 아닌 모험담이 있고, 여기 오게 된 경위도 상상 밖의 이야기입니다. 그러니 그리 실망하지 말고 힘을 내세요. 당신의 마음에 드는 물건을 드리겠어요. 왜냐하면 나는 금강석을 얼마든지 가지고 있기 때문에 당신이 원하는 만큼 드릴 테니까요. 모두가 다 당신이 다른 곳에서 얻을 수 있는 것보다 훨씬 훌륭합니다. 그러니까 걱정할 것은 없어요."

그 사나이는 이 말에 반색을 하며 나에게 사례와 축복의 말을 했습니다. 그러고 나서 둘이서 세상 이야기를 하고 있는데, 다른 상인들이 자기들의 동료와 이야기를 하고 있는 내 말소리를 듣고서 옆으로 와서 나에게 인사했습니다. 이 상인들도 각기 고기덩이를 골짜기 바닥에다 던진 사람들이었습니다. 함께 산을 내려가는 도중 나는 항해중에 내가 겪었던 고생담과 골짜기에 당도하게 된 경위 등, 그때까지의 자초지종을 낱낱이 들려주었습니다. 그리고는 고기덩이의 주인들에게는 금강석을 듬뿍 주었기 때문에 그들은 내가 무사하게 위험을 면하게 된 것을 기뻐해주며 이렇게 말했습니다. "알라께 맹세코, 당신은 새로운 생명을 얻으셨습니다. 왜냐하면 아직까지 그 골짜기에 들어간 사람치고 살아온 사람이라곤 아무도 없기 때문입니다. 당신이 처음입니다. 무사히 살아 돌아온 것을 알라께 감사드립시다!"

우리 일행은 그날 밤, 안전하고도 기분좋은 곳에서 하룻밤을 보내게 되었는데, 구렁이 골짜기에서 무사히 빠져나와 사람들이 살고 있는 곳으로 돌아오게 된 것에 나는 무한한 기쁨을 느꼈습니다. 그 이튿날, 우리들 일행은 골짜기의 수많은 구렁이들을 내려다보면서 멀리 연결된 거봉을 넘어 전진하여 마침내 어느 아름다운 큰 섬에 당도했습니다. 거기에는 높이 자라있는 녹나무의 동산이 있었는데, 한 그루의 그늘 밑에서 100명 가량의 사람들이 쉴 수 있을 정도였습니다. 장뇌를 얻으려면 길다란 쇠막대기로 줄기 윗쪽에 구멍을 만들어놓습니다. 그러면 수액인 장뇌 즙이 흘러 내려오는데 이것을 그릇에 받으면 곧 고무처럼 굳어집니다. 그러나 일단 수액을 받으면 나무는 말라죽고 맙니다.

그리고 또 이 섬에는 무소라고 하는 일종의 야수가 있어 우리들의 소나 물소와 마찬가지로 들판의 풀을 뜯고 있었습니다. 그러나 이것은 낙타보다도 몸집이 큰 짐승이었으며, 낙타와 마찬가지로 나뭇잎과 연한 나뭇가지를 먹고 삽니다. 이 동물은 정말 보통의 동물들과는 달라서 신장은 10척, 머리 한복판에 크고도 굵은 뿔이 하나 불룩 돋아 있습니다. 뿔을 둘로 쪼개보면 인간의 형상을 닮은 것이 보입니다. 바다나 육지의 여행자나 순례자들의 이야기에 의하면 카르카단이라고 불리우는 이 짐승은 커다란 코끼리를 그 뿔에다 얹고서 섬에서 해변으로 돌아다니며 풀을 뜯어 먹는데도 아무렇지도 않다는 것입니다. 그러던 중 그 코끼리가 굶어 죽어, 코끼리의 기름이 햇볕에 녹아 무소 눈으로 들어가면 무소는 눈이 멀어 해변에 쓰러집니다. 그러면 거기 루프가 와서 무소며 뿔 위의 코끼리며 할 것 없이 한꺼번에 채다가 새끼들의 먹이로 한다는 것입니다. 그 밖에 나는 이 섬에서 우리나라에서는 구경도 못한 여러 가지 종류의 소며 물소들을 보았습니다.

나는 그 섬에서 가지고 있던 금강석 얼마를 팔아서 금화와 은화로 바꿔 그 돈으로 토산물을 샀습니다. 그리고 이것을 낙타 등에 싣고서 상인들과 함께 골짜기에서 골짜기로, 도시에서 도시로 여행을 계속하며 상품을 팔고 사고 하면서, 이국과 신의 조화와 창조물을 구경하면서, 이럭저럭하는 동안에 바소라에 도착했으므로, 그곳에서 2, 3일 체류한 후에 바그다드를 향하여 또다시 길을 떠났습니다.

—샤라자드는 날이 훤히 밝아오는 것을 깨닫자, 여기서 허락된 이야기를 그쳤다.

### ●546일째 밤

샤라자드는 말을 이었다. 오, 인자하신 임금님, 선원 신드바드는 여행지에서 '평화의 집' 바그다드로 금강석과 금화, 상품들을 산처럼 싣고 돌아왔습니다. (신드바드는 다시 이야기를 계속했습니다.)

—나는 친구들이나 가족들과 함께 또다시 우의를 두터이 했을 뿐 아니라, 모든 지인과 친구들에게 진기한 선물을 나누어주기도 했습니다. 그리고 또 미식을 즐기고, 미주를 마시고, 비단옷을 몸에 걸치는 등 호사와 사치를 다하고, 친구들을 모아놓고 밤을 새워가며 유흥에 빠진다는 식으로 마음도 가볍게 유유자적, 현세의 일락과 방탕에 몸을 내던지고는 지난날의 천신만고 따위는 완전히 잊어버렸습니다. 내 귀국 소식을 듣고서 나를 찾아와 모험담과 이국의 이야기를 듣고 싶어하는 사람들에게는 내가 겪었던 일들의 자초지종과 갖가지의 고난을 들려주었습니다. 그러면 그들은 모두 그 이야기에 깜짝 놀라면서, 무사히 귀국할 수 있었던 것을 기뻐해주었습니다.

이것으로 나의 두 번째 항해 이야기는 끝납니다. 인샬라! 내일은 세 번째 항해에서 어떤 일이 일어났는가를 이야기하겠습니다.

좌중의 사람들은 이 이야기를 듣고 무척 흥겨워하며 주인과 함께 만찬을 했습니다. 식사가 끝나자 신드바드는 또다시 짐꾼에게 100디나르의 금화를 주라고 분부했습니다. 짐꾼은 이것을 받아 들고 감사의 말과 축복의 말을 연상 늘어놓고(자기 집에 당도할 때까지 입을 쉬지 않았습니다) 주인의 모험담에 몹시 탄복하면서 집으로 돌아왔습니다.

이튿날, 아침 해가 찬란하게 떠오르자, 짐꾼은 얼른 일어나 아침 기도를 올리고 나서 했던 대로 선원 신드바드의 집으로 향했습니다. 그리고 주인 앞으로 나가 아침 인사를 했습니다. 상인은 짐꾼을 반가이 맞아 자기 옆에 앉혔습니다만 이윽고 다른 단골손님들도 하나 둘 모여들었습니다. 일동이 배불리 먹고 마시고 하여 흥이 고조되었을 무렵에 주인은 또다시 이야기를 하기 시작했습니다.

─그러면 여러분, 모두들 잘 들어주십시오. 이제부터 이야기를 시작할 테니까요. 전에 이야기한 항해담보다도 훨씬 이상한 이야기입니다. 그러나 전지전능하신 신의 뜻으로 사람의 눈에 띄지 않는 가지가지의 것을 알고 계시는 것은 알라 한 분뿐이십니다! 그럼, 어디 이야기해볼까요.


## 선원 신드바드의 세 번째 항해 이야기


어제 이야기한 것처럼, 나는 내 몸의 무사함과 막대한 재산을 얻게 된 것을 무척 기뻐하면서 두 번째의 항해에서 돌아왔습니다만, 탕진한 모든 재물이 되돌아온 것도 모두가 다 알라의 덕택이었습니다. 나는 당분간 바그다드에서 자못 편안하게 사치를 다하고 온갖 행복을 즐기며 살고 있었습니다. 그러나 본시가 가만히 있지 못하는 속물인지라 그러는 동안 또다시 이국의 하늘이 그리워져 울분을 품게 되니 위험을 맛보고 싶어서 견딜 수가 없었습니다. 게다가 장사니 돈버는 일이니 하는 거친 일 따위가 몹시 그리워져서 가만히 참고 있을 수 없는 상태에 이르렀습니다만 그것도 그럴 것이 사람의 마음이라고 하는 것은 나쁜 쪽으로 기울기 쉬운 것이기 때문입니다.

그러한 까닭으로 나는 드디어 결심하여 항해에 필요한 물건을 잔뜩 준비하고서 바소라로 가서 곧 그 길로 바닷가로 나갔습니다. 때마침 한 척의 훌륭한 배가 선원의 준비도 넉넉히 갖추고 많은 상인, 부자들, 고관들, 순례자들을 태우고서 지금이라도 곧 출범하려는 참이었습니다. 나는 그 사람들과 함께 배에 몸을 싣자, 무사히 목적지에 도달할 수 있도록 전능하신 알라의 구원과 은총을 빌면서 출범했습니다. 아직 목적지에 도달하기도 전부터 운이 좋을 것과 즐거운 항해가 되기를 기원했던 것입니다.

우리들은 바다에서 바다로, 섬에서 섬으로, 도시에서 도시로 매우 순조롭게 항해를 계속하며, 배를 기착시키는 여러 항구에서 물건을 사고 팔기도 하고, 기분좋게 놀기도 했습니다. 그런데 어느 날, 거친 파도가 휘몰아치는 망망대해를 항해하고 있는데, 갑자기 선장이(뱃전에 우뚝 서서 사방으로 바다의 상태를 지켜보고 있었습니다만) 높은 탄성을 지르며 얼굴을 때리고, 수염을 뽑고, 옷을 찢는 등 법석을 부렸습니다. 그리고는 곧 돛을 접고, 닻을 내리라고 명령했습니다. 그래서 우리들이 "여보시오, 선장, 어떻게 된 것입니까?" 하고 묻자, "실은 여러분(알라의 가호가 있으시기를!) 바람에 배가 길을 잃고 진로를 이탈하여, 망망대해 한복판에서 표류하다가 운수 사납게도 즈그브라는 원숭이처럼 털이 많은 사람이 살고 있는 섬 옆으로 흘러온 것입니다. 그놈들에게 잡히는 날엔 살아날 가망이 전연 없습니다. 이젠 죽은 거나 다름없다는 기분이 드는군요." 하고 대답했습니다.

선장의 이야기가 끝나기가 무섭게 별안간 원숭이떼가 몰려들었습니다. 메뚜기처럼 떼를 지어 몰려와 사방에서 배를 둘러쌌는가 싶더니 해변가까지 메우고 말았습니다. 놈들은 야수 중에서도 가장 무서운 꼴을 하고 있고, 몸에는 펠트와 같은 시꺼먼 털이 나 있어, 보기에도 소름이 끼치는 꼴들이었습니다. 게다가 키는 작아 불과 넉 자가 될까말까 했으며, 눈은 누렇고 얼굴은 시꺼먼데 누구 하나 그놈들의 말을 알아듣는 사람도 없을 뿐더러, 그 정체를 아는 사람도 없었고, 또 저쪽에서도 인간과의 상종을 피하고 있는 눈치였습니다.

우리들은 이 원숭이들을 죽이거나 때리거나, 혹은 쫓아버리는 일을 삼가고 있었는데, 왜냐하면 저쪽은 무수히 많은 대군이었으므로 만일 하나라도 상처를 입히거나 하는 날엔 다른 놈들이 일제히 달려들어 우리들을 모두 죽일지도 모른다는 생각이 들었기 때문입니다. 아무리 이쪽이 배짱이 있다 하더라도 결국은 중과부적이었던 것입니다. 그래서 상품과 도구를 약탈당할 걱정이 있었습니다만 그놈들 하는 대로 내맡길 수밖에 없었습니다. 놈들은 굵은 밧줄로 기어올라 이것을 물어뜯는가 했더니 순식간에 배 안의 밧줄이라는 밧줄을 모두 물어뜯었으므로 배는 삽시에 바람받이로 들어가서 암초 많은 해안으로 밀려 올라가고 말았습니다. 그러자 놈들은 상인이니 선원이니를 모두 붙잡아가지고 섬으로 옮겨놓은 다음, 짐채 배를 납치하여 어디론가 모습을 감추고 말았습니다.

우리들은 이렇듯 섬에 남게 되었으므로 과일과 야채를 먹고, 또 개울의 물을 마시면서 연명해나가는 동안 어느 날 섬 한가운데 인가라고 생각되는 한 채의 집이 눈에 띄었습니다. 그래서 우리들은 급히 그곳으로 달려갔습니다. 그러자 뜻밖에도 그것은 하늘에 높이 솟아 있는 방비도 견고한 성채가 아니겠습니까. 주위에는 하늘을 뚫을 듯이 높은 성벽이 둘러싸여 있고, 흑단으로 만든 두 개짜리 문은, 양쪽 다 활짝 열린 채로 있었습니다. 안에 들어가보니 마치 대장처럼 넓다란 방이 텅 비어 있고, 주위에는 높다란 문이 달려 있었는데 모두가 열린 채로였습니다. 방의 저쪽 끝에는 길다란 돌 걸상에 화로가 몇 개 놓여 있었는데 거기에는 요리 도구가 달려 있고, 그 주위에 온통 뼈가 널려 있었습니다. 그럼에도 불구하고 사람의 그림자 하나 눈에 띄지 않았으므로 우리들은 이상하게만 느껴졌습니다. 일행은 그 안마당에 잠시 앉아 있다가는 저도 모르는 사이에 잠이 들어 오전부터 해질 무렵까지 인사불성으로 잠을 자고 말았습니다.

그러자 돌연 이게 무슨 조화입니까! 발밑의 땅이 갑자기 꽈당꽈당 하고 요동하며, 주위의 공기가 요란하게 울렸습니다. 그런가 한순간 저 꼭대기에서 사람의 모습을 닮은 거대한 괴물이 날아 내려왔습니다. 살결은 새까맣고, 커다란 대추야자수만큼이나 몸집이 크고, 눈은 석탄불처럼 이글이글 빛나고, 어금니는 멧돼지의 어금니가 아닌가 싶을 정도였습니다. 딱 벌린 입은 우물의 주둥이처럼 컸습니다. 게다가 낙타처럼 긴 입술을 가슴까지 축 늘어뜨리고, 귀는 두 척의 배처럼 어깨를 덮고, 손톱은 사자의 손톱 그대로였습니다. 이 소름이 끼치는 무서운 괴물을 본 순간, 우리들은 하마터면 실신할 뻔했습니다. 시간이 갈수록 공포는 점점 더해갈 뿐, 너무나도 무서워서 살아 있는 것 같지가 않았습니다.


—샤라자드는 날이 훤히 밝아오는 것을 깨닫자, 여기서 허락된 이야기를 그쳤다.


• 547일째 밤

샤라자드는 말을 이었다. 오, 인자하신 임금님, 선원 신드바드는 이야기를 계속했습니다.

—이 몸서리쳐지는 거대한 괴물을 보았을 때, 우리들은 어찌나 무서웠든지 모두 다 정신을 잃고 말았습니다. 거인은 조금 걷다가 잠시 앉아 있었는데, 천천히 일어서더니 우리들 쪽으로 다가와 상인들 사이에서 유독 나를 골라 내 팔을 꽉 붙잡았습니다. 그리고 한손으로 쳐들어 엎어놓고는 내 몸을 골고루 만져보기 시작했는데, 그 꼴은 마치 백정이 이제부터 잡으려는 양을 만져보는 것과

도 같았습니다. 나는 말하자면 괴물의 두 손 사이에 잡힌 한입분의 먹이에 지나지 않았습니다. 그런데 괴물은 고생과 피로로 해서 내 몸이 뼈와 껍질만으로 앙상하게 말라빠진 것을 보고서 나를 놓아주더니 다른 상인을 쳐들었습니다. 그런데 이것 또한 뒤집어놓고 만져보더니 내려놓았습니다. 이런 식으로 하나하나 나머지 사람들도 쳐들어가지고 만져본 끝에 마침내 선장 차례가 되었습니다.

그런데 선장은 뼈대가 건장하고, 보기에도 튼튼해 보이는 어깨 끝이 우뚝 솟아오른 사나이로, 투실투실 살이 쪄서 훌륭한 체구를 하고 있었던 것입니다. 그 모양이 괴물의 마음에 들었던지 거인은 백정이 짐승을 잡듯이 선장을 움켜쥐더니 한 번 냅다 땅바닥에다 태질을 친 후 목에다 발을 걸치고서 몸을 둘로 꺾어버렸습니다. 그러고 나서 기다란 석쇠를 갖다가 그것을 등에서 머리 꼭대기까지 꿴 다음 활활 불을 지피더니 그 위에다 꿴 선장을 올려놓았습니다. 몇 번씩 뒤집어 살이 잘 익자, 거인은 이것을 불에서 내려놓고 마치 꿰서 구은 양고기처럼 자기 앞에 놓았습니다. 그 다음 마치 통닭이라도 뜯듯이 손발을 찢어 손톱으로 고기를 발라서 이것을 아귀아귀 먹더니 나중에는 뼈까지 오독오독 씹어먹었습니다. 결국은 벽 한구석에 내버린 뼈가 몇 개 남아 있을 뿐으로 깨끗이 다 먹어치웠습니다. 식사를 마친 거인은 잠시 앉아 있다가, 이윽고 돌 걸상에 드러누워 목이 잘린 새끼양이나 암소가 그렁그렁 목을 울리듯이 코를 골거나 이상한 소리를 지르며 잠이 들어 버렸습니다. 그리고는 그대로 아침까지 눈을 뜨지 않았는데, 아침이 되자 일어나 어디론지 모습을 감춰버렸습니다.

거인이 없어졌음을 확인하자, 우리들은 곧 입을 열어 그 끔찍한 재앙을 당한 것을 탄식도 하고 슬퍼도 하면서 이렇게 말했습니다. "바다에 빠져죽거나 원숭이들에게 먹히거나 하는 편이 훨씬 나았을 걸 그랬군. 그쪽이 불고기가 되기보다는 훨씬 낮지 않겠소? 정말 이젠 비참하게 죽을 밖엔 딴길이 없군. 그러나 주의 뜻은 반드시 이루어지고야 마는 것, 영광되고 위대하신 신 외에 주권 없고, 권력 없도다! 게다가 우리들도 비참한 죽음을 당하게 되면 어디서 어떻게 됐는지 아무도 모를 게 아니겠소? 여기서 빠져나갈 길이라곤 전혀 없으니까.” 그러고 나서 우리들은 일어서서 섬 안을 온통 돌아다녀보았습니다. 어쩌면 몸을 감출 장소나 도망칠 수단이 눈에 띌지도 모르겠다는 막연한 생각을 하고서 말입니다. 왜냐하면 불에 굽혀 먹히지만 않는다면 죽는 일이란 아무것도 아닌 것 같았습니다.

그러나 숨을 곳도 찾지 못하고 해는 완전히 저물었습니다. 우리들은 무서운 나머지 다시 성으로 돌아와 앉았습니다. 그러자 곧 발밑의 땅이 흔들흔들 흔들렸는가 싶더니 예의 그 시꺼먼 식인귀가 가까이 다가와 하나씩 뒤집어놓고 만져본 다음 마음에 든 사람을 선장과 마찬가지로 숨통을 끊어 구워먹었습니다. 그 다음 또 걸상에 덜렁 드러누워 목이 잘린 짐승처럼 코를 골거나 이상한 소리를 내기도 하면서 밤새도록 자는 것이었습니다. 그리고 새벽녘이 되면 일어나 전과 마찬가지로 어디론지 사라져버렸습니다.

그래서 우리들은 이마를 서로 맞대고서 의논했습니다. “알라께 맹세코 우리들은 구워먹힐 바에는 바다에 몸을 던져 빠져죽는 편이 나을 것이오. 글쎄 얼마나 끔찍한 죽음이오!” 그러자 그 중 하나가 말하기를 “어디 내 의견을 들어보시오. 그놈을 어떻게 꾀를 내어 죽여 없애면 어떻겠소? 그렇게 하면 우리들 회교도는 그 비참한 꼴을 당하지 않고 무사히 잔인무도한 그놈의 손아귀에서 벗어날 수 있지 않겠소?” 그래서 나는 이렇게 말했습니다. “여러분, 내 말을 좀 들어보시오. 그놈을 죽일 수밖에 딴 도리가 없다면 이 장작과 판자를 해안까지 날라다 배를 한 척 만들지 않겠습니까? 만일 무사히 그놈을 죽일 수 있다면 그 배를 타고 파도에 밀려 알라의 뜻에 따라 표류하거나, 아니면 다른 배가 지나갈 때까지 기다리고 있다가 그 배에게 구출되거나 어느 한쪽으로 합시다. 그러나 만일 죽이는 데 실패하거든 배를 타고 바다로 나갑시다. 비록 익사를 당한다 하더라도 목을 잘린 채 불고기가 되는 신세는 모면할 테니까요. 어느 경우건 도망칠 수 있다면 도망치고, 익사를 당하면 순교자로서 깨끗하게 죽읍시다." "정말 그건 좋은 생각이오." 하고 모두가 동의했습니다.

그러한 까닭으로 우리들은 의견일치를 보고 실행에 착수했습니다. 우선 걸상 근처에 흩어져 있는 나무토막을 해변가로 지고 가서 작은 배를 만들어 그것을 물가에 매어놓았습니다. 그러고 나서 이 배에 얼마간의 식량을 비치해놓은 다음 성으로 돌아왔습니다. 어두워지자마자 그 즉시로 발밑의 땅이 흔들리더니 예의 그 거인이 쑥 나타났습니다. 마치 이제라도 당장 달려들어 물어뜯으려는 개처럼 으르렁거리며 온 것입니다. 거인은 가까이 오자, 우리들을 만져보며 하나씩 뒤집어보고 나서 우리 중 하나를 잡았습니다. 그리고 그전처럼 요리하여 먹어치우자 걸상에 벌렁 드러눕기가 무섭게 우레와 같이 코를 골기 시작했습니다.

괴물이 깊이 잠이 든 것을 알아차린 우리들은 옆에 있던 두 개의 쇠꼬챙이를 집어 활활 타는 불 속에 꽂아 숯불처럼 새빨갛게 될 때까지 달궜습니다. 그 다음 이 쇠꼬챙이를 집어 들고 거인 앞으로 다가가 걸상 위에서 코를 골며 자고 있는 그놈 눈에다 들이박고서 모두가 달려들어 콱콱 눌러대었습니다. 그러니 그놈인들 견딜 수가 있겠습니까! 눈알이 마침내 튀어나오고 악귀는 완전히 장님이 되고 말았습니다. 그 순간 괴물은 우리들의 간을 서늘하게 하는 비명을 지르며 걸상에서 뛰어 일어나기가 무섭게 미친듯이 손을 휘저으며 우리들을 붙잡으려고 했습니다. 우리들은 이리저리 도망쳐 돌아다녔습니다. 괴물은 두 눈이 다 망가졌기 때문에 이쪽 모습이 전연 눈에 보이지 않았습니다만 그래도 어찌나 무섭던지 우리들은 더이상 도망칠 기력이 없어 체념하고는 마지막 각오를 하고 있었습니다. 그러던 중 괴물은 손으로 더듬어 문을 찾아내자 고함을 지르면서 문을 빠져 나갔습니다. 그 요란한 노호에 대지는 흔들흔들 움직이고, 우리들의 몸도 또한 무서운 나머지 부들부들 떨렸습니다.

식인귀가 성을 떠나자 우리들도 곧 뒤따라 성을 나와 배를 매어 둔 바닷가로 달려갔습니다. 그리고 도중 우리들은 서로 말했습니다. "저 지긋지긋한 괴물이 해가 질 무렵까지 성으로 되돌아오지 못한다면 죽은 걸로 알아도 좋아. 그러나 만약에 돌아온다면 모두 배를 타고 운은 하늘에 맡기고 위험지대를 벗어날 때까지 죽어라고 노를 젓는 거야." 그러나 그런 이야기를 한창 하고 있는데 뜻밖에도 아까 그 검둥이 괴물이 똑같이 생긴 다른 두 괴물을 데리고 모습을 나타낸 것입니다. 그 괴물들 역시 처음 번 괴물 이상으로 더러운 몸서리쳐지는 악귀로, 눈알은 마치 새빨간 숯불만 같았습니다. 이것을 보고 우리들은 다리야 날 살려라고 배로 달려가 밧줄을 풀고서 죽어라 하고 먼바다를 향하여 노를 저었습니다.

괴물들은 우리들의 모습을 알아본 순간 큰 소리로 짖어대고 발을 구르며 바닷가로 내려와 우리들을 향하여 돌을 던지기 시작했습니다. 그 중에는 우리들에게 명중하는 것도 있고, 빗나가 바다 속에 떨어지는 것도 있었습니다. 우리들은 죽어라고 노를 저어 겨우 돌이 미치지 못하는 곳까지 도망칠 수 있었지만 그래도 일행 중 대부분이 돌에 맞아 죽어 있었습니다. 그러다 바람과 파도에 밀려 큰 파도가 들끓는 바다 한복판으로 밀려가게 되었는데, 어느 쪽으로 가야 좋을지도 모른 채, 하나가 쓰러지고 둘이 죽는다는 식으로 마지막에는 나와 다른 두 사람, 이렇게 세 사람만이 겨우 살아 남았습니다.


——샤라자드는 날이 훤히 밝아오는 것을 깨닫자, 여기서 허락된 이야기를 그쳤다.


● 548일째 밤

샤라자드는 말을 이었다. 오, 인자하신 임금님, 선원 신드바드는 이야기를 계속했습니다.

—우리들은 그 대부분이 돌에 맞고 죽었을 뿐만 아니라 표류하는 동안 하나둘 죽어가 마침내 배에 살아 남은 사람이라고는 겨우 세 사람뿐이었습니다. 동료들이 죽을 때마다 우리들은 그 시체를 바다 속에 던져버렸기 때문입니다. 배가 고파 온몸이 기운이 없어 후둘후둘 떨렸습니다만 우리들은 정신을 바짝 차리고서 서로 격려하며 힘 있는 대로 전력을 다하여 노를 저었습니다. 이윽고 바람에 휘날려 어느 섬에 표착하게 되었는데, 세 사람은 피곤과 공포와 기아로 마치 죽은 것과 마찬가지 형편이었습니다. 섬에 올라 잠시 걸어다니며 보니, 도처에 나무들이 우거지고, 개울이 졸졸 흐르고, 새들이 지저귀고 있습니다. 그래서 우리들은 나무 열매를 먹으며, 검둥이 괴물로부터 운좋게 도망쳤다는 것과 거친 바다를 무사히 건너 생명을 건질 수 있었던 행운을 서로 이야기하며 기뻐했습니다. 이럭저럭하는 동안에 해가 저물었습니다. 우리들은 눕자마자, 너무도 지쳐 있었기 때문에 곧 잠이 들고 말았습니다. 그러나 채 잠이 깊이 들기도 전에 거세게 불어오는 바람처럼 쉬익 하는 소리가 들렸으므로 깜짝 놀라 눈을 떠보니 용인가 싶은, 희한한 한 마리의 구렁이가 우리들 주위에 둘둘 서리고 있는 것이 아니겠습니까. 괴이한 생김새에다 몸집도 여간 크지 않았습니다. 구렁이는 동료 중의 하나를 잡아 단숨에 어깨 근처까지 삼키고 말았습니다. 그러고 나서 나머지 부분을 꿀꺽 하고 삼키자, 뱃속에서 동료의 늑골이 우두둑 부서지는 소리가 들렸습니다.

이윽고 구렁이는 모습을 감췄지만 우리들은 넋을 잃은 채 동료의 불의의 최후를 슬퍼하기도 하고, 우리들은 앞으로 어떻게 되는 것일까 하고 걱정하기도 했습니다. "이거 참 얄궂은 일이군! 목숨에 위협을 받을 때마다 전보다 더 심해져가다니. 아까까지 검둥이 식인귀의 위협을 모면하여 물귀신이 되지 않은 채 살아난 것을 기뻐하고 있었는데 이제는 더 위험한 판국에 빠지고 말았구나. 알라 외에 주권 없고 권력 없도다! 그런데 우리들은 저 검둥이 식인귀로부터 살아나 익사를 모면하게는 되었지만, 이 지긋지긋한 독사로부터는 도대체 무슨 수로 죽음을 면할 수 있단 말인가!"
　그러고 나서 우리 두 사람은 섬 안을 돌아다니면서 나무 열매를 먹기도 하고, 개울물을 마시기도 했습니다. 황혼 무렵이 되자 높다란 나무 위로 기어올라 하룻밤을 새우기로 하고는 나는 가장 꼭대기 가지 사이에 몸을 감췄던 것입니다. 그런데 채 캄캄해지기도 전에 예의 그 독사 구렁이가 좌우를 두리번거리면서 기어 다가왔습니다. 그리고 우리들이 숨어 있는 나무에까지 오자 동료가 있는 데까지 단숨에 기어올라와 덥석 어깨 끝까지 삼켜버렸습니다. 무서운 것을 보고 싶은 심정에서 나는 벌벌 떨면서도 이 모양을 지켜보고 있었는데, 구렁이가 자기 몸을 나무기둥에다 둘둘 말자 동료의 뼈는 뱃속에서 우두둑 소리를 내며 부숴지고 말았습니다. 구렁이는 동료의 몸을 완전히 삼키고 난 후에야 나무에서 미끄러져 내려갔습니다.
　날이 밝자 주위를 둘러보아 구렁이의 그림자가 보이지 않음을 깨닫자, 나는 아래로 내려왔습니다만, 너무나도 심한 공포와 괴로움에 죽을 것만 같아서, 차라리 바다 속에 몸을 던지고 단숨에 이 세상의 고민을 끊어버렸으면 하는 생각까지 들었습니다. 그러나 정말 목숨은 아까운 것이어서 그렇게까지는 할 수 없었던 것입니다. 그래서 나는 길고도 폭이 넓은 나무토막을 다섯 개쯤 모아 한 장은 발바닥에 가로 대고, 나머지는 몸의 좌우와 가슴에, 가장 넓고도 긴 것은 머리에 대고 이것을 밧줄로 꽉 묶었습니다. 그렇게 한 다음 벌렁 땅위에 드러누우니 마치 관 속에 갇힌 것처럼 판자 속에 완전히 밀폐된 꼴이 되고 말았습니다. 해가 저물자 곧 예의 그 구렁이가 또다시 나타나 내 옆으로 기어 다가왔습니다. 그러나 나를 둘러싸고 있는 판자가 걸리적거려서 쉽사리 삼킬 수가 없어 주위를 뺑뺑 돌아다닐 뿐입니다. 나는 죽은 거나 다름없는 꼴이 되어 그 모양을 지켜보고 있었습니다. 구렁이는 스르륵 미끄러져 어디로 가버렸나 생각하면 간간이 다시 되돌아오곤 했습니다. 그러나 몇 번 삼키려고 해도 사방으로 판자가 둘러쳐져 있어서 도무지 마음대로 되지 않습니다. 저녁때부터 새벽녘까지 끈덕지게 몇 번씩 달려들었지만 마침내 아침 해가 비치기 시작하자, 몹시 화를 내고 낙심하여 비실비실 그곳을 떠났습니다.

그래서 나는 손을 뻗쳐 밧줄을 풀었습니다만 무섭기도 하고 괴롭기도 하여 거의 살아 있는 것 같지가 않았습니다. 이윽고 바닷가로 내려가보니 뜻밖에도 저 멀리 바다 위에 한 척의 배가 떠 있는 것이 눈에 띄었습니다. 나는 곧 큰 나뭇가지를 꺾어서 큰 소리로 외치면서 배에다 대고 흔들어댔습니다. 배에 탄 사람들은 이 모양을 보고서 서로 의논했습니다. "어쨌든 배를 대어 사정을 알아봐야겠군. 저건 아무래도 사람 같은데." 그래서 그들은 배를 섬으로 향하게 하여, 곧 나의 외치는 소리를 알아듣고서 배에 올려주었습니다. 그리고 이것저것 사정을 묻길래 내가 자초지종의 모험담을 들려주었더니 그들은 깜짝 놀라며 감탄한 나머지 자기들의 옷을 벗어서 벌거벗은 나에게 입혀주었습니다. 게다가 먹을 것마저 내주었기 때문에 나는 배불리 먹고 찬 물도 마셔서 아주 기운을 회복했던 것입니다. 죽은 것과 마찬가지의 이 몸을 전능하신 알라께서 또다시 회복시켜주신 셈입니다. 그래서 나는 최고 지상하신 신을 칭송하고, 그 은총과 더할 나위 없는 자비에 감사의 말씀을 바쳤습니다.

이윽고 절망의 심연에 빠져 있던 기분도 그전대로 생기를 회복하고 끝내는 지금까지의 고생도 모두 깨끗이 잊고 말았습니다. 배는 전능하신 알라의 뜻으로 순풍에 돛을 달고 나아가 마침내 백단나무가 울창하게 우거진 알 사라히타라는 섬에 당도한 것입니다. 여기서 선장은 닻을 내렸습니다.


──샤라자드는 날이 훤히 밝아오는 것을 깨닫자, 여기서 허락된 이야기를 그쳤다.

●549일째 밤

샤라자드는 말을 이었다. 오, 인자하신 임금님, 선원 신드바드는 아직도 이야기를 계속했습니다.

—선장이 닻을 내리자, 상인도 선원도 상품을 가지고 장사를 하러 섬에 상륙했습니다. 그때 선장이 나에게 말하기를 "자, 내 말을 들어보게, 자네는 이국인인데다 빈털터리야. 게다가 자네 이야기를 들어보면 겪어온 고생이 이만저만이 아니구먼. 그래서 나는 자네에게 한밑천 벌어가지고 고국으로 돌아가도록 해주고 싶소. 그러하니 이제부터 앞으로는 언제든지 내 명복을 빌어 기도를 올려주게." "알았습니다." 하고 나는 대답했습니다. "한껏 빌어드리겠습니다." "그럼 들어보게. 이 배에는 도중에서 행방불명이 된 여행자가 한 사람 있어. 그후 아주 소식이 묘연한지라, 살아 있는지 죽었는지 영 알길이 없어. 그래서 그 사람의 물건을 우선 자네에게 맡길 테니 이 섬에서 그것을 팔아달라는 말일세. 배상금의 일부는 자네의 수고비로 주고, 나머지는 바그다드에 돌아갈 때까지 이쪽에서 맡아두기로 하겠네. 돌아가면 친척을 찾아서 팔다 남은 물건과 함께 대금을 넘겨줄 생각이야. 어때, 맡아주겠나? 상륙하여 다른 상인들과 마찬가지로 장사하고 싶은 생각은 없는가?" 그래서 나는 "선장님, 분부대로 해보겠습니다. 염려하여 주시어 참 고맙습니다." 하고 대답하여 치사했습니다.

그러자 선장은 선원과 인부에게 명령하여 문제의 고리를 바닷가로 올려 나에게 넘겨주라고 분부했습니다. 배의 서기가 "선장님, 이건 어떤 종류의 고리입니까? 뭐라는 상인의 이름을 적어놓을까요?" 하고 묻자 선장은 대답했습니다. "선원 신드바드라고 써주게. 그 사람은 이 배에 같이 타고 있었지만 루프 섬에서 행방불명이 된 채 전혀 소식을 알 수 없어. 그래서 이 여행자에게 그 상품을 팔게 하자는 거야. 수고비로는 판 값의 일부를 주고 나머지는 우리가 보관해두는 거야. 바그다드에 돌아간 후 주인이 발견되면 본인에게 줄 것이고, 발견되지 않으면 친척에게 넘겨주도록 하세.”
그러자 서기는 말했습니다. “거, 정말 지당한 말씀이십니다.”
  자, 선장이 내 이름을 고리에다 적어두라고 지시하는 말을 듣고
서 나는 혼잣말을 했습니다. ‘아니, 아니, 내가 바로 선원 신드바드
본인인데!’ 그래서 나는 용기를 내어 상인들이 모두 상륙하여 한
곳에 모여들어 매매 흥정을 하기 시작할 때까지 가만히 기다리고
있었습니다. 그러고 나서 선장 옆으로 가서 이렇게 물어본 것입니
다. “선장님, 당신은 이제 신드바드라는 사람의 짐을 나에게 맡기
셨는데, 그 사람이 도대체 어떤 사람인지 아십니까?” 선장은 대답
했습니다. “그 상인이 바그다드 태생으로 선원 신드바드라는 것
외에 나는 아무것도 몰라. 이러이러한 섬에서 닻을 내리고 있던
중 다른 많은 사람들과 함께 익사했는데, 그후 영 그 행방을 알
수 없단 말이오.”
  이 말을 듣고 나는 한번 크게 외치고 나서 말했습니다. “선장님,
부디 당신에게 알라의 가호가 있으시기를! 내가 바로 그 선원 신
드바드올시다. 바다에서 익사한 것이 아닙니다. 배가 그 섬에 닻을
내리고 있던 중 나는 다른 상인과 선원과 함께 육지에 올랐던 것
입니다. 그리고 나 혼자 기분좋은 장소에 앉아서 가지고 온 먹을
것을 먹기도 하고, 바람도 쏘이기도 하고 있던 중 졸려서 그만 푹
잠이 들었던 것입니다. 눈을 떴을 때에는 배도 없을 뿐더러, 사람
이라곤 아무도 없었습니다. 그러니까 그 상품은 모두 내 것이며,
그 고리도 내 것입니다. ‘금강석의 골짜기’에서 보석을 가지고 오
는 상인들은 모두 내가 거기 있던 것을 보았기 때문에 내가 바로
그 선원 신드바드에 틀림없다는 것을 증명해줄 터입니다. 글쎄, 나
는 그 사람들에게 자초지종의 경위를 들려주어 당신들이 섬에서
잠이 든 나를 그만 버리고 가버린 것과 그 후 죽을 고생을 했다는
것을 이야기했으니까요.”
  상인들과 선원들은 내 이야기를 듣자 내 주위에 몰려들었습니
다. 내 말을 믿는 사람도 있고, 믿지 않는 사람도 있었습니다. 그러

나 뜻밖에도 상인 하나가 '금강석의 골짜기'의 이야기를 듣고 내 옆으로 와서 거기 모인 사람들에게 이렇게 말했습니다. "여러분! 내 이야기를 하나 들어보십시오. 그전에 나는 여러분들에게 가장 이상한 여행담을 들려드린 적이 있었지요. 우리들이 '뱀 골짜기'에 짐승의 시체를 던졌을 때(나도 다른 사람들과 함께 던졌지만요) 한 사나이가 내가 던진 고기덩이에 달라붙어 따라왔다는 이야기 말입니다. 그런데 여러분들은 내 이야기를 믿지 않고 거짓말쟁이라고 말씀하셨죠." "그렇죠." 하고 일동이 말했습니다. "당신이 그런 이야기를 했을 때, 우리들에게는 섭섭하게도 그 이야기가 믿어지지 않았소."

그러자 그 상인은 다시 이야기를 계속했습니다. "이 양반은 이 세상에서 그 유례를 볼 수 없을 만큼 아주 귀중한 값비싼 금강석을 나에게 주었었소. 내가 던진 고기덩이에 붙어 올라오는 것보다도 더 많은 금강석을 주었단 말이오. 이렇게 보면 이분이 그 양반이라는 것은 틀림이 없습니다. 나는 그후 이 양반과 함께 바소라까지 동행했습니다. 거기서 헤어져 각기 자기 고향으로 돌아간 것입니다. 이 양반이 바로 그 본인입니다. 선원 바그다드라는 이름도 들었고, 배를 놓치고서 무인도에 혼자 남게 되었다는 경위도 들었습니다. 이 양반이 무사히 여기 오시게 된 것도 알라의 뜻일 것입니다. 나의 이야기에 전혀 거짓과 오판이 없다는 것도 이것으로 분명해졌을 것입니다. 게다가 또 거기 있는 물건도 이 양반의 것입니다. 글쎄 맨 처음 만났을 때 본인께서 그렇게 말씀하셨다니까요. 그 말에 거짓이 있을 까닭이 없습니다."

상인의 이야기를 들은 선장은 내 앞으로 와서 잠시 동안 이리 보고 저리 살피고 나서 이렇게 말했습니다. "당신의 고리의 표지는?" "이러저러한 표지가 붙어 있습니다." 하고 나는 대답하고 나서 바소라에서 떠날 때 둘 사이에서 일어났던 사건을 이것저것 상기시켰습니다. 이것을 듣자 선장은 내가 진짜 선원 신드바드임에 틀림없다는 것을 납득하고, 내 목을 껴안고서 무사했던 것을 축복해주었습니다. "정말, 나리, 당신께서 겪으신 신세 이야기는 정말 희한한 이야기입니다. 그러니 이렇듯 두 분을 그전대로 만나게 해주셨을 뿐만 아니라 상품도 물건도 진짜 주인에게 되돌려주신 알라를 칭송합시다!"

―샤라자드는 날이 훤히 밝아오는 것을 깨닫자, 여기서 허락된 이야기를 그쳤다.

● 550일째 밤

샤라자드는 말을 이었다. 오, 인자하신 임금님, 선원 신드바드는 다시 이야기를 계속했습니다.

―"아람 도리라!" 하고 선장은 말했습니다. "상품과 물건을 당신에게 되돌려주신 알라를 칭송합시다!" 그러고 나서 나는 여러 가지 꾀를 내어 내 상품을 팔았기 때문에 막대한 이득을 얻었습니다. 나는 정말 기뻤습니다. 목숨을 건질 수 있었다는 것과 상품을 되찾은 고마움을 한없이 기뻐했습니다.

우리들 일행은 가는 섬에서마다 장사를 계속하여 마침내 인도에까지 오게 되었습니다. 거기에서는 정자며 생강이며 온갖 종류의 향료 따위를 사들여, 다시 이번에는 신도의 나라에까지 가서 거기서도 또한 장사를 했던 것입니다. 그 근처의 인도의 바다에서는 무수히 많은 기기묘묘한 것을 보았습니다. 특히 희한했던 것은 소처럼 생긴 물고기였으며, 새끼를 낳으면 사람처럼 젖을 먹여서 기르는 것입니다. 그 가죽으로는 둥근 방패를 만듭디다. 또 당나귀와 낙타를 닮은 물고기와 20척이나 되는 바다거북도 있었습니다. 그뿐이 아니라 조개껍질에서 나서, 바다에서 알도 낳고, 새끼도 까면서 절대로 바다에서 육지로 올라오지 않는 새도 보았습니다.

그러고 나서 또 일행은 순풍을 타고, 전능하신 알라의 축복을 받으며 돛을 올려 전진하여 순조로운 항해를 끝내고서 무사히 바소라에 도착했습니다. 나는 그 도시에 몇 달 체재한 후 곧 바그다드를 향해 떠나 집으로 돌아오자 친척들과 친지들을 오랫만에 만났습니다.

나는 이번 항해에서, 엄청난 재물을 얻었으므로 그렇게 해 주신 신에게 보답하는 뜻으로 보시와 기부금을 뿌리고, 과부와 고아에게 옷을 주기도 했습니다. 그리고 동료들이나 친구들과 향연을 베풀어 먹고 마시는 일에 몰두하여 아직까지 겪었던 고생도 위험도 모두 잊어버리고 말았습니다.

자, 이것이 세 번째로 내가 겪었던 항해로서, 내가 겪었던 세상에서도 희한한 이야기란 말입니다. 알라의 뜻이라면 내일도 여러분들에게 왕림의 수고를 끼쳐 네 번째 항해 기담을 들려드리겠습니다. 이제 것보다 몇 배 재미난 이야기입니다.

(이야기꾼은 다시 이야기를 계속했습니다.) 그러고 나서 선원 신드바드는 언제나처럼 짐꾼 신드바드에게 금화 100디나르를 주라고 분부한 외에 식사준비도 분부했습니다. 그래서 하인들이 식탁을 차려놓자, 손님들은 배불리 저녁식사를 하고서 제각기 이제 방금 들은 모험담을 신기해 하면서 각기 집으로 돌아갔습니다. 짐꾼 신드바드도 금화를 받자, 주인이 한 모험담에 감탄하면서 자기 집에서 그날 밤을 지냈습니다.

그리고 날이 밝아 아침 햇살이 눈이 부실 정도로 비치자 자리에서 일어나 새벽기도를 올리고서 또다시 선원 신드바드의 집으로 갔습니다. 주인은 답례하고서 마음도 가볍게 짐꾼 신드바드를 맞아 자기 옆에 앉혔습니다. 이윽고 다른 단골손님들도 모이자, 주인은 호화로운 식탁을 차려내어 모두가 먹고 마시고 하면서 흥겹게 떠들어댔습니다. 그러고 나서 선원 신드바드는 또다시 일동에게 이런 이야기를 하기 시작한 것입니다.

## 선원 신드바드의 네 번째 항해 이야기

  형제 여러분, 그럼 들어보십시오. 나는 세 번째 여행에서 돌아오자, 곧 친구들과 옛정을 새로이 하여 방탕삼매의 그날그날을 보내며, 지난날의 고생 따위는 싹 잊어버리고 말았습니다. 그러던 어느 날 상인들이 여럿 몰려와서 내 옆에 앉자, 이국에서의 교역과 장사 이야기에 꽃을 피웠습니다. 그러한 까닭으로 마침내 내 마음속에 숨어 있던 악마가 다시 머리를 쳐들어 상인들과 타국으로 나가 이국풍물을 구경하고 싶은 욕망이 간절해져 견딜 수가 없었습니다. 즉 여러 이민족과 사귀며 장사도 하고 돈도 벌기도 하고 싶은 욕망이 간절했던 것입니다.

  나는 항해를 결심하고서 긴 항해에 필요한 물건과 값비싼 상품을 그전보다도 훨씬 더 많이 사가지고 이것을 바그다드에서 바소라까지 부치고는 그곳에서 사귄 예의 상인들과 함께 배에 몸을 실었습니다. 우리들 일행은 전능하신 알라의 축복을 기대하고서 출범했던 것입니다. 순풍을 타고, 만사가 다 뜻대로 되어 섬에서 섬으로, 바다에서 바다로 항해를 계속했습니다. 그런데 어느 날, 갑자기 역풍을 만나게 되어 선장은 닻을 내리고는 배를 완전히 정지시키고 말았습니다. 왜냐하면 망망대해의 한복판에서 배가 침몰이라도 하면 큰일이라고 생각했기 때문입니다. 그러고 나서 우리들은 모두 최고지상하신 신 앞에 무릎을 꿇고 기도를 올리기 시작했습니다. 그러나 이렇게 하고 있는 중 맹렬한 돌풍이 불어닥쳐 돛이라는 돛은 대번에 갈가리 찢어지고 말았습니다. 닻의 밧줄도 끊어져 배는 침몰하고 우리들은 상품과 함께 바다 속으로 내동댕이쳐지고 말았던 것입니다.

  나는 반나절을 헤엄치면서 간신히 바다 위에 떠 있었습니다만 이젠 죽었구나 하고 체념하고 있을 바로 그때 전능하신 신께서 배의 판자 한 장을 내 앞에 던져주셨던 것입니다. 나와 몇 명의 상인이 '이거 다행이다'고 반색을 하고는 그 판자 위로 기어올랐습니다.

—샤라자드는 날이 훤히 밝아오는 것을 깨닫자, 여기서 허락된 이야기를 그쳤다.

● 551일째 밤

샤라자드는 말을 이었다. 오, 인자하신 임금님, 선원 신드바드는 다시 이야기를 계속했습니다.

—배가 가라앉자, 나는 다른 몇 명의 상인들과 함께 한 장의 배 판자에 기어올라 말이라도 타듯 그 위에 걸터앉자 두 발로 물을 저었습니다. 이렇듯 하루 낮과 하루 밤이 지나는 동안 바람과 파도 덕택으로 판자는 앞으로 앞으로 떠밀려 나갔습니다. 이틀째 되는 날의 아침과 정오 절반에 해당하는 시각 조금 전에 또다시 바람이 일어 바다가 거칠어지더니 큰 파도에 휘말려 우리들은 어느 섬에 표착하고 말았습니다. 피로와 수면부족과 추위와 공복과 공포와 갈증 때문에 우리들은 기진맥진 죽은 거나 다름없는 상태가 되고 말았습니다. 발을 질질 끌며 바닷가를 걷다가 사방에 풀이 나 있었으므로 이것을 실컷 뜯어 먹어 우선 허기를 채우고, 꺼질 것만 같은 마음에 힘을 돋구었습니다. 그러고 나서 모래 위에 벌렁 나자빠져 아침까지 푹 잠을 잤습니다.

눈부신 아침 해가 떠오르자, 우리들은 일어나 여기저기 섬의 모양을 보며 돌아다니다가 이윽고 저 멀리 인가가 있는 것을 발견했습니다. 우리들 일행은 그쪽을 향하여 자꾸만 걸어가 겨우 그 문 앞에 당도한 것인데, 아니, 이건 또 어찌 된 일입니까! 많은 벌거숭이 인간들이 뛰어나와 인사 한 마디도 없이 닥치는 대로 우리들을 붙잡아가지고 곧장 자기네 왕에게로 끌고 갔습니다. 왕이 우리들에게 앉으라고 손짓하기에 우리들은 거기 앉았습니다. 그러자 하인들은 아직껏 한 번도 본 적도 없고 들어본 적도 없는 이상한 음식을 늘어놓았습니다. 동료 상인들은 기아에 시달렸던 참이라 그것을 먹었습니다만 나는 속이 메스꺼워서 영 먹을 생각이 나지 않았습니다. 그런데 알라의 은총의 탓이라고나 할까, 실은 그 음식에 손을 대지 않은 탓으로 어쨌든 이제까지 살아 남을 수 있었던 것입니다.

왜냐하면 동료 상인들은 그 음식을 한입 먹기가 무섭게 분별력을 잃고, 몸의 상태가 미친 것처럼 이상하게 되어, 마치 마귀에게 홀린 것처럼 마구 먹기 시작했던 것입니다. 그러자 야만인들은 야자유를 먹이고는 모두의 몸에도 발랐습니다. 그들이 그것을 마시자 이번에는 대번에 현기증이 나면서 평소의 습관을 잊어버린 듯 또다시 게걸들린 것처럼 아귀아귀 먹기 시작했습니다.

나는 이 광경을 보고서 넋을 잃고 어떻게 되는 것일까 그들이 걱정되어 안절부절 못했습니다. 게다가 한편으론 야만인이 무서워서 나도 어떻게 되는 것일까고 이만저만 걱정되는 것이 아니었습니다. 그래서 야만인들의 동정을 쭉 지켜보고 있노라니까, 놈들은 식인귀를 왕으로 추대하고 있는 사교도의 일족이라는 것을 알게 되었습니다. 이 나라에 발을 들여놓은 자, 이놈들이 출몰하는 골짜기나 길가에서 붙잡히는 자는 누구 할 것 없이 그 왕에게로 끌려가는 것입니다. 그리고 예의 그 음식물을 먹고, 그 기름을 바르면 밥통이 갑자기 커져서 음식물을 잔뜩 처넣게 되고, 그 대신 머리가 이상해져 사고력이 상실되어 바보가 되어버리는 것입니다. 식인종들은 야자유와 아까 말씀드린 음식물을 실컷 먹여 뚱뚱하게 살이 찌게 한 다음 목을 잘라 죽여가지고, 이것을 기름에 튀겨 왕의 식탁에 바치는 것입니다. 그러나 야만인들 자신은 사람고기를 생으로 먹는 습관이었습니다.

이러한 일들을 알게 된 나는 자신은 물론 동료들의 신상이 걱정이 되어 미칠 것만 같았습니다. 하지만 그들은 완전히 바보가 되어 무슨 일을 당해도 모르는 것이었습니다. 벌거숭이 야만인들은 이윽고 희생자들을 끌어내다가는 소나 말과 마찬가지로 방목하는 한 사나이에게 우리들을 맡겼습니다. 동료들은 나무 사이를 거닐기도 하고, 마음대로 휴식을 취하기도 하여 투실투실 살이 쪄갔습니다. 나는 어떤가 하면 초조하여 마를 대로 말라갔으며, 공포와 공복 때문에 얼굴도 창백해지고 점점 살도 빠져, 뼈와 가죽만 남게 되었습니다. 야만인들은 이런 나를 보아도 내버려둔 채 전혀 상대도 하지 않았습니다. 나는 이것 잘됐다 싶어 야만인들의 눈을 피해 도망을 쳐서는 먼저 떨어진 해변가로 몸을 피했습니다.

그러자 주변이 온통 바다에 둘러싸인 작은 언덕에 아주 나이 지긋한 사나이 하나가 혼자 앉아 있는 것이 눈에 띄었습니다. 잘 보니 그는 동료 상인들을 맡아서 방목하기도 하고, 같은 처지에 빠진 사람들을 감시하고 있는 사람이었습니다. 이 노인은 나를 한 번 보고서 아직 분별력을 잃고 있지도 않고, 다른 사람들처럼 머리가 돌지도 않았다는 것을 간파했습니다. 그리고 멀리서 손짓으로 신호했는데 그것은 마치 "되돌아서 오른쪽 길을 택해서 가라. 그러면 천하의 대도로 나선다."고 하는 것만 같았습니다.

나는 지시대로 되돌아서서 오른쪽 길을 택했습니다. 어떤 때는 무서운 나머지 죽어라 하고 달리기도 하고, 또 어떤 때는 천천히 걸어가며 쉬기도 했습니다만 그럭저럭하는 동안에 노인의 모습은 완전히 보이지 않게 되었습니다. 벌써 해는 서산을 넘고, 어둠이 사방을 감싸고 있었습니다. 그래서 나는 앉아서 쉬며, 자보려고 했습니다만 공포와 공복과 피로 등으로 한잠도 잘 수가 없었습니다. 그래서 한밤중에 일어나서 앞으로 걸어갔습니다. 그러던 중 아름다운 단장을 갖춘 새벽이 찾아와 태양은 하늘을 뚫을듯이 솟아오른 산들의 꼭대기를 넘어 자갈이 덮인 골짜기의 들판에 비스듬히 빛을 던졌습니다.

나는 지치고 지친 채, 배는 고프고 목이 말라 죽을 지경이었습니다. 그래서 섬에 나 있는 풀 같은 것을 실컷 뜯어 먹었습니다.

그리고 나서 또다시 출발하여 다음날 밤까지 나무 뿌리와 풀을 뜯어 먹고 기아를 달래면서 여행을 거듭했습니다. 이렇듯 이레 낮이레 밤을 걷고 또 걸어 여드레째 날 아침에 겨우 저 멀리에서 뭔가 희미한 것을 발견했습니다. 죽을 고생을 겪고, 위험한 처지에 빠진 후라 아직 마음의 동요가 가라앉지 않았건만 용기를 내어 가까이 가보니 그것은 후추를 따고 있는 사람들이었습니다. 그들은 내 모습을 보자 급히 나에게로 다가와서 나를 둘러싸고서 "당신은 누구시오? 어디서 오셨소?" 하고 물었습니다. 그래서 나는 "여러분, 실은 나는 타국의 나그네입니다." 하고 대답하고서, 내 신상으로부터, 이제까지 겪어온 가지가지의 고생 이야기를 낱낱이 털어놓았습니다.

—샤라자드는 날이 훤히 밝아오는 것을 깨닫자, 여기서 허락된 이야기를 그쳤다.


● 552일째 밤

샤라자드는 말을 이었다. 오, 인자하신 임금님, 선원 신드바드는 다시 이야기를 계속했습니다.

—섬에서 후추를 따고 있는 사람들이 신세 이야기를 묻길래 나는 이제까지 내가 겪은 가지가지의 고생담과 예의 그 야만인들의 손을 피해 온 경위 등을 털어놓았습니다. 그러자 그들은 깜짝 놀라며 내가 무사히 난을 모면한 것을 기뻐해주었습니다. "참 기특한 일이오! 이 섬에서 우물거리다가 붙잡히는 날엔 하나도 빼놓지 않고 모두 잡아먹는 그 검둥이놈들 수중을 벗어나 도대체 어떻게 도망쳐 왔단 말이오? 그놈들의 수중에 잡히는 날엔 누구 하나 무사하게 빠져 나온다는 것은 생각도 못할 일인데요."

내가 동료 상인들의 말로를 이야기해주자, 그들은 나를 한옆에 앉히고는, 일이 끝나자 맛있는 음식을 갖다주었습니다. 나는 무척 배가 고팠기 때문에 이것을 먹고 잠시 쉬었습니다. 이윽고 그들은 나를 배에다 태우고서 함께 자기들 섬으로 돌아가 국왕 앞으로 데리고 갔습니다. 왕은 나의 인사에 답하여 자못 정중하게 환대해준 다음 내 신상에 관하여 이것저것 물었습니다. 그래서 나도 바그다드를 떠난 후 지금까지의 사건을 모두 들려주었더니 왕도, 거기 사후하고 있는 신하들도 그 모험담을 듣고 몹시 놀랬습니다. 왕은 가까이 와서 앉으라고 하고는 식사준비를 명령했으므로 나는 배식의 영광을 얻어 실컷 먹었습니다. 그리고 나서 손을 씻고 전능하신 알라를 칭송하고는 그 은총에 감사의 말을 바치고는 어전을 물러나 거리를 구경하며 돌아다녔습니다.

그곳은 번화한 거리로, 주민의 수도 꽤 많았으며, 수많은 시장 거리에는 식료품과 상품이 산처럼 쌓여 있고, 사는 사람, 파는 사람으로 인산인해를 이루고 있었습니다. 나는 뜻하지 않게 이런 즐거운 곳으로 오게 된 것을 마음속으로부터 기뻐하며, 지친 몸을 편안히 쉬었습니다. 또 시민과도 접근하여 얼마 지나지 않아서, 나는 이 나라의 어떤 명사보다도 시민들과 왕의 존경과 은총을 입는 신세가 되었습니다.

그런데 나는 상하귀천의 구별 없이 시민들이 모두 안장과 마구 없이 값비싼 순종마를 타고 있는 것이 이상해서 견딜 수 없었으므로 왕에게 물었습니다. "전하, 어찌하여 전하께선 안장을 놓지 않으시고 말을 타시는 것입니까? 안장에 앉으면 탈 때의 기분도 좋고, 빨리 달릴 수도 있으실 텐데요." "안장이란 뭔가? 나는 나서 이날까지 그런 것을 본 적도 없거니와 써본 일도 없다." 왕의 이러한 대답에 나는 대답했습니다. "전하께서 허락해주신다면 안장을 하나 만들어 드리겠습니다. 한번 타보시고 얼마나 기분이 좋으신지 시험해보십시오." "그럼, 만들어보라." 하는 말에 나는 "약간의 재목을 주십시오." 하고 대답했습니다.

재목을 갖다주자, 나는 머리가 좋은 목수를 둘 찾아서 그 옆에 앉아 재목 위에다 먹으로 안장 모양을 그려 보인 다음 안장 만드는 법을 가르쳐주었습니다. 그러고 나서 나는 양털을 빗겨서 담요를 만든 다음 안장에 가죽을 씌워 담요를 속에 넣었습니다. 그리고 광을 낸 다음 복대와 등자 가죽에다 그것을 비끄러매었습니다. 그것이 끝나자, 이번에는 대장장이를 불러다가 등자와 굴레의 모양을 설명해주었습니다. 그러자 그는 한 쌍의 근사한 등사와 굴레를 만든 다음 이것을 줄칼로 갈아서 매끄럽게 한 후에 주석을 입혔습니다. 나는 다시 이것에다 비단 술을 달고 가죽 고삐를 굴레에 단 다음 왕가의 말 중에서 가장 좋은 용마를 한 필 끌어내서 이것에다 안장을 얹고 굴레를 씌운 다음, 안장에는 등자를 늘어뜨려 가지고 왕의 어전으로 끌고 가게 했습니다.

왕은 굉장히 기뻐하며 후하게 감사의 뜻을 표했습니다. 그리고 나서 말에 올라타 안장을 얹고 탈 때 얼마나 편한가를 시험해보고서 몹시 마음에 들었기 때문에 나에게 또다시 많은 상을 주었습니다. 왕의 재상도 안장을 보고 똑같은 것을 하나 만들어 달라고 부탁했으므로 곧 또 하나를 만들어 진상했습니다. 이렇듯 나는 안장 제작에 전념하여(목수와 대장장이에게 만드는 방법은 전수해놓았기 때문에) 원하는 사람들에게 이것을 만들어 팔고 있는 동안 마침내 나는 큰 부자가 되어 왕을 위시하여 왕가와 고관들의 대단한 총애를 사게 되었던 것입니다.

이렇듯 한가하게 나날을 보내고 있던, 어느 날 내가 왕 옆에 공손히 사후하고 있노라니까 왕이 말했습니다. "실은 말인데, 아무개야, 그대는 형제와 마찬가지로 그리운 내 친척의 하나가 된 셈이다. 그대를 소중하고도 그렇게 여길수록 이제 세삼스럽게 그대와 헤어질 수도 없고, 이대로 여기를 떠나게 할 수도 없다. 그래서 말이다. 그대에게 꼭 하나 부탁할 말이 있다. 싫다고는 못하게 하리라." 나는 대답했습니다. "임금님, 그것은 또 어떠한 분부이십니까? 제가 전하의 뜻을 거스르다니 천만부당한 말씀이시옵니다. 저는 가지가지의 은총과 은혜를 입고 있을 뿐더러 여러 가지로 후대도 받고 있는 터입니다. 게다가 또(알라를 칭송할지어다!) 저는 이제는 오직 전하의 종이 아니옵니까!"

그러자 왕은 "나는 그대에게 영리하고 애교가 있는, 아름다운 아내를 하나 알선하려고 한다. 맵시가 좋은 데다 부자야. 아내를 맞이하면 그대는 이 나라에 귀화하여 우리들과 함께 살 수 있을 터이니까 말이다. 나는 왕궁에서 그대와 함께 살 생각이다. 이 일에 관해선 내 말을 잘 듣고 거스르지 말렷다."

나는 이 말을 들었을 때 몹시 부끄러워 입이 잘 움직이지 않아 대답도 할 수 없었습니다. "여봐라, 어찌하여 대답을 못하느냐!" 왕의 거듭되는 반문에 나는 겨우 이렇게 말했습니다. "오, 현세의 임금님! 무엇이건 분부하신 대로 하겠습니다." 그러자 왕은 판관와 증인을 불러 당장 더할 나위 없이 신분이 높은 여자와 결혼시켜주었습니다. 여자는 무엇 하나 부자유스러운 것이 없는 유복한 신분으로, 유서 깊은 가문의 꽃, 뛰어난 절세의 미인인 데다 전답과 집 등 재산이 많았습니다.

—샤라자드는 날이 훤히 밝아오는 것을 깨닫자, 여기서 허락된 이야기를 그쳤다.

● 553일째 밤

샤라자드는 말을 이었다. 오, 인자하신 임금님, 선원 신드바드는 다시 다음과 같이 이야기를 계속했습니다.

—나의 임금님은 이처럼 나라에서 제일가는 여자를 나에게 시집오게 한 후 노예와 하인과 함께 넓다란 별장을 따로 한 채 지어주었고, 봉록과 수당까지도 정해주었습니다. 그래서 나는 지극히 편하게 마음을 턱 놓고 환락의 극을 다하여 소일하며, 이제까지의 고생과 피로와 수고를 깡그리 잊고 말았습니다. 나는 마음속으로부터 아내를 사랑하고, 아내 쪽도 나에게 질세라 애정을 보내주었기 때문에 둘은 금실도 좋게 이 세상에서 다시 없는 위안을 서로 나누며 흡족한 생활을 즐겼던 것입니다. 나는 혼자 중얼거렸습니다. '고국으로 갈 때에는 이 여자를 데리고 가자.' 그러나 전생의

숙명이라는 것은 피할 수 없는 것이어서 장차 어떠한 일이 나에게 밀어닥칠는지는 전혀 모를 일입니다.

오랫동안 이런 모양으로 살고 있던 중 전능하신 알라의 뜻으로 공교롭게도 나의 이웃의 하나가 상처를 당하게 되었습니다. 이 사나이는 나의 말동무였으므로 조상객들의 울음소리가 귀에 들리자, 곧 조상하러 갔습니다. 본인은 보잘것없이 초라해졌고, 피로한 나머지 심신이 지칠 대로 지쳐 있었습니다. 나는 위로의 말을 이것 저것 늘어놓은 다음 이렇게 말했습니다. "지금쯤 부인은 알라의 자비를 누리고 계실 겁니다. 너무 상심 마십시오. 신께서는 대신 더 훌륭한 아내를 주실 것입니다. 인샬라! 당신의 명성은 더욱더 높아지고, 언제까지나 장수하실 수 있을 것입니다."

그러나 상대방은 하염없이 눈물을 흘리며 대답했습니다. "여보게, 자네, 어떻게 후처를 맞을 수 있겠는가? 신께서도 그 사람보다 더 좋은 아내는 주시지는 못할 것일세. 나에겐 단 하루만의 수명밖엔 남아 있지 않으니까." "자네," 하고 나는 반문했습니다. "마음을 단단히 먹고, 자기가 죽는다는 그런 경솔한 말을 해선 안돼. 자네는 튼튼하기 짝이 없는 사람인데 그게 무슨 소리야." "아닐세, 자네." 상대는 대답했습니다. "내일이면 벌써 자녤 볼 수 없을 것이고, 부활일까지 두 번 다시 만나진 못해." "그건 또 무슨 소리야?" 하고 내가 묻자 상대방은 대답했습니다. "내일은 고사하고 오늘 아내가 매장되면, 나도 같은 무덤 속에 매장될 것일세. 왜냐하면 아내가 먼저 죽으면 남편도 함께 생매장되고, 남편이 먼저 죽으면 아내도 마찬가지로 생매장되는 것이 이 나라의 풍습이니까 말일세. 그러니까 한쪽 배우자가 죽으면 어느 쪽이건 이 이상 살아 남을 수 없는 것이라네." "그건 큰일이야." 나는 외쳤습니다. "이 세상에 다시 없는 악습이야. 그냥 두면 안돼."

이럭저럭하는 동안에 사내에게는 많은 조상객이 찾아와서 고인과 주인을 조상하며 애도의 뜻을 표하기 시작했습니다. 이윽고 일동은 관례에 따라 고인의 시체를 씻어 입관한 다음 주인과 함께 교외로 운송했습니다. 그리고 섬 가장자리의 해변에 가까운 산기슭에 당도하자 커다란 바위를 쳐들었습니다. 그러자 돌로 구축한 구멍, 아니, 우물이라고나 할까요, 그것이 딱 입을 벌린 것입니다. 이것은 산 바닥을 뚫고서 커다란 동굴에 연결되어 있었습니다. 일동은 이 구멍에 시체를 내던진 후 이번에는 주인의 겨드랑 아래를 종려 밧줄로 묶어 동굴로 내려보냈는데, 그때 임종의 식품으로서 맑은 물이 든 커다란 물병에 일곱 개의 보리과자를 주었습니다. 구멍 밑바닥에 이르러 주인이 몸에 묶은 밧줄을 풀자 일동은 그 밧줄을 끌어올리고는 아까의 그 큰 돌로 구멍의 입구를 막았습니다. 일동은 고인의 시체와 함께 주인을 동굴에 남겨놓은 채 시내로 돌아왔습니다.

나는 그 모양을 보고 혼잣말을 했습니다. '알라께 맹세코, 예사 죽음이라면 몰라도 저런 꼴로 죽는다는 것은 못참을 일인데!' 그래서 나는 왕을 뵙고서 물어보았습니다. "임금님, 왜 이 나라에서는 죽은 사람과 함께 산 사람을 생매장하는 것입니까?" "실은 말이다, 먼 옛날부터의 조상과 선왕의 관례로서, 남편이 먼저 죽으면 아내도 함께 매장하고, 아내가 먼저 죽으면 남편도 함께 생매장하기로 되어 있다. 그러니까 살아 있어도, 죽은 후에도 부부의 사이를 갈라놓을 순 없는 것이다." "오, 현세의 임금님, 저와 같은 외국인의 아내가 죽어도 저도 그 사나이와 똑같이 다루실 작정이십니까?" "그렇고말고, 그대가 이제 보고 온 대로 해야지."

이 말을 듣고 나는 너무나도 놀라, 앞으로의 일이 걱정되어 이제라도 당장 쓸개주머니가 터질 것만 같았습니다. 정말 망연자실, 마치 토굴 속에 갇힌 것만 같아 남과의 교제도 하고 싶지 않았습니다. 만일 아내가 먼저 죽게 되어 생매장을 당하게 되면 어찌될까를 생각하니 못견딜 것만 같았기 때문이었습니다. 그러나 잠시 후 나는 나 스스로를 위로하여 말했습니다. "어쩌다간 내가 먼저 죽을지도 모르며, 그렇지 않더라도 아내가 죽기 전에 고국으로 돌아갈지도 모르지. 하기야 누가 먼저 죽고, 누가 살아 남을지 그걸 누가 알 수 있단 말인가!"

그래서 나는 여러 가지 일에 마음을 붙여보려고 애를 썼습니다. 그런데 그후 얼마 있다 아내가 갑자기 몸의 상태가 악화되어 병상에 눕더니, 2,3일 후에는 알라의 부르심을 받고 그 곁으로 가게 된 것입니다. 왕도 시내 사람들도 나와 아내의 친척에게로 와서 위로의 말을 하고, 아내의 죽음은 물론 나 자신의 신상까지도 걱정하며 위로해주는 것이었습니다. 이윽고 여자들은 아내의 시체를 씻고, 가장 고운 옷을 입힌 다음 황금의 장식품이니 목걸이니 보석 등으로 장식하여 입관한 후에 아까 이야기한 산으로 운구했습니다. 그리고 구멍 뚜껑을 열고서 아내의 시체를 던졌습니다. 그러자 친구들과 아내의 가족들이 내 주위에 모여들어 이 세상의 마지막 이별을 애석해 하기도 하고, 내 순사를 애도하기도 했습니다. 나는 그 동안 큰 소리로 외치고 있었던 것입니다. "전능하신 알라께서는 죽은 사람과 함께 산 사람을 생매장하라고 한 번도 말씀하신 적이 없어! 나는 외국사람이지 당신들의 일족은 아니야. 당신들의 풍습은 천부당만부당이란 말이오. 그전서부터 그렇다고 알았다면 죽어도 이 나라에서 장가 같은 것은 들지 않았을 텐데!"

그러나 사람들은 내 말 같은 것은 전혀 들으려고도 하지 않았습니다. 느닷없이 내 몸을 누르고서 억지로 결박을 짓자, 관례대로 맹물 한 그릇과 빵을 일곱 개 덧붙여서 동굴 속으로 내려놓았던 것입니다. 바닥에까지 이르자, 일동은 몸을 묶은 밧줄을 풀라고 외쳤습니다만 나는 한마디로 거절했습니다. 그러자 그들은 밧줄을 던져넣은 다음 전에 말한 돌로 동굴의 입구를 막아버린 다음 그대로 가버렸습니다.


　—샤라자드는 날이 훤히 밝아오는 것을 깨닫자, 여기서 허락된 이야기를 그쳤다.

● 554일째 밤

샤라자드는 말을 이었다. 오, 인자하신 임금님, 선원 신드바드는 이야기를 계속했습니다.

──그들은 죽은 아내와 함께 나를 동굴 속에 남겨놓고, 동굴 입구를 막아버린 다음 가버렸습니다. 남겨진 내가 주위를 살피니 넓다란 동굴 안에는 시체가 꽉 차 있고, 속이 뒤집힐 것 같은 악취가 물씬물씬 코를 찌르고, 사방의 공기는 죽어가는 사람들의 신음 소리로 무겁게 가라앉아 있었습니다. 그래서 나는 저도 모르게 나 자신의 경솔한 행동을 뉘우치며 말했습니다. "천벌을 받아도 싸지, 나는 아직까지 이 몸에 내려닥친 운명도, 금후 내려닥칠 운명도 마땅히 받아들여야만 해! 제기랄! 이곳에서 아내를 맞이하다니 정말 바보짓을 했구나! 그러나 영광되고, 위대하신 신 알라 외에 주권 없고, 권력 없도다! 입버릇처럼 말하듯이 자진해서 불로 날아든 하루살이 꼴이 되었구나. 아니, 정말 이게 무슨 죽는 꼴이냐! 꼭 죽어야 한다면 제대로 죽을 것이지 이게 뭐람. 온전한 인간과 이슬람교도처럼 몸을 깨끗이 씻고, 수의라도 입어야지. 이렇게 비참하게 죽을 줄 알았다면 차라리 바다에 빠져죽거나 산속에서 죽어버렸다면 좋았을 것을!"

이런 모양으로 나는 그 칠흑 같은 어둠 속에서 주야의 구별도 없이 자신의 어리석은 소견과 탐욕 따위를 저주하고, 악귀를 저주하거나, 전능하신 신을 축복하거나 하고 있었습니다. 그러고 나서 시체 위에 몸을 던지고서 알라의 구원을 빌기도 하다가 절망된 나머지 차라리 죽어버렸으면 하고까지 생각했습니다. 이윽고 배가 고파 위가 쿡쿡 쑤셨으며, 갈증이 심해 목구멍이 타는 것만 같았습니다. 그래서 나는 벌떡 일어나 손으로 더듬어 빵을 집어들고서 한 입 먹은 다음 물을 한 잔 마셨습니다.

세상에 나온 후 이날 이때까지 그토록 무참한 밤을 보낸 적은 한 번도 없었습니다만 이윽고 기운을 차려 천천히 일어나서 동굴 안을 조사해본 것입니다. 그러자 양쪽에도 얼마든지 동굴이 있어 어디까지나 끝도 없이 뻗어 있었습니다. 그 바닥에는 먼 옛날에 내던져진 시체니, 썩어버린 뼈가 사방에 흩어져 있었습니다. 그래서 나는 바로 최근 던져진 시체에서 멀리 떨어져 어느 움푹 꺼진 곳에 자리를 잡고 잠을 잤습니다. 이렇듯 오랫동안 살아 가노라니까 먹을 것도 점점 떨어져갔습니다. 그래서 나는 하루 한 번이 아니면 이틀에 한 번 외엔 빵을 먹지 않았으며, 물도 어쩌다가 정죽을 것만 같을 때에만 겨우 한 모금씩 마시는 것이 고작이었습니다. 왜냐하면 살아 있는 동안에 먹을 것이 떨어지면 큰일이라고 생각했기 때문이었습니다. 나는 혼자 중얼거렸습니다. "조금만 먹고, 조금만 마시는거야, 어쩌면 신께서 너에게 구원의 손길을 내려주실지도 몰라!"

어느 날, 이렇게 앉아서 자신의 앞날을 이것저것 궁리하고, 빵과 물이 바닥이 나면 대체 어떻게 할까 하고 걱정하고 있으려니까, 갑자기 입구를 막고 있던 바위가 덜컹덜컹 한쪽으로 밀리더니 눈부신 햇빛이 환히 안을 비쳤습니다. "이게 웬일일까? 아마 시체라도 운반되어 온 것일까?" 그렇게 중얼거리고 있는데, 동굴 입구 근처에 많은 사람들의 그림자가 서성거리고 있는 것이 눈에 띄었습니다. 사람들은 남자 시체와 비탄에 젖어 있는 산 여자를 보통 때보다는 많은 빵과 물을 주어서 동굴로 떨어뜨렸습니다. 보아하니 그 여자는 여간 미인이 아니었습니다. 그러나 그녀는 나를 몰라보았습니다. 이윽고 지상의 무리들은 입구를 막고 가버렸습니다.

이거 잘됐다고 생각한 나는 시체의 다리뼈 하나를 집어들고 여자 옆으로 다가가 느닷없이 머리를 죽어라고 힘껏 내리쳤습니다. 여자는 앗! 하고 외마디소리를 지르고서 기절하여 쓰러지고 말았습니다. 나는 두 번 세 번 여자를 때려 완전히 죽은 것을 확인한 다음에 빵과 물을 뺏었습니다. 또 몸을 뒤져보니 장식물과 호화로운 옷, 목걸이, 보옥, 황금 장신구 등을 걸치고 있었습니다. 그도 그럴 것이 제일 좋은 나들이옷을 다 입혀서 여자를 매장하는 것이

이 나라의 관례였기 때문입니다. 나는 동굴 한구석 움푹 파진 곳에 있는 내 침상으로 먹을 것과 물을 날라다가 겨우 연명만 할 정도로 먹고 마시고 하면서 되도록 먹을 것을 절약했습니다. 나는 아직 전능하신 알라에 대한 희망을 완전히 포기한 것이 아니었습니다.

나는 이렇듯 오랫동안 목숨을 이어가며, 동굴 속에 던져지는 산 사람을 차례차례로 죽여가지고는 먹을 것과 물을 빼앗곤 했습니다. 그러던 중 어느 날, 자고 있던 나는 무엇인지 동굴 한구석에서 시체를 긁적거리기도 하고, 흙을 파헤치기도 하는 기척에 눈을 떴습니다. "대관절 무엇일까?" 나는 늑대나 하이에나가 아닐까 하고 염려하면서 벌떡 일어나 예의 다리뼈를 움켜쥐고서 소리가 나는 쪽으로 접근해 갔습니다. 정체불명의 괴물은 나의 침입을 감지하고서는 동굴 저쪽 구석 깊이 도망쳤는데, 잘 보니, 그것은 한 마리의 야수였던 것입니다. 그래서 야수가 달아난 쪽으로 쫓아가보니 다시 저 먼 구석에서 별빛만한 광선이 하나 껌벅거리고 있지 않겠습니까! 내가 그쪽으로 접근하니 광선은 점점 더 크게 밝아져 마침내 그것은 동굴의 틈으로, 바깥 세계로 통하고 있다는 것을 알게 되었습니다. 나는 반신반의하면서 혼잣말을 했습니다. "이 출구에는 그 무슨 곡절이 있을 거야. 나를 내던져넣은 동굴의 제2의 입구인지도 몰라. 그렇지 않으면 저절로 생긴 바위 틈일까?" 그래서 잠시 이러지도 못하고 저러지도 못하고 망설이고 있는데, 다시 좀더 접근해가서 잘 살펴보니, 그 광선은 산등성이의 틈에서 새어 들어오고, 이 틈은 짐승이 마음대로 드나들면서 시체를 먹을 수 있도록 파헤쳐져서 점차 커진 것이었습니다. 이 모양을 본 나는 갑자기 힘이 생기고 희망도 용솟음쳐, 이젠 꼭 죽었다고만 단념했던 목숨도 살아날 것만 같은 생각이 들었습니다. 그래서 꿈꾸는 기분으로 걸어가 어떻게 해서 틈으로부터 기어나가 보니, 그곳은 높은 산의 경사면으로서, 바다를 면하고 있어 섬으로부터는 전연 접근할 수 없게 되어 있었습니다. 그러므로 시내에서 이 해변으로 나올 수는 도저히 없었던 것입니다.

나는 이젠 살았다 하고 안도의 숨을 내쉬면서 가슴을 두근거리면서 알라를 칭송하기도 하고, 감사의 말을 드리기도 했습니다. 그러고 나서 다시 한 번 그 틈을 통하여 동굴 안으로 되돌아가 저장해두었던 먹을 것과 물을 전부 날라오고, 내 옷 위에 죽은 사람의 옷을 껴입었습니다. 그 밖에 시체에 붙어 있는 진주와 보옥의 목걸이는 물론, 보석을 박은 금은의 장신구, 그 밖의 장식품과 귀중품 등을 닥치는 대로 긁어모아 이것을 수의와 죽은 사람의 옷에 함께 꾸려 해변쪽에 있는 산 뒤로 가지고 나왔습니다. 그리고 전능하신 알라의 뜻으로 지나가는 배에게 구출되는 날도 올 것이라는 기대감을 가지고 거기서 기다리고 있었습니다. 나는 매일 동굴 속으로 들어가 생매장이 된 사람들이 눈에 띄는 대로 남자든 여자든 가릴 것 없이 때려죽여 먹을 것과 귀중품을 뺏어가지고 해변의 나의 처소로 날라왔습니다. 오랫동안 나는 그런 식으로 살아왔던 것입니다.


―샤라자드는 날이 훤히 밝아오는 것을 깨닫자, 여기서 허락된 이야기를 그쳤다.


● 555일째 밤

샤라자드는 말을 이었다. 오, 인자하신 임금님, 선원 신드바드는 이야기를 계속했습니다.

―먹을 것과 귀중품을 동굴에서 해변으로 날라다가 오랫동안 해변에서 살고 있자니까 어느 날 큰 파도가 휘몰아치는 거친 바다 속을 한 척의 배가 지나갔습니다. 그래서 나는 내가 가지고 있던 흰 수의를 한 장 집어 막대기에 비끄러매가지고 해변가를 달리면서 이것을 휘둘러 배에 탄 사람들에게 신호했습니다. 저쪽에선 내 모습을 알아보고서 외치는 소리를 듣자, 곧 나를 구하러 작은 배를 저어 왔습니다. 배가 옆에까지 오자 선원들은 나에게 큰 소리

로 물었습니다. "당신은 누구시오? 아직까지 한 번도 사람의 모습이라곤 보지도 못한 이런 산에 대관절 어떻게 해서 온 것이오?" 나는 그래서 "별로 이상한 사람도 아닙니다, 상인입니다. 난파를 당해 판자에 매달려 얼마 안되는 짐과 함께 목숨을 건진 사람입니다. 신의 축복과 운명이 정해준 바와, 게다가 나 자신의 힘과 재치로 죽을 고생을 다한 끝에 겨우 짐을 좀 가지고 이 섬에 올라, 지나가는 배에 구조되기를 기다리고 있었던 것입니다." 하고 대답했습니다.

그러자 그들은 동굴에서 가지고 온 보석과 귀중품을 옷과 수의에 싸서 꾸린 짐과 함께 나를 배에 태워가지고 모선으로 저어 돌아갔습니다. 선장이 묻기를 "여보시오, 저 산의 그런 곳에서 무슨 수로 살아 있었소? 산 저쪽에는 큰 도시가 있는데 말이오. 나는 요 몇 해 동안 이 근해를 몇 번씩 항해하여, 저 산 바로 옆을 배회한 적도 있었건만 짐승과 새 외엔 무엇 하나 살아 있는 것을 본 적이라곤 없었는데 말이오." 그래서 나는 선원들에게 이야기한 대로 다시 한 번 되풀이하여 말했습니다. 그러나 배 안에 섬의 주민이 하나라도 있으면 큰일이라고 생각하고는 도시와 동굴에서 겪은 일들은 한마디도 하지 않았던 것입니다.

이야기를 끝마치고 나서 나는 몸에 지니고 있던 가장 훌륭한 진주를 두서너 개 꺼내서 이것을 선장에게 내놓으며 말했습니다. "선장님, 당신의 덕택으로 나는 저 산에서 무사히 구출되었습니다. 지금 나는 현금을 가진 것이 없습니다. 그러나 당신의 친절과 인정 많은 배려에 보답하는 뜻으로 이것을 드리니 받아 주십시오." 그러나 선장은 내 뜻을 거절하고는 말했습니다. "해변과 섬에서 난파당한 사람을 보면 그 사람을 구해 배에 올려 태우고서 먹을 것을 주고, 아무것도 입은 것이 없다면 옷을 입혀주는 것이 우리들의 관례입니다. 우리들은 사례라고는 아무것도 받지 않습니다. 아니, 그렇기는 고사하고 안전하게 항구에 도착하면 이쪽에서 돈을 준 다음 꼭 후대하는 관례입니다. 그것도 다 알라의 은총을 바라기 때문이지요.”

그래서 나는 육지에 오른 후에도 선장이 장수하기를 빌었습니다. 그리고 고통을 이겨내고 지난날의 불행을 잊기 위해 애썼습니다. 왜냐하면 죽은 아내와 함께 동굴에 빠졌을 때의 일을 회상할 때마다 나는 공포에 몸이 저절로 부들부들 떨려 나 자신을 진정시키기가 힘들었던 것입니다.

그후 배는 항해를 계속하여 섬에서 섬으로, 바다에서 바다로 다니다가 벨 섬에 닿았는데 그곳에는 통과하는 데 이틀이 걸리는 길쭉한 도시가 있었습니다. 그곳을 떠나 엿새 후에는 인도에서 가까운 나라에 도착하게 되었는데 용맹이 드높은 왕이 다스리고 있었습니다. 산물로는 질좋은 장뇌를 많이 산출하고 있으며, 또 연광도 눈에 띄었습니다. 이렇듯 일행은 알라께서 정하신 바에 의하여 무사히 바소라에 당도했으므로, 나는 바소라에 2, 3일 이상 체류한 후 바그다드로 가서 그리운 내 고향으로 돌아와 기쁨에 들뜬 가슴으로 내 집 문을 들어섰던 것입니다.

집에 돌아온 내가 친척들과 친구들을 오랫만에 만나니 그들은 내가 무사히 귀국한 것을 기뻐해주었습니다. 나는 가지고 온 물건을 고스란히 창고에다 넣고는 탁발승에게 보시하고, 거지에게는 희사하며, 과부와 고아에게는 옷을 주었습니다. 그리고 또 나는 그전 그대로 일락삼매의 생활로 돌아가 오로지 방탕한 나날을 보내게 되었습니다.

이제 들으신 바와 같이 이것이 나의 네 번째 항해, 세상에서도 진기한 모험담입니다. 내일 또 와주시면 여러분들에게 이번엔 다섯 번째 항해에서 어떤 경험을 했는지를 말씀드리겠습니다. 이 이야기는 먼저 이야기에 비하여 한층 더 진기한 이야기입니다. 그리고 형제이신 짐꾼 신드바드여, 당신은 언제나처럼 만찬을 같이 하기로 합시다. (이야기꾼은 이야기를 계속했습니다.) 선원 신드바드는 이야기를 끝내자, 저녁식사 준비를 하라고 명령했습니다. 식탁이 차려져 나오자 손님들은 먹어치웠고, 그후 주인은 언제나처럼 짐꾼에게 100디나르를 주었습니다. 본인은 물론이고, 다른 손님들도 흥겹게 먹고 놀다가 지금까지 들은 이야기를 아주 희한히 여기면서 귀로에 올랐는데 그도 그럴 것이 이야기는 횟수를 거듭함에 따라 점점 더 재미있었기 때문입니다. 짐꾼 신드바드는 자기 집으로 돌아오자, 어안이 벙벙하여 자못 흥분한 태도로 하룻밤을 보냈습니다. 그리고 아침 해가 떠올라 환히 빛나기 시작하자 곧 아침 기도를 올리고는 선원 신드바드의 집으로 갔습니다. 주인은 짐꾼을 맞아들여 다른 단골손님들이 오기 전에 자기 옆에 앉아 있으라고 말했습니다. 이윽고 전원이 모이자, 일동은 먹고 마시고 하면서 흥을 돋구어갔고, 이야기도 흥겹게 전개되었습니다. 그래서 주인은 다섯 번째 항해담을 시작한 것입니다.

—샤라자드는 날이 훤히 밝아오는 것을 깨닫자, 여기서 허락된 이야기를 그쳤다.

● 556일째 밤
샤라자드는 말을 이었다. 오, 인자하신 임금님, 오늘 밤은 선원 신드바드의 다섯 번째 항해 이야기를 해드리겠습니다.

## 선원 신드바드의 다섯 번째 항해 이야기

여러분, 나는 네 번째 항해가 끝나고 나서 잠시 육지에 올라 쉬고 있었습니다. 일락삼매의 나날을 보내는 한편 막대한 재물을 얻은 것을 기뻐하며, 그 옛날에 천신만고를 겪었던 따위는 깨끗이 잊어버리고 있었습니다. 그러나 어디까지나 어리석은 사람인지라 또다시 집을 떠나 낯선 나라들과 섬들을 떠돌아다니고 싶어 견딜 수가 없었던 것입니다. 그래서 나는 이 계획에 알맞은 값비싼 물건을 사 모아 짐짝을 만들어가지고 바소라로 향했습니다. 강 기슭의 부두를 걸어다니고 있던 중 훌륭한 높다란 배 한 척이 눈에 띄었습니다. 이것은 이제 갓 새로 만든 선구도 새로운 배로, 이제라도 당장 닻을 올리려는 참이었습니다. 나는 이 배가 아주 마음에 들었기 때문에 곧 배를 사가지고 상품을 실은 외에 선장과 선원들을 고용하여 내 노예와 마름에게 감독을 맡겼습니다. 상인들도 많은 물건을 싣고는 나에게 운임과 여비를 주었습니다. 드디어 우리들은 화티화를 외면서 용약 앞길에 행운과 막대한 벌이가 있기를 기대하면서 알라의 연못으로 배를 띄운 것입니다.

도시에서 도시로, 섬에서 섬으로, 바다에서 바다로 지나가면서, 도시와 이국을 구경하면서 여기저기서 장사를 하고 있던 중 어느 날 커다란 무인도에 당도했습니다. 사람 하나 살고 있지 않은 쓸쓸한 섬이었는데 터무니없이 큰 흰 둥근 지붕이 절반쯤 모래 속에 묻혀 있었습니다. 상인들은 이 둥근 지붕을 탐사하기 위하여 나를 배에 남겨두고서 상륙했습니다. 일행이 가까이 가보니 뜻밖에도 그것은 커다란 루프새의 알이 아니겠습니다. 모두는 그런 줄도 모르고서 돌로 두들기기 시작했습니다. 그러자 이윽고 알이 깨지며 안에서 물이 많이 흘러나오고, 루프새의 새끼가 나왔습니다. 그들은 이 새끼를 알 속에서 끌어내어 목을 베고서 그 고기를 잔뜩 잘라냈습니다.

나는 배 안에 있었기 때문에 상인들이 무엇을 하고 있었는지 전혀 알길이 없었습니다. 그러나 이윽고 손님 하나가 와서 말하기를 "나리, 저 육지에 올라 우리들이 둥근 지붕으로 잘못 안 알을 봐 주십시오." 그래서 내가 가보니까 상인들은 아직도 연신 알에 돌을 던지고 있었습니다. 나는 그들에게 호통을 쳤습니다. "그만 두시오, 그만 두시오! 그 알에 손대지 마시오. 그렇지 않으면 루프라는 새가 와서 배를 박살낸 다음 모두를 죽이고 말 테니까요."

그러나 그들은 내 말에는 아랑곳도 하지 않고 여전히 알을 때리고 있었습니다. 그러자 별안간 사방이 캄캄해지며 마치 하늘 전체에 구름이 걸린 것처럼 태양의 모습이 보이지 않았습니다. 눈을 쳐들어보니 구름이라고 생각한 것은 실은 중천에 떠 있는 루프새로, 햇빛을 가린 것도 그 날개였던 것입니다. 루프새는 자기 알이 깨져 있는 것을 보자, 소리 높이 비명을 질렀습니다. 그러자 그 친구들도 날아와서 한 덩어리가 되어 천둥소리보다도 높은 소리를 질러대면서 배 주위를 빙빙 돌고 있었습니다. 나는 선장과 선원들에게 소리쳤습니다. "자, 빨리 배를 내라. 목숨이 있는 동안에 도망쳐야 한다." 상인들이 전부 배에 오르자 우리들은 닻을 감아 올리고서 허겁지겁 섬에서 큰 바다로 나가려고 했습니다. 루프새는 이 광경을 보고서 날아가버렸지만 우리들은 오로지 루프새의 집에서 도망치려는 일념에서 돛을 있는 대로 다 올리고서 전속력으로 달렸던 것입니다. 그러나 머지않아 두 마리의 루프새가 또다시 모습을 나타내, 우리들의 뒤를 쫓아와 배 위에까지 오자 날개를 쉬었습니다. 보니 모두가 산에서 가지고 온 커다란 둥근 돌을 움켜쥐고들 있지 않겠습니까.

　루프새의 수놈은 배 위에 다다르자 움켜쥐고 있던 암석을 우리들 머리 위에다 던졌습니다. 그러나 때마침 선장이 배의 진로를 바꿨으므로 암석은 겨냥이 약간 빗나가서 맹렬한 기세로 바다 속으로 떨어졌습니다. 그 여파로 배는 몹시 흔들렸고, 해저마저 보일 정도의 파도가 일어나 배는 당장에라도 바다 속으로 가라앉을 것만 같았습니다. 그때 설상가상으로 루프새의 암놈이 수놈의 그것보다도 큰 돌을 떨어뜨렸습니다. 그러자 운명의 탓이라고나 할까요. 이것이 공교롭게도 고물에 맞아 고물이 박살이 났으며, 그 바람에 키도 가루가 되어 날아가버렸습니다. 그리고 배는 사람과 짐을 실은 채 가라앉고 말았습니다. 나는 어찌 되었는가 하면 세상에의 미련을 버릴 수 없어 결사적으로 허우적거리고 있자니까, 다행히도 전능하신 알라께서 내 앞에다 판자 하나를 던져주셨습니다. 나는 그 판자에 매달려 올라타 두 다리로 물을 젓기 시작했습니다.

그런데 배는 바다의 한가운데에 있는 작은 섬 바로 옆에까지 와서 침몰했으므로 나는 바람과 파도에 밀려 떠내려가고 있던 중 마침내 최고 지상하신 신의 뜻으로 그 섬의 해변으로 떠밀려 올라갔습니다. 그러나 그때는 벌써 힘도 다 빠진 후라, 몸은 지칠 대로 지쳐 숨이 곧 끊어질 듯, 기아와 갈증에 시달려 다 죽은 꼴이 되었습니다. 그러한 까닭으로 내가 육지에 올랐을 때에는 살아 있다기보다는 죽은 거나 마찬가지였습니다. 나는 바닷가에 몸을 던지고서, 잠시 거기 나자빠져 있었으나 이윽고 힘을 내어 섬을 돌아다녀보았습니다. 그러자 천국의 동산도 이럴까 싶을 정도의 아름다운 섬이 아니겠습니까? 싱싱한 나무마다 누렇게 익은 과일이 주렁주렁 달려 있고, 냇물도 졸졸 흐르고 있었습니다. 또 꽃들도 교태를 다투면서 향기를 내뿜고 있고, 새들도 영원불멸의 전능하신 신을 칭송하며 희희낙락 지저귀고 있었습니다. 그래서 나는 과일을 실컷 따 먹고, 냇물을 손으로 떠서 마음껏 마시고는, 최고 지상하신 신에게 감사의 말을 드리며, 그 영광을 칭송했습니다.

——샤라자드는 날이 훤히 밝아오는 것을 깨닫자, 여기서 허락된 이야기를 그쳤다.


● 557일째 밤

샤라자드는 말을 이었다. 오, 인자하신 임금님, 선원 신드바드는 이야기를 계속했습니다.

——이러한 까닭으로 나는 간신히 익사를 모면하여 과일도, 마실 물도 넉넉히 있는 섬으로 오게 되었으므로 최고 지상하신 신에게 감사를 드리고는 그 영광을 칭송했습니다. 그리고 나서 해가 질 때까지 사람의 목소리 하나 듣지 못하고, 사람의 그림자 하나 눈에 띄지 않는 대로 가만히 앉아 있었습니다만 이윽고 피로와 공포에 지쳐 아침까지 푹 잠에 빠지고 말았습니다.

그 이튿날 아침, 일어나 나무 그늘을 거닐고 있자니까 솟아나오는 샘물을 끌어댄 두레박 우물의 도랑이 있는 데까지 오게 되었습니다. 그리고 그 두레박 우물가에는 거룩해 보이는 노인 하나가 앉아 있는데, 허리 둘레에는 종려잎의 섬유로 만든 치마를 걸치고 있었습니다. 나는 마음속으로 생각했습니다. '아마 이 노인도 배가 난파하여 이 섬에 기어오른 모양이군.' 그래서 가까이 가서 인사를 하자, 노인도 몸짓으로 답례의 절을 했습니다. 그러나 전혀 입을 떼지 않습니다. 그래도 이쪽에서 말을 걸어서 "여보십시오, 노인어른, 어째서 이런 데 앉아 계십니까?" 하고 물었습니다. 노인은 머리를 가로젓고, 신음소리를 지르면서 한 손으로 "나를 업고 우물물이 흐르는 저쪽으로 날라다줄 수 없겠는가?" 하는 시늉을 해 보였습니다. 나는 마음속으로 중얼거렸습니다. "친절하게 대해주자. 소원을 들어주면 천국에서 인과응보의 보답도 있을 테지. 이 어른은 중풍에 걸린 분일지도 모르니까."

그래서 나는 노인을 등에다 업고 노인이 가리키는 곳으로 가서 "자, 천천히 내리십시오." 하고 말했습니다. 그러나 그는 등에서 내리려고 하지 않고서 두 다리로 내 목을 감았습니다. 그 다리를 잘 보니 피부색은 시꺼멓고 게다가 몹시 거칠거칠하여, 마치 물소의 껍질 같았습니다. 나는 깜짝 놀라 내동댕이치고 말까 했습니다. 그러나 노인은 나에게 잔뜩 매달려 내 목을 두 다리로 바싹 죄는 바람에 끝내는 숨이 막힐 것만 같아 눈앞의 세계가 캄캄해져서 비틀비틀 땅바닥에 쓰러지고 말았습니다. 그래도 노인은 죽어라고 매달린 채 두 다리를 쳐들어 종려나무 채찍보다도 더 아프게 어깨니 등이니 할것없이 걷어차는 바람에 나는 괴로워서 결국 일어서지 않을 수 없는 지경이 되고 말았습니다.

그러자 노인은 한쪽 손을 뻗어 이쪽으로 가라, 저쪽으로 가라 하고 지시하는 까닭으로 나는 하라는 대로 가장 맛좋은 과일이 달린 나무 사이를 우왕좌왕하지 않을 수가 없었습니다. 만일 상대방의 지시를 거절한다거나, 꾸물거린다거나, 꾀를 부린다거나 하는 날엔 채찍으로 맞는 것보다도 더 아프게 두 발로 어찌나 몹시 걷어차는지 견딜 수가 없었습니다. 노인은 자기가 가고 싶은 방향을 손짓으로 지시하며, 언제까지고 그만 두려고 하지 않았습니다. 그래서 나는 마치 포로가 된 노예와 마찬가지로 섬 안을 끌려다녔습니다. 노인은 낮에는 하루종일, 밤에는 밤새도록 내리려고도 하지 않고서 대소변은 어깨와 등에다 대고 갈기는 형편이었습니다. 게다가 자고 싶으면 다리를 내 목에다 감고 등에 기대서 잠시 동안 졸다가는 눈을 뜨면 또다시 때리는 형편이었으므로 얻어맞으면 허둥지둥 뛰어오를 뿐, 상대방에게 잃어맞을 고통을 생각하면 도무지 반항할 생각도 나지 않았습니다. 정말 나는 나 자신을 저주하며 이 노인에게 온정을 베푼 것을 자꾸만 후회했습니다. 이런 상태를 계속하고 있던 중 이제는 뭐라고 할 수 없을 정도로 지치고 지쳐 나는 저도 모르게 혼잣말을 중얼거렸습니다. '나는 좋은 일을 해주었건만 이 놈은 나를 혼내주고 있단 말이야. 알라께 맹세코 나는 금후 살아 있는 동안 누구에게도 온정을 베풀지 않겠다!'

　나는 심신이 모두 지칠 대로 지쳐 형편없는 생각까지 하고는 최고 지상하신 신에게 부디 죽여주십시오 하고 빈 것도 한두 번이 아니었습니다. 이러한 모양으로 오랫동안 살아가고 있던 중 어느 날 노인을 업은 채 표주박이 잔뜩 열린 곳으로 오게 되었습니다. 표주박의 대다수는 말라 있었으므로 나는 마른 큰 표주박을 하나 따서 그 꼭지를 따고 내용물을 긁어내어 안을 텅 비웠습니다. 그리고 나서 그 근처에 많이 열려 있는 포도나무에서 포도알을 따서 그 즙을 가득 채웠습니다. 그리고 주둥이를 틀어막고서 햇볕에다 며칠 동안 그대로 놔두었더니 마침내 독한 술이 되고 말았습니다. 그래서 나는 매일 이것을 조금씩 마시면서 마음을 달랬으며, 저 능글맞은 악당인 노인에게 혹사당해 지쳐버린 몸을 이럭저럭 지탱해나갔습니다. 이 술을 마실 때마다 고생도 잊고 기분도 상쾌해지는 것이었습니다.

　어느 날 노인은 내가 술을 마시고 있는 것을 보고서 "그건 뭐냐?" 하는 듯한 손짓을 했습니다. 나는 "이것은 굉장한 강장제로,

이것을 마시면 마음도 들뜨고 힘이 소생됩니다." 하고 말하고서 술 취한 것을 다행으로 여기며 노인을 업은 채 나무 사이를 뛰어 돌아다니며 손뼉을 치기도 하고 노래를 부르기도 하고 신나게 춤을 추기도 했습니다. 그러다가는 일부러 노인을 업은 채 다리 힘이 빠졌다는 듯이 비틀거려 보였습니다. 노인은 내 모양을 보고서 자기도 마시고 싶으니 그 표주박을 달라고 손짓하기에 나는 그가 무서워서 즉시 내주었습니다.

그는 표주박을 손에 받아들고 마지막 한 방울까지 쭉 들이마시고는 텅 빈 표주박을 땅바닥에 내던졌습니다. 그리고 삽시에 취기가 돌아 업힌 채 손뼉을 치기도 하고, 몸을 좌우로 흔들기도 하기 시작했습니다. 게다가 어쩌나 오줌을 많이 싸는지 나의 옷은 온통 젖고 말았습니다. 그러나 이윽고 취기가 머리에까지 올라갔으니 배겨낼 장사가 없었습니다. 몸을 가누지 못할 정도로 곤드레만드레가 되어 겨드랑이의 근육도 손발도 축 늘어져 업힌 몸을 가눌 수가 없었습니다. 나는 그가 만취가 되어 제정신을 잃었다고 판단하자, 한손으로 발을 붙잡고 목에서 풀어, 땅바닥에 몸이 닿을 정도로 허리를 숙이고서 힘껏 그를 내동댕이쳤습니다.


—샤라자드는 날이 훤히 밝아오는 것을 깨닫자, 여기서 허락된 이야기를 그쳤다.


● 558일째 밤

샤라자드는 말을 이었다. 오, 인자하신 임금님, 선원 신드바드는 이야기를 계속했습니다.

—그래서 나는 악당을 어깨에서 떼어버린 셈이 되었지만, 그렇다고 해서 노인을 무사히 피했다고 단정할 수만도 없었습니다. 취기에서 깨어나 다시 먼저대로의 상태로 돌아가면 큰일이라고 생각하니 걱정이 되어 견딜 수가 없었습니다. 그래서 나는 나무 사이에서 커다란 돌 하나를 집어들어 노인 옆으로 다가가서 정신없이

자고 있는 노인의 머리를 죽어라고 내리쳐 그 두개골을 박살을 내고 말았습니다. 그러자 대번에 살도 기름도 피도 범벅이 되어 노인은 천벌을 받고는 지옥길을 재촉했습니다. 그런 놈은 절대로 알라의 자비를 받지 말도록 해주옵소서!

나는 그때서야 마음이 놓여 해변가의 그전 자리로 돌아와 그 섬에서 매일같이 과일을 따 먹고, 깨끗한 물을 마시며 배가 지나가지나 않을까 쉴 사이 없이 먼바다를 지켜보면서 나날을 보냈습니다. 그런데 어느 날 바닷가에 앉아 이것저것 지난 날의 일들을 회상하며 "도대체 알라께서는 나를 낳아주시고 고향과 친척과 친구들이 있는 곳으로 되돌아가게 해주시려는 것일까!" 하고 중얼거리고 있는데, 아니, 이게 웬일입니까, 한 척의 배가 파도를 헤치며 섬 쪽으로 다가오는 것이 아니겠습니까! 이윽고 배는 닻을 내리고 선원들은 육지에 올랐습니다. 내가 그들 쪽으로 걸어가니, 그들은 나를 보고서 급히 내 쪽으로 달려와 주위를 빙 둘러 포위하고는 나의 신상과 어디서 왔는지를 자세히 캐물었습니다. 내가 이제까지의 자초지종을 낱낱이 이야기한즉, 그들은 몹시 놀라며 말했습니다. "당신 등에 업힌 놈은 '샤이프 알 바르' 즉 '바다 노인'이라는 놈이요. 놈의 다리가 목에 감기는 날엔 그땐 마지막으로, 당신 이외에 아직까지 누구 하나 살아난 사람은 없소. 놈에게 업혀서 지쳐버리면 그놈 밥이 될 뿐이오. 당신의 목숨이 무사한 것을 알라께 감사합시다!"

그렇게 말하고서 얼마간의 식사를 내놓았기 때문에 나는 배불리 먹었습니다. 게다가 옷도 얻게 되어 새 복장으로 실 하나 걸치지 않은 몸을 감쌌습니다. 그것이 끝나자 그들을 따라 배에 올라 며칠 밤 동안 항해를 계속했습니다. 그러던 중 운명의 장난이라고 할까 원숭이 도시라고 불리는 곳에 당도했습니다. 도시에는 고층 건물들이 즐비해 있고, 그 모두가 바다 쪽으로 향해 있었습니다. 그리고 쇠못을 박은 견고한 성문이 단지 하나 달려 있을 뿐이었습니다.

　그런데 매일 황혼 무렵이 되면 시내의 주민들은 모두 성문 밖으로 뛰어나갔습니다. 그리고 크고 작은 배를 타고 바다로 나가 원숭이들이 산에서 쳐내려오지나 않을까 마음을 졸이면서 해상에서 밤을 보내는 것이었습니다. 이 이야기를 듣자, 나는 그 전에 원숭이들 일족에게 혼이 났던 사건을 회상하고서 몹시 불안해졌습니다.

　나는 이 도시에서 바람을 쐬려고 잠깐 육지로 오른 것인데, 배는 나를 남겨놓은 채 출범하고 말았습니다. 나는 둑에 오른 것을 후회하며 친구들이며 원숭이들한테 혼이 났던 것 등을 회상하면서 그 자리에 주저앉아 한없이 한탄하기 시작한 것입니다. 얼마 후 한 시민이 나에게 인사를 하고는 이렇게 말했습니다. "여보시오, 보기에 이곳에는 처음 오신 분 같은데요." "그렇습니다." 하고 나는 대답했습니다. "정말 불쌍한 떠돌이 신세입니다. 이곳 항구에 닻을 내린 배로 와서 시내를 구경하려고 상륙했습니다. 그런데 돌아와 배를 타려고 보니 배는 벌써 오래 전에 출범하여 나만 혼자 남게 된 것입니다." "그럼, 이제부터 우리들과 함께 배를 타기로 합시다. 이곳에서 머물다간 원숭이 밥이 되고 맙니다." "알았습니다." 나는 그렇게 대답하고서 일어나 얼른 이 사나이와 함께 배에 올라 탔습니다. 그리고는 먼바다로 저어나가, 육지에서 1마일쯤 떨어진 곳에 배를 세우고서 하룻밤을 보냈습니다.

　날이 훤히 밝자, 시민들은 도성으로 배를 저어 돌아와 상륙한 다음 각기 자기 일에 종사하는 것이었습니다. 그렇듯 매일 밤 도성 사람들은 똑같은 일을 되풀이했습니다만 그도 그럴 것이 하나라도 밤에 시내에 남으면 꼭 원숭이들이 습격해 와서 그 사람을 잡아먹기 때문입니다. 아침이 되면 원숭이들은 도성을 떠나 화원의 과일을 전부 먹어치우고서 산으로 되돌아가 해가 질 때까지 잠을 잔 다음 또다시 도성으로 몰려온다는 것이었습니다.

　이 도성은 흑인국 가운데서도 가장 먼 변경에 있었습니다만, 내가 이 도성에 있던 중에 만났던 이상한 사건의 하나에 이런 일이 있었습니다. 나와 배에서 하룻밤을 지낸 예의 그 친구 중의 하나가 "여보시오, 당신은 이곳에 처음 오신 분 같은데 무슨 직업이라도 있으십니까?" 하고 물었으므로 나는 대답했습니다. "글쎄, 형씨, 나에게는 이렇다 할 일정한 직업은 없고, 기술이라곤 아무것도 없습니다. 왜냐하면 나는 상인인데, 재산이 좀 있고, 상품을 잔뜩 실은 배까지 한 척 가지고 있었습니다. 그런데 배는 침몰하고 타고 있던 사람은 모두 물에 빠져 죽고 말았으나, 나 혼자 알라께서 주신 판자에 매달려 구사일생으로 살아난 것입니다."

이 이야기를 듣고 상대방 사나이는 나에게 무명 자루를 하나 주며 말했습니다. "이 자루를 가지고 가서 해변가의 자갈을 잔뜩 담으십시오. 그 다음 도성 사람들을 따라가시오. 당신에 관한 이야기는 내가 잘 해두었으니까 모두가 하는 대로 하기만 하면 됩니다. 그렇게 하면 아마 고국에 돌아가실 만큼의 비용은 벌 수 있을 것입니다."

이윽고 나는 그 사나이를 따라 바닷가로 와서, 자루에다 크고 작은 돌을 잔뜩 담았습니다. 그렇게 있는데 도성에서 각기 잔돌이 든 같은 자루를 짊어진 사람들이 하나 둘 모여드는 것이 눈에 띄었습니다. 그 사나이는 이 사람들에게 나를 좀 도와주라고 신신당부를 하고서 말하기를 "이분은요 외국 양반이오. 같이 모시고 가서 줍는 방법을 가르쳐주시오. 그렇게 하면 이 양반에게는 나날의 양식이 수중에 들어오게 될 것이오, 당신들도 천국에서 보답을 받게 될 터이니까 말이오." "알았습니다!" 모두는 그렇게 대답한 다음 기꺼이 나를 맞아들이고서 함께 떠났습니다. 우리들은 한참을 걸어 어느 넓다란 골짜기로 나왔습니다. 주변 일대에 큰 나무들이 빽빽이 우거져 있었는데, 그 줄기는 아무것도 기어오를 수 없을 만큼 미끄러웠습니다.

그런데 이 나무들 밑에서는 원숭이 떼가 자고 있었는데, 우리 일행을 보자, 뛰어 일어나 재빠르게 나뭇가지로 기어 올라갔습니다. "이때다" 하고 같이 간 사람들이 자루 안의 돌을 꺼내서 원숭이에게 던지자, 원숭이들도 나무열매를 따서 반격을 가해왔습니다. 원숭이가 던지는 과일을 잘 보니, 그것은 인디언 너트, 즉 코코아의 열매였습니다. 나는 곧 원숭이들이 득실거리고 있는 큰 나무 하나를 골라 옆으로 다가서자 돌을 던지기 시작했습니다. 그러자 원숭이들도 나무열매로 반격을 가해 왔으므로 나는 다른 사람들이 하는 대로 원숭이들이 던진 열매를 긁어모았습니다. 이렇게 하여 한 자루의 돌을 전부 던지기도 전에 코코아 열매를 잔뜩 얻게 된 것입니다. 다른 사람들도 마찬가지여서, 짊어질 만큼의 열매를 줏어모았습니다. 그러고 나서 우리들 일행은 곧 도성으로 돌아와 해질 무렵에 겨우 도성에 당도하였습니다.

나는 열매 줏는 사람들 사이에 끼워준 예의 그 친절한 사나이에게로 가서 그 호의에 감사한 다음 주운 열매를 전부 그에게 주었습니다. 그러나 그는 "그것을 팔아서 돈을 버시오." 하고는 절대로 받으려고 하지 않습니다. 그러면서 그는 이렇게 말했습니다. (자기 집 벽장 열쇠를 나에게 주면서) "당신이 주워모은 열매는 이 안전한 장소에 저장해 두는 것이 좋을거요. 그리고 매일 아침 나가서 오늘 하듯이 나무 열매를 주워모으는 거요. 가장 나쁜 것은 골라서 팔아서 양식으로 바꾸시오. 그러나 다른 열매는 여기 저축해 두면 그러는 동안에 꽤 많이 모이게 되어 귀국할 때 보탬이 될 것이니까 말이오." "부디 당신에게 알라의 축복이 있으시기를!" 나는 그렇게 대답하고서 그 사나이가 하라는 대로 매일 나무 열매주이들을 따라 열매를 주으러 갔습니다. 그들도 서로 자기들끼리 나를 칭찬해주고는 가장 좋은 열매가 달려 있는 나무를 가르쳐주었습니다.

이럭저럭하는 동안에 나는 막대한 매상금 외에 상품 열매를 잔뜩 저축할 수가 있었습니다. 이렇듯 살기도 편해지고, 보는 것, 듣는 것, 갖고 싶은 것은 뭐든 다 샀으며, 아주 만족스럽게 재미나게 도시 생활을 즐기고 있었습니다만, 어느 날 바닷가에 서 있노라니까 망망대해의 한가운데를 전진해 온 한 척의 큰 배가 이윽고 해변가 가까이로 와서 닻을 내렸습니다. 일단의 상인이 육지로 올라오더니 싣고 온 상품과 코코아 열매와 다른 상품과의 물물교환을 하기 시작했습니다. 내가 친구네 집으로 달려가서 배가 입항했다는 것과 고향으로 돌아가고 싶다는 것 따위를 이야기하였더니, "그건 당신 생각으로 결정할 문제요." 하고 말했습니다. 그래서 나는 친구의 여러 가지 은혜에 감사하고 작별을 고하고는 곧 선장을 찾아갔습니다. 그리고 운임을 정한 다음 코코아 열매와 그 밖의 물건을 가지고 배에 몸을 실었습니다. 배는 이윽고 닻을 올렸습니다.

—샤라자드는 날이 훤히 밝아오는 것을 깨닫자, 여기서 허락된 이야기를 그쳤다.

● 559일째 밤

샤라자드는 말을 이었다. 오, 인자하신 임금님, 선원 신드바드는 이야기를 계속했습니다.

—나는 원숭이의 도시를 떠나 코코아의 열매와 그 밖의 물건을 가지고 배에 몸을 실었습니다. 그리고 그날 안으로 닻을 올리고, 섬에서 섬으로, 바다에서 바다로 항해를 계속한 것입니다. 나는 배가 정박할 때마다 코코아의 열매를 팔며 장사를 하여 결국 신께서는 전에 잃었던 이상의 것을 보상해주신 것입니다. 이곳저곳을 찾아다니고 있었던 중 정향과 육계와 후추 등을 많이 산출하는 섬에도 올랐습니다. 섬사람들의 설명에 의하면 한 무더기의 후추 옆에는 반드시 커다란 잎이 한 잎 자라게 마련인데 이것은 햇빛을 막고, 우기에는 비를 막지만 비가 끝나면 반대쪽으로 젖혀지면서 후추 옆으로 축 늘어진다는 것이었습니다. 이 섬에서 나는 코코아의 열매와 교환하여 후추, 정향, 육계 등을 수중에 많이 넣었습니다. 거기서 코모린 침향을 산출하는 알 우시라드라는 섬으로 건너갔고, 다시 또 횡단하는 데 닷새나 걸린다는 다른 섬에도 갔습니다.

그곳은 코모린 침향보다도 더 훌륭한 중국 침향의 산지였으나 이 섬의 주민은 아까 말한 섬들의 주민과 비교하여 생활도 신앙도 훨씬 뒤떨어졌습니다. 왜냐하면 간음을 좋아하고, 음주를 사랑하고, 기도는 물론, 기도를 촉진하는 함성도 전연 몰랐기 때문입니다.

 다음으로 찾아간 곳은 진주조개의 채취장이었습니다. 나는 잠수부에게 코코아의 열매를 몇 개인가 주고서 "어디 바다 속으로 들어가서 나의 운수를 좀 점쳐봐 주시겠소?" 하고 부탁했습니다. 그랬더니 그들은 부탁한 대로 바다 속으로 들어가 깊은 물굽이 속에서 지독히 큰 훌륭한 진주조개를 건져가지고 와서 말했습니다. "여보시오, 나리, 당신의 운수는 대길입니다!"

 "그리고 나서 또 우리들은 알라(그 이름을 칭송할진저!)의 축복을 얻어 항해를 거듭하여 마침내 무사히 바소라에 도착했습니다. 잠시 동안 나는 거기서 쉰 다음 바그다드로 향하여 정든 고향으로 돌아가 우리집으로 들어섰습니다. 그리고 가족을 만나고 친구들에게 인사하자, 모두들 내가 무사히 귀국한 것을 반겨 맞아주었습니다. 나는 짐과 귀중품을 모두 창고에 넣은 다음 보시와 희사를 행하고, 과부와 고아에게는 옷을 주고 친척들과 친구들에게는 선물을 주었습니다. 그도 그럴 것이 신의 덕택으로 잃은 것의 4배나 되는 물건을 되찾았으니 말입니다. 그후로는 옛날 그대로의 부어라 마셔라 하는 유흥삼매의 생활로 돌아가, 수많은 부를 얻은 기쁨에 이제까지의 고생도 모두 잊고 말았습니다.

 자, 이것이 나의 다섯 번째 항해기담입니다. 자, 그럼 이제부터 곧 만찬으로 들어갑시다. 내일도 또 꼭 왕래해주십시오. 여섯 번째 항해에서 만난 여러 가지 이야기를 해드리겠습니다. 이제 한 이야기보다도 몇 배 기기묘묘한 이야기입니다. (이야기꾼은 이렇게 말하고 있습니다.) 그리고 나서 주인은 식사준비를 하라고 명령했습니다. 하인들이 식탁준비를 한 다음 손님들이 저녁식사를 끝마치자, 주인은 짐꾼 신드바드이게 금화 100디나르를 주라고 분부했습니다. 짐꾼 신드바드는 집으로 돌아오자, 그 날의 항해담에 자못 감탄하면서 잠자리에 들었습니다.

　그 이튿날 아침, 날이 밝자 짐꾼은 곧 새벽 기도를 올리고, 밀물의 정화이신 모하메드를 축복하고서 선원 신드바드의 집으로 가 아침 인사를 했습니다. 상인이 짐꾼에게 앉으라고 권하고서 두런두런 이야기를 나누고 있는데, 다른 단골손님들도 모여들었습니다. 이윽고 하인들이 식탁을 펴놓고, 모두가 홍겹게 먹고 마시고 하며 연회가 한참 무르익어갔을 무렵 선원 신드바드는 다음과 같은 이야기를 하기 시작했습니다.


## 선원 신드바드의 여섯 번째 항해 이야기


　자, 여러분, 나는 다섯 번째의 항해에서 돌아와 잠시 동안은 아주 재미있고 즐겁게 가지가지의 향락을 다 맛보며 태평천하를 즐기고 있었습니다. 수중에 넣은 막대한 부를 바라보고는 지난날의 천신만고도 잊고 있었던 것입니다. 그러나 어느 날 친구들을 상대로 하여 홍청거리고 있는데 상인들이 꾸역꾸역 모여들어 왔습니다. 이야기는 갑자기 여행담으로 옮아가 항해, 모험, 보물, 벼락부자가 된 이야기 등에 꽃을 피웠는데, 나는 문득 외국에서 돌아왔을 당시의 일과 고향의 하늘을 다시 바라보고 가족과 친구들과 만났을 때의 기쁨을 상기하고서 마음 한구석에서 여행을 떠나 장사를 해보고 싶어 견딜 수가 없었습니다. 그래서 운명에 끌리는 대로 나는 다시 한 번 항해의 길을 떠나보리라고 결심했습니다. 외국에서의 교역에 알맞는 훌륭한 값비싼 상품을 사들여 이것을 고리짝으로 만들어 바그다드에서 바소라로 떠났습니다. 이곳에서 때마침 막 출범하려는 배를 한 척 발견했는데, 배에는 귀중한 짐을 휴대한 상인들과 명사들도 많이 타고 있었습니다. 그래서 나도 고리를 배에 싣고 수호신의 비호를 빌며 의기양양하게 바소라를 떠났던 것입니다.

—샤라자드는 날이 훤히 밝아오는 것을 깨닫자, 여기서 허락된 이야기를 그쳤다.

 • 560일째 밤
샤라자드는 말을 이었다. 오, 인자하신 임금님, 선원 신드바드는 이야기를 계속했습니다.

—자, 고리짝을 배에 싣고 의기양양하게 바소라를 떠난 우리들 일행은 나라에서 나라로, 도시에서 도시로 항해를 거듭하며 장사를 하여 돈도 벌고 이방인이 사는 나라들을 구경하며 기분전환도 하면서 앞으로 나아갔습니다. 다행히도 행운을 얻어 항해는 순조로웠습니다. 그런데 어느 날 항해를 계속하고 있는데, 별안간 선장이 비명을 지르며 자기 두건을 갑판 위로 벗어던졌습니다. 그러고 나서 마치 여자처럼 자기 뺨을 손바닥으로 때리고 수염을 쥐어뜯으며 슬픔과 노여움에 거의 실신상태가 되어 배의 중갑판에 쓰러져 외쳤습니다. "아, 이젠 망했다! 불쌍하게도 아이들은 고아가 되겠구나!"

상인들도 선원들도 모두 선장 주위에 모여들어 물었습니다. "여보시오, 선장, 대관절 어찌 된 일이오?" 왜냐하면 눈앞의 세계가 갑자기 캄캄해지는 것만 같았기 때문입니다. 그러자 선장은 대답했습니다. "실은 말입니다, 여러분, 배가 항로를 벗어났어요. 그전부터 잘 알고 있는 바다 밖으로 나가버려 도무지 길을 알 수 없는 곳으로 와버렸어요. 알라의 도움이라도 없는 한 우리들은 살아날 가망이 없어요. 부디 당신들도 최고 지상하신 신에게 기도를 올려 '이 궁지에서 구해주십시오' 하고 기도하시오. 어쩌면 여러분들 중에서 신앙심이 굳은 분이 계셔서 그분의 기도를 신께서 들어주실지도 모르니까요."

선장은 천천히 일어서더니 어떻게서든지 이 궁지를 벗어날 수단은 없을까 하고 마스트로 기어올라갔습니다. 그리고 돛이라는 돛은 전부 늦추라고 하였습니다. 그러나 바람은 점점 더 심하게 배에 불어닥쳐 세 번이나 선체를 빙빙 돌게 한 나음 역류하게 만들고 말았습니다. 그 순간 키가 부서져서 항로를 잃고는 배는 높은 산 쪽을 향하여 곧장 달려간 것입니다. 이 꼴을 본 선장은 마스트에서 내려오자 "영광되고 위대하신 알라 외에 주권 없고 권력 없도다! 숙명이 정한 바는 아무도 거역할 수는 없다! 알라께 맹세코 우리들은 마침내 파멸의 심연에 빠져 이젠 피할 길이 없습니다. 누구 하나 살아갈 수 있는 사람이라곤 없을 거요!" 하고 말했습니다. 그래서 우리들은 자신들을 생각하고서 하염없이 눈물을 흘리며 이 이상 살아날 가망도 없고, 이 세상은 그만이라고 서로 마지막 작별인사를 교환했던 것입니다.

이윽고 배는 산을 들이받아 산산조각이 났으며, 배 안에 있던 것은 모조리 바다 속으로 내동댕이쳐지고 말았습니다. 상인 중 누구는 익사를 당하는 한편 어떤 사람은 구사일생으로 둑에 닿아 산으로 기어올라 목숨을 건지기도 했습니다. 나도 목숨을 건진 사람의 하나로, 둑에 올라가 보니 그것은 커다란 섬이라기보다는 반도였습니다. 그리고 바닷가에는 배와 도구와 짐 따위의 표착물이 흩어져 있었는데 이것은 모두 승객이 익사당한 난파선에서 파도에 밀려 기슭으로 올려진 것입니다. 그 수가 얼마나 많은지 알 수 없을 정도였습니다.

나는 절벽을 기어올라 반도 안쪽으로 깊숙이 걸어가고 있던 중 맑은 개울이 졸졸 흐르고 있는 곳으로 나오게 되었습니다. 이 개울은 가장 가까운 산기슭에서 솟아나와 반대쪽으로 연결되어 있는 산들의 땅 속으로 사라지고 있었습니다.

그러나 다른 선원들은 모두 산을 넘어 오지로 들어가 이리저리 사방으로 흩어지면서 주위의 광경에 놀라기도 하고, 물가에 흩어진 보물을 보고서 미친 듯이 기뻐하기도 했습니다. 나는 또 나대로 이제 이야기한 개울바닥을 들여다보고 있자니까 무수히 많은 홍옥, 훌륭한 진주, 온갖 종류의 보석과 보옥 따위가 들판을 흐르는 개울의 잔돌처럼 널려 보석과 보옥과 함께 모래마저 반짝반짝 빛나고 있는 것을 발견하였습니다. 이 섬에는 중국산과 코모린산의 세상에서 그 유례를 볼 수 없는 침향이 얼마든지 있었습니다. 또 천연 그대로의 용연향의 샘도 있어 타는 듯한 햇빛을 받고서 이 샘물은 초나 고무처럼 넘쳐나와 바닷가로 흘러들어갔습니다. 그러자 깊은 바다의 괴물들이 나타나 이것을 마시고는 바다 속으로 되돌아갑니다. 그러나 용연향은 위 속으로 들어가면 속이 타서 뜨거워집니다. 그래서 괴물들은 이것을 내뱉아버리는 것인데, 내뱉은 용연향은 수면에서 응결되어 빛깔도 부피도 변하여 마지막에는 해안으로 떠밀려 올라오게 됩니다. 그러면 여행자나 상인은 이것을 주워 모아가지고 파는 것입니다.

그러나 괴물의 뱃속에 들어가지 않은 천연 용연향은 어떻게 되는가 하면 수로에서 넘쳐나와 일단 해안에서 응결되지만 태양이 비치면 또다시 녹아서 골짜기의 구석구석까지 사향 못지 않은 향기를 방출하는 것입니다. 그런 다음 태양 광선이 쪼이지 않게 되면 또다시 그전대로 응집하고 맙니다. 그러나 산들이 사방에서 섬을 둘러싸고 사람의 발로는 도저히 그 산에는 오를 수 없기 때문에 천연 용연향이 있는 장소로는 아무도 접근할 수 없었습니다.

이렇듯 우리들은 알라의 오묘한 조화와 섬의 재보에 경탄하면서 온 섬 안을 골고루 조사해보기는 했지만 자신들의 신세를 생각하면 마음은 불안에 떨리고 앞으로 어떻게 되는 것일까 걱정이 되어 견딜 수가 없었습니다. 그런데 우리들은 해변가의 표착물 가운데서 얼마간의 먹을 것을 찾아냈으므로 이것을 아껴서 하루 아니면 이틀에 한 번씩 먹기로 했습니다. 왜냐하면 이젠 먹을 것이 없어져서 기아와 공포에 시달리면서 비참한 최후를 마치면 어떻게 하나 하고 겁이 났기 때문입니다.

그뿐 아니라 배멀미와 영양부족 때문에 냉증에 걸려 쇠약해져 사망자가 속출했으므로 나중에는 불과 몇 사람밖에 남지 않게 되었습니다. 동료가 죽을 때마다 우리들은 시체를 씻어서는 파도에 밀려 육지에 올라온 옷과 천으로 쌌습니다. 이럭저럭하는 동안에 남은 동료도 하나씩 죽어가 마침내 마지막 하나를 땅 속에 묻자 나는 외톨이가 되고 말았습니다. 평소 포식에 습관이 된 나에게 남은 먹을 것이라고는 얼마 되지 않았습니다. 나는 자신의 신세를 한탄하면서 불평을 늘어놓았습니다. "동료들보다 먼저 죽었더라면 모두가 내 시체를 씻어서 묻어주었을 거 아냐! 그 편이 죽어도 아무도 시체를 씻어줄 사람도 없고, 수의를 입혀줄 사람도 없는 것보다는 나을 거야. 어차피 영광되고 위대하신 신 알라 외에 주권 없고 권력 없는 것이 아닐까?"

— 샤라자드는 날이 훤히 밝아오는 것을 깨닫자, 여기서 허락된 이야기를 그쳤다.

### ● 561일째 밤

샤라자드는 말을 이었다. 오, 인자하신 임금님, 선원 신드바드는 이야기를 계속했습니다.

— 살아 남은 마지막 동료를 땅에 묻고 외톨이가 되자, 나는 일어서서 바닷가에 깊은 구덩이를 팠습니다. 그리고 '몸이 쇠약해져 죽을 때가 왔다는 것을 알게 되면 언제라도 이 구덩이에 몸을 던지고 말자. 그러면 바닷바람이 모래를 불어다가 내 시체를 완전히 구덩이 속에다 묻어주겠지.' 하고 혼잣말을 했습니다.

그리고 나서 다섯 번씩이나 항해에 나가 천신만고를 겪었으면서도 또다시 겁도 없이 고향을 떠나 여행에 나선 나의 경솔한 행동을 후회했습니다. 여행을 거듭할 때마다 반드시 전보다도 무섭고 위험한 경험을 했고, 점점 더 혼이 났고, 헤어날래야 헤어날 수 없는 고생길에 들어섰기 때문에 더욱 그랬습니다. 게다가 또 나는 아무리 써도 다 쓰지 못할 만큼의, 아니 일평생 써봐도 그 절반도 못쓸 만큼의 재화를 가지고 있으면서도 동전 한푼 값도 못 될 궁지에 빠졌으므로 자신의 경솔한 행동이 더욱 한탄스러웠던 것입니다. 그러나 잠시 후 신의 뜻으로 자기도 모르게 어떤 묘안 하나가 머리에 떠올랐습니다. "필경 이 물줄기도 시작이 있는 것과 마찬가지로 반드시 끝이 있을 것이다. 아마도 물줄기를 따라가면 인가가 있는 데로 나오게 될 거다. 가장 좋은 방법은 내가 탈 만한 조그만 배를 한 척 만들어서 물에 띄운 다음 이것을 타고 하구 쪽으로 내려가는 거다. 잘 탈출할 수 있으면 하늘이 도와주신 것이고, 이왕 죽을 바에는 여기서 죽기보다는 강에서 죽는 편이 낫지."

그러고 나서 나는 혼자서 한숨을 내쉬면서 중국산과 코모린산 침향나무 조각을 있는 대로 긁어모아, 해변에 밀려 온 새끼줄을 주어다가 이것을 한데 묶었습니다. 다음에는 난파선에서 똑같은 크기의 똑바른 판자를 골라서, 이것을 침향목에다 마치 못을 박은 것처럼 틈이 생기지 않도록 단단히 비끄러매서 강폭보다는 다소 좁은 뗏목을 만들었습니다. 못을 박는 일이 끝나자 이 뗏목에다 보석과 보옥, 또 잔돌만한 크기의 진주와 천연 그대로의 가장 훌륭한 용연향 따위 외에 섬에서 수집한 물건들, 먹다 남은 음식물과 약초 따위를 실은 다음, 맨 마지막으로 뗏목 양쪽에다 노 대용으로 쓸 나무토막 하나씩을 비끄러맸습니다. 이렇듯 준비가 끝나자, 뗏목을 물에 띄우고 시인의 시구에도 있듯이 마침내 떠났습니다.

재난이 다가오면 빨리 도망쳐라
목숨을 아껴 멀리 도망쳐라.
폐옥으로 하여금 집주인에게
닥쳐온 운명을 말하게 하라.
여러 나라들을 돌아다니며 찾으면
구할 수 있는 것은 별천지
그러나 그대가 바라는
다른 생명은 없으리.

밤마다 시름에 잠겨
고뇌하지 마라.
이 세상의 슬픔도 언젠가는
끝나서 사라질 것이므로.
태어난 것이 이 세상이라면
죽는 것도 이 세상일 것은 정한 이치.
아예 남을 믿고 무엇을
기대함은 어리석은 짓이니
믿을 것은 자기 마음 하나뿐이로다.


나는 내 신세가 장차 어떻게 될 것일까를 두려워하면서 뗏목을
강이 흐르는 대로 내맡겼습니다. 뗏목이 흘러가는 동안에 이윽고
물줄기가 산 밑을 지나 앞이 보이지 않는 곳까지 오게 되었습니
다. 이 컴컴한 속으로 뗏목을 저어넣었더니 뗏목은 물살을 타고
산 밑의 수로를 따라 내려갔습니다. 가는 물살을 타고 좁다란 컴
컴한 굴을 지나가는 동안 뗏목은 양쪽 기슭에 부딪치기도 하고,
머리가 천정에 닿기도 했습니다. 그렇다고 해서 이제 새삼스럽게
되돌아갈 수도 없는 노릇이었습니다. 나는 이렇게 내 목숨을 위험
에 내맡긴 것을 후회하면서 이렇듯 중얼거렸습니다. '이 수로가
이이상 더 좁아지면 뗏목이 통과하지 못할 것이고, 그렇다고 해서
돌아설 수도 없다. 그렇게 되면 나는 여기서 무참히도 최후를 맞
이해야만 되겠구나.'
나는 수로가 좁아지는 바람에 뗏목 위에 납짝 엎드렸습니다. 그
동안에 물살은 자꾸만 뗏목을 싣고 가, 나는 주위를 둘러싸고 있
는 칠흑과 언제 죽을지 모르는 공포와 근심 때문에 밤낮의 구별조
차 몰랐습니다. 이렇듯 넓어졌다가 좁아졌다가 하는 수로를 따라
흘러내려가고 있는 동안에 나는 주위의 어둠에 질려, 그만 뗏목
위에 몸을 던진 채 잠이 들어버렸습니다. 얼마 동안 잤는지 겨우
눈을 떠보니 어느 새 나는 푸른 하늘 밑에서 햇빛을 받고 있었습

니다. 눈을 뜨고서 잘 보니 넓다란 흐름의 한복판에 있는 어느 섬에 뗏목은 매어져 있고, 많은 인도인과 아비시니아 인의 주위를 둘러싸고 있었습니다. 흑인들은 내가 눈을 떴다는 것을 알자 얼른 옆으로 다가와서 속어로 뭐라고 이야기를 걸었습니다. 그러나 나는 그들이 뭐라고 하는지 전연 알아들을 수가 없었습니다. 아마 너무도 걱정도 하고 번민도 했기 때문에 악몽이나 환각에 몰린 것이 아닌가 하는 생각조차 들었습니다. 그래도 어쨌든 무사히 그 수로에서 빠져나온 것이 기뻐서 견딜 수가 없었습니다.

도무지 그들의 말을 알아들을 수가 없었으므로 내가 한 마디도 대답을 못하고 있자니까, 그 중 하나가 앞으로 걸어나와 아라비아 말로 말했습니다. "당신의 무사를 빌겠소, 형제! 그런데 당신은 누구시오? 어디서 오신거요? 도대체 어쩌다 이 강으로 들게 된 것이오? 그런데 이 산 저쪽엔 어떤 나라가 있소? 아직까지 아무도 거기서 여기로 나온 사람은 없었는데." 나는 대답했습니다. "당신들의 안녕도 빌겠소. 아무쪼록 알라의 자비와 축복이 있으시기를! 그런 말을 묻는 당신들은 도대체 누구이며, 여기는 무슨 나라입니까?" "형씨, 우리들은 농부인데 밭과 논에 물을 대기 위하여 나온 것이오. 그러자 당신이 이 뗏목 위에서 자고 있는 것을 발견했으므로 뗏목을 붙잡고 꽉 잡아매놓은 것이오. 그러면 그 동안에 당신이 눈을 뜨리라고 생각했죠. 말하자면 우리 사정은 이런데, 당신은 도대체 어찌하여 여기 오시게 된 것이오?"

"여보시오, 형씨, 제발 부탁이니 뭔가 먹을 것을 좀 주시오. 배가 고파 죽을 지경이오. 그 다음에 뭣이든지 물으시오." 그러자 그들은 먹을 것을 얼른 갖다주었으므로 나는 배불리 먹었습니다. 배가 부르자 무서움도 얼마간 사라져 완전히 생기를 되찾았습니다. 나는 최고 지상하신 신에게 인자하시기 짝이 없는 은총에 감사를 드리는 것과 동시에 강에서 구출되어 많은 사람들 속에 끼게 된 것을 마음으로부터 기뻐하면서 자초지종을, 특히 강폭이 좁은 수로에서 고생하던 이야기를 들려주었습니다.

—샤라자드는 날이 훤히 밝아오는 것을 깨닫자, 여기서 허락된 이야기를 그쳤다.


● 562일째 밤

샤라자드는 말을 이었다. 오, 인자하신 임금님, 선원 신드바드는 이야기를 다시 계속했습니다.

—내가 육지에 올라 인도인과 아비시니아 인에게 둘러싸여 잠시 휴식을 취하고 있자니까 그들은 자기들끼리 의논하여 이렇게 말했습니다. "우리들로서는 저 사나이를 임금님 앞으로 끌고 가서 여러 가지 모험담을 임금님에게 들려드리는 수밖에 딴 도리가 없어." 그래서 그들은 뗏목을 위시하여 돈과 배에 실은 물건, 즉 보옥과 광물과 황금으로 만든 물건들과 함께 나를 데리고 사란디브를 지배하고 있는 임금님 앞으로 가서 일의 자초지종을 아뢰었습니다. 그러자 왕은 나에게 인사하고 잘 왔노라고 말하고는 아라비아말을 아는 아까 그 사나이를 통하여 나의 신세와 모험담을 물었습니다. 그래서 내가 처음부터 끝까지 상세히 신세 이야기를 했더니 왕은 몹시 놀라며 무사히 위난을 모면한 것을 기뻐했습니다. 이야기를 끝내고서 뗏목에서 보석, 보옥, 용연향, 침향 등을 가져다가 이것을 왕에게 바쳤더니 왕은 이것을 받고는 나를 극진히 대해줄 뿐만 아니라 궁전 안에다 숙소까지 정해주셨습니다. 그래서 나는 도민 중 유지들과도 교제하게 되었으며, 모두로부터 더없는 존경을 받았습니다. 이렇듯 나는 오랫동안 궁전에 계속 체류하고 있었던 것입니다.

이야기가 바뀌어, 이 사란디브 섬이라는 것은 적도의 바로 아래에 있기 때문에 밤과 낮이 다 어느 쪽도 똑같이 열두 시간씩이었습니다. 섬의 면적은 길이가 80리그$\left(\substack{1리그는\\약 3마일}\right)$, 폭이 30리그, 측면에 하늘 높이 솟아오른 봉우리와 천 길이나 되는 골짜기로 둘러싸여 있었습니다. 이 산봉우리는 사흘 거리 길 앞에서도 똑똑히 보이며,

산 속에는 여러 가지 홍옥과 그 밖의 광석이 많이 있었으며, 온갖 종류의 향나무가 우거져 있었습니다. 그 땅의 흙은 보석을 자르거나 형을 뜨기도 하는 금강사로 덮이고, 골짜기에는 진주도 있었습니다. 나는 이 산에 올라 이루 말할 수 없는 이상한 광경을 구경하며 기분전환을 하고 나서 다시 왕궁으로 돌아온 적도 있었습니다. 어떤 때는 또 이 나라를 찾아온 여행자와 상인 등이 내 고국에 관한 일이며, 하룬 알 라시드 교주와 그 경륜에 관한 일 따위를 묻길래 교주의 인품에서부터 그 명성의 이유까지 자세히 들려주었더니 그 사람들은 교주의 위덕을 칭송하여 마지않았습니다. 그래서 이번에는 내 쪽에서 각자의 나라들의 풍속과 습관을 물었더니 저쪽도 이쪽이 알고 싶은 점을 가르쳐주었습니다.

어느 날 왕이 우리나라의 정치의 모양과 방식 등을 물었으므로 나는 바그다드의 도성에서 교주가 얼마나 올바른 정치를 하고 있는지를 들려주었습니다. 왕은 교주의 치세방식을 듣고서 말하기를 "정말 교주님의 법령은 사리분별에 뛰어나고, 그 집정 방식도 훌륭하구나. 그대의 이야기를 듣고서 나는 교주님을 존경하는 마음이 생겼다. 그 어떤 선물이라도 그대를 통하여 보내드리기로 하리다." "황송합니다. 제가 선물을 가지고 가서, 전하께서 마음으로부터 교주님을 사모하시고, 호의를 품고 계시다는 뜻을 말씀드리겠습니다."

그후 나는 오랫동안 왕의 총애를 받으며 그 옆에서 살고 있었는데, 어느 날 궁전에서 바소라행 배를 준비하고 있는 일단의 상인이 있다는 이야기를 들었습니다. 나는 저도 모르게 '이 상인들과 함께 항해를 하는 것이 좋겠다.' 하고 혼잣말을 했습니다.

그래서 나는 곧 일어나 왕의 손에 입을 맞추고 가족과 고향이 그리워서 견딜 수 없었으므로 상인들과 여행을 떠나고 싶다고 아뢰었습니다. 그러자 왕은 "그대의 몸은 아무에게도 매인 것이 아니다. 그러나 만일 내 곁에서 살 생각이 있다면 그대로 있어다오. 그대가 있어주면 나도 기쁘겠다." 하고 말했습니다. 그러나 나는 대답했습니다. "임금님, 전하의 갖가지의 은총과 호의는 정말 고맙게 생각하고 있습니다. 그러나 저도 친구와 가족과 고국을 한 번 보고 싶어서 견딜 수가 없습니다." 왕은 내 대답을 듣자, 곧 그 상인들을 불러 운임과 선임을 지불해준 외에도 몇 번씩 내 일을 잘 좀 돌봐주라고 신신당부했습니다. 그러고 나서 보고 속에서 막대한 금품을 나에게 하사해 주었고, 그 밖에 하룬 알 라시드 교주에게 바치는 선물도 엄청나게 나에게 맡겼습니다. 그 밖에 봉인한 편지를 한 통 나에게 주며 "그대가 손수 이것을 충성된 자의 임금님께 드리며 내가 진정으로 안부 말씀 드리더라고 전해다오." 하고 말했으므로 나는 "알았습니다." 하고 대답했습니다.

이 편지는 하위의 껍질(양피지보다도 아름다운 노란색이었습니다)에다 군청빛 먹으로 적혀 있었으며 그 내용은 다음과 같았습니다.

『눈앞에 수천의 코끼리를 가지고 있고 궁전의 객실에 무수히 많은 보옥을 박은 인도 왕 한 말씀 올리나이다. 다름 아니라(주를 칭송하고, 주의 예언자를 칭송할지어다!) 이번에 얼마 안되는 선물을 바치오니 아무쪼록 기쁘게 받아 주시면 감사하겠습니다. 귀하는 저에게는 형제이자 진정한 벗, 제가 마음으로부터 귀하를 경모하는 정은 극히 심심한 바가 있나이다. 그러하오니 답장을 주시는 영광을 받으면 정말 큰 행복으로 알겠나이다. 선물은 귀하의 위세에 어울리지 않는 변변치 못한 것이지만 아무쪼록 다시 한 번 기쁘게 받아 주시기를 거듭 바라는 바입니다.』

그런데 그 선물이란 어떠한 것인가 하면 높이가 한 뼘이나 되는 홍옥의 술잔으로 그 안쪽에는 세상에서도 진기한 진주가 박혀 있었습니다. 그 밖에 침대와 인도침향 10만 미스칼(<sup>1미스칼은 1디</sup><sub>나르와 같음</sub>)어치와 떠오르는 달과 같은 노예처녀 하나였는데, 그 중에서도 침대는 코끼리도 한입에 삼켜버리는 구렁이의 껍질로 만든 것으로, 그 위에 디나르 금화만한 반점이 몇씩 있어서, 거기 누우면 절대로 병에 걸리지 않는다는 것이었습니다.

나는 왕을 위시하여 섬 안의 모든 지인들에게 작별인사를 고하고 이제 말씀드린 상인들과 함께 배에 올라탔습니다. 우리들 일행은 알라(칭송할지어다!)의 뜻에 운명을 걸고 순풍에 뜻을 담고 항해를 계속하여 마침내 알라의 뜻에 맞아 무사히 바소라에 도착했습니다. 나는 그곳에 2, 3일간 묵으면서 집에 돌아갈 준비와 짐을 꾸렸습니다. 그리고 나서 평화의 도시 바그다드로 가서 교주님의 알현을 요청하여 국왕의 선물을 전달했습니다. 교주가 이 선물은 어디서 가지고 온 것이냐고 물었으므로 나는 "오, 충성된 자의 임금님, 저는 도시의 이름도 그리 가는 길도 전혀 모릅니다." 하고 대답했습니다. 그러자 교주는 거듭 "여봐라, 신드바드, 왕의 편지에 적혀 있는 내용은 진실이렸다?" 하였으므로 나는 엎드려 아뢰었습니다.

"임금님 저는 그 왕국에서 편지에 적혀 있는 이상의 것을 보고 왔습니다. 왕의 전용 가마에 관하여 말씀드리면 우선 높이 11척이나 되는 큰 코끼리의 등에 옥좌가 놓여 있고, 국왕은 좌우 두 줄로 늘어선 고관대작과 내빈들을 거느리고 여기 앉습니다. 선두에는 황금제 긴 창을 손에 든 사나이가 서고, 바로 뒤에는 끝이 취록옥이고, 길이가 한 뼘, 두께는 사람의 엄지손가락만한 황금 창을 쳐들고 있는 다른 사나이가 대령하고 있습니다. 또 국왕이 말을 탈 때에는 금실과 비단천으로 만든 옷을 입은 1000명이나 되는 기사가 수행하는데, 국왕이 말을 몰면 앞에선 한 사나이가 높은 목소리로 '위세 높으신 국왕전하의 행차이시다!' 하고 외칩니다. 저는 모두 기억하고 있지는 않지만 이 조리꾼은 여러 가지로 국왕을 칭송하고, 송사 맨 끝에 '이분은 솔로몬 대왕도 아직껏 갖지 못한 왕권을 가지신 국왕이시다'라는 맺음말을 외웁니다. 이 사나이가 입을 다물면 이번에는 그 뒤를 따르는 사나이가 외칩니다. '왕자라

할지라도 이윽고는 죽으리라! 다시 한 번 말하리, 왕자라 할지라도 이윽고는 죽으리라!’ 하고. 그러면 최초의 사나이가 ‘죽지 않을 불멸의 신의 완전한 성질을 칭송할지어다!’ 하고 덧붙입니다. 게다가 또 국왕 스스로가 올바른 심판을 행하고 율령을 공포하고, 총명한 정치를 행사하므로 그 도성에는 한 사람의 판관도 없으나, 백성은 모두 진위의 차별을 깨닫고 있습니다.” 그러자 교주는 말했습니다. “참 위대한 왕자로다! 이 편지만 봐도 그걸 알 수 있구나. 또 그 권세가 크다는 것도 그대의 말을 듣고서 알 수 있었다. 참으로 깊은 영지와 큰 실권을 장악하고 있는 왕이로다.”

이어 나는 충성된 자의 임금님에게 항해중에 겪었던 여러 가지 사건을 이야기했습니다. 교주는 그 이야기를 듣고 특히나 놀라며, 당장 역사가에게 명령하여 내가 말한 것을 기록케 하여 후세에 이것을 읽을 사람들의 계발을 위하여 보고 속에 보관케 했습니다. 그리고 나서 나는 더할 나위 없는 은총을 받고서 정든 고향으로 돌아와  나의 집으로 들어서기가 바쁘게 상품과 가지고 온 물건들을 모두 창고 속에 넣었습니다. 이윽고 옛 지인들이 찾아왔기 때문에 그들에게 여러 가지 선물을 나누어 주었으며, 보시와 희사도 행했습니다. 그 후로는 또다시 방탕삼매에 빠져, 지금까지의 고생을 깡그리 잊고 말았습니다.

여러분, 이것이 여섯 번째의 항해에서 내가 겪은 모험담입니다. 내일은, 인샬라! 일곱 번째의 최후의 항해 이야기를 하겠습니다. 지금까지의 여섯 번에 걸친 항해담보다도 기묘한 이야기입니다. (이야기꾼은 이야기를 계속했습니다.) 그런 다음 주인인 신드바드는 술상을 준비하라고 명령했으며, 좌중의 모두는 저녁식사를 같이했습니다. 식사가 끝나자 주인은 짐꾼 신드바드에게 언제나처럼 100디나르를 주었고, 모두는 각기 이제 들은 이야기를 아주 이상하게 생각하면서 자기 집으로 돌아갔습니다.


—샤라자드는 날이 훤히 밝아오는 것을 깨닫자, 여기서 허락된

이야기를 그쳤다.

● 563일째 밤

샤라자드는 말을 이었다. 오, 인자하신 임금님, 선원 신드바드가 여섯 번째 항해 중에 일어났던 일의 이야기를 들은 후 모두는 각기 자기 집으로 돌아갔습니다. 짐꾼 신드바드는 자기 집으로 돌아가자, 언제나처럼 잠자리에 들었습니다. 이튿날 짐꾼 신드바드는 눈을 뜨자 새벽기도를 끝마치고 나서 선원 신드바드의 집으로 갔습니다. 단골손님이 다 모여들기를 기다렸다가 주인은 또다시 이야기를 하기 시작했습니다.


## 선원 신드바드의 일곱 번째 항해 이야기


실은 여러분, 여섯 번째의 항해에서 막대한 돈을 벌어가지고 돌아오자, 나는 또다시 그전대로의 생활로 돌아가 밤낮의 구별없이 일락의 극을 다하는 주지육림 속에 잠겼습니다. 이렇듯 잠시 도원경에서 일락을 계속하고 있던 중 나의 마음은 또다시 항해 생각이 간절해져 외국을 찾아가 상인과 교제하고, 진기한 이야기를 듣고 싶어서 견딜 수 없게 되었던 것입니다. 그래서 나는 결심하여 외국과의 교역에 알맞는 귀중품들을 사모아 고리짝을 많이 만들어 이것을 가지고 바그다드에서 바소라로 갔습니다. 다행히도 출범 준비도 갖추어지고, 유력한 상인들의 일단이 타고 있는 배가 한 척 있었으므로 나도 그 배에 올라 일행에 끼여 용약 모험의 길에 올랐던 것입니다.

순풍에 돛을 달고 전진하다가 마디나트 알 신이라고 부르는 도시에 도착했습니다. 그러나 이 도시를 떠나 의기양양하게 항해를 계속하며 장사 일과 항해의 일을 이것저것 궁리하고 있자니까, 갑자기 심한 역풍이 불어닥치고 폭풍우와 같은 큰 비가 쏴 하고 쏟아져 몸도 짐도 흠뻑 젖고 말았습니다. 그래서 우리 일행은 비를 맞아 못쓰게 되면 큰일이라고 고리짝 위에 겉옷이며 옷이며 융단이며 범포 등속을 덮으면서, 전능하신 알라께 기도를 올리고 부디 이 재액에서 건져주십소서 하고 신 앞에 무릎을 꿇었던 것입니다. 한편 선장은 일어서서 허리띠를 단단히 매고 나서 옷자락을 걷어 붙인 다음 돌에 맞은 악마의 손에서 빠져나와 알라의 가호를 받게 해주옵소서 하고 기도를 올렸습니다. 그리고 돛대 꼭대기에까지 기어올라 좌우의 모양을 살피는가 싶더니, 아래 손님과 선원들을 바라보며 자기 얼굴을 때리고, 수염을 쥐어뜯기 시작했습니다. 우리들이 큰 소리로 "여보시오, 선장, 대관절 어떻게 된 것이오?" 하고 묻자 선장은 대답했습니다. "여러분, 우리들이 빠진 이 궁지에서 구해 주십사 하고 최고 지상하신 신에게 기도를 올려주시오. 한껏 슬퍼한 다음 서로 마지막 작별인사나 고하시오. 실은 폭풍에 휘말려 이 세상의 바다 끝까지 떠내려오고 만 것이오."

이윽고 선장은 돛대 꼭대기에서 내려와 큰 궤짝을 열고서 푸른 무명 주머니를 꺼내더니 그 안에서 회처럼 생긴 가루를 꺼냈습니다. 이것을 작은 접시에다 덜어 물로 조금 적시고는 잠시 후에 냄새를 맡기도 하고 핥아보기도 했습니다. 그리고 나서 큰 궤짝 속에서 한 권의 책을 꺼내 잠시 동안 읽고 있더니 이윽고 눈물을 흘리면서 말했습니다. "승객 여러분, 이 책에는 묘한 말이 적혀 있습니다. 즉 여기 온 자 누구든지 죽음을 면치 못할지어다. 살아 돌아갈 희망은 추호도 없느니라. 곧 이 대양은 '왕의 바다'라고 하여 다윗의 아들 솔로몬 왕(두 분의 명복을 비나이다!)의 무덤이 있는 곳이기 때문이니라. 그러므로 이곳에는 몸이 거대하고 형상이 무섭게 생긴 구렁이가 사는도다. 또 이 해역으로 일단 배가 오면 해저로부터 거대한 물고기가 나타나 배도, 배 위에 있는 것도 모두 한입에 삼켜버리리라."

선장의 이 말을 듣고 우리들은 깜짝 놀랐습니다. 그런데 그 말이 채 끝나기도 전에 갑자기 선체가 해면에서 불쑥 떠올랐다가 다시 가라앉았으므로 모두는 죽음의 기도를 올리고 알라의 뜻에 모든 것을 맡겼습니다. 그러자 갑자기 천둥소리와 같은 요란한 소리가 들렸으므로 우리들은 깜짝 놀라 꼭 죽을 것만 같았습니다. 그때 이상도 해라, 하늘을 찌를 것만 같은 산처럼 거대한 물고기가 한 마리 갑자기 모습을 나타냈습니다. 그 광경에 미칠 듯이 놀란 우리들은 하염없이 눈물을 흘리면서 이젠 꼭 죽었구나 하고 각오를 단단히 했습니다. 그리고 그 터무니없는 몸집과 몸을 오싹케 하는 생김새에 눈이 휘둥그레져 있으려니까, 이건 또 뭡니까! 또 한 마리의 물고기가 아직껏 보지 못한 기괴한 모습을 나타낸 것입니다.

우리들은 드디어 이 세상도 이것으로 끝이라고 단념하고는 서로 최후의 작별인사를 나누었습니다. 그런데 또 갑자기 먼젓번 두 마리보다도 더 큰 물고기가 해면으로 나타난 것입니다. 우리들은 사고력도 분별력도 없어진 채 그저 무서워 벌벌 떨며 멍하니 넋을 잃고 있을 뿐이었습니다. 그러자 이 세 마리의 물고기가 배 주위를 빙빙 돌다가 세 번째의 가장 큰 놈이 입을 딱 벌리고 배를 단숨에 삼켜버리려고 했습니다. 그 입 안을 들여다보니 아니 이건 도성의 성문보다도 넓고 목구멍은 긴 골짜기와도 같았습니다. 그래서 우리들은 전능하신 신에게 빌고, 신의 사도(축복과 평안이 있으시기를!)에게 구원을 요청했습니다. 때마침 쏴 하고 돌풍이 일어나 배에 부딪쳐오니 견딜 수가 없었습니다. 배는 갑자기 해면 높이 솟아 올라 바다 괴물의 집인 커다란 암초에 부딪쳐, 당장 동체는 산산조각이 나고, 배 안에 있던 것은 무엇이나 다 낱낱이 흩어져 바다 밑으로 가라앉고 말았습니다.

나는 어떻게 되었는가 하면 헐거운 옷만 남기고 나머지 옷은 모두 찢어버리고서 조금 앞으로 헤엄쳐 나아갔는데 그때 문득 판자 하나가 눈에 띄었으므로 이것에 매달려 올라탔습니다. 그리고 바람과 파도에 휘말려 떴다 가라앉았다 하고 있었습니다. 공포와 피

곤, 게다가 기아와 갈증에 시달려 보기에도 비참한 꼴이었습니다.
뒤늦게나마 자신의 어리석은 행동을 책망도 해보고, 안일무사한
생활을 애타게 그리워하기도 해보았지만 아무 소용이 없었습니다.
나는 자신에게 타일렀습니다. "이봐, 신드바드, 후회해선 안돼. 여
러 가지로 혼이 나고는 있지만 말이다. 그래도 너는 항해를 단념
하지는 않을 테지, '나는 절대 그만 둔다'고 해본댔자 그건 거짓말
이야. 그렇다고 하면 당장의 고통을 꾹 참는 것이 제일이야. 모두
가 다 자업자득이 아니냐?"

—샤라자드는 날이 훤히 밝아오는 것을 깨닫자, 여기서 허락된
이야기를 그쳤다.


● 564일째 밤
샤라자드는 말을 이었다. 오, 인자하신 임금님, 선원 신드바드는
이야기를 계속했습니다.
—그러나 나는 판자 위에 올라타 혼자 중얼거렸습니다. "모두
가 다 자업자득이 아닌가. 이것도 저것도, 이러한 고생을 사서 한
내 욕심을 말리시려고 알라(그 이름을 칭송할지어다!)께서 미리
정하신 것이다. 하기야 나에게는 엄청난 재보가 있으니까 말이다."
이윽고 나는 문득 제정신을 차리고서 이렇게 말했습니다. "이번
에야말로 정말 진정으로 일확천금의 꿈과 모험을 쫓아온 것을 최
고 지상하신 신에게 참회하고 앞으로는 여행할 생각은 깨끗이 버
리고 입 밖에도 내지 않기로 하자."
나는 전능하신 알라 앞에 오로지 이마를 조아리고 방탕삼매와
주지육림으로 세월을 보낸 지난날의 생활을 회상하고는 한없이 탄
식했습니다. 이런 식으로 이틀이 지나고, 이틀째 저녁이 되자 나는
나무가 우거지고 여기저기 개울도 흐르고 있는 어느 큰 섬에 당도
했습니다. 나는 이 섬으로 올라 과일을 따 먹고, 물도 마시고 하여
완전히 원기를 회복하여 심신이 상쾌해졌습니다. 그래서 이런 노

래를 읊었습니다.

> 그대의 신세, 몇 번이고
> 얽히고 얽혀 풀기 어려운
> 실패처럼 보일 때
> 하늘에서 주신 숙명이
> 꼬인 실을 한층 더
> 얽어놓으니 야속하구나.
> 그대의 운명이 풀려서
> 제대로 될 때까지 참을지어다.
> 헝클어놓으시는 신이기에
> 언젠가는 풀어주시기도 하리라.

그러고 나서 섬 안을 이리저리 돌아다니고 있자니까 저 먼 쪽에 콸콸 힘차게 흐르고 있는 담수의 큰 강이 있는 것이 눈에 띄었습니다. 문득 전에 만들어본 뗏목을 생각해내고서 나는 혼자 중얼거렸습니다. '꼭 뗏목을 하나 만들어야겠군. 어쩌면 이 난국에서 빠져나갈 수 있을지도 몰라. 만약 무사히 빠져나갈 수 있다면 내 소원이 이뤄지게 될 것이고, 전능하신 알라께 맹세코 항해는 그만두자. 또 만약 살아나지 못한다면 나는 조용히 죽음을 맞아 이 세상의 재앙을 버리고 눈을 감을 뿐이다.'

그래서 나는 일어서서 나무(모두가 훌륭한 백단목으로, 잘은 모르지만 세상에 그 유례가 없는 것들뿐이었습니다)를 잘라 많은 목재를 만들었습니다. 그리고 이리저리 머리를 써서 덩굴이며 가는 가지를 꼬아서 새끼 같은 것을 만들어 이것으로 판자를 묶어 뗏목을 만들었습니다. 그러고 나서 "이것으로 살아난다면 그건 신의 은총이시다." 하면서 나는 뗏목에 올라타 강의 흐름에 몸을 맡겼던 것입니다. 섬을 떠나 하루, 이틀, 사흘 흘러내리며 먹는 것, 마시는 것 모두 단념하고서 가만히 뗏목 위에 누워 있었습니다. 갈

중에 견딜 수 없게 되면 강물을 마셨지만, 이윽고 극도의 피로와 기아와 공포에 시달려 마치 햇병아리처럼 힘이 빠지고 머리가 흔들흔들거렸습니다. 그러던 중 겨우 높은 산기슭으로 나왔는데 보자니 강은 그 밑으로 흘러내리고 있었습니다. 나는 이 광경을 보고서 전번 여행에서 죽도록 고생을 한지라 겁이 덜컥 났습니다. 차라리 뗏목을 버리고서 산으로 올라갈까도 생각했습니다만 물살이 빨라서 그렇게도 할 수 없어 그저 떠내려가는 대로 무지개 모양의 문 같은 지하수로로 빨려들어가고 말았습니다. 그래서 나는 이젠 꼭 죽었구나 하고 단념하고는 이렇게 중얼거렸습니다. "영광되고 위대하신 신 알라 외에 주권 없고, 권력 없도다!"

그런데 잠시 후에 뗏목은 하늘 아래로 미끄러져 나와, 눈앞에 넓다란 골짜기가 펼쳐졌습니다. 물살은 우레와 같은 소리를 내고, 질풍에 못지않은 급한 여울이었습니다. 나는 내동댕이쳐지면 큰일이라고 생각해서 뗏목에 죽어라고 매달린 채 거센 물살에 좌우로 흔들리고 있었습니다. 뗏목은 급류를 타고 끝없이 흘러내리는 바람에 세우기는커녕 강둑에 댈 수 조차 없었습니다. 그리하여 마침내 지붕이 쭈욱 늘어선, 주민의 수도 많은 훌륭한 대도시로 나와서야 겨우 멈추어 섰습니다. 주민들은 내가 뗏목을 타고 떠내려온 것을 보자, 밧줄을 던져주었습니다. 그러나 나에게는 그것을 잡을 힘도 없었습니다. 그러자 사람들은 뗏목 위로 투망을 던져 강둑으로 끌어당겼습니다. 나는 공포와 기아와 수면부족 따위가 겹쳐서 죽은 것과 마찬가지가 되어 모두에게 둘러싸인 채 쓰러지고 말았습니다.

기진맥진해 있는데 마음씨 좋은 노인 하나가 군중을 헤치고 나에게로 다가와 손을 잡고 깨끗한 옷을 몇 벌씩 던져주었으므로 나는 곧 이것을 벌거벗은 몸에다 입었습니다. 그러고 나서 노인은 나를 목욕탕으로 데리고 가서 기운나는 약인 샤베트수와 향료 따위를 갖다주었습니다. 이윽고 목욕을 끝내자 노인은 나를 자기 집으로 데리고 갔는데, 집안식구들도 나를 정중히 맞아 기분좋은 자리를 권하고, 진수성찬을 차려 주었으므로 배불리 먹고 나서, 나는 최고 지상하신 신에게 무사히 살아서 돌아온 것을 감사했습니다. 식사가 끝나자 시동은 더운 물을 갖다주었습니다. 내가 손을 씻자 이번에는 시녀가 비단 수건을 갖다주었기 때문에 나는 손을 닦고 입을 훔쳤습니다.

노인은 또 집에다 특별실 하나를 마련해 준 외에도 시동과 노예 처녀에게는 잘 섬기어 무엇 하나 불만이 없도록 나를 보살펴주라고 분부했습니다. 그들은 성심껏 부지런히 나를 받들어주었습니다. 그러한 까닭으로 마음 편히 미식을 들고, 미주를 마시고, 고급 향료를 피우며 사흘 동안 객실에 체류하는 동안 정기도 되살아나고, 공포도 진정되고, 몸도 마음도 거뜬해졌습니다. 나흘째가 되자 주인 노인이 나와서 말했습니다. "여보시오, 젊은이, 당신과 가까이 하게 되어 정말 기쁘오. 무사히 목숨을 건지게 되어 매우 반갑소. 그런데 어떻겠소, 이제부터 나와 함께 해변가로 나가서 상품을 팔아서 돈을 벌어보면? 그 대금으로 필경 또 교역용 상품을 구입할 수도 있을 테니까 말이오. 나는 노예들에게 명령하여 당신의 상품을 바다에서 끌어올려 바닷가에 쌓아놓으라고 일러두었소이다."

나는 잠시 아무 말도 않고서 마음속으로 생각해보았습니다. '이 말은 무슨 뜻일까? 나에게 무슨 물건이 있다는 것일까?' 그러자 노인은 거듭 "별로 걱정할 것도 근심할 것도 없소. 어쨌든 함께 시장으로 갑시다. 만일 누군가가 마음에 들 만한 값을 부쳐준다면 그 대금을 받을 것이고, 그렇지 못하면 창고에 넣어두어 기회를 보아 매물로 내놓읍시다." 하고 말했습니다.

그래서 나는 자신의 지금의 신세를 생각하여 '이 사람의 말대로 하여 도대체 어떤 물건인지 한번 보기나 하자!' 하고 중얼거렸습니다. 그리고 노인에게 말했습니다. "노인장, 알았습니다. 저는 어르신네의 어떠한 분부에도 거역하지 않겠습니다. 어르신네의 하시는 일에는 무엇이고간에 알라의 축복이 있으니까요." 그래서 주인은 나에게 시장거리를 안내해준 것인데, 가서 보니 주인은 내가 타고 온 백단나무 뗏목을 풀어서 시장으로 내놓고 거간꾼이 그것을 경매에 붙이려고 한창 외치고 있는 목소리가 귀에 들려왔습니다.

　—샤라자드는 날이 훤히 밝아오는 것을 깨닫자, 여기서 허락된 이야기를 그쳤다.

### ● 565일째 밤

샤라자드는 말을 이었다. 오, 인자하신 임금님, 선원 신드바드는 이야기를 계속했습니다.

　—시장에 가서 보니 노인은 강둑에 매어둔 나의 뗏목을 풀어서 그곳에 내놓고, 거간꾼이 이 백단나무를 열심히 경매에 붙이려고 외치고 있었습니다. 그러자 상인들이 우르르 몰려와 우선 최초의 경매값을 붙이고, 다음 점점 그 값을 올려 나중에는 1000디나르까지 올렸습니다. 모두가 그 이상 값을 부르지 않는지라 주인이 말했습니다. "이런 불경기의 세상에도 이게 당신 물건의 시세요. 이 값으로 파시겠소? 그렇지 않으면 더 비싼 값을 부를 때까지 내 창고에 넣어두시겠소?" "노인장, 이 장사는 어르신네에게 모든 것을 맡기겠습니다. 좋으실 대로 해주십시오." 하고 내가 대답하자 노인은 다시 물었습니다. "그럼, 나에게 그 나무를 팔지 않으시겠소? 상인들이 부른 값에다 금화 100닢을 더 드리겠소." "알았습니다. 그 값으로 팔겠습니다."

　주인은 곧 노비들에게 이 나무를 창고로 날라가도록 명령하고서 나와 함께 집으로 돌아와 매상대금을 계산했습니다. 셈이 끝나자 주인은 돈을 부대에 넣어 사람 눈에 띄지 않는 장소에 치운 다음 쇠자물쇠로 잠그고서 열쇠를 나에게 주었습니다. 그후 며칠이 지나서 노인이 말하기를 "여보시오, 젊은이, 실은 좀 어려운 부탁이 있소. 들어주실 줄로 생각하는데." 그래서 나는 반문했습니다. "어떤 일이십니까?" "나는 보다시피 이렇게 늙었소. 아들이 하나도 없소. 그러나 딸은 하나 있소. 아직 나이도 어리고 얼굴도 잘생겼으며, 재산과 맵시가 둘 다 겸비되어 있소. 그래서 말이오. 나는 이 딸애를 그대에게 주고 싶소. 딸을 데리고 이 나라에서 오래도록 살기를 바라오. 그렇게 되면 나는 늙었고 하니 내 재산 일체를 그대에게 맡기고 내 후사가 되어주었으면 하오."

나는 부끄러워서 변변히 말도 못하고 잠자코 있노라니까 노인은 다시 말을 이었습니다. "내 부탁을 받아들여 주시오. 나는 오직 그대의 행복만을 바라고 있을 뿐이오. 만일 내 말대로 해준다면 당장 이 자리에서 딸을 줄 테니 내 사위가 돼주기를 바라오. 현재 내가 가지고 있는 재산도 이제부터 앞으로 들어올 재산도 모두 그대의 것이오. 만일 그대가 고국으로 돌아가서 장사라도 하고 싶은 생각이 있다 하더라도 절대로 막지는 않을 것이고, 그대의 재산은 본인이 어떻게 쓰건 자유이니까 아무도 꺼릴 것 없이 마음대로 하시오." "노인장, 어르신네는 친아버지와 같은 생각이 드는군요. 저는 여러 가지 고생만 한 외국인입니다. 게다가 너무 고생만 해서 이제는 분별력도 판단력도 잃고 말았어요. 그러니까 어떻게 하면 좋을지 어르신네께서 결정해주실 밖에 없군요."

이 말을 들은 주인은 하인을 보내 판관과 증인을 불러오게 하여 호화로운 혼례식을 치르고, 성대한 잔치를 베풀어 딸을 나에게 시집보냈습니다. 백년가약을 맺은 날 밤에 아내되는 사람을 곰곰이 바라보니, 그 고상한 타고난 용모며, 균형이 잡힌 몸매며, 온화한 마음씨며, 어디 하나 나무랄 데가 없고, 복장은 사치를 다하여 목걸이를 위시하여 금은과 보석으로 된 온갖 장식품 등 도무지 값을 짐작할 수 없을 만큼 값비싼 장식품을 잔뜩 몸에 지니고 있었습니다. 나는 아주 이 신부에게 반하고 말아 서로 뜨거운 정을 나누었습니다.

이렇듯 현세의 유열과 환락을 다하며 젊은 아내와 함께 살아가고 있던 중 장인은 덧없이 세상을 떠나 전능하신 알라의 곁으로 가고 말았습니다. 그래서 장인의 시체를 수의에 싸서 매장하고, 나는 장인의 유산을 전부 손 안에 넣었으며, 하인도 노예도 모두 내 것이 되고 말았습니다. 장인은 생전에 상인들의 장로이자 우두머리여서 장인의 승낙이 없이는 아무도 물건을 사들일 수가 없었습니다만, 그 자리에 내가 앉게 되어 장인의 신분도 지위도 모두 물려받았던 것입니다.

시민들과 친숙하게 되자, 나는 매월 초하루가 되면 사나이들이 어디론지 사라진다는 것을 알게 되었습니다. 즉 얼굴마저 일변하여 새와 같은 모양이 되어 날개를 펼치고서 푸른 하늘로 높이 비상하므로 시중에는 다만 여자밖에 남아 있지 않습니다. 나는 혼자 마음속으로 생각했습니다. '그때가 되면 누구에게 부탁하여 나도 데려가 달라고 해야겠군.'

그런데 그날이 되자 사람들의 안색도, 모습도 변했으므로 나는 어느 시민에게 가서 말했습니다. "부탁이오니 함께 데리고 가주시지 않겠어요. 다른 사람들과 함께 바람을 쐰 다음 당신의 등에 업혀 돌아오고 싶은데." "그건 곤란합니다." 하고 그는 대답했지만 내가 어찌나 몹시 졸라대는지 마침내 그도 승낙하고 말았습니다.

나는 아내와 하인과 친구들에게는 아무 말도 하지 않고서 이 사나이와 함께 밖으로 나가자, 그는 나를 등에다 업고서 하늘 높이 날아올라 갔습니다. 천국에서 신을 칭송하는 천사들의 목소리가 귀에 들려오는지라 나도 깜짝 놀라 외쳤습니다. "알라를 칭송할지어다! 알라의 올바른 성질을 칭송할지어다!" 내가 이 타스비 ─ 알라를 칭송할지어다! ─의 문구를 채 다 외기도 전에 하늘의 한 모퉁이에서 화염이 뿜어나와 일행을 거의 태워 죽이고 말았습니다. 그래서 살아 남은 사람들은 허둥지둥 도망쳐, 나를 저주하면서 지상으로 내려오자 몹시 화를 내고서 높은 산꼭대기에다 나만을 내려놓고는 날아가버렸습니다. 나는 외톨이가 되고 만 것입니다.

이 지경이 되었으므로 나는 내 행동을 후회하고 자기 분수도 모르고서 어리석은 짓을 한 것에 관하여 자기 자신을 나무랐습니다. '영광되고 위대하신 신 알라 외에 주권 없고, 권력 없도다! 자업자득이란 나를 두고 하는 소리구나.' 나는 어디로 가야할지를 몰라 자신의 불행을 한탄하고 있는데, 뜻밖에도 달처럼 잘생긴 젊은이 두 사람이 왔습니다. 어느 쪽도 순금 막대기를 손에 들고, 이것을 지팡이로 하고 있었습니다. 그래서 나는 다가가서 인사했습니다. 그 두 젊은이들이 내 인사에 대답했으므로 이쪽에서 먼저 말을 걸었습니다. "실례지만 당신들은 도대체 누구시오?" 그러자 그들은 "우리들은 이 산에 살고 있는 최고 지상하신 알라의 종들이오." 하고서 가지고 있던 황금 지팡이를 나에게 준 채 어디론지 사라져 버렸습니다.

두 젊은이들을 생각하면서 지팡이를 짚고서 산모퉁이를 걷고 있자니까, 별안간 허리까지 삼킨 인간을 입에다 문 구렁이 한 마리가 산 속에서 기어나왔습니다. 그 사나이는 소리를 고래고래 지르며 "나를 구해주시면 당신이 아무리 곤경에 빠져도 알라께서 구해주실 것입니다!" 하고 외치고 있었습니다. 그래서 나는 구렁이 옆으로 다가가서 황금 지팡이로 그 머리를 때리자, 구렁이는 그 사람을 뱉아놓았습니다.

— 샤라자드는 날이 훤히 밝아오는 것을 깨닫자, 여기서 허락된 이야기를 그쳤다.

● 566일째 밤

샤라자드는 말을 이었다. 오, 인자하신 임금님, 선원 신드바드는 이야기를 계속했습니다.

— 구렁이의 머리를 황금 지팡이로 때리자 구렁이는 곧 그 사나이를 뱉아놓았습니다. 그래서 또 두 번째로 때리니까 이번에는 죽어라 하고 도망쳤습니다. 구출된 사나이가 나에게로 다가와서 "저 구렁이한테서 살아난 것은 당신의 덕택이었으니까 나는 끝까지 당신을 섬기겠소. 이 산에서 사이좋게 같이 삽시다." 하고 말하길래 나는 "좋소." 하고 대답했습니다.

둘이서 산길을 걸어가고 있다가, 이윽고 많은 사람들을 만났습니다. 잘 보니 그 중에는 나를 등에다 업고 날아서 이 산속에다 던져버린 바로 그 사나이가 있는 것이 아니겠습니까? 나는 다가가서 그에게 사과하면서 정중히 말을 걸었습니다. "여보시오. 형씨, 친구들의 사귐이라는 것은 그런 것이 아닙니다." 그러자 그는 "당신이 등에서 타스비를 외우며 신을 칭송했기 때문에 하마터면 목숨을 잃을 뻔했어요." 하고 말했으므로 나는 대답했습니다. "참 미안했습니다. 나는 그런 줄은 전혀 몰랐으니까요. 그러나 다시 한 번 태워준다면 맹세코 한 마디도 하지 않겠습니다."

그는 고집을 꺾고 나를 업고 가기로 했는데 그 대신 등에 업혀 있는 동안엔 타스비도 신의 송사도 입 밖에 내지 않는다는 확고한 서약을 하게 했습니다. 나는 구렁이에게서 구해낸 사나이에게 황금 지팡이를 주고서 작별을 고했습니다. 친구는 나를 등에 업자, 전과 마찬가지로 하늘 높이 날아올라 도성으로 돌아와 나를 나의 옛집에다 내려주었습니다. 아내는 나를 맞아주며, 나의 무사한 귀환을 환영하면서 말했습니다. "앞으로 조심하여 저 사람들과 함께 떠나선 안됩니다. 사귀시는 것도 안돼요. 글쎄 저 사람들은 악마와 한 패로 전능하신 신의 이름을 외우는 방법도 몰라요. 알라를 칭송하다니 어림도 없어요." "그럼, 당신의 부친은 어떠한 교제를 하셨소?" 하고 내가 묻자 아내는 대답했습니다. "아버지는 그 패거리에는 들어 있지 않으셨고, 다른 사람들이 하던 그런 짓은 하시지 않았어요. 게다가 아버지는 이젠 돌아가셨으니까 당신은 재산을 전부 팔아서 그 돈으로 상품을 사가지고 당신의 고국으로 떠나시는 것이 좋으실 거예요. 나도 함께 따라가겠어요. 부모가 다 돌아가신 지금 나도 이젠 이 도시에서 살고 싶지 않아요."

그래서 나는 돌아가신 장인의 유산을 차례차례로 팔아 완전히 처분한 다음 바소라로 떠나는 사람이 없는지 찾았습니다. 긴 여행의 길동무로 삼고 싶었기 때문입니다. 그러고 있는데 항해를 하고 싶어하고 있는 시민 몇 명이 있다는 소문을 들었습니다. 그러나 배를 구할 수 없었으므로 그들은 재목을 사 가지고 큰 배를 한 척 만들었습니다. 나도 그 배에 타기로 되어 운임을 전부 지불했습니다. 그러고 나서 나와 아내는 집과 토지는 그대로 남겨두고서 소지품만 가지고 배에 몸을 실었습니다.

배는 순풍에 돛을 달고 섬에서 섬으로, 바다에서 바다로 오로지 항해를 거듭하여 마침내 무사히 바소라에 도착했습니다. 나는 하룻밤도 그곳에서 머무르지 않고 곧장 다른 배를 빌어 짐을 옮겨 싣고서 곧 바그다드로 떠났습니다. 그리고 무사히 도성에 당도하자 우리 동네로 들어가 내 집으로 들어서 가족과 친구들과 친척들과 오랫만에 상면한 다음 짐을 모두 창고에 넣었습니다.

집안식구들은 내가 일곱 번째 항해를 나가 집을 비워둔 세월을 손꼽아 세어보니, 27년이나 되는지라 나에 관해서는 아주 단념하고 있었던 것입니다. 그런데 불쑥 나의 귀국 소식이 전해졌으므로 모두 다 크게 기뻐하며 나를 맞아 무사히 귀국한 것을 축하해 주었습니다. 내가 여행길에서 겪은 사건들은 낱낱이 이야기하자, 그들은 소스라치게 놀랐습니다.

그러고 나서 나는 여행을 단연 그만두기로 하고 최고 지상하신 알라께 앞으로는 바다도 육지도 절대로 여행을 하지 않겠다고 맹세한 것입니다. 왜냐하면 이 일곱 번째의 마지막 항해에서 여행에도 모험에도 그만 진절머리가 났기 때문입니다. 그리고 무사히 고국과 가정으로 돌아와서 친척 친지를 만나뵐 수 있었던 것을 주(칭송할지어다!)께 감사하고 축복을 바쳤던 것입니다. "그러기 때문에 여보시오, 짐꾼 신드바드님, 잘 생각해보시오." 하고 선원 신드바드는 이야기를 계속했습니다. "내가 현재의 신세가 되기까지에는 얼마나 고생을 했으며, 얼마나 위험한 경지와 끔찍한 일을 겪었는지 말이오." 그러자 짐꾼 신드바드는 대답했습니다. "나리, 제발 용서해주십시오. 나쁜 짓을 했습니다."

이렇듯 두 사람은 그후로도 쭉 깊은 친교를 맺으며, 현세의 일락과 유열을 다하여 살았습니다만 이윽고 일락을 멸하고, 사귐을 끊고 왕궁을 파괴하고 무덤으로 시체를 버리는 것, 즉 죽음의 잔이 두 사람에게도 돌아온 것입니다. 멸망이 없는 영원한 신에게 영광 있으라!


## 선원 신드바드의 일곱 번째 항해 이야기
### (캘커타 판에 의거)


실은 낯익은 여러분, 나는 항해와 교역을 그만두기로 마음 먹었을 때 마음속으로 혼자 "이젠 지겹기 짝이 없다."하고 혼잣말을 중얼거렸습니다. 그리고는 방탕삼매의 나날을 보내고 있었습니다. 그런데 어느 날, 집에 앉아 있자니까 누군가 문을 똑똑 두들기는 사람이 있습니다. 문지기가 문을 열었더니 시동 하나가 들어와서 말했습니다. "교주님께서 부르십니다." 나는 시동과 함께 교주님 앞에 사후하여 엎드려 인사를 드렸습니다. 그러자 교주는 잘 왔다 하시며 공손히 나를 환대한 다음 "여봐라, 신드바드, 부탁이 하나 있는데, 해주지 않겠는가?" 하고 말했습니다. 그래서 나는 교주의 손에 입을 맞추고서 물었습니다. "전하, 이 종에게 무슨 부탁이 있으시다는 것입니까?" 그러자 교주가 대답하여 말하기를 "수고스럽지만 사란디브 왕에게 편지와 선물을 전달해줄 수 없겠는가? 그 왕으로부터 선물과 편지를 받고 있으니까 말이다."

나는 그 말을 듣고서 몸을 떨면서 대답했습니다. "전능하신 알라께 맹세코 임금님, 저는 여행이 아주 죽도록 싫어졌습니다. '항해'니 '여행'이니 하는 말을 듣기만 해도 지난날의 끔찍하고도 무서운 경험이 생각나 손발이 떨려서 견딜 수가 없습니다. 정말이지 여행을 떠나고 싶은 생각이라곤 털끝만큼도 없습니다. 특히나 저는 바그다드에서 한 걸음도 밖으로 나가지 않겠다고 맹세를 하고 있는 터이옵니다.”

그러고 나서 나는 교주에게 지금까지 내가 겪은 자초지종을 전부 말했더니 교주는 몹시 놀라며 이렇게 말했습니다. “오, 신드바드여, 전능하신 신에게 맹세코 말하거니와 먼 옛날부터 그대가 겪었던 그러한 재난은 아직껏 아무도 맛본 적이 없으리라. 과연 그럴 법도 하다. 여행 이야기를 입에 올리기도 싫다는 것은. 하지만 그건 그렇고, 이번만큼은 나를 위하여 여행을 떠나 사란디브 왕에게 선물과 편지를 전해줄 수 없겠는가? 그리고 인샬라! —신의 뜻에 맞는다면! —곧 돌아와다오. 그렇게만 하면 사란디브 왕에 대한 나의 체면이 서게 되는 셈이야.”

나는 교주님의 부탁을 거역할 수도 없었으므로 “분부대로 하겠습니다.” 하고 대답했습니다. 그리고 여행 비용과 함께 선물과 편지를 받아들고서 교주의 손에 입을 맞춘 다음 어전을 물러나왔습니다. 그러고 나서 곧 나는 바그다드를 떠나 항구로 와서 다른 상인들과 함께 배를 탔습니다. 배는 며칠 밤낮을 순풍에 돛을 달고 전진하여 마침내 사란디브 섬에 도착했습니다. 배가 닻을 내리자 일동은 상륙했으므로 나도 선물과 편지를 들고 섬의 왕에게로 가서 그 앞에 엎드렸습니다. 왕은 내 모습을 보자, “오, 신드바드인가, 잘 왔다! 나는 그대를 만나고 싶어서 견딜 수가 없었다. 그대의 얼굴을 또다시 보게 해주신 신에게 영광 있으시라!” 하고 말하고는 내 손을 잡고서 자기 옆자리에 앉혔습니다. 그리고 기쁜 듯이 진정으로 탁 터놓고 환영해주었습니다. 지기로서의 후한 대접을 해주었던 것입니다. 그러고 나서 세상 이야기를 하기 시작했는데, 왕은 정중히 내가 온 이유를 물으며 “여봐라, 신드바드, 나를 찾아온 것은 무슨 까닭이냐?” 하고 말했습니다. 그래서 나는 왕의 손에 입을 맞추고서 감사의 뜻을 표하면서 대답했습니다. “임금님, 실은 우리 임금님 하룬 알 라시드 교주의, 전하께 선물을 전하라는 분부를 받들고 왔습니다.” 그리고는 선물과 편지를 내놓자 왕은 이것을 읽더니 극히 만족스러운 표정을 지었습니다.

선물이라는 것은 보옥을 박은 황금 안정장이 딸린 1만 디나르나 하는 암말 한 필, 책 한 권, 한 벌의 호화로운 옷과 카이로산 흰 천을 비롯하여 스에즈, 쿠파, 알렉산드리아산 비단 등 100종, 그리스산 양탄자에다 아마 천, 거기다 생사 100파운드, 그 밖에 사자앞에 무릎을 꿇은 사나이가 활을 잡고서 상대방 머리에다 화살을 겨누고 있는 그림을 한복판에다 그린 수정으로 만든 술잔이라는 세상에서도 진기한 일품이며, 다윗의 아들 술라이마(편안히 명복을 누리시라!)이 식사할 때에 사용하는 쟁반 등이 있었습니다. 그리고 편지에는 다음과 같은 사연이 적혀 있었습니다.

『(본인은 물론이려니와 그 조상에게도 고귀한 신분과 넓은 영광을 내려주신) 알라의 비호를 받은 알 라시드 왕은 복많은 국왕에게 한마디 올리나이다. 귀하께서 보내주신 서한을 틀림없이 받아보고는 몹시 기쁘게 생각했나이다. 그러므로 본인도 왕후에게 걸맞는 가지가지의 진품과 함께 '지자의 기쁨과 벗에게 바치는 선물'이라는 제목의 책을 삼가 증정하는 바이옵니다. 아무쪼록 기쁘게 받아 주시옵소서.』

왕은 나에게 수많은 재보를 하사한 외에 예의를 다하여 환대해 주었습니다. 그래서 나는 깊이 사례하고, 너그럽고도 대범한 성지에 감사했습니다. 그리고 나서 며칠이 지난 후 귀국하겠노라고 아뢰었으나 선뜻 허락해주지 않았습니다. 여러 가지 수단을 다 써가며 왕을 설득하여 마침내 그 허락을 얻어냈으므로 나는 당장 하직 인사를 드리고 그 도성을 떠나 상인과 그 밖의 동료들과 함께 고국을 향하여 배에 몸을 실었습니다. 도중에서 쉬거나 교역을 하거나 할 생각이 영 나지 않았으므로 줄곧 항해를 계속하여 여러 섬들 옆을 지나왔습니다.

그런데 절반쯤 왔을 무렵 저마다 손에 활을 들고 크고 작은 칼을 휘두르면서 덤벼드는 마귀처럼 생긴 인간들이 탄 그 수가 무수히 많은 작은 배들에게 포위당하고 만 것입니다. 사슬갑옷과 투구로 장비를 갖춘 적은 느닷없이 우리들 일행에게로 달려들어 맞서는 자를 마구 베어 죽였습니다. 그리고 나서 배며 배에 실은 물건이며 할 것 없이 몽땅 뺏은 다음 우리들을 섬으로 끌고 가서 똥값으로 팔아버렸습니다. 그런데 나를 산 사나이는 부자였으므로 자기 집으로 데리고 가서 먹을 것, 마실 것에서부터 옷까지 나에게 주며 너무나도 나를 잘 돌봐주었기 때문에 나도 용기를 되찾아 얼마 동안 피로를 풀며 쉬고 있었습니다.

어느 날 주인이 "그대는 그 무슨 손재간이나 기술이라도 가진 게 있는가?" 하고 묻길래 나는 대답했습니다. "나리, 나는 상인이며, 장사 이외는 아무것도 모릅니다." 그러자 주인은 또 "활 쏘는 방법을 알고 있는가?" 하고 묻는지라 "그 정도라면 알고 있습니다." 하고 대답했습니다. 그러자 주인은 활을 가지고 오더니 나를 코끼리에다 태우고 자기도 그 옆에 올라앉았습니다. 그러고 나서 날이 훤히 밝기 시작할 무렵에 집을 떠나, 큰 나무들이 우거진 숲 사이를 지나, 한 그루의 키가 큰 우람한 거목 옆으로 왔습니다. 주인의 분부대로 내가 그 나무에 기어오르자, 주인은 활을 나에게 주면서 말했습니다. "거기 앉아 있거라. 일찍이 코끼리의 행렬이 지나갈 테니 활로 쏘는거야. 한 마리쯤은 맞출 수 있겠지. 만일 코끼리가 쓰러지거든 곧 나에게 알려라." 주인은 그렇게 말하고서 가버렸습니다.

나는 벌벌 떨면서 나뭇가지 사이에 몸을 숨기고서 앉아 있었습니다. 이윽고 해가 떠오르자 코끼리떼가 모습을 나타내서 나무 사이를 어슬렁어슬렁 돌아다니기 시작했으므로 나는 겨냥을 잡고서 활을 쏘았습니다. 계속 활을 쏘아대어 겨우 그 중 한 마리를 맞혀 쓰러뜨렸습니다. 저녁때가 되어 일이 잘 되었다는 것을 주인에게 알렸더니 주인은 기뻐하며 자못 정중히 나를 환대해주었습니다. 그리고 다음 날 아침 주인은 쓰러진 코끼리를 운반해 갔습니다.

이렇듯 매일 아침 나는 코끼리를 한 마리 죽이고, 주인은 이것을 날라간다는 식이었는데, 어느 날 나무에 올라가 몸을 숨기고 있는데, 정말 뜻밖에도 무수히 많은 코끼리가 어슬렁어슬렁 나타났습니다. 그 울어대는 목소리는 정말 무섭기 짝이 없었으며, 어찌나 큰지 대지도 혼들릴 정도였습니다. 코끼리들은 그 주위가 50척이나 되는 이 거목을 포위하더니 이윽고 터무니없이 큰 코끼리가 한 마리 나무 옆으로 다가와 코를 나무 등치에다 감더니 뿌리채 뽑아가지고 땅 위에 내동댕이쳤습니다. 나는 기절한 채 코끼리 등에 앉아 있었는데, 이윽고 그 큰 코끼리는 목적지에 도착하자 등에 얹힌 나를 내동댕이치고 그대로 다른 코끼리를 데리고 모습을 감춰버렸습니다.

나는 잠시 가만히 누워 있었습니다. 이윽고 무서움도 차츰 사라져갔으므로 주위의 모양을 살핀즉, 아니 이건, 코끼리의 시체 한복판에 내동댕이쳐져 있는 것이 아니겠습니까! 이 모양을 보고서 나는 여기가 코끼리의 묘지이며, 그 큰 코끼리가 상아가 있는 곳을 가르쳐주기 위해 나를 여기까지 데리고 온 것임에 틀림없다는 것을 깨달았습니다. 나는 일어나서 하루 낮 하루 밤을 계속 걸어 겨우 주인네 집에 당도했습니다. 주인은 공포와 기아에 시달려 내 안색이 새파랗게 질린 것을 보고서 놀랬으나 그래도 나의 귀가를 기뻐하며 말했습니다. "아니 이거 정말 네 일이 걱정이 되어 견딜 수가 없었다! 네가 돌아오지 않길래 가보니까 그 나무가 뿌리 채 뽑혀 있었으므로 나는 영락없이 코끼리들한테 죽은 줄로만 알았다. 대체 어떻게 된 거냐?"

내가 자초지종의 경위를 설명해주었더니, 주인은 소스라치게 놀랐지만 이윽고 반색을 하며 물었습니다. "그 장소를 기억하고 있는가?" "네, 나리." 하고 나는 대답했습니다. 그래서 우리 두 사람은 코끼리를 타고서 그 장소로 갔습니다. 주인은 수북이 쌓인 상아의 산을 보자, 크게 기뻐하며 곧 나를 수 있을 만큼 실어가지고 함께 집으로 돌아왔습니다.

그후부터는 주인은 나를 그전보다도 더 정중히 대접하며 이렇게 말했습니다. "네 덕택으로 대단한 돈벌이 거리가 생겼다. 알라께서 그만한 보상을 해주십사 하고 기도를 올리겠다! 그대는 전능하신 신의 온정으로 신께서 보시고 계시는 앞에서 자유의 몸이 된 셈이다! 저 코끼리들은 말이다, 우리들이 코끼리 사냥을 하고는 상아를 뺏었기 때문에 여태까지 우리의 동료를 꽤 많이 죽여왔었다. 그러나 다행히도 그대는 무사히 살아난 외에 나에게 상아가 있는 곳을 가르쳐주어서 큰 돈벌이를 시켜준 셈이다"."저, 주인님." 하고 나는 대답했습니다. "신께서 지옥의 불구덩이에서 당신을 지켜주시기를 빕니다! 그렇다면 제발 고국으로 돌아가도 좋다는 허가를 내려주셨으면 합니다.""좋고 말고. 허락해주고 말고. 그러나 이곳에 한 해에 한 번씩 장이 서는 날이 가까워졌는데, 그때에는 사방에서 상인들이 상아를 사러 모여든다. 그러니까 그 거래가 끝나거든 상인들에게 부탁하여 그대를 함께 고국으로 데려다주라고 하겠다."

그래서 나는 주인에게 축복과 감사의 말을 드리고, 정중한 대접을 받으면서 며칠 더 주인 집에 머물러 있었습니다. 이윽고 주인이 말한 대로 상인들이 와서 장사와 교역을 시작했습니다. 그리고 일행이 귀국 준비를 끝냈을 무렵 주인이 나에게로 와서 "자, 여행 준비를 하시오. 고국까지 저 상인들과 함께 가면 될 것이오." 하고 말했습니다.

상인들은 상아를 잔뜩 사가지고, 짐을 꾸리자, 이것을 배에 실었습니다. 그때 주인은 나를 데리고 상인들에게로 가서 뱃삯과 경비를 모두 치러준 다음 커다란 짐짝을 하나 이별의 선물로 주었습니다.

일행은 곧 돛을 올리고서 섬에서 섬으로 항해를 계속하여 망망대해를 건너 페르시아 만의 해안에 도착했습니다. 상인들은 짐을 육지에 올려 팔았습니다. 나도 또한 가지고 있는 물건을 팔아서 막대한 이익을 올렸습니다. 그리고 선물로서 그 지방에서 나오는 가장 아름다운 물건과 진기한 물건, 그 밖에 갖고 싶은 물건을 닥치는 대로 사들였습니다. 또 운반용 짐승을 한 마리 사가지고 그 곳을 떠나 나라에서 나라로 사막을 가로지르며 전진하여 마침내 바그다드에 도착했습니다.

그래서 곧 교주님께 배알하고 그 손에 입을 맞춘 다음 자초지종을 낱낱이 아뢰었습니다. 그러자 교주는 나의 무사한 귀국을 기뻐하고, 전능하신 알라에게 감사의 뜻을 표한 다음, 그 이야기를 금문자로 기록해두라고 말했습니다. 그러고 나서 나는 내 집으로 가서 가족과 지인을 만났습니다.

이것으로 일곱 번째의 항해중에 나에게 일어났던 여러 이야기는 끝납니다. 이 세상의 만물의 조물주, 창조자이신 유일신 알라를 칭송할진저!

—그런데 샤라자드가 두 신드바드의 이야기를 끝내자 두냐자드가 외쳤다. "오, 언니, 언니의 이야기는 그 얼마나 즐겁고, 그 얼마나 뜻이 깊은지 모르겠어요! 정말 재미있어서 유쾌하네요!" 그러나 샤라자드는 대답했다. "다음 이야기에 비하면 문제도 안될걸." "그건 어떠한 이야기인가?" 하고 샤리야르 왕이 물었으므로 샤라자드는 다음과 같은 이야기를 시작했습니다.

# 놋쇠의 성

옛날 옛적, 이제부터 멀리 거슬러올라가는 아주 먼 옛날, 시리아의 다마스쿠스에 오미아조 제5세로서, 그 이름도 높은 아브드 알 마리크 빈 마르완이라는 교주가 있었습니다. 이 충성된 자의 임금님이 어느 날 궁중에서 영내의 왕후와 고관대작들을 상대로 하여 세상 이야기에 흥을 돋구다가 우연히 화제는 옛날의 민간 전승과 다윗의 아들 솔로몬 왕(두 분께 편안 있으시기를!)에 얽힌 전설에 이르고, 다시 전능하신 알라께서 솔로몬 왕에게 인간, 마신, 새, 짐승, 뱀, 바람, 그 밖의 창조물을 지배하는 권한을 주신 이야기 등으로 옮아갔습니다. 그리고 맨 마지막으로 이렇게 말했습니다. "정말이지 우리들보다 전에 세상을 떠난 사람들의 이야기에 의하면 주(주를 칭송할지어다!)께서는 우리 임금 솔로몬 왕에게 주신 바와 같은 권한을 아무에게도 주신 적이 없었다는 것이며, 또 솔로몬 왕은 일찍이 마신, 마귀, 악마 따위를 구리 호리병 속에 잡아 가둬 넣고 이것에다 자신의 도장을 찍어 봉인하는 습관이었다고 하는데, 이러한 일을 할 수 있었던 것은 솔로몬 왕 이외에는 아무도 없었다는 것이야."

—샤라자드는 날이 훤히 밝아오는 것을 깨닫자, 여기서 허락된 이야기를 그쳤다.

● **567일째 밤**

샤라자드는 말을 이었다. 오, 인자하신 임금님, 아브드 알 마리크 빈 마르완 교주가 고관대작들을 상대로 하여 우리의 주 솔로몬의 이야기를 하였을 때 이야기가 마침 알라께서 솔로몬 왕에게 주권과 지배력을 주신 일에까지 이르게 되었습니다. 그러자 충성된 자의 임금님이 말하기를 "솔로몬 왕은 마신, 마귀, 악마 따위를 구리 호리병 속에 처넣고서 납뚜껑을 한 다음 이것에다 자신의 도장을 찍어 봉인하는 습관이었다고 하는데, 이러한 일을 할 수 있었던 것은 솔로몬 왕 이외에는 아무도 없었다는 것이야."

그때 타리브 빈 사르라는 그전부터 보물을 찾아다니며, 지하에 묻혀 있는 금은보화의 소재를 적어놓은 책을 여러 가지 가지고 있는 사나이가 입을 열었습니다. "오, 충성된 자의 임금님 ─ 알라시여, 아무쪼록 임금님의 권세를 영원히 빛나게 하시고, 그 위덕을 무궁토록 기리게 하옵소서! ─, 제 부친에게서 들은 이야기입니다만 제 조부께서는 옛날 시키리야 섬, 즉 시실리 섬으로 가기 위하여 동료들과 함께 배를 탔습니다. 항해를 계속하고 있던 중 갑자기 역풍이 불어닥쳐 배는 진로를 이탈하여 한달 후에는 마침내 신 이외에는 아무도 모르는 곳에 있는 큰 산의 기슭으로 밀려 올라가고 말았습니다.

조부의 이야기에 의하면 "그곳은 한밤중이었는데 채 날이 밝기도 전에 산 속의 동굴에서 살갗이 새까맣고, 벌거벗은 인간들이 우리들이 있는 곳으로 몰려왔다. 짐승 같은 꼴로 말이야. 이쪽에서 무슨 말을 해도 영 말이 통해야지. 그놈들 일족의 추장을 빼놓고는 아라비아말을 할 줄 아는 놈은 하나도 없었어. 그 추장은 배를 보자, 부하의 일대를 이끌고 산을 내려왔다. 그리고 우리들에게 인사를 하고서 환영한다는 말을 한 다음 우리들의 사정이니 신앙 따위를 묻더란 말이야. 우리들의 사정을 낱낱이 들려주었더니 추장은 너희들에게는 위해라고는 조금도 가하지 않을 테니 마음을 푹 놓으라고 하길래 이번엔 우리들이 그들의 신앙을 물어보았더니 그

들은 모두 회교가 생기고 모하메드(알라의 축복과 가호 있으시라
!)가 전도하기 이전에 세상에 퍼져 있던 여러 종교 중의 하나를
신봉하고 있다고 하더라. 나의 동료들이 '당신들의 말을 알아들을
수 없소' 하였더니 추장은 '당신들 이전에는 아무도 이 나라에 온
사람은 없소. 하지만 걱정을 마시오, 반드시 고국으로 무사히 보내
드릴 테니' 하고 말하고서 그후 사흘 동안 환대해 주었다. 새와 들
짐승과 물고기 등의 맛좋은 요리를 실컷 먹여주었어. 그것밖에 딴
먹을 거리라곤 없었으니까. 그리고 나흘째에는 물고기 잡는 광경
이라도 구경하면서 갑갑증을 풀라고 해변가로 데리고 갔다.

　바다에는 그물을 치는 어부가 하나 있었는데, 이윽고 그 어부가
그물을 끌어올리자, 아니 이건, 그 안에는 납으로 뚜껑을 하고, 다
윗의 아들 솔로몬 왕(편히 눈을 감으시옵기를!)의 도장을 찍어 봉
인한 구리 호리병이 들어 있는 것이 아니겠어. 어부는 이 용기를
육지로 끌어올려 가지고 깨뜨렸다. 그러자 한 줄기의 연기가 확
하고 떠올랐는가 싶더니, 새끼를 꼬듯 푸른 꼬리를 길게 끌면서
하늘 높이 떠올라갔다. 그 순간 '잘못했습니다! 잘못했습니다! 오,
알라의 예언자시여, 용서해주십시오! 두 번 다시 옛날 과오를 되
풀이하진 않겠습니다' 하고 외치는 무시무시한 소리가 들리더란
말이다. 이윽고 한 줄기의 연기는 보기에도 무서운 형상을 한 거
인으로 변하여, 그 머리는 산꼭대기에 닿을 지경이었다. 그리고는
우리들이 무서워서 벌벌 떨고 있는데 어느 사이에 쓱 하고 사라져
버렸지. 그런데 검둥이들은 천하태평이야. 우리들은 추장에게로 돌
아가서 이 일을 물어보았지. 그러자 추장은 '그것은 마신의 하나로
서 다윗의 아들 솔로몬이 화가 나서 그러한 항아리 속에 마신을
처넣고 납을 녹여서 주둥이를 봉한 다음 바다 속으로 던진거야.
부하 어부들은 가끔 그물을 치다가 그런 항아리를 끌어올리는데
이것을 때려 부수면 마신이 뛰어나와 솔로몬은 아직 생존중이어서
자기들을 용서해줄지도 모른다고 생각하고서 거듭 조아리며ㅡ잘
못했습니다. 오오, 알라의 예언자시여, 하고 외치는거요' 하고 설명

해 주었단다."

교주는 타리브의 이야기를 듣고서 매우 의아하게 생각하며 "그거 참! 정말 솔로몬에게는 대단한 주권이 있었군."하고 감탄했습니다. 그런데 때마침 그 자리에는 알 나비가 알 즈브야니라는 자가 앉아 있었는데, 이 사나이가 말하기를 "이제 타리브가 한 이야기는 자못 그럴싸한 이야기며, 전지전능하신 신의 말씀에 의해서도 증명되어 있습니다.

> 그러므로 알라께서는 말씀하셨도다.
> 자, 솔로몬이여, 일어나서
> 교주가 되어 세상을 다스리라,
> 올바른 행동을 하여 —.
> 그대의 명령을 받들어
> 복종하는 자는 예우하고
> 거역하는 자는 영원히
> 감옥에 넣어 가둬두어라.

그러한 까닭으로 솔로몬은 평소 곧잘 마신들을 항아리 속에 처넣고는 바다 속으로 내동댕이친 것입니다." 교주는 이 시인의 말에 매우 흥미를 느낀 모양으로 "그 솔로몬의 항아리라는 것을 한번 보고 싶구나. 벌이 필요한 사람들에게는 좋은 본보기가 될 법한 일이로다." 하고 말하자 타리브가 대답했습니다. "오오, 충성된 자의 임금님, 한 걸음도 밖에 안나가셔도 보실 수 있습니다. 전하의 형제이신 아브드 알 아지브 빈 마르완님에게 사자를 보내십시오. 마르완님이 곧 마그리브(모로코)의 총독 무사 빈 누사이르(스페인의 최초의 이슬람교도 정복자)에게 편지를 보내 이제 제가 말씀드린 산으로 말을 몰고 가서 거기서 원하시는 수만큼의 호리병을 가지고 오라고 명령하실 것입니다. 왜냐하면 그 산은 누사이르 총독의 영지의 변경과 접경을 이루고 있기 때문입니다."

교주는 상대방의 의견을 받아들이고는 말했습니다. "과연 지당한 말이로다. 여봐라, 타리브, 나는 이 일에 관해서는 그대가 사자가 되어 무사 빈 누사이르에게 가주었으면 좋겠다. 그렇게 하면 백기(교주의 통치 권의 상징)는 물론, 돈이건 명예건, 그대가 원하는 것은 무엇이나 주겠다. 또 그대가 없는 동안은 처자의 일까지 맡아서 돌봐주겠다." "황송하신 분부이십니다." 하고 타리브가 대답하자 교주는 "그럼, 알라의 축복과 가호를 받고서 이제 당장 이 길로 떠나라." 하고 말하고서 자기의 형제들인 이집트의 부왕 아브드 알 아지브와 북서 아프리카의 부왕 무사 빈 누사이르에게 한 통씩 편지를 작성케 하여 누사이르에게는 아들로 하여금 대신 국사를 맡아 보게 하고, 자신이 직접 솔로몬의 항아리를 찾으러 나가라고 명령했습니다. 거듭 안내인을 고용하여 사람 수와 경비를 아끼지 말 것, 어떠한 변명도 용납하지 않을 테니, 절대로 소홀히 해서는 안된다고 단단히 못을 박았던 것입니다.

교주는 두 통의 편지를 봉하여 이것을 타리브 빈 사르에게 주고서 왕기를 앞세우고 되도록 서둘라고 명령했습니다. 이 밖에 여행 중에 쓰라고 금은을 위시하여 기병과 보병까지 따르게 했으며, 집에 없는 동안 가족들이 필요한 물건을 하사한 것입니다. 그래서 타리브는 도성을 떠나 이윽고 카이로에 도착했습니다.

— 샤라자드는 날이 훤히 밝아오는 것을 깨닫자, 여기서 허락된 이야기를 그쳤다.


● 568일째 밤

샤라자드는 말을 이었다. 오, 인자하신 임금님, 타리브 빈 사르는 일단의 호위병을 거느리고 출발하여, 시리아와 이집트의 국경에 있는 사막을 횡단했습니다. 그러자 이집트의 총독이 마중나와 타리브 일행이 이 나라에 체재하고 있는 동안 융숭하게 대접했습니다. 그러고 나서 태수 무사가 주재하고 있는 사이드, 즉 북이집트까지 안내하기 위하여 안내인을 하나 붙여주었습니다. 누사이르의 아들은 타리브의 도착을 듣자, 곧 마중나가 안착을 축하했습니다. 타리브가 교주의 편지를 꺼내 넘겨주니 상대방은 공손히 이것을 받아 머리 위로 받들고 "충성된 자의 임금님의 서한을 확실히 받았사옵니다." 하고 외쳤습니다. 그리고 주요한 가신들을 모으는 것이 최선책이라고 생각하고 그들이 오기를 기다려, 교주의 서한의 취지를 전하며, 어떻게 했으면 좋을까 하고 그들과 의논했습니다.

"오, 태수님." 하고 그들은 대답했습니다. "그곳으로 안내해줄 사람을 구하신다면 사마누드의 주민인 아브드 사마드 이븐 알 아브드 알 쿠즈스 노인을 부르십시오. 그 노인은 박식하며, 사방으로 여행을 하여 온 세계의 바다와 사막과 산과 나라를, 또 그 주민과 여러 가지 이상한 일도 다 잘 알고 있습니다. 그렇기 때문에 그자를 부르신다면 꼭 태수님이 원하는 대로 안내해드릴 것입니다." 그래서 무사는 곧 사자를 보내 불러오게 한즉, 아니 글쎄 형편없이 늙어빠진 노인이 아니겠습니까! 태수는 인사를 하고 나서 "여보시오, 아브드 알 사마드 영감님, 실은 우리 임금님이신 충성된 자의 임금님 아브드 알 마리크 빈 마르완 전하께서 이러이러한 명령을 내리신 것인데, 공교롭게도 나는 교주님이 원하시는 물건이 있는 곳을 모른단 말이오. 듣자니 그대가 그곳도, 가는 길도 잘 알고 있다고 그러던데. 어떻소, 수고스럽지만 나와 함께 떠나 교주님의 원을 풀어드릴 수 없을까? 최고 지상하신 알라의 뜻에 맞는다면 그대의 고생과 수고도 그냥 헛되게 하지는 않으리다."

노인은 대답했습니다. "충성된 자의 임금님의 분부 말씀 잘 알아 들었습니다. 그러나 태수님, 그곳은 멀고도 힘든 길인데다가 길다운 길이라곤 할 수 없습니다" "얼마나 되는 길이오?" 하고 태수가 묻자 노인은 "가는 데 이 년 몇 개월, 돌아오는 데도 똑같은 날짜가 소요됩니다. 길도 험난하고, 무서운 일 투성이며, 이상한 일 뿐입니다. 그런데 태수님은 신상의 전사, 더구나 우리나라는 적국 바로 옆에 있으니까 만일 태수님께서 집을 비우실 경우 나자레 인들이 쳐들어오지 않는다고만도 할 수 없습니다. 그렇기 때문에 그 동안은 누군가 대리를 두시어 나라 일을 맡아보게 하셔야 합니다." 태수는 "옳은 말씀이오." 하고 대답하고는 그 동안은 아들인 하룬을 총독으로 임명하여 전군의 장병에게 충성을 맹세케 한 다음 무슨 일이고 간에 아들의 명령에 거역함이 없도록 하라고 단단히 일러놓았습니다. 일동은 태수의 지시를 듣자 복종을 맹세했습니다.

그런데 하룬은 나면서부터 용맹무쌍한, 천하에 그 이름을 떨치고 있는 뛰어난 무사였습니다. 아브드 알 사마드 노인은 하룬에게 일부러 일행이 가는 국토는 해변을 따라가는 불과 4개월 간의 여로이며, 가는 길에는 차례차례로 야영지가 있고, 풀이 우거져 있고, 샘물도 솟고 있다고 거짓말을 하고서 마지막으로 "오, 충성된 자의 임금님의 부총독님, 당신의 기도에 의하여 반드시 일은 무사히 이루어질 것입니다." 하고 덧붙였습니다.

태수인 무사가 "우리들보다 먼저 어느 국왕이 그 나라에 들어간 적이 있는가?" 하고 물으니 노인은 "네, 한때는 알렉산드리아의 왕 그리스 인 다리우스의 영토였습니다." 하고 대답했습니다. 그러나 노인은 태수에게만 몰래 속삭였습니다. "여보시오, 태수님, 식료품과 물항아리를 잔뜩 실은 낙타를 천 마리만 준비하시오." "도대체 그건 뭣에 쓰자는 거요?" "도중에 카이라완 사막(시레네 사막)이 있는데 횡단에 사흘이나 걸린다는 대사막이며, 그곳에는 물이라곤 한 방울도 없습니다. 한 번 들어서는 날엔 사람 목소리 하나 들리지 않고, 사람새끼 하나 눈에 띄지 않는 황량한 황야입니다. 게다가 시문풍이나 알 쥬와이브라는 열풍이 불어닥치는 까닭으로 가죽 물부대 따위는 곧 말라버립니다. 그러나 물항아리 속에 넣어두면 조금도 지장이 없습니다."

"알았소." 이렇게 무사는 말하고서 알렉산드리아로 사자를 보내 무수히 많은 물항아리를 사오게 했습니다. 그러고 나서 사슬갑옷으로 빈틈없이 무장한 재상 이하 2000명의 기병을 이끌고 여행길에 올랐는데, 그 선두에서 말을 타고 길 안내역을 맡은 것은 다름 아닌 아브드 알 사마드였습니다.

일행은 인가가 있는 곳을 지나는가 하면 폐허 사이를 지나기도 하고, 또 어느 때는 무시무시한 숲과 물이 없는 사막을 가로지르기도 하고, 하늘 높이 솟아오른 산들을 넘기도 하면서 열심히 길을 재촉했습니다. 어느 날 밤새도록 걸어 날이 밝은 후에야 노인은 자신들이 전혀 낯선 곳으로 들어선 것을 깨달았습니다. "영광되고 위대하신 신 알라 외에 주권 없고, 권력 없도다!" 하고 노인이 외치니 태수는 "여보, 노인, 이거 어떻게 하면 좋겠소?" 하고 물었습니다. "신전의 주인께 맹세코 확실히 길을 잘못 들었음에 틀림없습니다!" "어떡하다 그렇게 되었소?" "별이 구름 사이에 가려서 방향을 잘못 알았습니다." "도대체 지금 우린 어디 있는 것이오?" "나는 모르겠습니다. 아직 이런 곳을 본 적은 한 번도 없었습니다." 무사가 "그럼 길을 잘못 든 지점까지 후퇴합시다." 하고 말하자 "안됩니다. 어디서 길을 잘못 들었는지 그것조차 똑똑히 모르니까요." 하고 노인은 대답했습니다.

이윽고 무사는 "자꾸만 앞으로 나가봅시다. 만에 하나 알라의 인도가 있을지도 모르고, 알라의 도움으로 먼저 지점으로 나올지도 모르니까." 하고 말했으므로 일동은 길을 재촉하여 정오 기도 시간쯤에는 아름다운 들녘으로 나왔습니다. 그곳은 넓다란 평탄한 들판으로, 바람 없는 날의 바다처럼 평평했습니다. 그러나 문득 지평선 저쪽에 정체를 알 수 없는 몸집이 큰 시꺼먼 것이 눈에 띄었습니다. 그 중앙 부분은 구름과 같은 것이 푸른 하늘 끝으로 뻗어 있었습니다. 일행이 걸음을 재촉하여 그 가까이까지 가보니 뜻밖에도 그것은 반석처럼 떡 버티고 앉은 엄청나게 큰 대성곽으로, 마치 구름을 찌르는 준봉처럼 솟아 있었습니다. 그 전부가 검은 돌로 지어진 성곽이었는데, 삼엄한 총안흉벽과 눈이 아찔하고 간이 써늘해질 정도로 번쩍번쩍 빛나는 중국 강철로 만든 문이 달려 있었습니다. 그리고 주위로는 무수히 많은 층계가 둘러 있고, 멀리서 구름처럼 보인 것은 실은 높이 100척에 이르는 납으로 만든 중앙에 있는 둥근 지붕이었습니다.

태수는 이것을 보고서 소스라치게 놀랐을 뿐만 아니라, 왜 이 성에는 인기척이 없는 걸일까 의아하게 생각했습니다. 노인도 성 내에 인기척이 없는 것을 확인하자 "알라 외에 신 없고, 모하메드는 신의 사도이시다!" 하고 외쳤습니다. 무사가 "그대가 지금 알라를 칭송하고 공경하는 것을 보니 기분이 좋은 것 같구려." 하고 말하자 아브드 알 사마드는 대답했습니다. "여보시오, 태수님, 기뻐하십시오. 알라(칭송할지어다!)의 덕택으로 우리들은 무서운 숲과 물이 없는 황야에서 구원되었습니다." "어찌해서요?" "실은, 부친에게서 조부의 체험담을 들은 적이 있습니다. '우리들은 어느 때 그곳으로 여행하다 길을 잃고서 문득 그 왕궁에 도착했었다. 거기서부터 놋쇠의 성까지 갔었는데, 지향하는 목적지까지는 꼬박 두 달이 걸리는 길이다. 그러나 어디까지나 해변을 따라서 가야지 해변을 떠나선 안돼. 왜냐하면 알 카르나인 이스칸다르 왕이 만든 물 마시는 곳이며 우물이며 야영지 따위가 있기 때문이다. 왕이 그 옛날 모리타니아 정벌에 나갔을 때 도중 물이 없는 사막과 황야를 지나면서 우물을 파서 못을 만들었다는 것이다.'"

무사가 "그건 고맙고 반가운 소식이군!" 하고 말하자 노인은 다시 말하기를 "자, 이제부터 가서 저 궁전의 신비를 구경하지 않으시렵니까. 좋은 교훈이 될 것입니다." 그래서 태수는 노인과 부하들을 거느리고 왕궁으로 가 문 가까이까지 왔습니다. 가까이 와보니 문은 열린 채로였습니다. 그런데 이 성문은 높다란 원주와 주랑으로 만들어져 있고, 벽과 천정에는 금은과 보석이 박혀 있었습니다. 문까지 가려면 몇 개의 층계를 올라가야 하고, 안에는 갖가지 색깔의 대리석으로 만든 폭이 넓은 층계가 둘 있었는데, 그것은 비할 데 없이 훌륭한 것이었습니다. 또 문간에는 현판 하나가 걸려 있었는데, 금색도 선명하게 고대 이오니아 글자가 새겨 있었습니다. "여보세요, 태수님." 하고 노인은 물었습니다. "읽어볼까요?” 무사는 대답하기를 “읽어보라. 그대에게 신의 축복이 있으시기를 빌겠다! 이번의 여행중에 우리들이 겪은 가지가지의 일들도 모두 그대의 축복에 의한 것이다.” 그래서 학문에 뛰어나고, 모든 언어와 문학에 정통한 노인은 현판 옆으로 다가가 그 위에 새겨져 있는 글씨를 읽었습니다. 그것은 이러한 시였습니다.

> 그들이 우리에게 보여주는 위업의 자취는
> 우리들 모두에게 교훈을 주리라
> 무릇 인간이란
> 조금도 다름없는 똑같은 길을 가는 것이라고.
> 여기 서서 권세가
> 영원히 멸망한 일문의
> 소식을 듣고자 하는 사람들이여
> 자, 이 성문으로 들어서서
> 무덤이 되어버린
> 영화의 자리를 찾을지어다.
> 덧없이 흩어져 멸망한 것은
> 영요영화의 꿈이니
> 현란 사치를 뽐내던
> 권세와 부귀는 이제 어디 있느뇨.
> 그것은 마치 나그네가
> 무거운 짐을 내려놓고 잠시 동안
> 쉬고 나서 이윽고 다시
> 떠나가는 모습과도 같구나.

태수는 이 시구를 듣자, 정신을 잃을 만큼 눈물을 흘리고 울며 “영원히 살아계신 신 알라 외에 신 없도다!” 하고 말했습니다. 그러고 나서 궁전 안으로 들어갔습니다만 그 아름다운 건축미, 꾸밈새의 굉장함에 그저 아연할 따름이었습니다. 잠시 그림과 초상을 바라보며 위안을 얻고 있었는데, 이윽고 다른 문으로 오게 되었습니다. 그곳에도 또 시문이 적혀 있었으므로 노인에게 "자, 이것을 읽어보라!" 하고 말했습니다. 그래서 노인은 앞으로 걸어나가 다음과 같이 읽었습니다.

아아, 옛날 그 얼마나
수많은 사람들이 둥근 지붕
밑에 서서 잠시
쉬지도 못하고 죽어갔는고.
보아라, 세월의 무상함을.
고귀한 사람을 쓰러뜨린
그 화살로써 세상 사람을
얼마나 무자비하게 죽였더냐.
부귀영화를 누리던 사람들은
모은 재물을 서로 나누며
환희를 뒤에 남기고 멸망의
문간으로 지나갔도다.
맛본 환희는 자못 많고
먹어본 진미도 자못 많아라
두어라, 이제는 벌써
진토에 묻혀 구더기의
밥이 되었으니 구슬프구나.

이 노래를 듣고 태수 무사는 하염없이 눈물을 흘리며 한없이 한탄했습니다. "진정 우리들은 위대한 일을 하기 위하여 만들어졌도다!" 이제 일동은 궁전 안을 샅샅이 뒤져보았으나 사람의 그림자 하나 발견할 수 없었고, 안마당도 주택도 황폐할 대로 황폐해져 사람이 살고 있는 기색이라곤 전연 눈에 띄지 않았습니다. 중앙에는 하늘을 찌를 듯이 높이 치솟은 둥근 지붕이 달린 고루가 있고,

그 둘레에는 누런 대리석으로 만든 묘비가 400개나 서 있었습니다. 태수가 가까이 가보니, 그 사이에 길고 가느다란 큰 묘석이 있고, 그 머리 부분에는 다음과 같은 시구를 새긴 하얀 대리석판이 한 장 놓여 있었습니다.

그 몇 번이나 싸웠던가!
그 몇 사람이나 죽였던가!
화복을 맛본 것도 얼마였던가!
먹고 마시기는 그 얼마였던가!
가락이 절묘한 가희의
소리를 들은 것, 또한 몇 번이었던가!
나는 명령했도다 수없이!
나는 금했도다 수없이!
얼마나 많은 성채를
포위하고 함락시킨 나였던가!
성벽 깊이 모여 있던
젊은 처녀를 생포하기도
그 몇 번이었던가!
그러나, 무지 때문에 이 몸은
응보를 이 손에 얻으려고
갖가지의 죄를 범했도다.
응보는 얻어도 소용없고,
아, 헛되이 사라졌어라.
그러니 사람들아 명심하여
죽음과 숙명의 술잔을
마시기 전에 돌아보아라.
너의 머리 위에 한 줌의
흙이 뿌려지면 그 즉시로
너의 목숨은 없어질 것을.

태수도 수행자 일행도 하염없이 눈물을 흘렸습니다. 이윽고 고루 앞에 다가서니 황금 못을 박고 별 모양의 은장식을 달고 온갖 보옥을 박은 백단문이 여덟 개나 달려 있었습니다. 그 최초의 문에 이런 시구가 적혀 있었습니다.

우리들이 죽은 후에 남긴 것은
추호도 고귀한 영혼 때문이 아니라,
그저 보통사람의
운명인 법도 때문이로다.
그 옛날 행복했던 날의 나는
그저 교만하여
방자하게 보고를 지키느라고
사자처럼 싸웠도다.
쉴 새 없이 보물을 모으고
나면서부터의 탐욕 때문에
나의 영혼을 지옥의 불에서
구하려고 겨자 씨 하나
주는데도 발발 떨었더니라.
이러다가 어느 날 갑자기
만물을 창조하신
신의 어명 내리시니
이 목숨은 덧없이 끊어졌어라.
인명은 재천이기에
부질없는 권모술수
부려본댔자 막을 길 없어라.
나의 군사도 소용없고
나의 벗도 나의 이웃도
이 궁지 구할 길 없어라.
고락을 맛보고 회비 겪었으니

긴 세상을 저승의 문으로
떠나기도 지쳤어라.
낙타를 몰아 무덤 파는 사람
새벽의 먼동이 트기 전에
너의 후사를 데려오리라.
심판의 날에 너는 서리라.
수많은 죄업에 울며
주 앞에 무릎 꿇고.
이 세상의 유혹 물리치고
잘 보라, 너의 가족에게
이웃에게, 심판관이
무슨 보답을 나누어줄 것인가를.

무사는 이 시를 듣자, 하염없이 울며 기절하고 말았습니다. 이윽고 제정신이 들어 고루 안으로 들어서니, 그 안에는 보기에도 무서운 장방형의 무덤이 하나 있었습니다. 그 위에 중국 강철의 서판이 하나 있었으므로 아브드 알 사마드 노인은 옆으로 가서 그 비문을 읽었습니다.

『영원하신 알라, 처음 없고 끝이 없는 신의 이름으로, 낳는 일 없고, 태어나는 일 없고, 세상에 다시 없는 알라의 이름으로. 멸망을 모르는 살아계신 신의 이름으로!』

—샤라자드는 날이 훤히 밝아오는 것을 깨닫자, 여기서 허락된 이야기를 그쳤다.


● 569일째 밤
샤라자드는 말을 이었다. 오, 인자하신 임금님, 아브드 알 사마드 노인은 어젯밤의 비문을 계속 읽어나갔습니다.

『오, 이 땅을 찾아온 그대여, 덧없는 세월의 무상과 운명의 유위변전을 잘 바라보며 자신의 교훈으로 삼을지어다. 이 속세와 그 영화, 허식, 오류, 허위, 헛된 유혹에 속지 말라. 생각건대 현세는 아첨과 기만과 모반에 가득 차고, 속세의 일락은 다만 일시적인 것이므로 이윽고는 임자에게로 돌려보내야 할 것이기 때문이다. 그것은 마치 일시에 사라지는 꿈과 환상과도 같고, 혹은 갈증에 시달리는 자가 물이라고 생각하는 사막의 신기루와도 같으니라. 죽음에 이르기까지 사람의 눈에 현세를 화려하게 비치게 하는 것은 악마의 소행이로다. 이것이 뜬 세상의 습성이니라. 그러므로 그대는 인간세상을 믿지 말라. 마음을 기울이지도 말라. 왜 그런고 하니 인간세상을 믿고, 매사에 뜬 세상에 몸을 맡기는 자는 도리어 속기 때문이니라. 인간세상의 함정에 빠지지 말라. 그 소매 끝에 매달리지도 말라. 자신의 본을 보고 경계로 삼아라.

나는 일찍이 4000마리의 밤색 말과 호화 궁전을 가지고, 달 같은 가슴이 풍만한 미희를 1000명이나 가지고 있었더니라. 사나운 사자와도 같은 남아를 1000명이나 가지고 있었더니라.

그리하여 마음도 가볍게 들떠서 1000년이나 살았고, 삼천세계의 온갖 왕후보다도 더 많은 거부를 쌓았더니라. 환락이 영원히 계속될 줄로만 알았기 때문이니라.

그러나 몰랐노라. 나를 찾아온 것은 환희를 멸망시키고, 교제를 끊고, 단란을 파괴하고, 사람이 사는 땅을 황폐화시키고, 남녀노소 귀천의 구별없이 이것을 죽이는 자였더라. 그는 빈자의 곤궁을 불쌍히 여기는 일 없고, 또 왕후의 명령을 두려워하지도 않더라. 그렇다, 우리들은 이 왕궁에서 편안히 살고 있다가 드디어 삼계의 왕, 천계의 주, 대지의 주의 심판이 내리고, 뚜렷한 진실(알라의 별 명의 하나)의 복수를 만났도다. 이렇듯 날마다 둘씩 세상을 떠나, 이윽고 수많은 동포는 멸망하였도다. 나는 파멸의 전당으로 들어가, 우리들과 함께 살며, 우리들을 죽음의 바다로 빠뜨리는 광경을 보았으니, 글쓰는 사람을 불러 이러한 시구와 교훈을 쓰게 하고, 문을 위시하여 현판, 묘석 따위의 위에도 자와 끌로써 이것을 새기게 하였노라.

아, 나에게 100만의 기병이 있었도다. 팔 힘이 뛰어난 강자로서 긴 창, 빛나는 사슬갑옷, 찬연한 칼로써 무장한 전사였도다. 그래서 나는 강자들에게 길다란 사슬갑옷을 입히고, 날카로운 칼을 차게 하고, 준마를 타게 하고, 무서운 창을 옆으로 빗겨들게 명령하였도다. 그리하여 천지의 주께서 정하신 법도가 우리들에게 내릴 때마다 나는 그들에게 말하였도다. '오오, 너희들 군병이여, 너희들은 전능하신 왕자께서 내리신 파멸을 피할 수 있겠는가?' 그러나 군병 모두 무력하여 '어떠한 시종도 접근하기 어려운 신, 문짝이 없는 문의 주인과 어찌 싸울 수 있겠는가?' 하고 대답하였도다.

그래서 나는 일동에게 말하였도다. '나의 재보를 가지고 가라.' 그런데 나는 보고에다 1000개의 물통을 가지고, 각 물통에는 순금 및 백은을 1000킨다르($\left(\begin{smallmatrix}1\ 킨다르는\\ 100\ 파운드\end{smallmatrix}\right)$), 그 밖에 진주, 모든 종류의 보옥, 귀중품 등 세계의 어떤 왕후도 미치지 못할 만큼 쌓아두었으니, 신하는 즉시 명령에 복종하여, 나의 눈앞에 모든 보물을 늘어놓았도다. 그때 나는 '이 모든 보물로 나의 몸을 살 수 있을까? 혹은 하루의 생명을 구할 수가 있을까?' 하고 물었으나 일동은 대답하지 못했도다.

이리하여 일동은 전세의 숙명과 운명에 자신을 맡기고, 나도 또한 알라의 심판에 복종하여 피할 길 없는 고뇌를 잘 참았도다. 그리하여 마침내 신은 나의 영혼을 뺏고, 나의 무덤에 잠들게 하였도다. 나의 이름은 무엇이냐 하면 나는 대아드족의 아들 샤다드의 아들 크슈로다.』

그리고 서판 위에는 다음과 같은 시구가 새겨져 있었습니다.

나의 이름을 알고자 하면
자, 일러주리라, 나야말로
유위변전하는 세월에
목숨 다한 샤다드의 아들.
온갖 백성을 다스리고
삼천세계를 지배하였도다.
완미고루한 백성도
나의 뜻을 좇더라, 한결같이
샴에서 카이로, 아드난이
살던 땅의 끝까지도.
수많은 왕자를 무찔러
의기양양 백성을 다스리고,
백성들 한결같이 나의 복수를
두려워하지 않는 자 없었도다.
그렇다, 백성도 삼군도
나의 수중에 들어
적도 아군도 온 세계가
나를 두려워 하였도다, 한결같이
일단 내가 말을 타고
병마를 사열하는 그때에는
울부짖는 말에 올라탄
군병의 수는 바로 100만.
내가 모은 금은은
이루 다 헤일 수 없는 거부로서
불행한 나날에 대비하여
부지런히 모은 재보이니라.
목숨을 사기 위해서라면

잠깐 동안의 나의 파멸을
지연시켜줄 수 있는 일이라면,
나의 재보를 모두 내버려도
나는 마다하지 않으리.
그러나 신의 뜻은 꺾을 수 없어
동포와의 연을 끊고서
혼자 사는 신세가 되었도다.
사귐을 끊는 죽음의 신은
이 몸의 운명을 일변시켜
호장무류한 왕궁에서
한 폐허로 옮겨놓았도다.
하늘의 보답을 약속받은
영예도 드높은 나의 위훈
모두 매장되어 간 곳 없고,
나의 수많은 죄업
사라진 것도 비통하고나.
그러니 두려워할지어다, 절벽의
가장자리를 걷는 사람
무상한 운명과 세월의
영고성쇠를.


　태수 무사는 인간의 도살장과 같은 모습을 눈앞에 바라보며 몹시 상심하여 사는 것조차 싫어졌습니다. 그러고 나서 궁전 안의 크고 작은 통로를 돌아다니면서 거실과 유원지를 구경하고 있던 중 우연히도 노가주나무로 만든 네 개의 다리가 달린 노란 얼룩마노 식탁이 있는 곳으로 오게 되었습니다. 그 위에는 이런 문구가 새겨져 있었습니다.

　　『이 식탁에서 식사를 한 자는 오른쪽 눈이 먼 왕후 1000명,

왼쪽 눈이 먼 왕후 1000명, 그 밖에 두 눈이 다 성한 1000명의 왕자니라. 그러나 그 모두는 벌써 저 세상으로 가서 무덤을 살 집으로 삼았노라.』

태수는 이 문구를 죄다 베낀 다음 오직 이 식탁 하나만을 가지고 궁전을 떠났습니다. 그리고 나서 또다시 군사를 이끌고 아브드 알 사마드 노인의 안내로 사흘간 여행을 계속하여 마침내 어느 언덕에 당도했습니다. 언덕 꼭대기에는 놋쇠 기사가 하나 서 있었는데 한 손에는 폭이 넓은 날이 달린 긴 창을 쥐고 있었습니다. 그 창에는 다음과 같은 글구가 새겨져 있었습니다.『오오, 나를 찾아온 그대여, 만일 그대 놋쇠의 성으로 가는 길을 모른다면 이 기사의 손을 문질러볼지어다. 그러면 기사는 빙빙 돌다가 이윽고 멎으리라. 기사의 얼굴이 향한 방향으로 겁낼 것 없이 전진하라. 그러면 쉽게 놋쇠의 성에 닿게 되리라.』

—샤라자드는 날이 훤히 밝아오는 것을 깨닫자, 여기서 허락된 이야기를 그쳤다.

● 570일째 밤

샤라자드는 말을 이었다. 오, 인자하신 임금님, 태수 무사가 기사의 한 손을 비비자, 기사는 눈이 부신 번갯불처럼 빙글빙글 돌다가 일행이 향하고 있는 방향과는 전혀 다른 방향으로 얼굴을 돌리고서 멎었습니다. 그리하여 일행은 기사가 가리킨 길(그것이 올바른 길이었는데)을 따라 전진한 것입니다. 사람들의 발자국이 있는 길이었으므로 주야를 가리지 않고 길을 재촉하여 마침내 무사히 광막한 변경을 벗어나게 되었습니다. 그런데 뜻밖에 연통같이 생긴 꺼먼 돌기둥과 맞부딪치게 되었는데, 자세히 보니 그 안에는 사람처럼 보이는 것이 겨드랑 밑까지 묻혀 있었습니다. 피부색은 새까맣고, 키는 크고, 보기에도 무시무시한 모양을 하고 있으며, 모발은 말꼬리를 연상시키고, 또 두 눈은 석탄불처럼 활활 타오르고, 얼굴은 세로로 찢어져 있었습니다. 게다가 이마 한복판에 살쾡이와 흡사한 눈이 또 하나 달려 있고, 거기서 불꽃이 튀어나오고 있었습니다. 이 괴물은 고함을 지르며 "심판의 날까지 나에게 이렇게 쓰라린 가책과 참혹한 형벌을 내리신 우리 주께 영광 있으라!" 하고 외쳤습니자.

일동은 이 괴물을 보자, 무서워서 벌벌 떨며 발길을 돌려 도망치려고 했습니다. 그래서 태수 무사가 아브드 알 사마드 노인에게 "저건 뭐요?" 하고 묻자 노인은 "모르겠는데요." 하고 대답했습니다. 무사는 거듭 재촉하여 "가까이 가서 사정을 알아보라. 어쩌면 자세한 것을 털어놓을지도 모르니까." "태수님, 알라의 가호가 당신께 있으시기를! 사실은 나는 저것이 무섭습니다." 그러나 태수는 다시 말을 이었습니다. "무서워할 것은 없다. 저놈은 땅속에 묻혀 있으니까 그대나 누구에게나 달려들 수는 없을 테니까"

그래서 아브드 알 사마드는 기둥 옆으로 다가서 그 안의 괴물에게 말을 건넸습니다. "여봐, 네 이름은 무엇이며, 도대체 어떤 놈이냐? 그리고 어떻게 된 일이냐, 그런 꼴을 하고 있으니?" "나는 마족 중의 마신이다." 상대방은 대답했습니다. "이름은 알 아마슈의 아들 다이슈인데, 전능하신 신의 손으로 감금되어, 알라의 심판에 의하여 처벌을 받은 것이다. 주권과 권력의 소유자인 신께서 나를 석방해주실 날까지." 하고 말했으므로 노인이 당장 그 이유를 물었습니다. 그러자 마신은 대답했습니다.

글쎄, 정말 내 신세는 기구하기 짝이 없다. 이야기를 하자면 이렇다. 마신의 후예 하나가 홍옥으로 만든 우상을 가지고 있었는데, 나는 그것을 보관하는 책임을 맡고 있었다. 그리고 어느 한 왕도 이 우상을 섬기고 있었다. 바다의 왕자 중의 왕자로, 나는 새도 떨어뜨린다는 권세가 도도한 왕이었다. 산하에는 몇백만이라는 수많은 마족의 전사를 거느리고, 그 부하들이 칼을 휘두르며 왕의 적을 무찌르고, 유사시에는 소집에 응하여 모여들었다. 이놈들은 모두가 내 부하들로서 나의 지시에 따라 움직였다. 우리들은 모두가 다윗의 아들 솔로몬(편안히 눈을 감으시라!)에게 반기를 들었던 것이다. 그래서 나는 언제나 우상의 뱃속에 숨어들어가서 내가 우상이 되어 이래라 저래라 하고 지시를 내리곤 했다.

그런데 그 왕의 공주가 대단한 우상숭배자여서 늘 우상 앞에 무릎을 꿇고는 열심히 기도를 올렸다. 그 공주는 당대 최고의 미녀로서 인물이며, 아리따운 맵시며, 기품이며 다 뛰어난 천하에 다시 없는 여자였다. 그런데 이 공주가 미녀라는 소문이 솔로몬의 귀에 전해지자 솔로몬은 그 부친에게 사자를 보내어 이렇게 전하게 했다. "그대의 딸을 아내로 맞이하고 싶다. 그리고 그대는 홍옥 우상을 파괴하여 '알라 외에 신 없고, 솔로몬은 알라의 예언자이니라!' 하고 외어 내 말을 받아들여라. 만일 그대가 나 하라는 대로 하면 내 몫을 너에게도 나눠주고, 그대의 빚은 나의 빚으로 받아들이겠다. 그러나 만약 그대가 거절하면 주의 부르심에 응할 준비를 하고, 수의를 입는 게 좋을 것이다. 나는 무적의 군대를 이끌고 공격하려고 생각하기 때문이다. 이 황량한 대지를 병마로 가득 채우고, 그대는 지나가서, 돌아오지 않는 어제와 같은 신세가 될 것이다."

임금님의 이 전갈을 듣자, 바다의 왕은 반항심과 교만한 마음으로 거만하게 가슴을 펴고 뒤로 몸을 젖히며 대신들에게 외쳤다. "그대들은 어떻게 생각하는가? 실은 다윗의 아들 솔로몬이 내 딸을 자기 아내로 삼겠다며, 홍옥 우상을 깨뜨리고 이슬람교로 귀의하라는 전갈을 보냈단 말이다!" 그러자 대신들이 이구동성으로 대답하기를 "오, 위대하신 임금님, 솔로몬 따위가 임금님에게 어찌 그런 짓을 할 수 있겠습니까? 설혹 솔로몬이 이 망망대해 한복판에 계신 전하에게로 쳐들어온다 하더라도 도저히 전하에겐 상대가 되지 않을 것입니다. 왜 그런가 하니 마족의 한 떼가 전하 편에 들어 싸울 것이고, 또 전하께서 섬기시는 신께 원조를 구하시면 신도 필경 전하를 도우시고 승리를 갖다주실 테니까 말입니다. 그러하온즉 이 사건에 관해서는 전하의 수호신(아까 말씀드린 우상

말입니다)에게 의논을 드려 그 의향을 들으시는 것이 좋으리라고
생각합니다. 만약 신께서 싸우라고 말씀하시면 싸우십시오. 만약
그렇지 않으면 그만두십시오.”

그래서 임금님은 곧 우상 앞으로 가서 제물을 바치고, 사람을
희생으로 바치고 나서 우상 앞에 무릎을 꿇고 이마를 땅에다 대고
서 눈물을 흘리면서 이런 노래를 불렀다.


오, 나의 신이시여, 나는 아나이다
힘도 굳센 당신의 손을.
당신을 파괴하여 쫓아버리려는
솔로몬 왕의 협박이 있으니
오, 나의 신이여, 나는 이제
당신 앞에 엎드려 절하며
당신의 전갈을 비나이다.


그래서 나는(마신은 노인과 주위의 사람들에게 이야기를 계속했
습니다) 멋도 모르고 경솔하게 솔로몬의 법도도 주권도 전혀 모른
채 우상의 뱃속으로 몰래 들어가서 이런 대답을 해주었다.


내 생각은 어떤가 하면
솔로몬 따위는 눈꼽만치도
겁낼 것 없는 무리로다.
나의 재주는 깊고
나의 지혜야말로 정말 끝이 없도다.
만일 일전을 원한다면
나 또한 보여주리 나의 투혼을,
저 몸으로부터 영혼을
갈갈이 찢어버리리라 용서없이!

  임금님은 나의 엉터리 대답을 듣자, 자못 용기가 생겨 예언자에게 도전하여 싸워보리라 결심한 것이다. 그래서 임금님은 사자를 채찍으로 몹시 때린 다음 으름짱을 늘어놓고는 솔로몬에게 터무니없는 회답을 보냈던 것이다.『네놈은 멋도 모르고 어쩌면 그런 터무니없는 생각을 했단 말이냐. 네놈은 엉터리 거짓말을 늘어놓아 나를 위협할 셈인가? 하지만 어쨌든 싸움 준비를 하는 것이 좋을 것이다. 만일 네놈이 쳐들어오지 않는다면 내 쪽에서 반드시 쳐들어가겠다.』

  사자는 솔로몬에게로 돌아가서 자초지종을 자세히 보고했다. 그러자 예언자는 마치 심판의 날처럼 화를 내고서 곧 싸울 준비에 착수하여 인간과 마신과 새와 뱀 따위의 군대를 소집한거야. 대신이며 마족의 대장이기도 한 알 디미르야트에게 온 세계의 마신을 불러들이라고 지시했으므로 마족의 대장은 6억이나 되는 마귀를 규합했다. 게다가 또 솔로몬의 명령으로 대신 아사흐 빈 바르기야도 100만 이상에 이르는 군세를 소집한 것이다. 솔로몬은 이 총세에다 무기와 갑옷을 주어서는 함께 양탄자에 올라 타 하늘 높이 떠올라 날아간 것이다. 짐승은 땅 위를 전진하고, 새는 머리 위를 날아 간다는 식으로 말이다. 마침내 완고한 왕이 있는 섬으로 내려 사방팔방에서 이것을 둘러싸 송곳 꽂을 틈도 없이 빽빽이 대지를 채웠던 것이다.


  ―샤라자드는 날이 훤히 밝아오는 것을 깨닫자, 여기서 허락된 이야기를 그쳤다.


  ●571일째 밤
  샤라자드는 말을 이었다. 오, 인자하신 임금님, 마신은 다시 이야기를 계속했습니다.
  ―그래서 예언자 솔로몬(편히 눈을 감으시오!)은 군대를 이끌고 섬으로 내리자, 우리들의 왕에게 사자를 보내 이렇게 전갈을

전한 것이다. "마침내 왔다. 그대 위에 내리닥친 것을 뿌리쳐 자신의 목숨을 방어하거나, 아니면 깨끗이 항복하여 나의 종지를 인정하고, 그대의 딸을 정처로 다오. 그대의 우상을 파괴하고, 오직 유일한 받들어야 할 신만을 숭배하라. 그리고 그대도 그대의 일족도 당도 '알라 외에 신 없고, 솔로몬은 알라의 사도이니라!' 하고 외어 증거를 보여라. 만일 그렇게 하면 나는 그대를 용서하여 위해는 가하지 않겠다. 그러나 그렇게 하지 않으면 이 섬에 있으며 방비를 공고히 해본댔자 소용없으리라. 왜냐하면 알라(칭송할지어다!)는 바람으로 하여금 나의 지휘를 따르라고 명령하셨기 때문이다. 그래서 나는 양탄자에 올라타 그대에게로 가라고 신풍에게 명령한 것이다. 그대에게 본보기를 보여 다시는 못난 짓을 못하게 하려고 생각한 것이다."

그러나 왕은 솔로몬의 사자에게 이렇게 대답한 것이다. "그런 요구를 들을 귀는 가지고 있지 않다. 이쪽에서 쳐들어간다고 전하라."

이 회답을 가지고 사자가 솔로몬에게로 돌아오자, 솔로몬은 곧 100만에 이르는 부하 마신들을 소집하고, 바다의 산들의 꼭대기로부터 마족과 악마 등을 몰아내어 모두를 한곳에 모아 병기고를 열고서 무기와 갑옷을 나눠주었다. 그리고 나서 예언자는 군세를 전투태세로 정비하여, 짐승을 두 대로 나눠 일대는 군대 오른쪽에, 또 한 대는 왼쪽에 붙여서 적의 군마를 무찌르라고 명령한 것이다. 게다가 섬 안의 새에게는 적의 머리위를 빙빙 돌면서 적이 공격을 가하려고 하면 부리로 눈알을 빼고, 깃으로 얼굴을 때리라고 명령한 것이다. 그러자 새들은 "오, 알라의 예언자여, 알라와 당신의 명령에 복종하겠습니다." 하고 대답하였다.

그러고 나서 솔로몬은 보옥을 박고, 순금을 깐 설화석고의 옥좌에 앉자, 대신인 아사흐 빈 바르기야와 인간의 왕후들을 오른쪽에, 알 디미르야트 대신과 마신의 왕자들을 왼쪽에 앉히고, 짐승과 독사와 구렁이를 선두에 세우고서 바람에게 하늘 높이 싣고 올라가라고 명령했다. 이리하여 그들은 짐승과 살무사와 뱀들을 앞세워 일제히 노도처럼 우리에게로 쳐들어온 것이다. 우리들은 큰 들녘에서 이틀 동안 싸웠는데, 사흘째 되는 날에 우리들의 머리 위로 재액이 내리닥치며, 최고 지상하신 알라께서 마침내 심판을 내리신 것이다.

나와 내 부하 장병들은 선두에 서서 적진으로 쳐들어갔는데 나는 부하들에게 이렇게 뽐냈다. "너희들은 여기 가만히들 있거라. 이제 내가 뛰어나가 알 디미르야트에게 도전하여 일 대 일의 싸움을 해보일 테니까." 그러자 별안간 상대방인 알 디미르야트가 불을 내뿜고, 연기를 토하면서 마치 큰 산과 같은 몸집으로 일 대 일의 싸움에 나오는 것이었다. 그리고 나를 향하여 불덩어리 유성을 던졌는데, 내가 획 몸을 피하는 바람에 다행히도 맞진 않았다. 그래서 이번엔 내 쪽에서 불덩어리를 던진 것인데 이것이 어김없이 명중했으나, 놈은 창으로 내가 던진 불덩어리를 쳐버리기가 무섭게 요란한 소리로 호통을 치는 것이었다. 마치 하늘이 떨어져 산도 흔들릴 만한 큰 소리로 말이야. 그리고 나서 부하 장병들에게 돌진하라고 명령하더군. 명령이 떨어지자 놈들은 와 하고 몰려올 밖에. 이쪽도 반격으로 나서서는 서로 함성을 지르며 일진일퇴의 격전이 벌어졌지. 점차 전투는 치열해지고 티끌은 자욱이 하늘로 떠오르고 쌍방 병사들의 심장은 당장에라도 터지고 말 지경이었다. 새와 하늘을 나는 마신은 공중에서, 짐승과 인간과 땅을 걷는 마신은 티끌 속에서 싸우고, 나는 알 디미르야트를 상대로 하여 쌍방이 다 녹초가 될 때까지 사투를 벌였다.

그러던 중 마침내 나는 힘이 빠져 돌아서서 도망쳤다. 그렇게 되자 부하들도 마찬가지로 다리야 날 살려라고 패주했을 밖에. 때마침 솔로몬이 함성을 지르며 "저주받을 괘씸한 놈, 맹위를 떨친 저놈을 잡아라!" 하고 명령을 내리더군. 그러자 병사는 병사대로 마신은 마신대로 달려들고, 예언자의 명령을 받은 군병들은 좌우로 짐승과 사자를 거느리고 우리들에게로 달려들어 우리편 말을 물어뜯는 둥, 병사들을 찢어발기는 둥 혈전이 벌어졌지. 한편 새는 머리 위를 날아 돌아다니며 발톱과 부리로 눈알을 쪼아내기도 하고, 날개로 얼굴을 때리기도 하고, 구렁이는 구렁이대로 날카로운 이빨로 물어대니 견딜 재주가 있어야지. 마지막엔 우리편은 거의가 다 대추야자 줄기처럼 땅에 뻗어버리게 되었다.

그런 모양으로 우리편 왕은 참패를 당하여 모두 솔로몬의 포로가 되었어. 나는 말이야, 알 디미르야트의 손아귀에서 용케도 벗어나긴 했지만 아, 글쎄 놈은 3개월 동안이나 나를 쫓아다니다가 마침내 녹초가 되어 쓰러진 나에게로 달려들어 사로잡았지 뭐야. 내가 "당신을 높이고, 나를 떨어뜨리신 신의 공덕에 맹세코 제발 나를 용서하여 솔로몬님의 앞으로 데려가주십시오." 하였더니 놈은 나를 솔로몬 앞으로 끌고 갔어. 그러자 솔로몬은 나를 밟고 걸어차고 한 끝에 이 기둥을 가지고 오게 한 다음 그 속을 파내고서 나를 그 속에다 쳐박고는 쇠사슬로 묶어 도장 찍힌 반지로 봉인하고 말았어. 그러고 나서 알 디미르야트가 손수 짊어지고서 여기까지 날라온 거야. 게다가 솔로몬은 대천사에게 명하여 나를 감시케 했으므로 이 기둥은 심판의 날까지 나의 감옥이 된 셈이지."

—샤라자드는 날이 훤히 밝아오는 것을 깨닫자, 여기서 허락된 이야기를 그쳤다.

### ●572일째 밤

샤라자드는 말을 이었다. 오, 인자하신 임금님, 기둥 속에 갇힌 마신이 신상에 관한 자초지종을 이야기하자 일동은 이야기는 말할 것도 없고, 상대방의 추악한 얼굴을 보고서 깜짝 놀랐습니다. 태수 무사는 자기도 모르게 "알라 외에 신 없도다! 정말 솔로몬은 대단한 주권을 이어받았구나!" 하고 말했습니다. 이윽고 아브드 알 사마드 노인은 마신에게 "여봐라! 하나 너에게 물어보고 싶은 게 있는데 가르쳐다오." "무엇이든 물어보라." 하는 마신 다이슈의 대답에 노인은 "이 근처에 솔로몬(편안히 눈 감으시라!)의 시대부터 오늘까지 쭉 놋쇠 항아리 속에 갇혀 있는 마신은 없는가?" 그러자 마신은 "있고 말고. 알 카르카르의 연안에 있다. 그 근처에는 노아(편안히 눈 감으시라!)의 후손이 살고 있는데, 왜냐하면 그곳은 대홍수가 미치지 못했던 곳으로 다른 아담의 자손들과는 전혀 교섭이 없었기 때문이다." "그럼 놋쇠의 성으로 가는 길과 솔로몬의 항아리의 소재는? 거기까지 가려면 얼마나 시간이 걸리느냐?" "아주 가깝다" 마신은 그렇게 대답하고서 그 방향을 가리켰습니다.

그래서 일행은 마신과 헤어져 길을 재촉했습니다. 이윽고 저 멀리 앞쪽으로 시꺼먼 커다란 것이 나타났는데, 그 가운데 불기둥이 두 개 마주 서 있었습니다. 태수 무사가 노인에게 "저 커다란 시꺼먼 것과 두 개의 불기둥은 무엇이냐?" 하고 묻자 노인은 대답했습니다. "저, 태수님, 기뻐하시오. 저것은 놋쇠의 성인데, 내가 가지고 있는 '감추어진 재보의 책'에도 나와 있습니다. 성벽은 검은 돌로 만들어져 있고, 안달루시아산 놋쇠탑이 두 개 붙어 있습니다. 멀리서 이것을 보면 마치 두 개의 불기둥처럼 보이는데, 그 때문에 놋쇠의 성이라고 불리고 있는 것입니다."

그러고 나서 일행은 걸음을 재촉하여 이윽고 도시 가까이까지 왔습니다. 그러자 이건 또 뭡니까, 마치 산의 일부가 아니면, 거푸집에 부어낸 쇳덩인가 싶고, 성벽과 보루의 높이는 하늘을 찌를 듯이 솟아 있고, 난공불락을 자랑할 만큼 견고해 보였습니다. 그러면서도 건물과 짜임새의 아름다움은 타의 추종을 불허할 정도였습니다. 일행은 곧 말에서 내려 입구를 찾았습니다. 그러나 입구는 고사하고 틈 같은 것조차도 눈에 띄지 않았습니다. 실은 이 성에는 25개의 성문이 있었습니다만 어느 것도 밖에서는 보이지 않았습니다.

그래서 태수가 말하기를 "여보, 영감, 이 도시에는 문다운 것이 하나도 눈에 띄지 않으니 어떻게 된 셈이오?" 그러자 노인은 "아닙니다, 태수님, 나의 '감추어진 재보의 책'에는 적혀 있습니다. 스물하고도 다섯 개의 문이 있어도 모두가 다 성 안에서가 아니면 열 수가 없다고." 태수 무사가 "그럼, 어떻게 해서 도시 안으로 들어가서 그 불가사의를 구할 수 있을까?" 하고 묻자, 사르의 아들 타리브라는 대신이 대답하기를 "알라시여, 부디 태수님을 지켜주옵소서! 여기서 2, 3일 쉬기로 합시다. 신의 뜻에 맞는다면 그 동안 어떻게 궁리하여 성벽 안으로 들어갈 수도 있겠지요." 그래서 무사는 부하 하나에게 "낙타를 타고 성벽 주위를 한 바퀴 삥 돌아보라. 만에 하나라도 입구나, 아니면 이 정면의 벽보다 얼마간 얕은 곳이 눈에 뜨일지도 모르니까. 그렇지 않더라도 인샬라! 빠져나갈 만한 틈이 눈에 띌지도 모르지."

그래서 그 부하는 물과 먹을 것을 가지고서 이틀 낮 이틀 밤 동안 고삐를 늦추지 않고 성벽 주위를 빙빙 돌았습니다. 그러나 성벽은 마치 금속 덩어리인 것처럼 짬도 없을 뿐더러 입구도 없습니다. 그 부하는 사흘째에 또다시 동료 일행이 있는 데까지 돌아왔습니다만 너무나 넓고도 높은 성벽이었으므로 그만 실망하여 "오, 태수님, 가장 넘기 쉬운 곳은 태수님께서 말에서 내리신 이 장소입니다." 하고 말했습니다.

그래서 태수 무사는 타리브와 아브드 알 사마드를 데리고 도성이 내려다보이는 가장 높은 언덕으로 기어올라갔습니다. 꼭대기에 도달하자 눈앞에 전개된 도성의 그 장대한 경치와 아름다움은 세상에 이런 곳이 또다시 있을까 싶을 정도였습니다. 높이 솟아오른 집과 저택을 위시하여 궁전, 누각, 번쩍거리는 둥근 지붕, 높은 등대, 다시없이 견고한 보루 따위가 늘어서 있고, 개울은 졸졸 흐르고, 꽃들은 활짝 피어 교태를 자랑하고, 과일은 주렁주렁 익어서 빨갛게 빛나고 있었습니다. 정말 난공불락의 성벽을 둘러쌓은 도시였습니다. 그러나 사방은 괴괴하게 고요하여 인기척이라고는 눈에 띄지 않고, 사람의 목소리도 들리지 않을 뿐더러, 사는 사람이라고는 더욱 없습니다. 부엉이는 거리 모퉁이에서 부엉부엉 울고, 새들은 광장 위를 가볍게 날며, 왕까마귀는 그 옛날 이 도시에서 살고 있던 주민을 애도하여 번화가에서 울어대고 있었습니다.

태수는 이 황폐해진 도시의 양상이 의아하게만 생각되고, 또 구슬퍼지기도 하여 잠시 망연히 서 있었습니다만 "세월도 온갖 변천도, 무상한 세상도 손상할 수 없는 신에게, 그 힘으로써 만물을 창조하신 신에게 영광 있으라!" 하고 외었습니다. 그러다 문득 옆을 바라보니 먼 저쪽에 백대리석의 서판이 일곱 개 늘어서 있는 것이 눈에 띄었습니다. 그래서 옆으로 가까이 가보니 비문이 새겨져 있으므로 곧 노인을 불러 이것을 읽어보라고 명령했습니다. 노인이 앞으로 나와 비문을 조사해보니 그것은 뜻있는 사람들에게 견책과 훈계와 충고를 설파한 것이었습니다.

최초의 서판에는 고대 그리스 문자로 이렇게 적혀 있었습니다.

『오, 아담의 아들이여, 너는 너 자신의 앞에 있는 것에 관하여 그 얼마나 무관심한가! 진정 나이를 거듭한 네 연치도 보람없이 마침내 네 마음은 거기서 이탈하여 사라졌도다. 너는 모르는가, 죽음의 술잔은 너를 멸망케 하기 위하여 채워지고, 너는 삽시간에 찌꺼기까지도 마시게 된다는 것을. 너는 무덤 속에 들어가기 전에 너 자신의 운명을 잘 생각해보라. 여러 나라를 통치하고, 알라의 종에게 굴욕을 주고, 궁전을 세우고, 산하에 대군을 거느리던 제후는 이제 어느 곳에 있는가? 환락을 없애고, 사귐을 끊고, 집을 황폐케 하는 자, 마침내 제후의 머리 위로 날아와 광대한 왕궁으로부터 좁다란 무덤 속으로 그들을 옮겼도다.』

그리고 서판 아래에는 이러한 시구가 적혀 있었습니다.

대지에 모여 세상을 통치한
왕후 군자는 이제 어느 곳에?
사람들 단란하게 살던 집을

영원히 버리고 떠났도다.
무덤 속으로 들어갈망정 지난날의
한 일 때문에 보답이 있어,
죽은 후에 시체는
세월과 더불어 썩어버렸도다.
병마는 어디에? 이제는 벌써
지키고 막을 힘 없도다!
보고 속에 쌓아둔 금은
보배는 어디로 가버렸는가?
구천의 신, 그저 한마디
불시에 왕자의 허를 찌르면
금은재보도 은신처도
신의 운명만은 막을 길이 없구나!


태수는 이것을 듣자, 소리 높여 울고, 눈물을 죽죽 흘리면서 외쳤습니다. "알라께 맹세코, 속세를 버리는 것이야말로 가장 현명한 길이며, 유일한 구제의 길이로다!" 그리고 붓과 종이를 가져오라 하여 최초의 서판에 새겨진 글을 베꼈습니다. 이어 두 번째 서판으로 다가가서 보니 그 위에는 이런 글이 새겨져 있었습니다.

『오, 아담의 아들이여, 무엇에 눈이 어두워 너는 상제에 대한 공경을 게을리하였던가? 무엇 때문에 훗날에 죽음의 부채를 갚지 않을 수가 없음을 잊었던가? 현세는 잠깐 동안의 화택이며, 누구에게도 영원한 집이 없음을 모르는가? 그런데도 아직 너는 현세에 생각을 기울여 이것에 집착하는가? 이라크에 백성을 살게 하고, 사방의 나라들을 다스리던 왕후는 이제 어디에 있는가? 이스파한에 살고, 호라산의 나라에 거처를 잡았던 사람들은 이제 어디에 있는가? 죽음을 부르는 자의 목소리 저 사람들을 오라 하면 사람들은 그 목소리에 대답했도다. 멸망의 사자 큰 소리로 부르면 사람들 여기 있다고 대답했도다. 과연 그렇도다. 사람들이 굳게 쌓아올린 것도 추호의 도움이 안되고, 모아 비치해둔 것도 방비에 조금도 도움이 안되느니라.』

그리고 서판 밑에 이런 시구가 새겨져 있었습니다.

세상에 다시 없는 고루를
지어 굳힌 사람들도
오호라, 어디로 사라졌는가?
운명이 두려워 삼군의
병마는 모을지라도 세월이 흘러가고
그날이 오면 무슨 소용이 있으리오.
방비도 굳은 철벽
속에서 쉬던 제왕도
어디 갔는지 그림자도 없구나.
걸음을 재촉하여 사라지는 꼴
그것은 마치 한 번도
사는 동안 즐거웠던 날 없었던 것만 같구나.

태수 무사는 눈물을 흘리며 외쳤습니다. "정말이지 우리들은 한가하게 헛되이 날을 보내선 안되겠구나!" 그리고 나서 비문을 적은 다음 세 번째 서판으로 옮아갔습니다.

——샤라자드는 날이 훤히 밝아오는 것을 깨닫자, 여기서 허락된 이야기를 그쳤다.

● 573일째 밤
샤라자드는 말을 이었다. 오, 인자하신 임금님, 태수 무사는 세 번째 서판으로 옮아갔는데, 거기에는 이렇게 적혀 있었습니다.

『오, 아담의 아들이여, 너는 이 속세의 것을 사랑하고 소중히 여기고는 너의 주의 명령을 비웃고 업신여기도다.   너의 나날은 모두 사라져가도 너는 편안하도다. 너를 위하여 정해진 날에 대비하여 너의 성량을 비치하라. 살아 있는 모든 것이 주께 응하도록 준비하라!』

그리고 그 아래에는 이런 시구가 적혀 있었습니다.

그 옛날 인도와 신드에
백성을 많이 살게 하고 학정을 펴고 다스린
왕 있었는데 이제 어디 있는가?
잔지바르, 하바슈의 나라를
유린하고, 누비아를 무찌른
왕자도 이제는 없도다.
매몰된 왕자의 소식
기대하지 마라. 너의 상상을
도와줄 사람 이제는 없으니!
오호라, 죽음의 일격 떨어지면
날카롭고도 겨냥 어김없어
궁전도 나라들도
면할 수 없다 파멸의 운명을.

이것을 듣고 태수 무사는 목메어 울었습니다. 다음 네 번째 서판으로 오자, 거기에는 이런 문구가 새겨져 있었습니다.

『오, 아담의 아들이여, 너는 날마다 우행의 심연에 잠겼도다. 언제까지 너의 주는 너를 용서해줄 것인가? 너 죽지 않는다고 주께서 단정해주실 것인가? 오, 아담의 아들이여, 날마다

세월의 거짓 기쁨에 속지 말지어다. 죽음은 항상 너를 기다리
고 있다가 기꺼이 너의 어깨를 뛰어오른다는 것을 잠시도 잊
지 마라. 죽음은 너와 함께 아침에 눈을 뜨고, 저녁에 함께 잠
자리에 드는 일이 없는 날은 하루도 없음을 생각하라. 그러니
죽음의 기습을 명심하여 항상 준비를 게을리하지 마라. 죽음
은 일찍이 나에게 있었던 것처럼 너에게도 똑같은 것이니라.
너는 자신의 일생을 모두 다 헛되이 보내고, 기쁨이 많은 날
의 유열을 낭비했도다. 그러하니 나의 말에 귀를 기울이고, 주
중의 주를 믿을지어다. 왜냐하면 이 세상은 무상하고 덧없으
며, 마치 거미줄과 같은 것이기 때문이니라.』

그리고 서판 밑에 이런 시구가 적혀 있었습니다.

부지런히 하늘을 찌르는
높은 성채의 주초를 놓고
쌓아올린 그 사람은
어디 있느뇨, 이제는 없도다.
거기 살다가 이윽고
썩는 대로 내맡기고서 떠나버린
성주는 어디 있느뇨, 이제는 없도다.
모두 묻히고 말았도다 무덤 속에
모든 죄가 나타날
그날이 정해진 채 죽었도다.
멸망을 모르는 주권자의
최고 지상하신 주 외에는
구원할 생명이란 없는 법.

태수 무사는 이 시를 읽자 정신을 잃었습니다. 그러나 이윽고
제정신이 들자 자못 놀라면서 이것을 종이에다 적었습니다. 그러

고 나서 다섯 번째의 서판으로 다가서 보니 그 위에는 다음과 같
은 글이 새겨져 있었습니다.

『오, 아담의 아들이여, 너의 창조주, 너를 낳아준 자, 어린
날의 너를 길러주고, 성인으로서의 너에게 양식을 주신 신의
법도에 어긋남은 어찌 된 까닭인가? 신은 그 수호의 장막을
너에게 펼쳐주시고, 은총으로써 너를 지켜주셨는데 너는 신의
자비를 잊었더니라. 너에게는 노회보다도 더 쓰고, 성난 숯불
보다도 더 뜨거운 한때가 반드시 찾아오리라. 그러하니 그 한
때에 대비할지어다. 그러나 누가 그 고통을 참고, 그 불을 끌
수 있으랴? 죽기 전에 나보다 먼저 간 사람들과 영웅을 생각
하여 자신의 경계로 삼을지어다.』

그리고 서판 밑에는 이런 시구가 새겨져 있었습니다.

정든 땅을 떠나
저축해둔 재보를 가지고
무덤 속으로 걸음을 재촉한
탁한 세상의 왕자는 어디 있는가?
그 옛날 무위를 뽐내며
천군의 병마들을 가득 채웠도다
대지조차 좁다하며.
얼마나 많은 왕을
죽였던가 그 전성시대에!
얼마나 많은 병사들을
무참히도 무찔렀던가!
그러나 갑자기
구천의 황제의 한 마디
떨어지자, 순식간에 환희는 사라지고

슬픔의 눈물 바다로 화했도다.

태수 무사는 깜짝 놀라 곧 이 시를 종이에다 베꼈습니다. 그리고 나서 다시 여섯 번째 서판 앞으로 다가서자 이것에도 다음과 같은 글이 적혀 있었습니다.

『오, 아담의 아들이여, 죽음은 늘 너의 머리에 날인해두었으므로 몸의 안태 영원히 변함이 없으리라고 생각지 마라. 너의 조상은 어디에 있느냐? 너의 동포는 어디에 있느냐? 너의 벗과 애인은 어디로 사라졌는가? 그들은 모두 한결같이 무덤의 티끌이 되어 영광되고 도량 넓으신 신의 앞에 나타났도다. 그 꼴은 마치 한 번도 먹고 마시고 한 적이 없는 것처럼 여위었도다. 그들은 일찍이 얻은 것에 대한 저당이니라. 그러므로 너 무덤 속에 들어가기 전에 깊이 자신을 돌아다볼지어다.』

그리고 서판 밑에 이런 시구가 새겨져 있었습니다.

그 옛날 프랑크 인을
통치한 왕자 이제 어디에?
진지스의 들판에 백성을 옮겨다놓고
이것을 다스리던 왕자 이제 어디에?
그 업적은 역사에만 남고
만물의 어버이신 신은
이를 증명하리로다.

이것을 읽고서 태수 무사는 깜짝 놀라 "알라 외에 신 없도다! 이곳 백성은 그 얼마나 훌륭한 사람들이었던가!" 하고 감탄하면서 이 시를 종이에 적었습니다. 그러고 나서 일곱 번째 서판으로 다가서자 이것에도 또한 다음과 같은 글이 적혀 있었습니다.

『손수 만드신 만물에 죽음을 정하신 신, 불멸의 영원한 신에게 영광 있으라! 오, 아담의 아들이여, 너의 나날과 환락, 또한 너의 시간과 생애의 기쁨에 속지 마라. 죽음은 너의 곁에 임하여 너의 어깨에 앉는다는 것을 알아라. 그러므로 죽음의 공격을 명심하여 그 습격에 대비하라. 너의 경우도 나의 경우와 같으리라. 너는 인생의 쾌락과 생애의 유열을 헛되이 써버렸도다. 그러니 나의 충고에 귀를 기울이고, 주 중의 주를 믿고, 현세에 불변의 것은 없으며, 그것은 마치 거미줄과 같은 것으로 세상의 온갖 행위는 무상하며, 세상에 있는 것 모두 사멸한다고 하는 것을 알지어다. 아미드의 주춧돌을 놓고, 이것을 지은 자, 또 화리키를 지어 이것을 기리던 자는 어디에 있는가? 견고한 요새에 숨어 살던 사람들은 어디에 있는가? 견고한 요새에 숨어살건만 사람들 늘 권세를 자랑하던 끝에 묘지로 갔도다. 죽음에 의하여 납치된 것이니라. 우리들도 또한 마찬가지로 숙명에 의하여 고뇌를 받을지어다. 최고 지상하신 신 알라를 제외하고는 아무도 머무는 자 없도다. 알라께서는 마음 관대한 어른이시기 때문이니라.』

태수 무사는 눈물을 흘리면서 이것을 모두 종이에 적었습니다. 사실인즉 이 더러운 세상이 태수의 눈에는 아주 하찮은 것으로 생각되었던 것입니다. 그리고 나서 일행은 언덕을 내려와 부대로 돌아와서는 그날은 하루 종일 성 안에 들어갈 수 있는 방법을 이리저리 궁리하면서 보냈습니다. 태수는 대신 타리브 빈 사르를 위시하여 주위의 중신들을 돌아다보며 말했습니다. "어떻게 하면 이 도성으로 들어가 그 불가사의를 볼 수 있을까? 어쩌면 충성된 자의 임금님의 관심을 충족시켜드릴 만한 것이 발견될지도 모르겠다." 그러자 타리브는 "알라시여, 아무쪼록 태수님의 행운이 영원히 계속되게 하옵소서! 자, 사닥다리를 하나 만들어서 성벽을 기어오르도록 하면 어떻겠습니까? 그렇게 하면 아마 안에서 성문을 찾아낼 수 있을지도 모르겠습니다." 태수 무사는 "음, 나도 그렇게 생각하던 참이었는데. 참 좋은 생각이군!" 하고 말하고서 목수와 대장장이를 불러 당장 목재를 잘라서 철판을 깔고 못을 박아 사다리를 만들라고 명령했습니다. 그래서 그들은 튼튼한 사다리를 만들었습니다만, 그 때문에 꼬박 한 달이라는 날짜가 걸렸습니다.

사다리가 완성되자, 전원이 힘을 합쳐 이것을 쳐들어 성벽에 걸쳤습니다. 그러자 사다리는 꼭대기까지 이르러, 마치 그전부터 특별히 만들어 비치해놓은 것처럼 보였습니다. 태수는 매우 흡족해하였습니다. "알라의 축복이 그대들 위에 있으시기를! 마치 처음부터 성벽의 길이에 맞춰서 만든 것 같구나. 정말 성공작이야." 그리고 나서 부하들에게 "누가 이 사다리를 기어올라 성벽 위를 걸어다니며 시대로 들어갈 방법을 찾아볼 자는 없는가? 안의 모양과 어떻게 하면 문이 열릴지 알고 싶다." 하고 말하자 부하 하나가 말했습니다. "저, 태수님, 제가 올라가서 안에서 문을 열겠습니다." "그럼, 가보라. 알라의 축복이 그대와 함께 있기를!" 하고 태수 무사가 대답했으므로 그 부하는 사다리를 기어올라가기 시작했습니다. 그러나 성벽 꼭대기에 당도하여 일어서 시내의 모습을 물끄러미 쳐다보고 있다가는 이윽고 손뼉을 치고 소리를 지르며 "정말 아름답다!" 하고 외치기가 무섭게 몸을 날려 안으로 뛰어내렸습니다. "필경 죽었을 것이다!" 하고 태수 무사는 말했습니다.

그러나 다른 부하 하나가 태수 앞으로 뛰어나와 "저, 태수님, 저 자는 미치광이입니다. 필경 실성을 하여 신세를 망쳤을 것입니다. 이번에 제가 올라가서 최고 지상하신 신의 뜻이라면 문을 열어보겠습니다." 하고 말했습니다. "그렇다면 올라가보라." 태수 무사는 말했습니다. "알라의 가호가 있으시기를! 그러나 부디 조심하여 아까 그 녀석처럼 그런 미친 짓을 해선 안된다." 이윽고 이 사나이 역시 사다리를 올랐지만 성벽 꼭대기에 채 도달하기도 전에 껄껄 웃으며 "장하다! 장하다!" 하고 외쳤습니다. 그리고는 두 손을 치며 성 안으로 뛰어내려 즉사하고 말았습니다.

태수는 이 꼴을 보고 말했습니다. "분별 있는 녀석이 저 꼴이라면 미친 녀석의 소행은 어떨까? 부하들이 모두 저런 짓을 하다간 하나도 남는 자가 없을 것이고, 내 사명도 완수할 수 없게 되어 대교주님의 명령도 허사가 되겠구나. 자, 모두들 출발 준비를 하라. 이 도시에는 이제 아무런 볼일도 없다." 그러나 일행 중에서 세 번째 사나이가 나와 말했습니다. "어쩌면 저는 저 두 사람보다는 정신이 튼튼할지도 모릅니다." 그래서 세 번째 부하가 성벽을 오르고 이어 네 번째, 다섯 번째가 기어올랐지만 모두가 외마디소리를 한 번 높이 외치고는 최초의 사나이와 마찬가지로 안으로 몸을 날려 뛰어내리고 말았습니다. 계속 그렇게 하고 있는 동안 열 몇 명이나 되는 사람이 똑같은 운명이 되고 말았던 것입니다.

그러자 아브드 알 사마드 노인이 앞으로 나와 자신을 격려하면서 "이 일은 나밖에 할 사람이 없겠습니다. 나이 값을 해서라도요." 태수가 "아냐, 그건 안돼. 난 그대가 올라가지 못하게 할거야. 만약 길잡이인 그대가 죽기라도 한다면 우리들은 모두 다 죽게 될 게 아닌가." 하고 말해도 노인은 영 막무가내였습니다. "아마도 우리들이 찾고 있는 것이 내 손으로 성취될지도 모릅니다. 최고 지상하신 신의 자비에 의하여 말입니다." 다른 사람들은 모두 노인이 사다리에 오르는 것에 이의없이 찬성했으므로 본인은 용기를 얻어 "자비를 베푸시는 인자하신 알라의 이름으로써!" 하고 외었습니다. 그리고 주의 이름을 외우고, '안태'의 시구를 중얼거리면서 사다리를 올라갔습니다. 성벽 꼭대기에 이르자, 노인은 손뼉을 치면서 물끄러미 시내 쪽을 바라보았습니다. 그 모양에 사람들은 이구동성으로 "여보시오, 아브드 알 사마드 노인, 제발 부탁이니 뛰어내리지 마시오!" 하고 외친 다음 입을 모아 덧붙였습니다. "진정 우리들은 알라의 것이므로 알라의 곁으로 돌아가기를 원하는 자이니라! 만일 노인이 돌아가시면 우리들도 모두 죽습니다."

한편 노인은 터무니없이 큰 소리를 질렀는가 싶더니 전능하신 알라의 이름을 외우고, 안태의 시구를 중얼거리면서 오랫동안 앉아 있었으나 이윽고 일어서더니 목청을 돋구어 외쳤습니다. "저, 태수님, 걱정 마십시오. 재앙이 닥쳐올 걱정은 없습니다. 알라(주권과 권력은 알라의 것이기를!)의 덕택으로 악마의 쾌씸한 책략을 면했습니다. 이는 '자비를 베푸시는 인자하신 알라의 이름으로써!' 라는 말의 공덕에 의한 것입니다." 태수 무사가 "여보, 노인장, 도대체 그대는 무엇을 보았다는 건가?" 하고 물으니 아브드 알 사마드 노인은 대답했습니다. "열 명의 처녀를 보았습니다. 모두가 다 천국의 천사 그대로의 미녀들로서 손을 흔들며 나를 부르고 있었습니다."

—샤라자드는 날이 훤히 밝아오는 것을 깨닫자, 여기서 허락된 이야기를 그쳤다.

●574일째 밤

샤라자드는 말을 이었다. 오, 인자하신 임금님, 아브드 알 사마드 노인은 그 물음에 대답하여 "천국의 천사 그대로의 미녀 열 명을 보았습니다. 그들은 '우리들 곁으로 오세요' 하고 부르기도 하고 손짓을 하기도 했습니다. 게다가 발 밑에는 호수가 있는 것 같기도 하여 무심코 정신없이 뛰어내릴까 하는 생각도 들었습니다. 그때 문득 동료 열두 명의 시체가 누워 있는 것도 보였습니다. 나는 나도 모르게 번쩍 정신이 들어 알라의 책 가운데서 두서너 문구를 뽑아 읽었습니다. 그러자 알라께서는 마녀들의 수상한 책략과 쾌씸한 꾀임을 물리쳐주셨으므로 그녀들은 뿔뿔이 흩어지고 말았습니다. 이것은 필경 도성 사람들이 짜낸 마법으로서, 도성을 바라보거나 안으로 발을 들여놓으려는 인간을 내쫓기 위한 수단입니다. 그런 줄도 모르고 동료들은 이 마법에 걸려들어 몸을 망친 것입니다."

그러고 나서 노인은 성벽을 따라 앞으로 걸어가 마침내 전에 말씀드린 두 개의 놋쇠탑에 당도했습니다. 보자니 탑 안에는 황금 문이 두 개 달려 있고, 이것에는 자물쇠도 없을 뿐더러 손잡이 같은 것조차도 보이지 않습니다. 그래서 노인은 오랫동안 발을 멈추고서 주위의 상태를 살피고 있었습니다. 이윽고 한쪽 문 한복판에 마치 방향을 가리키고 있는 것처럼 한 손을 쭉 내민 놋쇠로 만든 기수가 한 사람 서 있고, 그 손바닥에 무언가 글씨가 적혀 있는 것이 눈에 띄었습니다. 노인이 다가가 그 글을 읽어보니 "이곳을 찾아온 자여, 그대 만일 안으로 들어오고 싶다면 내 배꼽의 바늘을 열두 번 돌릴지어다. 그러면 문은 열리리라." 하고 적혀 있었습니다. 노인은 기수를 조사하여 배꼽 안에 황금 바늘이 박혀 있는 것을 보자, 이것을 열두 번 돌렸습니다. 그 순간 기수는 눈부신 번갯불처럼 돌고, 우레소리 같은 굉음과 함께 문이 활짝 열렸습니다.

노인이 안으로 들어가자, 그곳은 긴 통로로 되어 있어, 곧 훌륭한 목제 걸상이 비치된 위병소로 나왔습니다. 걸상에는 몇 명인가의 사나이들이 숨진 채 기대 있었으며, 그 머리 위로는 아름다운 방패와 날이 날카로운 칼, 줄이 팽팽한 활, 오늬가 달린 화살 따위가 걸려 있었습니다. 거기를 빠져 나와 시내 정문까지 오자, 문은 철봉과 이상하게 생긴 자물쇠, 빗장, 쇠사슬, 그 밖의 나무와 쇠 걸쇠로 단단히 잠겨져 있었으므로 노인은 혼잣말을 했습니다. '어쩌면 저 죽은 사람들이 열쇠를 가지고 있을지도 모르겠군.'

그래서 노인은 위병소까지 되돌아왔습니다. 그리고 시체 중에서 우두머리로 생각되는 노인의 시체가 등이 높은 나무걸상에 기대 있는 것을 보자 마음속으로 생각했습니다. '어쩌면 이 노인이 열쇠를 가지고 있을지도 모르겠군. 필경 이 자는 도성의 파수병으로, 그 밖의 놈들은 그 부하였음에 틀림없어.' 그래서 다가가 시체의 겉옷을 들쳐보았더니 아니나 다를까 열쇠는 바로 그의 허리띠에 매달려 있지 않겠습니까! 이것을 보고서 노인은 너무도 기뻐 하늘에라도 올라갈 것만 같았습니다. 당장 열쇠를 들고 정문으로 가서 자물쇠를 벗기고 빗장이며 가로장을 뽑자, 과연 큰 문도 활짝 열렸습니다. 그러나 어찌나 컸던지 귀청을 찢어놓을 것만 같은 벼락 치는 소리를 냈던 것입니다. 이 광경에 노인은 큰 소리로 외쳤습 니다. "아라호 아크바르!—신은 가장 위대하도다!" 그러자 밖에 있던 사람들은 반색을 하고 노인에게 감사하면서 같은 문구를 외 우며 대답했습니다. 태수 무사도 노인의 무사한 모습과 성문이 열 린 것을 보고서 기뻐했습니다. 일동은 앞을 다투어 성내로 몰려들 어가려고 했으나, 태수는 큰 소리로 "듣거라, 모두들, 전원이 일시 에 몰려들어가 만일 무슨 변이라도 당하면 어떻게 하느냐? 절반만 안으로 들어가고 나머지 절반은 밖에서 기다리도록 하라." 하고 외치고는 무기를 손에 든 부하의 절반을 데리고 전진했습니다.

이윽고 동료의 시체가 발견되었으므로 그들은 이것을 땅에 묻었 습니다. 또 문지기와 내시와 시종과 신하들이 비단침대 위에 기대 있는 광경도 목격했는데 모두가 시체였던 것입니다. 다시 앞으로 나가자 번화가인 시장으로 나왔습니다. 하늘을 찌르는 고층건물이 죽 늘어서 있고, 가게라는 가게는 모두 열린 채로였습니다. 저울은 가게에 걸려 있고, 놋쇠 그릇류는 질서정연하게 놓여져 있고, 대상 객주에는 온갖 종류의 상품이 산처럼 쌓여 있었습니다. 그러나 상 인들은 가게 앞 좌판에 앉은 채 피부는 시들고, 뼈는 썩을 대로 썩어 죽어 있었습니다. 경고를 받아들일 줄 아는 사람들에게는 참 으로 좋은 본보기가 되는 광경이었습니다. 그런데 이 도성에는 물 건이 풍부한 시장이 넷이 있었으므로, 일행은 큰 시장으로 나가자, 그길로 비단시장을 찾았습니다. 그곳에는 타오르는 것만 같은 금 실로 단을 대고, 온갖 바탕빛에다 은색 마름모꼴 무늬를 수놓은 비단이 진열되어 있고, 그 주인들은 향을 피운 양피 깔개 위에 무 언가 말하고 싶은 얼굴로 시체가 되어 누워 있었습니다.

이어 일행은 진주와 홍옥 그 밖의 보석을 늘어놓은 시장거리를 지나 환전시장으로 나왔습니다. 여기서도 환전꾼들이 금은을 산처 럼 쌓아놓은 가게에서 생사와 색색의 천으로 만든 융단 위에 숨이 끊겨 누워 있었습니다. 다시 전진하여 향로시장으로 들어서자, 가

게에는 금과 값이 같은 상아와 흑단과 하란지 목재와 안달루시아
산 동그릇에 담은 온갖 종류의 약품을 위시하여 사향 부대, 낫드
향, 장뇌, 그 밖의 향료, 게다가 또 여러 가지 종류의 등과 인도산
등이 산처럼 쌓여 있었습니다. 그러나 주인들은 모두 죽어 있고,
그 옆에는 먹을 것 하나 놓여 있지 않았습니다.

일행은 그 향료시장을 지나자, 바로 옆에 있는 왕궁으로 오게
되었습니다. 위풍당당한 건물로서 눈이 부실 정도로 장식이 찬란
했습니다. 안으로 들어서자, 가지각색의 기, 칼집에서 뽑은 칼, 시
위가 팽팽한 활, 금은 사슬로 달아 놓은 둥근 방패, 순금을 입힌
투구 등이 눈에 띄었습니다. 또 객실에는 찬란한 황금을 입히고,
비단으로 싼 상아 의자가 죽 놓여 있고, 그 위에 살이 떨어져 뼈
와 껍질뿐인 사람들이 누워 있었습니다. 머리가 둔한 자라면 필경
자고 있는 정도로 생각했을 것입니다. 그러나 실은 먹을 것이 없
어서 아사와 파멸의 술잔을 마신 것입니다.

태수 무사는 이 왕궁을 바라보자 최고 지상하신 알라를 칭송하
고, 장려한 왕궁과 탄탄한 석조공사, 나아가서는 조금도 비난할 데
라고는 없는 아름다운 구조를 바라보며 넋을 잃고는 우두커니 서
있을 따름이었습니다. 왜냐하면 그 건물은 비할 데 없이 웅장하고
견고한 짜임새로, 장식물의 대부분은 초록색, 남빛이었기 때문입니
다. 열린 구석 문에는 황금색과 군청 글씨로 아름답게 이런 시구
가 적혀 있었습니다.

> 생각하라, 너희들, 이 땅이
> 너에게 보여준 일들을.
> 같은 길을 걷기 전에
> 깊이 조심할지어다.
> 자, 좋은 양식을 준비하라.
> 언젠가는 소용에 닿을 때가 있으리라.
> 집에서 사는 사람

먼저 간 고인의 길을 밟고
자신도 죽는 것을 알라.
생각하라. 사람들 그 얼마나
옥 같은 궁궐을 장식했던가
뿌리고는 가꾼 공죄의
씨도 묻혔도다 티끌 속에.
부지런히 지은
저택도 마침내 보람 없도다.
쌓은 보배도 목숨만은
구할 수 없어라. 숙명이
정해놓은 날만은 바꿀 수 없도다.
부질없는 것 바라며
소원이 이루어지기도 전에
무덤을 향하여 가버렸도다.
고귀한 위치에서
좁디좁은 무덤 속
얕은 집 속으로 떨어졌도다.
장례식을 끝내고야 사람들은
이윽고 찾아와 외치기를
옥좌와 왕관과 황금은
무엇을 너에게 주었는가?
장막과 베일에 감추어진
가인은 어디로 사라졌는가?
세상에서도 이름 높은 미녀들의
색향은 어디로 갔는가?
무덤은 대답하리 소리 높이
"장미 같은 본인들 어찌 썩지 않으리
파멸의 재앙을 만나면!"
오래도록 먹고 마신들

쾌락에는 한계가 있는 법
먹는 자도 언젠가는
땅의 벌레에게 먹히리로다.


태수는 이것을 읽고 이제라도 기절할 것처럼 눈물을 흘렸습니다.


―샤라자드는 날이 훤히 밝아오는 것을 깨닫자, 여기서 허락된 이야기를 그쳤다.


● 575일째 밤

샤라자드는 말을 이었다. 오, 인자하신 임금님, 태수는 이제라도 기절할 것처럼 눈물을 흘리면서 이 시구를 베끼라고 명령했습니다. 그리고 나서 궁전 깊숙이 들어가자, 넓다란 거실로 나왔습니다. 그 네 모퉁이에는 높다랗게 천막을 친 막사가 지어져 있고, 금은을 엷게 입히고, 가지각색의 채색이 되어 있었습니다. 방 한가운데에는 또 설화석고로 만든 대분수가 있고, 위쪽에는 금실로 수를 놓아서 꾸민 천개가 드리워져 있었습니다. 그리고 네 모퉁이의 막사 안에는 좌석이 마련되어 있고, 기교를 다한 분수와 대리석을 깐 수조가 있어서, 바닥의 수로를 흐르는 물은 가지각색의 대리석으로 만든 대단히 큰 저수지로 들어가는 것이었습니다.

태수는 아브드 알 사마드를 돌아다보고 말했습니다. "자, 저 막사로 들어가볼까!" 그래서 일행이 맨 처음 막사로 들어가보니 안에는 금은, 진주, 풍신자석 그 밖의 보옥과 금속이 가득 들어 있는 상자와 빨강, 노랑, 하얀 비단이 가득 들은 큰 상자가 있었습니다. 다음 두 번째 막사로 들어가서 조그만 방을 열어 보니 금박을 입힌 투구와 다윗의 사슬갑옷, 인도산 칼, 아라비아산 창, 코라스미오이산 철퇴, 그 밖의 여러 가지 무기가 가득 들어 있었습니다. 다음 세 번째 막사로 와 보니, 온갖 종류의 수를 놓은 장막으로 덮인

자물쇠를 채운 조그만 방이 여러 개 있었습니다. 그 하나를 열어 보았더니 진기한 세공이 가해진, 금은을 입히고 보옥을 박은 무기가 산처럼 쌓여 있었습니다.

다시 일행은 네 번째 막사로 들어가 조그만 방 하나를 열어 보니, 금은 식기와 수정 접시, 아름다운 진주를 아로새긴 술잔, 홍옥수의 컵 등이 가득 들어 있었습니다. 그래서 일행은 자기 기호에 맞는 물건들을 골라서 각기 들 수 있는 데까지 들고서 밖으로 나왔습니다. 막사를 나온 일행은 이윽고 궁전 한가운데에 상아와 흑단으로 세공을 가하고, 금박을 입힌 티크제 문이 있다는 것을 알게 되었습니다. 그 위에는 각양각색의 자수로 단을 댄 비단 장막이 드리워져 있었습니다. 그리고 문에는 열쇠를 사용하지 않고서도 저절로 열리는 장치가 달린 은제 자동자물쇠가 달려 있었습니다. 아브드 알 사마드 노인은 용기를 내어 문으로 다가가, 자신의 지식을 짜고, 궁리를 다하여 자물쇠를 열었습니다. 열린 문을 통해 안으로 들어가니, 대리석을 깐 복도가 나왔는데, 양쪽에는 온갖 종류의 짐승과 새의 모양을 수 놓은 베일과 같은 비단이 걸려 있었습니다. 짐승과 새의 몸은 순금과 백은으로, 눈은 진주와 홍옥으로 만들어져 있어 보는 사람마다 눈이 휘둥그레졌습니다.

다시 앞으로 나가니, 잘 연마된 대리석만으로 된, 보옥을 아로새긴 객실로 나왔습니다만, 바닥은 마치 흐르는 물처럼 미끄러워서 그 위를 걷는 사람은 미끄러졌습니다. 그래서 태수는 노인에게 모두가 걸을 수 있도록 마루 위에다 무엇인가 뿌리라고 명령했습니다. 노인이 지시대로 하자, 일행은 겨우 마루 위를 걸어 앞으로 나가, 마침내 설화석고의 원개를 이고, 황금으로 도금된 석조건물에 당도했습니다. 그 주위에는 조각을 하고, 막대기 모양의 취옥석을 박은 격자창이 달려 있는데, 어떠한 왕자의 권력도 못미칠 만큼 장관이었습니다. 그 둥근 천정 아래에는 금실로 만든 천개가 하나 순금 기둥 위에 떠받혀 있고, 그 기둥에는 녹섬석 다리를 가진 새의 모양이 새겨져 있고, 새 아래쪽에는 산뜻한 광택을 발하는 진주 그물이 세공되어 있었습니다. 이 천개는 빛나는 황금을 얇게 씌운 상아와 홍옥수의 분수 위에 있었고, 한쪽에는 진주와 홍옥 그 밖의 보석을 박은 침상이 하나 놓여 있었습니다. 그리고 침상 바로 옆에는 황금기둥도 하나 서 있었습니다. 이 기둥 꼭대기에 홍옥으로 만든 새가 한 마리 앉아 있고, 주둥이에는 별처럼 빛나는 진주를 한 알 물고 있었습니다.

그리고 침상 위에 누워 있는 것은 반짝이는 태양이 아닌가만 싶은 처녀로서 일찍이 아무도 본 적이 없는 그러한 미녀였습니다. 몸에 착 붙는 미려한 진주 장의를 입고, 머리에는 보옥을 박은 순금관을, 이마에는 태양 광선에 뒤지지 않을 만큼의 빛을 발산하고 있는 커다란 보옥을 두 알 달고 있었습니다. 또 가슴에는 사향과 용연향 향기를 풍기는 보석이 들어 있는 호신부를 걸고 있었는데, 이것은 제후의 왕국에도 필적하리만큼 값비싼 것이었습니다. 이 밖에도 목 둘레에는 향기로운 사향의 향기를 띤 홍옥과 큰 진주의 목걸이를 두르고 있었는데, 처녀는 마치 좌우를 둘러보며 일행을 지켜보고 있는 것처럼 느껴졌습니다.

—샤라자드는 날이 훤히 밝아오는 것을 깨닫자, 여기서 허락된 이야기를 그쳤다.

### • 576일째 밤

샤라자드는 말을 이었다. 오, 인자하신 임금님, 그 처녀는 좌우를 둘러보며 마치 사람들을 지켜보고 있는 것만 같았습니다. 태수 무사는 그 유례가 없이 희한한 맵시에 놀라고, 칠흑 같은 머리카락과 붉은 빛깔의 볼을 보자 넋을 잃고 말았습니다. 누가 보아도 죽은 것처럼은 보이지 않았으며, 마치 살아 있는 것만 같이 생각되었던 것입니다. 태수 무사는 "처녀여, 안녕하시오!" 하고 말을 건네자 타리브 알 사르가 끼여들었습니다. "저, 태수님, 알라의 가호가 있으시기를! 저 처녀는 정말 죽어 있습니다. 목숨이라곤 조금도 남아 있지 않습니다. 그러하오니 태수님의 인사에 대답할 리가 만무합니다" 그리고 나서 다시 덧붙여 "실은 저 여자는 절묘한 솜씨를 다하여 미이라로 만든 시체에 지나지 않습니다. 두 눈은 사후 일단 뽑아낸 다음 바닥에 수은을 넣은 후 다시 먼저대로 동공에 박은 것입니다. 그렇기 때문에 번쩍번쩍 빛나며, 바람에 눈썹이 휘날릴 때마다 눈을 깜박거리는 것만 같이 보이며, 죽어 있으면서 동공을 움직여 사물을 응시하고 있는 것처럼 보이는 것입니다." 하고 말했습니다. 이 말을 듣고 태수는 깜짝 놀라 "당신의 창조물을 죽음의 주권에 복종케 하시는 신에게 영광 있으라!" 하고 외었습니다.

그런데 처녀가 누워 있는 침상에는 계단이 붙어 있고, 그 위에 안달루시아산 구리로 만든 상이 둘 있는데, 하나는 백인의, 또 하나는 흑인의 노예를 새긴 것이었습니다. 그리고 첫째 상은 강철철퇴를, 두 번째 상은 눈이 부실 정도의 물결무늬가 있는 칼을 잡고 있었습니다. 또 두 상 사이에 있는 발판 아래에는 황금 서판이 하나 뒹굴고 있는데, 박은 글씨도 선명하게 다음과 같은 문구가 적혀 있었습니다.

『자비를 베풀어주시는 인자하신 신의 이름으로! 인류의 창조주 알라를 칭송할지어다. 알라야말로 주 중 주, 근원 중 근원이니라! 처음이 없는 구원한 운명을 정해주시는 알라의 이름으로! 오, 아담의 아들이여! 이 오랜 기대 속에 너를 호린 것은 무엇인가? 파멸의 날의 불행을 너에게 잊게 한 것은 무엇인가? 죽음은 너의 이름을 부르면서 서둘러 너의 심혼을 잡으려고 하는 것을 모르는가? 그러므로 갈 준비를 게을리 말고 내세에의 출발에 대비하자. 그대는 반드시 유예 없이 현세를 떠나지 않을 수가 없기 때문이다. 인류의 시조인 아담은 어디에 있는가? 노아는 그 자손과 함께 어디에 있는가? 인도와 이라크 평원의 제후도, 세계 최대의 영토를 통치한 사람들도 어디에 있는가? 아마르카이트 인은 어디에 살고, 고래의 거인도, 폭군도 어디에 있는가? 누구나 탄생지에서 그 모습 볼 수 없고, 친척을 버리고, 집을 떠나버렸도다. 아라비아 및 아잔의 왕후는 어디에 있는가? 그들도 또한 모두 죽고 말았으며, 썩은 해골로 화했도다. 높은 자리에 앉았던 제후는 어디에 있는가? 그들도 모두 사멸했도다. 고라와 하만은 어디에 있는가? 아드의 아들 샤다드는 어디에 있는가? 가나안과 백성들을 고문한 형벌가 중의 왕자 즈르아우타드는 어디에 있는가? 알라께 맹세코 목숨을 끊는 자, 그들을 숙여 그 국토를 공허화했도다. 그들은 부활의 날에 대비했던가? 또한 자진하여 인간의 주께 대답했던가?

오, 그대여, 만일 너 나를 모른다면 나의 이름을 들어 들려주리라. 나는 아마르카이트 족의 왕자를 부친으로 가진 타드무라 공주라는 자이니라. 우리 일족은 여러 나라를 공명정대하게, 그리고 올바르게 다스려 백성들을 복종케 하였도다. 나 또한 왕후가 갖지 못한 것을 가지고, 올바르게 경륜을 행하고, 나의 백성들 사이에다 정의를 행하였도다. 그렇도다, 나는 온갖 물품을 주어 남녀 노예를 해방시켜주었도다. 이렇듯 나는 인간 세상의 쾌락을 다하여 장수를 유지했지만 마침내 죽음은 나의 문을 두들겨, 나는 물론 나의 일족에게도 재앙은 찾아왔도다. 그것은 다음과 같이 찾아왔도다.

7년이라는 오랜 기간 가뭄이 계속되어 비라고는 한 방울도 내리지 않아 대지에는 초목이라고는 하나도 싹트지 않았도다. 그래서 우리들은 가지고 있던 것을 모두 먹고, 다음은 가축을 잡아서 먹으니 마침내는 아무것도 남은 것이 없게 되었도다. 나는 재보를 반출하여 저울로 나눈 다음 양식을 사오라고 충실한 가신을 보냈도다. 사람들은 양식을 찾아서 여러 나라들을 돌고, 도시라는 도시는 모두 찾아다녔지만 재보를 들고 헛되이 돌아오고 말았도다. 그들이 말하기를 진주를 주어도 같은 양의 거친 밀조차도 살 수 없었다고. 그리하여 우리들 살아날 길이 없다고 체넘하자, 재보 및 귀중한 물건들을 모두 장식하고 성문과 요새를 닫고, 주께서 정하신 바에 몸을 맡기고는 모든 것을 단념하였도다. 이윽고 그대 보는 바와 같이 쌓은 것, 저축한 것, 모두를 남기고 우리들은 사멸했도다. 이것이 우리들의 정체이며, 실체는 사라졌으니, 남은 것은 오직 그림자뿐이로다.』

그러고 나서 사람들은 서판 아래를 바라보고, 이런 시구를 읽었습니다.

아담의 아들들이여, 가슴에 품은
헛된 희망에 속아
비웃음을 자초하지 마라.
그대가 모은 재보를
이윽고는 버려야 할 운명이니라.
그대는 뜬세상을 그리워하여
덧없는 명리를 찾지만
가버린 사람의 업보인들
어찌 같지 않겠는가 그대의 업보와.
법에 맞든 맞지 않든
모은 재보는
기일이 차면 숙명이
정한 바에 의하여 사라지리라.
천군만마의 강병을
이끌고 거부를 모았다한들
이윽고 운명의 강압에 의하여
재물도 저택도 버리고는
떨어져가야 할 길은 오직 하나
좁다란 무덤과 진토의 침상.
여기 들어가면 현세의

모든 언행은 갈 곳을 잃고
자유를 얻을 재간도 없도다.
그것은 마치 나그네가
먹을 것도 없는 객사에 짐을 풀고
하룻밤을 자고 갈 것을 정하는 것과 같으니
주인 말하기를, "사람들이여, 이 집은 그대의 객사가
아니니라."
그러면 나그네는 짐을 챙겨
황급히 사라졌도다.
진정 불쾌한 생각이 들어
나그네길도 휴식도 즐거운
맛이라곤 조금도 없건만
그대들 내일의
나그네길에 대비하여 준비하라.
착한 생활을 두고는
주의 뜻에 맞는 것 아무것도 없느니라!

또 태수 무사는 다음과 같은 글을 보고서 눈물을 흘렸습니다.

『알라께 맹세코, 주를 받들어 섬기는 것은 모든 재보 중에서 최선의 굳은 신념의 지주이자 하나밖에 없는 굳은 초석이니라. 진정 죽음은 명백한 진실이며 최고의 명령이니, 오, 그대여, 거기에야말로 명백한 목표와 당도해야 할 종국이 있느니라. 그러하니 티끌로 돌아간 사람들, 미리 정해진 목적지로 서둘러 간 사람들을 경계의 표본으로 삼을지어다. 그대 몰랐는가, 백발은 그대를 묘지로 부르고, 머리에 내린 서리는 그대의 숙명을 한탄케 한다는 것을. 그렇기 때문에 그대는 눈을 뜨고서, 출발 준비를 게을리하지 말고, 스스로의 결산준비를 할지어다.
　오, 아담의 아들이여, 애처롭게도 그대의 마음을 굳게 한 것은 무엇인가? 그대를 충동하여 주의 섬김을 등한케 한 것은 무엇인가? 그 옛날의 백성은 어디에 있는가? 경고를 받아야 사람에게는 좋은 경고로다! 알 신의 여러 왕들, 그 위세 세상을 휩쓸던 제후는 어디에 있는가? 아드 족의 아들 샤라드는 어디에 있는가? 그가 지은 것, 그가 쌓은 것 어디에 있는가? 알라께 거역하고, 알라께 도전한 니므로드는 어디에 있는가? 신을 배반하고, 신을 거부한 파라오는 어디에 있는가? 죽음은 당장 쫓아와서 귀천남녀의 구별없이, 조금도 용서없이 그들을 쓰러뜨렸도다. 그렇도다. 사람들을 죽이는 자, 주야를 가리지 않고 죽이시는 신의 손을 빌어 사람들을 죽였도다!

오, 이곳을 찾아온 그대여, 지금 그대들의 눈앞에 있는 여자는 현세와 그 덧없는 환락에 눈이 어두웠던 자는 아니니라. 왜냐하면 현세는 믿음이 없고, 성실이 없고, 공허하고, 그리고 두 마음을 가진 파멸의 집이기 때문이라. 자신의 죄업을 상기하는 것이야말로 사람에게는 유익하기 때문이니라. 그렇기 때문에 그 여자는 주를 두려워하고, 행동을 삼가하며, 정해진 출발의 날을 위하여 양식을 비치하였도다. 이 도시를 찾아와 알라의 뜻에 의하여 안으로 들어갈 수 있다면 누구든지 할 수 있는 데까지 재보를 가지고 가라. 그러나 내 몸에 장식된 것에 손을 대지 말지어다. 그것은 나의 치부를 가린 것으로서 마지막 길을 떠나는데 필요한 옷이기 때문이니라. 그러하오니 알라를 두려워하여 알라의 것은 하나도 더럽히지 마라. 그렇지 않으면 자신과 자신의 몸을 멸망케 하는 결과가 되리라. 이상 내가 말한 바는 나의 몸에 얽힌 경고이니 엄숙히 믿을지어다. 자, 그러니 그대들에게 평화 있으라. 나는 기도하리라. 알라시여, 아무쪼록 질병과 재앙에서 그대들을 지켜주옵소서!』


——샤라자드는 날이 훤히 밝아오는 것을 깨닫자, 여기서 허락된 이야기를 그쳤다.

● 577일째 밤

샤라자드는 말을 이었다. 오, 인자하신 임금님, 태수 무사는 이것을 읽자 눈물을 흘리고 하염없이 울다가 마침내 기절하고 말았습니다. 그러나 이윽고 제정신이 들자 이제 읽은 글을 전부 종이에 적고는 눈앞의 모든 것을 신의 경계의 대상으로 삼았던 것입니다. 그러고 나서 신하들에게 "낙타를 끌어내어 여기 있는 재보와 항아리와 보석을 실어라." 하고 말하자 옆에 있던 대신 타리브가 물었습니다.

"저, 태수님, 저 여자가 몸에 걸치고 있는 물건을 두고 가는 겁니까? 모두가 세상에 유례가 없는 일품으로 전하께서 구하신 어떤 물건보다도 뛰어난 것들이옵니다. 충성된 자의 임금님의 총애를 받으시려면 이 이상의 선물은 없을 텐데요." 그러나 태수 무사가 대답하기를 "여봐라, 그대는 저 부인이 서판에 적은 글을 못읽었던가? 두 마음이 없는 우리들을 신뢰하여 저렇게 적어놓게까지 하였으니 더욱 그렇지 않은가." 그러자 대신 타리브는 "저 글이 있다고 해서 본인은 죽었는데 재보와 보석을 버리시고 그냥 가시겠다는 것입니까? 무명옷 한 벌이면 몸을 싸기에 족할 텐데, 저 여자는 속계의 장식물 따위를 잔뜩 몸에다 붙이고 어찌하겠다는 겁니까? 재보를 차지할 권리는 저 여자에게보다도 우리들에게 있습니다." 하고 말하면서 대신 타리브는 기둥 사이에 끼여 있는 침상 발판 위에 발을 걸쳤습니다.

그러나 두 노예의 손이 미치는 곳까지 오자, 아니 이건! 철퇴를 든 노예가 별안간 철퇴로 대신의 등을 때리고, 또 다른 손에 든 칼로 냅다 목을 치는 바람에 대신 타리브는 벌떡 그 자리에 쓰러져서 죽고 말았습니다.

태수는 "너의 안식처에는 알라의 자비라곤 조금도 없을 거다! 정말 이 재보만으로도 충분했는데. 확실히 탐욕은 인간을 천하게 하는 법이다." 하고 말하고는 부하들에게 궁전 안으로 들어가라고 명령했습니다. 그래서 그들은 안으로 들어가 재보와 보석을 낙타에 싣고 성 밖으로 나오자, 태수는 그전처럼 성문을 잠가놓으라고 일렀습니다.

일행은 꼬박 한 달 동안 해변을 따라 여행을 계속하여 이윽고 바다를 바라보는 높은 산이 보이는 곳에까지 오게 되었습니다. 이 산에는 여기저기 동굴이 있는데, 그 동굴 안에는 짐승 껍질로 만든 옷을 입고, 똑같은 짐승 껍질로 만든 저고리를 입고, 알아들을 수 없는 말을 지껄이는 흑인종이 살고 있었습니다. 겁쟁이들은 병마의 일대를 보자, 검둥이 말처럼 깜짝 놀라 동굴 속으로 몸을 피했고, 여자와 아이들만이 동굴 입구에 서서 신기한 듯이 외국인의 일행을 바라보고 있었습니다. "여보, 아브드 알 사마드 노인." 하고 태수가 물었습니다. "저건 대체 어떤 인간인가?" 노인이 "네, 저자들이야말로 우리들이 충성된 자의 임금님을 위하여 지금까지 찾고 있던 인간들입니다." 하고 대답했으므로 일행은 말에서 내려 짐을 부리고 천막을 쳤습니다. 천막을 다 쳤을 때 산에서 야영지로 다가온 것은 다른 사람 아닌 흑인의 왕이었습니다.

그런데 이 왕은 아라비아어를 알고 있었는지라, 태수 옆으로 오더니 정중히 허리 굽혀 인사를 했습니다. 태수도 답례를 하고는 공손히 맞았습니다. 그러고는 왕은 태수에게 "그대들은 인간인가 마신인가?" 하고 물었습니다. 태수가 대답했습니다. "아니, 우리들은 인간이다. 그러나 그대는 확실히 마신임에 틀림없다. 사람들과 멀리 떨어진 산속에서 살고 있는 것이며 이상한 몸매를 하고 있는 것으로 보아서 말이다." "아니, 그렇지 않소." 흑인 왕은 대답했습니다. "우리들도 역시 아담의 아들이며 노아(편히 눈을 감으시라!)의 아들 함의 후손이오. 그리고 이 바다는 알 카르카르라고 부르오." 태수 무사가 "그럼 그대의 종교는? 또 무엇을 숭배하고 있소?" 하고 묻자 상대방은 대답하여 "우리들은 천상의 신을 숭배하며, 종교는 모하메드(알라의 축복과 가호 있으시기를!)의 그것이오." "어떻게 하여 모하메드교를 알게 되었는가? 누구 하나 예언자가 이 나라를 찾아온 것도 아닐 텐데?” “실은 말이오. 태수님.” 하고 흑인왕은 대답했습니다. “그 옛날, 바다 속에서 사나이 하나가 갑자기 나타났는데 그 몸에서 발하는 빛때문에 수평선은 휘황찬란하게 빛날 지경이었소. 그 사나이는 사방의 사람들에게 들릴 만한 큰 소리로 외치며 말하기를 ‘오, 함의 아들들이여, 보아도 보이지 않는 신을 섬겨라. 알라 외에 신이 없고, 모하메드는 신의 사도이니라 하고 외우라.’ 그리고 나서 또 덧붙여 ‘나는 아브 알 아바스 알 히즈르라고 한다’ 하고 말했소. 이보다 진에는 우리들은 서로를 숭배하는 습관이었는데, 그분의 권유에 의하여 만물의 주를 섬기게 되었소.

또 그분에게 이런 문구를 외우는 것도 배웠소. ‘동반자 없는 유일신 알라 외에 신 없고, 왕국은 알라의 것이며, 송사도 신의 것이니라. 신은 삶과 죽음을 주시며, 만물을 통치하시며 전지전능하시느니라. 우리들은 또 알라께 가까이 갈 때에는 이 말들을 반드시 외우느니라. 그것은 다른 말을 모르기 때문이니라. 그러나 금요일 전야에는 늘 대지 위에 한 줄기의 빛이 나타나며, 천사들의 창, 영혼은 신생하며 영광되도다! 하고 외치는 소리를 듣는도다. 알라께서 바라시는 것은 존재하고 알라께서 바라시지 않는 것은 존재하지 않는도다. 모든 혜택은 신의 자비에서 나오며, 영광되고 위대하신 신 알라 외에 주권 없고 권력 없도다!’”

“그런데 귀하들은,” 하고 왕은 물었습니다. “도대체 누구시오? 무슨 볼일로 이 나라에 온 것이오?” 그래서 태수 무사는 “우리들은 회교 군주이신 충성된 자의 임금님 아브드 알 마리크 빈 마르완 전하의 신하들인데, 임금님은 다윗의 아들 솔로몬(아무쪼록 편안하시길!)에게 최고 지상하신 신께서 최고의 주권을 주셨다는 것과 또 솔로몬이 마신과 짐승과 새를 지배하시어 마족 중에서 누군가가 거역하면 당장 이것을 놋쇠 항아리에 가두어넣고 납 뚜껑을 하고 도장을 찍어 알 카르카르의 바다에 던지셨다는 이야기를 들으셨소. 그래서 실은 그 바다가 당신의 영토에 가깝다는 것을 전해들으시고 충성된 자의 임금님은 나를 파견하여 그 항아리를 몇 개 가지고 오라고 명령하셨단 말이오. 그것을 보시고 마음을 위로하시겠다는 생각이셨소. 이러한 사정이오니, 임금님, 충성된 자의 우리 임금님이 분부하신 우리들의 사명을 완수하도록 협조해주셨으면 합니다.”

“기꺼이 돕겠소이다.” 흑인 왕은 그렇게 대답하고서 일동을 객실로 안내하고는 정성껏 대접하며 생선 요리를 위시하여 필요한 것은 무엇이나 다 제공했습니다. 이렇듯 사흘이 지난 후 왕은 해녀에게 명령하여 솔로몬의 항아리를 해저에서 건져오라고 명령했습니다. 그래서 해녀는 해저를 뒤져서 열두 개의 항아리를 건져왔으므로 태수를 위시하여 노인과 신하 일동은 마침내 임금의 명령을 완수하여 필요한 물건을 얻게 된 것을 무한히 기뻐했습니다. 태수 무사가 흑인 왕에게 여러 가지 선물을 주었더니, 왕도 또한 깊은 바다의 불가사의인 사람 모양을 한 물고기를 선사하며 “이 사흘 동안 당신들에게 드린 것도 실은 이 물고기 요리입니다.” 하였으므로 태수는 대답했습니다. “그렇다면 무슨 일이 있어도 이것을 교주님께 갖다드리겠소이다. 솔로몬의 항아리보다 도리어 이 물고기를 보시고 더 기뻐하실지도 모르겠으니까.”

이윽고 태수 일행은 흑인 왕에게 작별 인사를 고하고는 귀로에 올라, 길을 재촉하여 드디어 다마스쿠스에 도착했습니다. 태수 무사는 곧 충성된 자의 임금님 어전에 사후하여 시가와 전설과 훈계 등, 보고 듣고 한 것 일체를 보고한 다음 아울러 타리브 빈 사르가 비명에 갔다는 전말도 보고했습니다. 교주는 “나도 동행했었더라면 그대가 본 것을 보았을 텐데.” 하고 말하고서 놋쇠 항아리를 손에 들고 하나씩 열기 시작했습니다. 그러자 안에서 악마들이 “오, 알라의 예언자여, 저희들은 개심했습니다! 두 번 다시는 그런 짓을 안하겠습니다!” 하고 말하면서 뛰어나왔습니다. 교주는 그 꼴을 보고서 매우 흥겨워했습니다. 흑인 왕의 선물인 심해의 인어는 어떻게 되었는가 말씀드리자면 사람들은 판자를 둘러 연못을

만들어 물을 가득 담은 다음 이것을 그 안에 넣었습니다. 그러나
더위가 심했기 때문에 얼마 있다 모두 죽고 말았습니다. 다음에
교주는 놋쇠의 성에서 수집해 온 물건을 가지고 오라고 하여 이것
을 신앙이 두터운 신하들에게 나누어주었습니다.

　—샤라자드는 날이 훤히 밝아오는 것을 깨닫자, 여기서 허락된
이야기를 그쳤다.

　●578일째 밤
　샤라자드는 말을 이었다. 오, 인자하신 임금님, 교주는 호리병과
그 속에 들어 있는 것을 보고서 몹시 놀랐습니다. 그러고 나서 수
집해온 물건을 가지고 오라고 하여 이것을 신앙심이 굳은 신하들
에게 나누어주고 나서 말했습니다. "알라께서는 일찍이 다윗의 아
들 솔로몬에게 주신 것과 같은 것을 아무에게도 주시지 않았다!"
　그러자 태수 무사는 신을 참배하러 성도 예루살렘으로 가고 싶
다고 말하고서 교주의 재가를 얻어 큰아들을 자기 대신에 총독으
로 임명했습니다. 그래서 충성된 자의 임금님께서 태수의 아들 하
룬에게 그 통치권을 주었기 때문에 태수 무사는 영광된 성도로 가
서 그곳에서 세상을 떠났습니다.
　놋쇠의 성에 관하여 전해 내려오는 이야기는 이것으로 끝입니
다. 신은 전지전능하십니다! 그럼 이번엔(하고 샤라자드는 이야기
를 이었다) 다른 이야기를 하겠습니다.

# 여자의 간계와 원한
## ─왕과 그 왕자와 시첩과 일곱 대신의 이야기

아주 먼 옛날, 중국의 여러 왕 사이에서 제왕 중의 제왕이라고 불리어진 위세가 당당한 왕자가 있었는데 지혜와 정의와 권위와 주권을 가지고 많은 병사와 노비를 다스리고 있었습니다. 농부에게는 공명정대하고 신하들에게는 관대한 행동이 많아서 백성으로부터 깊은 사랑을 받고 있었습니다. 왕은 권세를 뽐내는 것과 동시에 거부를 뽐내고 있었습니다만, 불행하게도 나이가 많았음에도 불구하고 자식복을 타고 나지 못해, 이 사실이 마음의 고통의 씨가 되었습니다. 자손이 끊겨서 자기의 이름은 망각의 심연에 잠겨버리고, 영토도 이윽고는 남의 수중에 넘어가는 것이 아닌가 하고 오로지 그것만을 근심하는 형편이었습니다. 그래서 궁전 깊숙이 칩거하여 두문불출 아주 은둔하고 말았습니다. 신하들도 마침내는 그 소식을 전연 듣지 못하게 돼 어찌할 바를 몰라 이러쿵저러쿵 뒷공론을 하게 되었습니다. 그 중에는 "임금님은 돌아가셨다." 하고 말하는 자가 있는가 하면 "아냐, 아직 돌아가시지는 않았어." 하고 말하는 자도 있었습니다. 그러면서도 모두들 백성을 다스리고 경국의 행사를 완수할 수 있는 임금을 찾아내야겠다고 결사적이었습니다.

한편, 왕은 마침내 자기의 힘으로는 후사를 얻을 수 없겠다고 체념하고서 최고 지상하신 신에게 예언자(알라의 축복과 가호 있으시기를!)께서 마련해주기를 빌었습니다. 그리고 예언자를 위시하여 성인, 순교자, 그 밖에 천제의 뜻을 닮은 신앙심이 두터운 사람들의 영광에 맹세코 아무쪼록 내 눈의 청량제도 되고, 내가 죽은 후의 왕국을 이어줄 후사가 될 아들을 주십사 하고 신에게 정성을 들여 빌었습니다. 그리고 나서 곧 일어서 자기 거실로 돌아가 백부의 딸인 왕비를 불러들였습니다. 그런데 이 왕비는 모든 측근 중에서도 한층 더 기량이 뛰어난 절세의 미인으로, 혈통도 가장 왕에게 가깝기 때문에 왕의 총애는 한층 더 두터웠습니다. 게다가 기지와 분별이 뛰어난 재원이었던 것입니다.

　왕비는 왕이 낙심하여 눈물에 젖어 몹시 우울해하고 있는 모양을 보자 어전에 엎드려 말했습니다. "오, 임금님, 제 목숨을 희생해서라도 당신께서 만수무강하시기를 빕니다! 세월도 당신께는 복수하지 않고, 운명의 화살도 당신을 괴롭히는 일이 없도록 빕니다! 아무쪼록 알라이시여, 임금님에게 기쁨을 주시고, 온갖 고통에서 지켜주옵소서! 도대체 어떻게 되신 것입니까? 시름에 잠기어 괴로운 생각에 시달리고 계신 것은?" 왕은 대답했습니다. "그대도 잘 알고 있듯이 나는 벌써 늙어빠진 몸이오. 그런데 이 눈을 서늘하게 해줄 아들 하나도 얻고 있지 못하잖소? 이런 상태라면 나의 왕국은 결국 남의 수중으로 넘어가게 되고, 나의 명성도 위덕도 깨끗이 사라져버리리라 생각되는구려. 그것을 생각하면 안절부절 못할 만큼 마음이 괴롭구려."

　"아무쪼록 알라께서 전하의 슬픔을 씻어주시기를." 하고 왕비는 말했습니다. "꽤 오래 전의 일이었는데 문득 저도 이 가슴 속에 전하와 마찬가지로 절실하게 자식이 필요하다는 생각이 용솟음치고 있는 것을 깨달았습니다. 그후 어느 날 밤 꿈을 꾸었는데 꿈 속에서 이런 계시가 있었습니다. '그대의 남편인 국왕은 몹시 후사를 바라고 있다. 그러나 만일 딸이라면 국토의 파멸의 원인이 된다. 만일 아들을 낳으면 당자는 허다한 고생을 겪게 되지만 결국엔 목숨을 보전하여 장수할 수 있을 것이다. 그와 같은 아들을 낳을 수 있는 것은 그대이다. 오직 그대뿐이다. 잉태의 시기는 달이 쌍동이좌와 서로 만날 때다!' 이 계시를 듣고 저는 눈을 떴습니다. 그러나 그 후 영 임신이 무서워져서 도무지 아이를 낳고 싶은 생각이 들지 않습니다."

"인샬라!—신의 뜻에 맞는다면—나는 어떻게 해서든지 아들이 하나 갖고 싶소." 왕이 소리치니 왕비는 여러 가지로 달래기도 하며 왕의 걱정을 풀어주었습니다. 이리하여 왕도 마침내는 슬픔을 잊고서 신하들 있는 데로 나가서 관례대로 옥좌에 앉았습니다. 신하 일동은 모두, 특히 영내의 고관대작들은 또다시 왕의 옥안을 뵈올 수 있게 된 것을 기뻐했습니다.

그런데 달과 쌍동이좌가 서로 만나는 날 밤에 왕은 왕비와 동침하여 전능하신 알라의 뜻에 의하여 왕비는 즉시로 잉태한 몸이 되었습니다. 이윽고 왕비는 남편인 왕에게 이 기쁜 소식을 전하고는 늘 하던 대로 나날을 보내고 있었는데 마침내 9개월이 지나 보름달과 같은 옥동자를 낳았습니다. 국내의 백성은 이구동성으로 왕자의 탄생을 기뻐하는 한편 왕은 법률박사와 철학자와 점성가들을 불러놓고 "내 아들의 장래를 점치고, 탄생시의 운수를 판단하여 점성도에 나타난 괘가 있다면 뭔지 말해보라." 하고 명령했습니다. 그들은 "알았습니다. 알라의 이름에 맹세코 곧 분부하신 대로 하겠습니다!" 하고 대답하고는 바쁘게 운명 판단에 착수했습니다. 그리고 출생시의 운수를 확인한 다음 이렇게 감정했습니다. "운수는 길, 생명에 이상이 없고, 장수의 괘입니다. 그러나 젊었을 때에 한 번 위난을 만나게 됩니다."

부왕이 이 감정을 듣고 몹시 상심하고 있자니까 그들은 다시 덧붙였습니다. "그러나 임금님, 왕자께서는 그 위난을 무사히 모면하실 수 있습니다. 또 그 밖에 이렇다 할 만한 부상도 입지 않으실 것입니다." 이 말을 듣고 왕의 근심과 불안도 완전히 사라졌으며, 왕은 그들에게 어의를 내리신 다음 호화로운 하사품도 주었습니다. 오로지 하늘의 뜻에 나의 몸을 맡기고, 운명이 정하신 바를 거역해본들 소용없다는 것을 깨달은 것입니다. 왕은 어린애의 시중

을 유모와 보모, 나아가서는 시녀와 내시들에게 맡기고는 일곱 살이 될 때까지 후궁에서 길렀습니다. 그러고 나서 왕은 영내의 부왕과 총독에게 낱낱이 서한을 보내, 그들의 힘을 빌어 신학박사와 철학자를 위시하여 법률과 종교학자들을 모든 나라에서 모아들였으므로 그 수는 360명에 이르렀습니다.

왕은 그들을 위한 특별집회를 열었습니다. 모두가 자리를 잡고 앉자, 우선 옥좌 가까이 다가와서 마음을 턱 놓고 있으라고 이르고는 식탁에 맛있는 음식을 늘어놓고 대접했습니다. 모두가 배부르게 먹고 연회도 끝나 각기 신분에 따라 자리에 앉자, 왕은 우선 묻기를 "그대들은 무엇 때문에 내가 그대들을 불렀는지 아는가?" "아뇨, 임금님, 모릅니다." 하고 모두가 대답하자 왕은 말을 이어 "나는 그대들 자신들이 50명을 뽑고, 그 50명 중에서 10명을, 10명 중에서 하나를 뽑아내 아들에게 학예 전반을 가르쳐주었으면 한다. 왜냐하면 내 아들이 모든 학문을 이수한 후에는 나는 아들에게 주권을 나눠주고 내가 가지고 있던 것도 분배해주고 싶기 때문이다."

"실은, 임금님, 우리들 중에서는 현자 중의 현자라고 불리는 신디바드만큼 학문과 인격이 뛰어난 자는 없습니다. 게다가 그분은 임금님의 수도에서 임금님의 비호 아래 살고 있으므로 그런 계획에는 정말 적합한 인물입니다. 임금님께서는 신디바드를 부르시어 그런 뜻을 하면하시면 좋을까 합니다."

그래서 왕은 신디바드를 불러 "오, 성인이여. 내 말을 들어주기 바라오. 다름이 아니라 나는 그대도 알다시피 많은 학자들을 불러 모아놓고 내 아들에게 학예 전반에 걸쳐 가르쳐줄 수 있는 사람을 하나 천거해 달라고 했었소. 그러자 그들은 이의없이 그대를 천거한 것이오. 만일 그대가 그들이 말한 대로의 일을 할 수 있을 것 같으면 당장에 그 일에 착수해주면 좋겠소. 사람의 아들과 후사는 부친의 오장육부에서 나온 결정이며, 부친의 심장과 간장의 정수라고 생각해주시오. 어쨌든 내가 바라는 것은 저 애를 사람으로 만들어 달라는 것이오. 알라시여, 부디 다복한 성과로 이끌어주옵소서!"

왕은 왕자를 불러내어 알 신디바드에게 맡기고 나서 현자에게는 삼 년 내에 교육을 마치라고 분부한 것입니다. 현자는 분부대로 교육을 시켰습니다만 삼년이 지났건만 젊은 왕자는 무엇 하나 배운 것이 없었습니다. 그저 놀기나 하고 장난이나 친다는 형편이었습니다. 부왕이 불러서 시험해봐도 왕자의 머릿속은 텅 비어 있고, 무엇 하나 알고 있는 것이 없었습니다. 그래서 왕은 다시 한 번 학자를 불러 다른 선생으로 바꿔 달라고 명령했습니다. 일동이 "담당 교사인 알 신디바드는 이제까지 무엇을 하고 있었습니까?" 하고 묻자 왕은 대답했습니다. "무엇 하나 아들에게 가르쳐준 것이 없다." 이 말을 듣고 법률박사와 철학자와 중신들은 알 신디바드를 불러 말했습니다. "현자님, 오랫동안 도대체 어찌하여 왕자님에게 교육을 시키지 않았습니까?" 그러자 현자는 "여러분, 왕자님은 장난에만 정신이 팔려 공부에는 뜻이 없었습니다. 그러나 임금님께서 세 가지 조건을 받아주시어 이것을 지켜주신다면 7년이 걸려도 외울 수 없는(아뇨, 아무도 배울 수 없는) 것들을 7개월 내에 가르치겠습니다."

"옳지, 알았다." 하고 왕은 대답했습니다. "그대의 조건을 따르기로 하겠다." 그러자 알 신디바드가 말하기를 "그럼, 임금님, 들어보십시오. 우선 세 가지 격언을 명심해주셔야 하겠습니다. 첫째는 자기가 원치 않는 것을 남에게 강요하지 마라. 둘째는 세상일에 뛰어난 자와 짜는 일 없이 서둘러 일을 처리하지 마라. 셋째는 권력을 가졌을 때에는 연민을 베풀지어다. 왕자님을 가르치는 데 있어 그저 이 세 가지 금언을 전하께서 받아들이시어 이것에 어긋나지 않게 해주십시오." 왕은 "여기 모여 있는 모든 이들이여, 나는 이 약속을 굳게 지킬 작정인데, 그대들이 증인이 되어다오!" 하고 외치고는 곧 구술서를 작성케 한 다음 이것에 왕 스스로의 서명과 신하들의 증언을 덧붙였습니다.

　　그래서 현자는 왕자의 손을 이끌고 자기 집으로 돌아왔습니다만 왕은 식료품에서부터 주방도구, 융단, 그 밖의 가구류에 이르기까지 필요한 물건들을 보내주었습니다. 그리고 나서 교사인 알 신디바드는 집을 한 채 짓고서 그 담을 흰 석회로 하얗게 발랐습니다. 그 맨 마지막으로 이 흰 벽 위에다 왕자에게 가르치고자 하는 여러 가지의 것을 낱낱이 그린 것입니다. 집의 모양이 일단 끝나자 현자는 젊은이의 손을 잡고 먹을 것이 가득 들어 있는 방으로 들어가 왕자를 가둔 다음 자기는 밖으로 나오자 곧 문에다 일곱 개의 자물쇠를 채워버렸습니다.

　　현자는 사흘마다 왕자를 찾아와서는 벽화에서 연상되는 지식을 가르치기도 하고, 마실 것과 먹을 것을 보급하기도 한 다음 다시 왕자를 혼자 남겨놓은 채 떠나버렸습니다. 그래서 젊은 왕자는 심심해서 견딜 수가 없어 열심히 그림을 보고 공부에 정진하여 그 그림에서 끌어낼 수 있는 모든 것을 낱낱이 외어버렸습니다. 현자는 이 꼴을 보고서 이번에는 다른 방면으로 왕자의 관심을 끌어 외면의 물상 속에 포함된 내면의 뜻을 가르쳤습니다. 이리하여 잠시 동안에 왕자는 긴요한 일들을 완전히 터득하고 말았던 것입니다.

　　그러자 현자는 왕자를 밖으로 데리고 나와 승마와 막대기치기놀이와 궁술 따위를 가르쳤습니다. 왕자가 이러한 놀이를 완전히 배우고 말자, 현자는 왕에게 사자를 보내 “왕자는 학문과 무예 전반을 모두 터득하여 이제는 이를 따를 사람이 없을 정도가 되었습니다.” 하고 전했습니다. 이 말을 들은 왕은 무척 기뻐하며 사실의 진위를 확인하기 위하여 대신들과 영내의 고관들을 초청해놓고 현자더러 왕자를 데리고 어전에 사후하라고 명령했습니다.

　　그래서 알 신디바드가 왕자의 천궁도를 그려놓고 점을 쳐보니 이레 동안에 걸친 괘로 하여 재앙이 있으리라는 것을 알게 되었습니다. 젊은이의 목숨을 크게 걱정한 현자는 “그대의 탄생시의 천궁도를 자세히 조사해보시오.” 하고 말했습니다. 왕자는 천궁도를 음미하여 그 흉패를 인정하자 자신의 운명의 장래를 걱정하여 곧 현자에게 물었습니다. "어떻게 하면 좋겠습니까?" 현자는 대답하여 "이제부터 앞으로 이레 동안 입을 다물고 한 마디라도 말을 해선 안됩니다. 예를 들자면 아버님이 매를 가하여 당신을 죽이려는 일이 있더라도 말입니다. 만약 당신께서 이 기간만 무사하게 보낼 수 있다면 옥좌에 올라 아버님의 자리를 계승하게 될 것입니다. 그러나 만일 일이 그렇게 되지 않을 경우 처음부터 끝까지 알라의 뜻 하나에 달려 있습니다."

제자인 왕자가 "선생님, 선생님의 잘못이에요. 너무 서둔 나머지 나의 천궁도도 조사해보지 않고서 아버님에게 사자를 보내셨으니. 이 일주일이 지날 때까지 사자를 보내지 않았더라면 만사가 다 잘되었을 것을." 하고 말하니 스승은 "아냐, 그렇지 않아, 이것도 팔자소관으로 해야 할 일을 했을 뿐이야. 그저 한 가지 실수를 했다면 그대가 대단한 학자가 된 것을 내가 너무나 기뻐했다는 그것뿐이오. 하지만 각오를 단단히 하고 있어야 합니다. 전능하신 알라께 의지하여 절대로 한 마디라도 입을 열지 않도록."

왕자가 궁정으로 들어가자, 대신들은 이를 맞이하여 부왕에게로 안내했습니다. 왕은 인사를 하고서 말을 건넸습니다만 왕자는 입을 다물고 대답이 없습니다. 왕이 어떻게 해서든지 왕자의 입을 열게 하려고 애를 썼지만 왕자는 이렇다 저렇다 대답이 없습니다. 그 모양을 보고서 신하들은 깜짝 놀라 왕은 또다시 왕자가 몹시 걱정되어 곧 알 신디바드를 불러오게 했습니다. 그러나 꼭 있어야만 할 현자는 어디에 있는지 아무도 그 행방을 찾아낼 길이 없습니다. 누군가 하나가 말했습니다. "왕자님은 임금님과 가신들 앞에 나오기가 부끄러운 거야." 이윽고 왕은 좌중에서 누군가가 "왕자님을 후궁으로 보내시면 부인들과 말을 나누게 되어 곧 수줍음이 없어지게 될 거야." 하는 말을 들었습니다. 그래서 왕은 곧 그 말을 받아들여 지시를 내렸습니다. 그래서 왕자는 후궁으로 끌려가게 되었던 것입니다.

후궁은 흐르는 냇물로 둘러싸여 있고 그 기슭에는 온갖 과수와 향기로운 화초가 심겨져 있었습니다. 그리고 후궁에는 방이 40개나 있으며, 그 방마다 10명의 노예 계집이 살고 있었습니다. 모두가 악기를 연주할 줄 아는 처녀들로서, 누군가 하나가 악기를 연주하면 그 묘한 가락에 따라 궁전내의 모든 여자들이 춤을 추는 것이었습니다.

왕자는 이 후궁에서 하룻밤을 지냈습니다. 그러다가 그 이튿날 아침 문득 왕이 총애하는 무희 하나가 젊은 왕자의 아름다운 용모와 균형이 잡힌 맵시, 다소곳하고 산뜻한 모습을 보자 단번에 반해버려 완전히 사랑의 포로가 되어버린 것입니다. 여자는 왕자 옆으로 다가와서 몸을 던졌습니다. 왕자는 몸을 사린 채 아무 반응도 보이지 않았습니다. 여자는 젊은이의 미모에 그만 눈이 어리어, 울고 불고, 맨몸을 드러내놓고서 제발 욕정을 좀 풀어달라고 졸라대는 등 대단한 소동을 부렸습니다. 견디다 못한 여자는 또다시 왕자에게 몸을 내던지고서 상대방을 가슴에 꽉 껴안고서 입을 맞추면서 말했습니다. "글쎄 왕자님, 제발 정을 베풀어주세요. 나는 반드시 당신을 아버님의 옥좌에 앉히게 하겠어요. 부왕에게 독을 마시게 하면 곧 돌아가실 터이니까 당신에게 이 나라도, 재산도 인계될 것입니다."

왕자는 이 말을 듣자, 열화처럼 화를 내며 몸짓 손짓으로 이렇게 말했습니다. "이 저주받을 계집아, 입을 떼게만 된다면 꼭 네년의 이런 패륜행위를 그냥 두진 않겠다. 아버님에게로 가서 자초지종을 이야기하면 너는 간 데 없이 맞아죽는다." 그러고 나서 왕자는 노여움에 불타 부리나케 방을 나가버렸습니다.

그 모양을 보고서 그녀는 자기 몸이 몹시 걱정이 되었습니다. 그래서 얼굴을 때리고, 옷을 찢고, 머리칼을 쥐어뜯고, 머릿보를 벗어던지고 나서 왕의 어전으로 가서 하염없이 울면서 그 발밑에 엎드렸습니다. 이 흐트러진 여자의 모양을 보고서 왕은 몹시 마음이 산란해져 "여봐라, 처녀여, 어떻게 된 일이냐? 왕자는, 내 아들은 어떠한 상태냐? 변함없겠지?” 하고 물었습니다. 그러자 시녀는 대답하기를 “네, 임금님, 실은 가신들이 벙어리라고 말씀하신 왕자님이 저의 몸을 요구하셨습니다. 제가 거절했더니 왕자님은 저를 보시는 바와 같이 이런 모양으로 만드시고 이제라도 당장 죽여버리시려는 기세였습니다. 그래서 저는 왕자님의 곁을 도망쳐나온 것이며, 왕자님의 곁으로 다시 돌아갈 생각은 추호도 없습니다. 아뇨, 후궁으로도 돌아가지 않겠습니다. 두 번 다시는!”

이 말을 들은 왕은 몹시 화를 내며 즉시로 일곱 명의 대신들을 불러 왕자를 사형에 처하라고 명령했습니다. 그러나 대신들은 제각기 “만일 우리들이 임금님의 명령대로 한다 하더라도 임금님은 머지않아 꼭 왕자님에게 사형선고를 내리신 것을 후회하시게 될 것임에 틀림없어. 왜냐하면 임금님은 왕자를 퍽 사랑하고 계시고, 게다가 완전히 체념하시고 계시던 자식을 겨우 얻으셔서 무척 아끼고 계시기 때문이야. 임금님은 우리들을 족치시며 힐난하시게 될 거야. ‘왜 그대들은 왕자를 죽이려고 했을 때 단념케 하지 못했단 말이냐?’ 하고 말이야.” 그래서 일동은 왕의 마음을 딴 데로 돌리려면 어떻게 하면 좋을까 이마를 맞대고 의논했습니다. 이윽고 재상이 말했습니다. “오늘 일은 내가 책임지고 임금님의 노여움을 풀어보리다.”

그러고 나서 재상은 옥좌로 나아가 어전에 엎드려 아뢰올 말씀이 있으니 허락해주십사 하고 청했습니다. 왕이 말해보라고 하자 재상은 곧 입을 열었습니다. “임금님, 비록 1000명의 아들을 가지셨다 하더라도 거짓말인지 진실인지도 모르시고 한낱 한 여자의 말만을 들으시고 아드님을 처벌하신다는 것은 큰일이라고 생각됩니다. 게다가 아마도 저것은 거짓말이며, 아드님을 모함하려는 간책일지도 모릅니다. 왜 그런가 하오니, 임금님, 실은 여자들의 부정이라든가 간계라든가, 두 마음이라든가 하는 것에 관하여서는 허다한 이야기가 전해 내려오고 있는 것을 들은 적이 있기 때문입니다.” 왕이 “그렇다면 그대가 들은 이야기를 좀 해주지 않겠는가?”

하고 물었으므로 대신은 대답했습니다. "네, 알았습니다. 임금님, 실은 이런 이야기를 들은 적이 있습니다."


## 왕과 대신의 아내


그 옛날, 왕자 중의 왕자로서, 절대적인 세력으로, 위풍이 땅을 휩쓴다는 군주가 있었는데, 평소 색도의 풍류를 그지없이 사랑하고 있었습니다. 어느 날 궁중에 들어박혀 있자니까, 어느 집의 옥상에 나와 있는 한 미인의 모습이 눈에 띄어 자신도 모르게 홀딱 반해버렸습니다. 신하를 불러 그 집 미녀는 누구의 것이냐고 물었더니 "저것은 이러이러한 대신의 저택이며, 여자는 그 대신의 아내입니다"라는 대답이었습니다.

그래서 왕은 그 대신을 불러들여 영내의 먼 곳으로 가서 정보를 얻는 대로 귀국하라고 명령을 내렸습니다. 그러나 대신이 명령을 받들어 떠나자, 왕은 곧 계략을 짜 대신의 저택과 대신의 아내에게 접근할 궁리를 했습니다. 대신의 아내는 왕의 모습을 보자, 곧 알아채고서 뛰어일어나 왕의 두 손과 두 발에 입을 맞추며 극진하게 환대했습니다. 그러고 나서 아내는 왕을 환대하기 위하여 분주히 일하면서 멀찌감치 떨어진 곳에서 말을 건넸습니다. "저, 임금님, 어찌 된 연유로 행차하셨는지요? 보잘 것 없는 저같은 자에게 분에 넘치는 영광입니다."

그러자 왕은 "그 연유란 별것 아니다. 그대가 그리워서 뜻을 이루고 싶은 나머지 저절로 발이 이쪽으로 향한 것이다." 이 말을 듣자 대신의 아내는 어전에 두 번 엎드리고서 "오, 임금님, 저 같은 것은 하인의 시녀가 될 가치도 없는 계집이옵니다. 도대체 어찌하여 저에게 그와 같은 영예와 은총을 받을 만한 복이 내린 것일까요?"

왕이 여자의 부드러운 살을 애무하려고 한 손을 뻗치자 여자는 "어림도 없는 일이옵니다. 하지만 저, 임금님, 잠시 참아주세요. 오늘은 하루종일 제 집에 편히 계십시오. 뭔가 맛있는 음식 준비를 하겠습니다." 왕이 대신의 침상에 앉자, 여자는 허둥지둥 안으로 들어가더니 책을 한 권 가지고 왔습니다. 요리를 만들고 있는 동안 왕이 읽으라고 가지고 온 것입니다. 왕이 무심코 그 책을 손에 들고 읽어보니, 거기에는 간음을 단념하게 하고, 죄를 저지를 용기를 꺾게 하는 가지가지의 도덕상의 훈계와 실례가 적혀 있었습니다.

잠시 후 대신의 아내는 돌아와서 왕의 앞에 가지각색의 요리를 아흔 접시나 늘어놓았습니다. 왕은 한 접시에서 하나씩 집어서 먹었는데, 접시의 수는 많았지만 맛은 모두가 똑같았습니다. 왕은 참 이상한 일이라고 생각하여 말했습니다. "여봐라, 요리의 종류는 아주 풍부한 것 같은데 맛은 모두 같으니 웬일이냐?" 그러자 여자는 대답했습니다. "알라시여, 임금님의 위세를 더욱 떨치게 하여 주옵소서! 실은 이것은 제가 사물의 비유로서 만든 것인데, 그 교훈을 임금님께서 깨달아주셨으면 하는 생각에서 만든 것입니다." 왕이 "그 뜻은 무엇인가?" 하고 묻자 여자는 "알라시여, 우리 임금님의 행실을 아무쪼록 고쳐주옵소서! 임금님의 궁전에는 가지각색의 시녀가 90명이나 있습니다. 그러나 그 맛은 모두가 다 한결같습니다." 하고 대답했습니다.

왕은 이 말을 듣고 깊이 부끄러워하며 몸둘 곳을 모르고 얼른 일어서서 나가버렸습니다. 별로 여자를 탓하지도 않은 채 궁전으로 돌아온 것입니다. 그러나 왕은 어찌할 바를 몰라 서두른 나머지 도장이 찍힌 반지를 앉아 있던 보료 밑에다 그냥 놓고 온 것입니다. 궁전으로 돌아온 왕은 그 사실을 깨달았지만 부끄러워서 찾으러 사람을 보내지도 않았습니다.

그런데 왕이 대신 집에서 궁전으로 돌아온 지 얼마 되지 않아서 대신도 돌아왔습니다. 그리고 왕의 어전에 사후하여 무릎을 꿇고 문제의 지방의 상태를 자세히 보고했습니다. 그러고 나서 자기 집으로 돌아온 대신은 언제나처럼 침상에 앉았는데, 문득 보료 밑으로 손을 꽂아보니 국왕의 도장반지가 있는 것이 아니겠습니까! 대신은 그것을 알자 몹시 마음이 상해, 그 후부터 일 년 동안 아내를 멀리한 채 깊은 슬픔에 잠겨 있었습니다. 그 동안 남편은 아내와 동침은 물론 말도 나누려고도 하지 않았는데, 아내는 남편의 그러한 행동의 이유를 전연 알 수가 없었습니다.

　　—샤라자드는 날이 훤히 밝아오는 것을 깨닫자, 여기서 허락된 이야기를 그쳤다.


　●579일째 밤

샤라자드는 말을 이었다. 오, 인자하신 임금님, 대신은 아내를 멀리하면서 살았지만, 아내 쪽에서는 남편이 왜 자기를 그렇게 대하는지 그 까닭을 알 수가 없었습니다. 마침내 까닭도 없이 독수공방을 지켜야 하는 고독감을 참다 못해 친정아버지를 불러 사정을 털어놓았습니다. 그러자 부친은 말했습니다. "언젠가 네 남편이 궁전에서 어전에 사후하고 있을 때 이 네 고통을 임금님께 호소해보겠다."

그래서 어느 날 부친은 왕에게 배알하여 대신과 대법관도 어전에 사후하고 있는 것을 보자, 이렇게 딸의 고통을 호소한 것입니다. "전능하신 알라시여, 아무쪼록 우리 임금님의 몸가짐을 고쳐주옵소서! 실은 소신은 아름다운 화원을 하나 가지고 있사온데, 손수 꽃을 심고, 열매를 맺을 때까지 재산을 쏟아부은 것입니다. 그리고 마침내 열매가 익어 따게 되자 여기 계신 대신에게 이것을 바쳤습니다. 대신께서는 맛있어 보이는 데를 골라서 먹고는 그 후로는 본체만체 물조차 주지 않습니다. 그 때문에 꽃은 말라 시들고 윤기도 없어져 완전히 그전 모습은 찾을 길도 없습니다." 그러자 대신은 말했습니다. "오, 임금님, 장인 말씀이 옳습니다. 저는 화원을 잘 손질하여 나무랄 데 없이 만들었습니다만, 어느 날 화원을 찾아가보니 사자가 짓밟은 흔적이 눈에 띄었습니다. 그래서 저는 제 목숨이 아까워서 화원을 멀리했던 것입니다.”

왕은 대신이 한 말 중 사자의 흔적이란 자기가 여자의 집에 두고 온 도장 찍힌 반지를 두고 하는 말이라는 것을 깨달았으므로 “여봐라, 대신이여, 그전 화원으로 돌아가라. 아무것도 두려워할 것은 없다. 사자가 화원으로 갔다고는 듣고 있지만 제 조상의 영예에 맹세코 결코 화원을 짓밟지는 않았다.” “알았습니다.” 하고 대신은 대답하고서 자기 집으로 돌아오자 곧 아내를 불러 화해한 다음 그 후부터는 아내의 정조를 절대로 의심하는 일이 없게 되었습니다.

오, 임금님(하고 재상은 이야기를 계속했습니다), 이 이야기를 말씀드린 것은 여자의 간계가 얼마나 무서운 것이며, 또 경솔한 행동은 후회의 씨가 되는 법이라는 것을 전하께 알려드리기 위해서입니다. 신은 또 이런 이야기도 들은 적이 있습니다.


## 과자장수와 그 아내와 앵무새 이야기


옛날 옛적, 이집트에 미인이라는 소문이 파다하게 퍼진 아내를 가지고 있는 과자장수가 살고 있었습니다. 그런데 그 집에서는 앵무새를 한 마리 기르고 있었는데, 이 새는 때와 경우에 따라서는 문지기나 감시자의 역할, 또는 초인종이나 첩자의 구실까지 했습니다. 예를 들자면 설탕 주위에 파리가 웅웅거리며 날고 있는 소리라도 들으면 앵무새는 당장 활갯짓을 쳐서 알린다는 식이었습니다. 또 이 새는 집을 비워두었을 때에 일어난 일들을 일일이 주인에게 밀고했으므로 아내에게 있어선 눈엣가시였습니다.

그런데 어느 날 밤 과자장수는 친구들 있는 데로 가기 전에, 하룻밤 내내 자지 말고 감시하라고 앵무새에게 단단히 일러두었습니다. 또 아내에게는 아침까지 돌아오지 않을 테니까 이상한 짓은 해서 안된다고 일러두었습니다. 남편이 문을 나서기가 무섭게 아내는 곧 애인을 부르러 갔습니다. 그리고 애인과 함께 돌아오자, 두 연인은 흥겹게 하룻밤을 보냈습니다. 앵무새는 그 자초지종을 낱낱이 지켜보고 있었던 것입니다.

이튿날 아침 일찍 남자는 돌아갔지만 남편은 돌아오자마자 앵무새 입에서 어젯밤에 벌어진 사건을 죄다 들었습니다. 그래서 남편은 아내 방으로 뛰어들어가서 마구 때렸습니다. 아내는 속으로 생각했습니다. '도대체 누가 밀고했지?' 그러고 나서 무엇이건 잘 고자질하는 시녀를 불러다놓고, 밀고한 것은 네가 아니냐고 따졌습니다. 그 여자는 쓸데없는 소리 말라고, 아주머니를 배반하다니! 하고 잘라 말하고 나서, "나리께서 아침에 집에 돌아오자마자 잠시 새장 앞에 서서 앵무새의 이야기에 귀를 기울이고 있었어요." 하고 알렸습니다. 아내는 이 이야기를 듣자 무슨 수를 써서라도 앵무새를 죽여야겠다고 결심했습니다.

그러고 나서 며칠 후 남편은 또다시 친구의 초청을 받고서 친구네 집에서 묵게 되었습니다. 주인은 떠나기 전에 앵무새에게 전에 말한 것과 똑같은 말을 일러두었습니다. 이렇듯 자기 집에 밀고자를 두고 있었으므로 주인은 마음을 턱 놓고 있었습니다. 그런데 아내와 그 심복 하녀는 어떻게 해서든지 주인의 앵무새에 대한 신뢰를 깨뜨려버리리라고 결심했습니다. 그래서 두 남녀와 시녀는 가짜 폭풍우 흉내를 내기로 작정하고서 우선 앵무새의 머리 윗쪽에다 맷돌을 놓고(정부가 한 장의 가죽 위에다 물을 퍼부으면서 이것을 돌렸습니다), 펄럭펄럭 부채질을 하기도 하고, 갑자기 촛불 덮개를 벗겨서 접시 아래에다 감추기도 했습니다.

이렇듯 두 남녀는 번갯불과 호우를 동반한 폭풍우를 일으켰기 때문에 앵무새는 흠뻑 젖어 대홍수 속에서 익사를 당할 지경이었습니다. 천둥이 우릉우릉 울리는가 하면 번갯불이 번쩍번쩍 빛났지만 천둥소리는 맷돌이 도는 소리이고, 번갯불은 촛불이 번쩍번쩍하는 빛이었습니다. 앵무새는 혼자서 생각했습니다. '이건 필경 홍수가 밀려닥쳤구나. 노아조차도 일찍이 본 적이 없는 홍수가.' 이렇게 중얼거리며 깃 속에다 머리를 처박고서 완전히 공포의 포로가 되어버렸습니다.

남편은 돌아오자마자 앵무새에게로 가서 자기가 없는 동안의 사건들을 물어보았습니다. 그러자 앵무새는 무슨 수를 써도 어젯밤의 홍수와 폭풍우의 이야기는 자기 입으로는 도저히 다 할 수가 없고, 그 맹렬한 태풍과 폭풍우 소동을 설명하려면 몇 해가 걸린다고 대답했습니다. 주인은 어젯밤 홍수가 났다는 앵무새의 이야기를 듣고서 "이놈, 네놈은 돌았구나! 꿈이면 몰라도 도대체 어젯밤 무슨 비가 오고 번개가 쳤다는 것이냐? 그러고 보니 네놈은 우리 집을, 유서깊은 가문을 망쳐버렸구나? 내 아내는 당대에 다시 없는 정숙한 여자야. 네놈의 말은 거짓말투성이야." 주인은 몹시 화를 내고서 새장을 땅바닥에다 내동댕이쳐버리고는 앵무새의 머리를 비틀어 자르더니 창밖으로 내던져버렸습니다.

이윽고 주인의 친구들이 찾아와 머리가 잘리우고 날개와 깃이 뽑힌 보기에도 처참한 꼴이 되고 만 앵무새의 시체를 보았습니다. 그 경위를 들은 친구들은 아내가 어째 수상하다고 생각되었으므로 주인에게 말했습니다. "마누라가 목욕간 틈을 타서 자네 마누라와 친한 하녀를 족쳐서 비밀을 자백케 해보게." 그래서 주인은 아내가 외출하자 곧 부인방으로 가서 하녀에게 자초지종을 자백하라고 족쳐댔습니다. 하녀가 자초지종을 자백하자 주인은(누명을 씌운 증거가 드러났으므로) 앵무새를 죽인 것을 몹시 후회했습니다.

오, 임금님(하고 재상은 이야기를 계속했습니다), 이런 이야기를 말씀드린 것도 여자의 흉계니 잔꾀니 하는 것이 얼마나 무서운 것인가를, 또 일을 서두르면 나중에 후회를 자초하게 되는 법이라는 것을 알아주십사 하기 위해서입니다.

그래서 왕은 왕자를 죽이는 것을 그만두었습니다. 그 이튿날 예의 그 시녀가 어전으로 나와 엎드려 "오, 임금님, 어찌하여 임금님께서는 올바른 일을 아시기를 주저하시는 것입니까? 제후들은 임금님께서 명령을 내리셨다는 것을 전해듣고 있습니다. 전하의 재상이 이것에 반대했다는 것도요. 그러나 왕명에 복종하는 것은 왕명을 이행하는 일로서, 누구나 다 전하의 올바른 심판과 공명정대하심을 알고 있습니다. 그러하오니 저를 위하여 왕자님에게 올바른 심판을 내려주십시오. 저도 또한 이런 이야기를 들은 적이 있습니다.

## 세탁소 주인과 아들


옛날, 세탁일을 하여 살아가고 있는 사나이가 하나 있었습니다. 이 사나이는 매일 옷가지를 빨러 티그리스 강가로 나가는 것이 습관이었습니다. 그리고 아들도 늘 따라가서는 아버지가 빨래를 하고 있는 동안 강에서 헤엄을 치고 있었습니다. 부친도 별로 아들이 헤엄치는 것을 막으려고는 하지 않았습니다. 어느 날 아들이 헤엄을 치고 있다가 갑자기 팔에 쥐가 나서 물에 빠졌습니다. 그래서 아버지가 강 속으로 뛰어들어 아들을 붙잡았습니다. 그러나 아들은 아버지에게 매달려 끌어당겼으므로 마침내 부자는 함께 익사하고 말았던 것입니다. 오, 임금님, 전하의 경우도 바로 이와 흡사하옵니다. 만약 왕자님을 방치하시어 저의 한을 풀어주시지 않으신다면 임금님 부자께서는 두 분 다 물에 빠져 돌아가시지 않을까 걱정됩니다.


――샤라자드는 날이 훤히 밝아오는 것을 깨닫자, 여기서 허락된 이야기를 그쳤다.

● 580일째 밤

샤라자드는 말을 이었다. 오, 인자하신 임금님, 왕의 애첩은 세탁소 주인과 아들의 이야기를 한 다음 맨 마지막으로 "전하 두 부자께서도 물에 빠져 돌아가시는 것이 아닌가 하고 걱정이 됩니다." 하고 말하고 나서 다시 말을 이었습니다. "사나이의 흉계에 관한 한 예로서 저는 이런 이야기를 들은 적이 있습니다."


## 오입쟁이의 흉계와 정숙한 아내


어느 사나이가 미모와 맵시의 전형이라고 해도 좋을 만한 한 미인에게 애를 태우고 있었습니다. 이 여자는 이미 유부녀로, 금실이 매우 좋은 부부였습니다. 게다가 저와 마찬가지로 순결하고 정숙했기 때문에 애를 태우고 있는 건달은 여자에게 접근할 수가 없었습니다. 그래서 마침내 애를 태우다 못해 자기의 뜻을 충족시켜볼 궁리를 했습니다.

그런데 이 주인에게는 자기 집에서 길러서 주인의 사랑을 받으며 집사의 일을 보고 있는 한 젊은이가 있었습니다. 그래서 건달은 이 젊은이에게 접근하여 물건을 선사하기도 하고, 달콤한 말로 구슬리기도 하고, 그럴 듯한 말로 꾀기도 하여 마침내 젊은이의 손은 입이 말하는 대로 움직이는 것보다도 더 순해져 무엇이나 건달이 하라는 대로 하게 되었습니다. 어느 날 건달이 젊은이에게 말하기를 "이봐, 젊은이, 언젠가 아씨가 안계실 때 나를 몰래 그 집으로 데려다주지 않겠나?" "그러시죠." 젊은 집사는 대답했습니다. 그래서 주인이 가게에 나가고 아씨가 목욕하러 간 틈을 타서 건달의 손을 끌고서 집 안으로 안내하여 거실이니 집안의 물건들을 모두 보여주었습니다.

자, 이 건달은 아씨에게 장난을 하려고 생각하고 있었으므로 그 릇에 넣어가지고 온 달걀의 흰자위를 꺼내서 젊은이에게 들키지 않게 몰래 이것을 상인의 침상에 흘렸습니다. 그러고 나서 인사를 하고서 그 집을 나와 그대로 자기 집으로 돌아왔습니다. 잠시 후에 그 상인이 집으로 돌아왔습니다. 좀 쉬려고 생각하고서 침상으로 들어가니 무언가 끈적거리는 것이 있었습니다. 손에 들고 잘 조사해보니 어쩐지 남성의 정액만 같았습니다. 이 광경을 보고 주인은 크게 놀라 젊은이를 뚫어져라 노려보며 "아씨는 지금 어디 있느냐?" 하고 물었습니다. 젊은이는 "아씨는 목욕하러 가셨습니다. 목욕을 끝내면 곧 돌아오실 것입니다." 하고 대답했습니다. 주인은 이 말을 듣고 정액이 아닐까 하고 의심했던 것이 정말인 것만 같아 펄펄 뛰며 외쳤습니다. "어서 가서 아씨를 불러오너라."

집사는 하라는 대로 아씨를 데리고 돌아왔습니다. 아씨가 남편 앞에 나타나자, 질투가 깊은 주인은 느닷없이 달려들어 다짜고짜로 마구 아내를 두들겨패며 두 손을 뒤로 돌려 결박을 지우고는 단도로 목을 베려고 했습니다. 그러나 여자가 비명을 지르며 사람을 불렀으므로 이웃사람들이 달려왔습니다. 아씨는 모두에게 호소했습니다. "이 사람이, 내 남편이 까닭도 없이 나를 막 때렸어요. 무슨 나쁜 짓을 한 기억도 없는데 나를 죽일려고 해요." 그래서 사람들은 일어서서 남편에게 물었습니다. "왜 당신은 여자에게 그런 모진 짓을 하는 거요?" "이 여자와 이미 이혼했어요." 하고 주인이 대답하자 일동은 "당신은 이분을 학대할 권한이 없어요. 이혼하거나, 아니면 친절하게 굴거나 둘 중 하나예요. 글쎄 우리들은 이분이 분별력도 있고, 정숙하고, 순정하다는 것을 잘 알고 있어요. 오랫동안 이웃에서 서로 친하게 살고 있으면서 나쁘다는 평판을 들은 적도 없소."

그러자 주인은 말했습니다. "내가 집에 돌아와보니 침상에 남성의 정액 같은 것이 묻어 있었어요. 저로선 그 까닭을 잘 알 수 없다니까요." 이 말을 듣고 마침 그곳에 있던 아이 하나가 앞으로 걸어나와 "아저씨, 나에게 좀 보여주세요!" 하고 말했습니다. 아이가 그것을 보고서 냄새를 맡은 다음 숯불과 냄비를 가져다가 달걀의 흰자위를 끓여서 굳어질 때까지 지졌습니다. 그리고 나서 이것을 조금 먹어본 다음 주인과 다른 사람들에게도 맛을 보아달라고 한즉 모두가 맛본 후 달걀의 흰자위가 분명하다고 단언했습니다. 그래서 남편은 아무 죄도 없는 정숙한 아내에게 엉뚱한 누명을 씌웠다는 것을 깨달았습니다. 이웃사람들이 일단 이혼사태가 된 두 부부의 사이를 중재하는 바람에 남편은 아내의 용서를 빌며 금화 100닢을 보냈습니다. 이렇듯 무도한 사랑을 꿈꾼 사나이의 술책도 모두 실패로 끝났습니다. 오, 임금님, 이것이 사나이의 술책과 그 실패에 관한 일례입니다.

이 이야기를 들은 왕은 다시 왕자를 죽이라고 명령했습니다. 그러나 그 이튿날이 되자 두 번째 대신이 중재에 나서 마루에 엎드렸습니다. 왕이 "머리를 들어라. 알라를 받들 때 외에는 마루에 엎드려선 안되느니라." 하자 대신은 일어나 말했습니다. "오, 임금님, 왕자님 서둘러서 죽이시면 안됩니다. 이미 체념하고 계실 때 전능하신 신께서 점지해주신 왕자님이 아니십니까. 그러한 행운이 전하게 내리었다는 것은 뜻밖의 일이었을 것입니다. 저희들이 바라는 것은 왕자님이 장수하시어 위세를 떨치시고 전하의 성덕을 잘 지켜주시기를 바랄 뿐입니다. 그러하오니 임금님, 제발 잠시 참아주옵소서. 꼭 언젠가는 왕자님께서 거기에 상당하는 변명을 하실 것입니다. 만약 서둘러 죽이시는 일이 있다면 마치 상인이 후회한 것처럼 전하께서도 반드시 후회하시게 될 것입니다." "대신, 그 상인이 어떻게 했다는 거야?" 하고 왕이 묻자 대신은 대답했습니다. "네, 임금님, 제가 들은 이야기라는 것은 다음과 같습니다."

## 구두쇠와 빵

　옛날에 대단한 구두쇠로서, 먹고 마시는 것조차 발발 떠는 상인이 하나 있었습니다. 어느 날, 어느 도시로 여행을 떠났는데, 시장 거리를 걷고 있다가, 이제 막 구운 맛있어 보이는 빵을 두 개 들고 있는 노파를 만났습니다. 상인이 "그건 팔 것입니까?" 하고 묻자 "네, 물론이죠!" 하고 상대방이 대답했습니다. 그래서 상인은 값을 깎고 깎아 아주 싼 값으로 이것을 사서 숙사로 가지고 와서 그날의 식사로 먹었습니다. 이튿날 상인은 또다시 똑같은 장소로 갔습니다. 그리고 어제의 그 노파가 빵을 들고 있는 것을 보자, 이것을 또 샀습니다. 그렇게 하여 스물하고도 닷새 동안 매일 하루도 빼놓지 않고 빵을 사서 먹었는데, 그 후 노파의 모습이 갑자기 보이지 않게 되었습니다.
　상인은 노파의 행방을 물었지만 아무도 아는 이가 없었습니다. 그러던 어느날 큰 거리를 걷고 있다가 문득 노파를 만났습니다. 그래서 상인은 노파를 불러세우고서 보통 인사를 하고 나서 여러 가지로 상냥한 말로 찬사를 늘어놓은 다음 어째서 시장에서 모습을 감추고서 두 개의 빵을 팔기를 그만두었느냐고 물었습니다. 이 말을 들은 노파는 처음에는 대답하기를 망설렸습니다. 그러나 상인이 꼭 그 까닭을 말해달라고 조르는 바람에 노파는 마침내 입을 열었습니다. "나리, 그렇다면 내 변명을 들어보세요. 실은 말입니다, 나리, 나는 등에 나쁜 종기를 가진 사나이를 간호하고 있었는데 의사께서 하시는 말씀이 버터와 가루 반죽으로 고약을 만들어, 그것을 밤새도록 아픈 곳에다 부쳐두라는 것이었습니다. 나는 아침이 되면 그 가루를 떼어서 다시 반죽을 하여 두 개의 빵으로 만들어 가지고 당신과 다른 사람에게 팔곤 했던 것입니다. 그런데 얼마 지나지 않아 환자는 세상을 떠나고 말았습니다. 그래서 빵도 이젠 만들 필요가 없게 되었습지요.”

　상인은 이 말을 듣자 “진정 우리들은 알라의 것이며, 진정 우리들은 알라의 곁으로 돌아가려는 자이니라! 영광되고 위대하신 신 알라 외에 주권 없고, 권력 없도다!” 하고 외치고는 후회해도 소용없는 일을 몹시 후회했습니다.

　─샤라자드는 날이 훤히 밝아오는 것을 깨닫자, 여기서 허락된 이야기를 그쳤다.

　● 581일째 밤

　샤라자드는 말을 이었다. 오, 인자하신 임금님, 노파가 상인에게 빵이 나오게 된 유래를 설명하자, 상인은 외쳤습니다. “영광되고, 위대하신 신 알라 외에 주권 없고 권력 없도다!” 그러고 나서 또 “어떠한 재앙이 그대에게 떨어지더라도 그것은 자업자득이니라.” 하는 최고 지상하신 신의 말씀을 중얼거리면서 뱃속에 든 것을 모두 토해버리고는 병이 들었습니다. 그리고 후회해도 소용없는 일을 몹시 후회했습니다.

　오, 임금님(하고 두 번째 대신은 이야기를 계속했습니다), 그 밖에 또 여자의 간사한 마음에 관하여 이런 이야기도 들은 적이 있습니다.


## 바람둥이 여자와 두 정부


　옛날에 어느 국왕의 칼잡이를 지내는 사나이가 하나 있었는데, 이 사나이는 행실이 좋지 못한 여자에게 미쳐 있었습니다. 어느 날 늘 하던 버릇대로 자기의 시동을 그 여자에게로 보내 전갈을 하였습니다. 그런데 그 시동은 여자 옆에 붙어앉아서 희롱하기 시작했습니다. 여자는 몸을 숙이고서 상대방을 꽉 가슴에 껴안고서 몸을 어루만진다 입을 맞춘다 하였으므로 시동은 발정하여 견딜 수가 없어서 여자에게 뜻을 물었습니다. 그러자 여자는 반색을 하며 승낙했습니다. 그래서 둘이 그렇게 하고 있는데 뜻밖에 시동의 주인이 문을 두들겼습니다. 그래서 여자는 마루 뚜껑을 쳐들고서 지하실로 시동을 밀어넣은 다음 문을 열어주었습니다. 주인은 한 손에 칼을 들고 들어오자마자 여자의 침상에 털썩 주저앉았습니다. 여자는 옆으로 다가가서 입을 맞춘다 껴안는다 하면서 아양을 떨었기 때문에 마침내 남자는 여자를 껴안은 채 드러누웠습니다.

　그러고 있는데 여자의 남편이 문을 두들겼습니다. 정부가 누구냐고 묻자 여자는 "내 남편이에요." 하고 대답했습니다. "어떻게 할까?" "그 칼을 빼가지고 현관에서 나를 보고 막 욕을 하세요. 남편이 안으로 들어오거든 그대로 밖으로 나가버리세요." 정부는 하라는 대로 했습니다. 자, 남편이 안으로 들어서보니 국왕의 칼잡이가 한 손에 칼을 빼들고서 자기 아내에게 욕을 하기도 하고, 을러대기도 하고 있는 것이 아니겠습니까. 그러나 정부는 주인의 모습을 보자마자 얼굴을 붉히며 언월도를 칼집에 꽂고는 나가버렸습니다. "이거 어떻게 된 일이야?" 하고 남편이 묻자 아내는 "오, 당신, 정말 잘 들어오셨어요! 하마터면 참된 신자가 하나 죽을 판이었는데 당신 덕택으로 살았군요. 실은 이래요. 내가 노대에 나가서 실을 잣고 있는데, 난데없이 한 젊은이가 미친 듯이 저 사나이한테서 도망을 쳐서 숨이 끊어질 판이 되어 뛰어들었지 뭐예요. 바로 그 뒤로 아까 그 사나이가 칼을 빼들고서 죽일 듯이 뒤따라왔어요. 젊은 사나이는 내 앞에 엎드려 손과 발에 입을 맞추고는 '저, 아씨, 제발 부탁이오니 저 사나이한테서 구해주세요. 까닭도 없이 나를 죽이려고 하고 있거든요.' 하는 게 아니겠어요. 그래서 나는 지하실에다 숨겨주었어요. 그러자 별안간 아까 그 사나이가 칼을 빼 들고서 우리집으로 오더니 젊은이를 내놔, 이러는 게 아니겠어요. 내가 내놓을 수 없다고 하였더니 그 사나이는 이제 당신이 들은 대로 욕설을 퍼붓는다 을러댄다 하지 않았겠어요. 당신을 때마침 보내주신 알라를 칭송할지어다! 난 정말 미칠 것만 같았어요. 글쎄 아무도 도와줄 사람이곤 없었으니까요.”

“잘했소, 마누라!” 하고 남편이 대답했습니다. “전능하신 알라의 뜻에 따라 제발 당신의 훌륭한 행동에 대하여 두둑히 보답하여주시기를!” 그리고 나서 주인은 마루뚜껑 있는 데로 가서 시동에게 소리쳤습니다. “나오시오. 걱정 말고. 이젠 문제없어.” 그러자 시동은 무서워서 몸을 부들부들 떨면서 나왔습니다. 주인은 “힘을 내. 이젠 아무도 어쩌지 못할 테니.” 하고 말하고서 재난을 면한 시동을 위로하자 시동은 시동대로 주인에게 하늘의 축복이 있기를 기원했습니다. 그러고 나서 두 사람은 밖으로 나간 것인데, 주인도 시동도 여자의 흉계를 알 까닭이 없었습니다.

“오, 임금님, 자, 이것은,” 하고 대신은 말했습니다. “여자의 흉계의 일례입니다. 그러니까 계집이 하는 말에 속지 않으시도록 부디 조심하십시오.” 왕은 과연 그 말이 옳다고 생각하고서 왕자의 처형을 보류했습니다. 그러나 사흘째 되는 날에 애첩이 어전에 사후하여 마루에 엎드려 “오, 임금님, 왕자님에 대한 소첩의 한을 풀어주십시오. 대신들의 터무니없는 말씀을 정말로 받아들이시고 결심을 바꾸시면 안됩니다. 교활한 대신들을 뭣에 쓰겠습니까. 부디 악질적인 상담역의 말을 진짜로 받아들인 바그다드의 임금님처럼 되시지 않기를 기원하겠습니다.” “그건 또 무슨 이야기인고?” 왕의 물음에 애첩은 말했습니다. “오, 인자하시고 분별력이 높으신 임금님, 제가 전해 들은 이야기라는 것은 다음과 같습니다.”


## 왕자와 식인귀


어떤 국왕에게 한 왕자가 있었습니다. 다른 아들이 없는 것은 아니었지만 왕은 이 왕자를 유달리 총애하고 있었습니다. 어느 날 왕자가 부왕에게 "아버님, 저는 사냥에 나가고 싶습니다." 하고 말했습니다. 그래서 왕은 준비를 명령하고는 대신 하나에게 따라가서 도중에 필요한 모든 시중을 들어주라고 분부했습니다. 그 대신이 여행에 필요한 모든 물건을 갖추자, 두 사람은 내시를 위시하여 대신, 시동 따위를 거느리고 길을 떠났습니다. 놀이를 겸하여 말을 몰고 가느라니까, 마침내 목초도, 물도, 짐승도 얼마든지 있는 푸르디푸른 들판으로 나오게 되었습니다. 여기까지 오자 왕자는 대신을 돌아다보며 "이 사냥터가 마음에 들었소이다, 그러니 여기서 말을 내리겠소." 하고 말했습니다.

그래서 일행은 그곳에서 말을 내려 매와 살쾡이와 개들을 풀어놓아 많은 짐승을 잡았습니다. 그들은 흐뭇하게 이 세상의 온갖 환락을 즐기면서 며칠 동안 거기 머물러 있었습니다. 그러다 이윽고 왕자는 출발 신호를 내렸습니다. 일행이 앞으로 전진하고 있는데 별안간 마치 두 뿔 사이에서 떠오르는 태양과 같은 한 마리의 아름다운 영양이 무리에서 이탈하여 왕자의 눈앞으로 뛰어나왔습니다. 왕자는 그 영양이 잡고 싶어 견딜 수가 없었습니다. 그래서 대신에게 말하기를 "저 영양을 쫓아가겠소." 그러자 대신은 "마음대로 하십시오." 하고 대답했습니다. 왕자는 이 말을 듣자마자 단신 말을 몰아 영양을 쫓았지만 어느 새 부하들의 모습이 보이지 않게 되었습니다. 그날 하루종일 쫓고 있자니까 어느 새 황혼 무렵이 되어 영양은 바위가 많은 땅의 한모퉁이로 숨어버리고 해는 완전히 지고 말았습니다. 왕자는 깜짝 놀라 되돌아가려고 생각했지만 정작 길을 알 수가 없었습니다. 몹시 불안해진 왕자는 "영광되고 위대하신 신 알라 외에 주권 없고 권력 없도다!" 하고 외었습니다.

왕자는 날이 밝을 때까지 밤새도록 말을 탄 채 구원을 찾았지만 아무것도 눈에 띄지 않았습니다. 아침이 되자 왕자는 공포와 기아와 갈증에 시달리면서 무턱대고 정처없이 말을 몰았습니다. 그러던 중 한낮이 되어 타는 듯한 태양이 사정없이 머리 위에서 내리쬐었습니다. 그때서야 겨우 높은 성채가 있고, 기초가 튼튼한 큰 도시가 보였습니다. 그러나 그것은 뜻밖에도 황폐한 도시로서 부엉이와 갈가마귀 외에 살아 있는 것이라곤 하나도 눈에 보이지 않았습니다. 왕자가 폐허 속에 서서 있자니까, 문득 눈에 띈 것은 한 젊은 여자의 모습이었습니다. 그녀는 세상에서도 보기 드문 아름다운 처녀로서, 왕자가 그 꾸밈새의 아름다움에 도취되어 바라보니, 하염없이 눈물을 흘리면서 성벽 밑에 앉아 있지 않겠습니까. 왕자는 그 옆으로 다가가서 물었습니다. "그대는 누구시오? 누가 여기다 데려다놓은 것이오?" 그러자 처녀는 대답했습니다. "저는 회색 나라의 왕 알 티야후의 딸 빈트 알 타아야라는 자입니다. 어느 날, 화장실에 갔는데 마족 중의 마신이 저를 납치해가지고 하늘을 날았습니다. 그러나 도중에 유성이 불덩어리가 되어 마신을 태워죽였기 때문에 저는 여기 떨어졌습니다. 이 사흘 동안 아무것도 먹지 못해 목이 말라죽겠습니다. 그런데 당신을 만나게 되자 갑자기 목숨이 아까워졌습니다."

—샤라자드는 날이 훤히 밝아오는 것을 깨닫자, 여기서 허락된 이야기를 그쳤다.

● 582일째 밤

샤라자드는 말을 이었다. 오, 인자하신 임금님, 왕자는 알 티야후 왕의 공주로부터 "당신을 만나게 되자 목숨이 아까워졌습니다." 하는 말을 듣고서 갑자기 처녀가 불쌍해져 처녀를 껴안아 자기 뒷자리에 앉혔습니다. "자, 힘을 내시고 걱정마세요. 만약 알라(칭송할지어다!)께서 도와주시어 우리 일족에게로 돌아간다면 당신을 고국으로 보내드리겠습니다."

그리고 나서 왕자는 구원을 빌면서 말을 몰았는데 얼마 후에 처녀가 말하기를 "저, 왕자님, 좀 내려주세요. 이 벽 근처에서 볼일을 좀 봐야겠으니까요." 왕자가 고삐를 끌어당기자 처녀는 말에서 내렸습니다. 처녀가 벽 틈으로 모습을 감췄으므로 왕자는 오랫동안 기다리고 있었습니다. 한참 후에야 처녀는 차마 볼 수 없을 만큼 추한 얼굴로 변하여 나왔습니다. 이것을 본 왕자는 소름이 끼치고 겁이 나서 부들부들 몸이 떨리며 얼굴이 새파랗게 질렸습니다. 처녀는 세상에서도 보기 드문 흉한 얼굴을 한 채 왕자 뒷자리로 뛰어올랐습니다. 그리고 잠시 후에 "오, 왕자님, 난처한 얼굴을 하시고 안색도 좋지 않으신데 왜 그러세요?" "좀 마음에 걸리는 일이 생각이 나서요." "왕자님의 부왕의 군사와 용사에게 구원을 청하시면 어떠세요?" "내가 두려워하고 있는 놈은 군사 따위는 쥐방귀로도 생각지 않을 거요. 용사라 하더라도 놈들의 기를 꺾을 수는 없어요." "그렇다면 부왕의 부와 재보의 힘을 빌어서 쫓아버리시면 어떠세요?" "내가 무서워하고 있는 놈은 보물 따위로는 끄떡도 안할 것입니다." "그래도 당신께서는 자신은 볼 수 있어도 남에게는 보이지 않는, 전지전능하신 신이라는 것을 숭배하고 계시잖아요." "그렇습니다. 신 외에 숭배하는 것은 없습니다." "그렇다면 신에게 기도를 올리세요. 어쩌면 적의 수중에서 구해주실지도 모르니까요."

그래서 왕자는 하늘을 우러러보며 열심히 정성껏 기도를 올리기 시작했습니다. "오, 신이시여, 아무쪼록 저를 괴롭히는 것을 쫓아내어 저를 구해주옵소서." 그러고 나서 한 손으로 처녀를 가리키자, 처녀는 당장 땅바닥에 떨어져 숯처럼 새까맣게 타죽었습니다. 이 모양을 본 왕자는 알라께 감사하고, 알라를 칭송하며 또다시 앞으로 말을 몰았습니다. 전능하신 신(칭송할지어다!)의 덕택으로 도중에서 무사히 올바른 길로 들어설 수가 있었습니다. 이렇듯 이제는 죽었다고만 단념하고 있었는데, 고국의 땅을 밟고, 부왕의 수도로 돌아온 것입니다. 이도저도 모두가 수행하던 대신이 도중에서 왕자를 없애버리려고 흉계를 꾸민 데서 생긴 것이었습니다.

"이런 이야기를(하고 애첩은 말했습니다) 임금님께 한 것은 악

질적인 대신들이 임금에게 충성을 다하는 것도 아닐 뿐더러, 진정
으로써 간언을 드리는 것도 아니라는 것을 알아주십사 해서입니
다. 그러하오니 아무쪼록 깊이 통촉하시어 이번의 일에 관해서도
대신들을 조심하세요." 왕은 애첩의 말을 듣고서 왕자를 사형에
처하라고 명령했습니다. 그러나 세 번째 대신이 들어와서 동료 대
신들에게 오늘은 내가 반드시 임금님의 그릇된 생각을 고쳐보겠다
고 말하고는 곧 임금님의 어전에 사후하며 마루에 엎드렸습니다.
"오, 임금님, 소신은 임금님의 진정한 의논 상대입니다. 전하의 일
신상의 일이며, 국사에 관한 일을 끊임없이 걱정하고 있는 자입니
다. 소신의 충언은 이 세상에서 가장 기발한 것이라고 생각합니다.
그것은 다름 아니오라, 서두르시어 아드님을, 전하의 눈을 서늘하
게 해주는 것을, 생명의 결정을 죽여버리시는 일이 없도록 하옵소
서, 하는 말씀이옵니다. 혹은 왕자님의 죄는 극히 사소한 과오로서,
이 여자가 일부러 과장해서 말씀드린 것일지도 모릅니다. 소신이
들은 이야기온데, 두 부락의 주민이 그 옛날 단지 한 방울의 꿀
때문에 서로 죽였다고 합니다." 왕이 "그건 또 무슨 까닭으로 인
가?" 하고 묻자 대신은 대답했습니다. "실은 말입니다, 임금님, 이
런 이야기를 들은 적이 있습니다."


## 한 방울의 꿀


어느 사냥꾼이 숲 속으로 들어가서 짐승을 잡곤 했는데, 어느
날 우연히 산 속에서 동굴을 하나 발견하게 되었는데 거기에 꿀이
잔뜩 들어 있는 것을 발견했습니다. 그래서 사냥꾼은 가지고 온
가죽 물부대에다 꿀을 넣어 어깨에다 메고서 사냥개를 데리고 시
내까지 지고 갔습니다. 사냥꾼은 기름가게에 들러서 가지고 온 꿀
을 사지 않겠느냐고 물었습니다. 주인은 꿀을 사가지고 내용물을

확인하기 위하여 가죽부대에 든 꿀을 비웠습니다만 그 바람에 꿀을 한 방울 땅바닥에 흘리게 되었습니다. 그러자 대번에 파리 떼가 모여들었고, 이어 그 파리를 노리고서 새 한 마리가 획 날아내려왔습니다.

그런데 기름가게에는 한 마리의 고양이가 있었으므로, 이번에는 그 고양이가 새에게 달려들었고, 사냥꾼의 개는 고양이를 보자 사납게 달려들어 물어죽였습니다. 기름가게 주인이 개에게 달려들어 이것을 죽이니, 사냥꾼도 기름가게 주인에게 달려들어 상대방을 죽여버렸습니다. 기름가게 주인과 사냥꾼은 서로 다른 동네에서 살고 있었으므로, 자, 일은 크게 벌어졌습니다. 두 동네의 사람들은 그 소문을 듣자, 각기 무기를 들고서 분연히 일어서 마침내 두 동네의 정면충돌 사건이 되고 말았습니다. 그리고 난전난투를 벌인 결과 많은 사상자를 냈으며, 그 수는 전능하신 알라 외에는 아무도 모를 만큼 많았습니다.

또 여자의 악의에 관해서는 여러 가지로 이야기가 전해지고 있습니다만(하고 대신은 이야기를 계속했습니다), 그 중에서 제가 들은 이런 이야기가 있습니다.


## 남편에게 흙을 체질시킨 여자


옛날에 어떤 사나이가 마누라에게 1디르함을 주면서 쌀을 사 오라고 했습니다. 마누라가 돈을 들고 쌀가게에 가니 쌀가게 주인은 쌀을 주고 나서 놀리기도 하고 추파를 던지기도 하였습니다. 그도 그럴 것이 이 여자는 아주 미인이었기 때문입니다. "밥에는 설탕을 넣어야 밥맛이 좋거든. 설탕을 갖고 싶거든 한 시간만 나하고 재미를 보자구." 그래서 마누라는 "그럼, 설탕을 주세요." 하고 말하고는 주인을 따라 가게 안으로 들어갔습니다. 주인은 잔뜩 재미를 본 다음 사환 아이에게 말했습니다. "설탕을 한 근만 달아서 드려라." 그러나 주인은 여자 모르게 사환아이와 미리 짜놓았기 때문에 사환아이는 쌀을 싼 보자기를 끌러 쌀을 쏟고, 그 대신 흙과 쓰레기를 넣고, 설탕 대신으로는 자갈을 넣은 다음 그럴싸하게 그전대로 싸서 여자 옆에 놓았습니다. 주인은 이렇게 하여 다시 한 번 여자를 자기 가게에 오게끔 꾀를 부린 것입니다. 여자가 돌아갈 때 주인은 그 보자기를 주었습니다. 여자는 틀림없이 쌀과 설탕이 들어 있으리라고 생각하고서 이것을 받아들고 그대로 집으로 돌아갔습니다.

마누라는 집에 돌아오자, 남편 앞에 보자기를 놓고 냄비를 가지러 갔습니다. 그 동안에 남편이 보자기를 끌러보니 안에는 흙과 자갈이 들어 있지 않겠습니까! 마누라가 냄비를 들고 오자 남편은 말했습니다. "흙과 자갈을 가지고 오다니 나더러 집이라도 지으라는건가?"

마누라는 그 모양을 보고서 쌀가게 사환아이에게 감쪽같이 속았다는 것을 알았습니다. 그래서 남편에 말했습니다. "여보, 당신, 나아까 혼났어요. 그래서 머리가 돌았나봐요, 체를 가지러 가서 냄비를 들고 오다니." "머리가 돌다니?" 하고 남편이 묻자 마누라는 "저 여보, 당신이 준 1디르함을 시장거리에서 떨어뜨렸어요. 남들 앞에서 돈을 찾아 돌아다닌다는 것도 창피한 일이고, 그렇다고 해서 은화를 한 닢 그냥 버리기도 아까워서 돈을 떨어뜨린 근처의 흙을 긁어모아 가지고 온 거예요. 집에서 체로 치려고 말이에요. 그래서 이제 체를 가지러 간 것이 정신없이 잘못 냄비를 가지고 왔구려." 그러고 나서 마누라는 체를 가지고 와서 이것을 남편에게 주면서 말했습니다. "당신이 좀 쳐봐요. 당신 눈이 내 눈보다는 잘 보이니까." 남편은 하라는 대로 앉아서 흙을 체로 치기 시작했는데, 끝내는 얼굴도 수염도 먼지로 홈뻑 더럽혀지고 말았습니다. 이렇듯 사람이 좋은 남편은 마누라의 속임수를 눈치채지 못하고, 더구나 마누라의 행실 따위는 전연 알 까닭이 없었습니다.

“오, 임금님, 이 이야기는”하고 대신은 말했습니다. “여자의 간사한 마음을 보여준 한 보기입니다. 전능하신 알라께서는 ‘진정 너희들(여자들)의 교지는 크도다(《코란》제10장 38절)’라고 하셨고 또는 ‘진정 악마의 사심이라 할지라도 여자의 사심에 비하면 약하도다(《코란》제4장 78절)’라고도 말씀하셨습니다만, 이 말씀을 특히나 깊이 음미해주십시오.” 왕은 대신의 이야기에 귀를 기울이고서 딴은 그럴 법도 한 일이라고 머리를 끄덕이며 대신이 인용한 알라의 말씀에 자못 만족한 모양이었습니다. 도리에 맞는 간언의 빛은 왕의 오성의 세계에 떠올라 찬란하게 빛나, 왕은 자기 아들을 죽이려던 생각을 번복했던 것입니다.

그러나 나흘째 되는 날에 예의 그 애첩이 울면서 왕의 어전에 사후하여 무릎을 꿇고는 “오, 인자하신 임금님, 어진 조언자이신 임금님, 저는 그전부터 제 고충을 전하께 말씀드렸는데 전하께서 하시는 처사는 야속하기 짝이 없습니다. 제 원수를 갚아 한을 풀어주시려고 하시지 않으시니. 그것도 상대가 임금님의 사랑하는 아드님이라는 이유 하나만으로 말입니다. 그러나 알라(칭송할지어다!)께서는 이윽고 저를 구해주시고, 저 사람을 멸망시켜주실 것입니다. 마치 어느 왕자를 구하시고 부왕의 대신을 죽여버리신 것처럼 말입니다.”“그건 또 무슨 소리인가?”라고 왕이 묻자 애첩은 대답했습니다. “임금님, 저는 이런 이야기를 들은 적이 있습니다.”


## 마력을 가진 샘


아주 먼 옛날에 한 임금님이 계셨는데, 자식이라고는 외아들을 두고 있을 뿐이었습니다. 이 왕자가 성인이 되자 부왕은 이웃 나라의 공주와 결혼시키기로 작정했습니다. 그런데 이 공주는 아름답기 짝이 없는 미인의 전형이었는데, 이보다 먼저 공주의 사촌오빠가 공주의 부친에게 청혼한 적이 있었습니다. 그러나 공주가 다짜고짜로 거절했던 것입니다. 그러한 까닭으로 사촌오빠는 공주의 혼담을 듣자, 질투에 불타고 고민에 싸여, 신랑의 부왕의 대신에게 굉장한 물건과 많은 보물을 보내 왕자를 살해할 음모를 꾸미거나, 아니면 계략을 짜서 공주를 단념하게 해달라고 간곡히 부탁했습니다. 그리고 마지막으로 "대신님, 이런 짓을 하는 것도 실은 질투 때문입니다. 왜냐하면 공주는 나의 사촌누이동생이니까요." 하고 덧붙였습니다.

대신은 선물을 받아들이고 나서 답장을 보내왔습니다. "힘을 내어 눈을 시원하게 하고 기다리시오. 당신 희망대로 해드릴 테니까요." 얼마 있다 신부의 부왕은 왕자에게 딸과 동침하기 위하여 곧 자기의 수도까지 와 주었으면 좋겠다는 서한을 보내왔습니다. 그래서 왕자의 부왕은 저쪽 수도에 가도 좋다고 허락한 다음 뇌물을 받은 대신을 시종케 하여, 선물과 교자와 천막과 막사 따위 외에 1000마리의 말도 함께 주었습니다. 대신은 왕자와 함께 출발했는데, 도중 몰래 왕자를 죽여버리려는 흉계를 짜고 있었습니다. 사막으로 들어서자, 대신은 알 자라라는 샘이 산중에 있다는 것을 생각해냈습니다. 그 물을 마시면 남자가 대번에 여자로 변해버린다는 것입니다. 대신은 그 샘 근처에서 일행에게 정지하라고 명령하고서 자기는 그대로 말을 타고서 왕자에게 말했습니다. "함께 가서 바로 옆에 있는 샘을 구경하시렵니까?" 왕자는 앞으로 자기 운명이 어떻게 될지도 모르고 부하 하나 동반하지도 않고서 말을 몰고 샘가로 갔습니다. 왕자는 목이 말랐으므로 대신에게 말했습니다. "여보, 대신, 갈증이 심하오." 그러자 대신은 대답했습니다. "말에서 내리시어 이 샘물을 마십시오!" 왕자는 땅으로 내리자 두 손을 씻고 목을 적셨습니다. 그러자 왕자는 갑자기 여인으로 바뀐 것입니다. 자기 몸에 내리닥친 재앙을 안 순간 왕자는 왁 하고 비명을 지르고서 정신을 잃을 만큼 울었습니다. 그러자 대신은 모르는 체하고서 왕자 옆으로 다가와 외쳤습니다. "웬일이십니까?" 왕

자가 자초지종을 말하자 대신은 참 안됐다는 시늉를 해 보이면서 "전능하신 알라께서 당신의 불행의 씨를 제거해주시기를! 공주님과 백년가약을 맺게 해드리려고 용약 안내역을 맡았는데, 어찌하여 이런 재난을 만나 불행한 처지에 빠지셨나이까? 아니 정말 이렇게 되고 보니 공주님한테 가시는 것이 좋을지 나쁠지 얼른 결정을 내릴 수가 없군요. 왕자님의 생각 하나에 달려 있습니다. 어떻게 하시렵니까?"

그러자 왕자는 대답했습니다. "부왕에게로 돌아가서 나의 신상에 내리닥친 불행한 사건을 알려드리도록 하시오. 몸이 그전대로 되기 전에는, 아니면 비탄 끝에 죽어버릴 때까지 여기서 한 걸음도 나가지 않겠소." 왕자가 부왕에게 이제까지의 경위의 자초지종을 적어서 대신에게 주니, 대신은 이 서한을 받아들고 시중드는 사람들을 왕자 곁에 남겨놓고 마음 속으로 자기 계략이 적중한 것을 기뻐하면서 도성을 향하여 귀로에 올랐습니다. 도성에 도착하자, 그 즉시로 대신은 왕을 배알하고 사건의 자초지종을 보고한 다음 서한을 왕에게 바쳤습니다.

자기 아들의 불행을 알게 된 왕은 몸 둘 곳을 모르고 비탄에 젖었습니다. 왕자에게 내리닥친 재앙의 원인을 알려고 현자와 밀교에 정통한 학자들을 불러들였습니다. 그러나 누구 하나 시원한 대답을 할 수 있는 사람은 없었습니다. 한편 대신은 공주의 사촌오빠에게 편지를 보내 왕자에게 재앙이 닥쳤다는 길보를 전했습니다. 사촌오빠는 그 편지를 읽자 반색을 하며 이렇게 된 이상 공주는 자기 것이라고 생각하고서 답장과 함께 호화로운 선물과 많은 재보를 보내어 대신에게 깊이 사례했습니다.

이야기가 바뀌어 왕자는 사흘 낮 사흘 밤 동안 무엇 하나 먹지도 않고서 개울가에 가만히 앉은 채 어찌 할 바를 모르고 매달리는 자를 뿌리치는 법이 없는 알라께(칭송할지어다!) 오로지 자기 몸을 맡겼습니다. 그러자 나흘째 되는 날에 뜻밖에 엷은 밤색 말을 타고, 머리에는 마치 왕자의 일족인 것처럼 왕관을 쓴 한 기사가 다가와서 왕자에게 말을 건넸습니다. "여보시오, 젊은 분, 누가 당신을 여기 데리고 왔습니까?" 왕자는 자기의 불행을, 결혼식을 올리러 가던 중, 대신의 안내를 받고서 샘가에 왔다는 것, 그리고 샘물을 마셨더니 뜻밖의 재앙을 초래하게 되었다는 것 등을 눈물을 흘리면서 자세히 이야기했습니다. 말을 탄 사나이는 이 이야기를 듣고 젊은이의 신세를 불쌍히 여기며 "이러한 불행에 빠뜨린 것은 그대 부왕의 대신입니다. 왜냐하면 그 자 외에 누구 하나 이 샘에 관하여 아는 사람은 없으니까요." 하고 말했습니다. 그러고 나서 또 곧 덧붙여 "자, 내 뒤에 타시오. 우리 집으로 모시겠습니다. 오늘밤은 우리 집에 묵으시오." 왕자가 "따라가기 전에 한 가지 여쭈어볼 것이 있소. 당신은 도대체 누구신지 가르쳐주시오." 하고 말하니 상대방은 "나는 마족의 왕자입니다. 그대가 마치 인간의 왕자인 것처럼. 그러니까 걱정 말고 눈물을 닦으시오. 내가 그대의 걱정을 씻어줄 테니. 나에게 있어선 그런 것쯤은 아무것도 아니니까요."

그래서 왕자는 이 낯선 사나이의 말 뒤에 올라타고서 부하 몇 사람을 뒤에 남겨놓은 채 아침부터 밤중까지 말을 몰았습니다. 마신의 왕자는 물었습니다. "이제 얼마만큼 왔는지 알고 계십니까?" "아뇨, 조금도." "열심히 말을 몰아 꼬박 일 년 걸릴 길을 달려왔습니다." 왕자는 이 말을 듣고 깜짝 놀라 "어떻게 하면 고국으로 돌아갈 수 있을까요?" 하고 되물었습니다. "그런 건 걱정할 것도 없습니다. 내가 다 생각하고 있으니까. 그대의 마음의 고통이 사라지면 순식간에 고국으로 데려다 드리겠습니다. 나로선 그런 것쯤은 문제도 안됩니다." 왕자는 그 말을 듣자, 기뻐서 하늘에라도 올라갈 것만 같았습니다. 마치 꿈을 꾸고 있는 것만 같은 생각이 들어 "불행한 자를 행복케 해주시는 신에게 영광 있으라!" 하고 외친 것입니다.

　　―샤라자드는 날이 훤히 밝아오는 것을 깨닫자, 여기서 허락된

이야기를 그쳤다.

● 583일째 밤

샤라자드는 말을 이었다. 오, 인자하신 임금님, 마신의 왕자가 인간의 왕자에게 "그대의 마음의 고통이 사라지면 순식간에 고국으로 데려다 드리겠습니다." 하는 말을 듣고 왕자는 아주 기뻤습니다. 두 사람은 밤새도록 쉬지 않고서 길을 재촉했는데, 밤이 새고 보니 어느 새 널찍하고 푸른 들판 한가운데에 와 있었습니다. 하늘을 찌를 듯한 키 큰 나무들이 그 일대에 우거져 있고, 새들이 지저귀고, 화원에는 과일이 익어 있고, 누각은 높이 솟고, 시내는 졸졸 흐르고, 향기로운 꽃들은 교태를 자랑하고 있었습니다. 여기까지 오자 마신의 왕자는 먼저 말에서 내린 다음 왕자에게도 내리라고 했습니다. 그러고 나서 손을 잡고 누각 하나로 안내했는데, 그곳에는 보기에도 건장한 대왕이 앉아 있었습니다. 왕자는 그날 하루 내내 밤이 될 때까지 함께 마시고 먹고 했습니다. 이윽고 마신의 왕자는 또다시 말에 오르자 뒷자리에 왕자를 태우고서 암흑을 뚫고 질풍처럼 달렸습니다. 밤이 새고 보니 이번에는 어느 사이엔가 시꺼먼 암석이 뒹굴고 있는 사람이라곤 살지 않는 음산한 황야 한복판에 와 있는 것이 아니겠습니까! 마치 지옥의 한모퉁이를 연상케 하는 사막이었습니다. 왕자는 마신의 왕자에게 "여긴 도대체 무슨 나라입니까?" 하고 물었더니 마신의 왕자는 "암흑의 왕국이라고 하여, 그 이름을 즈르 야나하인이라고 부르는 마왕의 영토입니다. 다른 마왕도 이 마왕에게만은 반항을 못하고, 또 이 마왕의 허락이 없으면 아무도 더 안으로 들어갈 수가 없습니다. 그러니까 허락을 얻어가지고 올 때까지 당신은 여기서 기다리고 계시오." 그렇게 말하고서 마신의 왕자는 가버렸습니다. 잠시 후에 마신의 왕자가 돌아와, 두 사람은 또다시 앞으로 전진하여 마침내 검은 바위에서 새어나오는 샘가로 나왔습니다.

마신의 왕자는 인간의 왕자에게 "자, 내리시오." 하고 말했습니다. 왕자가 내리자 상대방은 다시 "이 물을 마시시오!" 하고 말했습니다. 왕자는 조금도 주저하는 일이 없이 샘물을 마셨습니다. 그런데 물을 입에 대기가 무섭게 알라의 뜻에 의하여 왕자는 그전대로의 남자 모양으로 되돌아간 것입니다. 이 모양에 왕자는 몹시 기뻐하며 상대방에게 물었습니다. "형제여, 이것은 무엇이라는 샘입니까?" "이것은 여자의 샘이라고 하여 여자가 이 물을 마시면 반드시 남자로 변하고 마는 것입니다. 그러니까 어쨌든 먼저 모습으로 되돌아간 것을 최고지상하신 알라께 감사하고 알라를 칭송하십시오. 다시 한 번 말에 오르시오."

그래서 왕자는 감사의 마음으로 전능하신 신 앞에 무릎을 꿇고서 기도를 올린 다음 또다시 말에 타고서 그날도 하루 종일 쉬지 않고 여행을 계속했습니다. 그러다가 겨우 마신의 집에 도착하여 온갖 위락을 즐기며 하룻밤을 보내었습니다. 두 사람은 그 다음 날도 마시고 먹고 하며 날을 보냈는데, 저녁때가 되자 마신의 왕자는 왕자에게 물었습니다. "오늘밤이라도 고국으로 가고 싶습니까?" "네." 하고 왕자는 대답했습니다. "집안식구들이 그리워서 죽겠어요." 그러자 마신의 왕자는 라지즈라는 부왕의 노예를 불러 분부했습니다. "이 도련님을 어깨에다 지고서 날이 밝기 전에 이분의 장인과 신부에게로 모시고 가라." "알았습니다. 기꺼이 모시겠습니다. 이 머리와 눈에 맹세코!" 노예는 이렇게 대답하고서 어디론지 모습을 감췄는데 잠시 후에 마귀탈을 쓰고 나타났습니다.

왕자는 그 모양을 보고서 깜짝 놀라 실신할 지경이었으나 마신의 왕자가 끼여들었습니다. "무서워할 것은 없습니다. 위해를 가하지는 않을 테니까요. 자, 그 말에 올라탄 채 그대로 마신의 어깨 위로 오르시오." "아뇨." 하고 왕자는 대답했습니다. "말은 당신 곁에 두고, 나만 어깨에 올라타겠습니다." 왕자가 마신의 어깨에 올라타자, 마신의 왕자는 외쳤습니다. "자, 눈을 꼭 감고 용기를 내시오. 벌벌 떨면 안됩니다." 왕자는 단단히 마음을 고쳐먹고서 눈을 감았습니다. 마귀는 왕자를 어깨에 태우고서 하늘 높이 날아오르자 하늘과 땅 사이를 계속 날아갔습니다. 왕자는 그 동안 기절하고 있었는데, 밤의 오경이 채 지나기도 전에 마귀는 왕자와 함께 벌써 장인의 궁전의 평지붕에 내렸습니다. 이윽고 마귀가 입을 열었습니다. "자, 내려서 눈을 뜨십시오. 여기는 당신의 장인과 공주님의 궁전이옵니다." 왕자가 어깨에서 내리자, 마귀는 궁전의 평지붕에다 왕자를 남겨놓은 채 날아가버렸습니다.

밤이 새고, 흩어진 마음도 가라앉자 왕자는 궁전 안으로 내려갔습니다. 그러자 장인이 그 모습을 보고서 맞이하러 나왔습니다만 평지붕에서 내려온 것을 수상하게 생각하고서 "보통은 누구나 다 출입구로 들어오는데 어찌하여 그대만은 하늘에서 내려왔는가?" 하고 말했습니다. 그래서 왕자는 "알라(알라를 칭송할지어다!)께서는 무엇이나 성취하십니다." 하고 대답하고는 지금까지의 경위를 털어놓았습니다. 이 말을 들은 왕은 몹시 놀라며 사위의 무사함을 기뻐했습니다. 그리고 아침 해가 떠오르자 곧 호화롭게 결혼식 준비를 갖추도록 대신에게 명령했습니다. 명령대로 준비가 갖추어지자, 성대한 혼례의 축연이 거행되었습니다. 식이 끝나자 왕자는 공주와 백년가약의 맹세를 맺고는  두 달 동안 같이 지낸 다음 신부를 데리고 부왕의 수도를 향하여 여행길에 오른 것입니다. 그런데 공주의 사촌오빠는 질투 끝에 미쳐서 얼마 후 저 세상으로 가버렸습니다. 왕자와 신부가 부왕의 수도에 도착하자, 왕은 군사와 대신들을 이끌고 맞으러 나왔습니다. 이리하여 알라(칭송할지어다!)의 구원에 의하여 왕자는 신부의 사촌오빠와 부왕의 대신을 보기 좋게 죽여버릴 수가 있었던 것입니다.

"그래서 저도 기도를 올리고 있는 것입니다." 하고 애첩은 덧붙였습니다. "제발, 전능하신 알라의 도움으로 저 대신들을 물리칠 수가 있기를. 게다가 또 꼭 왕자님에게 원한을 풀어주시기를 빌고 있는 것입니다!" 왕은 이 말을 듣고 왕자를 처형하라고 명령했습니다.

—샤라자드는 날이 훤히 밝아오는 것을 깨닫자, 여기서 허락된 이야기를 그쳤다.

● **584일째 밤**

샤라자드는 말을 이었다. 오, 인자하신 임금님, 애첩은 왕에게 이야기를 한 다음 말했습니다. "왕자를 사형에 처하시어 제 원한을 풀어주십시오." 그것은 나흘째의 일이었습니다. 이번에는 네 번째 대신이 들어와서 어전에 무릎을 꿇고 엎드리고는 이렇게 말했습니다. "알라시여, 아무쪼록 임금님의 위세를 굳게 하시고 지켜주옵소서! 오오, 임금님, 결단하신 사건을 실행에 옮기실 경우에는 잘 생각하시고서 단행하십시오. 현자라 할지라도 일의 추이를 깊이 생각하지 않고서는 무엇이나 실행하지 않습니다. 세상 격언에도 '자기 행위의 결말을 생각지 않는 자는 세상 사람을 자기 편으로 삼을 수 없다'고 하거니와, 경솔하게 일을 처리하셨다가는 마누라 있는 목욕탕 주인이 겪은 바와 같은 재난을 당하게 되십니다." "어떠한 재난을 당했단 말이냐?" 왕의 물음에 대신은 대답했습니다. "실은, 임금님, 신은 이런 이야기를 들은 적이 있습니다."


## 대신의 아들과 목욕탕 집 마누라


옛날에 목욕탕을 경영하고 있는 한 사나이가 있었습니다. 그 사나이는 이 지방의 명사와 유지들을 단골로 가지고 있었는데, 어느 날 대신의 아들이 목욕탕으로 들어왔습니다. 몸집이 크고 살이 많이 찐데다 여간 잘생기지 않은 미남자였습니다. 주인은 시중을 들기 위하여 자리에서 일어섰습니다. 그러나 젊은이가 옷을 벗어도 가운데에 있는 그것이 눈에 보이지 않았습니다. 그도 그럴 것이,

비계덩어리 체구인 탓으로 넓적다리에 가려져서 도토리 알만한 것이 아주 조금 얼굴을 내놓고 있을 정도였으니 말입니다. 주인은 이 꼴을 보고서 자기도 모르게 탄식하고는 손과 손을 몹시 마주쳤습니다. 이것을 본 젊은이는 "왜 그리 처량한 얼굴을 하고 계시오?" 하고 물었습니다. 그러자 주인이 대답하기를 "여보시오, 도련님, 실은 당신이 측은해서요. 정말 딱하군요. 글쎄, 도련님은 재산도 아주 많고 아주 남자다운데 다른 남자들처럼 재미를 볼 도구가 없으시군요." 젊은이가 "하긴 그래. 그런데 당신 이야기를 듣고 잊고 있던 것을 생각해냈소." 하고 말하자 주인은 물었습니다. "그건 무슨 이야기입니까?" "이 금화를 받아주시오. 그리고 잘생긴 여자를 하나 데려다주게. 이것을 시험해볼 테니까." 주인은 그 돈을 받아가지고 마누라에게로 가서 이렇게 말했습니다. "여보, 마누라, 대신의 아들로 보름달처럼 잘생긴 도련님이 목욕을 하러 왔어. 그런데 말이오, 그 도련님에겐 다른 남자들만한 연장이 없고, 있는 것이라고는 도토리만한 거야. 내가 젊은 몸으로 안됐군요 하고 못마땅해했더니 도련님은 이 금화 한 닢을 주며 시험해보고 싶으니 여자를 하나 데려다 달라는구려. 그러니 이 돈을 남에게 주기보다는 차라리 당신이 받아두구려. 받아둔들 무슨 탈이 있겠소. 내가 지켜줄 테니. 잠깐 같이 앉아서 좀 흥겹게 해주면 이 금화는 당신 것이 될 것이 아니겠소."

그래서 사람이 좋은 마누라는 그 돈을 받아들고 일어서자, 짙은 화장을 하고서 특히 아름다운 나들이옷을 입었습니다. 그런데 이 여자는 당대에 보기 드문 미인이었습니다. 주인은 마누라를 데리고 들어가 별실 안에 있는 대신의 아들에게 소개했습니다. 여자는 방 안으로 들어가서 젊은이를 자꾸만 뚫어져라 하고 바라보았습니다만 상대방은 뜻밖에 보름달 그대로의 이목구비가 수려한 젊은이인지라 그만 머리가 어찔해졌습니다. 젊은이 쪽에서도 마찬가지로 여자를 한 번 보고서 교태를 띄운 미소에 그만 몸도 마음도 뺏기고는 반하고 말았습니다. 젊은이가 곧 일어서서 문에 자물쇠를 채우고서 여자를 두 팔로 부둥켜 안고서 꽉 자기 가슴에 껴안았습니다. 껴안고 있는 동안 젊은이의 양근은 부풀어올라, 마치 당나귀의 그것처럼 발기했습니다. 그래서 젊은이가 여자 가슴에 올라타니 여자는 밑에서 죽겠다고 흐느껴울고, 신음하고, 또 몸을 뒤틀고 야단입니다.

자, 남편은 문 뒤에 서서 어떻게 되는 것일까 하고 마음을 졸이고 있는데 예삿일이 아닌 모양에 더럭 걱정이 되어 마누라에게 버럭 소리를 질렀습니다. "어이 아브디라의 엄마! 이젠 됐어! 나와. 아이가 아까부터 울고 있어." 젊은이가 "아이에게 갔다가 다시 돌아와요." 하고 말했지만, 여자는 "당신 옆을 떠나면 혼이 빠져요. 아이 같은 것은 내버려두어 울다 죽거나, 어머니가 없는 고아가 되어버려도 난 몰라요." 하고 말하고서 남자에게 매달린 채 떨어지려고 하지 않습니다. 마침내 젊은이는 내리 열 번씩이나 계속해서 여자를 울렸습니다. 주인은 여전히 문앞에 장승처럼 서서 마누라의 이름을 부른다, 호통을 친다, 엉엉 울면서 구원을 청한다, 대단한 소동이었지만 아무도 도와주러 오는 사람도 없는지라, "나는 죽는다!" 하고 계속 외치고 있었습니다. 그러나 마누라에게 접근할 수단이 없는지라 젊은 남자에게 껴안긴 자기 마누라가 신음하고, 소리를 지르기도 하고, 죽겠다고 몸을 뒤트는 소리를 듣고서 분노와 질투에 미치고 말아 목욕탕 꼭대기로 기어올라가 몸을 던져 죽고 말았습니다.

"이것뿐만이 아닙니다, 임금님." (하고 대신은 이야기를 이었습니다.) "여자의 사심에 관해서는 이 밖에도 들은 이야기가 있습니다." "그건 어떠한 이야기인가?" 왕이 묻자 대신은 "임금님, 실은 이런 이야기입니다." 하고 대답했습니다.

## 남편을 속인 아내의 계교

오랜 옛날에 이목이 수려한 생김새하며, 애교가 넘치는 맵시 하며, 당대에 이를 따를 여자가 없을 만한 유부녀가 있었습니다. 어느 호색가인 건달이 이 여자를 보고서 홀딱 반하여 그만 견딜 수 없게 몸이 달았습니다. 그러나 이 여자는 정숙하다는 평판도 드높아 음탕한 행실 따위에 귀를 기울일 그러한 여자가 아니었습니다. 우연히 어느 날 여자의 남편이 어느 도시로 여행을 떠났습니다. 젊은 건달은 좋은 기회가 왔다는 듯이 하루에도 몇 번씩 이 여자에게 편지를 보냈습니다. 그러나 여자에게서는 아무런 반응도 없었습니다. 마침내 이 오입쟁이 건달은 바로 이웃에 살고 있는 노파에게로 가서 인사도 하는 둥 마는 둥 거기 주저앉아 자기가 젊은 유부녀에게 반하여 괴로워서 죽겠다는 것과 어떻게 해서든지 그 여자를 수중에 넣고 싶다는 것 따위를 호소한 것입니다. 그러자 노파는 말했습니다. "해드리리다. 아무 걱정 마세요. 인샬라— 최고지상하신 알라의 뜻에 맞는다면—기필코 보기좋게 소망을 이루게 해드리리다." 이 말을 듣고서 젊은이는 노파에게 1디나르를 주고는 작별을 고했습니다.

그 이튿날, 노파는 그 젊은 유부녀 앞에 불쑥 나타나서 옛 친분을 새롭게 하고는 그로부터 날마다 찾아가서는 젊은 유부녀와 함께 점심이니 저녁이니 함께 들며, 돌아올 때에는 자기 아이들을 위하여 먹을 것을 선물로 얻어가지고 왔습니다. 게다가 노파는 찾아갈 때마다 유부녀와 희롱도 하고 장난을 쳤기 때문에 어느덧 젊은 유부녀도 동성애에 빠지게끔 타락하고 말아 한시도 노파없이는 견딜 수 없게 되었습니다.

그런데 노파는 언제나 유부녀의 집을 나올 때 비계빵을 들고 나와 이것에 조금 후추를 뿌려가지고 동네 암캐에게 주곤 했습니다.

그러자 개는 후추가 맵기 때문에 눈물을 흘리고 울면서 노파 뒤를 따라왔습니다. 젊은 유부녀는 이 모양을 보고서 깜짝 놀라 노파에게 물었습니다. "아주머니, 이 개는 왜 울고 있어요?" 그러자 노파는 대답했습니다.

"실은, 여봐요, 여긴 이상한 내력이 있어요. 본시 이 개는 내 친한 친구였다우. 여간 귀엽지 않은 품위가 있는 젊은 아씨여서, 어디 하나 나무랄 데가 없는 천하일색이었다우. 그런데 근처에 사는 젊은 나자레 인이 그 여자에게 반해서 미칠 지경이었어요. 나중에는 참다 못해 병석에 눕고 말았지 뭐유. 남자 쪽에서는 제발 불쌍히 여겨 사정 좀 봐달라고 몇 번씩 통사정의 연서를 보냈지만 상대방은 코방귀도 뀌지 않았어요. 나도 '여봐요, 그 남자를 가엾게 여겨 정을 풀어 뜻을 이루게 해드리세요'라고 친절하게 충고도 했지만 그 여자는 내 충고에도 코방귀도 뀌지 않고 문제로도 삼지 않았다우. 이윽고 상대방 젊은이는 참다 못해 친구들에게 불평을 늘어놓기 시작했어요. 그러자 그 친구들이 여자에게 마술을 걸어서 사람의 모습을 개로 바꿔버렸어요. 여자는 자신의 처량한 변한 꼴을 보고서 나 외엔 아무도 자기 신세를 불쌍히 여겨줄 사람은 없다는 것을 알게 되자 나의 집으로 와서는 장난질도 치고 손발을 핥기도 하고 코를 킁킁대기도 하고 눈물을 흘리기도 했어요. 그래서 그때서야 겨우 그 개가 그 여자라는 것을 알게 되었으므로 나는 이렇게 말해줬지 뭐예요. '내가 뭐라고 합디까, 몇 번씩이나?' 그런데 내 충고는 아무 소용에도 닿지 않았지 뭐유."

—샤라자드는 날이 훤히 밝아오는 것을 깨닫자, 여기서 허락된 이야기를 그쳤다.


 ● 585일째 밤
샤라자드는 말을 이었다. 오, 인자하신 임금님, 노파는 젊은 유부녀에게 암캐의 내력을 이야기하며 상대방을 납득시키기 위하여 사뭇 그럴싸하게 거짓말을 늘어놓았던 것입니다. "마술에 걸린 개가 나에게로 와서 울었으므로 그 개가 그 여자라는 것을 알게 되어 나는 이렇게 말해줬지 뭐예요. '내가 뭐라고 합디까, 몇 번씩이나?' 그런데 내 충고는 아무 소용에도 닿지 않았지 뭐유. 그러나, 아씨, 이 여자의 가엾은 모습을 보고서 나는 측은한 생각이 들어 내 집에서 기르기로 했어요. 옛날 일을 회상할 때마다 이 여자는 자기도 모르게 자신이 불쌍하게 생각되어 이렇게 운다우."

젊은 유부녀는 이 이야기를 듣자 놀라서 말했습니다. "여보세요, 할머니, 이제 한 이야기를 듣고 나는 아주 무서워졌어요." "어째서요?" 하고 노파가 묻자 유부녀는 대답했습니다. "어느 잘생긴 젊은 나리가 나를 사모하여 몇 번씩 편지를 보냈지만 이제까지 나는 한 번도 답장을 낸 적이 없었어요. 그래서 이 암캐가 겪었던 바와 같은 불행에 빠지지 않으면 좋을 텐데 하고 걱정이 되는군요." "아씨." 하고 노파는 말했습니다. "내 말을 잘 듣고 절대로 거역해서는 안됩니다. 당신의 일이 얼마나 걱정이 되는지 모르겠으니까요. 만일 그분의 집을 알고 계신다면 어떠한 모양으로 계신지 가르쳐주세요. 내가 모셔올 테니까요. 누구든 남의 원한을 사선 안됩니다." 그래서 유부녀가 사나이의 인상을 가르쳐주자 노파는 시치미를 딱 떼고서 말했습니다. "밖에 나가면 수소문해보겠어요."

노파는 젊은 유부녀의 집을 나오자 그 길로 곧장 젊은이에게 가서 말했습니다. "이젠 걱정 마시오. 그 여자를 잘 구슬렸으니까요. 내일 낮에 동구 밖에서 기다리고 계세요. 내가 뒤에서 따라가서 그 여자 집으로 데려다드릴 테니까요. 그 후로는 서로 마주 앉아서 하루 종일, 밤새도록이라도 재미를 보세요." 이 말을 들은 젊은이는 무척 기뻐하며 디나르 금화 2닢을 주며 말했습니다. "근사하게 원을 풀었을 때에는 금화를 10닢 드리리다." 노파는 곧장 젊은 아씨에게로 돌아가서 "본인을 만나서 그 일을 의논하고 왔어요. 그분은 당신에게 아주 화를 내고 있더군요. 아씨에게 복수를 할 생각으로 있습디다. 그러나 내가 잘 구슬러서 기도시간에 이리 오기로 되어 있어요." 하고 말했습니다.

젊은 아씨는 이 말을 듣자, 반색을 하며 "여보세요, 할머니, 만일 그분이 약속을 지키신다면 당신에게 10디나르를 드리겠어요." 하고 말하자 노파도 얼른 "그분을 오시게 하는데 내가 얼마나 애를 썼다구요." 자, 이튿날 아침 노파는 아씨에게 말했습니다. "조반을 일찍 준비하시고 술도 잊지 마세요. 화장을 하고 나들이옷을 입으세요. 이제부터 가서 그분을 모시고 올 테니까요." 그래서 아씨는 비단옷을 입고, 맛있는 음식 준비도 했습니다.

이야기가 바뀌어, 노파는 젊은이를 찾으러 나갔습니다만 의당 있어야 할 젊은이가 눈에 띄지 않습니다. 젊은이를 이리저리 찾아 보았지만 어디 갔는지 전연 알 길이 없으므로 노파는 혼잣말을 했습니다. "어떻게 하면 좋지? 그 여자가 준비한 요리를 헛탕치게 하고, 약속 받은 금화마저 놓쳐야 한단 말인가? 모처럼 지혜를 짜내어 궁리한 것이니까 허사가 되게 할 수는 없지. 다른 사나이를 찾아서 대신 데리고 가자." 큰 거리를 서성거리고 있자니까 노파의 눈에 문득 이목구비가 단정한 미남자 하나가 띄었습니다. 거리의 사람들은 이 사나이에게 인사를 했고, 본인의 얼굴에는 여행에 지친 혼적이 역력히 나타나 보였습니다. 노파는 젊은이 옆으로 다가가 인사를 하고서 물었습니다. "요리와 술을 드시지 않겠어요? 미인도 하나 준비하고 있습니다." "대체 어디서 요리를 먹는다는 거죠?" "집에서요. 내 집에서." 노파는 그렇게 대답하고서 그 사나이를 데리고 바로 그 아씨 집으로 가서 문을 두드렸습니다. 젊은 아씨는 문을 열기가 무섭게 안으로 뛰어들어가 마지막 몸단장을 하기도 하고, 향료를 피우기도 했습니다. 한편 노파는 그 아씨의 남편이기도 하고, 이 집의 주인이기도 한 젊은이를 객실로 안내하여, 일은 되어 가는구나 하고 반색을 하며 사나이를 자리에 앉혔습니다. 이내 젊은 아내가 들어왔습니다. 그러나 노파 옆에 앉아 있는 젊은이를 보기가 무섭게 그것이 자기 남편이라는 것을 알자 일이 글렀다는 것을 알았습니다. 그러나 조금도 당황하지 않고서 곧 남편을 속일 흉계를 짜기 시작했습니다. 우선 아씨는 신을 벗어 들고서 남편에게 달려들었던 것입니다. "당신은 우리 둘의 맹세를 이런 식으로 지키기에요? 나를 배반하고 글쎄 이런 꼴을 보여줘야 한단 말이오? 좋아요, 나는 당신이 돌아왔다는 말을 듣고서 이 노파를 시켜서 당신의 마음을 떠본 거예요. 당신은 노파의 감언이설에 속아 그렇게까지 말렸건만 바람을 피우고 싶은 생각이 들었군요. 이제야말로 난 분명히 그 증거를 잡았어요. 당신이 맹세를 깬 것을 알았어요, 이날 이때까지 당신은 행실이 좋은 사람이라고 생각했는데, 마침내 이 눈으로 노파와 함께 있는 당신을 보고야 말았군요. 밤낮 갈보집 출입만 하고 있다는 것을 알았어요. 이젠."

그렇게 말하면서 아내는 남편의 머리를 신으로 때리기 시작하며 "이혼해줘요!" 하고 악을 썼습니다. 한편 남편은 사정하면서 최고 지상하신 알라께 맹세코 한 번도 바람을 핀 적도 없고, 의심을 살 만한 짓이라곤 한 번도 한 일이 없다고 잘라 말했습니다. 그러나 아내는 여전히 울어대기도 하고, 찢어지는 소리를 빽빽 지르기도 하면서 남편을 때리며 외쳤습니다. "여러분, 이슬람교도 양반들, 저를 살려주세요!" 남편은 손을 뻗쳐 아내의 입을 막았습니다. 그러나 아내는 도리어 그 손을 물었습니다. 주인이 아내 앞에 엎드려 손발에 입을 맞춰도 아내는 아랑곳도 하지 않고서 계속 때리기만 합니다. 그러다가 아내는 노파에게 눈짓하여 자기들 사이에 들어서 자기를 말려달라고 애원했습니다. 그래서 노파는 다가가 아내의 손발에 입맞추고, 겨우 부부를 중재시켜주었습니다. 그리하여 모두 그 자리에 주저앉았습니다. 마음이 놓인 주인은 노파의 손에 입맞추고서 "전능하신 알라께서 온갖 행복을 당신에게 주시기를 빌겠어요. 글쎄, 당신 덕택으로 살아났으니까요." 하고 말했습니다. 노파는 젊은 아내의 교지와 기지에 혀를 내둘렀습니다.

"이것은, 임금님(하고 대신은 말했습니다), 여자의 계략과 원한과 부정 등에 관하여 여러 가지 세상에 있는 실례 중의 하나에 지

나지 않습니다." 왕은 이 이야기를 듣고 과연 그렇다고 납득하고
는 아들을 죽이려던 결심을 번복했습니다.

  ─샤라자드는 날이 훤히 밝아오는 것을 깨닫자, 여기서 허락된
이야기를 그쳤다.

  ● 586일째 밤

  샤라자드는 말을 이었다. 오, 인자하신 임금님, 네 번째 대신의
이야기가 끝나자, 왕은 왕자를 죽이려던 결심을 번복했습니다. 그
러나 닷새 째가 되자 애첩은 독물이 든 술잔을 손에 들고서 왕 앞
에 나타나, 하늘의 구원을 빌거나 자기 뺨과 얼굴을 때리거나 하
면서 말했습니다. "오, 임금님, 이렇게 된 이상 당신께서 올바른 판
단을 내리시어 왕자님에 대한 저의 원한을 풀어주시거나 아니면
제가 이 독배를 마시고 저세상으로 가서 심판의 날에 제 원한을
전하의 머리 위에 퍼붓거나 하는 수밖에 없습니다. 전하의 대신들
은 저를 뱃속이 시꺼먼 년이니 부정한 년이니 하면서 헐뜯고들 계
십니다. 그러나 세상엔 남자보다 더 부정한 것은 없습니다. 전하께
선 금세공인과 카시미르의 가희에 관한 이야기를 들으신 적이 계
십니까?" "그 둘이 어쨌다는 말인고?" 하는 왕의 물음에 애첩은
대답했습니다. "오, 인자하신 임금님, 저는 다음과 같은 옛날이야기
를 들은 적이 있습니다."


## 금세공인과 카시미르의 가희


  옛날, 페르시아의 어느 도시에 술과 계집이라면 사족을 못쓰는
금세공인이 살고 있었습니다. 어느 날 친한 친구네 집에 가 있는
데, 비파를 타는 미인의 그림이 벽에 그려져 있는 것이 눈에 띄었

습니다. 세상에서도 보기 드문 절세의 미인이었습니다. 금세공인은 그 요염한 미모에 눈이 휘둥그레져 이리 뜯어보고 저리 뜯어보고 있던 중 그 그림에 홀딱 반해버려 욕정의 포로가 되어 숨마저 멎을 지경이었습니다.

그 후 우연히 지인 하나가 금세공인을 찾아와 옆에 앉자 물었습니다. "웬일이야? 어디 몸이라도 아픈가?" 금세공인은 대답했습니다. "아냐, 여보게, 상사병에 걸렸어. 그 경위는 이렇다네. 내 형제네 이러이러한 집에서 미녀의 벽화를 보고 그만 반해버렸어." 그러자 상대방 사나이는 금세공인을 나무라면서 말했습니다. "그것 참 바보짓이군. 아니 글쎄, 벽화를 보고서 반하다니. 거기 그려져 있는 여자는 생명이 없는 사람, 독도 약도 되지 못하고, 보지도 듣지도 못하고, 손도 놀리지도 못하잖아." "아냐, 그 그림을 그린 사람은 말일세. 필경 실제 미인을 본따서 그 모습을 그렸을 것이란 말일세." 그러자 친구는 "어쩌면 공상으로 그렸는지도 모르지." 하고 되받았습니다. "어쨌든." 하고 금세공인은 말했습니다. "나는 그 벽화가 그리워서 죽겠어. 만일 만에 하나라도 그 그림의 실물이 이 세상에 있다고 하면, 그 여자를 만나게 될 때까지 이 목숨을 지켜주옵소서 하고 신에게 기도하겠어."

그 자리에 있던 사람들은 밖으로 나가서 벽화를 그린 화가의 소식을 물었습니다. 그러자 그 화가는 이웃 마을로 여행중이라는 것이었습니다. 그래서 모두들 화가에게 편지를 보내 친구의 상사병을 호소하고, 저 미인화는 본인의 천재적 상상력으로 그린 것인지, 아니면 실제 인물을 놓고 그린 것인지를 물었습니다. 그러자 『나는 인도국 카시미르 시에 사는 어느 대신의 소유물인 가희의 모습을 그렸습니다.』 하는 답장이 왔습니다. 금세공인은 이 말을 듣자, 당장 페르시아를 떠나 카시미르 시로 여행길을 떠나 죽을 고생을 다한 다음 가까스로 목적하는 도시에 도착했습니다.

잠시 그곳에 체류하고 있는 중 어느 날 우연히 거리에서 이곳 사람과 알게 되었습니다. 그 사나이는 약국을 경영하고 있었는데,

여간 붙임성이 있고 영리한 사나이가 아니었습니다. 어느 날 밤 이 사나이와 함께 있었을 때 금세공인은 왕에 관한 이야기와 정치에 관한 이야기를 물어보았습니다. 그러자 상대방은 "글쎄요. 임금님의 정사는 청렴공정하시고, 신하에게는 공명정대, 시민에게는 관인대도하시어 이 세상에서 무엇 하나 미워하시는 것이 없어요. 다만 마법사만을 빼놓고서. 남자건 여자건 마법사가 임금님에게 잡히는 날엔 교외에 있는 동굴 속에 처박아 거기서 굶어죽게 하시는 거요." 하고 대답했습니다.

금세공인이 왕의 대신들을 물으니 약방 주인은 일일이 하나하나 대신의 이름을 대면서 그 장기며, 사는 형편 등을 설명해주었습니다. 그러던 중 이야기가 우연히 예의 그 가희에게 이르게 되자 "그 여자는 이러저러한 대신의 것이오." 하고 말했습니다. 금세공인은 대신의 집을 알아놓고서 그 후 며칠 동안 소원을 이룰 계획을 궁리하면서 기회를 노리고 있었습니다. 어느 날 밤 폭풍우가 불고 천둥번개가 치며 강풍이 휘몰아쳤습니다. 금세공인은 이때다 싶어 도둑용의 일곱 가지 도구를 몸에 지닌 채 가희를 가지고 있는 대신의 집으로 급히 갔습니다. 집에 도착하자 쇠갈고리가 달린 줄사다리를 흙벽에 걸친 다음 날쌔게 저택의 평지붕으로 기어올라 갔습니다. 거기서부터 안마당으로 내려 부인방으로 몰래 들어가보니 노예 계집들은 모두 제각기 자기 침상에 누워 자고 있습니다. 그 가운데 황금 보료를 깐 설화석고의 침상이 하나 있는데, 보름밤에 떠오르는 달이 아닌가 싶은 처녀가 하나 누워 있었습니다. 머리맡과 발치에는 용연향 초가 한 자루씩 찬란하게 빛나는 황금 촛대에 꽂혀 있습니다. 빛날 듯이 환한 처녀의 미모에 촛불조차 그 빛을 잃은 상태였습니다. 그리고 머리맡에는 은으로 만든 조그만 상자가 하나 놓여 있는데, 안에는 여러 가지 보석이 들어 있었습니다. 금세공인은 덧이불을 쳐들고서 얼굴을 가까이 갖다대고서 물끄러미 여자의 얼굴을 지켜보았습니다. 그러자 처녀는 일찍이 연모하여 멀리 여기까지 찾아온 비파 타는 미인이 아니겠습니까.

그래서 금세공인은 단도를 뽑아 여자의 등에다 겨우 알아볼 수 있을 정도의 가벼운 상처를 냈습니다. 여자는 깜짝 놀라며 눈을 떴습니다. 그러나 머리맡에 선 사람이 남자라는 것을 알자 갈데 없는 도둑이라고 짐작하고서 소리 한 마디 지를 수가 없었습니다. 여자는 겨우 입을 열고서 한 마디 하는 말이 "그 상자의 속에 든 것까지 전부 가지고 가세요. 그래도 죽이진 마세요. 내 목숨은 당신의 마음대로예요, 게다가 나를 죽여본댔자 아무 이득도 없으실 테고." 금세공인은 상대방의 말대로 상자를 집어들고 그곳을 떠났습니다.

—샤라자드는 날이 훤히 밝아오는 것을 깨닫자, 여기서 허락된 이야기를 그쳤다.


●587일째 밤

샤라자드는 말을 이었다. 오, 인자하신 임금님, 금세공인은 대신의 저택으로 침입하여 여자의 잔등에다 가벼운 상처를 내고서 보석이 든 상자를 집어들고 도망쳤습니다. 그리고 날이 밝기를 기다려 학자와 법률박사풍으로 분장하고서 어젯밤의 보물상자를 들고 왕을 찾아가 어전에 엎드려 말했습니다. "오, 임금님, 저는 순례자로 평소 전하의 안태하심을 빌고 있는 자입니다. 이번에는 호라산의 왕국으로부터 전하의 나라를 찾아온 것인데, 그것은 전하의 올바른 정사와 민초에 대한 청렴결백하신 처사를 듣고서 마음이 끌려 전하의 부하가 되고 싶다고 생각했기 때문입니다. 저는 어제 한밤중에 이 도성에 도착했습니다. 성문이 엄중히 닫혀 있었으므로 성벽 밖에서 밤을 지냈습니다. 그러나 꾸벅꾸벅 졸고 있는데 갑자기 네 명의 여자가 다가왔습니다. 하나는 빗자루를 또 하나는 술항아리를, 세 번째는 빵가마에 쓰는 나무주걱을, 네 번째는 검은 암캐를 타고 있습니다. 이것을 본 나는 그런 모양으로 도성을 향하여 온 마녀의 일행이라는 것을 알았습니다. 그 중 하나가 나에게로 다가오더니 갑자기 발로 걸어차고는 손에 들고 있던 여우 꼬리로 몹시 때렸습니다. 나는 그 때문에 울화가 치밀어 가지고 있던 단도를 꺼내 도망치려는 여자의 잔등에 상처를 입혔습니다. 효과가 있었나보다고 생각한 순간 여자는 다리야 날 살려라고 도망을 쳤는데 허둥지둥대는 바람에 그만 이 상자를 떨어뜨리고 말았습니다. 그것을 집어들고서 안을 열어보니 이제 보시는 대로 이처럼 값비싼 보석이 들어 있었습니다. 제발 이것을 받아주십시오. 저는 산속을 방랑하는 은둔자로서 속진을, 또는 속계에 있는 모든 것을 마음속으로부터 버리고 그저 오직 최고 지상하신 알라의 얼굴을 찾아서 다니는 자이므로 이런 것은 필요가 없습니다.” 그러고 나서 금세공인은 왕 앞에 상자를 놓고서 그냥 나가버렸습니다.

왕은 상자를 열고서 안에 들어 있는 보물을 전부 꺼내어 한쪽 손으로 앞뒤를 뒤집어 살펴보다가 문득 눈에 띈 것은 그 옛날 왕이 가희의 주인인 대신에게 선물로 보낸 목걸이가 아니겠습니까! 이것을 본 왕은 그 대신을 불러서 말했습니다. “이것은 내가 그대에게 준 목걸이가 아닌가?” 대신은 대번에 그것을 알아보고는 대답했습니다. “과연 그렇습니다. 소신은 그것을 제 집 가희에게 주었습니다.” “그렇다면 곧 그 여자를 불러들여라.” 그래서 대신이 그 여자를 데리고 오자 왕은 “저 여자의 등을 벗겨서 칼 상처가 있는지 없는지 조사해보라.” 하고 명령했습니다. 명령대로 대신은 여자의 잔등으로부터 옷을 벗겼는데, 거기서 단도의 상처 자리를 발견하자 “과연 전하의 말씀대로 상처 자리가 있습니다.” 하고 대답했습니다. 그러자 왕은 “이년은 수행자가 이야기한 마녀야. 틀림없어.” 하고 말하고서 이 여자를 마녀의 동굴에 던져버리라고 명령했습니다. 일동은 여자를 끌고 갔습니다.

해가 저물어 금세공인은 자기의 계략이 적중했다는 것을 알게 되자, 곧 1000디나르가 든 지갑을 가지고 동굴 쪽으로 걸음을 재촉했습니다. 그리고 문지기와 사귀게 되어 새벽이 될 때까지 이 이야기 저 이야기로 꽃을 피웠습니다. 기회를 보아 금세공인은 문지기에게 사정을 털어놓고 "실은 말이오, 형제, 모두는 이 여자에게 죄를 씌우고 있지만 실은 그 여자에겐 죄가 없어요. 모두가 내가 짜낸 수작이거든요." 하고 말하고서 하나하나 일의 전말을 들려준 다음 마지막으로 덧붙였습니다. "저 형씨, 1000디나르가 든 이 지갑을 받으시고 여자를 내주시오. 고국으로 데리고 가고 싶으니. 이 돈이 그 여자를 동굴에 처넣기보다는 몇 배 노형에게는 소중할 것이오. 게다가 알라의 보답도 있게 될 것이고, 우리들도 노형의 행운이 길도록 빌어드릴 작정이오."

문지기는 이 이야기를 듣자, 계략이 보기좋게 적중했다는 것에 적이 놀라 돈을 받고서 여자를 금세공인에게 넘겨주었습니다. 그리고 이렇게 된 이상 도성에 일각이라도 그대로 있어서는 안된다고 일렀습니다. 그래서 금세공인은 여자를 데리고 여행길에 올라 무사하게 고향으로 돌아오자 마침내 소원을 성취한 것입니다.

"오, 임금님, 들으신 대로입니다." 하고 애첩은 말했습니다. "남자들의 간사한 마음과 흉계란 이렇습니다. 대신들의 방해책으로 전하께선 왕자님에게 제 원한을 풀어주시지 않지만 내일엔 임금님도 저도 둘 다 올바른 심판자의 앞에 서서 신의 심판을 받게 되겠지요." 왕은 이 말을 듣고서 왕자를 죽이라고 명령했습니다. 그러나 다섯 번째 대신이 사후하여 마루에 엎드려 이렇게 말했습니다. "오, 임금님, 조급히 서둘러 왕자님을 죽여선 안됩니다. 서둘면 후회의 씨를 심는 결과가 됩니다. 긴 생애에 한 번도 웃지 않은 사나이가 후회한 것처럼 임금님께서도 후회를 하시는 일이 생기면 어떡하나 하고 그것만 걱정이 되는 바입니다." "여봐라, 대신 그건 또 어떠한 연유인가?" 하는 왕의 물음에 대신은 대답했습니다. "임금님, 실은 이런 이야기를 들은 적이 있습니다."

## 평생에 한 번도 웃지 않은 사나이

옛날에 땅과 가옥과 재산을 풍부히 가지고 있고, 내시와 노비를 여러 명 가지고 있는 한 사나이가 있었습니다. 이윽고 이 사나이는 천명을 다하고는 최고 지상하신 알라의 부르심을 받고 그 곁으로 갔습니다. 뒤에는 어린 아들이 다만 혼자 남게 되었는데, 이 후계자인 아들이 자라게 되자, 도락삼매에 골몰하고, 가무관현과 주색에 빠져 매일매일 웃고 흥청대며 보내는 형편이었습니다. 물쓰듯이 돈을 쓰다보니 끝내는 부친에게서 상속받은 돈을 모두 탕진하고 말았습니다.

—샤라자드는 날이 훤히 밝아오는 것을 깨닫자, 여기서 허락된 이야기를 그쳤다.

● 588일째 밤

샤라자드는 말을 이었다. 오, 인자하신 임금님, 젊은이는 부친에게서 상속받은 돈을 완전히 탕진하여 빈털터리가 되자, 이번엔 노예와 시녀, 토지와 가옥 등을 팔기 시작하여 결국 그 대금도 전과 같이 탕진하고 말았습니다. 그래서 마침내 가난한 처지에 빠져 노동을 하여 생계를 세울 수밖에 딴 길이 없게 되었습니다. 일 년쯤 그런 식으로 살고 있었는데, 어느 날 젊은이는 어느 집 창가에 앉아서 누가 자기를 고용해주는 사람은 없을까 하고 기다리고 있었습니다. 거기 난데없이 품위 있고, 풍채가 좋은 노인이 다가와 저쪽에서 먼저 인사를 했습니다.

젊은이는 물었습니다. "오, 노인장, 그 전부터 저를 알고 계셨던가요?" 그러자 노인은 대답했습니다. "아니, 모르오. 전연 모르오.

전연 말이오. 자네는 몰락은 하고는 있지만 그래도 집안이 좋은 태생이라는 인상이 얼굴에 그려져 있어." "여보시오, 노인장" 하고 가난한 젊은이는 말했습니다. "숙명이라는 것은 무슨 수를 써봐도 피할 길이 없나봐요. 그건 그렇구, 노인장, 무슨 일거리라도 없을까요?" "글쎄, 젊은이, 조그만 일거리인데 해주려나?" "어떤 일거리입니까?" 하고 젊은이가 묻자 낯선 노인은 대답했습니다. "우리들 노인들끼리 한 채의 집에서 열한 사람이 살고 있어. 그런데 시중을 들어줄 사람이 한 사람도 없어. 그래서 만일 자네가 와서 우리들의 시중을 들어준다면 충분히 의식을 제공하겠네. 그리고 돈도 좀 벌게 될 거야. 어쩌면 신께서는 우리들의 손으로 자네의 재산을 그전처럼 해주실지도 몰라." 젊은이가 "알았습니다." 하고 대답하자 노인은 "그런데 말이야 조건이 하나 있어." "어떤 것입니까?" "이봐, 우리들이 하는 어떤 일을 보아도 절대로 비밀을 지켜야 해. 예를 들자면 우리들이 눈물을 흘리고 울어도 왜 우느냐고 절대로 그 이유를 물어선 안돼." "알았습니다, 할아버지." "그럼, 젊은이, 나를 따라오게. 전능하신 알라의 축복과 함께 말일세."

그래서 젊은이는 노인의 뒤를 따라갔습니다. 노인은 우선 목욕탕에 들러서 젊은이의 몸에 붙어있는 때를 깨끗이 씻어준 다음 아마포로 지은 아름다운 옷을 주문하여 입혔습니다. 그러고 나서 자기 집에서 함께 살고 있는 동료들에게로 데리고 갔는데, 그 집은 높이 솟은 널찍한 저택으로 아주 튼튼하게 지어져 있었습니다. 안에는 서로 맞바라보이는 거실 외에, 몇 개의 객실도 있는데, 그 하나하나에 분수가 설치되어 있었으며, 그 위에서는 새들이 희희낙락 지저귀고 있었습니다. 또 사방의 창은 안마당의 아름다운 화원 쪽으로 향해 있었습니다. 노인은 가지각색의 대리석을 간 대청으로 젊은이를 데리고 갔는데, 그 천정은 군청과 타는 듯한 황금색으로 아름답게 칠해져 있고, 또 마루에는 비단 깔개가 쫙 깔려 있었습니다. 보니 방 안에는 10명의 노인이 상복을 입고서 마주앉아 모두가 눈물을 흘리며 울고 있었습니다. 그들의 신분을 이상하게 생각하여 그 까닭을 물어보려고 생각했지만 문득 아까 한 약속을 생각해내고서 입을 다물었습니다. 이윽고 젊은이를 데리고 온 노인은 3만 디나르의 돈이 들어 있는 큰 궤짝을 젊은이에게 주고서 말하기를 "여보게, 젊은이, 우리들의 시중을 들게나, 자네가 필요한 비용은 마음대로 이 상자에서 꺼내서 쓰라구. 그 대신 착실하게 일을 할 것이며, 내가 자네에게 분부한 것만큼은 절대로 잊어선 안돼." "알았습니다." 하고 젊은이는 대답하고서 주야를 가리지 않고 열심히 일하고 있었는데, 그 동안 노인 하나가 세상을 떠났습니다. 그러자 동료인 노인들은 시체를 씻어 수의를 입힌 다음 뒷마당에 묻었습니다. 그럭저럭하고 있는 동안에 노인들은 계속 세상을 떠나 마지막에는 젊은이를 불러들인 노인 하나만이 남게 되었습니다. 그 후로는 노인과 젊은이 둘만이 몇 해 동안 같은 저택에서 기식하면서 최고 지상하신 알라 외엔 사귀는 사람도 아무도 없이 지냈습니다. 이윽고 노인이 병석에 눕게 되었습니다. 젊은이는 이젠 살아날 가망이 없겠다고 생각하고서 환자의 머리맡에 서서 여러 가지로 참회의 말을 늘어놓으면서 말했습니다. "할아버지, 저는 12년 동안 잘 보살펴드렸으며 한때도 일을 게을리한 적은 없었습니다. 열심히 일하며 정성껏 보살펴드렸습니다." "맞았네." 하고 노인은 대답했습니다. "동료들이 모두 알라(아무쪼록 영예와 영광 있으라!) 곁으로 부르심을 받을 때까지 자네는 잘 섬기어주었어. 그런데 이번엔 내 차례가 왔어."

"오, 나리," 하고 젊은이는 말했습니다. "어르신네는 여생이 얼마 안 남으셨으니, 제발 이승을 하직하는 정표로 아침 저녁으로 눈물을 흘리면서 탄식하고 계시던 곡절을 가르쳐주십시오." "아냐, 여보게." 하고 노인은 대답했습니다. "그런 것은 자네와 관계없는 일이야. 내가 자진해서 말하지 않는 말은 조르지 말게. 왜 그런고 하니 우리 동료들에게 내리닥친 불행을 아무도 당하지 않게 하기 위하여 그 자세한 내력만큼은 남에게 밝히지 않으리라고 전능하신 신에게 맹세하였기 때문이야. 그래서 말이네, 만일 우리가 겪은 재앙에서 벗어나려거든 제발 저 문만은 열지 말게." 노인은 저택 안한 곳을 가리켰습니다. "그렇지만 우리들이 겪은 재앙을 자네 자신도 겪어보고 싶다면 저 문을 열어보게. 그러면 우리들이 탄식하던 이유를 알게 될 것이고, 일단 알고 나면 후회해본댔자 소용없는 후회를 하게 될걸세."

— 샤라자드는 날이 훤히 밝아오는 것을 깨닫자, 여기서 허락된 이야기를 그쳤다.

### ●589일째 밤

샤라자드는 말을 이었다. 오, 인자하신 임금님, 10명의 노인 중 유일한 생존자인 노인은 젊은이에게 "조심하여 저 문을 열지 않도록 하게. 그렇지 않으면 후회해도 소용없는 후회를 하게 될걸세." 하고 말했습니다. 이윽고 병은 점점 더 심해져 마침내 마지막 노인도 수명을 다하여 저 세상으로 가버리고 말았습니다. 젊은이는 손수 시체를 씻어 수의를 입힌 다음 동료들 옆에 묻었습니다. 그 후로는 젊은이 혼자서 넓은 주택에서 살게 되었으며, 모든 것이 자기 것이 되고 말았습니다. 그래도 젊은이는 죽은 노인들의 신상이 궁금해서 견딜 수가 없습니다. 어느 날 이제는 고인이 된 주인의 문을 열지 말라고 한 경고의 말을 곰곰이 생각하면서 앉아 있던 중 갑자기 그 방을 뒤져보고 싶은 생각이 들었습니다. 그래서 얼른 일어서서 고인이 가리킨 곳으로 가서 뒤져보니, 컴컴한, 사람이 닿지 않는 한구석에 조그만 문이 있는데, 사방이 온통 거미줄 투성이고, 게다가 강철제 네 개의 자물쇠로 꽉 닫혀 있었습니다. 이 모양을 보고서 젊은이는 노인의 경고를 생각해내고 호기심을 누르고서 그냥 그곳을 떠났습니다. 이레 동안 늘 열어보자, 열어보자 하는 충동이 몰리면서도 끝내는 문 앞을 떠나고 말았습니다. 그러나 여드레가 되는 날에는 호기심을 억제할 수 없어 중얼거렸습니다. "에라, 죽든 살든 모른다. 무슨 일이 있어도 문을 열고서 어떻게 되나 시험해보자. 최고지상하신 알라께서 정하신 것은 도무지 모면할 길이 없는 법이다. 무엇이나 다 알라의 마음에 달린 거야."

이렇게 말하면서 젊은이는 일어서자, 자물쇠를 때려부쉈습니다. 그리고는 문을 비틀어 열었더니 좁은 통로가 나왔으므로 거의 세 시간 동안이나 자꾸만 걸어갔습니다. 그러자, 이건 또 뭡니까! 망망대해로 나오게 된 것이었습니다. 젊은이는 듣도 보도 못한 이 망망대해를 바라보며 이상하게 생각하면서 좌우로 구불구불 뻗은 해안을 따라 걸어나갔습니다. 그러자 얼마 지나지 않아 한 마리의 큰 독수리가 젊은이를 향하여 산꼭대기에서 날쌔게 날아내려오더니 젊은이를 힘껏 움켜잡아가지고 하늘 높이 날아올라가 하늘과 땅 사이를 날았습니다. 그리고 푸른 바다 한가운데에 있는 고도까지 오자, 젊은이를 거기다 떨어뜨린 채 날아가버렸던 것입니다. 젊은이는 넋을 잃고 어디로 가야 좋을지 엄두가 나지 않았습니다.

이삼 일 동안 이 몸이 어찌 되는 것일까 이리저리 마음을 썩이고 있자니까 바다 한가운데에 창공의 외로운 별처럼 돛이 하나 눈에 띄었습니다. 어쩌면 그 배에 구출될지도 모르겠다는 생각에 젊은이의 눈은 그 돛에서 떠나지를 않았습니다. 눈을 똑바로 뜨고서 지켜보고 있노라니까 배는 점점 다가왔습니다. 보니 모두가 다 상아와 흑단으로 만든 범선으로 번쩍이는 황금으로 장식하고, 강철 못을 박았습니다. 또 노는 백단과 침향나무로 만든 것이었습니다. 배에는 마치 달과도 같은 가슴이 높이 솟아 오른 처녀가 10명 타고 있는데, 젊은이의 모습을 보자 곧 바닷가로 올라와서 두 손에 입을 맞추고는 이구동성으로 "당신은 신랑, 임금님이에요!" 하고 말했습니다. 그때 맑게 개인 창공에 빛나는 태양이 아닌가만 싶은 젊은 귀부인이 인사를 했는데, 한 손에 든 비단보자기 안에는 한 벌의 옥의와 온갖 홍옥과 진주를 박은 황금관이 들어 있었습니다. 귀부인이 옷을 입히고, 왕관을 머리에 씌우자, 다른 처녀들은 젊은이를 가슴에 껴안듯 하여 범선으로 데리고 갔습니다. 배 안은 온

갓 종류의 비단 깔개와 가지각색의 벽포로 장식되어 있었습니다. 일동은 이윽고 돛을 올리고서 바다 한가운데로 나갔습니다. 젊은 이의 이야기에 의하면—나를 태운 배가 바다로 나왔을 때 마치 꿈만 같았으며, 어디로 데리고 가는지 짐작이 가지 않았습니다. 이윽고 육지로 접근하자 바닷가에는 알라(칭송할지어다!) 외에는 그 수를 헤아릴 수 없을 만큼의 많은 군사들이 북적거리고 있었는데, 모두가 눈부시게 정장을 하고, 빈틈없이 갑옷과 투구로 무장하고 있었습니다. 배를 단단히 육지에 매자, 그들은 곧 혈통이 좋은 표가 찍혀 있는 순종마를 다섯 필 끌고 왔는데, 모두는 훌륭한 마구를 갖추고, 진주와 값비싼 보석을 박은 황금 안장이 놓여 있었습니다. 내가 그 중에서 한 필을 골라서 올라타자, 그들은 다른 네 필을 끌고 앞장을 섰습니다. 이어 나의 머리 위로 크고 작은 가지각색의 깃발을 휘날리면서 용사들이 좌우로 늘어서자, 북은 둥둥, 제금은 쟁쟁 울려퍼지고, 그 가운데를 우리들은 의기양양하게 말을 몰고 갔습니다. 그 동안에도 나는 도대체 이게 꿈인가 생시인가 하고 자신에게 물어보았습니다. 이런 일이 실제로 있을 리는 만무하다, 이건 모두 터무니없는 꿈속에서 벌어진 사건이라고 생각하면서 앞으로 전진하고 있노라니까 푸른 들판으로 나오게 되었습니다. 여기저기 화려한 전각도 있고 화원도 있었습니다. 나무들은 울창하게 우거져 있고, 개울은 졸졸 흐르고, 백화는 만발하여 서로 애교를 다투고 있고, 새는 영광된 유일신인 알라를 칭송하고 있었습니다. 그러자 또 뜻밖에도 일대의 병마가 콸콸 흐르는 급류처럼 전각과 화원에서 왁 하고 쏟아져나와 들판을 온통 덮고 말았습니다. 전국의 병마가 나에게서 좀 떨어진 곳에 정지하더니 이윽고 그 사이에서 국왕 하나가 몇몇 보병의 간부들을 앞세우고 말을 타고 나왔습니다.

왕은 젊은이에게 접근하자(하고 화자는 말을 이었습니다), 말에서 내려, 두 사람은 다시없이 공손하게 인사를 나누었습니다. 그리고 나서 왕은 "제발 함께 와주십시오. 당신은 내 손님이니까." 하고 말했습니다. 그래서 두 사람은 또다시 말을 타고 위풍당당하게 갑옷이 맞닿을 만큼 붙어서서 먼 길을 세상 이야기를 하면서 전진했습니다. 그리고 궁전에 도착하자 두 사람은 함께 말에서 내렸습니다.

　—샤라자드는 날이 훤히 밝아오는 것을 깨닫자, 여기서 허락된 이야기를 그쳤다.

● **590일째 밤**

샤라자드는 말을 이었다. 오, 인자하신 임금님, 두 사람은 위풍당당하게 말머리를 나란히 하여 궁전으로 들어서자, 왕은 신하를 이끌고 젊은이의 손을 잡고서 둥근 천장의 방으로 안내했습니다. 그리고 황금 옥좌에 젊은이를 앉히고는 자기는 그 옆에 앉았습니다. 그리고 나서 코로부터 아래를 가리고 있던 흰 천을 벗으니 뜻밖에도 국왕이라고 생각한 것은 젊디젊은 그 귀부인이 아니겠습니까! 밝은 창공에 빛나는 눈부신 태양인가 싶을 정도였으며, 고상한 미모며, 또 빛나리만큼 우아한 맵시며, 고운 생김새며, 어디 하나 나무랄 데 없는 세상에서도 보기 드문 미인이었습니다. 젊은이는 이 세상에서도 신기한 하늘의 축복을, 미의 화신을 바라보고, 그 이목구비와 고운 얼굴, 나아가서는 눈이 부실 만큼 호화로운 정취에 그저 멍하니 넋을 잃고 있을 뿐이었습니다. 그때 그 귀부인이 입을 열었습니다. "실은, 임금님, 나는 이 나라의 여왕이며, 당신이 보신 기마와 보병들은 모두 여자입니다. 남자라곤 하나도 섞여 있지 않아요. 왜 그런고 하니 이 나라에선 남자는 땅을 갈고, 씨를 뿌리고, 이삭을 따는 등 농경과 도시의 건설과 그 밖의 수공업이니 유용한 기예에 종사하며, 한편 여자는 나라를 통치하기도 하고, 또 무기를 들기도 하기 때문입니다."

이 말을 듣고 젊은이는 몹시 놀랐습니다. 둘이서 이야기를 나누고 있는데, 갑자기 고상한 용모에다 늠름한 풍모의 키가 큰 백발 노파가 하나 들어왔는데 여왕의 이야기에 의하면 대신이었습니다. 여왕은 이 노파에게 "판관과 증인을 이리 들라 하오." 하고 말했습니다. 노파가 명령을 완수하기 위하여 물러서자, 여왕은 또다시 젊은이를 돌아다보며 정답게 말을 건넸습니다. 자기를 무서워하고 있는 젊은이를 안심시키고, 서풍보다도 더 달콤한 말을 건네서 수줍은 마음을 씻어버리려고 애를 쓰면서 "당신께서 젊은 서방님이 되시고, 내가 아낙이 되는 데 이의가 없으시겠지요?" 하고 말했습니다. 이 말을 들은 젊은이는 몸을 일으켜 여왕 앞에 무릎을 꿇으려고 했으나 그녀는 말렸습니다. 그래서 젊은이는 대답했습니다. "오, 여왕님, 저는 당신을 섬기는 노예 중에서도 제일 보잘것없는 놈이올시다." "여기 있는 노비와 병사와 부와 금은 재보를 모두 보셨습니까?" 여왕의 물음에 젊은이는 대답했습니다. "보고 말고요!" "이것을 모두 당신 마음대로 하세요. 남에게 주건 어떻게 하건 당신 마음대로 하세요." 그리고 나서 여왕은 닫힌 문 쪽을 가리키며 "이제 말씀드린 것은 어떻게 하시건 상관없지만 저 문만큼은 안됩니다. 저걸 열어선 안됩니다. 만일 여시면 후회해도 소용없습니다. 그러니까 거듭 조심하세요!"

여왕의 이야기가 끝난 그 순간 아까 그 여대신이 판관과 증인을 데리고 방으로 들어왔습니다. 모두가 다 노파들이며, 백발이 어깨까지 늘어져 있고, 자못 신성해 보이는, 품위 있는 모습이었습니다. 여왕은 곧 자기와 젊은이와의 결혼계약서를 만들라고 명령했습니다. 결혼식 준비가 갖춰지자 여왕은 성대하게 화촉을 밝히고 전장병을 초청했습니다. 잔치가 끝나고 젊은이가 신부의 잠자리로 들어가니 신부는 남자를 맛보지 못한 숫처녀였습니다. 그래서 신랑은 남성을 가르쳐준 다음 이 세상의 온갖 환락과 유열을 즐기면서 7년 동안 왕비와 함께 보냈습니다. 이윽고 문득 왕은 예의 금단의 문을 생각해내고서 혼잣말을 중얼거렸습니다. "아직까지 본 보물보다도 더 훌륭한 재보가 아닌 이상 왕비가 그처럼 말리지는 않았을 것이다."

젊은이는 일어서서 그 문을 열었습니다. 그러자, 아니 이건, 어찌 된 일입니까! 문 뒤에는 그전에 해변에서 섬으로 젊은이를 데리고 온 예의 그 새가 숨어 있었습니다. 독수리는 젊은이에게 말했습니다. "영광 없는 자에게 재앙 있을지어다!" 젊은이는 독수리의 모습을 보고, 그 목소리를 듣자, 몸을 돌려서 도망쳤습니다. 그러나 독수리는 쫓아와서 젊은이를 움켜잡더니 하늘 높이 날아올라 천지 사이를 얼마 동안 계속해서 날았습니다. 그리고 맨 처음에 젊은이를 납치해간 장소로 와서 젊은이를 버리고는 그대로 날아가버렸습니다. 젊은이는 제정신이 들자, 바로 조금 전까지의 고귀하고, 화려하고, 호사로운 신분, 자기 눈앞을 말을 타고서 전진한 군대, 왕자로서의 지배권, 게다가 또 잃었던 온갖 영예와 행운, 그러한 것들을 회상하고서 하염없이 눈물에 젖었던 것입니다.

젊은이는 독수리가 내려준 해변가에서 두 달 동안 체류하면서 왕비의 곁으로 다시 한 번 돌아가고 싶다고 생각하고 있었는데, 어느 날 밤 자지 않고서 탄식하기도 하고, 생각에 젖어 있기도 하고 있자니까 모습도 보이지 않는데 사람의 목소리가 귀에 들려왔습니다. "그 얼마나 큰 기쁨이었던가! 아 슬프도다, 지난 옛날을 다시 되돌려놓을 수 없구나!" 이 말을 들은 젊은이는 더욱더 몹시 후회하며, 이제는 옛날의 왕비도 고귀한 신분도 다시는 돌아오지 않을 것이라고 체념했습니다. 그리고 비탄에 젖어 힘없이 그 전에 노인과 살던 저택으로 돌아갔는데, 여기서 비로소 젊은이는 그 노인들이 자기와 똑같은 짓을 했다는 것, 그것이 눈물을 흘리며 자신의 운명을 슬퍼한 이유였다는 것을 깨달은 것입니다. 젊은이는 노인들의 고집센 행위도 용서해주었습니다. 그 후 젊은이는 후회와 비탄에 지쳐, 방에 칩거하여 밤낮으로 비탄에 젖어 쉬지 않고 울기도 하고 한탄하기도 하면서 식음도, 좋은 향료도, 가무관현도 모두 끊고 말았습니다. 또 죽을 때까지 한 번도 웃은 적이 없고, 시체는 노인들의 옆에 매장되었습니다.

"오, 임금님, 들으신 바와 같이," 하고 대신은 말을 이었습니다.

"일을 경솔하게 하면 이런 꼴이 되고 맙니다. 정말 피해야 할 일로서 뒤에는 다만 후회만이 남을 뿐입니다. 이제 말씀드린 이야기로써 황송하오나 저는 마음으로부터의 충고와 거짓없는 조언을 말씀드린 바입니다." 왕은 이 이야기를 듣고 자기 아들을 죽이기를 단념했습니다.

　—샤라자드는 날이 훤히 밝아오는 것을 깨닫자, 여기서 허락된 이야기를 그쳤다.

● 591일째 밤

샤라자드는 말을 이었다. 오, 인자하신 임금님, 왕은 이 이야기를 듣고서 자기 아들을 죽이기를 단념했습니다. 그러나 엿새째 날이 되자 애첩이 칼을 뽑아들고 왕 앞에 나타나 말했습니다. "오, 임금님, 만일 제 고충을 들어주시지 않으면, 또 합심하여 저를 물리치려는 대신들을 물리치시고 임금님 자신의 주권과 명예를 지키지 않으신다면 저는 차라리 마음먹고 이 단검으로 죽고 말 것입니다. 저의 피는 심판의 날에 전하에게 불리한 증언을 할 것입니다. 대신들은 여자는 모략과 사심과 부정의 덩어리라고 당치않은 주장을 하여 도리에 맞는 저의 주장을 물리치고는 임금님의 올바른 판단을 방해하려고 꾀하고 있습니다. 그러나 보십시오. 왕 중 왕이 어떠한 수를 써서 상인의 아내를 유혹했는지 이제부터 이야기해드려 남자가 여자보다도 몇 배 더 부정하다는 것을 증명해 보이겠습니다." "그건 또 무슨 이야기인고?" 하고 왕이 묻자 애첩은 대답했습니다. "오, 고귀하신 임금님, 저는 다음과 같은 이야기를 들은 적이 있습니다."

## 왕자와 상인의 아내

지독한 질투쟁이인 어떤 상인이 세상에서도 보기 드문 아름다운 아내를 가지고 있었습니다. 남편은 시름과 질투 끝에 시내에서 살려고도 하지 않고 인가에서 멀리 떨어진 교외에 별장 한 채를 지어 아내를 그곳에서 살게 했습니다. 그리고 집의 구조를 높이 하고, 문단속을 엄중히 하고는 색다른 자물쇠를 달았습니다. 시내에 나갈 일이 생기면 문에 모두 자물쇠를 채우고서, 자기 목에 그 열쇠를 걸었습니다.

어느 날, 상인이 집을 비운 사이에 도성의 왕자가 바람을 쐬러 성 밖의 넓다란 들녘으로 나왔습니다. 그리고 그 외딴집이 눈에 띄게 되어 그 자리에 선 채 오랫동안 그 집을 지켜보고 있었습니다. 이윽고 마침내 한 귀엽게 생긴 여자가 창가에 기대앉아, 밖의 경치를 내다보고 있는 것이 눈에 띄었습니다. 이목이 수려한 여자의 고상한 맵시에 넋을 잃은 왕자는 어떻게 해서든지 여자에게 접근할 수 있는 방법은 없을까 하고 곰곰이 생각해보았지만 좀처럼 좋은 지혜가 머리에 떠오르지 않습니다. 그래서 왕자는 시동 하나를 불러서 먹과 종이를 가지고 오라고 한 다음 한 통의 연서를 써서 그리워서 견딜 수 없다는 애끓는 자기의 속사정을 털어놓았습니다. 그러고 나서 이것을 화살에 매어 집 쪽으로 쏘니 활은 안마당에 떨어졌습니다. 마침 그때 여자는 하녀를 데리고 마당을 걷고 있었으므로 그 하녀더러 빨리 가서 그 쪽지를 집어오라고 명령했습니다. 이 여자는 글을 읽을 줄 알았으므로 편지를 보자 상대방의 심한 연모의 정과 애절한 가슴을 알게 되었습니다. 여자는 곧 정이 깃들인 답장을 작성하여 자기는 당신보다도 더 심한 욕정에 사로잡혔노라고 적었습니다. 그러고 나서 이 편지를 창 밖의 왕자

에게로 던져주었습니다. 왕자는 그것을 보자, 곧 답신을 집어들고
서 이것을 읽고 나자 창 바로 밑으로 가서 말했습니다. "실을 한
오리 내려보내주시지 않겠습니까? 이 열쇠를 드릴 테니까. 이것을
소중히 간직해주시오." 하여 여자가 실을 내려주자 왕자는 이것에
열쇠를 매달았습니다.

그 후 왕자는 그곳을 떠나 부왕의 대신 하나에게로 가서 여자를
사모하고 있다는 것과 그 여자 없이는 살아갈 재미가 없다는 것
등을 호소했습니다. 대신이 "그래서 당신은 날더러 도대체 어떤
꾀를 짜내라는 것입니까?" 하니 왕자는 "나를 큰 궤짝에 넣어서
그것을 당신의 물건이라고 거짓말을 하여 주인인 상인에게 맡겨주
시오. 그리고는 당분간 그 집에 보관해 달라고 부탁해주시오. 그렇
게 하면 나는 뜻을 이룰 수가 있을 거란 말이오. 나중에 상인에게
서 그 궤짝을 찾아오시오." 대신은 "알았습니다." 하고 대답했습니
다.

왕자는 궁전으로 돌아오자, 여자에게 준 열쇠에 맞는 자물쇠를
주문한 궤짝에다 달고서 그 속에 몸을 감췄습니다. 그러자 대신은
자물쇠를 채워 이것을 당나귀 등에 싣고 상인 집으로 날라갔습니
다. 상인은 대신의 모습을 보자 반가이 맞으며 두 손에 입을 맞추
며 "대신께서 제 집에 행차하시다니 무슨 볼일이라도 계신지 명령
만 내리시면 큰 영광으로 알고 알아모시겠습니다." 대신은 "이 궤
짝을 그대 저택의 가장 안전한 곳에 보관해주었으면 하오. 나중에
찾으러올 테니." 그래서 상인은 짐꾼더러 궤짝을 집 안으로 넣으
라고 한 다음 창고에 두었습니다.

남편이 나가자, 아내는 얼른 궤짝 옆으로 가서 왕자에게서 받은
열쇠로 궤짝의 문을 열었습니다. 그러자 안에서 달처럼 잘생긴 젊
은이가 나왔습니다. 아내는 젊은이의 모습을 보자, 제일 좋은 나들
이 비단옷을 입고 거실로 안내하여 이레 동안 마음대로 먹고 마시
고 했으며, 게다가 또 동침의 재미를 한껏 즐겼던 것입니다. 남편
이 집에 돌아올 때마다, 아내는 왕자를 궤짝에 넣고 자물쇠를 채

웠습니다. 그런데 어느 날, 부왕이 왕자를 찾았기 때문에 대신은 급히 상인의 가게로 가서 궤짝을 내달라고 말했습니다.

—샤라자드는 날이 훤히 밝아오는 것을 깨닫자, 여기서 허락된 이야기를 그쳤다.

● 592일째 밤

샤라자드는 말을 이었다. 오, 인자하신 임금님, 대신은 상인의 가게로 오자, 궤짝을 내달라고 말했습니다. 그래서 상인은 평상시의 관례를 어기고 급히 집으로 돌아와 문을 두들겼습니다. 남편의 때 아닌 귀가에 깜짝 놀란 아내는 허겁지겁 왕자를 궤짝 속에 처넣었지만 당황한 나머지 자물쇠를 채우는 것을 잊어버렸습니다. 상인은 짐꾼들에게 부탁하여 시내의 자기 가게로 궤짝을 날라오라고 했습니다. 짐꾼들이 궤짝 뚜껑에 손을 걸고 쳐들자, 그 바람에 뚜껑이 활짝 열리고 말았습니다. 보니 왕자가 안에 누워 있는 것이 아니겠습니까? 상인은 이 모양을 보고서, 상대가 왕자임을 알자 대신에게로 돌아가서 말했습니다. "자, 안으로 들어가셔서 왕자를 데리고 가십시오. 저희들이 손을 댈 것이 못되니까요." 그래서 대신은 안으로 들어가 왕자의 손을 잡고 함께 가버렸습니다. 두 사람이 모습을 감추자 상인은 당장 아내를 내쫓고는 다시는 아내를 맞이하지 않겠다고 맹세했습니다. (애첩은 이야기를 이었습니다.) "오, 임금님, 저는 또 이런 이야기를 들은 적도 있습니다."


## 새의 이야기를 아는 체한 시동


옛날, 어느 신분이 높은 사나이가 노예시장에 들어서자, 마침 한 시동이 경매에 붙여지고 있었습니다. 그래서 시동을 사가지고 집으로 데리고 와서 부인에게 말했습니다. "잘 돌봐주오." 시동은 잠시 그 집에서 살게 되었습니다. 어느 날 주인이 부인에게 말하기를 "내일은 화원으로 가서 바람이라도 쐬는 게 좋을 거요. 마음껏 즐겁게 지내고 오구려." 부인은 "네, 기꺼이 가겠어요." 하고 대답했습니다.

그런데 시동은 이 말을 엿듣고서 먹을 것과 마실 것, 과일, 식후의 과자 따위를 준비해 가지고 그날 밤으로 몰래 화원으로 갔습니다. 그리고 먹을 것은 이 나무 밑에, 술은 저 나무 밑에, 과일과 설탕절임은 세 번째 나무 밑에라는 식으로 부인이 지나갈 길에다 모두 감춰놓았던 것입니다. 그 이튿날 아침, 주인은 시동더러 마님을 모시고, 소풍에 필요한 음식을 모두 가지고 화원으로 가라고 일렀습니다. 그래서 마님은 말을 타고 시동과 함께 화원으로 가서 말에서 내려 화원으로 들어갔습니다. 둘이서 한가롭게 거닐고 있노라니까 이윽고 한 마리의 까마귀가 까아까아 하고 울었습니다. 그러자 시동이 "옳지, 그렇구나." 하고 말했으므로 마님이 물었습니다. "너는 까마귀의 말을 아느냐?" "네, 마님, 저 나무 밑에 먹을 것이 있다, 가서 먹어라, 하고 말했어요." 그래서 마님은 "아니, 정말 너는 까마귀 말을 아는구나." 하고 말하고서 그 나무 옆으로 다가갔습니다. 그러자 제대로 조리한 한 접시의 요리가 눈에 띄었으므로 마님은 더욱더 시동이 하는 말에 거짓이 없다고 믿고서 아주 놀랐습니다. 둘이서 음식을 먹고서 잠시 화원 안을 서성거리면서 흥겨워하고 있노라니까 까마귀가 또다시 울어댔습니다. 시동이 또다시 "옳지, 그렇군." 하고 대답했으므로 마님은 "뭐라고 그랬느냐?" 하고 물었습니다. "오, 마님, 이러이러한 나무 밑에 사향을 탄 한 병의 물과 오래 묵은 술을 담은 항아리가 하나 놓여져 있다고 하는군요."

마님이 시동과 함께 그 나무 밑으로 가보니 술도 물도 틀림없이 거기 있는 것이 아니겠습니까! 마님은 더욱더 깜짝 놀라 시동이 정말로 훌륭하게만 생각되었습니다. 두 사람은 앉아서 이것을 마시고 나서 또 일어서서 다른 쪽으로 걸어갔습니다. 또다시 까마귀가 울어대는 것을 듣고서 시동이 "알았다." 하고 말했습니다. 마님이 "이제 것은 뭐라는 말이냐?" 하고 물으니 시동은 "저 나무 밑에 생과일과 마른 과일이 있다고 합니다." 하고 대답했습니다. 둘이서 그곳으로 가보았더니 모두가 다 거기 있었으므로 앉아서 그것을 먹었습니다.

잠시 후 두 사람이 걸어다니고 있노라니까 네 번째로 까마귀 우는 소리가 들려왔습니다. 그러자 시동은 갑자기 돌을 줏어서 까마귀를 향하여 던졌습니다. "돌을 던지다니 도대체 뭐라고 했더냐?" 하고 마님이 묻자 시동은 "아뇨, 마님, 차마 입에 담을 수 없는 소리를 지껄였어요." "얘기해봐. 내 앞이라고 해서 부끄러워할 것은 없다." 그래도 시동은 "안됩니다." 하고 고집을 부렸습니다. 마님은 마님대로 연방 졸라대니 마침내 옥신각신 끝에 시동으로 하여금 자백시키고 말았습니다. "실은 말이죠, 까마귀놈이 이러는 게 아니겠어요. 주인나리처럼 그 마님과 그짓을 해보라구요." 마님은 이 말을 듣자 뒤로 나자빠질 만큼 깔깔대며 말했습니다. "그런 것쯤 아무것도 아니야. 싫다고는 안한다."

마님은 어느 나무 옆으로 다가가 나무그늘에 깔개를 펴고 드러눕더니 시동을 불러 어서 재미를 보자고 일렀습니다. 때마침 몰래 뒤따라온 주인이 이 꼴을 보고서 시동에게 호통을 쳤습니다. "어이, 어찌 된 셈이냐? 마님이 울면서 누워 있잖아." 시동은 "나리, 마님이 나무에서 떨어져서 하마터면 목숨을 잃으실 뻔했어요. 나리에게로 되돌아가게 된 것은 알라(칭송할지어다!)의 덕택입니다. 잠시 누워 계시면 정신이 드실 거예요." 마님은 남편이 머리맡에서 있는 것을 보자 몸을 일으켜, 기운이 없고 자못 괴로운 듯한 모양을 지어 보였습니다. "아, 잔등이! 아, 허리가! 살려줘요. 누가좀 도와줘요! 암만해도 죽을 것만 같아요." 주인은 감쪽같이 속고는 시동에게 말했습니다. "마님 말을 끌어다 태워드려라." 그리고 나서 시동은 한쪽 등자를, 주인은 다른 쪽 등자를 붙잡고서 이구동성으로 "알라여, 아무쪼록 그전대로의 건강한 몸으로 돌려주소서!" 하고 외면서 마님을 집으로 데리고 갔습니다.

"오, 임금님, 이제 한 말씀은!" (하고 애첩이 말을 이었습니다.) "남자분들의 모략과 부정한 행실을 보여준 견본입니다. 그러니까 대신들의 말을 물리치고 저를 구하시고, 저의 원한을 꼭 풀어주시는 일을 저버리지 말아주십시오." 애첩은 눈물을 흘리며 울었습니다. 왕은 여자가 울고 있는 모습을 보자(왜냐하면 몇 있는 노예 계집 중에서 이 여자를 가장 귀엽게 생각하고 있었기 때문입니다) 또다시 자기 아들을 사형에 처하라고 명령했습니다.

그러나 여섯 번째 대신이 사후하여 왕의 어전에 무릎을 꿇고는 이렇게 말했습니다. "전능하신 신이여, 부디 임금님의 위세를 더욱 빛나게 해주옵소서! 저는 충성무비한 조언자입니다. 그러하오니 왕자님의 일에 관해서도 어디까지나 신중을 기하시도록 조언을 드리는 바입니다."

—샤라자드는 날이 훤히 밝아오는 것을 깨닫자, 여기서 허락된 이야기를 그쳤다.

● 593일째 밤

샤라자드는 말을 이었다. 오, 인자하신 임금님, 여섯 번째 대신이 말하기를 "오, 임금님, 왕자님의 일에 관해서도 어디까지나 신중을 기하시도록 조언을 드리는 바입니다. 왜냐하면 거짓은 연기처럼 허망하고, 진실은 썩지 않는 반석 위에 서 있기 때문입니다. 실로 진실의 빛은 허망한 어둠을 쫓아버립니다. 아시는 바와 같이 여자의 부정은 차마 눈 뜨고는 못볼 것이니 최고 지상하신 알라의 성전 속에서 '진정으로 너의 사심은 크도다(《코란》 제12장)' 하고 말씀하셨습니다. 또 실제로 어떤 여자가 전대미문한 방법으로 일국의 대신들을 우롱한 이야기를 들은 적이 있습니다."

"그건 또 어떤 이야기인고?" 하고 왕이 묻자 대신은 대답했습니다. "오, 임금님, 저는 이런 이야기를 들었습니다."


## 유부녀와 다섯 명의 구애자


　상인의 딸로 태어난 한 여자가 아주 여행을 좋아하는 사나이와 결혼했습니다. 마침 어느 때, 남편은 먼 타향으로 여행길을 떠나, 오랫동안 집을 비워두었기 때문에 아내는 심심한 나머지 같은 상인 출신인 젊은 미남자와 사랑에 빠지게 되어 두 사람은 서로 미쳐 정신이 없었습니다. 어느 날 젊은이는 다른 사나이와 싸움을 했는데, 상대방이 경비대장에게 고소했으므로 젊은이는 감옥에 갇히고 말았습니다. 이 소식이 정부인 상인의 아내의 귀에 들어가자 이제라도 당장 미칠 것만 같았습니다. 당장 여자는 비단 나들이옷을 입고 경비대장의 집으로 달려갔습니다. 인사를 하는 둥 마는 둥 여자는 다음과 같은 내용의 탄원서을 제출했습니다. "귀하가 투옥시킨 사람은 나의 형제 아무개인데, 지난 날 아무개와 싸움 사태를 벌인 자이지만 나의 형제에게 불리한 증언을 한 사람들은 위증을 하였나이다. 나의 형제는 불법스럽게 투옥되어, 나를 도와줄 사람도 없고, 나를 부양해줄 사람 또한 없나이다. 따라서 귀하의 자비에 의하여 그 자를 석방해주실 것을 이에 탄원하는 바입니다."

　경비대장은 이 서류를 훑어보고 난 다음 여자에게 시선을 옮긴 순간 대번에 사랑의 포로가 되고 말았습니다. 그래서 여자에게 말했습니다. "안으로 들어가 있으라. 그자를 데리고 오라고 할 테니. 그리고 나서 그대를 불러 함께 돌아가게 하리라." "여보세요, 나리" 여자는 대답했습니다. "저에겐 전능하신 알라 외엔 이 몸을 지켜줄 분이 안 계십니다. 제게는 나리 또한 전혀 낯선 사람인지라, 누구의 집에도 들어갈 수 없습니다." "아냐, 그대가 집에 들어가 내 마음대로 하게 해주지 않는 한 저 자를 석방할 수는 없어.”
하고 경비대장이 말하니 여자는 “정 그렇게 원하신다면 제 집으로
오셔서 낮잠이라도 주무시며 하루쯤 푹 쉬시는 수밖에 없겠습니
다.” “그대의 집은 어딘가?” “이러이러한 곳에 있습니다.” 여자는
그렇게 대답하고서 날짜까지 서로 짰습니다.

여자는 경비대장을 등달게 해놓은 다음 그의 집을 나오자, 이번
엔 시의 판관을 찾았습니다. “여보세요, 판관 나리!” 여자가 소리
를 지르자 판관은 “왜 그러시오?” 하고 외쳤습니다. “잘 좀 보살
펴주십시오. 아무쪼록 최고 지상하신 알라의 보답이 나리에게 내
리시기를!” “억울한 처사라도 있었던가?” 하고 판관은 물었습니
다. “네, 나리, 저에겐 오빠 하나가, 유일한 육친이 있습니다. 당신
을 찾아뵌 것도 실은 이 오빠 때문입니다. 왜 그런고 하니 경비대
장께서 오빠를 죄인으로 몰아 옥에 가두고, 시민들도 오빠를 괘씸
한 놈이라고 하여 불리한 위증을 했습니다. 그래서 당신께서 경비
대장에게 잘 좀 말씀드려주십사 해서 온 것입니다.”

판관은 여자를 보자마자 홀딱 반하여 “이제 곧 경비대장에게 사
람을 보내어 오빠를 석방하라고 할 테니까 그 동안 집 안으로 들
어와 하녀들과 함께 잠깐 쉬도록 하시오. 만일 그자에게 벌금형이
부과되어 있다면 내가 대신 물어주지. 그 대신 내 말을 잘 들어야
해. 사람을 녹이는 그대의 말투에 그만 반했단 말이야.” “나리, 만
일 당신께서 그런 짓을 하신다면 무슨 낯으로 다른 사람들을 책하
실 수 있으시겠어요.” “막무가내로 안으로 안 들어가겠다면 어서
가버리시오.” 그러자 여자가 말했습니다. “모처럼의 원이시라면, 여
보세요, 나리, 댁보다는 제 집이 사람 눈에 띄지 않을 것입니다. 댁
에는 노예 계집이며 내시도 있고, 많은 사람들의 출입이 잦으니까
요. 정말 저는 그런 정사라곤 전혀 모르는 여자지만 할 수 없군
요.” 판관이 “그대 집은 어디인가?” 하고 묻자 여자는 “이러이러
한 곳입니다.” 하고 대답하고 경비대장과 똑같은 날로 정했습니다.

여자는 그 길로 대신에게로 가서 자기에게 없어서는 안될 오빠

를 옥사에서 석방해달라는 탄원서를 제출했습니다. 그러나 대신도
또한 여자의 몸을 요구하며 말하기를 "이쪽 소청을 들어준다면 네
오빠를 석방해주겠다." 여자는 그래서 대답했습니다. "모처럼의 청
이시라면 제 집에서 해드리겠어요. 그 쪽이 남의 눈에도 띄지 않
고, 당신에게도 나에게도 형편이 좋을 테니까요. 그다지 멀지도 않
으며, 게다가 아시다시피 우리들 여자라고 하는 것은 어쨌든 몸을
깨끗이 하고 몸치장도 해야 하니까요." "그대의 집은 어디인가?"
"이러이러한 곳입니다." 여자는 그렇게 대답하고서 먼저 두 사람
과 똑같은 날로 약속했습니다.

그러고 나서 여자는 대신과 헤어진 다음 시의 국왕을 찾아가 자
초지종을 이야기하여 오빠의 석방을 간청했습니다. "누가 투옥시
켰더냐?" "경비대장입니다." 여자의 아름다운 목소리는 왕의 가슴
을 사랑의 화살로 꿰뚫었습니다. 왕은 그럼 이 길로 판관에게 사
자를 보내 오빠를 석방케 할 테니 함께 궁전으로 들라고 명령했습
니다. 그러자 여자는 대답했습니다. "오, 임금님, 제가 신통한 대답
을 하건 말건 그러한 것은 전하에게 있어선 아무것도 아닙니다.
임금님의 소청이시라면 저로선 바라지도 않던 행복이오며, 더구나
제 집으로 와주시면 더욱 영광으로 생각하겠습니다. 마침 시인도
노래부르고 있는 대로입니다.


오, 나의 벗이여, 도대체 그대는
덕망 높으신 그 임이
찾아오신 모습을
우러러 뵈었더냐, 또는 들었더냐?"


왕이 "나는 이의가 없다." 하고 말하자 여자는 아까 그 세 사람
과 똑같은 날짜를 약속하고는 자기 집을 가르쳐주었습니다.

—샤라자드는 날이 훤히 밝아오는 것을 깨닫자, 여기서 허락된

이야기를 그쳤다.

● 594일째 밤

샤라자드는 말을 이었다. 오, 인자하신 임금님, 그 여자는 집의 위치를 왕에게 가르쳐준 다음 경비대장과 판관과 대신과 똑같은 시각을 약속했습니다. 그 길로 여자는 목수에게로 가서 말했습니다. "위에서부터 차례차례로 아래로 넷으로 칸을 막은 장을 하나 만들어 주세요. 하나하나에 자물쇠를 단 문을 달고요. 비용을 말해 주시면 나중에 드리겠어요." 그러자 목수는 대답했습니다. "대금은 4디나르입니다. 그러나, 저, 훌륭한 아씨, 제 소청을 들어주신다면 일전 한푼도 받지 않겠습니다." "꼭 그래야만 하겠다면 자물쇠가 달린 칸막이가 다섯 있는 장을 하나 만들어주세요." 여자는 기일에 어김없이 장을 가지고 오라고 일렀습니다. "좋습니다. 저 아씨, 앉으세요. 이제 곧 만들어드릴 테니까요. 나중에 천천히 실례하기로 하고요."

그래서 여자가 옆에 앉자, 목수는 장을 만들기 시작했습니다. 다 만들자 여자는 이것을 자기 집으로 운반케 하여 거실에다 들여놓았습니다. 그리고 나서 여자는 네 벌의 잠옷을 가지고 물감가게로 가서 하나하나에 각기 다른 빛깔로 염색을 했습니다. 그것이 끝나자 이번엔 요리와 마실 것, 과일, 꽃, 향료 등의 준비에 착수한 것입니다.

만나기로 약속한 당일이 되자, 여자는 가장 좋은 비단옷을 입고 짙은 화장을 한 다음 몸에다가는 향을 피웠습니다. 그러고 나서 가지각색의 값비싼 양탄자를 거실에 깔아놓고, 손님들이 오기를 기다리고 있었습니다. 그러자 제일 먼저 누구보다도 일찍 모습을 나타낸 사람은 판관이었습니다. 여자는 그 모습을 보자 얼른 일어나서 그 앞에 엎드렸습니다. 그리고 손을 잡고 침상 위에 사이좋게 걸터앉아 함께 드러눕자, 서로 장난을 치며 희롱하기 시작했습니다. 이러고 있자니까 판관은 춘정이 복받쳐서 견딜 수가 없었습니다. 그러나 여자는 말하기를 "여보세요, 나리, 옷과 두건을 벗고 이 노란 잠옷으로 바꿔입으세요. 그 동안에 요리와 마실 것을 가지고 올 테니까요. 그 후에 천천히 소원을 풀어드리겠어요." 그렇게 말하면서 여자는 사나이의 옷과 두건을 벗기고서 잠옷과 머릿수건으로 갈아입혔습니다. 그런데 채 다 갈아입히기도 전에 뜻밖에 누군가 문을 쾅쾅 두들기는 사람이 있었습니다. 판관이 "누굴까? 문을 두들기는 놈은?" 하고 묻자 여자는 "제 남편이에요." 하고 대답했습니다. "어떻게 하면 좋지? 어디로 도망치지?" "걱정하실 거 없어요. 이 장 속에 숨겨드릴 테니까요." "어떻게 되건 잘해줘." 그래서 여자는 판관의 손을 잡고 제일 아래 칸으로 밀어넣고서 밖에서 자물쇠를 채워버렸습니다.

  그렇게 해놓고서 문간으로 나가보니 그곳에는 경비대장이 서 있지 않겠어요. 여자는 공손히 무릎을 꿇고서 그 손을 잡고서 객실로 안내하여 앉히고는 "나리, 이 집은 당신의 집, 이 방은 당신의 방, 그리고 저는 당신의 시녀입니다. 오늘은 하루종일 당신 상대가 되어 드리겠어요. 그럼 우선 그 옷을 벗으시고 이 빨간 덧옷을 입으세요. 잠옷이니까요." 여자는 남자의 옷을 벗기고서 빨간 잠옷을 입힌 다음 머리에는 있는 대로 누덕누덕 기운 넝마를 얹었습니다. 그리고 나서 침상에 나란히 앉아서 잠시 동안 서로 희롱하고 있었는데, 마침내 경비대장은 참다 못해 여자 쪽으로 손을 뻗쳤습니다. 그러자 여자가 말하기를 "오, 나리, 오늘 하루는 당신의 것. 아무도 방해할 사람이 없습니다. 그래도 우선 관대한 온정을 베푸시어 제 마음을 가라앉히기 위하여 오빠의 석방영장을 써주세요." 경비대장은 "좋고 말고. 내 머리와 눈에 맹세코!" 하고 말하고서 비서장 앞으로 보내는 한 통의 서한을 썼습니다. 『이 서한을 보는 대로 아무개를 즉각 석방하라. 회신할 필요없다.』 경비대장이 봉인하자 여자는 이것을 받았습니다. 그리고 나서 또 두 사람은 침상에서 희롱하기 시작했는데, 누군가가 문을 두들겼습니다. "누구야?" 경비대장이 묻자 여자는 "우리 남편이에요." 하고 대답했습니다. "어떻게 하지?” “제가 남편을 쫓아버리고 올 테니 그때까지 이 장 속에 들어가 계세요.” 여자는 바닥에서 두 번째 칸에 경비대장을 처넣고서 밖에서 자물쇠를 채워버렸습니다. 그 안에서 판관은 두 사람의 이야기를 하나도 빼놓지 않고 듣고 있었습니다.

여자는 현관으로 가서 문을 열었습니다. 그러자 들어온 것은 대신입니다. 여자는 그 앞에 무릎을 꿇고 자못 공손하게 맞이하며 “오, 나리, 모처럼 누추한 집으로 왕림해주시어 정말 영광이옵니다. 알라시여, 부디 대신님의 총애를 뺏지 않으시기를!” 그러고 나서 대신을 침상에 앉히고서 “저, 나리, 그 무거운 옷을 벗으시고 이 가벼운 것을 입으세요.” 하고 말했습니다. 대신이 옷과 두건을 벗어버리자, 여자는 파란 잠옷을 입힌 다음 운두가 높은 새빨간 모자를 씌워주었습니다. “아까 그 옷은 대신의 관복이오니 근무시에만 입으세요. 이 가벼운 옷을 입으시는 편이 마시고 떠들고 또 쉬시는 데 퍽 편리하실 것입니다.”

그러고 나서 두 사람은 서로 회롱하기 시작했는데, 대신은 소망을 이루고 싶어서 견딜 수가 없었습니다. 그러나 여자는 “여보세요, 나리, 그렇게 서둘지 않으셔도 이제 곧,” 하며 교묘하게 받아넘겼습니다. 그런 정담을 서로 나누고 있는데 문을 톡톡 두들기는 사람이 있습니다. 대신이 “누구인가?” 하고 묻자 여자는 “제 남편이에요.” 하고 대답했습니다. “어떡하지?” “이 장 속에 들어가 계세요. 그 사람을 쫓아버리고 곧 돌아올 테니까. 걱정 마세요.” 그래서 여자는 대신을 세 번째 칸에 처넣고서 밖에서 자물쇠를 채우고는 밖으로 나와 현관문을 열었습니다. 그러자 이게 웬 떡입니까, 들어온 것은 다른 사람 아닌 국왕 그 자신이 아니겠습니까! 여자는 왕의 모습을 보자마자, 어전에 엎드려 그 손을 잡고 객실로 안내하여 침상 상단에 앉혔습니다. 그리고 나서 왕에게 말하기를 “오, 임금님, 정말 이 이상의 영광은 없습니다. 비록 이 세상이나, 이 세상에 있는 것을 모두 임금님께 바친다 하더라도 제 누추한 집으로 행차하신 한 걸음에도 미치지 못할 것입니다.”

─샤라자드는 날이 훤히 밝아오는 것을 깨닫자, 여기서 허락된 이야기를 그쳤다.


● 595일째 밤

샤라자드는 말을 이었다. 오, 인자하신 임금님, 국왕이 여자의 집으로 들어서자 여자는 말했습니다. "비록 이 세상이나, 이 세상에 있는 것을 모두 임금님께 바친다 하더라도 제 누추한 집으로 행차하신 한 걸음에도 미치지 못할 것입니다." 그리고 왕이 침상에 앉자 여자는 말을 이어 "한 마디 말씀드릴 것이 있습니다." "뭣이든 말해보라." "임금님, 제발 마음을 푹 놓으시고, 옷과 두건을 벗으십시오." 그런데 어의는 1000디나르나 하는 것인데, 왕이 옷을 벗어 던지자 여자는 고작해서 10디르함 정도의 꿰맨 잠옷을 입히고서 정담을 나누기도 하고, 희롱하기도 하기 시작했습니다. 그 동안 장 속의 사람들은 자초지종을 놓치지 않고 듣고 있었는데, 누구 하나 감히 소리치는 사람은 없었습니다.

이윽고 왕은 여자의 목덜미에 손을 걸치고 욕정을 충족시키려고 했지만 여자는 말했습니다. "꼭 마다고는 말씀드리지 않을 터이오니 이제 좀더 참아주십시오. 저는 그전부터 이 방에서 우선 임금님을 모실려고 생각하고 있었습니다. 게다가 전하에게 만족을 드릴 수 있는 것도 가지고 있습니다." 두 사람이 옥신각신하고 있는데 마침 또 그때 누군가가 문을 두들겼으므로 왕은 물었습니다. "저건 누구냐?" "제 남편이옵니다." 여자가 대답하자 왕은 다시 "납득시켜 자기 쪽에서 물러나도록 하라. 그렇지 않으면 내가 나가서 억지로라도 쫓아버리겠다." "안되십니다, 임금님, 제발 잠시 진정하십시오. 제가 잘 구슬려서 쫓아버릴 테니까요." "그렇다면 이 몸은 도대체 어떻게 하면 좋단 말이냐?" 하고 왕이 묻자 여자는 왕의 손을 잡고 장 네 번째 칸 속으로 처넣고서 밖에서 자물쇠를 채워버렸습니다.

그러고 나서 나가서 문을 열자, 예의 목수가 들어와서 인사를 했습니다.

"당신이 만들어준 이 장은 도대체 왜 이 모양이오?" 하고 여자가 말하자 목수는 "마님, 왜 그러십니까?" 하고 물었습니다. "제일 위쪽 칸이 너무 좁아." "그럴 리가 있겠습니까?" "그럼 당신이 들어가보라구. 도무지 들어갈 수가 없을 테니." "네 사람이 들어가도 넉넉합니다." 하고서 목수는 다섯 번째 칸으로 들어갔습니다. 그 순간 여자는 밖에서 문에 자물쇠를 채웠습니다. 그러고 나서 경비대장의 서한을 가지고 비서장에게 가자, 비서장은 이것을 읽고서 그 취지를 깨닫고는 서한에 입을 맞추고서 정부를 석방했습니다. 여자가 지금까지의 자초지종을 전부 털어놓자 정부는 "그럼, 이제부터 어떻게 하면 되지?" 하고 물었으므로 여자는 대답했습니다. "다른 도시로 이사갑시다. 이런 짓을 해놓았으니 이곳에서 꾸물거리고 있을 순 없잖아요." 그래서 두 사람은 가재도구 일체를 꾸려가지고, 이것을 낙타에 싣고서 곧 다른 도시로 도망쳤습니다.

이야기가 바뀌어, 다섯 사나이들은 꼬박 사흘 동안 물 한 모금도 못 마시고 장 속에 갇힌 채 살고 있었습니다. 그 동안 모두는 오줌이 마려워도 참을 대로 참아왔습니다만 마침내 목수는 더는 참을 수가 없었습니다. 그래서 국왕 머리 위에다 죽죽 오줌을 쌌으므로 왕은 또 왕대로 대신의 머리 위에, 대신은 경비대장의 머리 위에, 경비대장은 또 판관의 머리 위로 차례차례로 오줌을 쌌으므로 판관은 큰 소리를 지르며 외쳤습니다. "이 무슨 더러운 꼴인가? 이만큼 고생을 겪고 보니 지긋지긋하구나. 거기다 오줌까지 끼얹을 게 뭐람." 경비대장은 판관의 목소리를 알고는 외쳤습니다. "여보 판관, 알라께서 그대에게 상을 많이 내리시도록 빌겠소!" 판관은 그 목소리를 듣고서 경비대장이라는 것을 알았습니다. 이윽고 경비대장은 목소리를 돋구어 외쳤습니다.

"가슴 속이 메슥메슥한 것은 도대체 어찌 된 셈일까?" 그러자 대신이 "여보시오, 경비대장, 알라께서 그대에게 더 많은 상을 주시라고 빌겠소!"하고 말했으므로 경비대장은 상대방이 대신임을 알았습니다.

이윽고 이번에는 대신이 목소리를 돋구어 "왜 이리 가슴 속이 메스꺼울까?"하고 외쳤습니다. 국왕은 그 외치는 소리를 듣자 곧 대신의 목소리라는 것을 알았습니다. 그러나 자기가 있다는 것을 알까봐 꾹 입을 다물고서 참고 있었습니다. 이윽고 대신이 "제기 랄! 그년한테 단단히 당했군! 그년은 고관들을 모두 꾄 셈이야. 임금님만 빼놓고."하고 말하니 왕은 자기도 모르게 소리쳤습니다. "닥쳐라, 내가 제일 먼저 그 갈보년한테 걸려들었다." 그러자 목수 는 목수대로 "아니, 내가 뭘 했다는 거야? 나는 금화 4닢을 받기 로 하여 장을 만들어주었을 뿐이야. 삯을 받으러 왔더니 나를 홀 려서 이 장 속에 처넣고서 밖에서 자물쇠를 채워버렸어."하고 외 쳤습니다. 일동은 서로 푸념을 하며, 분해 하는 왕의 비위를 맞추 기도 하고, 달래기도 했습니다.

잠시 후 이웃사람들이 이 집으로 와서 인기척이 없는 것을 보고 서 이구동성으로 말했습니다. "바로 어제까지 이웃의 이러이러한 아씨가 있었는데, 오늘은 집 안이 텅 빈 것이 아무도 없군. 문을 뜯고 안의 모양을 조사해봅시다. 이 일이 경비대장이나 국왕에게 알려지게 되어 우리들이 감옥에 갇히게 된 후 그때 왜 그런 짓을 했을까 하고 후회해본댔자 소용없을 테니까."그래서 일동은 문을 때려부수고서 객실로 들어갔습니다. 그러자 커다란 나무 장이 있 고, 그 속에서 아유 배고파 죽겠다, 목이 말라 죽겠다 하며 낑낑 대고 있는 사람들의 목소리가 들려왔습니다. 이웃 사람 중의 하나 가 "이 장엔 마귀라도 들어 있는 게 아닌가?"하고 말하자 다른 사람은 "옳지, 주위에다 장작을 쌓아놓고 불을 질러버립시다."하 고 대답했습니다. 판관은 이 말은 듣자 "그만 둬!"하고 외쳤습니 다.


──샤라자드는 날이 훤히 밝아오는 것을 느끼자, 여기서 허락된

이야기를 그쳤다.




샤라자드는 말을 이었다. 오, 인자하신 임금님, 이웃 사람들이 장 둘레에다 장작을 쌓아놓고 태워버리자고 말하자 판관은 "그만둬라!" 하고 외쳤습니다. 그러자 일동은 서로 "아냐, 마귀놈들이 사람 탈을 쓰고 사람 목소리를 흉내내고 있는 거야." 하고 말했습니다. 이 말을 들은 판관은 몇마디의 코란을 외우고서 그들에게 말을 건넸습니다. "우리들이 들어 있는 장 앞으로 가까이 오라." 그들이 옆으로 다가가자 판관은 또다시 말했습니다. "나는 이러이러한 판관인데, 그대들은 아무개 아무개가 아닌가. 그러니까 우리들은 다 친구들이야." "도대체 누가 이런 곳에다 당신들을 처넣었지?" 이웃 사람들이 묻자 판관은 자초지종의 경위를 들려주었습니다. 그래서 일동은 목수를 불러다가 다섯 개의 문을 열고는 해괴하기 짝이 없는 꼴을 하고 있는 판관과 대신, 경비대장, 국왕 그리고 목수를 밖으로 내주었습니다. 다섯 사람은 제각기 다른 사람이 해괴한 꼴을 하고 있는 것을 보고 배를 움켜쥐고서 웃어댔습니다. 그런데 그 여자는 다섯 사람의 옷을 가지고 도망을 쳤기 때문에 다섯 사람 다 자기 집으로 사람을 보내 옷을 가져오게 했습니다. 그리고 이것을 입고서 마을 사람에게 들키지 않도록 얼굴을 가리고서 밖으로 나갔습니다.

"그래서 임금님(하고 대신은 말했습니다), 이 여자가 모두에게 그 얼마나 심한 장난을 했는지 전하도 아셨을 것입니다. 게다가 이런 이야기도 신은 들었습니다."

## 세 가지 소원
### —'신의 밤'을 보고 싶어했던 사나이 이야기

긴 일생 동안 늘 '신의 밤'('거룩한 밤'이라는 뜻. 시기는 이슬람교역 9월의 마지막 10일 중의 하루. 이날 밤에는 천국의 문이 열리고, 기원이 이루어진다)을 보고 싶어한 사나이가 하나 있었습니다. 그런데 어느 날 밤 하늘을 쳐다보고 있자니까, 천사들의 모습이 보이고, 천국의 문도 활짝 열려 있는 것이 보였습니다. 온갖 만물이 각기 자기 자리에 앉아서 주 앞에 무릎을 꿇고 있었습니다. 그래서 그 사나이는 자기 마누라에게 말했습니다. "여보, 마누라, 알라의 덕택으로 정말 신의 밤을 보았소. 보이지 않는 세계에서 세 가지 소원을 성취시켜주시겠다는 신탁이 있었어. 세상 일은 의논껏 하랬다고 무엇을 부탁드리면 좋을지 어디 당신 의견을 좀 들어봅시다." 그러자 마누라는 대답했습니다. "저, 여보, 남자다운 멋이니 즐거움이니 하는 것은 남자의 연장에 있어요. 그러니 말이오, 당신의 그것을 아주 크게 해주십사 하고 빌어봐요."

남편은 두 손을 하늘 쪽으로 뻗치고서 빌었습니다. "오, 알라시여, 제 양물을 길게, 굵게 해주십시오!" 말이 채 끝나기도 전에 남편의 연장은 삽시에 기둥처럼 커져서 앉을 수도 설 수도 없을 뿐더러, 그 자리에서 꼼짝도 할 수 없게끔 되어버렸습니다. 이윽고 남편이 마누라에게로 달려들어 소원을 풀려고 하자, 마누라는 남편을 피해 이리저리 달아나는 형편이었습니다. 그래서 남편이 "이봐, 색골마누라야, 어떻게 하면 좋아? 네가 색골이어서 네가 그렇게 해달라고 하잖았어!" 하고 호통을 치자 마누라도 지질 않습니다. "당치 않은 소리. 누가 이렇게 길고 굵게 해달라고 그랬어요. 문도 좁아서 지나갈 수가 없잖아요. 좀 작게 해주십사 하고 빌어봐요."

그래서 남편은 하늘을 우러러보며 "오, 알라시여, 아무쪼록 이것을 없애버리시고, 저를 구해주옵소서.” 하고 외었습니다. 그러자 즉시로 그 장대는 흔적도 없이 사라지고 평평한 절벽이 되고 말았습니다. 마누라는 그 꼴을 보고서 말했습니다. “이젠 당신 같은 건 소용없어요. 마치 내시처럼 잘리어졌구려. 있어야 할 것이 없어졌구려.” “이러구저러구간에 이게 모두 다 네년의 쓸데없는 잔꾀와 경솔한 충고 때문이야. 나는 알라께서 주신 세 가지 소원으로 이 세상에서도 저 세상에서도 행복하게 지내기로 되어 있었다 그 말이다. 그런데 벌써 둘은 네년의 색골 근성의 덕택으로 쓸데없이 되고 말았다. 남은 것은 하나 밖에 없어.” “최고지상하신 신에게 그전대로 되돌려 보내주십사고 비세요.” 그래서 남편이 알라에게 빌자 연장은 원형으로 되돌아갔습니다. 이렇듯 이 사나이는 여자의 쓸데없는 잔꾀와 어리석은 욕심 때문에 무참히도 세 가지 소원을 허탕치고 말았습니다.

“이것은, 임금님(하고 대신은 말했습니다), 여자에겐 분별이 없다는 것, 하는 말이 이치에 맞지 않을 뿐더러 하는 짓도 어리석기 짝이 없다는 것을 잘 알아주십사 하는 뜻에서 말씀드린 것입니다. 게다가 또 여자의 잔꾀를 진정으로 받아들이면 큰일난다는 것도 알아주십사 하는 뜻에서 말씀드렸습니다. 그래서 여자들의 입방아에 넘어가서 마음의 골인 아드님을 죽이셔선 안됩니다. 아드님은 전하께서 서거하신 후 유훈을 후대에 깊이 전하실 분이 아닙니까?” 왕은 대신의 말을 듣고서 왕자의 사형을 중지시켰습니다.

그러나 이레째가 되자, 애첩이 엉엉 울면서 어전으로 사후하여, 왕의 어전에서 큰 모닥불을 피워놓고 이제라도 당장 그 속으로 몸을 던질 듯한 태도를 보였습니다. 그래서 사람들이 애첩을 말리면서 어전으로 끌고 가니 왕은 “왜 또 그런 짓을 하는건가?” 하고 물었습니다. 그러자 여자는 대답했습니다. “왕자님에게 제 한을 풀어주시지 않으면 이 불 속에 몸을 던져 부활의 날에 이 허물을 임금님에게 지울 작정입니다. 왜 그런고 하니 저는 살기가 정말 싫어졌기 때문입니다. 여기 오기 전에 유언장을 쓰고, 재산은 희사하고, 죽어버릴 결심이었습니다. 나중에 임금은 후회하시게 될 것입니다. 신앙심이 두터운 목욕탕지기 여자를 벌주신 임금님이 후회하신 것처럼 말입니다." "그건 또 무슨 이야기인고?" 하고 왕이 묻자 애첩은 대답했습니다. "네, 임금님, 이런 이야기를 들은 적이 있습니다."


## 도둑맞은 목걸이


옛날에 오로지 신의 길에 귀의한 신앙심이 굳은, 속세를 등진 여자가 하나 있었습니다. 그런데 평소 어느 임금님의 궁전에 출입할 수 있는 허락을 받고 있었습니다. 궁전의 높은 분들은 이 성녀에게 접하여 축복을 받고 있었으므로 모두 이 여자를 대단히 사모하고 있었습니다.

어느 날 여자는 언제나처럼 궁전으로 들어와 왕비 옆에 앉았는데 이윽고 왕비는 1000디나르나 하는 목걸이를 여자에게 주고서 말하기를 "여보시오, 나는 이제 목욕하러 갈 터이니 돌아올 때까지 이것을 좀 맡아주시오." 왕비가 궁전 안에 설치된 목욕탕으로 들어가자, 신앙심이 굳은 여자는 왕비가 사라진 방에 그대로 남아서 왕비가 돌아오기를 기다리고 있었습니다. 그리고 기도용 깔개 위에 그 목걸이를 놓고서 기도를 올리기 시작한 것입니다. 열심히 기도를 올린 다음 화장실에 간 사이에 한 마리의 까치가 날아와서 목걸이를 채어 궁전 벽 한쪽 구석 틈에다 그것을 감췄습니다.

왕비는 목욕탕에서 나와 여자에게 목걸이를 달라고 말했습니다. 여자는 여기저기 찾았지만 간 데가 없습니다. 어디로 갔는지 전혀 눈에 띄지 않습니다. 여자는 왕비에게 말했습니다. "왕비님, 알라께 맹세코 아무도 여기 들어온 사람이 없었습니다. 당신한테서 목걸이를 받자 저는 그것을 기도용 깔개 위에 놓았습니다. 누군가 하인의 눈에라도 띄어 기도를 올리고 있는 동안에 몰래 훔쳐갔는지도 모르겠습니다. 아시는 분은 전능하신 알라뿐이십니다!"

자초지종을 듣게 된 왕은 그 여자에게 단근질과 무서운 매질을 하여 자백하게끔 하라고 왕비에게 명령했습니다.

—샤라자드는 날이 훤히 밝아오는 것을 깨닫자, 여기서 허락된 이야기를 그쳤다.

● 597일째 밤

샤라자드는 말을 이었다. 오, 인자하신 임금님, 왕이 여자에게 단근질과 심한 매질을 가하여 추궁하라고 명령하자, 일동은 온갖 고문을 다하여 여자를 닦달했습니다. 그러나 자백시킬 수도, 그렇다고 해서, 다른 사람에게 죄를 덮어 씌울 수도 없었습니다. 이윽고 왕은 여자를 옥에 가두어 수갑과 차꼬를 채우라고 명령했으므로, 일동은 분부대로 했습니다.

이 일이 있은 후, 어느 날 밤, 왕이 왕비를 데리고 냇물이 졸졸 흐르는 궁전 안 안뜰에 앉아 있노라니까 예의 그 까치가 벽 한쪽 구석 틈으로 날아 들어가서 목걸이를 끌어내고 있는 것이 눈에 띄었습니다. 왕이 옆에 있던 한 시녀에게 큰 소리로 외치니, 시녀는 까치를 잡아 목걸이를 뺏었습니다. 이 때문에 왕은 그 신앙심이 굳은 여자에게 죄를 지었다는 것을 깨닫고서 자기의 실수를 후회했습니다. 왕은 곧 그 여자를 궁전에 들라고 한 다음 그 머리에 입을 맞추고서 눈물로써 용서를 빌었습니다. 게다가 금은을 듬뿍 주라고 명령했지만 여자는 이것을 거절하여 무엇 하나 받으려고 하지 않았습니다. 그러나 여자는 왕을 용서하고 두 번 다시는 남의 집의 문턱을 넘지 않으리라고 맹세하면서 그곳을 떠났습니다. 여자는 그 후 산들과 골짜기를 방랑하며 죽을 때까지 신을 섬기었습니다. 전능하신 알라시여, 부디 그 여자에게 자비를 베풀어주옵소서!

"또 남자분들의 흉계에 관해서는(하고 애첩은 이야기를 이었습니다), 임금님, 이런 이야기도 전해지고 있습니다."


## 두 마리의 비둘기


옛날, 한 쌍의 비둘기가 겨울 동안에 자기들 둥지에다 밀과 보리를 잔뜩 저축했습니다. 여름이 되자, 식량은 자꾸만 감소되어 점점 식량이 떨어지게 되었습니다. 수놈이 마누라에게 "네가 이것을 먹었구나?" 하고 묻자 마누라는 "아뇨, 천만에요, 손 댄 적도 없어요!" 하고 대답했습니다. 그러나 남편은 아내의 말을 믿지 않았습니다. 깃으로 때리고 주둥이로 쪼고 하며 마침내 죽여버렸습니다.

추운 겨울이 오자, 곡식은 또다시 불어서 그전대로 되었으므로 수비둘기는 까닭없는 죄로 마누라를 죽인 것을 깨닫고서 후회해본댔자 소용없는 후회를 했습니다. 그래서 수비둘기는 죽은 마누라 옆에 몸을 던지고서 비탄에 젖어 식음을 전폐하여 끝내는 병에 걸려 덧없이 죽어버렸습니다.

"그러나(하고 애첩은 이야기를 이었습니다), 저는 아직까지의 어떠한 이야기보다도 몇 배 터무니없는 남자분들의 흉계에 관한 이야기를 알고 있습니다." "그럼 어디 그 이야기를 들어보자." 왕의 이 말에 애첩은 대답했습니다. "임금님, 저는 이런 이야기를 들은 적이 있습니다."


## 베람 왕자와 알 다트마 공주 이야기


옛날에 한 공주가 있었는데, 용모며 균형이 잡힌 체격이며 요염한 맵시며 또 그 나긋나긋한 허리며 남자를 황홀케 하는 그 말투며 당대에 이를 따를 여자가 없을 정도였습니다. 그 이름을 알 다트마라고 하여 평소부터 입버릇처럼 '당대에 나를 능가할 여자라고는 아무도 없어.' 하고 뽐내고 있었습니다. 게다가 마술에다 무술, 또 기사의 교양에 필요한 온갖 것에 있어서도 이 공주만큼 조예가 깊은 사람도 없었습니다.

그러한 까닭으로 세상의 왕자라는 왕자는 모두 공주를 자기 아내로 맞이하려고 서로 다퉜지만 왕녀 본인은 모두를 거절하며 말했습니다. "화려한 싸움터에서 정정당당하게 창술과 검술을 다투어 나를 이기지 않는 한 나는 어떠한 남자하고도 결혼 안해요. 그만한 실력이 있는 분이라면 기꺼이 그분의 아내가 되어드리겠어요. 하지만 만일 내가 이기면 말도 옷도 무기도 몰수하여 '이 자는 알 다트마의 손에 의하여 해방된 노예로다' 하는 낙인을 이마에다 찍겠어요."

자, 왕자들은 원근의 나라에서 왕녀에게로 달려왔습니다만, 왕녀는 그들을 모두 격파하여 무기를 빼앗고, 낙인을 찍어 톡톡히 창피를 주었습니다.

그러던 중 페르시아 인의 왕 중 왕이라는 평판을 떨친 자의 후계자로, 그 이름을 베람 이븐 타지라는 왕자가 이 공주의 소문을 듣고서, 부하와 말과 많은 금은과 훌륭한 재보를 가지고, 멀리 공주의 부왕의 궁전을 향하여 여행길에 올랐습니다. 왕자는 도성 가까이 오자, 부왕에게 호화로운 선물을 보냈기 때문에 국왕도 또한 마중나가 더없이 예를 다하여 맞았습니다. 이어 왕자는 자기 대신을 시켜 국왕에게 전갈을 보내, 공주를 아내로 맞이하고 싶다는 뜻을 전했습니다. 그러나 왕은 대답했습니다. "젊은 왕자님, 딸애 알 다트마의 혼인에 관해선 말이오, 나에게 아무 권한도 없소이다. 왜 그런고 하니 딸애는 시합장에서 지지 않는 한 아무에게 시집가지 않겠다고 굳은 맹세를 세우고 있기 때문이오." 왕자가 "제가 멀리 부왕의 궁전을 떠나 여기까지 온 것도 실은 공주를 아내로 맞이하고 싶다는 일념에서입니다. 혼담을 허용하시어 전하와 앞으로 길이 서로 돕고 나갔으면 하는 생각 간절합니다.” 하고 말하자 왕은 “그렇다면 내일 딸애와 만나게 해드리리다.” 하고 대답했습니다.

그 이튿날, 왕이 사람을 보내 공주를 불러들이자, 공주는 일전을 맞이할 준비를 하여 갑옷으로 무장을 갖추었습니다. 또 시민들은 마상창술시합이 개최된다는 소문을 듣고서 사방에서 시합장으로 모여들었습니다. 얼마 안되어 공주가 갑옷과 투구로 몸을 무장하고서 시합장으로 말을 몰고 들어오자, 페르시아의 왕자도 만반의 무장을 갖추고서 단신 말을 몰고 장내로 들어섰습니다. 이윽고 두 사람은 서로 창을 맞대고서 일진일퇴 비술을 다하여 장시간 싸움을 계속했습니다. 그러는 동안 공주는 상대방이 이제껏 상대한 자 중 최강자임을 깨닫고서 여러 사람이 보는 싸움에 져서 창피를 당하면 어쩌나 하고 걱정이 되었습니다. 결국 지고 말겠다고 깨닫자 공주는 상대방을 속이려는 결심을 하고서 갑자기 면갑을 쳐들었습니다. 그러자, 아니 이건, 보름달보다도 아름다운 얼굴이 나타나니, 그 요염한 아름다움에 왕자는 넋을 잃고 말아 나른하게 힘이 빠지고, 용맹심도 맥을 잃고 말았습니다. 공주는 그 모양을 간취하자 바로 이때다 싶어 상대방의 허를 찔러 그 틈을 타서 덤벼들어 다짜고짜로 말에서 끌어내렸습니다. 왕자는 마치 독수리의 발톱에 잡힌 참새새끼처럼 꼼짝을 못하고는, 놀람과 낭패 끝에 무슨 일을 당했는지조차도 몰랐습니다. 그래서 공주는 상대방의 말도 옷도 갑옷도 뺏고는 낙인을 찍고서 놓아주었습니다.

한편 왕자는 망연자실한 상태에서 제정신이 들자, 며칠 동안 자기의 혼을 뺏은 공주가 원망스럽기도 하고, 그립기도 하여 음식을 끊고 잠도 이루지 못했습니다. 이윽고 왕자는 노예를 시켜 부왕에게로 서한을 보내 자기는 왕녀를 제 것으로 하거나, 그렇지 않으면 사랑에 시달려 죽어버리거나 하기까지는 귀국하지 않겠다고 하는 결의를 써 보냈습니다. 부왕은 이 서한을 받자 자기 아들의 신상이 몹시 걱정되어 군병을 파견해서라도 왕자를 구출하리라고 결심했습니다. 그러나 대신들은 여러 가지로 간언하여 이 계획을 취소하고 참으라고 설득한 것입니다. 그래서 왕은 전능하신 알라의 뜻에 모든 것을 맡겼습니다.

이야기가 바뀌어, 왕자는 어떻게 해서든지 소망을 이룰 수 있는 방도는 없을까 하고 열심히 머리를 짜냈습니다. 그러고 나서 얼마 후에 본래의 새까만 수염 위에 하얀 수염을 붙이고서 다 늙어빠진 늙은이로 변장하고서 공주가 낮에 잘 다니는 정원으로 나갔습니다. 그리고 왕자는 정원지기를 찾아내어 이렇게 말했습니다. "나는 먼 타국에서 온 나그네인데, 젊었을 때부터 죽 정원사였습니다. 나무를 접붙이기도 하고, 과일과 꽃을 기르기도 하고 포도를 손질하는 데 있어서는 나를 따를 사람이 없습니다." 정원지기는 이 말을 듣자 크게 기뻐하며 곧 정원 안을 안내하여 허드렛일을 하는 일꾼들에게 소개했습니다. 이렇듯 왕자는 정원 손질과 정원목의 관리, 과일의 개량, 그 밖에 또 페르시아식 수차의 수선과 관개수로의 처리 따위와 같은 일에 종사했습니다.

어느 날, 왕자가 일에 정진하고 있으려니까 뜻밖에 몇 명의 노예들이 양탄자며 그릇을 실은 당나귀를 끌고 정원으로 들어서는 것이 보였습니다. 그래서 어찌 된 일이냐고 왕자가 묻자 일동은 대답했습니다. "공주님께서 소풍을 나오신거라우." 왕자는 이 말을 듣고서 서둘러 자기 숙소로 돌아갔습니다. 그리고 고국에서 가지고 온 보옥과 장식물을 몇 들고서 돌아오자, 정원에 앉아 이것을 눈앞에 펴놓고서 몸을 떨면서 자못 늙은이 시늉을 하고 있었습니다.

—샤라자드는 날이 훤히 밝아오는 것을 깨닫자, 여기서 허락된 이야기를 그쳤다.

● 598일째 밤

샤라자드는 말을 이었다. 오, 인자하신 임금님, 페르시아 왕의 왕자는 늙어빠진 늙은이로 변장하여 정원에 걸터앉아 보옥과 장식물을 눈앞에 펼쳐놓았습니다. 그리고 늙어빠진 탓이기나 한 것처럼 몸을 덜덜 떨고 있었습니다. 잠시 후에 한 무리의 처녀와 내시들이 공주를 둘러싸고서 안으로 들어왔는데, 공주의 모양은 마치 군성 속에 달만 같았습니다. 일동은 이리저리 흩어져 과일을 따기도 하고, 꽃을 즐기기도 했습니다.

이윽고 어느 나무 그늘에 한 사나이가 앉아 있는 것이 공주의 일행의 눈에 띄었습니다. 일동이 가까이 가서 보니(그것은 왕자였습니다만) 대단히 늙은 늙은이였으며, 손발이 노쇠하여 부들부들 떨고 있는데, 눈 앞에는 보옥과 굉장한 장식물이 많이 펼쳐져 있었습니다. 일동은 그 모양을 의아하게 생각하고, "도대체 그 보옥을 어떻게 할 셈이오?" 하고 물었습니다. 그러자 왕자는 "이 보물로 당신들 가운데서 하나를 사서 아내로 삼을 생각이오." 하고 대답했습니다. 처녀들은 깔깔대며 말했습니다. "만일 누가 당신하고 결혼한다면 당신은 어떻게 할 작정이에요?" "한 번 입을 맞춘 다음 곧 이혼하겠소." 하고 왕자가 대답하자 공주는 "그럼, 이 애를 아내로 드리겠어요." 하고 말했으므로 노인인 왕자는 일어서서 지팡이에 몸을 의지하여 몸을 떨고 비틀거리면서 그 처녀에게도 다가갔습니다. 그리고 입을 맞추자 보석과 장식물을 주었습니다.

이튿날도 일동이 또다시 정원으로 나가보니, 어제보다도 더 많은 보석과 패물을 눈앞에 늘어놓고 있었으므로 "저, 영감님, 이 보석을 어떻게 할 작정이세요?" 하고 물었습니다. 그러자 왕자는 "어제와 마찬가지로 당신들 가운데서 하나를 아내로 하나 맞이하고 싶소. 이 물건을 다 줄 테니까." 하고 대답했습니다. 그래서 왕녀가 "그럼, 이 애를 드리겠어요." 하고 말하자 왕자는 그 처녀에게로 다가가 입을 맞춘 다음 보석과 패물을 주었습니다. 그러고 나서 일동은 그 자리를 떠났습니다.

그런데 시녀들에게 몹시 인심이 좋은 것을 보고서 공주는 마음 속으로 생각했습니다. "저런 애에게 비하면 내 쪽이 훨씬 더 저 보물을 가질 자격이 있을 거야. 받아도 별로 상관없을 거야." 그래서 날이 밝자마자 공주도 시녀 복장을 하고서 자기 방을 빠져나와 혼자서 정원으로 나갔습니다. 그리고 몰래 왕자 앞으로 와서 "여보세요, 할아버지, 전 공주님의 분부로 왔어요. 할아버지와 결혼하라고 해서요." 하고 말했습니다. 왕자는 뚫어져라 하고 상대방을 바라보고서 그 정체를 알아챘으므로 "기꺼이 드리겠어요." 하고 말하고서 가장 아름답고 비싼 보석과 패물을 주었습니다. 그러고 나서 입을 맞추려고 천천히 일어섰는데 공주는 안심하고 완전히 방심하고 있었습니다. 왕자는 옆으로 접근하자 별안간 공주를 꽉 껴안고서 앗 하고 소리칠 사이도 주지 않고 땅바닥에 자빠뜨리고 처녀를 빼앗고 말았습니다.

그러고 나서 왕자는 얼굴에 붙인 가짜 수염을 떼어버리고서 말했습니다. "나를 모르시겠어요?" "당신은 누구세요?" 공주가 되묻자 왕자는 "나는 패가망신한 페르시아의 왕자 베람입니다. 당신 때문에 집으로도, 나라로도 돌아갈 수 없고, 당신에게 반하여 자신의 보물마저 서슴지 않고 선뜻 남에게 주어버렸습니다." 공주는 말없이 왕자의 몸을 떠다밀고 일어서서 대답이라고는 한 마디도 하지 않았습니다. 그도 그럴 것이 뜻밖의 일에 정신이 얼떨떨했으며, 부끄러운 나머지 잠자코 있는 것이 상책이라고 생각했기 때문입니다. 그러나 마음속으로는 여러 가지로 생각한 끝에 이렇게 중얼거렸습니다. '자살을 한다 해도 보람도 없는 일이고, 그렇다고 해서 상대방을 죽여본댔자 나에게 득이 될 것도 없고.' 그리고 곧 또다시 덧붙였습니다. '저 사람의 나라로 함께 도망을 칠밖에 딴 길이 없어.' 그래서 공주는 금은과 보물을 긁어모으는 한편 왕자에게는 사자를 보내 그 뜻을 알리고, 당신도 금은과 필요한 물건을 갖춰두라고 전했습니다. 준비가 끝나자 두 사람은 어느 날 밤 몰래 여행길에 오르자고 짜두었던 것입니다.

그날이 되자 두 사람은 발이 빠른 말을 타고 야음을 이용하여 빠져나와 날이 밝기 전에 멀리까지 도망을 쳤습니다. 이렇듯 자꾸만 앞을 서둘러 마침내 페르시아 인의 나라로 들어서 왕자의 부왕의 수도도 지척간에 보이는 곳에까지 오게 되었습니다. 국왕은 왕자의 귀국 소식을 전해듣자, 장병을 이끌고 마중나와 오랫만의 대면을 아주 기뻐했습니다. 그러고 나서 이삼 일이 지나서 왕은 공주의 부친에게 훌륭한 선물을 보내고 서한을 곁들여 공주는 현재 이곳에 체류중인 바, 결혼준비를 하는 것이 좋겠다는 뜻을 전했습니다. 공주의 부왕은 아주 기뻐하며 사자의 일행을 맞아들였습니다(그도 그럴 것이 자기 딸은 꼭 죽었다고 생각하고는 몹시 그 죽음을 슬퍼하고 있었으니 말입니다). 그러고 나서 결혼 잔치를 베풀고는 판관과 증인 등을 불러 공주와 페르시아 왕자와의 결혼계약서를 작성케 했습니다. 또 사자의 일행에게는 어의를 하사한 다음 공주의 혼수감을 마련하여 공주에게 보냈습니다. 한편 베람 왕자는 죽음이 찾아와 사이를 갈라놓을 때까지 공주와 함께 화목하게 산 것입니다.

"그래서 말입니다. 임금님, 잘 생각해보십시오."(하고 애첩은 말을 이었습니다) "남자분이라는 것은 이렇게 감언이설에 능하여 여자를 그럴싸하게 속이는 족속들이란 말이에요. 그래도 저는 죽는 날까지 옳은 말을 다하고 죽을 것입니다." 그래서 왕은 또다시 자기 아들을 사형에 처하라고 명령했습니다. 일곱 번째 대신이 어전에 사후하여 마루에 엎디어 말했습니다. "오, 임금님, 죄송하옵니다만 신 두서너 가지 진언할 일이 있사오니 잠시 참으시고 들어주십시오. 참을성이 많고, 굼뜬 사람들이 소기의 목적을 달성하는 반면 정말로 많은 성급한 사람들이 비참한 경지에 빠지고 마는 수가 많습니다! 그런데 보기에 이 여자는 거짓말을 늘어놓아 임금님을 부추기어 세상에서도 무서운 잔악무도한 행위를 권하고 있습니다만 신이, 즉 임금님의 수많은 은총을 입어온 신이 충성어린 참된 충고의 말씀을 드릴까 하옵니다. 그도 그럴 것이, 임금님, 신은 다른 아무도 모르는 여자의 괘씸한 간계와 잔꾀를 알고 있기 때문이며, 특히나 이번 사건에 관해서는 노파와 상인의 아들에 관한 교훈이 아주 풍부한 이야기를 듣고 있습니다.”“그럼, 대신, 그 두 사람 사이에 어떠한 일이 생겼단 말인고?” 하고 왕이 묻자 일곱 번째의 대신은 대답했습니다. “임금님, 신은 다음과 같은 이야기를 들은 적이 있습니다.”


## 전망대가 있는 저택


어느 부자 상인에게 한 귀여운 아들이 있었습니다. 어느 날 이 아들이 아버지에게 “아버지, 실은 부탁이 있는데요.” 하고 말했습니다. “애야, 부탁이란 무엇이냐? 비록 내 눈을 달라고 해도 줄 것이야, 원을 풀어주마.” 아버지의 말에 아들은 대답했습니다. “돈을 주세요. 상인들과 함께 바그다드로 가서 명소를 구경하기도 하고, 티그리스 강에 배를 띄우기도 하고, 또 열대 교주님의 궁전을 참배하기도 하려고 생각하고 있으니까요. 상인 아들들이 하는 여러 가지 이야기를 듣고서 나도 직접 구경하고 싶어요.”“그러나 애야, 귀여운 아들아, 나는 너와 헤어져 있을 수가 없구나.” 그러나 젊은 이는 대답했습니다, “나는 이제 말씀드린 것처럼 바그다드로 여행하고 싶어서 견딜 수가 없어요. 아버님이 허락을 하시건 말건 말입니다. 구경하고 싶어서 견딜 수 없는 이 마음은 그곳에 가기 전에는 도무지 가라앉지 않을 거예요.”


——샤라자드는 날이 훤히 밝아오는 것을 깨닫자, 여기서 허락된 이야기를 그쳤다.

● 599일째 밤

샤라자드는 말을 이었다. 오, 인자하신 임금님, 상인의 아들은 아버지에게 말했습니다. "바그다드에 가고 싶어서 견딜 수가 없습니다." 자, 아버지는 어떻게 해야 좋을지 뾰족한 방도가 없음을 깨닫자, 금화 3만 3000닢분의 상품을 아들에게 주고서, 믿을 수 있는 상인에게 아들의 시중을 부탁하고는 작별을 고했습니다. 젊은이는 지인인 상인들과 함께 여행을 떠나 '평화의 집' 바그다드에 도착하자 시장으로 들어가 당장 집 한 채를 빌었습니다. 그 집은 정말 깨끗하고 기분이 좋은, 또 널따랗고 우아한 집으로, 젊은이는 한눈에 그만 넋을 잃고 말았습니다. 왜냐하면 집안에는 몇 채의 정자가 마주보며 즐비해 있고, 마루에는 가지각색의 대리석이 깔려 있으며, 천정은 황금과 유리가 입혀져 있고, 정원에는 여기저기서 새들이 지저귀고 있었기 때문이었습니다. 문지기 사나이에게 다달의 집세를 물었더니 "10디나르입니다."라는 대답이었습니다. "그건 정말이오? 그렇지 않으면 농을 하는 거요?" 젊은이가 되묻자 문지기는 대답했습니다. "알라께 맹세코, 거짓말은 절대로 안합니다. 왜냐하면 이 집에선 고작 일 주일이나 이 주일 이상 지낸 사람은 없었으니까요." "그건 또 왜 그렇소?" "젊은 나리, 실은 이 집에 든 사람은 누구를 막론하고 나갈 때엔 환자가 되어 있거나 죽어 있거나 어느 쪽이기 때문입니다. 바그다드에서 이 사실을 모르는 사람은 아무도 없습니다. 그래서 누구 하나 이 집에서 살려는 사람도 없고, 결국 집세가 터무니없이 떨어지게 된 것입니다."

이 말을 듣고서 젊은 상인은 매우 의아하게 생각하여 "병에 걸리거나 죽거나 하는 데에는 무슨 곡절이 있을 것이다." 하고 생각했습니다. 그러나 잠시 생각 끝에 부디 돌에 맞아죽은 악마에게서 지켜주소서 하고 알라께 빌면서 이 집을 빌어 거기서 살기로 결정했습니다. 그리고는 불안을 몰아내고서 장사에 정진했는데, 이 집으로 이사를 온 지 며칠이 지났음에도 불구하고 문지기가 말한 그러한 재앙은 일어나지 않았습니다.

어느 날 젊은이가 문간의 걸상에 앉아 있는데, 백과 흑의 반점이 있는 마치 뱀 같은 어느 백발의 노파 하나가 알라의 이름을 소리 높이 외우고, 연방 칭송하면서 내내 돌맹이와 쓰레기를 치우면서 다가왔습니다. 노파는 젊은이가 문간에 앉아 있는 것을 흘깃흘깃 바라보더니 고개를 갸우뚱하는 것이었습니다. 그래서 젊은이는 노파에게 버럭 소리를 질렀습니다.

"아니, 할머니, 당신은 나를 알고 계시오? 아니면 아는 사람과 닮기라도 했단 말이오?"

노파는 젊은이가 자기에게 말을 걸자 아장아장 옆으로 걸어와서 액수례의 인사를 하며 물었습니다. "당신은 이 집에서 얼마나 살고 계시오?" "두 달이 됩니다, 할머니." "난 말이오, 그게 알 수 없단 말이오. 여보시오, 젊은 나리, 나는 당신을 알지도 못하고, 당신도 나를 알지 못할 것이오. 게다가 또 당신은 내가 아는 누구와 닮은 것도 아니야. 하지만 이상한 일이야. 당신을 빼놓고는 이 집에서 살기만 하면 나올 때에는 꼭 죽어 있거나, 다 죽어 나가거나 하게 마련이니 말이오. 당신은 그렇지가 않군요. 여보시오, 젊은 나리, 당신은 젊은 몸을 위험에다 내맡기고 있단 말이오. 그러나 아마도 당신은 이층에도 올라가지 않았고, 거기 있는 전망대에서 내려다보지도 않았을 거요." 그렇게 말하고서 노파는 가버렸습니다. 젊은이는 이 말을 여러 가지로 음미한 끝에 '나는 아직 이 집 꼭대기에 올라가본 적도 없고, 거기 조망대가 있다는 것도 모르거든.' 하고 중얼거렸습니다.

그러고 나서 곧 일어나 안으로 들어가서 집 안을 뒤지고 다니다가 마침내 나무들 사이의 벽 한쪽 구석에 조그만 문이 있는 것을 발견했습니다. 그 기둥과 기둥 사이에는 거미줄이 쳐져 있으므로 젊은이는 속으로 생각했습니다. '아마 거미가 문 위에 거미줄을 치고 있는 것은 그 안에 파멸과 흉운이 있기 때문이리라.' 그러나 젊은이는 최고 지상하신 신의 말씀 '읠지어다, 우리들을 위하여 알라께서 인정하신 운명 외에는 아무 일도 일어나지는 않으리라

(《코란》제9  
장 51절)'고를 외우고서 힘을 냈습니다. 그리고 문을 열고서 좁은 계단을 올라 평지붕으로 나왔습니다. 그곳에는 과연 조망대가 있는 까닭으로 젊은이는 거기 앉아서 휴식을 취하면서 아래쪽 경치를 바라보며 즐기고 있었습니다. 그러다가 문득 바로 근처에 깨끗히 손질이 잘된 한 채의 집이 있는 것이 눈에 띄었습니다. 그 옥상에는 바그다드의 시내가 한눈에 내려다보이는 높다란 조망대가 있고, 낙원에 사는 여인이 아닌가만 싶은 미인이 혼자 앉아 있었습니다. 그 요염한 맵시에 젊은이는 그만 넋을 잃고 분별도 아랑곳도 하지 않고서 오직 욥의 고민과 인내, 야곱의 탄식과 눈물만이 남은 형편이었습니다. 수도자마저 사랑의 포로로 만들고, 신앙심이 굳은 사람조차도 상사병에 걸리게 하는 미인이었으므로 젊은이는 이리저리 뜯어보고 있던 중 그만 가슴 속에 연모의 불길이 확 타올라 자기도 모르게 외쳤습니다. "사람의 소문으로는, 이 집에서 사는 사람은 모두 죽거나 아니면 병에 걸린다는 것인데 그렇다면 저 여자야말로 그 원인일 거야. 어떻게 하면 그러한 재앙에서 모면할 수 있을지 알고 싶군. 나는 머리가 아주 이상해졌으니 말이야!"

이윽고 젊은이는 자기가 앞으로 어떻게 될 것인가를 걱정하면서 평지붕에서 내려와 방안으로 들어갔습니다. 그러나 가만히 있을 수가 없으므로 밖으로 나와 문간에 자리를 잡고 앉아서 구슬픈 생각에 사로잡혀 있었습니다. 그러나 뜻밖에로 아까 그 노파가 내내 알라를 칭송하면서 아장아장 걸어오고 있는 것이 아니겠어요. 젊은이는 그 모습을 확인하자, 일어나서 공손히 액수례를 하고 상대방의 장수를 기원한 다음 물었습니다. "이봐요, 할머니, 나는 말입니다. 당신에게서 조망대로 나가는 출입구 얘기를 듣기까지는 심신이 조금도 이상이 없었어요. 그런데 말입니다. 저 문을 열고서 지붕에 올라간 이후 분별이고 뭐고 다 없어지고 만 것을 보았단 말이에요. 그래서 이젠 도저히 살아날 것 같지 않군요. 게다가 할머니 외에 의사라고는 아무도 모르니까 말이오." 노파는 이 말을 듣자 웃으며 말했습니다. "인샬라—알라의 뜻에 맞으면!—언짢은 일은 일어나지 않을 거요." 그래서 젊은이는 일어서 집 안으로 들어가 소매 속에다 100디나르의 돈을 감춰가지고 나왔습니다. "할머니, 이것을 받아두세요. 주인 노예를 다루듯 나를 다루어 어서 고쳐주시오. 하기야 내가 죽게라도 되는 날엔 심판날에는 나의 피의 보상을 당신에게 하게 될 테니까요." 그러자 노파는 대답했습니다. "기꺼이 고쳐드리겠나이다. 그런데 말입니다. 서방님, 조그만 일이지만 조력해주셨으면 해요. 서방님의 부탁이 이루어질지의 여부도 그것에 달려 있으니까요." "할머니, 날더러 어떻게 하라는 것입니까?" "비단시장에 가서 아브 알 파스 빈카이담의 가게를 찾으세요. 가게 앞에 앉아서 그 사나이에게 인사하고 나서 '금실로 테를 두른 베일이 있거든 하나 주시오.' 하고 말하세요. 그 가게에는 아주 예쁜 것이 있으니까요. 그러고 나서 아무리 비싼 값을 붙여도 잠자코 사가지고 내일 내가 올 때까지 잘 둬두세요. 인샬라."

노파는 이렇게 말하고서 떠났습니다. 젊은이는 그날 밤 밤새도록 가자나무 숯불 위에 앉아 있는 것 같은 심정으로 한잠도 이루지 못하고 그날 밤을 보냈습니다. 그리고 이튿날 호주머니 속에 1000디나르의 돈을 넣어가지고 비단시장으로 가서 아브 알 파스의 가게를 찾았더니 상인 하나가 소재를 가르쳐주었습니다. 그래서 가게 안에 들어가보았더니 주인이라는 것은 시동과 내시와 하인들에게 둘러싸여 있는 점잖은 풍채를 한 사나이였습니다. 그도 그럴 것이 이 주인은 백만장자의 호상으로 교주의 신임도 두터운 유력자였습니다. 게다가 최고 지상하신 알라께서 보내주신 가지가지의 축복 속에 젊은이의 넋을 사로잡은 그 귀부인이 있었던 것입니다. 귀부인은 이 상인의 아내로서 그 미모는 천하일품, 왕궁에도 이런 미인은 하나도 없었습니다.

젊은이가 아브 알 파스에게 인사하니 주인도 액수례로 답례하고서 앉으라고 자리를 권했습니다. 그래서 젊은이는 상인 옆에 앉아서 말했습니다. "여보시오, 주인 양반, 이러이러한 베일을 보여주십시오." 그러자 주인은 노예에게 시켜 가게 구석에서 한 묶음의 비단을 가져오라고 하여 이것을 끌러 여러 가지 베일을 꺼냈습니다. 그 현란한 아름다움에 젊은이는 그만 넋을 잃고 말았습니다. 수 많은 가운데에 자기가 찾는 베일도 섞여 있었으므로 젊은이는 금화 50닢을 내고서 그것을 사가지고 기분 좋게 집으로 돌아왔습니다.

—샤라자드는 날이 훤히 밝아오는 것을 깨닫자, 여기서 허락된 이야기를 그쳤다.

● 600일째 밤

샤라자드는 말을 이었다. 오, 인자하신 임금님, 젊은이는 상인의 가게에서 베일을 사가지고 자기 집으로 돌아왔습니다. 젊은이가 집에 도착하자 곧 그 노파가 모습을 나타냈습니다. 젊은이가 자리에서 일어나 노파를 맞이하여 사온 것을 내주자 노파는 한창 핀 숯불을 하나 가져오라고 말했습니다. 그 숯불로 노파는 베일의 한 구석을 태운 다음 먼저대로 접어가지고 곧 아브 알 파스의 집으로 가서 문을 두들겼습니다. 그러자 예의 그 젊은 부인이 "누구십니까?" 하고 물었으므로 노파는 "나는 아무개라는 사람이에요." 하고 대답했습니다.

여자는 이 소리를 듣고서 노파가 자기 어머니의 친구라는 것을 알았으므로 나와서 문을 열고는 "할머니, 무슨 볼일로 오셨습니까? 어머는 지금 외가에 가서 집에 안 계십니다." 그러자 노파는 "아씨, 당신의 어머니가 안 계시다는 것을 알고 있습니다. 글쎄, 지금까지 어머님 댁에 있었으니까요. 댁에 들른 것은 깜빡 기도시간을 놓치면 큰일이라 싶어 댁에서 간단히 목욕을 좀 할까 해서요. 아씨는 깨끗한 것을 좋아하시고 댁이 깨끗하다는 것도 잘 알고 있으니까요." 여자가 노파를 들어오라고 하자 노파는 절을 한 다음 상대방에게 축복이 있으라고 기도했습니다. 그리고 물그

릇을 들고 목욕탕으로 들어가 목욕을 하고 나서 어떤 장소에서 기도를 올렸습니다. 그러나 얼마 있다 노파는 또 다시 나와 여자에게 말했습니다. "여보세요, 아씨, 하인들이 거기 드나든 것 같아 더러워졌더군요. 기도를 드릴 수 있는 딴 곳을 가르쳐주세요. 이제 올릴 기도는 아주 망쳐버린 것 같으니까요."

여자는 노파의 손을 잡고 말했습니다. "할머니, 이리 오세요. 나의 깔개 위에서 기도를 올리세요. 언제나 남편이 앉는 곳이지만." 그래서 노파는 그 깔개 위에 서서 기도를 올리기도 하고, 예배드리기도 하고, 또 무릎을 꿇고 고개를 수구리기도 했습니다. 그러다가 기회를 보아 눈치채지 않도록 예의 그 베일을 보료 밑에 감췄습니다. 그리고 여자를 축복하고 나서 그 집을 나왔습니다.

해가 저물 때 주인인 아브 알 파스가 돌아와서 깔개 위에 앉자 아내가 저녁상을 가지고 왔습니다. 주인은 배불리 먹고 나서 손을 씻은 다음 보료에 비스듬히 기대고 앉았습니다. 이윽고 주인은 보료 밑에 삐져나와 있는 베일 한 끝이 눈에 띄었기 때문에 이것을 끄집어내어 곰곰이 바라보고 있다가 그것은 자기가 젊은이에게 판 물건이라는 것을 알게 되었습니다. 별안간 아내가 부정할지도 모른다는 의혹이 머리에 떠올랐습니다. 그래서 아내를 불러 "이 베일을 어디서 구했소?" 하고 묻자 아내는 "당신 외엔 여기 들어온 사람은 아무도 없어요." 하고 말하고서 거짓이 없다는 것을 맹세했습니다. 상인은 세상 체면을 꺼리고서 그저 잠자코 있었습니다만 혼자 마음속으로 생각했습니다. '만일 이 사건이 세상에 퍼지는 날엔 나는 온 바그다드에서 망신을 당하게 될 것이다.' 그도 그럴 것이 주인은 교주와 친한 사이였으므로 입을 다물고 있을밖에 딴 도리가 없었습니다. 주인은 그 이상 아무것도 따지지 않았지만 마자라는 그 젊은 아내에게 말했습니다. "장모님이 심장병을 앓고서 누워 있고, 시녀들이 모두 옆에서 간호하며 울고 있다는 이야기요. 그러니까 당신도 어머니한테 가보오."

하라는 대로 마자가 어머니의 본가에 가보니 어머니는 건강하여 멀쩡했습니다. 그리고 자기 딸에게 "이때가 어느 때라고 왔느냐?" 하고 물었으므로 마자는 남편에게서 들은 대로의 말을 하고서 잠시 어머니 옆에 앉아 있었습니다. 그러자 거기 짐꾼들이 남편 집에서 옷가지를 날라오고, 아내의 일용품이며 세간살이까지 모두를 어머니네 집으로 옮겼습니다. 어머니는 이 모양을 보고서 딸에게 말했습니다. "이런 일이 일어나다니 너와 네 남편 사이에 무슨 일이 있었느냐? 말해보아라." 그러나 딸은 그 이유를 자기도 모르겠다는 것, 이런 불미스러운 결과가 될 만한 문제는 두 사람 사이에 아무것도 없었다고 딱 잘라 말했습니다. 어머니가 "이것에는 꼭 곡절이 있을 것이다." 하고 말하자 딸은 "나에게는 아무것도 짐작이 가는 게 없어요. 이렇게 된 이상 전능하신 알라께 앞일을 맡길 수밖에 없어요." 하고 대답했습니다. 어머니는 사위가 재산도 있고, 신분도 지위도 높고, 세상에서도 훌륭한 남편인 만큼 딸의 이혼을 몹시 슬퍼하여 눈물을 흘리며 울었습니다.

이렇듯 며칠이 지난 어느 날, 그 이름을 코란 독송자 마리얌이라고 하는, 예의 괘씸한 불길한 노파가 본가에 와 있는 마자를 찾아왔습니다. 그리고 공손히 인사를 하고서 말했습니다. "아씨, 귀여운 아가씨, 어찌 된 일입니까? 나도 아씨 일로 가슴이 아픕니다." 또 어머니에게로 가서는 "여보세요, 아주머니, 따님과 사위는 어떻게 된 것입니까? 사위님이 따님과 이혼하셨다고요? 이런 결과가 되다니 도대체 따님은 무슨 일을 하셨습니까?" 어머니도 대답했습니다. "독송자 할머니, 아마 우리 사위는 당신의 기도의 효험으로 또다시 딸에게로 되돌아올지도 몰라요. 딸을 위하여 기도를 올려주세요. 할머니는 낮에는 단식가이고 밤에는 기도자이니까."

그러고 나서 세 사람은 의논하기 시작한 것인데, 이윽고 노파는 딸에게 말했습니다. "여보세요, 아씨, 너무 걱정마세요. 알라의 뜻과 맞기만 한다면 가까운 장래에 당신과 남편 사이를 조정하여 드리겠어요." 노파는 작별을 고하고서 이번엔 젊은 상인에게로 가서 이렇게 말했습니다. "우리들을 위하여 성찬을 준비해주시오. 내일을 기다릴 것도 없이 오늘 밤 당장 그 여자를 데려다드릴 테니까."

그래서 젊은이는 벌떡 일어나 밖으로 나가 먹을 것, 마실 것 등 잔치에 알맞은 것을 고루 갖춰 가지고서 두 사람이 돌아오기를 눈이 빠지도록 기다렸습니다. 한편 노파는 장모에게로 돌아가서 "실은 말입니다. 따님을 나와 함께 가게 해주세요. 기분전환을 하여 즐겁게 놀면, 마음의 고통도 뭐도 다 깨끗이 버리고는 파경의 슬픔도 잊어버릴 수 있을 거예요. 갈 때와 마찬가지로 내가 도로 모셔다드릴 테니까요." 어머니는 딸에게 비단옷을 입히고, 가장 값비싼 보석으로 단장시키고는 현관까지 데리고 나와서 노파 손에 맡겼습니다. "잘 조심하여 전능하신 알라께서 만드신 남자들에게는 얼굴을 보이지 않도록 해주세요. 당신도 아시다시피 이 애의 남편은 교주님 못지 않은 신분이라니까요. 끝나는 대로 곧바로 데리고 오세요."

노파가 딸을 데리고 젊은이의 집으로 데리고 가자 그녀는 감쪽같이 이 집에서 결혼식이 이루어지나보다고 생각하고서 안으로 들어갔습니다.

—샤라자드는 날이 훤히 밝아오는 것을 깨닫자, 여기서 허락된 이야기를 그쳤다.


● 601일째 밤

샤라자드는 말을 이었다. 오, 인자하신 임금님, 젊은 여자가 객실로 들어선 순간 젊은이는 뛰어일어나 맞이하며 여자의 목에 두 팔을 감고서 그 손과 발에도 입을 맞추었습니다. 여자는 남자의 수려한 용모와 사치를 다한 방의 아름다움, 죽 차려진 먹을 것과 마실 것, 그리고 꽃과 향료 따위를 바라보고서 그저 넋을 잃고는 모든 것이 다 꿈이 아닌가 하고 생각했습니다. 노파는 여자가 깜짝 놀라고 있는 모양을 보고서 말했습니다. "여보세요, 아가씨, 알라의 이름이 그대 위에 임하시기를! 걱정마시오. 내가 옆에 붙어 있습니다. 한시도 당신 옆을 떠나지 않겠어요. 당신은 이분에게 어울리는 분, 또 이분은 당신에게 어울리는 분이에요.” 젊은 여자는 얼굴을 붉히고서 어쩔 줄을 몰라하면서 앉았습니다. 그러나 젊은이는 여자를 상대로 하여 농담을 하며 장난을 하기도 하고, 또 싱거운 이야기를 하기도 하고, 아름다운 노래를 부르기도 하며 환대했으므로 여자는 그때에서야 안심하고서 마음을 탁 놓는 듯했습니다. 그러고 나서 여자는 먹고 마시고 하여 취기가 돌자 손수 비파를 들고서 이런 노래를 부르기 시작했습니다.

가버린 벗이 이윽고 또다시
돌아왔도다. 이제 다시 한 번
오, 이처럼 아름다운 남자의
보여주는 빛을 맞이하리!
화살과도 같은 남의 눈길만
무서워할 것 없다면
그대의 귀여운 볼에서
나는 장미를 꺾으리라.

젊은이는 여자가 자기의 미모에 마음이 끌리고 있음을 알아채자, 술을 마시지 않았건만 술에 취한 마음이 들어 자기의 연정에 비하면 목숨 같은 것은 보잘것없는 것이라고 생각되었습니다. 얼마 있다 노파는 자리를 떴으므로 두 사람은 이튿날 아침까지 거리낌없이 사랑의 진수를 즐겼던 것입니다. 이튿날 아침 노파가 모습을 나타내자, 두 사람에게 아침 인사를 하고서 여자에게 말했습니다. “여보세요, 아씨, 어젯밤은 재미보셨지요?” 그러자 젊은 여자는 대답했습니다. “정말 근사했어요. 당신의 솜씨와 주선 덕택으로.” “자, 일어나서 어머니에게로 돌아갑시다.” 하고 노파는 재촉했습니다. 이 말을 듣고 젊은이는 금화 100닢을 노파에게 주며 “이것을 받으시오. 내일 밤 또 이 여자를 나에게 데려다주시오.” 하고 말했습니다.

그래서 노파는 두 사람을 남겨놓고 여자의 어머니에게로 가서 “따님이 당신에게 안부 전해달라고 했어요. 실은 따님이 묵고 있는 집의 어머니가 오늘 밤도 꼭 같이 있게 해달라고 막무가내로 졸라대서요.” 하고 말했습니다. 그래서 어머니는 “할머니, 그렇다면 딸에게 안부 전해주시오. 딸만 그런 생각이라면 오늘 밤 하루 더 묵어도 상관없어요. 기분전환이라도 하라고 이르고서 볼일이 끝나거든 보내주세요. 내가 걱정되는 것은 화를 낸 남편의 일로 해서 그 애가 몹시 분해하고 있다는 것이니까요.” 노파는 연방 여자의 어머니를 터무니없는 거짓말로 속여가지고, 마침내 마자로 하여금 이레 동안 젊은이의 집에 체류케 했습니다. 그리고 노파는 매일 100디나르씩 받았습니다. 그 동안 젊은이는 인생과 잠자리의 모든 일락을 마음껏 즐겼습니다.

그러나 이레가 지나자, 여자의 어머니가 노파에게 말했습니다. “당장 딸을 데리고 오시오. 너무 오랫동안 집을 비워서 퍽 걱정이 되는군요. 어쩐지 미심쩍기도 하고.” 노파는 밖으로 나오자 “꽤썸한 마누라 같으니라구. 누굴 보고 그런 소릴 하는 거야!” 하고, 중얼거리면서 젊은이의 집으로 갔습니다. 그리고 여자의 손을 끌고서(젊은이는 술에 취해 있었기 때문에 자는 대로 내버려 두고서) 어머니에게 데리고 왔습니다. 어머니는 아주 반가이 딸을 맞으며 전보다도 안색도 좋아졌고, 예뻐진 것을 보고서 반색을 하면서 기뻐했습니다. “애야, 너 때문에 얼마나 걱정을 했는지 아느냐. 너무도 걱정이 되어 독송가인 할머니한테도 신경질을 부렸지 뭐냐.” 그러자 마자는 말했습니다. “할머니 손발에다 입을 맞춰주세요. 글쎄 일이 생기면 마치 하인이나 되는 것처럼 내 시중을 들어주었거든요. 만약 그렇게 해주지 않으면 나의 어머니도 아니고, 나도 어머니 딸이 아니에요.” 그래서 어머니는 곧 노파에게로 가서 화해를 했습니다.

이야기가 바뀌어, 젊은이는 술이 깨자 여자가 없어진 것이 쓸쓸해서 견딜 수가 없었지만 그래도 마음껏 소원을 이룬 것을 기뻐했습니다. 얼마 있다 독송가인 미리얌이 와서 인사를 하고 나서 "내 수완을 어떻게 생각하시오?" 하고 물었습니다. 젊은이가 "아니, 정말 굉장한 묘안이었어요. 할머니 수완은 대단해요." 하고 말하니 다시 노파는 말을 이었습니다. "자, 이제부터 부쉈던 것을 그전대로 하여 저 여자를 남편에게로 돌려보내주기로 합시다. 우리들이 두 사람 사이를 갈라놓은 장본인이고, 칭찬할 만한 일도 못되니까." "나는 어떻게 하면 좋죠?" "이제부터 아브 알 파스의 가게로 가서 인사를 하고서 그 옆에 앉아 있어요. 그러고 있다가 내가 지나가는 것을 보고서 급히 일어서서 내 옷을 붙잡고서 베일을 돌려달라고 욕설을 퍼붓고 위협하라구요. 그리고 상인에게는 이렇게 말해요. '나리, 아시겠지만 나는 이 가게에서 50디나르짜리 베일을 샀죠. 그런데 소실이 그것을 쓰고 있다가 그만 한쪽을 태웠어요. 그래서 소실이 베일을 이 노파에게 주었는데, 이 할멈이 잘 고쳐다드리겠다고 약속하고는 그대로 자취를 감추고는 그 후 쭉 오늘까지 얼씬도 하지 않았어요' 하고 말예요."

"그럽시다." 젊은이는 그렇게 대답하고서 곧 일어나서 비단가게로 갔습니다. 잠시 가게에 앉아 있는데, 노파가 손에 든 염주를 세우면서 지나갔습니다. 그래서 젊은이는 뛰어나가 노파의 옷자락을 붙잡고서 욕설을 퍼붓기 시작했습니다. 한편 노파는 굽신거리며 "지당한 말씀, 지당한 말씀." 하고 대답할 뿐이었습니다.

시장 사람들이 두 사람 주위에 모여들어 이구동성으로 "왜 그러시오?" 하고 묻자 젊은이는 대답했습니다. "여보시오, 여러분 나는 이 상인한테서 50디나르로 베일을 사가지고 노예 계집에게 주었습니다. 그녀는 잠시 쓰고 있었는데, 향을 피우려고 꿇어 앉았다가 향로에서 불똥이 튀는 바람에 베일 한끝을 태우고 말았어요. 그러자 이 할멈이 잘 고쳐주는 기술자에게 부탁하여 고쳐다주겠다고 하길래 맡겼는데 그 후 시일이 꽤 지났는데도 이날 이때까지 한 번도 얼씬도 하지 않았어요." 노파는 노파대로 대답했습니다. "이 젊은이 말이 옳아요. 나는 그 베일을 확실히 받았어요. 그런데 늘 가던 댁에 그것을 가지고 갔다고 잊어버리고서 그만 그 댁에다 놓고 왔어요. 어디다 놓고 왔는지 영 생각이 나지 않아요. 나는 가난뱅이여서 새 것으로 사다드릴 수 없어 그 주인이 무서워서 피해 왔지 뭐예요." 여자의 남편은 옆에서 두 사람의 이야기를 모두 듣고 있었습니다.

─샤라자드는 날이 훤히 밝아오는 것을 깨닫자, 여기서 허락된 이야기를 그쳤다.

● 602일째 밤

샤라자드는 말을 이었다. 오, 인자하신 임금님, 젊은이가 노파를 붙잡고서 가르쳐준 대로 베일의 이야기를 꺼내자, 여자의 남편은 두 사람의 이야기에 귀를 기울이고 낱낱이 듣고 있었습니다. 그리고 교활한 노파가 젊은이와 짠 이야기를 듣자, 우뚝 일어서서 말했습니다. "전능하신 알라시여! 제 죄와 속으로 의심하고 있었던 것을 아무쪼록 용서해주십시오!" 그리고 진실을 나타내시는 주를 칭송한 다음 노파에게 말했습니다. "당신은 우리 집을 가끔 찾아오십니까?" 그러자 노파는 "네, 나는 희사를 받기 위하여 당신 댁과 다른 분의 댁도 찾아다닙니다. 그런데 그때부터 오늘까지 아무도 베일에 관해서 얘기해준 사람은 없어요." "우리 집에서 물어보았던가요?" 하고 상인이 묻자 노파는 대답했습니다. "나리, 댁에도 들러서 물어보았습니다만 아씨께서 이혼하셨다고 하는 이야기였습니다. 그래서 다시는 묻지도 않았어요. 또 다른 분한테도 오늘까지 영 한 번도 물어본 적도 없었지 뭡니까." 그러자 상인은 젊은이를 바라보며 "할머니를 놓아주세요. 그 베일은 우리 집에 있으니까." 그렇게 말하고서 상인은 가게에서 베일을 가지고 와서 모두가 보는 앞에서 수선장이에게 주었습니다. 그러고 나서 아내에게로 가

서 얼마간의 돈을 주고서 여러 가지로 변명을 하여 알라의 용서를
빈 다음 또다시 자기 집으로 데리고 왔습니다. 이것도 저것도 모
두 노파의 계략이라고는 꿈에도 몰랐기 때문입니다.
　(대신은 이야기를 계속했습니다.) "오, 임금님, 이것은 여자의 간
교를 이야기하는 일례입니다만, 또 이것과 똑같은 취지의 다른 이
야기도 있습니다."


## 왕자와 마신의 정부


　어느 나라의 왕자가 어느 때 단독으로 일정한 목표도 없이 그저
거닐고 있다가 푸른 들녘으로 나오게 되었습니다. 나뭇가지가 찢
어질 정도로 열매가 주렁주렁 달려 있는 나무들이 우거져 있고,
가지마다 작은 새들이 지저귀고, 개울도 들판을 가로질러 흐르고
있었습니다. 왕자는 그 경치가 마음에 들었기 때문에 털썩 주저앉
아가지고 말린 과일을 꺼내서 먹기 시작했습니다. 그러자 갑자기
한 줄기의 구름이 뭉게뭉게 하늘로 떠오르는 것이 보였습니다. 왕
자는 깜짝 놀라 나무 위로 기어올라 나뭇잎 사이에 몸을 감추고서
모양을 살폈습니다. 그러자 마신 하나가 단단히 잠긴 대리석 큰
상자를 머리에 이고서 시내 한가운데서 불쑥 나타난 것입니다. 마
신이 그 상자를 잔디 위에 놓고서 이것을 열자 그 속에서 맑게 개
인 푸른 하늘에 빛나는 태양이 아닌가 싶은 한 미녀가 나왔습니
다. 마신은 미녀를 한옆에 앉히고서 잠시 그 얼굴을 바라보며 즐
기고 있었는데, 이윽고 여자 무릎을 베고서 푹 잠에 빠지고 말았
습니다. 그러자 여자는 마신의 머리를 쳐들어 상자 위로 옮겨 놓
고서 자기는 일어나 그 근처를 걸어다니기 시작했습니다. 이윽고
여자는 문득 왕자가 숨어 있는 나무 쪽으로 눈을 쳐들어 그 모습
을 알아보자 내려오라고 손짓했습니다. 왕자가 고개를 가로저어도

여자는 "내려와요, 나 하라는 대로 하지 않으면 마신을 깨워서 부추길 테예요. 그러면 당장 죽일 거예요."

왕자는 그렇게 되면 큰일이라고 생각하고서 지상으로 내려왔습니다. 그러자 여자는 왕자의 손발에다 입을 맞추고는 정교를 강요했습니다. 왕자는 승낙하고서 여자의 뜻을 이루어주자 여자는 "당신 손가락에 꽂고 있는 그 도장 반지를 주세요." 하고 말했습니다. 그래서 왕자가 반지를 주자 여자는 가지고 있던 비단천에다 이것을 쌌는데, 그 안에는 여든 개나 되는 반지가 들어 있었습니다. 왕자는 그 모양을 보고서 "당신은 그렇게 많은 반지를 가지고 있는데 어떻게 할 작정입니까?" 하고 묻자 여자는 대답했습니다. "실은 말이에요, 이 마신은 부친의 궁전에서 나를 납치하여 이 궤짝 속에 틀어넣었어요. 그리고 어디를 가든 궤짝을 머리에 이고 열쇠를 꼭 손에 쥐고 있어요 아주 강한 질투쟁이로 잠시도 나를 혼자 내버려두지는 않으며, 뭐나 내가 하고 싶은 것을 못하게 한답니다. 나는 그 꼴을 보고서 상대가 어떠한 남자건 이 몸을 허락해 주리라고 맹세를 세웠습니다. 여기 있는 반지는 내 몸을 차지한 사나이들의 수만큼입니다. 왜 그런고 하니 정교가 끝날 때마다 나는 하나 하나에게서 도장 반지를 받아서 이 비단보 속에 싸두었기 때문입니다." 그러고 나서 여자는 다시 말을 이어 "자, 가세요. 이제부터 다른 사나이를 찾을 테니까요. 이 마신은 좀 더 자고 있을 것입니다 "

왕자는 여자의 말을 듣고도 반신반의하면서 부왕의 궁전으로 돌아왔습니다. 그러나 왕은 그 여자의 음탕한 마음을 조금도 몰랐으므로(그도 그럴 것이 여자 쪽에서는 그런 일에 조금도 개의치 않았으니 말입니다) 왕자가 반지를 잃은 것을 알자 당장 사형에 처하라고 명령했습니다. 그러고 나서 왕은 옥좌에서 일어서 궁전으로 들어갔습니다. 그러나 대신들은 어전에 사후하여 극구 왕의 결의를 번복시켰던 것입니다. 그날 밤 왕은 대신들을 모두 한방에 모아, 왕자를 처형하려던 결심을 번복케 한 것은 정말로 고맙고 다행한 일이었다고 감사했습니다. 왕자도 또한 "그대들이 내 구명 운동을 부왕에게 벌인 것은 잘한 일이다. 인샬라—신의 뜻에 맞는다면—앞으로 크게 포상하리로다." 하고 말하고서 일동에게 감사의 뜻을 표했습니다. 그리고 나서 반지를 잃게 된 경위를 이야기했더니 일동은 왕자의 장수와 번영을 빌어준 다음 퇴궐했습니다.

"임금님, 이런 모양으로"(하고 대신은 말했습니다), "여자란 간교에 뛰어나 남자를 사로잡는 것입니다." 왕은 대신의 간언을 받아들여 또다시 왕자의 사형을 취소했습니다.

그 이튿날 아침, 여드레째 날의 일이었는데 왕이 고관대작과 대신과 법률 박사들에게 둘러싸여 알현실에 앉아 있자니까 뜻밖에도 왕자가 스승인 알 신디바드에게 끌려 들어왔습니다. 그리고 왕자는 부왕을 위시하여 대신과 중신과 신학자들을 유창한 능변으로 칭찬하는 동시에 자기 목숨을 살려준 데 대하여 사의를 피력했습니다. 만당의 사람들은 자못 명쾌한 왕자의 능변에 그저그저 감탄할 따름이었습니다. 부왕은 특히나 흡족해하며, 자기 옆으로 가까이 오라고 하여 이마에 입을 맞춘 다음 스승인 알 신디바드를 불러 왜 이레 동안 왕자는 입을 다물고 아무 말이 없었느냐고 물었습니다. 그러자 스승은 그 물음에 대답하여 "오, 임금님, 사실을 말씀드리면 그렇게 하도록 시킨 것은 다름 아닌 저이며, 왕자님의 뜻밖의 죽음을 걱정했기 때문입니다. 저는 왕자님의 탄생일을 점친 결과 그것을 깨달았으며, 또 운수를 보아 그 별 속에 만약 이 기간중에 입을 여는 일이 있으면 반드시 죽음을 면할 길이 없다고 적혀 있는 것을 안 것입니다. 그러나 현재로는 임금님의 운수에 의하여 그 위험도 없어졌습니다." 이 말을 들은 왕은 매우 기뻐하고, 대신들을 돌아다보며 말했습니다. "만일 왕자를 죽였다면 그 죄는 누구에게 있지? 나에겐가, 그 여자에겐가, 그렇지 않으면 스승인 알 신디바드에겐가?" 그러나 일동은 대답을 거렸으므로 알 신디바드는 왕자에게 "당신께서 먼저 대답하십시오." 하고 말했습니다.

  —샤라자드는 날이 훤히 밝아오는 것을 깨닫자, 여기서 허락된
이야기를 그쳤다.


  ● 603일째 밤

  샤라자드는 말을 이었다. 오, 인자하신 임금님, 알 신디바드가
"여보시오, 왕자님, 당신께서 대답하십시오." 하고 말하니 왕자는
대답했습니다. "이런 이야기를 들은 적이 있습니다. 어느 상인 집
에 어느 때 손님이 찾아왔으므로 주인은 노예 계집을 시장으로 보
내 우유를 한 단지 사오게 했습니다. 여자는 그것을 사가지고 집
으로 돌아왔는데, 도중에 한 마리의 소리개가 뱀을 움켜쥐고 머리
위를 지나갔습니다. 그러다 본인도 모르는 사이에 뱀의 독액이 한
방울 우유 항아리 속으로 똑 떨어졌습니다. 여자가 돌아오자 상인
은 우유를 받았습니다. 그리고 주인도 손님도 이것을 마셨는데, 뱃
속으로 들어가기 무섭게 모두 당장 죽고 말았습니다. 자, 아버님,
이것은 도대체 누구의 죄이겠습니까? 잘 생각해보십시오."
  그러자 열석자 중 어떤 자는 "잘 조사도 않고서 우유를 마신 사
람들의 실수입니다." 하고 말했고, 또 다른 사람은 "항아리에 뚜껑
을 닫지 않은 노예 여자의 죄입니다." 하고도 말했습니다. 그러나
알 신디바드는 왕자에게 물었습니다. "왕자님, 당신의 의견은?" 왕
자는 대답했습니다. "모두가 말한 것은 틀렸습니다. 여자의 죄도
주인과 손님의 죄도 아닙니다. 왜냐하면 정해진 때가 와서 신께서
정하신 수명이 끝나, 신께서 그와 같이 죽게끔 미리 정하셨기 때
문입니다." 신하들은 이 말을 듣자 깜짝 놀라며 소리를 높여 왕자
를 축복했습니다. "오, 왕자님, 정말 근사한 명답입니다. 당신께서
는 당내 으뜸가는 현자이십니다." "아뇨, 나는 현자는 아닙니다."
하고 왕자는 대답했습니다. "눈 먼 장로와 세 살짜리 아이와 다섯
살짜리 아이는 나보다도 더 영리했습니다." 거기 있던 모든 사람

들은 "왕자님, 왕자님보다도 더 영리한 그 세 사람의 이야기를 들려주십시오." "그럽시다. 나는 이런 이야기를 들은 적이 있소."


## 백단 상인과 사기꾼


옛날에 한 큰 부자 상인이 살고 있었습니다. 이 사나이는 여행하기를 무척 좋아했으며, 장소를 가리지 않고 여러 나라들을 돌아다녔습니다. 어느 날, 어느 도시로 가려고 생각하고서 그 도시에서 온 사람들에게 물었습니다. "그곳에서는 어떤 상품이 가장 이득이 많습니까?" 일동은 "백단나무입니다. 아주 좋은 값으로 팔립니다" 하고 대답했으므로 상인은 가지고 있는 전재산을 백단에 투자하여 그 도시를 향하여 떠났습니다. 해가 질 무렵에 한 도시에 도착한 상인은 뜻밖에도 한 양몰이 노파를 만났습니다. "여보시오, 나리, 당신은 누구시오?" 하는 노파의 물음에 상인은 "외국 상인입니다" 하고 대답했습니다. 그러자 노파가 말하기를 "시내 사람들을 조심하시오. 모두가 사기꾼들이며 악당이며 도둑이며, 외국인이라고만 알면 속여서 지갑을 나꿔채려고 남을 속이려는 일에만 혈안이 되어 있어요. 어떻소, 좋은 지혜를 드린 것 같은데." 이 말을 남기고서 노파는 그곳을 떠났습니다.

그 이튿날, 시내 주민 하나를 만나자 이 사나이는 인사를 하고서 "여보시오, 나리, 어디서 오신 분이시요?" 하고 물었습니다. "이러이러한 곳에서 왔습니다." "어떠한 물건을 가지고 오셨습니까?" "백단나무입니다. 이곳에선 아주 좋은 값이라고 해서요" 그러자 시민은 "당신에게 그런 것을 가르쳐준 놈은 엉터리를 말했어요. 글쎄, 여기선 백단나무는 땔감밖에 안돼요. 백단 같은 건 땔나무 값 밖엔 안돼요" 상인은 이 말을 듣자 반신반의하면서도 한숨을 쉬고서 후회했습니다.

  이윽고 상인은 어느 주막에 들렀는데 어두워지자, 상인 하나가 요리냄비에다 백단나무를 때고 있는 것이 눈에 띄었습니다. 사실은 이 사나이는 아까 바로 이 상인과 이야기를 한 사람으로, 백단을 땐 것도 책략이었습니다. 시민은 상인이 흘끔흘끔 자기를 바라보고 있는 것을 보자 물었습니다. "나리가 좋아하시는 것을 한 사아(곡물의 일정한 양의 4분의 3파운드)만 드릴 테니까 백단나무와 바꿔주시지 않겠어요?" "좋소, 당신에게 팔겠소." 상인이 승낙하자, 그는 백단을 모조리 자기의 집으로 날라다가 창고에 쌓았습니다. 판 사람은 그 대금으로 금화 한 사아를 받을 작정이었던 것입니다.

  그 이튿날 아침, 예의 그 상인은 눈이 푸른 사나이였는데, 밖으로 나가 거리를 걷고 있었습니다. 그러자 이건 또한 눈이 푸르며 게다가 눈이 먼 시민이 느닷없이 상인을 붙잡고서 "네놈은 내 한 눈을 훔친 놈이로구나. 절대로 놓아주지 않겠다" 하고서 생트집을 부렸습니다. 상인은 "그런 걸 훔친 기억이 없소. 훔칠 수가 없지 않소?" 하고 말하고서 생트집을 물리쳤습니다. 그러고 있는데 구경꾼들이 모여들어 애꾸눈이 사나이에게 내일이면 상인이 한쪽 눈의 대금(代金)을 줄 것이므로, 그때까지 용서해주라고 타일렀습니다. 상인도 구경꾼 중 하나를 증인으로 내세우는데 성공했으므로 구경꾼들도 그를 놓아주었습니다.

  그런데 애꾸눈이 사나이와 실랑이를 버리고 있던 중 신이 찢어졌기 때문에 상인은 신가게에 들러서 이것을 주며 "이것을 좀 고쳐주시오. 당신이 원하는 대로 줄 테니까" 하고 말했습니다. 그리고 나서 앞으로 자꾸만 전진하자니까 몇 명의 사나이가 벌금놀이를 하고 있는 데까지 오게 되었습니다. 그래서 울적한 기분을 풀어 보려고 생각하고서 그들 옆에 앉았습니다. 그들이 한 번 같이 해 보지 않겠느냐고 권했으므로 상인도 한몫 끼었습니다. 그런데 일동은 속임수를 써서 상인을 무참히도 이겨낸 끝에 바닷물을 마시거나 아니면 가진 돈을 전부 내놓거나 둘 중 하나를 택하라고 대들었습니다. "내일까지 참아 주시오" 하고 상인이 부탁하자 노름꾼들은 그러라고 응해주었습니다.

상인은 자신에게 차례차례로 닥쳐온 재난에 진절머리를 내고서 어떻게 하면 좋을지 몰라, 그곳을 떠나자 아주 울적한 기분으로 인기척이 없는 곳으로 가서 앉았습니다. 그러자 갑자기 예의 그 노파가 지나가다가 시름에 잠긴 상인을 보고서 말을 건넸습니다. "틀림없이 이 고장 사람들이 나리를 곯려줬나 보군요. 어찌 보니 재앙을 만나 괴로우신 모양 같군요. 어찌 되었는지 어디 그 까닭을 얘기해보시오." 그래서 상인이 자초지종을 이야기하자 노파는 이렇게 말했습니다. "우선 백단나무 건으로 나리를 속인 놈에 관해선 말입니다. 이곳에선 폰드 당 금화 10닢의 값이라는 것을 잊지 마시오. 그런데 내 좋은 것을 하나 가르쳐드리리다. 이것으로 나리도 단단히 재미를 보게 될 것입니다. 즉, 이러이러한 성문으로 가시오. 그 옆에 절름발이 장로가 하나 살고 있는데, 그 사나이는 요술쟁이처럼 영리하여 뭐나 다 알고 있고, 아주 세상일에 밝단 말이요. 모두가 그 사나이에게로 의논하러 가서 의견을 묻는답니다. 그러면 그 사나이는 일일이 상대방에게 도움이 되는 충고를 해준다니까요. 흥계에도 마술에도 사기에도 훤하답니다. 그런데 본인도 사기꾼이어서 밤이 되면 사기꾼 동료들이 모여듭니다. 그러니 다시 한 번 말해두거니와, 나리는 그놈 집으로 가서 숨어 계시라구요. 그렇게 하면 상대방에게는 모르게 모두가 지껄이고 있는 것을 들을 수 있을 거란 말이오. 그놈은 누가 이기고, 누가 지는지 그것을 판정하는 일을 맡은 놈이니까 아마도 나리는 놈들의 입에서 묘안을 알게 되어 그 덕택으로 악당의 손아귀에서 벗어날 수 있을 거란 말이오."


―샤라자드는 날이 훤히 밝아오는 것을 깨닫자, 여기서 허락된 이야기를 그쳤다.

●604일째 밤

샤라자드는 말을 이었다. 오, 인자하신 임금님, 노파는 상인에게 말했습니다. "오늘 밤, 이 고장 사람들이 곧잘 찾아가는 그 방면의 사기꾼에게로 가서 몰래 숨어 계세요. 어쩌면 그놈 입에서 무사히 난을 면할 수 있는 좋은 방법을 들을 수 있을지도 몰라요." 그래서 상인은 노인이 말한 곳으로 가서 그 장님 바로 옆에 교묘하게 몸을 감췄습니다. 머지않아 평소 장님을 자기들의 심판관으로 존경하고 있는 사기꾼들이 모여들었습니다. 그들은 장로에게 인사한 다음 서로 인사를 나누고서 장로를 둘러싸고서 앉았습니다. 상인은 대번에 그놈들이 자기의 네 명의 적이라는 것을 알았습니다.

장로가 그들 앞에 얼마간의 먹을 것을 내놓자, 모두는 이것을 먹으면서 그날 하루에 있었던 사건을 이야기했습니다. 예의 그 백단나무를 산 놈도 모두들 앞으로 나가 누구에게서 헐값으로 백단을 사서, 판 사람이 원한 대로 값을 치르기로 했다는 경위를 장로에게 보고했습니다. 그러자 장로는 "네가 졌다." 하고 말하므로 그 사나이는 물었습니다. "그건 또 어째서입니까?" "만약 저쪽에서 금화나 화로 한 사아분을 달라면 어떻게 하지? 주겠는가?" "주고말고요." 하고 그는 대답했습니다. "다 해도 아직 내가 이익이 남아요." "그러나 벼룩을 한 사아, 수컷과 암컷을 반반씩 달라고 하면 어떻게 하지?" 장로의 이 말에 그 사기꾼은 자기가 당했다는 것을 알았습니다.

그러자 애꾸눈 사나이가 앞으로 나와 말하기를 "노인장, 저는 오늘 눈이 푸른 외국인을 하나 만났습니다. 그래서 제가 싸움을 걸어 상대방을 붙잡고서 '내 한쪽 눈을 훔친 놈은 네놈이구나' 하고 해줬어요. 마구 움켜쥐고서 놓지 않고 있자니까 어떤 사나이가 증인이 되어 내일 저에게 한쪽 눈을 돌려주어 직성이 풀리게 해주겠다고 했어요." 노인은 "그런 생각이라면 저쪽이 이기고 너는 참 패다." "그건 또 왜 그렇습니까?" 하고 사기꾼이 묻자 장로는 말했습니다. "저쪽은 널더러 네 눈을 도려내라, 그러면 내 한쪽 눈도 도려낸 다음 두 눈알의 무게를 달아보자. 만약 네놈 눈이 내 눈과 무게가 같다면 네 주장이 옳다고 할지도 몰라. 그렇게 되면 법률상 한눈의 대가를 저쪽에게 지불케 할 의무가 있지. 그러면 진짜 장님이 되고 마는 거야. 저쪽은 한쪽 눈이 아직 남아 있으니까 아직 볼 수 있을 거란 말이야." 이 말을 듣고 사기꾼은 과연 그런 수에 걸려들어 상인에게 뒷통수를 얻어맞는 격이 될는지도 모르겠다고 생각했습니다.

이번에는 신가게 차례가 되었습니다. "어르신네, 오늘 어떤 사나이가 '이것을 고쳐주시오' 하고 신을 가지고 왔습니다.' 제가 '수리비는 얼마나 주시겠어요?' 하고 물었더니 '당신이 원하는 대로 주겠소' 하는 대답이었습니다. 그래서 놈의 전재산을 말아먹어야 직성이 풀릴 것만 같단 말이에요." 그러자 노인은 "하려고만 든다면 상대방은 너에게서 신을 뺏고서 한푼도 안 줘도 넌 할 말이 없어." "그건 또 어째서 그렇습니까?" "상대방은 다만 이런 말 한 마디만 하면 돼. '국왕의 적은 졌다. 적세는 쇠퇴하고, 왕가의 백성과 원군은 점점 늘어났다. 어때, 너는 만족한가? 그렇잖으면 불만인가?' 만약 네가 만족하다고 말하면 상대방은 신을 받아들고 돌아갈 뿐. 그러나 만약 네가 불만이라고 하면 신을 들고서 네 얼굴과 목을 그걸로 때릴 것이다." 신발장수는 자기에게 불리하다는 것을 깨달았습니다.

그 다음에 앞으로 나온 것은 노름꾼으로 "여보시오, 노인장, 나는 어제 어떤 사람과 벌금놀이를 하여 상대방을 지게 하고서 그놈에게 '네놈이 바닷물이라도 마시면 내 전재산을 주겠다. 만약 마시지 못한다면 네 재산은 전부 내 것이 된다고 말해줬어요." 그러자 장로는 "만일 상대방이 생각만 먹는다면 너는 진다." "어째서 그렇게 됩니까?" 하고 사기꾼이 묻자 노인은 대답했습니다. "상대방은 이렇게 말하기만 하면 돼. '당신 손으로 바닷물의 깔때기를 내 입에다 대준다면 마셔보겠소' 하고 말이야. 그러나 그런 짓은 도저히 너로선 해낼 수 없을걸. 그러니까 이런 억지를 쓴다면 너는 당할 길이 없어." 상인은 그 이야기를 듣고서 자기 적들을 어떻게 대하면 좋을까를 알았습니다. 이윽고 사기꾼들은 장로집을 떠났고, 상인도 숙소로 돌아왔습니다.

그 이튿날 아침, 노름꾼들이 상인에게로 와서 바닷물을 마시라고 우겨댔습니다. 그래서 상인은 "바다의 깔때기를 붙잡아주면 마셔보겠소." 하고 받아 넘겼습니다. 이 말을 듣고 노름꾼들은 깨끗이 자기들이 졌다는 것을 자인하고서 금화 100닢의 벌금을 내고서 물러갔습니다. 이윽고 신발장수도 와서 자기가 원하는 대로의 삯을 내라고 말했습니다. 상인은 '우리 국왕 폐하는 적세를 깨뜨리고, 적병을 무찔러서 백성의 수는 점점 더 불어났다. 어때, 당신은 만족한가? 아니면 불만인가?' "만족합니다." 신발장수는 그렇게 대답하고서 삯도 받지 못하고, 신을 주고서 가버렸습니다.

다음에 애꾸눈 사나이가 와서 상인더러 한쪽 눈을 내라고 요구했습니다. 그러자 상인은 "당신 한쪽 눈을 도려내면 나도 내 것을 도려내겠소. 그러고 나서 쌍방의 무게를 달아보고서 만약 둘 다 똑같은 무게라면 당신 주장을 인정하여 한쪽 눈 값을 물어주리라. 그러나 만일 무게가 틀리면 당신은 거짓말을 시킨 것이 되니까 내 쪽에서 당신에게 한쪽 눈 값을 보상하라고 요구하겠소." 애꾸눈 사나이는 "잠시 기다려줄 수 없겠소." 하고 말했지만 상인은 "나는 나그네인지라 누구에게도 참아줄 수는 없고, 당신이 보상해줄 때까진 물러서지도 않겠소." 하고 대답했습니다. 그래서 사기꾼은 한쪽 눈 대가로서 금화 100닢을 내고 가버렸습니다

마지막으로 온 것은 백단을 산 사람이었는데, "당신 물건의 값을 받아주시오." 하고 말했습니다. 상인이 "무엇을 주겠소?" 하고 묻자 상대방은 "당신이 원하는 것을 한 사아, 즉 두 손으로 네 움큼 드리기로 작정하지 않았던가요. 그러니까 만일 원이라면 금화거나 은화거나 한 사아 분만 드리리다." "나는 받지 않겠소." 하고 상인은 말했습니다.

"나는 싫어요! 누가 뭐라든 수놈과 암놈의 벼룩을 절반씩 한 사
아분 받지 않으면 직성이 풀리지 않습니다." 사기꾼은 "도저히 그
런 걸 드릴 수는 없겠는데요." 하고서 자기가 졌다는 것을 자백하
고서 백단나무를 돌려주었습니다. 게다가 금화 100닢을 보상하여
흥정을 해약했습니다. 그 후 상인은 자기가 부르는 값으로 백단나
무를 팔고서 사기꾼들의 도시를 떠나 자기 고국으로 돌아왔습니
다.

─샤라자드는 날이 훤히 밝아오는 것을 깨닫자, 여기서 허락된
이야기를 그쳤다.

• 605일째 밤

샤라자드는 말을 이었다. 오, 인자하신 임금님, 상인은 백단나무
를 팔아 대금을 받자 도성을 떠나 고국으로 돌아왔습니다. 왕자는
다시 말을 이어 "그러나 이제 한 이야기는 세 살짜리 아이의 이야
기만큼 신기하진 않습니다." "그건 어떤 이야기인가?" 하고 왕이
묻자 왕자는 대답했습니다. "이런 이야기를 들은 적이 있습니다."


## 방탕자와 세 살짜리 아이


실은 아버님, 색도삼매의 풍류에 미친 어떤 오입쟁이가 어느 때
이웃 마을에서 살고 있는 아름답기 비할 데 없는 미인의 소문을
들었습니다. 그래서 선물을 가지고서 그 마을로 가서 한 통의 연
서를 써서 사랑에 미쳐 견딜 수 없다는 것과 생각 끝에 마침내 태
어난 고향을 버리고 이곳으로 왔다는 것 따위를 누누이 적고, 마
지막으로 제발 밀회의 약속을 해주십사고 써보냈습니다. 그래서
귀부인은 자기 집으로 와도 상관없다고 적어보냈습니다. 오입쟁이

가 여자의 집으로 들어서자, 여자는 일어서서 공손히 맞아들였습니다. 그리고 남자의 두 손에 입을 맞추고서 요리며 술 따위를 차려놓고 극진히 대접했습니다.

그런데 이 부인에게는 세 살짜리 사내애가 있었습니다만, 아이는 혼자 놀게 하고서 자기는 부지런히 저녁요리 준비에 여념이 없었습니다. 이윽고 오입쟁이가 부인에게 "자 들어가서 같이 잡시다요." 하자 부인은 "아이가 앉아서 우리들을 힐끗힐끗 보고 있는걸요." 하고 대답했습니다. "아이를 가지고 뭘 그러시오. 아직 아무것도 모르고, 말도 못할 텐데 말이오." "저 애가 얼마나 똑똑하다고요, 그걸 아시면 그런 말씀을 못하실 거예요."

아이는 밥이 다 된 것을 보자 앙앙 울었으므로 모친은 물었습니다. "너 왜 이리 우느냐?" "밥을 뜨고 버터를 넣어줘, 엄마." 아이가 하라는 대로 어머니는 밥을 조금만 뜨고 거기다 버터를 넣어주었습니다. 아이는 조금 입에다 대고 나서 또다시 울기 시작했습니다. "아니, 얘가 왜 이래?" 하고 어머니가 묻자 아이는 "엄마, 밥에 설탕을 쳐줘." 하고 말했습니다.

이 말을 듣고 오입쟁이는 버럭 화를 내며 외쳤습니다. "에이, 지긋지긋한 녀석이구나." 그러자 "너야말로 지긋지긋한 녀석이다." 아이가 되받았습니다. "수고스럽게도 마을에서 마을로 돌아다니며 호색삼매에 빠져 있구나. 난 말이다. 눈에 무엇이 들어가서 울었고, 눈물을 흘려서 그것을 씻어버렸어. 게다가 버터와 설탕을 넣은 밥을 먹고서 아주 만족하고 있어. 대체 누가 벌받을 놈이냐?"

오입쟁이는 어린 아이에게 이렇게 당하고 보니 어찌할 바를 몰랐습니다만, 그 즉시로 신의 자비를 느끼고는 개심했습니다. 그래서 그 부인에게는 손 하나 까딱하지 않고서 그 집을 나와 자기 고향으로 돌아와 죽을 때까지 회한의 여생을 보냈습니다.

다섯 살짜리 아이 이야기에 관해서는(하고 왕자는 이야기를 계속했습니다), 아버님, 이런 이야기를 듣고 있습니다.

## 도둑맞은 지갑

옛날에 네 명의 상인이 금화 1000닢을 공동으로 소유하고 있었습니다. 그래서 그들은 이것을 한 돈주머니에다 넣어가지고 그 돈으로 상품을 사러 나갔습니다. 도중에서 문득 아름다운 화원이 눈에 띄었으므로 그들은 화원지기 여자에게 돈주머니를 맡기고서 말했습니다. "알겠소, 우리들 네 사람이 다같이 내달라고 하지 않는 한 내줘서는 안돼요." 여자는 머리를 끄덕였습니다.

네 사람은 화원으로 들어가 잠시 오솔길을 한가로이 걷기도 하고, 먹고 마시고 흥겹게 떠들기도 했습니다. 이윽고 하나가 다른 동료들에게 말했습니다. "나는 향기가 좋은 가루비누를 가지고 있어. 자, 이것으로 이 개울물에 머리를 감아보세." "빗이 없는데." 하고 또 한 사나이가 말하자 세 번째 사나이가 끼여들었습니다. "정원지기에게 물어보세. 아마 빗쯤은 가지고 있을 테지." 그래서 하나가 일어나서 정원지기 여자에게 말을 건넸습니다. "돈주머니를 주시오." "모두가 함께 오시거나, 친구분들이 당신에게 드리라고 하시지 않으면 안됩니다." 정원지기 여자의 말에 상인은 동료들(모습은 보였지만 목소리까지는 알아들을 수가 없었기 때문에)에게 외쳤습니다. "이 여자는 좀처럼 내주지 않아." 그러자 세 사람은 빗을 두고 하는 소리인 줄 알고서 "내줘요." 하고 말했습니다. 정원지기 여자가 돈주머니를 내주자 그는 그것을 받아들고 다리야 날 살려라고 도망을 쳤습니다.

세 사람은 기다리다 못해 정원지기 여자에게로 가서 물었습니다. "어째서 그 사람에게 빗을 안 주는거요?" "그분은 돈주머니를 달라고 그러셨어요. 당신들의 승낙이 있어서 드렸더니 그것을 가지고 어디론가 가버렸어요." 세 사람이 여자의 말을 듣고서 각기 자기 얼굴을 때리고는 정원지기 여자를 붙잡고서 외쳤습니다.

"우리들은 빚을 주라고 말했을 뿐이야." 그러자 여자는 "그분은 빚 애기는 한마디도 하시지 않았어요." 하고 대답했습니다. 그래서 일동이 정원지기 여자를 붙잡고서 판관에게로 끌고 가서 자기들의 권리를 주장하자 판관은 정원지기 여자에게 돈주머니를 변상하라고 선언한 다음 세 사람의 채권자는 여자의 증인이 되라고 명령했습니다.

—샤라자드는 날이 훤히 밝아오는 것을 깨닫자, 여기서 허락된 이야기를 그쳤다.

● 606일째 밤

샤라자드는 말을 이었다. 오, 인자하신 임금님, 판관은 정원지기 여자에게 돈주머니를 변상하라고 선언한 다음 세 사람의 채권자는 여자의 증인이 되라고 명령했습니다. 그래서 정원지기 여자는 완전히 마음이 산란해져 어떻게 해서 이 난국을 극복해나가야할지 몰라서 밖으로 나갔습니다. 이윽고 길에서 다섯 살짜리 아이를 만났는데 아이는 여자가 근심에 싸인 모양을 보고서 "아주머니, 웬일이세요?" 하고 말을 건넸습니다. 그러나 정원지기 여자는 나이 어린 아이였으므로 네가 뭘 안다고 건방지게, 하는 식으로 상대도 하지 않았습니다. 그러나 아이가 두 번, 세 번 묻는 까닭에 마침내 정원지기 여자는 자초지종을 자세히 들려주었습니다. 네 사람이 다같이 돌려달라고 할 때까지 돈주머니를 맡기로 되어 있었던 예의 그 약속도 잊지 않고 이야기한 것입니다.

그러자 아이는 "나에게 과자 살 돈을 1디르함만 주세요. 그러면 잘 피할 수 있는 방법을 가르쳐줄게요." 하고 말했습니다. 정원지기 여자가 은화를 한 닢 주고서 "어떻게 하면 좋지?" 하고 묻자 아이는 말했습니다. "판관에게로 되돌아가서 이렇게 말하는 거예요. '나와 그 사람들 사이에서는 네 사람이 전부 모이지 않고서는 돈지갑을 내주지 말라고 약속해놓고 있었어요. 그러니까 네 사람이 전부 모이면 약속대로 돈지갑을 내드리겠어요’ 하고 말입니다.”
정원지기 여자는 곧 판관에게로 돌아와서 아이에게서 배운 대로
이야기했습니다. 그러자 판관은 상인들에게 물었습니다. “너희들과
이 여자 사이에는 그런 약속이 있었던가?” “네.” “그러면 너희들
동료를 데려다가 돈주머니를 받도록 하라.” 그래서 상인들은 동료
를 찾으러 나갔고, 한편 정원지기 여자는 무죄로 석방되어 그대로
집으로 돌아갔습니다. 알라는 전지전능하신 신이십니다!

왕을 위시하여 대신과 늘어앉은 신하들은 왕자의 이야기를 듣고
이구동성으로 부왕께 말했습니다. “오, 임금님, 정말로 왕자님은 세
상에서 보기드문 큰 인재이십니다.” 그리고 왕과 왕자 위에 하늘
의 축복이 있도록 빌었습니다. 이윽고 왕은 자기 아들을 꽉 가슴
에 껴안고서 이마에 입을 맞추고는 애첩과의 사건에 관하여 물었
습니다. 왕자는 “전능하신 알라와 신성하신 예언자에게 맹세코 제
가 거절했는데 귀찮게 달라붙은 것은 애첩 편이었습니다.” 하고
단언한 다음 “심지어 그 여자는 아버님을 독살시키면 왕위는 제
것이 된다고도 말했습니다. 그 말을 듣고 나는 화를 내며, 몸짓으
로 이렇게 말해주었습니다. ‘이 저주받을 년아! 입을 열게만 되면
꼭 원수를 갚겠다!’ 그래서 애첩은 저를 무서워하여 저런 식으로
나온 것입니다.”

왕은 왕자의 말을 믿고서 애첩을 불러오게 한 다음 모두에게 물
었습니다. “이 여자를 어떻게 죽여야 좋을꼬?” 그러자 혀를 잘라
버리라고 충고하는 자도 있었고, 화형에 처하라고 충고하는 자도
있었습니다. 그러나 애첩은 왕의 어전으로 나오자 “제 경우는 마
치 여우와 인간들의 이야기와 똑같습니다.” 하고 말했습니다. “어
째서?” 하고 왕이 묻자 여자는 “임금님, 저는 이런 이야기를 듣고
있습니다.” 하고 대답했습니다.

## 여우와 인간

어느 때 한 마리의 여우가 성벽을 기어올라 시내로 잠입하여 어느 가죽상인의 창고로 들어가 마냥 행패를 부려 주인의 가죽을 엉망진창으로 만들었습니다. 화가 난 주인은 덫을 놓아 여우를 잡아가지고 짐승 껍질로 마구 때렸기 때문에 여우는 끝내는 정신을 잃고 쓰러지고 말았습니다. 주인은 아주 죽은 것으로 잘못 알고서 성문 옆의 길바닥에다 여우를 던져버렸습니다.

얼마 후 지나가던 노파가 여우를 보고서 "이 여우의 눈을 아이 목에다 걸어주면 울지 않는 약이 된다." 하고서 오른쪽 눈알을 도려내 가지고 그곳을 떠났습니다. 다음에 한 소년이 지나가다가 "이런 여우에게 꼬리가 있어 본댔자 그게 무슨 소용이람?" 하고 말하고서 꼬리를 잘라버렸습니다. 그 후 좀 있다가 또 다른 사나이가 와서 "여우의 쓸개는 코르가루처럼 눈에 바르면 사시에 효험이 있어." 하고서 칼을 꺼내어 여우의 배를 가르려고 했습니다. 그러나 여우도 마음속으로 "눈을 빼 가거나 꼬리를 잘라가는 것은 참았지만 배를 가르다니 도저히 참을 수 없는걸." 하고 중얼거리고서 갑자기 뛰어일어나서 성문을 빠져나와 죽어라 하고 도망쳤습니다.

왕은 이 말을 듣고서 말했습니다. "나는 이 여자를 용서해주마. 아들 손에 운명을 맡기겠다. 원한다면 고문을 해도 좋고, 죽여도 좋다." 그러자 왕자도 "사람을 용서한다는 것은 복수보다 낫고, 자비는 귀인의 품성입니다." 하고 대답했습니다. 왕은 다시 "아들아, 네 마음대로 하라." 하고 말하므로 왕자는 여자를 놓아주며 "어서 이 근처에서 떠나라. 알라시여, 아무쪼록 지나간 과거를 용서해주옵소서!" 하고 말했습니다.

그러고 나서 국왕은 옥좌에서 일어나 왕자를 거기다 앉히고서 자기 왕관을 왕자의 머리에 씌워준 다음 영내의 대공들로 하여금 모름지기 새 왕에게 충성을 맹세하고, 그 충량된 신하가 되어달라고 부탁했습니다. 그리고 다시 덧붙였습니다. "오, 신하들이여, 나는 나이를 먹었으니 왕위를 떠나 오로지 내 주의 예배에 여생을 바치겠노라. 그래서 나는 그대들을 증인으로 하여 왕관을 왕자의 머리 위에 씌워준 것처럼 스스로 주권을 버리고 양위할 것을 맹세하노라." 그래서 문무백관은 왕자에게 충성의 맹세를 하고, 부왕은 주의 예배에 정진하여 지칠 줄을 몰랐습니다. 한편 새 왕은 옥좌에 앉자, 정의를 행하고 정도를 걸으니 위세는 점점 늘고, 그 옥좌는 반석처럼 굳어졌습니다. 이렇듯 새 왕은 수명이 다할 때까지 인간 세상의 온갖 위락을 즐기면서 여생을 보낸 것입니다.

# 쥬다르와 그 형들

그 옛날, 오마르라는 상인이 있었는데 그에게는 세 아들이 있었습니다. 큰 아들을 사림, 막내를 쥬다르, 둘째는 사리임이라고 하여, 부친은 삼형제가 자기 구실을 할 때까지 길렀습니다. 그런데 부친은 삼형제 중에서도 막내아들인 쥬다르를 특히 귀여워했기 때문에 두 형은 그것을 보고서 쥬다르를 질투하며 미워했습니다. 그런데 나이 먹은 부친은 두 형이 동생을 미워하고 있다는 것을 알게 됨에 따라 자기가 죽은 후 이 두 형들 때문에 문제가 생기지 않을까 하고 걱정했습니다. 그래서 친척 연고자들을 위시하여 여러 학자, 재판소의 재산분배관리 등을 불러놓고 재산과 피륙을 모조리 꺼내놓고서 이렇게 말했습니다. "여러분, 법전에 따라서 이 돈과 피륙을 사등분해주십시오." 일동은 그대로 했으므로 부친은 세 아들에게 각자의 몫을 나눠주고, 나머지 4분의 1만 자기가 차지했습니다.

"이것이 내 전재산이며, 내가 살아 있는 동안에 모두에게 나누어주었다. 내가 차지한 몫은 집사람, 즉 이 아들들의 어머니 몫으로 언제 과부가 되어도 이것으로 생계를 지탱해나갈 수 있을 것이다."

—샤라자드는 날이 훤히 밝아오는 것을 깨닫자, 여기서 허락된 이야기를 그쳤다.

● 607일째 밤

샤라자드는 말을 이었다. 오, 인자하신 임금님, 상인은 돈과 피륙을 사등분하여 말했습니다. "이 몫은 아들들의 어머니인 나의 집사람 몫이며 언제 과부가 되어도 이것으로 살아나갈 수 있을 것이다." 그 후 얼마 있다 부친은 세상을 떠나고 말았습니다. 두 형은 자기들 몫에 만족하지 않고서 "아버지의 재산은 아직도 너에게 있어." 하고는 쥬다르에게 좀더 내놓으라고 성화를 부렸습니다. 그래서 동생은 재판소에 고소했습니다. 그리고 전에 재산분배시에 동석했던 증인들도 법정에 나와 아는 데까지 증언했습니다. 그래서 재판관은 금후 분쟁은 금지한다고 언도했습니다. 그러나 쥬다르도 두 형도 법관에게 뇌물을 바치느라고 막대한 돈만 허비했던 것입니다.

그 일이 있은 후 두 형은 잠시 잠적했습니다. 그러나 두 형은 그러던 중 또다시 흉계를 꾸몄으므로 쥬다르는 또다시 법정에 고소하게 되었습니다. 그러자 이번에도 쥬다르에게 유리한 판결이 내려졌습니다. 그렇지만 형도 아우도 재판관들을 매수하느라고 막대한 돈을 낭비하게 된 것입니다. 그러나 두 형은 아우를 괴롭히려고 생각하고서 끈덕지게 사건을 이곳저곳의 법정으로 가지고 다니다가 결국 쌍방이 다 비용의 낭비를 거듭했으므로 마침내 입에 풀칠하기도 어렵게 되어 세 사람이 모두 빈털터리가 되고 말았습니다.

그러자 두 형은 어머니에게 가서 욕을 퍼붓고 때리고, 돈을 뺏은 다음 집에서 내쫓아버렸습니다. 어머니는 막내아들 쥬다르에게로 가서 형들의 불효를 이야기하고, 둘을 저주하기 시작했습니다. 쥬다르는 "저, 어머니, 형들을 저주하지 마십시오. 글쎄 알라께서는 사람의 소행에 따라 각자에게 상벌을 주시니까요. 그리고 어머니, 아시다시피 나는 이렇게 망했습니다. 형들도 마찬가지입니다. 왜냐하면 싸움은 결국 서로를 망하게 하는 것으로 나도 형들도 열심히

법정에서 싸웠건만 결국은 아무 이익도 없었던 것입니다. 이익은
커녕 우리들은 아버님의 유산을 탕진해버렸으며, 형제끼리의 소송
으로 세상의 웃음거리만 되었습니다. 그런데 또 어머니의 일로 형
님들과 싸워 재판소에 소송을 낸다는 것은 도저히 할 수 없습니
다. 그것보다는 제 집에 계시며 한 개의 빵이라도 나눠 먹으며 사
십시다. 저를 위하여 기도를 올려주시면 알라께서는 반드시 어머
니와 자식 식량 정도는 주실 것입니다. 형님들은 제마음대로 전능
하신 신의 인과응보를 받으면 그것으로 족할 것이고, 어머니 자신
은 시인의 시라도 읽으시며 마음을 위로하십시오.”

어리석은 자가 만일 너를
학대할지라도 잘 참아라
이윽고 세월의 손에 의하여
너의 원수에게 보복 있으리.
무도한 행동을 아예 기피하라
산이 산을 누른다면
횡포 때문에 무너지리라.


쥬다르가 연방 어머니를 달랬으므로 마침내 어머니는 납득하여
쥬다르네 집에 의지하기로 했습니다. 이윽고 쥬다르는 그물을 떠
가지고, 매일 브라크와 구 카이로 근방의 강가로, 아니면 물이 있
는 다른 장소로 고기를 잡으러 나갔습니다. 하루벌이가 동전 10
닢이 되는 때도 있었고,  20닢, 30닢이 되는 적도 있어, 이 돈으로
모자의 생계는 무엇 하나 부족함이 없이 꾸릴 수 있었습니다. 그
러나 형들은 전연 손재주를 부리는 일도 없고, 그렇다고 해서 장
사를 하는 것도 아니었습니다. 불행과 파멸과 막을 길이 없는 재
앙이 두 형의 집을 찾아들어서 어머니에게서 뺏어온 돈도 탕진하
게 되어 알몸이나 다름없는 비참한 거지가 되어버렸습니다.
그래서 그들은 가끔 어머니에게로 와서 연방 굽신거리면서 공복

을 호소하는 것이었습니다. 그러면 어머니는(무릇 어머니의 마음
이라고 하는 것은 인자한 것입니다) 곰팡이 냄새가 나고 시크무레
한 빵이나, 또는 어제 먹다 남은 음식이라도 있으면 이것을 주며
"어서 먹고 아우가 오기 전에 가거라. 이런 꼴을 보면 저 애는 반
드시 마음이 아파 나에게도 박절하게 할 것이다. 게다가 너희들이
있으면 나도 그애에게 미안한 생각이 들 게 아니냐." 하고 말했습
니다. 그러면 두 형은 얼른 음식을 먹고는 돌아가는 것이었습니다.
  그러던 어느 날, 둘이서 같이 왔기 때문에 어머니는 먹을 것과
빵을 내주었습니다. 두 형이 음식을 먹고 있는데 공교롭게도 동생
인 쥬다르가 돌아왔습니다. 그 모습을 보고 어머니는 어쩔 줄을
모르며 쥬다르가 야단치는 것이 아닐까 하고 안절부절 못했습니
다. 그래서 얼굴을 붉히고서 가만히 고개를 숙이고 있었던 것입니
다. 그러나 쥬다르는 두 형에게 미소를 띄우고서 "어서 오십시오.
형님들! 오늘은 참 운이 좋은 날이군요! 이 좋은 날에 두 분이 다
같이 찾아주시다니 웬일입니까?" 그러고 나서 두 형을 끌어안고서
다정하게 환대하며 "두 형이 찾아주지 않아서 그 쓸쓸함은 이루
말할 수 없었어요. 어째서 나와 어머님의 집을 찾아주시려 하지
않으셨던거죠?" 하고 말했습니다. 두 형은 "아니, 정말 우리들도
얼마나 너를 만나고 싶었다고. 그러나 그런 일이 있었고 해서 부
끄러워서 차마 오지 못했다. 그러나 우리들도 무척 후회했었다. 그
건 전만 아마의 수행이었어, 최고 지상하신 알라의 저주가 악마
위에 떨어지면 얼마나 좋겠니! 이제는 너와 어머니 외엔 우리들이
의지할 것이라곤 아무것도 없어."


  ―샤라자드는 날이 훤히 밝아오는 것을 깨닫자, 여기서 허락된
이야기를 그쳤다.


● 608일째 밤
  샤라자드는 말을 이었다. 오, 인자하신 임금님, 쥬다르는 집으로

돌아와 형들을 보자 두 형을 환대하며 말했습니다. “우리도 두 형님 외엔 의지할 것이라곤 아무도 없어요.” 어머니는 자기도 모르게 외쳤습니다. “알라께서 네 얼굴을 희게 하시고, 더욱더 너를 번영케 해주시기를! 글쎄, 쥬다르! 네가 형제 중에서 가장 도량이 넓으니까 말이다.” 이윽고 쥬다르는 “두 분 다 정말 잘 오셨습니다! 제 집에 계셔주세요. 신께선 인자하게 대해주실 것이고, 제 집에 계시면 좋은 일도 많을 테니까요.” 하고 말했습니다. 이렇듯 쥬다르는 형들과 화해를 했고, 형들은 아우와 함께 저녁을 먹고 쉬었습니다.

이튿날 아침, 일동은 조반을 든 다음 쥬다르는 그물을 지고서 매일의 양식의 문을 열어주시는 신을 믿으면서 밖으로 나갔습니다. 한편 두 형들도 나가기는 했지만 한낮에 돌아왔으므로 어머니는 두 사람 앞에 점심을 차려놓았습니다. 해가 질 무렵이 되자 쥬다르는 고기와 채소류를 가지고 돌아왔습니다. 이렇듯 쥬다르가 물고기를 잡아 그것을 팔아 어머니와 형들을 대접하니, 형들은 그저 먹고 놀기만 한다는 식으로 꼬박 한 달이 지났습니다. 그러던 어느 날, 쥬다르가 강둑으로 내려가 그물을 던졌지만 고기는 한 마리도 걸리지 않았습니다. 두 번째로 던져도 역시 마찬가지였습니다. 그래서 ‘여긴 고기가 없군.’ 하고 중얼거리고서 장소를 바꾸어 다시 한 번 그물을 던졌습니다. 그러나 역시 아무 수확이 없습니다. 여기저기로 해가 질 때까지 장소를 바꿔보았지만 단 한 마리의 망둥이도 걸리지 않았으므로 ‘이상한데! 고기놈들이 강에서 도망을 쳤나?’ 하고 중얼거렸습니다.

그러고 나서 그물을 짊어지고서 집으로 돌아오는 도중 내내 분해 하기도 하고 어머니와 형들을 걱정하기도 하며 그날 저녁은 무엇을 먹나 하고 생각해보았지만 도무지 뾰족한 수가 없습니다. 이윽고 빵가게 가마 옆을 지나려니까 많은 사람들이 각기 손에 은화를 쥐고서 빵을 사려고 모여 있었습니다. 그런데 빵가게 주인은 그런 사람들은 전연 아랑곳도 하지 않는 모양이었습니다. 쥬다르는 한숨을 내쉬면서 그곳에서 발을 멈췄습니다. 그러자 빵가게 주인이 소리를 지르며 물었습니다. "안녕하시오, 쥬다르 씨, 어서 오십시오! 빵을 드릴까요?" 그러나 쥬다르가 잠자코 있었으므로 주인은 다시 말을 이었습니다. "돈이 없어도 필요한 만큼 가지고 가시오. 외상으로 드릴 테니까요." 그래서 쥬다르가 "동전 10닢어치만 주시오. 이 그물을 잡히고 가겠습니다." 하고 말하자 주인은 대답했습니다. "아뇨, 그건 안됩니다. 가엾은 양반. 그물은 매일의 양식을 주는 자본, 만약 내가 그것을 뺏으면 당신 생계의 길을 막는 결과가 됩니다. 자, 동전 10닢어치의 빵과 현금으로 동전 10닢을 가지고 가시오. 내일은 그 대가로 20닢어치의 물고기를 갖다주시오." "잘 알았습니다!" 쥬다르는 빵과 돈을 받아 들고서 "내일만큼은 신께서 나의 어려움을 몰아내시어 갚아드릴 만한 것을 베풀어 주시겠죠." 하고 말했습니다.

그러고 나서 쥬다르는 고기와 야채를 사서 어머니에게로 가지고 돌아왔습니다. 어머니가 이것을 요리하니 모두는 이것을 먹고 잠자리에 들었습니다. 이튿날 아침, 쥬다르는 일출과 함께 일어나 그물을 짊어졌습니다. 어머니가 "자, 앉아서 아침을 먹어라." 하고 말해도 쥬다르는, "어머님과 형님들이나 잡수십시오." 이 한마디를 남기고서 브라크 근처의 강으로 내려갔습니다. 거기서 한 번 두 번 세 번 연거푸 그물을 던지기도 하고 하루 종일 장소를 바꾸며 그물을 던지기도 했지만 아무것도 못잡은 채 오후 기도시간이 되었습니다. 쥬다르는 그물을 어깨에 짊어지고서 실망에 젖어 집으로 향했습니다.

집으로 가는 도중 꼭 빵가게 앞을 지나야만 했으므로, 빵가게 주인은 쥬다르의 모습을 보자 빵덩어리와 돈을 세어주며 "자, 이것을 가지고 가세요. 오늘은 허탕을 쳤어도 내일은 어떻게 되겠죠." 하고 말했습니다. 쥬다르는 변명하려고 했지만 빵가게 주인은 이것을 막으며 말했습니다. "어서 가세요. 변명할 것은 없어요. 뭔가 잡혔다면 가지고 왔을 것이 아니겠어요. 당신이 빈손으로 온 것을 보고서 아무것도 못잡았구나 하고 생각했어요. 만일 내일도 운이 트이지 않는다면 또 들러서 빵을 가지고 가시오. 부끄러워할 것은 없어요. 외상으로 파는 것이니까요." 그래서 쥬다르는 빵과 돈을 받아가지고 집으로 돌아왔습니다.

사흘째에 쥬다르는 또다시 집을 뛰어나와 연못에서 연못으로 그물을 던지면서 돌아다녔습니다. 그러나 오후의 기도시간이 되어도 무엇 하나 잡히지 않습니다. 할 수 없이 쥬다르는 빵가게로 들어가서 언제나처럼 빵과 돈을 빌었습니다. 이러한 상태가 이레 동안 죽 계속되었으므로 쥬다르는 그만 속이 상해서 '오늘은 어디 카룬 호(카이로 남방에 있는 작은 호수)로 가보자.' 하고 생각했습니다.

카룬 호로 가서 그물을 던지려고 하자, 난데없이 마그리비 인, 즉 무어 인이 하나 옆으로 다가왔습니다. 몸에는 호화로운 옷을 입고, 올라탄 암탕나귀에는 금실로 수놓은 안장이 놓여 있고 마구라는 마구에는 모두 금박으로 가두리가 되어 있었습니다. 무어 인은 말에서 내려 쥬다르에게 말을 건넸습니다. "안녕하시오, 오마르의 아들 쥬다르!" "안녕하십니까, 순례 나리!" 하고 쥬다르가 대답하자 무어 인은 다시 말을 이었습니다. "이봐, 쥬다르, 실은 자네에게 볼일이 있어서 찾고 있었네. 만일 내가 하는 말을 들어준다면 좋은 일이 생길거네. 앞으로 내 친구가 되어 나 대신으로 일을 잘 좀 처리해주었으면 좋겠어." "나리, 뭔지 이야기해주십시오. 꼭 지시한 대로 할 테니까요." 그러자 무어 인은 "약속의 표시로 함께 첫장을 외우세." 하고 말하므로 쥬다르는 무어 인과 함께 이것을 외웠습니다.

그러자 무어 인은 비단 끈을 꺼내서 말하기를 "이 끈으로 내 팔을 뒷결박을 해주게. 되도록 단단하게 묶어주게. 그리고 이 호수 속에 던져주게. 그러고 나서 잠시 기다렸다가 내가 수면 위로 손을 내미는 것이 보이거든, 몸보다 먼저 손을 훨씬 더 높이 쳐들거든 말일세, 그물을 던져서 급히 끌어올려주게. 그러나 맨 먼저 두 발이 나오거든 죽은 것으로 생각해주게. 그때에는 나를 내버려두고서 당나귀와 안장자루를 시장으로 가지고 가면 샤마야라는 이름의 유태인을 만나게 될걸세. 그 사나이에게 당나귀를 주면 100디나르를 줄 테니 자네는 그것을 받아들고 집으로 돌아가도록 하게. 다만 이 일은 절대로 비밀로 해주었으면 좋겠네."

그래서 쥬다르는 무어 인의 팔을 등에다 꽉 결박지었는데, 상대방은 계속 "좀더 꽉, 좀더." 하고 말했습니다. 결박을 다 짓자 무어 인은 "밀어, 호수에 빠질 때까지." 하고 말하므로 쥬다르가 상대방을 호수로 떠다밀자 그는 그대로 가라앉고 말았습니다. 쥬다르가 잠시 기다리고 있자니, 이윽고 갑자기 무어 인의 다리가 불쑥 수면으로 나왔으므로 드디어 죽었구나 하고 생각했습니다. 그래서 쥬다르는 무어 인을 그대로 내버리고서 당나귀를 시장으로 끌고 갔습니다. 그러자 예의 그 유태인이 창고 입구 옆에 있는 걸상에 앉아 있는 모습이 눈에 띄었습니다. 이 사나이는 당나귀를 보자 "정말 그 놈은 죽었구나." 하고 외친 다음 말했습니다. "욕심이 사납더니 드디어 죽고 말았구나." 그러고 나서 쥬다르의 손에서 당나귀의 고삐를 받아들고 "이 일은 비밀로 하도록 합시다." 하고 말하고서 100디나르를 주었습니다. 그래서 쥬다르는 시장으로 나가 필요한 만큼의 빵을 사자 "이 금화를 받아주시오." 하고 빵가게 주인에게 주었습니다. 주인은 빌려준 것만큼 돈을 셈하고 나서 "당신 쪽에서 외상값을 다 갚고도 이틀분의 빵값이 남는군요." 하고 말했습니다

—샤라자드는 날이 훤히 밝아오는 것을 깨닫자, 여기서 허락된 이야기를 그쳤다.


● 609일째 밤

샤라자드는 말을 이었다. 오, 인자하신 임금님, 빵가게 주인이 외상값을 셈하고 나서 "당신 쪽에서 외상값을 다 갚고도 이틀분의 빵값이 남는군요." 하고 말하자 쥬다르는 "좋습니다." 하고 대답한

다음 그 길로 푸줏간으로 갔습니다. 그리고 주인에게 금화 한 닢을 주고서 고기를 받아들고 "거스름돈은요, 다음날까지 맡아두시오." 하고 말했습니다. 야채류를 사가지고 집으로 돌아오자 때마침 두 형이 어머니에게 먹을 것을 내놓으라고 조르고 있었습니다. 어머니는 참다 못해 "아우가 돌아올 때까지 참아라, 집에는 아무것도 없으니까." 하고 외쳤습니다. 거기에 쥬다르가 때마침 들어가서 "자, 잡수시오." 하고 말하자 모두가 마치 식인종처럼 달려들어 먹어치웠습니다. 그러고 나서 쥬다르는 어머니에게 나머지 돈을 주고서 "내가 집에 없을 때 형들이 오거든 이것으로 먹을 것을 사서 드리세요." 하고 말했습니다.

그날 밤 쥬다르는 푹 자고서 이튿날 아침 또 그물을 지고 카룬 호로 나갔습니다. 그리고 호수가에 서서 그물을 던지려고 하고 있자니까 뜻밖에도 또다시 마그리비 인 하나가 다가왔습니다. 어제 사나이보다도 더 아름다운 옷을 입고, 암탕나귀를 타고, 조그만 상자가 하나씩 든 안장자루를 한 쌍 달고 있었습니다. "안녕하시오, 쥬다르!" 하고 무어 인이 말을 건네자 "네, 안녕하세요, 순례 나리!" 하고 쥬다르도 대답했습니다. 무어 인이 "어제 나의 이 당나귀과 똑같은 당나귀를 탄 무어 인이 오지 않았던가?" 하고 물었으므로 쥬다르는 깜짝 놀라 대답했습니다. "아무도 보지 못했는데요." 쥬다르가 이렇게 대답한 것은 상대방이 "어디 갔지?" 하고 물으면 큰일이라고 생각했기 때문입니다. 또 만일 "그 사람은 호수에 빠져 죽었어요." 하고 대답하면 아마 살인죄를 씌울지도 몰랐기 때문입니다. 쥬다르로서는 모른다고 대답할 밖에 딴 방법이 없었던 것입니다. 무어 인이 "참 불쌍도 하지! 실은 말이오, 나보다 먼저 온 사람은 나의 형제란 말이오." 해도 쥬다르는 역시 "그런 사람은 전연 모르겠는데요." 하고 고집을 부렸습니다.

그러자 또 무어 인이 거듭 물었습니다. "당신은 그 사람의 팔을 뒤로 결박하여 호수에 던지지 않았던가? 그 사람은 이렇게 말하지 않았던가? '내 손이 먼저 수면으로 나오거든 그물을 던져서 얼른 끌어올려주게. 그러나 발이 먼저 나오거든 죽은걸로 생각하게. 그리고 당나귀를 유태인 샤마야에게로 끌고 가면 당신에게 100디나르를 줄 것일세' 하고 말이야." "다 잘 알고 있으면서 왜 또 나에게 일부러 그런 걸 물으십니까?" "어제와 똑같이 나에게도 그렇게 해주게." 무어 인은 비단 끈을 주면서 "내 손을 뒤로 묶어서 던져주게. 만일 내가 형제와 똑같이 되거든 당나귀를 유태인에게로 끌고 가도록 하게. 그러면 또 100디나르를 줄 테니까." 쥬다르가 "그러세요." 하고 대답하자 상대방은 옆으로 다가왔습니다. 그래서 쥬다르가 결박지어 호수로 떠다밀자 상대방은 물 속으로 가라앉았습니다. 쥬다르는 잠시 가만히 앉아서 보고 있었는데, 발이 먼저 수면으로 나타났으므로 "그만 죽고 말았구나! 인샬라, 마그리비 인이 매일 찾아주었으면 좋겠네! 하나가 죽을 때마다 100디나르씩 받을 수 있다면 할말 없지."

그러고 나서 쥬다르가 당나귀를 유태인에게로 끌고 가니 유태인은 그 모양을 보고서 "또 하나 죽었나?" 하고 물었습니다. "당신의 장수를 빌겠어요!" 하고 쥬다르가 대답하자, 유태인은 "욕심부린 탓이지." 하고 말했습니다. 그러고 나서 유태인은 당나귀를 받고서 100디나르를 주자 쥬다르는 그 돈을 들고 어머니에게로 돌아갔습니다.

"애야, 너." 하고 어머니는 말했습니다. "이 돈 어디서 났느냐?" 그래서 쥬다르는 자초지종을 말하자 "다시는 카룬 호로 가지 마라. 무어 인이 무슨 짓을 할지 모르니까." 하고 어머니는 말했습니다. 하지만 쥬다르는 "어머니, 나는 그저 저쪽에서 그렇게 해달라고 했을 뿐이에요. 달리 어찌할 수가 없잖아요. 이 짓을 하고 있으면 100디나르의 일당을 받고 집에도 빨리 돌아올 수 있거든요. 그러니까 마그리비 인들이 하나도 남지 않게 될 때까지 호수에 나가는 것을 그만둘 수는 없어요."

그래서 사흘째 아침도 쥬다르는 호반으로 가서 서 있었습니다. 그러자 세 번째 무어 인이 가죽자루를 단 당나귀를 타고서 저번의

두 사람보다도 더 호화로운 옷을 입고서 다가오더니 “안녕하시오,
오마르의 아들, 쥬다르!” 하고 불렀습니다. 쥬다르는 마음속으로
‘도대체 어째서 저놈들은 모두 내 이름을 알고 있는거지?’ 하고 중
얼거리면서 답례했습니다. “웬 무어 인이 여길 지나갔나?” 하고
무어 인이 물었으므로 쥬다르는 “두 사람이 지나갔어요.” 하고 대
답했습니다. “어디로 갔소?” 하고 거듭 물었으므로 “내가 두 사람
의 손을 등 뒤에서 결박진 후 물 속으로 던지자 둘 다 물에 빠져
죽었어요. 당신도 아마 똑같은 꼴을 당할 것입니다.” 쥬다르의 대
답에 무어 인은 껄껄 웃으며 “가엾어라! 그러나 누구에게나 수명
이라는 것이 있는 법이지.” 하고 말했습니다.

그러더니 당나귀에서 내려서 비단 끈을 쥬다르에게 주고서 “여
보, 쥬다르, 나도 저 두 사람과 똑같이 해주게.” 하고 말했습니다.
쥬다르가 “등 뒤에서 묶을 수 있도록 두 손을 등 뒤로 돌려주시
오. 나는 바빠서 꾸물거리고 있을 시간이 없으니까.” 하고 말하자
그는 등 뒤로 손을 돌렸습니다. 쥬다르는 이것을 묶어서 호수 속
으로 던졌습니다. 그러고 나서 잠시 동안 기다리고 있노라니까 이
윽고 무어 인은 두 손을 물 위에 내밀고서 큰 소리로 외쳤습니다.
“여보게, 미안하지만 그물을 던져주게!”

그래서 쥬다르는 그물을 던져서 무어 인을 둑으로 끌어올렸습니
다. 보자니, 아니, 이건! 좌우 두 손에 산호처럼 새빨간 고기를 한
마리씩 쥐고 있는 것이 아니겠습니까! 무어 인은 “안장자루 안에
있는 상자를 갖다주게.” 하고 말하므로 쥬다르가 상자를 갖다가
열어주었더니 그는 한 마리씩 상자 속에 넣고서 뚜껑을 닫았습니
다. 그러고 나서 그는 쥬다르를 가슴에 껴안고서 좌우 양쪽의 볼
에 입을 맞추더니, “알라께서 온갖 곤경에서 자네를 구해주시길!
전능하신 신께 맹세코 자네가 나에게 그물을 던져서 끌어올려 주
지 않았더라면 물고기를 두 마리 쥔 채 물에 빠져죽었을 걸세. 혼
자의 힘으론 도저히 기슭에 오를 수는 없으니까 말일세.” 하고 말
했습니다. 그래서 쥬다르가 물었습니다. “여보시오, 순례 나리, 제

발 부탁이오니 전에 빠져죽은 두 사람의 신세와 이 두 마리의 물고기와 저 유태인에 관하여 진짜 사실을 이야기해주실 수 없겠습니까?”

―샤라자드는 날이 훤히 밝아오는 것을 깨닫자, 여기서 허락된 이야기를 그쳤다.

●610일째 밤

샤라자드는 말을 이었다. 오, 인자하신 임금님, 쥬다르가 “제발 부탁이오니 우선 빠져죽은 저 두 사람의 신세 이야기부터 들려주시오.” 하고 부탁하자 마그리비 인은 대답했습니다. “실은 말일세, 쥬다르, 저 빠져죽은 사람들은 나의 형제들이야. 아브드 알 사람, 아브드 알 아하드라는 이름이었어. 내 이름은 아브드 알 사마드라고 하며, 예의 유태인도 역시 형제인데 아브드 알 라힘이라는 이름이야. 실은 그 사람은 유태인이 아니라 마리키 파의 버젓한 신도야. 부친은 아브드 알 와두드라고 하셨는데, 우리들에게 마술이나, 불가사의를 풀어서 숨은 보물을 발견해내는 요술 따위를 가르쳐주었기 때문에 우리들은 열심히 공부하여 마침내 마족의 요귀 괴물을 마음대로 다스릴 수 있게 되었단 말일세.

이럭저럭하고 있는 동안에 부친이 돌아가시어 막대한 유산이 남았어. 그래서 우리들은 부묵과 부적을 분배했는데, 마지막에 장서를 처분하는 차례가 되어 《고대인의 우화》라는 책을 둘러싸고서 쟁탈전이 벌어진 거야. 이 책은 세계에 그 유례가 없을 만한 희귀한 진서로서 아무리 많은 황금을 주고서도 살 수 없는 진품이며, 금이나 보물을 아무리 많이 쌓아놓아도, 비교도 되지 않는 일품이야. 그도 그럴 것이 대지의 숨은 비보를 낱낱이 설명하고, 온갖 비밀을 해명하고 있으니 말이야. 부친은 평소 곧잘 이 책을 사용하고 있었으므로 우리들도 어렴풋이 기억하고 있었지. 그래서 우리들은 모두 그 안에 적혀 있는 사실을 알고 싶었으므로 그 책을 독점하고 싶어서 죽을 지경이었어.

그런데 우리들이 쟁탈전을 벌이고 있을 때, 때마침 그 자리에 예언자 알 아브탄이라는 노인이 있었어. 그 옛날 부친을 길러서 점과 마술을 가르친 스승이었는데, 이 노인이 '그 책을 가지고 오너라' 했으므로 우리들은 그 책을 노인에게 주었어. 그러자 노인은 이렇게 말씀하셨어. '너희들은 내 손자야. 나로선 너희들을 위하여 도움이 안되는 일을 할 수는 없어. 그러니 이 책을 갖고 싶거든 알 샤마르달의 보물을 구해올 수 있도록 힘써야 한다. 알 샤마르달의 보물창고에 들어가서 천구의와 코르가루 넣는 병과 도장 반지와 칼 등을 나에게로 가지고 오너라. 왜냐하면, 그 도장 반지에는 라아드 알 카시후라는 마신이 붙어 있어서 이것만 가지고 있으면 왕후라도 덤벼들 수 없기 때문이야. 또 마음만 먹으면 광대무변한 이 대지조차도 다스릴 수가 있단 말이다. 다음은 칼인데, 이것을 휴대한 자가 한 번 뽑아서 휘두르면 적이 대군이라 할지라도 그 자리에서 격퇴시킬 수가 있단 말이야. 또 그대 저 군대를 쳐부셔라 하고 명령만 하면 칼에서 번개와 불꽃이 분출하여 전군을 몰살시키고 만단 말이야. 천구의에 관해서도 한 마디 하자면, 이것을 손에 들고 서쪽도 좋고 동쪽도 좋아, 심심풀이로 구경하고 싶은 나라의 방향으로 표면을 돌리기만 하면 앉아서, 지척 사이에서 그 나라와 주민을 볼 수 있다, 그 말이야. 또 어느 도시가 마음에 안 맞아 이것을 태워버리고 싶다면, 천구의를 태양 정면으로 돌리고서 이러이러한 도시를 태워버리라 하고 말만 하면 돼. 그러면 그 도시는 순식간에 불로 타버리고 말아. 마지막으로 코르가루 병인데, 그 가루를 눈에 바르면 지구상의 온갖 보물을 발견할 수가 있어. 자, 가서 이 보물들을 구해 오너라. 그리고 나는 이 보물을 발견하지 못한 자는 이 책에 대한 권리를 상실한다는 조건을 붙여둔다. 이 보물을 손 안에 넣고, 내게로 가져온 자야말로 이 책을 가질 자격이 있는 것이다.'

그래서 우리들이 모두 이 조건을 수락한다고 대답하자 노인은 다시 말을 이었어. '애들아, 들어보라, 알 샤마르달의 보물은 붉은 왕자의 자손이 가지고 있다. 너희들의 아버지한테서 들은 이야기인데, 아버지 자신이 보물을 찾아보려고 했으나 끝내 성공을 거두지 못했다고 한다. 왜 그러냐 하면 붉은 왕자의 자손은 너희들의 아버지를 피하여 이집트의 나라로 들어가 카룬 호라는 호수 속에 몸을 감췄기 때문이다. 너희들 부친도 쫓아보기는 했지만 마법에 걸린 호수 속으로 도망쳐버렸기 때문에 도무지 손댈 길이 없었다는구나.'

—샤라자드는 날이 훤히 밝아오는 것을 깨닫자, 여기서 허락된 이야기를 그쳤다.

● 611일째 밤

샤라자드는 말을 이었다. 오, 인자하신 임금님, 예언자 알 아브탄은 젊은이들에게 이만큼의 이야기를 한 다음 또다시 다음과 같은 이야기를 덧붙였습니다. '그래서 너희들 부친께서는 뜻을 달성하시지 못하고 빈손으로 돌아왔단 말이다. 그리고는 나에게 실패로 끝났다고 불평을 늘어놓았으므로 내가 점성술로 점을 쳐보았더니 쥬다르 빈 오마르라는 이름의 카이로의 젊은 어부의 도움을 받지 않고서는 재보를 손안에 넣을 수는 없다는 것, 또 그 사나이를 만날 수 있는 곳은 카룬 호의 호반이라고 하는 것을 알게 되었다. 왜냐하면 쥬다르라는 사나이는 붉은 왕자의 자손을 잡는 수단이 되어, 젊은 사나이가 보물을 찾는 인간의 두 손을 등 뒤에서 결박지어 호수 속으로 던져, 붉은 왕자의 자손과 싸움을 하게끔 유도하지 않고서는 마력이 풀리지 않기 때문이다. 그리고 나서 일을 성공시킬 수 있는 운명을 타고난 자가 붉은 왕자의 자손을 굴복시키지만, 그렇지 않은 운명을 타고난 자는 목숨을 잃게 되어 발이 먼저 수면 위로 떠오를 것이다. 보기좋게 성공을 거둔 자는 우선 두 손이 먼저 수면 밖으로 나오기 때문에 쥬다르란 자에게 그물을 던지

게 하여 기슭으로 끌어올려 달라고 해야 한다.'

 그런데 나의 형제인 아브드 알 사람과 아드브 알 아하드는 이렇게 말한 것이다. '비록 목숨을 잃는 한이 있더라도 우리들이 가서 시험해보자'라고 말이야. 그래서 나도 '그렇다면 나도 가자' 하고 말했지. 그런데 또 하나의 형제인 아브드 알 라힘은 (자네가 유태인의 몸차림을 하고 있는 것을 본 바로 그 사나이야.) '나는 그런 짓을 하고 싶지 않아' 하는 거야. 그래서 알 라힘보고는 유태인 상인으로 분장하여 카이로로 가서, 만일 누군가가 호수에서 죽거든 당나귀와 안장자루를 맡아가지고, 당나귀를 끌고 온 사람에게 100디나르를 주라고 합의를 본 것이야. 자네에게 최초로 온 형제는 붉은 왕자의 자손에게 피살되고 두 번째 형제도 같은 꼴을 당했지. 그러나 기고만장한 그놈들도 나에게는 당하지 못하고 마침내 잡히고 말았지 뭐야."

 "그 노획물은 지금 어디 있습니까?" 쥬다르가 외치자 무어 인은 "상자 속에 넣어둔 것을 못 보았나?" 하고 되물었습니다. "그것은 물고기던데요." "천만에." 하고 마그리비 인은 대답했습니다. "놈들은 물고기로 변신한 마신이야. 그런데 말이야, 쥬다르, 그 보물은 자네 손을 빌지 않고서는 열 수 없다는 것을 알아주어야겠네. 어때, 자네는 내 말을 듣고서 페르 메키네즈 시로 함께 가주지 않겠나? 거기서 보물을 펴볼 작정이야. 나중에 뭐나 자네가 원하는 대로의 것을 자네에게 주겠고, 알라의 굴레로 맺어진 나의 형제로 삼아, 씩씩한 모습으로 가족에게 돌려보내주겠네." 그러자 쥬다르는 말했습니다. "순례 양반, 저에게는 부양해야 할 어머니와 두 형이 있기 때문에 곤란합니다."

 ─샤라자드는 날이 훤히 밝아오는 것을 깨닫자, 여기서 허락된 이야기를 그쳤다.

● 612일째 밤

샤라자드는 말을 이었다. 오, 인자하신 임금님, 쥬다르가 마그리비 인에게 말하기를 "나에게는 부양해야 할 어머니와 두 형이 있습니다. 만일 내가 따라간다면 누가 밥을 먹여주겠습니까?" 그러자 무어 인은 대답했습니다. "그런 쓸데없는 걱정은 할 필요가 없어. 생활비 말이라면 자네 어머니에게 1000디나르를 드리겠네. 그만하면 자네가 돌아올 때까지 충분히 먹고 살 수 있을 것이야. 넉 달이 되기 전에 꼭 보내줄 테니까." 쥬다르는 1000디나르라는 말을 듣자, "그럼, 순례 나리, 그 돈을 주십시오. 무엇이든 하겠습니다." 하고 대답했습니다. 무어 인이 돈을 꺼내주자, 쥬다르는 곧 모친에게 이것을 주고서 두 사람 사이에 일어났던 일의 자초지종을 들려준 다음 덧붙였습니다. "이 돈을 받아주세요. 나는 무어 인을 따라 모로코까지 간 다음 사월에나 돌아오겠어요. 그 동안 이것을 생활비로 쓰세요. 꼭 굉장한 행운이 찾아올 것입니다. 어머니, 나를 축복해주세요." 어머니가 "애, 아들아, 네가 없으면 쓸쓸하고 걱정이다." 하고 말하자 쥬다르는 "어머니, 알라의 가호를 받고 있는 자에겐 재앙이 내리닥칠 염려는 없습니다. 게다가 저 마그리비 인은 인품이 훌륭한 분인걸요." 하고 대답하고서 그 사람의 처지를 연방 칭찬했습니다. 그러자 어머니는 "알라시여, 아무쪼록 그분이 이들에게 호의를 베풀어주시기를! 그럼 따라가 봐라. 어쩌면 무엇이고 베풀어주실지 모르니까." 하고 말했습니다.

그래서 쥬다르는 어머니에게 작별을 고하고는 무어 인 아브드 알 사마드에게로 돌아왔습니다. "어머니하고 의논하고 왔나?" 하고 무어 인이 묻자 쥬다르는 "예, 어머니의 축복을 받고 왔습니다." 하고 대답했습니다. "그러면 내 뒷자리에 올라타." 마그리비 인의 말에 쥬다르는 당나귀 뒷자리에 올라탔습니다. 그리고 낮부터 오후의 기도시간까지 당나귀를 몰고 가는 중 쥬다르는 공복을 느끼게 되었습니다. 그러나 보기에 무어 인은 먹을 것을 하나도 가지고 있지 않았으므로 이렇게 말했습니다. "순례 나리, 어째 도중에서 먹을 음식을 가지고 가는 것을 잊어버리셨나 보군요?" "배가 고픈가?" "네." 그러자 아브드 알 사마드는 먼저 당나귀에서 내린 다음 쥬다르를 내리게 하고는 안장자루를 풀더니 "무엇이 먹고 싶은가?" 하고 물었습니다. "아무거나 좋습니다" "무엇이 먹고 싶은지 말해봐." "치즈빵," "쩨쩨한 소리 그만둬! 치즈빵이라니. 좀 더 고급품인 요리 이름을 말해봐." "저로선 아무거나 괜찮습니다." "노릇노릇하게 익힌 맛좋은 닭고기는 어때?" "좋습니다!" "꿀을 바른 밥은 어때?" "좋습니다!"

무어 인이 이 요리는 어때, 저 요리는 어때, 하고 늘어놓고 있는 동안 마침내 그 수는 스물하고도 네 종류나 되었습니다. 쥬다르는 마음속으로 혼자, '이 친구 돌았군! 요리인도 부엌도 없는데 도대체 어디서 그런 요리가 나온다는거야? 옳지, 이젠 그 정도로 족하다고 해두자.' 하고 생각했으므로 이렇게 외쳤습니다. "이젠 됐습니다. 여러 가지 요리 이름을 듣고 보니 군침이 도는데 정작 먹을 것은 안 보이는군요." 그러자 무어 인은 "쥬다르! 자 자, 사양할 것은 없어." 하고 말한 다음 안장자루 속에 손을 넣고서 노릇노릇하게 익은 갓 구운 닭고기가 둘 나란히 담긴 황금 접시를 꺼내었습니다. 그러고 나서 또다시 손을 넣자 양고기를 가득 담은 황금 접시를 꺼낸다는 식으로 차례차례로 안장자루에서 요리를 꺼내, 끝내는 이제 방금 입에 올린 스물하고도 네 종류의 산해진미를 모두 늘어놓았습니다. 쥬다르는 그저 넋을 잃고 멍하니 바라보고 있을 뿐이었다.

이윽과 무어 인이 "자, 먹게!" 하고 말했으므로 쥬다르가 "나리, 당신께선 그 안장자루 속에 부엌서부터 요리인에 이르기까지 모두 넣어두고 계시군요!" 하고 말하자 무어 인은 웃으며 대답했습니다. "이것은 마법의 안장자루야. 안에다 한 사람의 하인을 넣어두었다네. 가져와! 이 한 마디만 하면 한 시간 내에 1000종의 요리도 척척 날라온다구." "이건 정말 놀라운데요! 안장자루 속에 먹을 것이 숨겨져 있다니!" 쥬다르는 외쳤습니다. 두 사람은 배불리 먹고서 남은 것은 쏟아 버렸습니다. 무어인 은 빈 접시를 안장자루 속에 넣은 다음 한 손을 넣어 물병을 꺼냈습니다. 두 사람은 물을 마시고 간단한 목욕을 하고는 한낮의 기도를 올렸으나, 그것이 끝나자 아브드 알 사마드는 물병을 치운 다음 두 상자를 안장자루 속에 넣고서 당나귀 등에 실었습니다. 그리고 당나귀에 올라타 외쳤습니다. "자네도 타. 자, 출발이다."

이윽고 무어 인은 "여보, 쥬다르, 카이로를 떠나서 얼마나 여행을 했는지 알겠는가?" 하고 물었으나 쥬다르는 "나로선 전혀 모르겠는데요" 하고 대답했습니다. "꼬박 한 달 거리 여행을 한 거야." 아브드 알 사마드의 말에 쥬다르는 "그건 또 무슨 소리입니까?" 하고 물었습니다. "이봐, 쥬다르, 우리들이 타고 있는 이 당나귀는 하루에 한 해 거리를 달리는 마족의 변신이야. 사양하여 속도를 늦추고 있는 거야."

두 사람은 자꾸만 서쪽으로 여행을 계속하여 날이 저물면 발을 멈추고는 마그리비 인은 안장자루 속에서 저녁식사를 꺼냈습니다. 그 이튿날도 마찬가지로 안장자루에서 조반을 꺼내 먹었으며, 이렇듯 나흘 동안을 한밤중까지 당나귀를 타고 걷다가 잠시 멈추고 잤으며, 아침이 되면 또 당나귀를 몰아 전진했습니다. 그리고 쥬다르가 원하는 것은 무엇이든 말만 하면 무어 인은 얼른 안장자루에서 이것을 꺼내주었습니다.

닷새째에 두 사람은 페르 메키네즈에 도착했습니다. 시내로 들어서자 오고가는 사람은 모두 무어 인에게 인사를 하고는 그 손에 입을 맞추었습니다. 무어 인은 말을 탄 채 시내 안을 전진하여 어느 집 문앞에까지 와서 쾅쾅 두들겼습니다. 그러자 문이 활짝 열리며 안에서 나온 사람은 달이 아닌가 싶을 미모의 여자였습니다. 무어 인이 "여봐라, 라마야, 이층 방을 비워라." 하고 말하자 처녀는 "알았습니다. 아버님!" 하고 대답하고서 목이 마른 영양처럼 발걸음도 가볍게 한들한들 엉덩이를 흔들면서 안으로 들어갔습니다. 그 맵시에 쥬다르는 그만 넋을 잃고는 "이건 공주님 그대로인데." 하고 중얼거렸습니다.

처녀가 이층 방을 비우자, 무어 인은 당나귀 등에서 안장자루를 내리고는 "자, 가라, 그리고 신의 축복을 받도록 하라!" 하고 외쳤습니다. 그러자, 아니, 이건 어찌 된 셈입니까, 땅이 둘로 갈라져 당나귀를 삼켜버렸는가 싶더니 곧 다시 원형대로 닫혔습니다. 쥬다르가 "오, 수호신이여! 무사하게 당나귀를 타게 해주신 알라를 칭송할지어다!" 하고 외치니 마그리비 인은 "이봐, 쥬다르, 놀랄 건 없어. 저 당나귀는 마신이라고 하지 않았나. 자, 함께 이층으로 올라가보세." 하고 말했습니다. 그래서 두 사람은 이층으로 올라갔는데, 쥬다르는 여기저기 호화로운 가구가 늘어서 있고, 금은으로 된 장식물이 벽에 걸려 있으며 또 보석들과 그 밖의 진기한 귀중품이 놓여 있는 것을 보고서 눈이 휘둥그레지며 놀랐습니다. 두 사람이 자리에 앉자 무어 인은 딸에게 시켜 어떤 보자기를 가져오게 했습니다. 가져오자 그 보자기를 끌러 금화 1000닢이나 하는 옷을 꺼내 이것을 쥬다르에게 주며 말했습니다. "쥬다르, 이 옷을 입게. 정말, 잘 와주었네!" 쥬다르가 이것을 입자 마치 서쪽나라의 왕자를 연상시킬 만큼 훌륭한 풍채가 되었습니다. 이윽고 마그리비 인은 안장자루를 쥬다르 앞에다 놓고는 손을 안에다 넣고서 차례차례로 요리를 꺼내 마침내 40종류나 되는 진미가효를 늘어놓았습니다. 그리고 쥬다르에게 말하기를 "자! 좀더 가까이 오라구. 손님, 사양 말고 먹게나."

—샤라자드는 날이 훤히 밝아오는 것을 깨닫자, 여기서 허락된 이야기를 그쳤다.


● 613일째 밤

샤라자드는 말을 이었다. 오, 인자하신 임금님, 마그리비 인은 집 안에서 40종류나 되는 진미가효를 늘어놓고서 쥬다르를 말했습니다. "자, 손님, 가까이 오게나. 실례지만, 자네가 좋아하는 요리가 무엇인지 몰라서 말이야. 하지만 자네가 원하는 요리를 말해주면 곧 내놓을 테니 말해보게." 쥬다르는 "신에게 맹세코, 순례 나리, 나는 어떤 것도 상관없으며 싫은 것이라곤 아무것도 없습니다. 그러니까 일일이 묻지 않으셔도 됩니다. 무엇이건 생각나는 대로 음식을 내놓으세요. 먹는 것 외엔 할 일이라고 하나도 없으니까요." 그 후 이십 일 동안 쥬다르는 무어 인의 집에 묵고 있었는데, 매일 새옷으로 바꿔입은 외에 늘 안장자루에서 요리를 꺼내서 둘이서 먹곤 했습니다. 그도 그럴 것이 무어 인은 고기를 사는 것도 아니고, 빵과 그 밖의 먹을 것을 사는 것도 아니고, 요리를 하는 것도 아니고, 그저 무엇이든 다, 갖가지 과일 등속까지도 자루에서 꺼내어 먹었기 때문입니다.

스물 하루째가 되자, 무어 인이 정색을 하고 말했습니다. "자, 쥬다르, 일어나게. 오늘은 말이야, 알 샤마르달의 보고를 여는 날이야." 그래서 쥬다르는 자리에서 일어나 두 사람은 함께 교외로 나갔습니다. 그러자 그곳에는 두 노예가 각기 암탕나귀를 한 마리씩 끌고 대기하고 있었습니다. 무어 인과 쥬다르는 각기 당나귀를 타고서 한낮까지 이것을 몰아 어느 강가에 오게 되었습니다. 아브드 알 사마드는 그 강가에서 당나귀를 내리고서 쥬다르에게도 "자, 쥬다르, 내리게!" 하고 말했습니다. 그러고 나서 한 손을 혼들어 노예들에게 "어서 일을 시작하여라!" 하고 손짓했습니다. 두 노예는 당나귀를 끌고서 각기 다른 방향으로 사라져 잠시 모습을 나타내지 않았습니다.

그러던 중 둘 다 다시 나타났는데, 하나는 천막을 가지고, 또 하나는 양탄자를 메고 있었습니다. 그리고 하나가 천막을 치자, 또 하나는 그 안에다 양탄자를 펴고, 멍석을 깔고, 그 근처에 베개니 보료를 늘어놓았습니다. 그것이 끝나자, 하나는 두 마리의 물고기가 든 작은 상자를, 또 하나는 안장자루를 가지고 왔습니다. 마그리비 인은 자리에서 일어나 "이리 오게, 쥬다르." 하고 말했습니다.

쥬다르가 천막 안으로 들어가 옆에 앉자 무어 인은 안장자루에서 여러 가지 요리를 꺼내서 두 사람은 때아닌 식사를 하였습니다.

이윽고 무어 인이 조그마한 두 상자를 들고 그 위에다 대고 무어라고 주문을 외우자 상자 속에서 "아드스무스—무엇이든 분부해 주십시오—오, 세계의 예언자여. 아무쪼록 자비를 베풀어주옵소서." 하는 목소리가 들렸습니다. 무어 인이 계속 주문을 외니, 상자 속에서도 연방 살려달라는 목소리가 들려왔습니다. 그러다 마침내 두 상자가 탁 하고 깨지며 파편이 사방으로 흩어지는가 싶자 두 손이 결박된 두 사나이가 뛰어나와 "목숨만은 살려주십시오. 여보시오, 세계의 예언자여! 도대체 어떠한 분부이십니까?" 하고 말했습니다. "네놈들이 알 샤마르달의 보고를 열겠다는 맹세를 세워 주면 된다. 그렇지 않을 때엔 두 놈 다 불구덩이에 넣어 태워 죽일 작정이다." 하고 무어 인이 말하자 두 사람은 대답했습니다. "그렇게 해드리겠습니다. 보고를 열어드릴 테니 어부 쥬다르 빈 오마르를 우리들에게로 데려다주십시오. 그 사나이의 손을 빌지 않고선 상자는 열리지 않을 것이고, 쥬다르 외에는 아무도 그 안으로 들어갈 수 없으까요." 그러자 마그리비 인은 외쳤습니다. "네놈들이 말하는 그 본인을 틀림없이 데리고 왔다. 그 본인이 여기 와서 네놈들 말에 귀를 기울이고 있고, 네놈들 하는 꼴을 지켜보고 있다."

이 말을 듣고 두 사람이 보고를 열겠다고 맹세를 했기 때문에 무어 인은 두 사람의 결박을 풀어주었습니다. 그러고 나서 무어 인은 속을 파낸 지팡이 하나와 홍옥수로 만든 부적을 꺼내더니 지팡이 끝에다 올려놓았습니다. 이어 불 접시를 꺼내 그 위에다 숯을 놓고 후우 하고 한 번 부니 숯은 대번에 확 하고 피어 올랐습니다. 그리고 무어 인은 향을 가지고 와서 말했습니다. "여보, 쥬다르, 나는 이제부터 잠시도 멈출 수 없는 주문을 외고 향을 피우겠네. 이것을 시작하면 말이라고는 한 마디도 할 수 없게 돼. 말을 하면 모처럼의 마력도 효과가 없어지게 되기 때문이야. 그러니 우선 맨 먼저 소망을 이루려면 어떻게 해야 하는가를 일러주겠네.”
“어서 가르쳐주십쇼.” 쥬다르의 대답에 무어 인은 말을 이었습니
다.

 “이봐, 내가 주문을 외고 향을 피우면 강바닥의 물이 마르고, 자
네 눈앞에 황금문이 나타날 것이네. 성문만큼이나 크며, 거기에는
쇠붙이로 된 고리가 두 개 달려 있어. 그러면 자네는 문앞까지 내
려가서 가볍게 툭툭 두들긴 후에 잠시 모양을 살피게. 두 번째에
는 전보다는 좀더 세게 두들기고는 다시 한 번 잠시 기다리게. 그
러고 나서 세 번째에는 세 번씩 계속해서 두들기면 ‘비밀을 푸는
방법도 모르고서 보고 문을 두들기는 놈은 누구냐?’ 하고 묻는 소
리가 들릴 것일세. 그러면 자네는 이렇게 대답하게. ‘나는 오마르
의 아들, 어부 쥬다르다.’ 그러면 문이 열리며 칼을 빼든 사나이가
나타나 이렇게 말할 것일세. ‘네가 그 본인이라면 목을 베어버릴
테니 이리 내놔.’ 자네는 목을 내밀게. 무서워할 것은 없어. 왜냐하
면 그놈이 손을 쳐들어 칼로 자네를 치면 놈은 자네 눈앞에 벌떡
쓰러져 눈 깜박할 사이에 혼이 빠져나간 시체가 되어버릴 것이기
때문이야. 일격을 받았다고 해도 자네에게는 별 탈이 없어. 그러나
말일세. 만일 자네가 반항하면 놈은 자네를 정말 죽여버릴걸세. 자
네가 그놈 하라는 대로 하여 그 마력을 지워버리면 안으로 들어가
전진하도록 하게. 그러면 곧 다른 문이 보일 테니까 그걸 두들기
라구. 그러면 어깨에 창을 멘 사나이가 암말을 타고 와서 자네에
게 이렇게 말할 것일세. ‘여기 무슨 볼일이 있어서 왔는가? 인간이
건 마신이건 누구 하나 여기 들어선 놈은 아직 없었는데.’ 그러고
나서 놈은 자네를 향하여 창을 겨눌걸세. 그러면 자네는 가슴을
드러내놓게. 놈은 자네에게 대들다가 대번에 쓰러져 혼이 빠진 시
체로 바뀔 것일세. 그러나 상대방에게 반항하면 자네는 죽게 되네.
그 다음엔 세 번째 문으로 가게. 안에서 활과 화살을 든 사나이가
나와서 자네를 겨누거든 가슴을 드러내놓게. 그렇게 하면 놈도 자
네를 쏘고, 그 즉시 혼이 없는 시체가 되어 쓰러질 것일세. 그러나

반항하면 죽네. 계속 전진하여 네번째 문으로 가게.”

　—샤라자드는 날이 훤히 밝아오는 것을 깨닫자, 여기서 허락된 이야기를 그쳤다.


### ●614일째 밤

　샤라자드는 말을 이었다. 오, 인자하신 임금님, 마그리비 인은 쥬다르에게 말했습니다. “네 번째 문으로 전진하여 이것을 두들기면 문이 열리고 안에서 사자가 한 마리 튀어나올 것일세. 몸집이 큰 놈으로, 입을 크게 벌리고 자네를 한입에 잡아먹을 기세로 덤벼들 것일세. 그러나 무서워해선 안돼. 도망쳐도 안돼. 가까이 다가오면 손을 내밀어. 그러면 손을 물고 그 자리에 쓰러질 것일세. 그러나 자네는 부상 하나 입지 않을 것일세. 그것이 끝나면 이번엔 다섯 번째 문으로 해서 안으로 들어가게. 그곳에는 흑인 노예가 하나 있어 ‘너는 누구냐’ 하고 물을 테니 ‘나는 쥬다르다’ 하고 대답하게. 상대방이 “만일 네가 쥬다르라면 여섯 번째 문을 열게’ 하고 말할 것일세. 그러면 여섯 번째 문앞으로 가서 ‘오, 이사여, 문을 열라고 무사에게 말하라’ 하고 말하게. 그러면 문이 활짝 열리며 두 마리의 용이, 한 마리는 왼쪽에 또 한 마리는 오른쪽에 있을 것일세. 용들은 입을 벌리고 일시에 와 하고 튀어나올 테니 자네는 두 손을 앞으로 뻗치게. 두 마리 용은 한 쪽씩 덥썩 물고는 죽고 말 것일세. 그러나 반항하면 죽게 되네.

　그것이 끝나면 일곱 번째 문으로 가서 문을 두들기게. 그러면 자네 어머니가 나와서 말할 것일세. ‘아들아, 잘 왔다! 오너라, 인사를 할 테니까.’ 그러나 자네는 ‘옆으로 오지 마라. 네 옷을 벗어라.’ 하고 대답하게. 그러면 어머니는 ‘아들아, 나는 네 어머니며, 너에게 젖을 먹여서 길렀어. 그런데 어째서 내 옷을 벗기려고 하느냐?’ 하고 대답할 것일세. 그러면 ‘옷을 벗지 않으면 죽이겠다!’ 하고 말하고 오른쪽을 보게, 칼이 달려 있을 테니. 그 칼을 들고서

‘옷을 벗어!’ 하고 말하면서 칼을 뽑게. 그러면 그 여자는 이러쿵 저러쿵 달콤한 말로 자네 비위를 맞출 것일세. 그러나 동정하거나 그 말에 넘어가선 안돼. 상대방이 속이려고 들면 그때마다 ‘옷을! 벗어!’ 하게. 안 벗으면 죽인다 하고 어디까지나 위협하면 끝내는 여자는 입고 있는 것을 모두 벗고서 쓰러지고 말 것일세. 이것이 주문의 마지막 속박인데 이것만 지나면 마법이 풀려 그 힘을 모두 잃게 되니 자네 목숨 걱정은 안해도 좋아.

그렇게 되면 보물 창고로 들어가게. 그 속에는 산처럼 쌓인 황금이 있을 터인데 그걸 보지 말게. 그저 창고 구석에 있는 조그만 방을 주목하게. 그 방에는 장막이 한 장 걸려 있을 텐데 그것을 걷어제치게. 그러면 마법사 알 샤마르달이 황금 침상에 누워 있는 것이 눈에 띌 것일세. 그 머리맡에 달처럼 둥근, 번쩍번쩍 빛나는 것이 놓여 있는데 그게 천구의야. 그 사나이는 칼을 어깨띠에 차고, 손가락에는 반지를 끼고 있으며, 목 둘레에는 쇠사슬을 걸치고 있는데, 그 쇠사슬 끝에는 예의 그 코르가루의 병이 달려 있어. 이 네 가지 보물을 집어오게. 이제 얘기한 물건을 하나라도 잊어선 안돼. 그렇게 안하면 자네는 나중에 후회하고 혼날 테니까.”

무어 인은 이 지시를 두 번, 세 번, 네 번이나 되풀이했으므로 쥬다르는 “아주 다 외었습니다. 그러나 당신이 말씀하신 해괴망측한 일들을 죄다 겪어내거나, 그 지독히 무서운 일들을 참아낼 수 있을까요?” 하고 말했습니다. 그러자 무어 인은 “이봐 쥬다르, 무서워할 것 없어. 상대방은 생명이 없는 그림자에 지나지 않으니까.” 하고 말하고서 연방 추켜대는 바람에 마침내 쥬다르도 “나는 알라를 믿습니다.” 하고 말했습니다.

그러자 아브드 알 사마드는 불접시 속에 향을 던지고서 잠시 주문을 외었습니다. 그러자 이상도 해라, 물이 빠지고 바닥이 나타나며 보고 문이 눈에 띄었습니다. 그래서 쥬다르는 문앞으로 다가가 똑 똑 문을 두들겼습니다. 그러자 “비밀을 풀 기술도 모르고서 보고 문을 두들기는 것은 누구냐?” 하는 목소리가 들렸습니다. “나

는 오마르의 아들 쥬다르다." 하고 쥬다르가 대답하니 확 하고 문
이 열리며 안에서부터 칼을 뽑아든 요괴가 하나 튀어나오며 외쳤
습니다. "목을 내밀어." 쥬다르가 목을 내밀자 요괴는 한칼로 목을
치고는 그 자리에 꽝 하고 쓰러져 죽어버렸습니다. 다음에 쥬다르
는 두 번째 문으로 다가가 첫번째와 마찬가지로 상대방을 쓰러뜨
리고 차례차례로 상대방을 계속 격파한 다음 마침내 일곱 번째 문
에까지 오게 되었습니다.

그러자 문 뒤에서 쥬다르의 모친이 튀어나와 "아들아, 정말 잘
왔다!" 하고 말했습니다. 쥬다르가 "넌 누구냐?" 하고 물으니 여
자는 "아들아, 나는 너를 아홉 달만에 낳아 젖을 먹여 기른 어머
니란다." 하고 대답했습니다. "그 옷을 벗어." "너는 내 아들이 아
니냐. 어찌하여 나의 옷을 벗기려고 하느냐?" 그러나 쥬다르는
"벗어, 그렇지 않으면 이 칼로 목을 치겠다." 하고는 한 손을 뻗쳐
오른 쪽에 걸려 있는 칼을 뽑았습니다. "자, 벗지 않으면 죽이겠
다."

두 사람 사이의 옥신각신은 좀처럼 끝나지 않습니다. 쥬다르가
한층 더 몹시 위협하자, 그때마다 여자는 조금씩 옷을 벗기 시작
했습니다. "남은 것도 벗어." 쥬다르가 온갖 수단을 다하여 위협하
자 여자는 천천히 한 장씩 옷을 벗고는 "아들아, 너를 길러주었는
데 은혜를 잊었구나" 하고 말하면서 마침내 나중에는 속옷 한 장
만이 남게 되었습니다. 그러자 여자는 말했습니다. "아들아, 네 마
음은 돌이냐? 에미의 살을 드러내게 하여 망신을 시킬 셈이냐? 그
건 정말 너무하는구나. 애야, 아들아!" 그러자 쥬다르는 "그렇군.
그렇다면 속옷은 벗지 않아도 좋아." 하고 말했습니다. 그 말이 입
에서 나온 순간 여자가 큰 소리로 "이놈은 속았어. 때려!" 하는
것이 아니겠어요. 그러자 당장에 소나기처럼 매가 떨어졌습니다.
보고의 문지기들도 우우 달려들어 쥬다르가 일평생 잊혀지지 않을
만큼 구타를 가했던 것입니다. 그러고 나서 쥬다르를 떼밀어 보고
밖으로 몰아내자 문은 저절로 닫혀지고, 강물도 그전대로 강바닥

을 채웠습니다.

—샤라자드는 날이 훤히 밝아오는 것을 깨닫자, 여기서 허락된 이야기를 그쳤다.


● 615일째 밤

샤라자드는 말을 이었다. 오, 인자하신 임금님, 보고의 문지기들이 쥬다르를 구타하여 문 밖으로 내던지자, 출입구의 문은 모두 저절로 닫히고, 강물은 그전대로 강바닥을 채웠습니다. 그것을 보자 마그리비 인 아브드 알 사마드는 급히 쥬다르를 껴안고는 주문을 외었습니다. 이윽고 쥬다르는 제정신이 들었습니다만 아직 술에 취한 것처럼 어지러워 견딜 수가 없었습니다. "이놈아, 도대체 네놈은 무슨 일을 저질렀느냐?" 무어 인이 묻자 쥬다르는 대답했습니다.

"아뇨, 실은, 나는 적의 요마들을 모조리 무찌르고 마지막으로 어머니 옆으로 갔습니다. 그리고 오랫동안 둘이서 이러쿵저러쿵 입씨름을 한 것입니다. 그래도 나는 어머니의 옷을 벗겼습니다. 그러나 어머니는 속옷 하나만이 남게 되자 이렇게 말했습니다. '나를 망신시키지 말아라! 글쎄 속살을 남 앞에 드러내다니 법도에 어긋나는 일이다.' 그래서 나는 가엾어져서 속옷을 벗기지 않았던 것입니다. 그러자 어머니는 큰 소리를 지르며 '이놈은 실수했어. 때려라.' 하고 외쳤습니다. 그러자 갑자기 어디선지도 모르게 많은 사람들이 몰려와 나에게 뭇매질을 했어요. 그래서 나는 숨이 막히는 것이 아닌가 싶을 정도로 혼이 난 다음 밖으로 내동댕이쳐지고 말았어요. 그 후는 어떻게 되었는지 통 기억이 없습니다." 그러자 무어 인은 말했습니다. "내 지시를 어기지 말라고 그토록 말하지 않았더냐? 네놈 덕택으로 나는 물론 네놈마저 망했다. 그 옷만 벗겼더라면 소원이 이루어졌을 텐데. 그러니 할 수 없다, 너는 내년 오늘까지 내 앞에서 지내야 해."

그러고 나서 무어 인이 두 노예에게 큰 소리로 명령하자, 두 노예들은 곧 천막을 거두어 이것을 말 등에 실었습니다. 그리고 잠시 모습을 감췄다가 두 마리의 당나귀를 끌고 돌아왔습니다. 두 사람은 당장 이것을 타고서 페르 시로 돌아왔습니다. 쥬다르는 그대로 마그리비 인 집에 머무르면서 무엇 하나 부족함이 없이 먹고 마시고 또 비단옷을 입고서 그날 그날을 보내고 있었으나, 이윽고 그 해도 저물어 꼭 일년째 되는 그날을 맞았습니다. 그러자 무어 인은 말했습니다. "같이 가세. 오늘이 약속날이니까." "알았습니다."

무어 인이 쥬다르를 데리고 교외로 나오자 그 곳에는 두 노예가 당나귀를 끌고 기다리고 있었습니다. 두 사람은 이것을 타고서 이윽고 예의 그 강둑에 당도했습니다. 여기서 노예들은 천막을 치고 여러 가지 식사도구를 갖춰놓았습니다. 무어 인은 맛있는 요리를 안장자루에서 끝도 없이 꺼내어 함께 아침식사를 했습니다. 그것이 끝나자 아브드 알 사마드는 전과 마찬가지로 지팡이와 부적을 꺼내놓고 불접시에 불을 사르더니 향을 피울 준비를 했습니다. 그리고 "쥬다르, 다시 한 번 지시를 들려줄까?" 하고 말하자 쥬다르는 "순례 나리, 만일 그 뭇매를 잊을 수 있었다면 지시 같은 걸 잊지 않고 있을 리가 없습니다만." 하고 대답했습니다. "그럼, 정말 잊지 않고 있겠다?" "잊지 않고 말고요." "정신 똑똑이 차려. 그 여자가 자네 어머니라고 생각해선 안돼. 그렇기는 고사하고 그것은 어머니의 모습으로 화한 마물이야. 자네를 실패케 하려고 계획하고 있는 거야. 요전엔 무사하게 살아서 돌아왔지만 이번에 또 실패하면 죽고 말아." 쥬다르는 대답했습니다. "만약 이번에 또 실패하면 불에 타서 죽어도 자업자득이지요."

이윽고 아브드 알 사마드가 향을 사르고서 주문을 외자 강물이 말라버렸습니다. 그래서 쥬다르는 아래로 내려가서 문을 두들겼습니다. 문이 열리자 쥬다르는 안으로 들어가 차례차례로 요마를 무찌르고서 마침내 일곱 번째 문에 당도했습니다. 그러자 어머니 모습으로 화한 여자가 눈앞에 나타나 "아들아, 잘 왔다." 하고 말했습니다. 그러나 쥬다르는 대뜸 "지긋지긋한 년아, 어째서 내가 네 아들이냐? 옷을 벗어!" 하고 외쳤습니다. 여자는 연방 쥬다르를 구슬리면서 한 장 한 장 옷을 벗어가는 중 마침내 속옷 한 장만이 남았습니다. 쥬다르는 계속 "야, 마저 벗지 못해!" 하니 여자는 마지막 속옷마저 벗어버리고는 그 즉시로 생명이 없는 시체로 화하고 말았습니다.

이어 쥬다르가 보고 속으로 들어서자 산처럼 쌓인 황금이 있습니다. 그러나 이것에는 아랑곳도 하지 않고서, 구석에 있는 조그마한 방으로 들어가자, 거기에는 마법사 알 샤마르달이 어깨에다 칼을 차고, 손가락에는 반지를 끼고, 가슴에는 코르가루 병을 얹고, 머리맡에는 천구의를 놓고서 황금침상 위에 누워 있습니다. 그래서 쥬다르는 칼을 벗기고 반지와 코르가루 병과 천구의 등을 빼앗아가지고 나왔습니다. 그러자 갑자기 어디선지 모르게 신의 풍악이 울려퍼지며 보고의 문지기들이 소리 높이 "오, 쥬다르여, 그대가 얻은 것으로써 자기 몸을 지킬지어다!" 하고 외쳤습니다. 아직도 울려퍼지는 음악소리의 호송을 받으며, 쥬다르는 마침내 보고를 나와 마그리비 인의 곁으로 돌아왔습니다. 그러자 마그리비 인은 주문과 훈향을 그만 두고서 일어나 쥬다르를 가슴에 껴안고서 반가이 맞았습니다.

쥬다르가 네 개의 비장 부묵을 그에게 넘겨주자, 무어 인은 받아들고 노예들에게 큰 소리로 천막을 거두게 한 다음, 당나귀를 끌고 오라고 명령했습니다. 두 사람은 당나귀를 타고서 페르 시로 돌아오자 무어 인은 곧 안장자루를 가지고 오더니 차례차례로 산해진미를 꺼내 식탁에 이것들을 잔뜩 늘어놓았습니다. 그리고 "자, 쥬다르, 먹게!" 하고 말했으므로 쥬다르는 배불리 먹었습니다. 이윽고 무어인은 먹다 남은 요리를 버린 다음 빈 접시를 안장자루 속에 넣고서 다시 말했습니다. "이봐, 쥬다르, 자네는 나를 위하여 집과 고국도 버리고 마침내 내 소원을 이루어주었다. 자네는 내게서 상을 탈 권리가 있어. 무엇이든 원하는 것을 말해보라구. 실은 전능하신 알라께서 내 손을 빌어서 자네에게 상을 주는 거야. 부끄러워할 것은 없어. 사양말고 말해보게. 그만한 일을 해줬으니까.”

 “그렇다면, 나리.” 하고 쥬다르는 말했습니다. “나는 우선 최고 지상하신 알라께, 다음은 당신께 부탁하는 바이지만 상관없으시다면 그 안장자루를 주실 수 없을까요?” 그래서 마그리비 인은 이것을 가져오게 하여 쥬다르에게 주며 “자네 몫이니까 사양말고 받아. 비록 자네가 다른 어떠한 것을 달라고 했던들 나는 싫다고는 못했을걸세. 어쨌든 이 안장자루에서 음식을 꺼내서 자네도 그렇고 가족들도 먹게. 그러나 이것은 미안하지만 먹을 것 외엔 아무 소용에도 닿지 않아. 자네는 나를 위하여 퍽 수고를 해주었고, 나는 그전부터 자네가 일을 마치면 집에 보내 주겠다고 약속을 했겠다. 그러니까 그 안장자루 이외에 금화와 보석이 가득 들은 안장자루를 하나 더 덧붙여서 고국으로 보내줌세. 그러면 자네도 어엿한 나리가 되고 상인이 되어 자신도 가족들도 좋은 옷을 입을 수 있을 것이고, 생활비도 부족함없이 잘살 수 있을 것일세. 그런데 잘 기억하고 있게. 이 선물의 사용법은 말일세, 손을 넣고서 ‘오, 안장자루의 하인이여, 그대를 다스리는 위대하신 신의 이름의 영검을 두고 청한다. 이러이러한 요리를 가지고 오너라!’ 하고 말해야 하네. 그러면 자네가 하루에 천 접시 분의 여러 가지 요리를 요구해도 바라는 대로의 요리를 갖다줄 것일세.”

 그렇게 말하면서 무어 인은 다른 한 쌍의 안장자루에다 금화와 보석을 절반씩 채웠습니다. 그리고는 노예 하나에게 당나귀를 한 마리 끌어오라고 한 다음 “당나귀를 타게. 노예가 앞장 서서 자네를 안내하여 자네 집 문간까지 바래다줄 테니까. 도착하면 두 쌍의 안장자루를 갖고, 당나귀를 돌려보내게. 그런데 한 가지 일러둘 말은 나와의 사이에서 있었던 일은 절대 비밀일세. 그럼 알라의 가호를 빌겠네!” 쥬다르는 “전능하신 알라께서 당신을 점점 더 번영케 해주시도록!” 하고 대답하고서 두 쌍의 안장자루를 당나귀 등에 얹고서 이것에 올라타 길을 떠났습니다. 노예가 앞서 가고, 당나귀는 그날 하루 동안 뒤를 따라, 이튿날 아침 개선문을 지나 카이로로 들어섰습니다.

때마침 성문 옆에 쥬다르의 모친이 앉아서 "제발 한푼만 보태주세요!" 하고 구걸을 하고 있었습니다. 그 모양을 본 쥬다르는 미칠 듯이 놀라 당나귀에서 내려 어머니에게 몸을 던졌습니다. 어머니는 자기 아들의 모습을 보자 눈물을 흘리며 울었습니다. 쥬다르는 어머니를 당나귀 등에 태우고, 자기는 등자 옆에 붙어서 따라걸었습니다. 이윽고 자기 집에 당도한 쥬다르는 우선 어머니를 당나귀에서 내리고 안장자루를 떼어 내리고서 당나귀를 노예에게 돌려주자 노예는 이것을 끌고 주인에게로 돌아갔습니다. 그도 그럴 것이 노예도 당나귀도 모두 다 마귀의 화신이었기 때문입니다.

쥬다르로서는 자기 어머니가 구걸을 한다는 것은 생각만 해도 마음 아픈 일이었습니다. 그래서 집으로 들어가기가 무섭게 "어머니, 형님들은 잘 있습니까?" 하고 물었습니다. 어머니가 "둘 다 잘 있다." 하고 대답했으므로 쥬다르는 "그럼, 어째서 어머니가 길가에서 구걸을 하고 있는 것입니까?" 하고 반문했습니다. "배가 고프니까 그렇지, 아들아." "내가 떠나기 전에 처음 날 100디나르, 둘쨋날에도 100디나르, 그리고 출발 당일에는 1000디나르를 드리지 않았습니까?" "아들아, 둘이서 나를 속여서 '물건을 살 테니까' 하고서 그 돈을 빼앗아갔단다. 그리고는 나를 내쫓아버렸으므로 난 배가 고파서 견딜 수가 없어 길가에서 구걸을 시작할 수밖에 없었단다." "어머니, 이젠 내가 돌아왔으니까 걱정마세요. 글쎄, 이 안장자루에는 금화와 보석이 가득 들어 있으니까요. 나에겐 언제나 좋은 일만 잔뜩 있어요."

"아, 아들아, 너는 정말 운이 좋구나! 신께서 너를 기리시어, 더욱 은총을 베풀어주시기를 빌겠다! 자, 그럼, 뭐 먹을 것을 좀 마련해가지고 오너라. 나는 어제 저녁도 못먹고 잠자리에 들었기

때문에 배가 고파서 잠도 잘 자지 못했단다.” “어머니, 됐습니다! 무엇이건 잡숫고 싶은 것을 말씀해주세요. 이제 당장 내놔드릴 테니까요. 나는 시장에 나가서 사올 필요도 없고, 요리할 필요도 없으니까요.” “그런데 보기에 너는 아무것도 가지고 있지도 않은 것 같은데.” “이 안장자루 속에 무엇이나 다 있습니다. “그렇다면 말이다, 아들아, 배고픈 놈이 이밥 조밥 가리겠느냐?” “딴은 그렇군요, 이밥 조밥 가릴 수 없을 때에는 인간이라는 것은 아무리 보잘것없는 것도 소중하거든요. 하지만 썩을 만큼 많은 때에는 맛있는 것을 골라 먹게 마련이죠. 나는 얼마든지 맛있는 음식을 가지고 있으니까 잡숫고 싶은 것을 말씀만 해주세요.”

“그럼, 아들아, 갓 구운 빵에다가 치즈를 한 조각 주려무나.” “어머니, 그런 건 신분에 어울리지 않습니다.” “그럼 신분에 어울리는 것을 먹여다오. 네가 그것을 알고 있을 터이니까.” “그럼, 어머니,” 하고 쥬다르는 대답했습니다. “어머니 신분에 맞는 것은 노릇노릇하게 익은 고기와 구운 닭고기와 후추를 뿌린 밥이군요. 그리고 또 소시지, 오이 소배기, 염소와 양 갈비, 스파게티, 그리고 나서 으깬 편도, 호두, 벌꿀, 설탕, 튀김, 편도과자 따위도 신분에 맞는 것들입니다.” 그러나 어머니는 아들이 자기를 바보로 알고 놀리고 있는 줄로만 생각했습니다. 그래서 “아니! 아니! 글쎄 넌 돌았구나. 꿈이라도 꾸고 있거나 미치기라도 한 것이 아니냐?” “천만에요, 미치다니요. 무슨 말씀이십니까?” “글쎄 무슨 돈이 그리 많다고 그 많은 수의 요리를 내놓겠다는거냐? 누가 요리를 만들 줄이나 알아?” “내 목숨을 걸고! 이제 말씀드린 요리를 모두 당장 여기서 잡수시게 해드릴게요.” “아무것도 없으면서?” “저 안장자루를 갖다주세요.”

그래서 어머니는 그것을 가져다 만져보았지만 속이 텅 비어 있었습니다. 그러나 어머니가 그것을 아들 앞에 갖다놓자, 아들은 한 손을 자루 속에 넣고서 차례차례로 요리를 꺼내 마침내 자기가 말한 요리를 전부 어머니 앞에 늘어놓았습니다. 이 모양을 본 어머니는 깜짝 놀라 물었습니다. "아니, 아들아, 안장자루는 작은 데다 텅 비었는데 어디서 이 많은 요리를 꺼낸 것이냐? 도대체 어디에 이렇게 많은 요리가 들어 있었다는거냐?" 그러자 아들은 대답했습니다. "저, 어머니, 실은 이 안장자루는 예의 그 무어 인이 준 것으로 마술에 걸려 있어요. 그리고 하인이 하나 있는데, 뭐 먹고 싶은 것이 있으면 이 하인을 부리고 있는 신의 이름을 외고서 이렇게 말하면 돼요. '오, 안장자루의 하인아, 이러이러한 요리를 가지고 오너라!' 하고 말이에요. 그렇게 하면 곧 가지고 온답니다." "그럼, 내가 손을 넣고서 부탁해도 좋으냐?" "해보세요." 그래서 어머니는 한 손을 뻗쳐 "오, 안장자루의 하인아, 너를 주관하시는 신의 이름의 영검을 두고 소를 넣은 갈비를 가지고 오너라." 하고 말하고는 손을 넣었습니다. 그러자 먹음직스럽게 소를 넣은 염소 갈비를 담은 접시가 나왔습니다. 어머니는 다음에는 자기가 좋아하는 빵이며 요리를 뭐든지 청했습니다.

그것이 끝나자 쥬다르는 "어머니, 잡수시고는 남은 것을 다른 접시에다 옮기고서 비워주세요. 그리고, 조심하여 빈 접시는 안장자루 속에다 도로 넣으세요." 하고 말했습니다. 이윽고 어머니는 일어서서 안장자루를 안전한 장소에다 치웠습니다. "아시겠어요, 어머니, 절대로 비밀로 해야 합니다." 하고 쥬다르는 다시 말했습니다. "내가 있건 없건 간에 뭐나 잡수시고 싶은 것이 있거든 안장자루 속에서 꺼내서 남에게도 주고 형님들에게도 드리세요."

그리고 나서 쥬다르는 어머니와 함께 한참 식사를 하고 있는데 거기 두 형이 들어왔습니다. 왜 그런고 하니 그보다 먼저 이웃에 사는 어느 사나이가 두 형에게 아우가 돌아왔다는 것을 알리고서 "당신들 아우가 당나귀를 타고 노예의 안내를 받으며 돌아왔소. 몸차림도 대단하던데 그래." 하고 말하자 형들은 이 말을 듣고 서로 말했습니다. "어머니를 학대했는걸! 어머니는 우리들이 어떻게 우리들이 어떻게 했는지를 반드시 아우에게 일러바칠 거야. 그렇게 되면 우리 체면이 그애에게 어떻게 되지!" 그러나 한쪽이 말했습니다. "어머니는 마음씨가 순하고, 비록 고자질을 했다 하더라도 아무튼 아우는 어머니보다도 더 마음씨가 착하니까 우리가 빌면 반드시 용서해줄 거야."

그래서 두 형제는 쥬다르에게로 간 것입니다. 그러자 쥬다르는 일어서서 아주 공손히 인사를 하고 나서 앉아서 식사를 하라고 권했습니다. 그래서 두 사람은 마침 배도 고프고 몸도 쇠약해진 때라 배불리 음식을 먹었습니다. 식사가 끝나자 쥬다르는 두 형에게 말했습니다. "형님들, 남은 것은 가지고 가서 가난한 사람들과 고생하고 있는 사람들에게 나누어 드리세요." "아냐, 두었다 저녁에 먹어야지." 그러나 쥬다르가 "저녁식사 때는 한턱 더 잘 내겠습니다." 했으므로 두 형은 남은 것을 들고 나가서 다 없어질 때까지 "자, 어서들 잡수시오." 하면서 지나가는 가난한 사람들에게 가리지 않고 나눠주었습니다. 이윽고 두 형은 접시를 가져왔으므로 쥬다르는 어머니에게 "안장자루 속에 치워두세요." 하고 말했습니다.

—샤라자드는 날이 훤히 밝아오는 것을 깨닫자, 여기서 허락된 이야기를 그쳤다.

● 616일째 밤

샤라자드는 말을 이었다. 오, 인자하신 임금님, 쥬다르는 두 형이 음식을 먹고 나자 어머니에게 말했습니다. "접시는 안장자루 속에 치워주세요." 그리고 황혼 무렵이 되자 객실로 들어가 안장자루에서 많은 접시의 요리를 늘어놓은 식탁을 꺼냈습니다. 그러고 나서 일동은 저녁식사를 했으며, 식사가 끝나자 쥬다르는 형들에게 말했습니다. "자, 남은 음식을 가지고 가서 가난한 사람들과 고생을 하고 있는 사람들에게 주시오." 두 형은 먹다 남은 것을 가지고 나가서 모두 나눠주었습니다. 이윽고 또 쥬다르가 모두의 앞에 과자를 내놓자, 일동은 이것을 먹고, 남은 것은 쥬다르의 분부대로 이웃사람들에게 나눠주었습니다.

그 이튿날 아침도 같은 모양의 식사를 했으며, 이런 식으로 일동은 열흘 동안을 보냈습니다. 드디어 사림이 사리임에게 말했습니다. "이게 도대체 어떻게 된 셈이야? 아우놈, 아침 낮 저녁 할 것없이 대성찬을 차리고, 밤늦게는 과자까지 내놓지 않아. 그리고 남은 것은 모두 가난한 사람들에게 나눠주고. 이건 임금님과 뭐가 달라. 그러면서도 한 번도 놈이 물건을 사는 것도 보지 못했고, 또 요리인도, 부엌도 없을 뿐더러 숯불도 피우지도 않으니. 도대체 어디서 그리 많은 요리를 가져오지? 너는 이 일의 비밀을 캐보고 싶은 생각은 없느냐?" 그러자 사리임은 "어머니 외엔 가르쳐줄 사람은 없을 거야." 하고 말했습니다.

그래서 두 형은 궁리 끝에 어느 날 쥬다르가 없는 틈을 타서 어머니에게로 가서 말했습니다. "어머니, 우리들은 배가 고파요." "알았다. 곧 배불리 먹여주마." 어머니는 그렇게 대답하고서 객실로 들어가서 안장자루의 하인에게 갓 만든 요리를 가져오게 하여, 그것을 꺼내어서 아들들 앞에 늘어놓았습니다. "아니, 어머니." 하고 두 형은 외쳤습니다. "이 음식은 따뜻하군요. 그러나 어머니가 만든 것도 아니고, 불을 피운 것도 아닌데." "안장자루에서 나온 거다." "그 안장자루란 도대체 어떤 것입니까?" "마술에 걸려 있어. 마력에 의하여 요구하는 대로 무슨 요리든 척척 나온단다."

그러고 나서 어머니는 비밀에 붙이라고 단단히 이르고 나서 안장자루의 위력을 형들에게 가르쳐주었습니다. "어머니, 비밀은 지킵니다. 그 사용법을 가르쳐주세요." 두 형이 그렇게 말했으므로 어머니는 그 방법을 가르쳐주었습니다. 그러자 두 형은 안장자루 속에 손을 넣고서 원하는 요리를 마음대로 끄집어냈습니다. 그러나 쥬다르 본인은 일이 그렇게 되었다고는 꿈에도 모르고 있었습니다. 이윽고 사림이 사리임에게 넌즈시 속삭였습니다. "이봐, 형제, 우리들은 언제까지 노예처럼 쥬다르에게 얹혀서 살며, 그놈 보시나 얻어먹고 살 생각이야? 어떻게 해서든지 녀석으로부터 안장자루를 나꿔챌 궁리를 하여 곯려 주자구." "어떻게 하면 좋지?"

"녀석을 까레선(노예나 죄수가 젓는<br>중세기의 대형선)에 팔아버리면 어때?" "어떻게 해서?"
"둘이서 수에즈의 선장에게로 가서 부하 둘을 데리고 잔치에 나오
라고 초대하는 거야. 내가 쥬다르에게 뭐라고 하면 너도 일일이
맞장구를 치라구. 그러면 오늘밤 안으로 내 솜씨를 보여줄 테니."

　두 형은 아우를 팔아버리기로 합의를 보고서 선장 집으로 가서
말했습니다. "여보시오, 선장님, 실은 말입니다. 당신을 기쁘게 해
드릴 용건이 있어서 찾아왔습니다." "그렇소?" 선장이 대답하자
두 형은 말을 이었습니다. "우리들은 형제들인데 또 하나 막내 동
생이 있습니다만 이 녀석이 오입쟁이어서 골칫거리입니다. 아버님
이 세상을 떠나자, 유산이 좀 있는 것을 셋이서 분배했습니다. 아
우도 유산의 자기 몫을 받았지만 주색에 빠져서 몽땅 날리고 말았
습니다. 그런데 아우가 별안간 나타나서 우리들을 재판관에게로
끌고 가서 우리들이 자기 재산과 부친의 재산을 횡령했다고 고소
했어요. 우리들은 판관 앞에서 흑백을 가리느라 결국엔 큰 손해를
보았습니다. 그 후 아우녀석은 잠시 잠잠했었습니다만 또다시 우
리들에게 생트집을 부리더니 나중에는 우리들마저 패가망신하고
말았습니다. 그래도 녀석은 물러서지 않았습니다. 우리들은 이젠
완전히 정이 떨어져서 실은 나리에게 녀석을 팔아버릴까 합니다
만."

　그러자 선장은 "어떻게 꾀를 내어 그 사람을 이리 데리고 올 수
없겠소? 만일 그렇게만 할 수 있다면 당장에라도 바다로 끌고 나
갈 수 있을 텐데." 하고 말하니 두 사람은 "우리들 힘으로 도저히
그 녀석을 이리 데리고 올 수 없습니다. 오늘밤 나리께서 우리들
의 손님이 되어 부하를 둘, 둘로 충분합니다, 데리고 오실 수 없겠
습니까? 그 녀석이 자고 있는 현장을 합심하여 습격하면 이쪽은
다섯 명이니 문제없이 붙잡아서 재갈을 물릴 수 있을 것입니다.
그리고 밤의 어둠을 타서 밖으로 떠메어내다가 그 다음은 어떻게
되건 마음대로 처분해주십시오." "좋고 말고! 그러면 그 작자를
40디나르로 파시겠소?" 하고 선장이 물으니 두 사람은 말했습니

다. "팔고 말고요. 그럼 날이 저물면 이러이러한 거리의 이러이러한 절 옆으로 오십시오. 우리들 중 누군가가 당신을 기다리고 있겠습니다." "그럼 좋소. 돌아가시오." 선장은 대답했습니다.

그리고는 두 사람은 쥬다르에게로 돌아왔습니다. 잠시 있다가 사림은 쥬다르 옆으로 다가가 그의 손에 입을 맞췄습니다. "형님, 웬일이십니까?" 하고 쥬다르가 묻자 사림은 이렇게 대답했습니다. "실은 말이다, 나에게 친구 하나가 있는데, 네가 집에 없는 동안에 몇 번씩 그 집으로 초대되어 여러 가지로 정중한 대접을 받고서 적지 않은 신세를 졌다. 여기 있는 사리임도 그 일을 잘 알고 있다만. 그 친구를 오늘 다시 만났는데 또다시 초대를 받았다. 그러나 내가 '아우 쥬다르만 남겨놓고 올 수는 없는데' 하고 말하자 친구는 '함께 데리고 오게' 하는 게 아니겠니? 내가 '그렇지만 아우는 듣지 않을걸세. 그러나 만일 자네와 형제분들이 내 집에 와주신다면(마침 그때 친구의 형제가 같이 앉아 있었단다) 좋겠다고 했지. 나는 저쪽에서 거절할 줄 알고서 초대한 거야. 그런데 친구는 내 초대를 곧이듣고 말이야. '예배소 문 옆에서 기다려주게. 모두 함께 갈 테니까' 하고 말하는 게 아냐. 이렇게 되고 보니 난 저쪽 사람들이 오지나 않을까 생각하니 너에게 미안해서 죽을 지경이구나. 그래서 말이다, 너는 유복한 신분이니까 오늘 밤 그 사람들을 환대하여 나를 안심시켜줄 수 없겠니? 혹은 네가 싫다고 한다면 이웃집으로 초대해도 괜찮겠느냐?"

쥬다르는 대답했습니다. "무엇 때문에 이웃집으로 데리고 가겠습니까? 이 집이 너무 좁다는 겁니까? 아니면 저녁식사를 내놓을 수가 없다는 겁니까? 섭섭한데요, 일일이 나에게 의논하다니! 필요한 것을 말씀만 하면 되지 않아요! 그러면 호화로운 요리며 과자며 무엇이든 다 있으니까요. 이제부터 내가 집에 없을 때 사람을 데리고 오실 때엔 어머니에게 그렇게 말씀하세요. 얼마든지 요리가 나올 테니까요. 자, 손님을 데리고 오세요. 그러한 손님이 있었기 때문에 우리들에겐 여러 가지 축복이 있었던 것이 아닙니까?"

　그래서 사림은 쥬다르의 손에 입을 맞추고는 집을 나와 예배소 문 옆에 앉아 있었습니다. 날이 저물자 선장과 그 부하들이 왔으므로 일동을 집으로 안내했습니다. 쥬다르는 손님들을 보자 "잘 오셨습니다." 하고서 자리를 권하고는 앞으로 자기 운명이 어떻게 될지도 모르고서 탁 터놓고서 이야기를 나눴습니다. 그러고 나서 어머니에게 저녁식사를 가지고 오라고 말하자, 어머니는 안장자루에서 요리를 꺼내기 시작했고, 쥬다르가 차례차례로 요리를 주문하니 마침내 사십 여 종의 산해진미가 여러 사람들 앞에 나왔습니다.

　일동이 배불리 먹자, 식탁은 치워졌지만 그 동안에도 내내 선원들은 이 성찬도 사림의 덕택이라고 생각하고 있었습니다. 밤도 삼경이 되자 쥬다르는 일동 앞에 과자를 내놓았는데, 사림이 손님 대접을 하자, 다른 두 사람은 손님 옆에 앉았습니다. 그러는 사이에 취침시간이 되어 일동은 나란히 잠자리에 들었습니다. 그리고 일동은 쥬다르의 숨소리에 귀를 기울이다가 잠이 깊이 든 것을 확인하자 쥬다르에게로 달려들어 눈을 뜨기도 전에 재갈을 물리고 두 손을 등 뒤에서 결박한 다음 야음을 타서 집에서 떠메어냈습니다.

　―샤라자드는 날이 훤히 밝아오는 것을 깨닫자, 여기서 허락된 이야기를 그쳤다.


　● 617일째 밤

　샤라자드는 말을 이었다. 오, 인자하신 임금님, 일동은 쥬다르를 결박하여 야음을 타서 밖으로 떠메어내자 곧 수에즈로 납치했습니다. 수에즈에 도착하자 쥬다르는 발에 차꼬가 채워진 뒤에 까레선의 노예가 되어 일 년 동안 꼬박 고역을 치르게 되었는데, 그저 묵묵히 그 일을 버티어냈던 것입니다.

여기서 쥬다르 이야기는 그만두기로 하고, 두 형들은 어떻게 되었는지 말씀드리겠습니다. 두 사람은 그 이튿날 어머니에게로 가서 “어머니, 아우 쥬다르는 아직 일어나지 않았습니까?” 하고 물었습니다. “깨워라.” 하고 어머니가 말하자 두 사람은 “어디서 자고 있습니까?” 하고 물었습니다. “손님들과 함께 자고 있어.” 그러자 두 사람은 “어머니, 아우는 아마 우리들이 자고 있는 동안에 그 사람들과 함께 떠났나보군요. 그애는 외국 재미를 알고 있었고, 게다가 비밀 보물을 항상 수중에 넣고 싶어하던 것 같던데요. 글쎄 무어 인들과 이야기를 하고 있는 것을 엿들었는데, 그 사람들은 ‘함께 모시고 가서 보고를 열어드리겠어요’ 하고 말하고 있었으니까요.” “그럼 무어 인들과 같이 갔단 말이냐?” 하고 어머니가 묻자 두 형은 “무어 인들이 어젯밤의 손님들이었으니까요.” 하고 대답했습니다.

그러자 어머니는 “필경 그애는 그 사람들과 함께 떠난 것이 틀림없어. 그러나 알라께서는 올바른 길로 인도해주시겠지. 그애는 신의 축복을 받고 있고, 반드시 굉장한 행운을 얻어가지고 돌아올 거다.” 하고 말했습니다만 그래도 눈물을 흘리며 울었습니다. 아들과 헤어지기가 슬펐기 때문입니다. 그러자 두 형은 “신경질나게 하네, 이 노친네. 그렇게까지 쥬다르 놈이 그립단 말이오? 그러면서도 우리들은 있건 없건 간에 거들떠보지도 않으니. 쥬다르가 당신 아들이라면 우리들도 마찬가지로 당신 아들이 아니냔 말이오.” 하고 발악을 했으므로 어머니도 지질 않습니다. “네놈들도 아들임에는 틀림없지. 그렇지만 네놈들은 거들떠볼 가치조차도 없는 악당놈들이야. 글쎄 아버지가 돌아가신 후 한 번이라도 사람다운 짓을 한 적이 있었느냐 말이다. 그런데 말이다, 쥬다르는 한다는 짓이 착한 일뿐이야, 위로도 해주고 예를 다하여 어미를 아껴준단 말이다. 네놈들에게까지 저렇게 잘 해준 것을 생각하면 난 그애를 위하여 울음이 저절로 나올 수밖에 없잖아. 이놈들아.”

이 말을 들은 두 형은 어머니에게 욕설을 퍼부으며 때렸습니다.

그러고 나서 안장자루를 찾아 다니다가 마침내 두 쌍을 다 찾아내자, 마법이 걸린 쪽은 그냥 그대로 두고, 마법이 걸리지 않은 쪽의 안장자루로부터는 한쪽에서 황금을 또 한쪽에서 보물을 모두 꺼내가지고 "이건 아버지의 유산이야." 하고 말했습니다. 어머니가 "그렇지 않아. 신에게 맹세코! 그건 너희들 아우 쥬다르의 거야. 쥬다르가 마그리비 인의 나라에서 가지고 온 거야." 하고 말해도 두 형은 "거짓말쟁이, 아버지의 재산이야. 그러니까 우리 마음대로 처분할 거야." 하고 말하고서 둘이서 금화도 보석도 반분했습니다.

그런데 마법이 걸린 안장자루를 어떻게 하느냐에 이르자 사림은 "내 몫이다." 사리임은 "내 것이다." 하고 다투며, 나중에는 큰 싸움이 되고 말았습니다. 그래서 어머니도 한몫 끼여 들었습니다. "애들아, 너희들은 금화도 보석도 서로 나눠서 끝이 났지만 이것만은 나눌 수 없다. 돈으로 결말을 지을 수도 없고 말이다. 또 둘로 가르면 마법의 힘도 사라질테고. 그러니까 이것만은 나에게 맡겨라. 그러면 늘 자루에서 꺼내서 먹여줄 테고, 나는 찌꺼기를 조금 먹으면 그것으로 족해. 게다가 너희들이 입을 거라도 좀 마련해주면 그것은 너희들이 인심이 좋다는 표가 된다. 그렇게 한 다음 너희들은 제각기 자기 힘으로 장사를 하면 돼. 너희들은 내 아들이고, 나는 너희들의 어머니가 아니냐. 그러니까 말이다, 이대로 살아가자꾸나. 아우가 돌아왔을 때 무슨 낯으로 본단 말이냐."

그러나 두 형은 어머니의 말은 아랑곳도 하지 않고서 서로 으르렁거리면서 그날 밤을 보냈습니다. 그런데 우연히도 쥬다르의 이웃집에 왕가 전속의 위병이 손님으로 와서 묵고 있었는데, 열린 창으로부터 흘러들어오는 그들의 싸우는 소리를 듣고 말았습니다. 이튿날 아침 위병은 샤무스 알 다우라라고 하는 이집트 왕의 어전에 사후하여 엿들은 그 이야기를 전부 털어놓았습니다. 이집트 왕은 당장 쥬다르의 형들을 불러들여 심문했으므로 마침내 그들은 모든 것을 자백하고 말았습니다. 왕은 두 쌍의 안장자루를 몰수한 다음 두 형을 옥에 가두고, 어머니에게는 충분한 생활비를 지급했습니다.

이야기가 바뀌어, 쥬다르는 꼬박 일 년 동안 수에즈에서 고역에 종사하고 있었는데, 어느 날 먼 항해를 떠난 배를 타고 가던 중, 갑자기 풍파를 만나 산에서 삐져나온 바위를 들이받고 말았습니다. 선채는 가루가 되었고, 타고 있던 사람들은 모두 익사를 당해 쥬다르 외엔 누구 하나 살아 남은 사람이 없었습니다. 쥬다르는 천고만신 끝에 육지에 오르게 되자, 곧 오지를 향하여 전진하여 가까스로 바다위족의 야영지에 도착했습니다. 그리고 묻는 대로 자기는 선원이라고 대답했습니다.

그런데 이 야영지에 짓다(사우디 아라비아의 홍해 연안에 있는 메카의 항구) 태생의 상인 하나가 있었는데, 이 상인이 쥬다르를 불쌍히 여겨 말을 건넸습니다. "여보시오, 이집트 양반, 당신은 내 밑에서 일할 생각은 없소? 옷도 입혀주고 짓다까지 데려다주리다." 그래서 쥬다르는 상인 밑에서 일하기로 하고 짓다까지 동행했습니다. 짓다에서도 쥬다르는 주인의 대단한 신임을 받고, 귀여움을 받았습니다. 얼마 후에 주인은 쥬다르를 데리고 메카를 향해 순례의 여행길을 떠났습니다. 메카에 도착하자 카이로 인인 쥬다르는 본전 주위를 돌기 위하여 할람의 대사원으로 갔습니다. 그리고 정해진 대로 순례하고 있는데, 뜻밖에 무어 인 친구 아브드 알 사마드가 자기와 마찬가지로 순례하고 있는 모습이 눈에 띄었습니다.

—샤라자드는 날이 훤히 밝아오는 것을 깨닫자, 여기서 허락된 이야기를 그쳤다.


●618일째 밤

샤라자드는 말을 이었다. 오, 인자하신 임금님, 쥬다르가 정해진 대로 순례하고 있는데, 뜻밖에 무어 인 친구 아브드 알 사마드가 자기와 마찬가지로 순례하고 있는 모습이 눈에 띄었습니다. 그 마그리비 인은 쥬다르의 모습을 보자 인사를 하고서 그 후의 사정을 물었습니다. 그래서 쥬다르는 눈물을 머금고 자기에게 내리닥친 자초지종의 전말을 이야기하여 들려주었습니다. 그러자 무어 인은 자기 숙사로 안내하여 정중히 대접한 다음 비할 데 없이 호화로운 옷을 입혀주고는 말했습니다. "여보게, 쥬다르, 마침내 자네의 재난도 다 끝났네." 그리고는 쥬다르를 위하여 지점의 점괘를 그리자, 사림과 사리임의 신상에 내리닥친 운명이 똑똑히 나타났으므로 쥬다르에게 말했습니다. "이러저러한 사건이 자네 형들에게 내리닥쳐 두 놈은 이제 이집트 왕의 감옥에 갇혀 있어. 그러나 말일세, 자네가 나와 함께 순례의 의식을 끝마쳐주면 여간 기쁘지 않겠네. 앞으로는 만사가 다 잘될 것일세." 쥬다르가 "그럼, 나리, 잠깐 내가 신세를 지고 있는 상인에게로 가서 떠나겠다는 허락을 받아가지고 곧 돌아오겠습니다." 하고 대답하자 무어 인은 물었습니다. "빚이 있나?" "아아뇨." "그럼, 이 길로 가서 작별인사를 하고서 곧 돌아오게. 글쎄, 곤란을 당한 자는 남에게서 빵을 얻을 권리가 있으니까."

그래서 쥬다르는 상인에게로 돌아가서 "생각도 안한 형제를 만났으므로 이젠 당신의 곁을 떠나겠습니다." 하고 작별인사를 했습니다. "이리 모시고 오게. 대접을 해드리고 싶으니까." 하고 상인은 말했지만 쥬다르는 "그럴 건 없습니다. 본인은 부자이어서 하인도 많이 가지고 있습니다." 하고 대답했으므로 상인은 쥬다르에게 20디나르를 주고서 "그렇다면 형님께로 가서 나의 책임을 풀어다오." 하고 말했습니다. 쥬다르는 작별을 고하고서 밖으로 나왔는데, 이윽고 한 가난한 사나이를 만났으므로 그 20디나르를 아낌없이 그에게 희사하고는 무어 인에게로 돌아왔습니다.

순례 의식이 끝날 때까지 쥬다르는 무어 인의 집에 묵고 있었으나, 드디어 의식이 끝나자 아브드 알 사마드는 알 샤마르달의 보고에서 빼앗아온 도장 반지를 쥬나르에게 주면서 이렇게 말했습니다. "이 반지는 자네 소원을 무엇이나 성취시켜줄 것일세. 왜 그런고 하니 이것에는 마법이 붙어있어서 알 라이드 알 카시후라는 하인이 기다리고 있기 때문일세. 이 세상의 것 중 무엇이건 갖고 싶은 것이 있다면 반지를 비비면 되네. 그렇게 하면 하인이 나타나서 자네 분부대로 해주네.”

그러고 나서 반지를 비비니 곧 마신이 나타나서 “여기 대령하였습니다. 나리, 분부를 내려주십시오. 그대로 해드릴 테니까요. 폐허가 된 도시에 사람을 살게 한다든가, 그렇지 않으면 어느 나라의 임금님을 죽인다든가, 적세를 격파한다든가, 어느 것이든 명령만 내리십시오.”“이봐라, 라아드,”하고 아브드 알 사마드는 말했습니다. “이 분이 네 주인이 되셨다. 잘 모시도록 하라.” 무어 인은 하인을 쫓아버린 다음 쥬다르에게 말했습니다. “반지를 비비면 지금 그 하인이 나오네. 자네에게 반역할 리는 만무하니까 뭐나 하고 싶은 대로 시키게. 그럼 이 길로 고향으로 돌아가게. 반지를 소홀히해서는 안돼. 이것만 있으면 적군도 문제없이 무찌를 수 있어. 반지의 영검을 결코 잊지 말게.”“나리,”하고 쥬다르는 말했습니다. “그럼 실례를 무릅쓰고 고향으로 돌아가겠습니다.” 그러자 마그리비 인은 “마신을 불러내어 등에 올라타게. ‘오늘 내로 무슨 일이 있어도 내 고향까지 데려다다오.’ 하고 말하면 자네 명령에 복종할 것일세.”

그래서 쥬다르는 아브드 알 사마드에게 작별을 고하고는 반지를 문질렀습니다. 그러자 별안간 알 라아드가 모습을 나타내 “여기 있습니다. 용건을 분부해주십시오. 뭐나 분부대로 할 테니까요.” 쥬다르가 “오늘 안으로 카이로까지 데려다다오.”하고 말하자 하인은 “분부대로 하겠습니다.” 하고 대답하고 나서 자기 등에 쥬다르를 업고서 그대로 낮에서부터 한밤중까지 계속 날아 어머니네 집 뜰에 내려놓고서 모습을 감췄습니다.

쥬다르가 어머니에게로 다가가자 어머니는 울면서 일어나 부랴부랴 맞아주었습니다. 그리고 임금님께서 두 형을 때려서 옥에 가둔 다음 두 쌍의 안장자루를 몰수한 경위를 자세히 들려주었습니다. 그것은 대단한 사건이었지만 쥬다르는 다 듣고 나서 “지나간 일을 한탄하지 마세요. 이제부터 내 수완을 과시하여 형님들을 곧 이곳으로 불러오겠어요.”하고서 반지를 문지르니 곧 하인이 나타났습니다. “여기 있습니다! 용건을 분부하시면 뭐나 그대로 하겠습니다.” 쥬다르는 “임금님의 옥에서 두 형을 데려다다오.” 하고 명령했습니다.

그러자 마신은 순식간에 땅속으로 사라지더니 모습을 나타낸 곳은 다른 곳이 아닌 감옥의 한가운데였습니다. 사림도 사리임도 감옥의 질병에 걸려 보잘것없는 가련한 꼴로 누워 오로지 죽음만을 기다리고 있었습니다. 때마침 한쪽이 “이봐, 형님, 이거 정말 괴로워서 죽겠구먼! 언제까지 이런 꼴로 있어야 하는 거야? 차라리 죽는 게 낫겠어.”하고 말했습니다. 그러자 이 말이 채 끝나기도 전에, 이상도 해라, 땅이 둘로 갈라지며 불쑥 나타난 것은 마신 알라아드였습니다. 마신은 다짜고짜로 두 사람을 움켜쥐더니 그대로 땅속으로 뛰어들어가 버렸습니다. 두 사람은 무서운 나머지 기절했습니다만 얼마 후에 숨을 돌리고 보니 어느 틈엔가 어머니 집으로 와 있고, 쥬다르가 옆에 앉아 있는 것이 아니겠어요. “야아, 형님, 안녕하세요. 만나뵙게 되어 반갑군요.” 쥬다르가 말하자 두 형은 고개를 떨구고 와 하고 울음보를 터뜨렸습니다. 그러자 쥬다르는 “울 것이 없잖아요. 형님들을 그 꼴로 만든 것도 결국은 악귀와 욕심 탓이었어요. 그렇지 않고선 어찌 이 나를 팔아버렸겠어요? 그래도 나는 요셉의 일을 생각하고서 마음을 달랬어요. 요셉의 형제는 요셉을 구덩이에 내던지기도 하면서 당신들과 같은 짓을 했습니다만.”

—샤라자드는 날이 훤히 밝아오는 것을 깨닫자, 여기서 허락된 이야기를 그쳤다.


●619일째 밤
샤라자드는 말을 이었다. 오, 인자하신 임금님, 쥬다르는 형들에게 말했습니다. "그렇지만 형님들은 어째서 나에게 그런 못된 짓을 하셨나요? 알라께 참회하고 용서을 비세요. 알라는 다시없이 관대하고 인자하신 신이니까 형들을 용서해주실 거예요. 나는 형들을 용서하여 기꺼이 맞아들이겠어요. 아무 걱정할 것 없어요." 그리고는 두 형을 위로하여 안도시키고는 자기가 겪은 고역의 자초지종으로부터 우연히 아브드 알 사마드를 만나게 될 때까지의 경위를 낱낱이 이야기하고, 예의 그 도장 반지의 일까지도 털어놓았습니다. 두 형은 말했습니다. "여봐, 아우, 이번만큼은 용서해줘. 만일 또다시 그런 짓을 하면 마음껏 벌해줘." "천만에요, 아무짓도 안하겠어요. 그건 그렇고, 임금님이 형님들에게 어떻게 했는지 가르쳐주세요." "마구 때린 다음 죽이겠다고 위협하고, 그 안장자루를 우리들에게서 뺏어갔단다." "임금님은 그래도 괜찮다는 건가?" 쥬다르는 그렇게 말하고서 반지를 문지르자 또다시 알 라아드가 모습을 나타냈습니다. 두 형은 마신의 모습을 보자 깜짝 놀라며 쥬다르가 자기들을 죽이라고 명령하는 것이 아닐까 하고 생각했습니다. 그래서 그들은 어머니에게로 달려가서 "어머니, 제발 부탁입니다. 저희들을 용서해주세요. 네, 어머니!" 하고 외치자 어머니는 "아무 걱정 말아라!" 하고 대답했습니다.

한편 쥬다르는 마신에게 지시했습니다. "왕실의 보고에 있는 것을 그대로 전부 가지고 오너라. 무엇 하나 남겨놓지 말고. 그리고 나의 형들로부터 임금님이 뺏어간 한 쌍의 안장자루도 가지고 오도록 하라." "잘 알았습니다." 알 라아드는 그렇게 대답하기가 무섭게 곧 모습을 감추고서 보고 안에 있는 것을 모두 긁어모으자 그것과 함께 한 쌍의 안장자루도 가지고 돌아와 쥬다르 앞에 늘어놓았습니다. "주인님, 보고 안에 있는 것을 그대로 가지고 왔습니다."

쥬다르는 이 보물을 어머니에게 주고서 잘 간직해두라고 분부하고는 마법이 걸린 안장자루를 자기 앞에 놓고 다시 마신에게 분부했습니다. "오늘 밤 안으로 하늘을 뚫을 듯한 굉장한 궁전을 짓고 지붕에는 순금을 씌우고, 굉장한 세간을 들여놓아라. 날이 새기 전에 이 일을 전부 완성하도록 하라." 알 라아드는 "명령하신 대로 하겠습니다." 하고 대답하고서 땅속으로 들어갔습니다. 그러고 나서 쥬다르가 먹을 것을 내놓자 일동은 이것을 먹고서 편히 쉰 다음 모두 잠자리에 들었습니다.

이야기가 바뀌어, 알 라아드는 부하 마신들을 소집하여 궁전을 지으라고 명령했습니다. 어느 마신은 돌을 잘라 건물의 공사를 시작하는가 하면, 또 어떤 마신은 담에 회를 바르기도 하고, 칠을 하기도 하고, 장식을 하기도 했습니다. 이리하여 밤이 새기도 전에 궁전이 모두 완성되었습니다. 그래서 알 라아드는 쥬다르에게로 와서 말했습니다. "주인님, 궁전이 완성되었습니다. 더할 나위 없이 훌륭한 것이 되었습니다. 만일 원하신다면 부디 가셔서 보아주십시오." 쥬다르는 어머니와 형들과 함께 가서 구경했습니다만 삼천 세계에서는 다시는 보지 못할 궁전으로서, 그 짜임새의 웅장함에 모두 넋을 잃고 말았습니다. 쥬다르는 길을 걸으면도 기뻐서 견딜 수가 없었습니다. 경비라고는 한푼도 들이지 않고서 궁전이 되었으니 더욱 그렇습니다. 그래서, 어머니에게 "어떻습니까, 이 궁전에서 사시겠습니까?" 하고 묻자 어머니는 "그러자꾸나. 얘야, 아들아." 하고 대답하고서 쥬다르에게 하늘의 축복이 있기를 빌었습니다.

그 대답을 들은 쥬다르는 반지를 문질러서 하인 마신에게 맵시가 좋은 백인 시녀를 40명, 흑인 시녀를 40명, 또 같은 수의 백인 노예와 흑인 노예를 데리고 오라고 명령했습니다. "분부하신 대로 이행하겠습니다." 알 라아드는 그렇게 대답하고서 부하 마신 40명을 데리고 인도와 신드와 페르시아로 가서 눈에 띄는 대로 잘생긴 처녀와 소년을 납치하여 분부한 대로의 수만큼 채웠습니다. 그리고 또 알 라아드는 이 밖에 80명의 부하를 보내어 흑인 미소녀를 40명, 또 그 밖에도 40명의 남자 노예를 납치하여 이것을 전부 쥬다르네 집으로 데리고 왔습니다. 많은 사람으로 집안은 순식간에 가득 차고 말았습니다.

알 라아드가 이 무리들을 쥬다르에게 보이자 쥬다르는 매우 흡족하여 말했습니다. "모두에게 가장 예쁜 옷을 한 벌씩 갖다주라." "알겠습니다!" 하인이 대답하자 쥬다르는 다시 "어머니에게도 한 벌, 나에게도 한 벌, 또 두 형들에게도 한 벌 갖다드려라." 하고 일렀습니다. 그러자 마신은 필요한 만큼의 수대로 옷을 가지고 와서 여자 노예들에게 입히고는 "이 어른이 너희들의 주인님이시다. 손에 입을 맞추고서 분부하시는 말씀에 거스르면 안된다. 백인도 흑인도 잘 섬겨야 한다." 하고 일렀습니다. 백인 노예들도 또한 몸치장을 마치고서 쥬다르의 손에 입을 맞췄습니다. 또 쥬다르 자신과 두 형도 마신이 가지고 온 비단옷을 입자, 쥬다르는 왕자처럼, 형들은 대신처럼 보였습니다. 쥬다르의 집은 여간 넓은 것이 아니었으므로 사림과 그 노예 계집들은 그 일부에서, 사리임과 그 노예 계집은 다른 일부에서 살기로 했고, 쥬다르와 어머니는 새 궁전에서 살기로 했습니다. 이렇듯 각자가 한 성의 성주라고 해도 좋을 만한 신분이 되었습니다.

이야기가 바뀌어, 다음 날 왕실의 창고계는 보고에서 무엇을 꺼내려고 안으로 들어가보니 텅 비어 있어 마치 시인의 시에도 있는 그대로였습니다.

> 그것은 마치 그 옛날
> 번영했던 벌집처럼
> 떼지어 모인 벌 사라지면
> 뒤에는 아무것도 없어라.

창고계는 빽 소리를 지르고서 실신하여 그 자리에 쓰러지고 말았습니다. 이윽고 제정신이 들자 문을 열어놓은 채 샤무스 알 다우라 왕에게로 달려가서 아뢰었습니다. "오, 충성된 자의 임금님, 황송하오나 말씀드리겠습니다. 보고가 하룻밤 사이에 텅 비었습니다.” “보고 속에 들어 있는 내 보물이 어떻게 되었는고?” “신께 맹세코 저는 손도 대지도 않았고, 어째서 그렇게 되었는지도 통 모릅니다! 어제 조사해보았을 때에는 꽉 차 있었는데, 오늘 안에 들어가보니 텅 비어 있었습니다. 그럼에도 불구하고 문에는 자물쇠가 채워져 있고, 벽을 때려부순 흔적도 안 보이고, 빗장도 성한 대로 있습니다. 또 도둑이 침입한 흔적도 없습니다.” 왕이 “한 쌍의 안장자루도 없어졌는가?” 하고 묻자 창고계는 “네, 그렇습니다.” 하고 대답했습니다. 이 대답을 듣고서 왕은 이성을 잃고 말았습니다.

　—샤라자드는 날이 훤히 밝아오는 것을 깨닫자, 여기서 허락된 이야기를 그쳤다.

　● 620일째 밤

　샤라자드는 말을 이었다. 오, 인자하신 임금님, 창고계가 한 쌍의 안장자루는 물론, 창고 안의 모든 보물을 도둑맞았다는 사실을 국왕에게 보고하자 왕은 완전히 이성을 잃고는 우뚝 일어서서 “그럼 안내하라.” 하고 명령했습니다. 창고지기 뒤를 따라 보고로 가보니 과연 안에는 아무것도 없습니다. 왕은 창고지기에게 화를 내는 한편 신하 일동에게 말했습니다. “여봐라! 보고가 어젯밤에 약탈당했도다! 누가 이런 장난을 저질러 대담무쌍하게도 나의 체면에 똥칠을 했는지 모를 일이로다.” “그건 어쩌다 또 그렇게 되었습니까?” 하고 일동은 물었습니다. “창고지기에게 물어보라.” 하는 왕의 말에 일동이 창고지기에게 자초지종을 묻자 그는 그저 “어제 내가 보고를 조사하고 있었을 때는 아무 이상도 없었습니다. 그런데 오늘 안에 들어가보니 속이 텅 비어 있었습니다. 벽이 뚫어진 흔적도, 문을 깬 흔적도 전연 없는데 말입니다.” 할 뿐이었습니다.

　일동은 이 이야기를 듣고서 깜짝 놀라 왕에게 뭐라고 변명을 해야 좋을지 몰랐습니다. 그때, 전에 사림과 사리임을 참소한 그 위병이 들어와 샤무스 알 다우라 왕에게 말했습니다. "오, 현세의 임금님, 저는 어젯밤 굉장한 것을 보고서 한잠도 이루지 못했습니다." 그러자 왕이 "도대체 무엇을 보았다는 것이냐?" 하고 물으므로 "실은 현세의 임금님." 하고 위병은 대답했습니다. "어젯밤은 밤새도록 목수들이 집을 짓고 있는 것을 보고서 즐거워 했는데 밤이 새고 보니 이 세상에 다시 없는 위풍당당한 왕궁이 세워져 있었던 것입니다. 그래서 여러 가지로 뒤져보았더니 그 쥬다르가 막대한 재보와 백인, 흑인 노예 노비들을 거느리고 돌아와 두 형마저 감옥에서 구출하여, 그 궁전을 세워 이제는 왕후처럼 살고 있다는 것입니다." 왕은 이 말을 듣고 "그럼, 옥을 조사해보아라." 하고 명령했습니다.

그래서 일동이 옥으로 들어가보니 사림도 사리임도 눈에 띄지 않았으므로 돌아와서 그대로 아뢰었습니다.

그러자 왕은 "누가 도둑질을 했다는 것은 물을 것도 없다. 사림과 사리임을 구출해낸 놈이야말로 내 보물을 훔친 놈이로다." 하고 말했으므로 대신이 "오, 임금님, 그렇다면 그 놈은 과연 누구입니까?" 하고 묻자 왕은 "두 녀석의 아우 쥬다르다. 그놈이 한 쌍의 안장자루를 훔친 장본인이로다. 여봐라, 대신, 그대는 당장 군사 50명을 거느린 태수를 보내어 놈의 재산을 봉인한 다음 두 형과 함께 체포하여 끌고 오너라. 세 놈 다 교수형에 처할 작정이다." 왕은 열화처럼 흥분하고 있었으므로 "뭘 꾸물거리고 있느냐. 이제부터 당장 태수와 함께 가서 그놈들을 잡아 오너라. 사형에 처하고 말 테니." 하고 대단한 재촉입니다.

그러나 대신은 말했습니다. "임금님께서 아무쪼록 자비를 베풀어주옵소서. 왜 그런고 하니 알라께서는 대자대비하신 신으로서 그 머슴이 죄를 저질렀다 해서 당장 처벌하려고는 하시지 않습니다. 게다가 떠도는 소문대로 그저 하룻밤 사이에 궁전을 세울 수 있는 힘을 가진 자라면 이 세상에선 그 자와 대적할 수 있는 사람은 아무도 없을 것이옵니다. 쥬다르 때문에 태수가 곤경에 빠지지 않을까 그것이 걱정됩니다. 그러니까 제발 참으십시오. 아무쪼록 궁리를 하여 진상을 알아보시는 것이 좋을까 하옵니다. 그렇게 하시면 전하의 뜻도 달성하실 수 있을 것입니다. 오, 현세의 임금님.”

“그럼, 대신, 어떻게 하면 좋을지 나에게 조언해다오.” 왕의 이 말에 대신은 다시 말을 이었습니다. “태수로 하여금 쥬다르에게 초대장을 전달케 하는 것이 좋겠습니다. 신이 임금님을 대신하여 대접하여 총애를 베푸는 척하여 여러 가지로 신분을 물어보겠습니다. 그렇게 하여 상태를 알아보기로 하겠습니다. 놈이 담이 큰 녀석이라면 이쪽에서 대책을 짜보기로 하고 만일 시시한 놈이라면 당장에 체포하여 임금님의 뜻대로 처분하십시오.”

왕은 대신의 말을 받아들여 오스만이라는 태수 하나를 쥬다르에게 보내 “임금님이 그대를 잔치에 초대하셨소.” 하고 전하게 했습니다. 그리고 왕은 이 태수에게 “그 녀석을 못데리고 온다면 돌아오지 말아라.” 하고 일렀습니다. 그런데 오스만이라는 사나이는 자만심이 너무 센 데다가 어리석은 자였습니다. 왕의 분부를 받들고 쥬다르의 궁전 문앞에까지 오자, 문앞에 내시 하나가 황금 의자에 앉아 있었습니다. 그리고 오스만이 다가와도 일어서려고도 하지 않았습니다. 그러기는 고사하고 태수가 50명이나 되는 병사를 이끌고 있는데도 마치 옆에 아무도 없는 듯이 태연한 채 몸 하나 까딱하지 않습니다. 이 내시야말로 다름아닌 반지의 하인 알 라아드 알 카시후며, 쥬다르의 지시에 따라 내시의 모습으로 변신하여 성문 앞에 앉아 있었던 것입니다.

그래서 태수가 가까이 말을 몰아 “이봐라, 노비야. 주인은 어디 있느냐?” 하고 묻자 그는 “궁전 안에 계시다.” 하고 대답했습니다. 그것도 의자에 떡 기대앉은 채 까딱도 하지 않고 말입니다. 이 꼴을 보고서 태수 오스만은 버럭 화를 내며 외쳤습니다. “에이, 괘씸한 놈 같으니라구, 내가 말을 걸고 있는데 깡패 같은 낯을 하고서 뻔뻔스럽게 거들떠보지도 않다니, 정말 무례한 놈이로구나.” 그러자 내시는 “돌아가지 못해, 무슨 잔소리야.” 하고 대답했습니다. 오

스만은 이 말을 들은 순간 열화처럼 화를 내며 상대방이 마신이라
는 것은 꿈에도 모른 채 내시를 찔러 죽이려고 했습니다. 그러나
알 라아드는 순식간에 태수에게로 달려들어 도리어 창을 뺏어가지
고 연거푸 네 번이나 태수를 때렸습니다. 50명이나 되는 부하들은
주인이 맞는 것을 보고서 참다 못해 일제히 칼을 빼들고 내시를
죽이려고 달려들었습니다. 그러나 알 라아드는 "이놈, 개 같은 놈
들아, 덤빌 셈이냐?" 하고 외치기가 무섭게 창을 후려치니 병사들
은 뼈가 부러지고 피투성이가 되어 일제히 도망을 쳤으나 알 라아
드는 추격하여 마구 쳐부수니 적은 마침내 문앞에서 멀리 후퇴하
고 말았습니다. 그 후 내시는 돌아와서 아무 일도 없었다는 듯이
태연히 문 앞의 의자에 앉았습니다.

—샤라자드는 날이 훤히 밝아오는 것을 깨닫자, 여기서 허락된
이야기를 그쳤다.

●621일째 밤

샤라자드는 말을 이었다. 오, 인자하신 임금님, 내시는 국왕의 신
하 오스만과 그 부하들을 무찔러 쥬다르의 궁전에서 멀리 내쫓고
는 되돌아와 아무 일도 없었다는 듯이 태연히 의자에 걸터 앉았습
니다. 한편 태수와 그 부하들은 참패를 당하고서 간신히 목숨을
부지하여 샤무스 알 다우라 왕에게로 도망쳐 돌아왔습니다. 오스
만이 왕에게 사후하여 말하기를 "오, 현세의 임금님, 궁전 문 앞에
까지 갔더니 한 내시가 황금의자에 앉아 있는 것이 눈에 띄었습니
다. 그놈은 이루 말할 수 없이 오만불손한 놈으로 제가 가까이 가
도 의자에 큰댓자로 나자빠져 눈썹 하나 까딱하지 않았습니다. 제
가 말을 걸어도 귓등으로도 듣지 않았습니다. 그 꼴에 어찌나 화
가 나던지 별안간 창을 들고 일격을 가하려고 했습니다. 그런데
놈이 제 창을 뺏어가지고 저와 부하를 마구 때려치는 바람에 혼이
났습니다. 우리들은 도저히 당해낼 수 없는지라 단념하고서 도망

쳐 왔습니다.”

왕은 이 말을 듣고 화를 내며 “100명의 병사를 보내라.” 하고 명령했습니다. 그래서 100명의 병사가 내시를 토벌하러 온 것인데, 알 라아드가 창을 들고 마구 쳐부수는 바람에 적은 다리야 날 살려라 하고 그만 패주하고 말았습니다. 알 라아드가 다시 의자에 주저앉으니, 적은 왕에게로 도망쳐 돌아가서 싸움의 전말을 보고했습니다. “오, 현세의 임금님, 우리들은 그놈이 어찌나 때려치는지 무서워서 도망쳐 돌아왔습니다.”

그러자 왕은 이번에는 200명의 병력을 파견했습니다. 그러나 이것 또한 알 라아드에게 참패를 당하고 돌아왔으므로 샤무스 알 다우라 왕은 대신에게 명령했습니다. “여봐라, 대신, 그대가 이번에는 500명의 병력을 이끌고 가라. 어서 그 내시놈을 잡아오너라. 주인 쥬다르도 두 형도 함께 말이다.” 그러자 대신은 “오, 현세의 임금님, 저에겐 병사 같은 건 필요 없습니다. 저는 아무 무기도 가지지 않고 가겠습니다.” “그럼, 가라.” 하고 왕은 말했습니다. “그대 마음대로 하라.”

그래서 대신은 무기를 버리고 흰옷을 입은 다음 손에 염주를 들고, 부하라고는 한 사람도 대동하지 않은 채 걸어서 쥬다르의 궁전 앞으로 오니 내시가 다만 혼자서 의자에 걸터앉아 있습니다. 그래서 대신은 옆으로 다가가 공손히 그 옆에 앉아서는 “안녕하시오!” 하고 말을 건넸습니다. 그러자 상대방은 “여, 인간 나리, 안녕하시오! 무슨 일로 오셨소?” 하고 대답했습니다. 대신은 “여, 인간 나리.” 하는 인사말을 듣고, 상대방이 마신의 일족이라는 것을 깨닫고서 무서워서 몸을 부들부들 떨었습니다. 이윽고 “나리, 당신의 주인님은 여기 계십니까?” 하고 묻자, 내시는 “그렇다. 주인님은 궁전 안에 계시다.” 하고 대답했습니다. “그럼, 나리, 주인님에게로 가서 ‘샤무스 알 다우라 왕이 당신에게 안부 전하라고 말씀하셨습니다. 그리고 왕궁으로 왕림하시어 특별히 마련한 연회에 참석해 주신다면 대단한 영광으로 생각하겠습니다’ 하고 전해주시기를 바랍니다." "그럼, 들어가서 여쭤보고 올 테니까 여기서 기다리고 있 거라."

대신이 공손한 태도로 그곳에 서 있는 동안 마신은 궁전으로 들 어가 쥬다르에게 말했습니다. "실은, 나리, 국왕이 당신에게 태수와 50명의 병사를 보내왔으므로 저는 이것을 격퇴하여 쫓아버렸습니다. 그 다음에는 100명의 병사를 보내왔지만 이것도 저는 격파했 습니다. 그러자 이번엔 또 200명의 병사를 보내왔는데 이것도 또 한 단단히 혼을 내주었습니다. 그런에 이번에 칼도 아무것도 휴대 하지 않은 대신을 보내 궁중에서 열리는 잔치 자리에 주인님을 초 청하고 있는데 어떻게 하시렵니까?" "그렇다면 대신을 이리 데리 고 오너라." 하고 쥬다르가 말했으므로 마신은 또다시 밖으로 나 가서 대신에게 말했습니다. "이봐라, 대신. 주인을 직접 만나서 네 가 청해보아라." "알았습니다."

대신이 그렇게 대답하고서 쥬다르에게로 가서 보니 쥬다르 그 본인은 왕자조차도 감히 깔지 못할 그러한 호화로운 양탄자 위에 왕자보다도 호화로운 차림으로 앉아 있는 것이 아니겠어요. 궁전 의 굉장한 꾸밈새, 장식물과 가구의 아름다움에 눈이 부실 정도로 놀란 대신은 이것에 비하면 자기 처지 같은 것은 거지와도 같은 신세라고 생각했습니다. 그래서 대신은 쥬다르 앞에 엎드려 하늘 의 축복을 빌었습니다. 쥬다르가 "대신님, 용건은요?" 하고 묻자 대신은 대답했습니다. "실은 당신의 친구이신 샤무스 알 다우라 왕께서 안부를 전해달라고 말씀하셨습니다. 그리고 당신을 뵙고 싶다고 하시며 일부러 잔치를 마련하고 계십니다. 어떻게 생각하 십니까? 임금님의 희망을 받아들이시어 그 자리에 왕림해주시면 어떠시겠습니까?" "정말 왕이 내 친구시라면 그쪽에서 이쪽으로 왕림해주셨으면 합니다. 그렇게 전해주십시오." "알았습니다." 하고 대신이 대답하자 쥬다르는 반지를 꺼내서 문질렀습니다. 그리고 마신더러 가장 좋은 옷을 가지고 오라고 명령하여, 이것을 대신에 게 주며 "이 옷을 입고 돌아가서 내가 말한 것을 왕에게 전해주시오.”하고 말했습니다.

그래서 대신은 아직까지 한 번도 입어본 일이 없는 그 옷을 입고서 왕에게로 돌아가 거기서 겪은 일의 자초지종을 이야기하고, 쥬다르의 궁전이며 그 안의 웅장함을 극구 칭찬한 다음 “쥬다르는 전하께서 왕림해주셨으면 좋겠다고 말하더군요.”하고 말했습니다. 그러자 왕은 소리를 높여 외쳤습니다. “여봐라, 모두들 듣거라, 말에 올라타라. 내 말도 끌고 오라. 이제부터 쥬다르네 집으로 달려갈 작정이다!” 그러고 나서 왕과 그 부하 일행은 카이로의 쥬다르의 궁전을 향하여 말을 몰았습니다.

한편 쥬다르는 마신을 불러가지고 “네 부하 마신들을 호위병으로 둔갑시켜 데리고 와서 궁전 앞의 대광장에 배치하라. 그렇게 하면 왕은 이것을 보고서 겁을 내어 내 권세에는 도저히 적대할 수 없다는 것을 알게 될 것이다.” 명령이 떨어지자, 알 라아드는 당장 몸집이 크고 뼈대가 튼튼한 마신을 200명 불러모아 단단히 무장을 갖춘 호위병으로 둔갑시켜가지고 데리고 왔습니다. 왕은 쥬다르의 궁전에 도착하여 깜짝 놀랄 만큼 건장한 장병들을 보자 그만 겁에 질리고 말았습니다. 그리고는 궁전 안으로 들어가보니 쥬다르는 왕후도 따르지 못할 만큼 호화로운 차림으로 의자에 앉아 있었습니다. 그래서 왕은 인사를 하고 허리를 굽혔지만 그래도 쥬다르는 일어서려고도 하지 않았을 뿐더러 답례도 하지 않았고, “앉으시오.”라고도 하지 않았습니다. 그저 언제까지 왕을 그 자리에 세워두었습니다.


—샤라자드는 날이 훤히 밝아오는 것을 깨닫자, 여기서 허락된 이야기를 그쳤다.


●622일째 밤

샤라자드는 말을 이었다. 오, 인자하신 임금님, 왕이 안으로 들어가 예의를 갖춰 인사를 해도 쥬다르는 일어서려고도 하지 않았을

뿐더러 답례도 하지 않았고, 또 "앉으시오."라고도 하지 않았습니
다. 그저 왕을 그 자리에 세워두었습니다. 왕은 공포에 질려 앉을
수도, 그 자리를 떠날 수도 없어 마음속으로 혼자 중얼거렸습니다.
"이 친구가 나를 무서워하고 있다면 나를 이 꼴로 대하진 않을 텐
데. 이건 아마 내가 이 친구의 형제를 괴롭혔기 때문에 나에게 좋
지 못한 짓을 하려고 생각하고 있는 것이구나." 이윽고 쥬다르가
입을 열었습니다. "오, 현세의 왕이여, 사람들을 못살게 굴며, 그
재물을 약탈하다니 그대와 같은 왕자에게 어울리지 않는 소행이로
구려." 왕은 대답했습니다. "오, 주인 나리, 너그럽게 용서해주시오.
욕심에 눈이 어두워 그와 같은 실수를 저질렀으나 그것도 무슨 인
연의 탓인가 보오. 게다가 이 세상에 죄가 없다면 관대한 마음도
없을 게 아니겠소." 하고 말하고서 지난 날의 자기의 죄를 사과하
고, 오로지 쥬다르의 용서를 빌었습니다. 그러면서 다음과 같은 시
까지 읊었던 것입니다.

　　마음도 넓고, 인품도
　　고결한 그대여, 나 때문에
　　그대에게 재앙 미칠지라도
　　나를 탓하지 말지어다.
　　비록 그대가 나에게
　　좋지 못한 실수를 범했더라도
　　나는 용서하리, 그러니 또한
　　내가 그대에게 실수를 범했을지라도
　　부디 나를 용서해주소서!

　왕은 쥬다르 앞에서 굽실거리며 연방 사과했으므로 마침내 쥬다
르도 마음이 풀려 "알라께서 그대를 용서해주실 것을!" 하고 말하
고서 앉으라고 말했습니다. 왕이 자리에 앉자 쥬다르는 관용의 표
시로서 옷을 주고, 두 형에게 식사 준비를 갖추라고 일렀습니다.

식사가 끝나자, 쥬다르는 다시 왕의 호위병 전부에게 호화로운 옷을 주고, 축의금을 준 다음 물러나라고 일렀습니다. 왕은 그대로 돌아갔습니다만, 그 후부터는 매일 쥬다르를 찾아와 회의도 쥬다르의 궁전 외에서는 열지 않게 되었습니다. 그래서 두 사람의 사이는 날로 친밀해갔습니다.

잠시 이런 모양으로 지나가던 중 어느 날 왕은 대신과 단둘이만 있게 되었을 때 "여봐라, 대신, 나는 쥬다르에게 피살되어 왕국을 뺏기지나 않을까 걱정이야." 하고 불안감을 나타냈습니다. 그러자 대신은 대답했습니다. "오, 현세의 임금님, 왕국을 뺏기지나 않을까 하는 점에 관해서는 조금도 걱정할 것이 없습니다. 왜 그런고 하오니 쥬다르의 현재의 신분은 임금님의 신분보다도 대단한 것이어서 왕국을 뺏으면 도리어 자기의 품위를 떨어뜨리는 결과가 될 것입니다. 그러나 목숨을 뺏기지나 않을까 하는 걱정이 있으시다면 전하에게는 공주님이 계시니 쥬다르에게 시집을 보내도록 하십시오. 그러면 두 분 다 신분이 동격이 될 것입니다." "그렇다면, 대신, 그대가 중매를 서주게." 왕의 말에 대신은 대답했습니다. "쥬다르를 잔치 자리에 초대하시어 전하의 객실에서 하룻밤 함께 지내십시오. 그때 공주님에게는 가장 훌륭한 옷과 패물을 걸치게 하여 객실 문 앞을 일부러 지나가게 하십시오. 쥬다르도 공주님을 보고는 당장 연모하게 될 것입니다. 그래서 그러한 사실을 눈치채게 되면 제가 쥬다르에게로 가서 실은 그 처녀는 공주님이라고 일러주고, 이 얘기 저 얘기를 하면서 넌지시 꾀어보겠습니다. 전하께서 이 일에 관해서는 일부러 모른 체하고 계시면 저쪽이 도리어 조바심을 치며 공주님을 달라고 나올 것입니다. 일단 공주님을 쥬다르에게 시집보내시면 전하도 쥬다르도 일심동체가 되니까 전하도 마음이 편해지실 것입니다. 만일 쥬다르가 죽으면 전하께서는 그 재산을 전부 상속하시게 됩니다."

왕은 "딴은 그렇겠군, 대신." 하고 대답하고서 향연 준비를 하여 쥬다르를 초청했습니다. 그래서 쥬다르는 왕국을 찾아가 두 사람은 해가 질 무렵까지 즐겁게 시간을 보내면서 객실에 앉아 있었습니다. 그런데 그보다 먼저 왕은 공주에게 비단옷을 입히고 객실 입구 주변을 거닐게 하도록 왕비에게 지시해두었으므로 왕비는 남편이 하라는 대로 했습니다. 쥬다르는 세상에서도 보기 드문 고상한 미희의 용모를 보자, 그만 자기도 모르게 "아!" 하는 한숨이 터져나와 손발에서 탁 힘이 빠지며 바보가 되어버린 것을 깨달았습니다. 그도 그럴 것이 심한 연정과 애끓는 생각에 가슴이 아파왔기 때문에, 욕정에 넋을 잃고서 얼굴마저 새파랗게 질렸던 것입니다. 대신이 "여보시오, 나리, 웬일이십니까? 안색이 창백해지고 괴로워하시니?" 하고 물으니 쥬다르는 "대신, 저 처녀는 누구 딸이오? 나는 사랑의 포로가 되어 몸도 마음도 빼앗기고 말았소." 하고 말했습니다. 그래서 대신은 "저 처녀는 당신의 친구인 임금님의 공주이십니다. 만약 마음에 드셨다면 공주를 아내로 맞이하겠다고 임금님께 의논해볼까요?" "그렇게 해주오, 대신. 내가 살아 있는 한 그대가 원하는 것은 무엇이든 해드리리다. 또 왕에게는 딸의 지참금으로서 원하는 것을 드리리다. 그렇게 되면 우리들은 친구도 되고 인척 관계도 될 것이 아니겠소." "간단하게 그리 되진 않겠지만 기대에 어긋나지 않게 노력해보겠습니다."

그러고 나서 대신은 왕에게로 가서 귀에다 속삭였습니다. "오, 현세의 임금님, 전하의 친구 쥬다르는 전하와 인연을 맺고 싶다고 하며, 저더러 알선을 좀 해서 아시야 공주님을 아내로 맞이하게 해달라고 하는 부탁을 받았습니다. 그러하오니 사양마시고 제 건의를 받아들여주십시오. 지참금은 전하께서 원하시는 대로 드리겠다는 것입니다." 그러자 왕은 대답했습니다. "지참금은 벌써 받았다. 공주는 쥬다르의 소첩이다. 아내로서 주겠다. 받아준다면 고맙게 생각하리라."


—샤라자드는 날이 훤히 밝아오는 것을 깨닫자, 여기서 허락된 이야기를 그쳤다.

●623일째 밤

샤라자드는 말을 이었다. 오, 인자하신 임금님, 대신은 왕의 귀에다 속삭였습니다. "오, 현세의 임금님, 전하의 친구 쥬다르는 전하와 인연을 맺고 싶다고 하며, 저더러 알선을 좀 해서 아시야 공주님을 아내로 맞이하게 해달라고 하는 부탁을 해왔습니다." 하고 속삭이자 왕은 대답했습니다. "지참금은 벌써 먼 옛날에 받았다. 공주는 쥬다르의 소첩이다. 아내로서 받아준다면 고맙게 생각하리라."

그래서 두 사람은 그날 밤을 함께 지냈으며, 이튿날 아침 왕은 회의를 열어 이슬람교 장로와 함께 신분의 상하를 가리지 않고 모든 신하를 그 자리에 불러들였던 것입니다. 그때 쥬다르가 정식으로 공주를 아내로 맞이하겠다고 소청하니 왕은 "지참금은 벌써 받았소이다." 하고 대답했습니다. 그래서 당장 결혼 계약서를 작성하고, 쥬다르는 보물이 들어 있는 안장자루를 꺼내 이것을 공주에게 주는 증여재산으로서 왕에게 바쳤습니다. 북이 둥둥 울리고, 피리 소리도 낭랑하게 울려퍼지는 가운데 성대한 화촉의 잔치가 벌어지고, 쥬다르는 공주와 백년가약을 맺었습니다.

그 후 쥬다르는 왕과 일심동체가 되어 사이좋게 지냈습니다만 이윽고 샤무스 알 다우라 왕은 이 세상을 떠났습니다. 그래서 전군 장병은 쥬다르를 국왕으로 모시려고 했으나 본인은 고사하고 수락하지 않았습니다. 그러나 일동이 막무가내로 간청하였으므로 마침내 할 수 없이 쥬다르도 승낙하고 말았습니다. 이렇듯 장인 대신으로 쥬다르는 국왕의 자리에 앉게 된 것입니다. 왕위에 오른 쥬다르는 분즈카니야 지구에 있는 선왕의 무덤 위에 대사원을 지으라고 명령하여 그 비용을 전담했습니다.

그런데 쥬다르의 집이 있는 구역은 본시 야미나야라고 불리고 있었습니다. 그러나 쥬다르가 왕위에 오른 후 신자용 사원과 그 밖의 건물을 세웠기 때문에 나중에는 그 이름을 따서 쥬다르리야

지구라고 부르게 되었습니다. 그리고 또 쥬다르는 형 사림을 우상으로, 사리임을 좌상으로 임명하여 꼭 일 년 동안을 무사평온하게 지냈습니다. 그런데 일 년이 지나자 사림이 사리임에게 말했습니다. "이봐, 동생, 이런 상태가 언제까지 계속되는 거지? 우리들은 아우 쥬다르를 섬기며 일생을 보내야 한단 말인가? 그놈이 살아 있는 한 우리들은 좋은 생각도 할 수 없고, 왕위에 오른다는 것은 바랄 수도 없어. 그러니까 놈을 죽여서 반지와 안장자루를 뺏으려면 어떻게 하면 좋지?" 그러자 사리임이 대답하여 말하기를 "네가 나보다 영리하구나. 그러니까 그 녀석을 어떻게 죽이느냐 하는 문제를 어디 네가 좀 연구해보아라." "만일 내가 해낸다면," 하고 사리임이 물었습니다. "내가 국왕이 되어 반지를 갖고, 너는 우상이 되어 안장자루를 가지면 어떨까?" "좋고 말고."

이렇듯 두 사람은 욕심에 눈이 멀고 왕권에 탐이 나서 자기의 친동생인 쥬다르를 없애버리기로 결심한 것입니다. 그래서 두 사람은 쥬다르를 함정에 빠뜨릴 간계를 궁리해놓고서 말했습니다. "아우여, 우리들은 그대가 참으로 자랑스럽소. 그래서 우리들 집으로 왕림하시어 연석에 참가하여 우리들을 위로해주기 바라오." 그러자 쥬다르는 "좋고 말고. 그 연회는 누구의 집에서 열리는 것이오?" 하고 대답했으므로 사림은 "내 집에서 하오. 우리 집 음식을 든 다음에 사리임의 초대를 받으시오." 하고 말했습니다. "좋소." 쥬다르는 그렇게 대답하고서 함께 사림의 집으로 갔습니다. 그러자 사림은 독이 든 음식을 내놓았으므로 쥬다르 왕은 이것을 먹자 대번에 살이 썩어 뼈에서 떨어지며 숨이 끊어지고 말았습니다. 사림은 시체로 달려들어 그 손가락에서 반지를 빼려고 했지만 좀처럼 빠지지 않았습니다. 그래서 단검으로 손가락을 잘라버렸습니다. 그리고 나서 반지를 문지르자 예의 마신이 "여기 있습니다. 무엇이건 명령만 내려주십시오." 하고 말하며 모습을 나타냈습니다. 사림이 "아우 사리임을 체포하여 죽여서, 독을 먹고서 죽은 아우와 사리임의 두 시체를 날라다가 전군의 장병 앞에다 버리고 오너라." 하고 말하니 마신은 사림을 붙잡아 죽이고 말았습니다. 그리고는 두 시체를 날라다가 궁전 객실에서 식사를 하고 있던 주요 무사들 앞에다 이것을 던졌습니다. 일동은 쥬다르와 사리임의 시체를 보자 먹던 손을 멈추고서 공포에 부들부들 떨며 마신에게 말했습니다. "누가 임금님과 대신을 이 꼴로 만들었습니까?" 마신은 "형제인 사림이요." 하고 대답했습니다.

그때 난데없이 사림이 나타나서 "여봐라, 모두들 듣거라, 실컷 먹고 떠들어라. 쥬다르는 죽고, 내가 도장반지를 차지하였다. 너희들 앞에 있는 이 마신이 반지의 하인이다. 내가 형제인 사리임을 죽인 것은 나와 왕국을 다투는 일이 있으면 안되겠다고 생각했기 때문이다. 그놈은 배신자이니까 내가 배신을 당하기라도 하면 큰일이기 때문이다. 이렇게 된 이상 나는 너희들의 왕이다. 나를 인정하는가? 인정하지 않으면 반지를 문질러서 마신에게 명령하여 가차없이 너희들을 모두 죽여버릴 테니 그리 알아라."

—샤라자드는 날이 훤히 밝아오는 것을 깨닫자, 여기서 허락된 이야기를 그쳤다.

●624일째 밤

샤라자드는 말을 이었다. 오, 인자하신 임금님, 사림이 장병들에게 "너희들은 나를 국왕으로 인정하는가? 인정하지 않으면 이 반지를 문지르겠다. 그러면 마신이 누구를 막론하고 모두 죽일 것이다." 하고 말하자 일동은 "우리들은 당신을 국왕으로 인정합니다." 하고 대답했습니다. 그러고 나서 사림은 두 형제의 시체를 매장하라고 명령하고는 회의를 소집했습니다. 누구는 장례식에 참가하고 누구는 사림의 앞에 서서 화려한 행렬을 지어 왕궁의 알현실로 걸어갔습니다. 사림이 옥좌에 앉자 일동은 왕으로서의 사림에게 충성을 맹세했습니다.

그것이 끝나자 "나는 아우 쥬다르의 왕비와 결혼할 작정이다."

하고 말했으므로 일동은 "과부로서의 기간이 끝날 때까지 기다려 주십시오." 하고 대답했습니다. 그러나 왕에게 그런 말은 마이동풍이었습니다. "나는 과부의 기간이니 뭐니 하는 그런 것은 모른다. 이 몸이 살아 있는 한 무슨 일이 있어도 오늘 밤 안으로 백년해로의 맹세를 맺지 않으면 마음이 안놓인다." 그래서 일동은 결혼 계약서를 작성하여 아시야 공주에게 이 뜻을 알리자, 공주는 "방으로 들어오시리고 이르시오." 하고 대답했습니다. 사림이 얼른 방으로 들어가자 공주는 반색을 하는 척하면서 사림을 맞았습니다. 그러나 이윽고 공주는 독을 섞은 물을 마시게 하여 사림을 독살하고 말았습니다. 그리고는 반지를 뽑아 아무도 이것을 갖지 못하도록 파괴한 다음 예의 그 안장자루도 찢어버렸습니다. 그리고는 이슬람교 장로와 다른 고관대작들에게 자초지종의 전말을 보고한 다음 "그대들의 손으로 백성을 다스릴 국왕을 선출하도록 하라." 하고 명령했습니다.

이것이 '쥬다르와 그 형들의 이야기'에 관하여 우리들에게 전해진 그 자세한 내용입니다. 그러나, 오, 임금님, 저는 다음과 같은 이야기도 들은 적이 있습니다.

옮긴이 | 김병철

1921년 개성 출생.
보성전문, 중국 국립중앙대학·대학원 졸업(미국 소설사 전공).
중앙대학교 영문과 교수, 문과 대학장 및 대학원장 역임.
문학박사, 중앙대 명예교수,
한국영어영문학회 회장 역임(1979~1981).
제8회 한국번역문학상, 대한민국 예술원상 수상.
저서 《헤밍웨이 문학의 연구》
    《한국근대 서양문학이입사 연구》 외.
역서 《아라비안나이트(전10권)》《플루타르크 영웅전(전8권)》
    《헤밍웨이 전집》《톰 소여의 모험》《아메리카의 비극》
    《허클베리 핀의 모험》《포 단편선》《생활의 발견》
    《누구를 위하여 종은 울리나》 외 다수.

## 아라비안 나이트 6


1993년 2월 20일   초판 1쇄 발행
2017년 2월 6일   초판 6쇄 발행

엮은이   리처드 버턴
옮긴이   김 병 철
펴낸이   윤 형 두
펴낸데   범 우 사

출판등록  1966. 8. 3. 제406-2003-000048호
413-120 경기도 파주시 광인사길 9-13 (문발동)
대표전화 (031)955-6900, 팩스 (031)955-6905

* 파본은 교환해 드립니다.

ISBN 89-08-03156-1  04890 (홈페이지) www.bumwoosa.co.kr
     89-08-03201-0 (세트) (이메일) bumwoosa@chol.com